MEU DESEJO SOMBRIO

L.J. Shen &
Parker S. Huntington

MEU DESEJO SOMBRIO

Tradução
Laura Pohl

HARLEQUIN
Rio de Janeiro, 2025

Título original: My Dark Desire

PRODUÇÃO EDITORIAL Cristhiane Ruiz
COPIDESQUE Mariana Dias
REVISÃO Thais Entriel e Pedro Staite
DESIGN DE CAPA Renata Vidal
DIAGRAMAÇÃO Abreu's System

Dados Internacionais de Catalogação na Publicação (CIP)
(Câmara Brasileira do Livro, SP, Brasil)

Huntington, Parker S.
Meu desejo sombrio / Parker S. Huntington & L. J. Shen ; tradução Laura Pohl. -- Rio de Janeiro : Harlequin, 2025.

Título original: My dark desire.
ISBN 978-65-5970-470-5

1. Romance norte-americano I. Shen, L. J. II. Título.

24-242285 CDD-813.5

Índices para catálogo sistemático:

1. Romances : Literatura norte-americana 813.5
Eliete Marques da Silva - Bibliotecária - CRB-8/9380

Rua da Quitanda, 86, sala 601A - Centro,
Rio de Janeiro/RJ - CEP 20091-005
Tel.: (21) 3175-1030
www.harpercollins.com.br

Nota das autoras

Antes de começar a leitura, queremos agradecer a você por dar uma chance a Zach e Farrow. Gostamos de brincar que esses dois são como nós duas — um choque de culturas que, de alguma maneira, funciona. Nenhuma de nós já escreveu um livro como este. É um privilégio ter essa oportunidade.

Eu (Parker) nunca pensei que poderia compartilhar minha cultura com o mundo, principalmente por meio de uma história de amor. Sou parte vietnamita e parte chinesa, criada em Orange County, na Califórnia, e na região de Washington pela minha família louca, incrível e unida. Grande parte do que está em *Meu desejo sombrio* se baseia nas minhas experiências pessoais, que são insanas, quase inacreditáveis e viciantes. Mal posso esperar para passar adiante pequenas doses da minha vida para você. E, Leigh, você é uma santa por concordar em escrever este livro comigo e me escutar tagarelando sobre minha infância.

Por falar nisso... eu (Leigh) amei cada segundo que passei escrevendo este livro com minha melhor amiga. Ele é ostensivo, cheio de discussões deliciosas e um reflexo da minha amizade com Parker. (Só 1% das nossas conversas é sobre trabalho. Os outros 99% estão divididos entre falar sobre comida e sobre família.) Parker é minha esposa de trabalho, e, considerando que a taxa de divórcio entre a população asiática nos Estados Unidos é de 12,4%, existe uma grande chance de ficarmos juntas até que a morte nos separe.

Muito do que amo em Zach e Fae vem dos bate-papos rotineiros que temos todos os dias. Mas vamos logo encerrar esta nota para que você possa mergulhar na história. Aproveite!

Beijos,
Parker & Leigh

P.S.: Pessoal, a tia é real. Assim como o incidente do carro roubado. Não pude acreditar, até que Parker me mostrou as provas. PRECISO DA CELESTE NA MINHA VIDA. — Leigh

Até milagres levam algum tempo.

Fada Madrinha, *Cinderela*

Prólogo

Zach

Meu pai sempre dizia que pessoas são feitas de papel, e memórias, de tinta.

Mal sabia eu que meu livro seria jogado no piche e, então, rasgado em pedacinhos.

Cresci com um pai generoso. Dinheiro. Identidade. Amor. Um bom conjunto de princípios — e um conjunto ainda melhor de dentes. Meu pai me proporcionou tudo isso.

Mas a coisa mais preciosa que ele me deu? *A vida dele.*

Aos 12 anos

Como todas as calamidades, o pior dia da minha vida começou de forma bastante inocente.

Meu pai e eu estávamos no banco traseiro do Bentley Flying Spur, e nosso motorista costurava a pista em uma tentativa desesperada de driblar o trânsito intenso. Uma série infinita de buzinas tomava conta dos meus ouvidos. O céu despencava acima de nós, uma tempestade que tinha nos acompanhado desde a casa de leilões. O rádio tocava "Bookends", de Simon & Garfunkel, tão alto que eu mal ouvia meus pensamentos.

Dava para sentir os olhos do meu pai grudados na minha nuca enquanto eu soprava ar quente na janela do carro e desenhava uma espada no vidro embaçado.

Ele suspirou.

— Um hobby lhe faria bem.

— Hobbies não são úteis. É por isso que são hobbies. — Desenhei dedos envolvendo o cabo da espada e sangue gotejando da ponta. — Além disso, eu tenho hobbies.

Do banco da frente, nosso motorista bufou, ligando a seta para a esquerda.

— Você tem talentos — corrigiu meu pai. — Só porque é bom nas coisas não quer dizer que gosta delas. E ficar à toa o verão inteiro enquanto espera a volta do seu melhor amigo não é considerado um hobby.

O idiota do Romeo Costa. Ele simplesmente resolveu ir embora um dia. Nem se despediu. Primeiro, foi para a Itália quando estávamos no fundamental. Agora, para algum acampamento de verão entediante que o pai o forçou a frequentar. Ele voltou um chato da Europa. Eu quase esperava que, dessa vez, ele voltasse com metade do cérebro faltando.

Olhei para meu pai.

— Por que preciso gostar das coisas que eu faço?

Um sorriso suave curvou os lábios dele. Meu pai era enorme. Ou talvez parecesse enorme porque eu ainda não tinha crescido tudo que tinha para crescer, mas ele ocupava todo o banco traseiro. Com sua *presença*. Com o cabelo cor de ônix e as rugas nos cantos dos olhos quando sorria. E com a cicatriz espantosa na testa que ganhou enquanto cuidava de um grupo de escoteiros mirins. Uma águia tinha tentado me raptar, e ele praticamente me arremessara ao chão no último segundo, chocando-se contra uma espreguiçadeira e abrindo a testa.

Meu pai deu uma batidinha na minha têmpora com o nó do dedo.

— Porque, se você não apreciar a jornada, como vai conseguir apreciar o destino?

— O destino da vida não é a *morte*?

Eu o encarei fixamente, para não ter que testemunhar minha arte evaporando com a condensação da janela.

Ele riu.

— Você é esperto demais para o seu próprio bem.

— Isso não foi um não — murmurei, morrendo de vontade de tapar os ouvidos para abafar o som das buzinas e da chuva.

— O destino é a família. O amor. Um lugar no mundo para chamar de seu.

Tirei uma folhinha que tinha ficado presa no meu tênis.

— Você é dono de muitos lugares.

— Sim, mas só um deles é meu lar. E é onde você e sua mãe estão.

Eu o examinei com a testa franzida.

— O que a gente fez para deixar você tão feliz?

— Vocês existem, bobo. Isso basta.

Eu me esparramei no banco, batucando o joelho, entediado como nunca.

— Se a gente deixa você tão feliz, por que está sempre comprando um monte de coisas para se sentir bem?

— Arte não é um monte de *coisas*. — Ele cobriu minha mão com a dele para me impedir de tamborilar no joelho. — É a alma de uma pessoa derramada em algo material. Almas não têm preço, Zach. Tente proteger a sua da melhor forma que puder.

Cheguei mais perto dele, encarando o saquinho de veludo entre nós.

— Posso dar uma olhada nesta aqui?

— Só no dia do seu aniversário.

— É minha?

— Não para ficar levando por aí. É perigoso.

— Melhor ainda. — Esfreguei as mãos, voltando minha atenção para a caixa de madeira entalhada à mão aninhada entre as palmas dele. — E essa?

Tínhamos acabado de buscar os espólios da guerra de lances do meu pai em um leilão de antiguidades. Bem, meu pai buscou. Eu fiquei sentado no carro, mexendo em um cubo mágico sem realmente me dar o trabalho de olhar para o brinquedo enquanto meu pai passava pelo lento processo de verificação de identidade. Arte nunca me interessou. Meu pai passou os últimos doze anos me enchendo com suas pérolas de sabedoria, esperando que alguma de suas obsessões entrasse no meu cérebro. Não teve sorte. Eu poderia debater os méritos de pinturas *gongbi* contra as de nanquim e água, mas não poderia me forçar a de fato me importar com um monte de linhas em um papel.

Às vezes, eu secretamente desejava ter um pai como o de Romeo. Ele deixava o filho mexer em armas e granadas de mão. Rom até sabia dirigir um *tanque*. *Isso*, sim, era maneiro.

Meu pai deslizou a tampa pesada e inclinou a caixa na minha direção.

— É o presente de casamento da sua mãe.

Preso entre as paredes de cetim da caixa havia um pingente redondo de jade, esculpido no formato de um leão. Um barbante vermelho pendia da ponta curvada, com algumas contas sobrepostas a um nó *pan chang* enorme e a borlas duplas. Uns dois milhões de dólares, e para quê? Minha mãe nem usaria isso. Às vezes, adultos faziam coisas muito tontas. Meu pai chamava de impulso, e dizia que era da natureza humana. Talvez eu não fosse tão humano assim, porque nada me deixava muito animado. Eu sempre pensava muito nas coisas, e não desejava nada. Nem mesmo doces.

Voltei a me acomodar no assento.

— Parece o pedaço de queijo com mofo que não para de crescer no pote que o Oliver deixa no armário da escola.

Meu outro melhor amigo tinha a higiene de um javali selvagem. Apesar de que essa não era uma comparação justa com o javali, porque o bicho não tinha a opção de tomar banho todo dia.

— *Sha haizi*. — *Criança boba*. Meu pai me deu um peteleco na nuca, rindo. — Um dia, vai aprender a apreciar coisas bonitas.

A chuva se intensificou, batendo contra as janelas como se implorando para entrar. Luzes vermelhas e amarelas brilhavam no vidro distorcido. As buzinas ficaram mais altas.

Quase lá.

— Tem certeza que a mamãe vai gostar? — Esfreguei o nariz com a manga da camiseta. — Parece igual ao que Celeste Ayi comprou para ela uns anos atrás.

Tinha certeza de que minha tia comprara o colar em uma loja de lembrancinhas do aeroporto quando estava saindo de Xangai.

— Ela vai amar. — Os dedos do meu pai se mantiveram acima do pingente, passando pelas beiradas sem realmente tocá-lo. — É uma pena eu ter precisado ir para

Xi'an em janeiro. Quando fiquei sabendo que adicionaram o outro pingente ao leilão em D.C., uma pessoa já o tinha comprado.

— Tem outro? — Dessa vez, desenhei um polvo no vidro, sem prestar muita atenção enquanto um rio Potomac tempestuoso passava ao fundo. Mais alguns quilômetros e chegaríamos à Avenida Dark Prince. — Isso não diminui o valor?

— Às vezes. Mas, nesse caso, os pingentes foram feitos em dupla, um masculino e um feminino. Pertenceram a amantes desafortunados na época da dinastia Song.

Eu me endireitei no banco. Finalmente tínhamos chegado na parte boa.

— O que aconteceu com eles? Foram decapitados?

— *Zach.*

— Ah, verdade. — Estalei os dedos, então passei um deles pelo pescoço. — Era morte por mil cortes naquela época. Eles deviam ter braços *muito* bem definidos.

Meu pai massageou as têmporas, me encarando com um sorrisinho.

— Terminou?

— Não. Quando cortavam fora o nariz das pessoas sem anestesia, você acha que elas morriam na hora ou morriam de hemorragia?

O engarrafamento se dissipou, e o carro ganhou velocidade. *Finalmente.*

— Zachary Sun, é de se admirar você seja meu fil...

Uma buzina estridente ressoou, abafando a voz dele. A chuva. O mundo inteiro. Meu pai parou de falar, os olhos arregalados. O carro deu uma guinada violenta para o lado, como se estivesse tentando escapar de uma colisão. Meu pai arremessou a caixa para longe e se jogou para cima de mim, envolvendo meu tórax com os braços, me apertando tanto que doeu. Ele me achatou contra o assento. O vislumbre ofuscante dos faróis passou pelo seu rosto.

O Bentley tombou de lado, então capotou. Paramos de cabeça para baixo. Meu pai ainda estava em cima de mim. Ainda me protegendo. Aconteceu rápido demais. Um zumbido alto e cortante. Depois, dor. Uma dor excruciante e intensa. Em todos os lugares e em lugar nenhum, tudo ao mesmo tempo. Eu estava entorpecido e me contorcendo em agonia ao mesmo tempo. Pisquei rápido, como se isso pudesse me ajudar a ouvir ou ver melhor.

— Está tudo bem, Zachary. Você está bem.

Os lábios dele formavam as palavras, o rosto a menos de três centímetros do meu. Seu corpo inteiro tremia. Os olhos dele se moveram para baixo, entre nós, e ele os fechou, sua respiração irregular.

— *Wo cao* — disse ele.

Arregalei os olhos. Ele xingou. Meu pai *nunca* xingava.

Alguma coisa grudenta e escura caiu na minha perna direita, escorrendo do meu pai. Eu sacudi para sair.

Sangue.

Era sangue.

Sangue do meu pai.

E, então, eu vi. Um ancinho de paisagismo atravessava sua barriga. Empalando-o junto da porta. A parte cortante da ferramenta pressionava meu estômago, arranhando-o. Encolhi a barriga, me esforçando para respirar ao mesmo tempo.

Pisquei rápido, torcendo para que o pesadelo desaparecesse. Meu pai entrou em foco, o rosto todo ensanguentado, estilhaços de vidro incrustados na pele como espinhos de um ouriço. Sangue por toda parte. Descendo pelo rosto a partir das têmporas, passando pela cicatriz na testa e chegando ao queixo. O sangue dele — quente, metálico, fedorento, *grudento* — encharcou minhas roupas, a pele, o cabelo. Eu queria que ele saísse de cima de mim. Quis gritar. Seus lábios se mexeram de novo, mas, dessa vez, não consegui distinguir nada além do zumbido no ouvido.

Não consigo te ouvir, formei com a boca. *Repete*.

Tentei me mexer, tocar a testa dele, estancar o sangramento, mas meu pai era pesado demais, e tive que continuar encolhendo a barriga para que o ancinho não me perfurasse.

O saquinho vermelho.

Tateei, esticando a mão o mais longe possível. O ancinho abriu um buraco na minha pele, mas consegui pegar o saquinho, virando-o de cabeça para baixo. Uma faca. Segurei-a pelo cabo e tentei cortar meu cinto. Rasgou na lateral, mas não fez diferença. Eu ainda não conseguia me mexer.

Henry, tentei gritar o nome do motorista.

Sem resposta.

Olhei por cima do ombro direito, e vi a testa de Henry pressionada contra o *airbag* desinflado, criando um zumbido constante e torturante com a buzina. Eu soube que ele estava morto mesmo sem ver qualquer sangue. Parecia um fantoche sem vida, as pupilas pretas e vazias.

Os lábios do meu pai voltaram a se mexer. Seus olhos imploravam para que eu o escutasse. Eu queria, queria muito, mas tudo que eu ouvia era a buzina.

Uma lágrima caiu da bochecha do meu pai na minha. Um sibilo me escapou da garganta, como se a gota tivesse me queimado onde caiu. Meu pai *nunca* chorava. Os lábios se mexeram mais devagar, seu corpo ainda cobrindo o meu. Me protegendo do que ainda acontecia, ou do que tinha acontecido. Uma jaula de aço retorcido nos encaixotava. Eu não conseguiria sair debaixo dele nem se tentasse.

Consegui fechar o punho, segurando firme na camisa dele antes que desmoronasse em cima de mim. Minha mão tremia com o peso, a outra ainda segurando o cabo da faca. Os olhos dele permaneceram abertos, mas eu sabia que não estava mais vivo. A alma já tinha partido. E finalmente entendi o que ele quis dizer com almas não terem preço.

Meus sentidos retornaram um a um, derramando-se como a chuva.

Primeiro, a audição.

— Tem mais alguém aí?

— Uma criança.

— Viva?

— Caramba... Duvido. O caminhão foi com tudo pra cima deles, na maior velocidade. Não tiveram nenhuma chance.

Então, o tato.

Meu pai estava frio. Muito frio. Frio demais. Eu sabia o que isso significava. Parte da pele tinha derretido do rosto, caindo no meu peito. Se estava quente, não consegui sentir. Eu tremia inteiro, fechando os olhos com força, tentando engolir a bile que subia pela garganta, meu estômago ainda embrulhado e revirado.

Saia de cima de mim. Eu não quero sentir sua morte. Não quero sentir nada, ponto-final.

Por fim, minha habilidade de falar.

— Vivo — grunhi, escutando as pessoas gemendo, gritando enquanto tentavam colocar o carro de cabeça para cima. — Estou vivo.

Mas eu não sentia que estava.

— Aguente aí, amigão — disse uma voz. — Vamos tirar você daí. Só que vai demorar um tempinho, tudo bem?

— Tudo bem.

Nada bem. Nada estava bem.

Fechei a boca com força, escutando a conversa.

— Espere. Não é...

— Sim. Bo Sun. *O* Bo Sun. — Silêncio. — Puta merda.

— Ele está...?

— Vão precisar cortá-lo antes de chegar na criança. Está empalado no ancinho, o metal derreteu.

— Cacete. Coitado do menino.

1

Farrow

— Eu ouvi falar que o cabeleireiro dela tem menos seguidores no Instagram do que ela. — Tabby estalou o chiclete no banco traseiro de uma Mercedes GLE. — E ela tem, tipo, uns quatro mil? Quer dizer, deixe o açougueiro do Balducci's cuidar do seu cabelo e pronto.

— Ela está ostentando aquela franja como se fosse 1999. Ninguém tem coragem de dizer que fica horrível em cabelo cacheado. — Reggie deu uma risadinha. — E a balayage ficou *laranja*.

Tabitha e Regina Ballantine, senhoras e senhores. Minhas irmãs postiças. As duas sozinhas deviam produzir veneno o suficiente para matar a população inteira de uma ilha com um número considerável de habitantes.

Minha madrasta, Vera, emitiu um ruído de reprovação do banco do motorista.

— Ora, ora, meninas. Isso não foi muito bondoso. — As palavras não combinavam com suas risadinhas perversas. — Sylvia é uma boa menina. Um pouco sem sal, mas isso não é culpa dela. Já viram a mãe dela?

Tabby bufou.

— Infelizmente.

Mordi o lábio com o máximo de força que pude, engolindo a vontade de falar que Sylvia Hall acabara de passar no exame da ordem depois de ter se graduado com honras na universidade de Georgetown. A cabeça dela tinha mais a oferecer ao mundo do que um corte de cabelo caro.

Mas eu não estava em posição de falar nada. Primeiro, porque as mulheres Ballantine me odiavam, e tudo que eu dissesse seria usado contra mim. Segundo, porque eu estava em uma posição que não me deixava falar — acomodada no porta--malas, encolhida em posição fetal, respirando o mais discretamente possível para esconder minha presença.

O SUV passou pelos gramados bem cuidados do Potomac. Do lado de fora, o ar tinha ficado espesso com o aroma das flores que brotavam. Dava para sentir apenas o fedor das botas de equitação de Tabby. Uma mistura de estrume, feno e qualquer que fosse o cavalariço em que ela havia decidido montar naquela semana.

— Já estamos chegando? — Reggie estalou os lábios, então veio o som de algo sendo fechado. — Até que estou animadinha, sabiam? Nunca estive na casa do Zach Sun.

— Tire uma foto, porque vai ser sua primeira e última vez. — Tabby bufou. — Nem sei por que você está obrigando a gente a ir, mãe. Todo mundo sabe que Constance Sun doaria um dos rins para que o filho se casasse com alguém escolhido por ela.

— Zachary Sun é capaz de pensar por si só. Se quiser uma de vocês duas como noiva, ninguém vai impedi-lo.

Eu admirava poucas coisas em Vera Ballantine, e uma delas era seu eterno otimismo. Tabby e Reggie eram tão desejáveis quanto uma doença debilitante crônica. Uma combinação letal de custo elevado e QI inferior.

— Além do mais… — Vera trocou a estação do rádio para uma de música clássica, embora não soubesse a diferença entre Bach e *Backyardigans*. — Haverá outros homens ricos e influentes presentes, prontos para serem conquistados. Tem aquele duque… Oliver alguma coisa?

— Von Bismarck. — Tabby fez som de quem ia vomitar. — Todo mundo sabe que ele é um pegador de carteirinha. Provavelmente vai me infectar com alguma IST se respirar na minha direção.

Reggie deu uma risadinha.

— É fofo você fingindo que não tem interesse.

— Aqui vai minha carta de Uno reverso para você, maninha.

— Para sua informação, uma vez ele me convidou para a mansão dele na Costa Amalfitana.

— Você e toda mulher que respira. — Tabby estalou a língua. — Uau. Se eu fosse você, começava a planejar os convites de casamento agora.

Apertei os braços em volta dos joelhos, mentalmente repassando os meses de pesquisa. Meu plano era infalível. Entrar. Pegar o que era meu. Sair sem ser notada, envolta pela noite e o vestido de gala exclusivo que eu tinha roubado de Reggie. Não era meu primeiro roubo, e não seria o último. Eu era uma sobrevivente desde que nasci. Do instante em que minha doadora do óvulo ausente me colocou em uma caixa de supermercado e me deixou na porta do meu pai com um bilhete.

É toda sua. Você deveria ter atendido às minhas ligações, babaca.
Um aborto custa bem menos que um filho.
Tammy

Àquela altura, meu pai já tinha se casado com Vera depois de um romance tumultuado. De acordo com Tabby, Vera implorou ao meu pai que "se livrasse dessa coisa".

Como você sabe que ela é sua de verdade? Ela bufou durante toda a minha infância, sabendo muito bem que eu a ouvia.

Mas não precisei de teste de DNA. A Mãe Natureza confirmava minha procedência. Eu tinha os mesmos olhos azul-ártico do meu pai. O cabelo dourado que formava ondas espessas, emoldurando o rosto e as orelhas. A mesma estrutura óssea delicada, braços e pernas longos e até mesmo a pintinha embaixo do olho direito.

Vera suspirou.

— É uma pena Romeo Costa estar fora do mercado.

— Como se algum dia tivéssemos tido chance.

Reggie bocejou.

— Como se *quiséssemos* ter tido chance. Ouvi falar que ele é um sociopata.

— É sério? — O cabelo de Tabby bateu no apoio de cabeça. — Ouvi falar que ele doou uma ala de maternidade inteira ao John Hopkins quando a esposa engravidou.

— Provavelmente porque vão precisar demolir a entrada para ela conseguir passar e entrar no dia do parto. Minha esteticista me contou que Dallas Costa comeu metade da base do bolo de três andares no jantar da Casa Branca ontem, e aí o bolo inteiro desmoronou em cima de algum magnata do petróleo.

As Coisas 1 e 2 se desfizeram em risadinhas.

— Alguém mais está sentindo cheiro de alvejante? — Reggie farejou o ar. — Juro, o cheiro da Farrow parece não sair do meu nariz ultimamente. Você tem que expulsá-la, mãe. Ela deixa a casa inteira fedendo.

— E onde exatamente eu a colocaria? — Vera colocou o ar-condicionado no máximo. — Precisamos do dinheiro de aluguel de todas aquelas espeluncas que seu pai deixou para trás. As pessoas estão começando a comentar. Quando assinei o contrato deste carro, nem optei pelo modelo AMG. — Ela fez uma pausa. — Talvez pudéssemos deixá-la no galpão da piscina...

— Lá não. — Tabby se jogou com tudo para a frente, considerando a forma como o veículo inteiro sacudiu. — Vou transformar o galpão em um segundo closet.

Não dava para acreditar que eu estava prestes a passar a próxima hora rodeada por centenas de pessoas tão superficiais e autocentradas quanto minhas irmãs postiças. Mas eu não tinha escolha. Zachary Sun tinha algo que me pertencia.

O pingente de jade nunca deveria ter ido parar no enorme château dos Sun. Naturalmente, isso tinha todos os sinais indicativos da ganância de Vera. Quando meu pai morreu, ela leiloara seus pertences, ganhando tempo até o dinheiro do seguro entrar. Aparentemente, Zach Sun fizera um lance três vezes maior que a segunda melhor oferta. E esse bilionário mimado acabou arrematando a única memória que havia restado do meu pai.

Não por muito tempo.

Vera ligou a seta, guiando o veículo por um caminho de cascalho.

— Aqui estamos. Nossa Senhora, olhem a fila.

Finalmente. Ela calou uma discussão entre minhas irmãs postiças, estalando a língua enquanto esperávamos.

— Deus, olhem a segurança nos portões. Um pouco exagerado, eu acho.

Eu me encolhi ainda mais contra os bancos e me cobri com um tecido preto. O material que eu havia costurado à mão se misturava tão bem com o resto do porta-malas vazio que eu sabia que nem sequer vasculhariam.

— Abram. — Um guarda bateu na janela dos fundos.

O porta-malas foi aberto, a porta se levantando em um ritmo excruciante. A luz intensa da lanterna perfurou o tecido que me cobria antes que a porta fosse fechada com força.

— Tudo certo. *Próximo*.

Vera freou com uma derrapada e pôs a marcha em ponto morto. Minha má-drasta saiu do carro, trocando de lugar com um manobrista. Assim como previ, ele o estacionou o mais distante possível da entrada da propriedade de quase um hectare, localizada na Avenida Dark Prince. Então se juntou a um carrinho de golfe cheio de outros manobristas, pegando carona de volta para a entrada principal.

Assim que os faróis se apagaram, saí rastejando do porta-malas até o assento do motorista e abri a porta. O terrário dos Sun me encarou, aceso de uma ponta a outra com holofotes ofuscantes, me desafiando a invadi-lo. Até mesmo a trinta metros de distância, a construção lançava uma sombra ameaçadora sobre o gramado aparado. Avancei com cuidado pelo caminho iluminado e demarcado com balizadores, agachando-me entre fileiras de carros luxuosos quando um manobrista passou dirigindo um Lotus Evija. Reggie me mataria quando visse o estado do vestido. O suor frio fazia o cetim grudar na minha pele, e eu havia rasgado a fenda alguns centímetros a mais enquanto me escondia no porta-malas.

Outra coisa que descobri na minha pesquisa: a festa marcava a inauguração oficial da caçada de Zachary Sun por uma noiva. Eu não tinha dúvidas de que todas as noivas em potencial que decidiram comparecer estavam dispostas a reencenar *Jogos Vorazes* até uma sair vitoriosa. Se as fofocas que corriam eram verdadeiras, Zachary Sun — para agradar a mãe exausta e desesperada por netos — relutantemente escolheria uma candidata para ser sua namorada à meia-noite.

Eram todas lindas de jeitos diferentes. Altas ou baixas. Curvilíneas ou magérrimas. Trajando vestidos de seda e exibindo bons modos ainda mais delicados. Filhas de bilionários de Singapura e de antigos oligarcas de El Salvador. De conglomerados industriais coreanos ou de produtores de Hollywood. Porém, todas tinham uma coisa em comum: queriam ser a próxima sra. Sun.

Abaixei a cabeça, torcendo para me misturar à multidão em vestidos de baile e smokings. Eu era excelente em me tornar invisível, uma habilidade que cultivava desde o jardim de infância . Principalmente para me poupar do abuso que Vera e as Coisas 1 e 2 me endereçavam sempre que tinham um dia ruim.

O château se assomava acima de mim em um esplendor imponente — faixas de calcário francês clarinhas, colunas imperiais e jardins lapidados que rivalizavam com Versailles.

Engoli o nó que comprimia minha garganta e entrei, levada pelo volume dos convidados ávidos. Duas escadarias grandiosas cercavam o saguão, e meus olhos se ergueram pela que levava ao meu alvo: o escritório de Zachary Sun. Guardas de terno bloqueavam os primeiros degraus, mãos unidas na frente do corpo e fones nos ouvidos.

No canto, minha família postiça ria alto demais de algo que homens com roupas caras feitas sob medida diziam. Vera segurava um aperitivo contra o peito, tentando franzir a testa apesar da barreira de Botox. Ela envelhecera como leite em uma sauna, e tinha a personalidade tão azeda quanto a aparência. Eu precisava impedir que me vissem, mas não estava muito preocupada com isso. Mais ninguém ali me conhecia.

Meu pai tinha sido mortal demais para se misturar com esse tipo de gente. Quanto a mim, sempre evitei qualquer evento que envolvesse puxar o saco das carteiras mais pesadas de Potomac. O casamento me parecia um completo desperdício de tempo. Uma pessoa deveria ter apenas um amor na vida: a si mesma. E talvez um cachorro.

Esperei até um funcionário subir as escadas e fui atrás dele. A sinfonia de vozes no térreo nos seguiu até o andar superior. Mexi os lábios sem emitir som, fingindo uma conversa para despistar a desconfiança dos guardas. Assim que passamos pela entrada de um corredor, fui em direção à biblioteca dentro da qual ficava o escritório. Eu havia memorizado a planta baixa da mansão. *Obrigada, Zillow*.

Quando Zach comprou a mansão da realeza suíça que a ocupara antes, praticamente não fez mudanças, exceto converter a garagem subterrânea em uma galeria de arte com tecnologia de ponta. A princípio, pensei que, de alguma forma, precisaria invadi-la. Por sorte, me deparei com a capa da revista *Wired* do mês anterior. Um artigo sobre a última aquisição hostil de Zach. E lá estava. Imortalizada na página dupla acetinada, quase imperceptível atrás do olhar desalmado de Zach. O pingente. Pendurado em uma estante. Protegido por vidro.

Lo siento, *otário. Você está prestes a ficar com uma obra de arte a menos*.

Segui em frente, passando por pinturas que provavelmente custavam mais do que a propriedade dos Ballantine inteira. Ainda mais considerando como Vera e as filhas tinham começado a afundar a empresa do meu pai em uma fossa que nem o Titanic teria sido capaz de alcançar. Eu não fazia ideia do que ele estava pensando quando decidiu dividir o patrimônio da empresa de limpeza em quatro. Três de nós nunca haviam trabalhado um dia sequer na vida.

A porta da biblioteca despontou na minha frente. Apertei a maçaneta com força, esperando que não cedesse. Eu havia passado dois meses aprendendo a arrombar fechaduras com o kit que, agora, trazia escondido no sutiã. Mas a porta se abriu sem esforço, e sem som. Um sopro de ar gelado percorreu a minha pele, causando arrepios. Entrei com cuidado, fechei a porta e encostei as costas na madeira, permitindo a mim mesma um instante para acalmar o batimento do meu coração. Não era a primeira vez que eu fazia uma coisa que poderia me levar direto para a cadeia, mas, ainda assim, era a primeira vez que eu roubaria de um dos homens mais poderosos do mundo.

Não perdi tempo apreciando o escritório de Zach Sun, apesar de nunca ter entrado em nenhum outro lugar tão extravagante. Não quando o pingente me chamava como a luz de um farol. Na mesma caixa de vidro exibida na revista, ao lado de uma cópia idêntica. Um par — um para um homem, outro para uma mulher.

Bom, me parece adequado. Um é dele, o outro é meu.

Não haveria confusão alguma. O pingente do meu pai tinha uma imperfeição que o tornava unicamente *nosso*. Quando criança, brinquei de "cabeleireiro" com as borlas, então os fios do barbante eram três centímetros menores do que deveriam ser.

Passei correndo pela escrivaninha, ignorando os papéis que caíram no tapete com o sopro de vento. Finalmente — *finalmente* — meus dedos tocaram o vidro espesso. Bem acima do pingente do meu pai.

— Desculpe ter demorado tanto tempo. — Lágrimas faziam meus olhos arderem. — Ele te trancou em uma gaiola de ouro, mas não se preocupe. Vou te tirar daí.

Desde que meu pai morrera, eu guardava seu pingente favorito na mesa de cabeceira, para segurá-lo sempre que eu acordava no meio da noite com saudade. Antes de Vera vendê-lo, um pouco do perfume do meu pai ainda restava em meio aos nós complexos. Aposto que agora o perfume tinha sido maculado pela existência impessoal de Zach.

Vou pegar o pingente de volta, papai. Prometo.

Erguendo a barra esgarçada do meu vestido azul-claro, tirei um cortador portátil de vidro do cós da calcinha. A lâmina estalou quando o abri, espetando o canto do vidro. Um batuque violento parecia ecoar nos meus ouvidos enquanto eu talhava um círculo ao redor da pequena fechadura.

Então, ouvi. Alto o bastante para atravessar as batidas do meu coração.

— O que pensa que está fazendo?

Merda.

2

Farrow

A voz gélida não chegava nem perto da frieza do dono. Eu me virei, colando um sorriso vago no rosto, inspirada em Reggie. O tipo de sorriso que gritava: *eu não tenho nada além de poeira e a última coleção da Chanel dentro do crânio*.

— *Aimeudeus*, você. Zach Sun. Faz um século que quero te conhecer.

Eu estava disposta a acariciar o ego de um homem se isso significasse que me deixaria em paz. Em geral eram criaturas simples, facilmente distraídas por elogios. Infelizmente, o sr. Sun parecia ter se degelado tanto quanto o Iceberg B-15.

— Fiz uma pergunta. — Ele deu um passo para a frente, olhos como um vórtex escuro, tão vazios que temi cair naquele fosso. — Agora seria uma boa hora para responder.

Não ajudava em nada que a presença dele fosse uma distração. Nem o fato de que ele era alto, que o maxilar era tão definido que parecia esculpido à mão. Ele usava um smoking, o cabelo dividido na lateral e penteado para trás, mais preto do que a ponta das asas de um corvo, assim como seus olhos. Emanava poder, elegância e beleza. Destilava carisma como ouro derretido. E, ainda assim, era asséptico demais. Frio demais. Como um planeta deserto e sem vida. Eu o tinha visto inúmeras vezes — sem que ele soubesse — e nunca me acostumei com sua imponência.

A sobrancelha direita dele subiu.

— O gato comeu sua língua?

Estou é fazendo uma gatunice, querendo dar o fora depois de ter sido pega.

— Me perdi tentando encontrar a galeria de arte. — Abaixei a cabeça em reverência, encarando-o pela cortina de cílios espessos. — Sinto *muito*. Não consegui evitar. Os rumores são tantos...

— A galeria fica na garagem. — Zach esticou a mão ao interruptor, girando-o até a iluminação máxima. Luz branca jorrou do teto. — E, se sabe que ela existe, também está ciente de que a entrada é proibida. Além do mais, você não gosta de arte.

Ele disse aquilo com tanta confiança que, por um momento aterrador, minha respiração ficou presa na garganta. Como se ele pudesse me ver de verdade. Ele fechou a porta, cruzando os braços e apoiando-se nela para bloquear minha rota de fuga.

— Vamos tentar de novo — disse ele. — Por que está aqui?

Com mais um olhar rápido, me afastei do pingente de jade e atravessei o cômodo, diminuindo a distância entre nós enquanto balançava os quadris. Como alternativa a uma espada, sexo era uma ótima arma.

— Não gosto de festas.

Nem de você. Nem do fato de que entrou na minha vida e tomou o que é meu com tanta facilidade, como se eu não importasse.

Enterrei as palavras ao lado do meu orgulho e parti para o ataque, ajustando o decote do vestido. Os olhos dele nem sequer se mexeram. Ai. Hora do Plano B.

Balancei a cabeça, jogando o cabelo por cima do ombro.

— Precisava recuperar o fôlego, e minhas pernas me trouxeram até aqui.

— Bem, peço que suas pernas te levem para fora da propriedade, a não ser que deseje passar a noite em uma cela.

O fato de ele não ser um cara legal não me surpreendeu, mas estava sendo um completo babaca. Por outro lado, eu tinha ido *roubá-lo*. Dei uma volta pelo cômodo, ignorando a forma como suas palavras pairavam no ar como uma lâmina. Meus dedos passearam por livros de negócios, pinturas e sofás forrados.

Zach descartou o copo de uísque em uma mesa de canto, acompanhando meus movimentos como uma águia.

— Você é burra?

Burra? Não. Determinada? Pode apostar que sim. E eu tinha a sensação de que Zach não estava acostumado com mulheres que não cediam a todos os seus pedidos.

O tabuleiro de Go acomodado entre dois sofás acolchoados chamou minha atenção. Madeira de torreya-japonesa. Pedras Yunzi. Tigelas de amoreira. Ele devia ter gastado o equivalente a uma hipoteca com essa maravilha. As pedras estavam espalhadas pelo tabuleiro, como se alguém tivesse abandonado um jogo longo. Ou, mais provável, fugido. Por instinto, tirei uma pedra preta da tigela e a depositei em uma intersecção vantajosa.

Do outro lado da sala, as sobrancelhas de Zach se uniram, os olhos recaindo no tabuleiro.

— Isso não é xadrez. — A voz baixa exalava escárnio, mas havia algo a mais misturado ali. Uma pontada de pânico.

Ele não gostava quando outros tocavam nas coisas dele. Clássica Síndrome do Filho Único.

— É óbvio. — Avaliei a espessura das peças pretas, com os dedos coçando de vontade de pegar mais uma pedra. Fazia séculos desde a última vez que eu tinha jogado. — As pecinhas de xadrez são fofas e pontudas. Estas redondas são de damas.

A pálpebra dele estremeceu. Todo aquele dinheiro e, ainda assim, não conseguia comprar senso de humor. *Tsc. Tsc.*

Diante de mim, as pedras me diziam tudo que eu precisava saber a respeito dos jogadores. Pretas: cauteloso, generoso e gentil. Brancas: impiedoso, agressivo e determinado. *Zach joga com as brancas*, concluí.

Arqueei a sobrancelha, enterrando minha curiosidade quanto à identidade do jogador das pretas.

— Achei que fosse a vez das pretas.

— E por que achou isso?

Porque eu sei contar.

Optei por algo um pouco mais ofensivo.

— Porque quem está jogando com as brancas foi burro a ponto de reagir à ameaça de *ko* das pretas, então imaginei que, depois de ter destruído o próprio grupo, implorou ao jogador das pretas por uma pausa para ir lamber as feridas e se recuperar. — Balancei a cabeça. — Não teve coragem de desistir, teve?

Silêncio. Tirei um fiapo de grama do meu vestido, constatando que eu gostava mais de Zachary Sun com a boca fechada. A expressão ainda era uma fortaleza impenetrável, neutra e indecifrável. Ele não olhava para mim. Em vez disso, toda a sua atenção se agarrava ao tabuleiro. Havia algo tão distante naquele homem que tive sérias dúvidas de que ele seria capaz de funcionar como um ser humano. Isso o tornava imprevisível. E *isso* fazia dele um oponente muitíssimo perigoso.

— Opa. — Fiz um biquinho com o lábio inferior, inclinando a cabeça para o lado. — Era você jogando com as brancas, não era? Não se preocupe. Não vou espalhar seu segredo.

O leve alargar de suas narinas era o único sinal de que respirava.

— Eu não evitei desistir.

Olhei para a porta, me perguntando se ele notaria se eu me esgueirasse para fora.

— Fico feliz por ouvir isso. Seria um *péssimo* espírito esportivo.

As portas da varanda me tentavam. Não era como se eu fosse precisar dos meu tornozelos intactos.

— Não. — Zach veio em minha direção, um passo intencional por vez. O perfume dele, cítrico e amadeirado, incendiou minhas narinas, me avisando que o perigo espreitava ali. — Não desisti — insistiu, tão perto de mim que nossos ombros quase se tocavam.

Encaramos o tabuleiro. Ele indicou o ponto mais alto.

— Veja.

Olhei para as mãos dele. Mãos que nunca tinham tido um dia de trabalho duro. Perfeitas e limpas, com cutículas aparadas. Dedos compridos e bronzeados. A pele lisa e sem qualquer imperfeição. Um pulso largo, ostentando um relógio De Bethune. Tão perfeito. Tão encantador. Tão *sem alma*.

— Sinto cheiro de uma aposta — desafiei, percebendo que o suposto gênio ainda não tinha entendido minhas intenções.

Puta merda. Eu realmente me safaria da tentativa de roubá-lo. Meus sentimentos oscilavam entre alívio e decepção por não ter pegado o pingente. *Ainda*.

— Tudo que sinto é cheiro de enganação. — Ele se sentou do lado oposto às pedras pretas, apoiando os cotovelos nos joelhos e entrelaçando os dedos, a testa franzida. — Sente-se.

Sente-se. Vá. Não me passou despercebido o fato de que todas as ordens que ele me deu poderiam muito bem ter sido dadas a um cachorro.

— Por quê?

— Porque estou prestes a acabar com você. E sentada você não corre o risco de cair de joelhos com a humilhação.

Eu o estudei, um pouco escandalizada, um pouco assustada.

— Você realmente se acha mais esperto que o resto do mundo, não acha?

— Sua teoria é sustentada por fatos.

Ele estava falando sério. Coitada da pessoa com quem ele decidiria se casar. Torcia para que o pau fosse tão grande quanto o ego, pelo bem dela.

— Eu penso...

— Você *acredita* — emendou ele. — A maioria das pessoas não tem capacidade de conjurar pensamentos originais de verdade. Até dissertações são teorias recicladas de mentes mais brilhantes. Eu não poderia me importar menos com o que você acredita. Agora, sente-se, ou vou chamar a segurança.

Pisquei.

— Você está me obrigando a *jogar* com você?

— Sim.

— Deixe-me adivinhar... você não era a criança mais popular no parquinho.

— Nunca estive em um parquinho. — Ele arregaçou as mangas, levantando a tampa de amoreira que cobria as pedras brancas. — Se bem que meus pais alugaram a Disney por um final de semana no meu aniversário de 5 anos... Levaram minha turma toda para lá. Não ouvi reclamação alguma. *Sente-se*.

Foi o que fiz de maneira obediente, imaginando que o jogo seria uma distração bem-vinda enquanto eu planejava minha fuga.

— Ah, os ricos. Eles são exatamente como nós.

Ele nem sequer perguntou quem eu era. Meu nome. Pura intriga e a indignação com a ideia de perder um jogo de estratégia antigo bastaram para fazê-lo atirar qualquer cautela pela janela.

Zachary Sun não estava acostumado a perder. *Que existência terrível.* Se uma pessoa não era capaz de lamentar as perdas, como poderia comemorar as vitórias?

Encarei seus ombros relaxados.

— Você não precisa voltar para a festa?

Ele não havia olhado para a porta uma única vez.

Zach me ignorou, segurando uma pedra entre a unha do indicador e a ponta do dedo médio. Sem parar para pensar, ele bloqueou meu ataque. Aconteceu em menos de um segundo. O gestual impecável. Ele se recostou no estofamento luxuoso, apoiando uma perna em cima da outra, finalmente me presenteando com um fragmento de sua atenção. A barra da calça subiu um pouco, revelando a meia escura. Igual à alma dele.

— Onde aprendeu a jogar Go?

Eu reconhecia uma acusação quando a ouvia. Infelizmente, estava acostumada.

— Coreia.

Não falei mais nada, me inclinei para a frente e avaliei minha próxima jogada.

Do lado de fora, o som de música, risadas e taças de champanhe tilintando passava pela porta. Meus pensamentos frenéticos abafavam tudo. Eu precisava fugir. Eu voltaria para buscar o pingente outro dia. Outra hora.

A sobrancelha esquerda de Zach se arqueou um milímetro. Tive certeza de que queria perguntar o que uma garota branca e estadunidense estava fazendo na Coreia, mas se conteve. Tive a sensação de que se orgulhava de não se importar com os outros. Ou talvez simplesmente não se importasse, e o orgulho fosse sua emoção padrão.

Lancei um olhar rápido para ele, verificando se aquele rosto ainda fazia meus batimentos cardíacos acelerarem. Fazia.

— Participei de algumas competições de Go quando estava lá, se for te fazer se sentir melhor.

Os lábios dele se curvaram em um rosnado.

— Por que isso faria com que eu me sentisse melhor?

— Para depois que eu te aniquilar no tabuleiro.

— Quem é que está confiante pra caralho agora?

— Até parece, Zach. Só tem um caralho nesta sala, e acho que nós dois sabemos que pertence a você.

Sim. Isso realmente saiu da minha boca. Vera estava certa. Talvez fosse impossível me tornar uma pessoa civilizada.

Zach moveu outra pedra. Ele havia me encurralado, era um jogador fantástico. Calmo, pragmático, inabalável. Mas isso não me surpreendeu, só me irritou. Eu cresci acostumada a ter sempre uma vantagem analítica. Papai vivia me avisando que a estupidez sempre tinha um preço. Talvez tenha sido assim que Zach Sun aumentou sua fortuna herdada, já digna de aparecer na *Forbes*, ao equivalente do PIB de Luxemburgo. Ele não tinha nenhuma fraqueza a ser explorada. Nenhuma estupidez pela qual precisava pagar.

Revirei uma pedra na palma da mão enquanto aguardava pela jogada dele, ignorando os bons modos relativos ao jogo, sabendo que isso o incomodaria.

— Você não deveria voltar para seus convidados?

— Não — respondeu ele, resoluto. — Vão se divertir mais sem mim.

Ele manobrou uma pedra, inclinando-se para mais perto de mim ao fazê-lo. Eu não lhe interessava nem um pouco. Poderia estar seminua em uma bandeja diante dele, à sua mercê. Ele não se importava. Aquelas coitadas lá embaixo não tinham qualquer chance.

Zachary Sun não era afeito a amor ou paixão. Humanos não o empolgavam. Números e jogos mentais, sim.

Pigarreei.

— Você tem uma casa bonita.

Senti necessidade de preencher o silêncio de alguma forma, para impedi-lo de fazer perguntas sobre mim. Ao mesmo tempo, fiquei com receio de que ele pudesse reconhecer minha voz. Todas as outras vezes em que nos encontramos, ambos estávamos de máscara.

Alguns momentos se passaram antes de ele erguer os olhos para mim, o que não durou sequer um segundo.

— Isso não foi uma pergunta.

Jesus.

— É verdade que sua mãe vai te forçar a se casar até o fim do a...

— Quero jogar em silêncio.

Enterrei o nó do dedo na têmpora, esperando aliviar a pressão crescente.

— E então vai me deixar ir embora em paz?

— Posso te deixar ir embora *inteira*. Esta é minha oferta final.

— Não me parece uma oferta muito boa.

— Eu acho que é. A não ser que goste de comida de cadeia.

— Não sou exigente.

Pelo menos eu não precisaria mais desembolsar dinheiro para alugar minha própria casa, onde eu cresci.

— Nem as pessoas que vão te encurralar no chuveiro.

— Você está insinuando que...

— Eu não insinuo. Digo tudo de forma direta. E, neste instante, estou dizendo, diretamente: "Faça sua jogada. Sem falar nada".

Obedeci. Pelas duas horas seguintes, nos perdemos no jogo. A cada vinte minutos, mais ou menos, alguém batia na porta, tentando levar Zach de volta para a festa. Todos foram recebidos com acenos de mão preguiçosos, uma ordem silenciosa para que fossem embora. A atenção total de Zach permanecia no nosso jogo, e por isso me esforcei para tentar prolongá-lo ao máximo. Não queria que ele voltasse a me interrogar. Mas, caramba, ele era habilidoso. Se me dissesse que competira nas ligas profissionais, eu teria acreditado.

Uma fina camada de suor começava a se acumular nas minhas têmporas. Tínhamos entrado na terceira hora de jogo com floreios. Eu, inquieta, pronta para sair correndo pela porta assim que ele permitisse. E ele, com aqueles lábios eternamente comprimidos. A expressão de Zach se transformara em uma carranca completa quando nosso empate ficou evidente. Estávamos em um beco sem saída. A música e a conversa tinham atenuado no andar debaixo, indicando que a maior parte dos convidados havia partido. O anfitrião da festa passara o tempo todo no escritório. Comigo.

E não conversamos. Não trocamos uma única palavra.

Rompi o silêncio primeiro:

— Preciso pensar sobre a próxima jogada.

Esfreguei a bochecha, fazendo um beicinho com o lábio inferior. Eu odiava perder. Além disso, não tinha certeza de como seria minha fuga da cova do leão. Naquela tarde, estacionara meu carro a duas quadras da mansão, com a intenção de andar até lá, levando o precioso pingente. Fui confiante demais.

Os olhos de Zach não se moveram do tabuleiro.

— Você está prestes a perder.

— Continue se convencendo disso.

Fiquei em pé, esticando os braços e fingindo um bocejo.

Ele também se levantou, a carranca ainda comprimindo os lábios. Fechei minha caixinha de pedras com tudo.

— Bem, obrigada pelo j…

— Quando vamos terminar a partida? — perguntou Zach.

Ele tirou o celular do bolso e começou a mover o polegar pela tela. Seu calendário apareceu diante de mim. Deus, não tinha ocorrido a ele que eu poderia dizer não. O polegar subia a cada passada de tela, provavelmente avaliando datas convenientes para *ele*.

— Amanhã não posso, e tenho uma reunião em Londres no dia seguinte, mas não vou passar a noite lá.

Fechei a boca em um baque audível. Nada daquilo deveria me surpreender. Zach queria ser desafiado. Não, ele *precisava* ser desafiado. Todo mundo ao seu redor o entediava. Infelizmente para ele, eu preferiria dirigir até em casa com uma venda e as mãos em algemas em vez de passar mais de um segundo na presença dele.

Cocei a bochecha.

— Eu, hum, estou com a agenda cheia.

— Mais festas para ir de penetra?

Alisei o vestido com a mão, minha palma suada.

— Que grosseiro.

— Mas não errado. Quem é você?

Seus olhos eram como dois canos de uma arma, pressionando a pele macia da minha têmpora, ameaçando puxar o gatilho. A morte espreitava atrás daqueles olhos. Me perguntei o que ele testemunhara para que toda a alma se esvaísse deles.

— Fui convidada para estar aqui.

— Eu me lembraria se tivesse te convidado.

— Sou acompanhante de um convidado.

— E qual é o nome desse convidado?

Será que ele morreria se cedesse?

Evoquei o nome de um homem que imaginei que estaria presente.

— Pierre Toureau.

Um dos meus clientes. Um cliente muito rico. Era dono de restaurantes, shoppings e de uma série de estufas e jardins botânicos espalhados por seis estados entre Nova York e D.C. Minha aposta era que Zach o tinha convidado, assim como a filha bonita que estava na faculdade, Anamika.

Uma veia saltou no pescoço dele.

— É sério?

— É sério.

— Interessante. A esposa dele sabe disso?

Merda.

— Sou sobrinha dele.

— A da França?

— S-sim.

— E onde você nasceu na França?

Jesus. Ele não deveria ser gostoso *e* inteligente. De novo, isso não me surpreendeu. Era apenas desconcertante ser quem recebia tal dose letal.

— Hum... sim?

Ele balançou a cabeça, como se eu fosse uma causa perdida.

— Você não é uma de nós — concluiu Zach, descansando as mãos nos bolsos da calça, a mandíbula mais dura que o granito ao nosso redor.

Merda. E: *Vá se ferrar.*

— Como você sabe?

— Primeiro, você está de camisola.

Merda de novo. Era o único vestido de Reggie que não tinha penas, couro ou algum outro pedaço de animal morto. Eu deveria saber que parecia bom demais para ser verdade.

— Não sei do que você está falando. — Mantive o queixo erguido, recuando um passo, meus dedos tateando os arredores em busca de uma arma. Quanto tempo eu teria que ficar na cadeia se o atacasse com um dos livros de finanças, aqueles capazes de curar insônia mas que ele impossivelmente já teria lido? — Tudo bem se não gostou do meu vestido, mas não o ofenda. Eu não te falei que você parece um pinguim nesse smoking.

Ele veio na minha direção, estoico e implacável.

— Desista, Polvinha. Seus tênis estão furados.

Polvinha? O quê?

— Eles são confortáveis. Nunca se sabe quando é preciso correr.

Dei outro passo para trás.

— Agora seria uma ótima hora para isso. — Ele parou a cerca de trinta centímetros de mim. Perto o bastante para me intimidar, mas longe o suficiente para não me tocar. — Vou até te dar vantagem, já que você é uma presa tão fácil.

Ele me subestimou. Geralmente, eu adorava provar que as pessoas estavam erradas sobre mim. Porém, com Zach Sun, eu duvidava das minhas habilidades. Tanto físicas como intelectuais.

Estiquei o pescoço para encará-lo. Com mais de um metro e setenta de altura, eu normalmente não era intimidada por homens, mas Zach fazia com que eu me sentisse minúscula. Tão frágil quanto um coração tenro adolescente. Ele era esguio, alto e musculoso. As proporções eram como as de uma escultura romana. Tudo naquele rosto era divino. O arquear das sobrancelhas grossas. Os olhos infindáveis — tão escuros que eu não conseguia ver onde as pupilas terminavam e as íris começavam. E os lábios volumosos que pareciam ter sido desenhados no rosto, os quais qualquer mulher mataria para ter para si. Tudo emoldurado em uma mandíbula tão quadrada, em maçãs do rosto tão altas que parecia metade humano e metade demônio. Um colecionador de arte, ele próprio uma obra de arte.

— Olhe... — Minhas costas encontraram a porta.

Por instinto, segurei a maçaneta que se afundava na base das minhas costas. O pingente, atrás de Zach, pareceu praticamente piscar para mim. *Droga*. Eu teria que voltar para buscá-lo, de alguma maneira. Ao me convidar para voltar, aquele homem me oferecera um presente, embalado em espinhos afiados e envolto por hera venenosa. Porém, ainda assim, um presente. Pena que eu não confiava em nenhum de nós dois para abri-lo. Ergui a palma da mão.

— Eu posso explicar.

Um último passo, e ele me encurralou por completo. Seu corpo me prendeu contra a porta, não exatamente me tocando, mas perto o bastante para que os pelos invisíveis nos meus braços se arrepiassem.

— Eu duvido do fundo da minha alma.

— Você não consegue fazer isso. Você não tem alma.

Eu não fazia ideia do que me fizera provocá-lo, mas não conseguiria parar mesmo se quisesse. Não com tamanha motivação para minhas ações, com a eletricidade inundando minhas veias. E, para além da lógica, não com todas as gotas do meu orgulho desejando entalhar uma cicatriz em Zachary Sun.

O rosto dele permaneceu imóvel.

— Posso não ter alma, mas meu cérebro compensa a ausência, e ele está me dizendo para te punir por sua...

Não fiquei por lá para ouvir o que ele planejava fazer comigo. Eu me virei, escancarei a porta e saí correndo. Zachary apareceu no meu encalço em segundos. Os sapatos elegantes dele batendo no mármore a passos largos. Fui até a beirada da escadaria e pulei na balaustrada, descendo pelo corrimão o mais rápido possível.

Zach estalou os dedos.

— Atrás dela.

Em um instante, duas pessoas se materializaram, correndo pelas escadas ao meu encalço. Zach ainda era quem estava mais perto de mim, mas não era nem de longe tão rápido ou ágil quanto eu. *Sou praticamente uma atleta olímpica, meu bem,* eu quis provocar. Em outra vida, Zach e eu seríamos amigos. Talvez. Jogaríamos Go. Faríamos cálculos mentais. Trocaríamos ideias. Eu ganharia. Às vezes, pelo menos. Eu sempre o deixaria em alerta.

No final da escadaria, pulei do corrimão, dando um rodopio e uma piscadela antes de me apressar até a saída. O lugar tinha esvaziado. Ninguém, exceto a equipe da faxina e da organização de eventos, perambulava por lá, e eles gritaram com a minha intrusão repentina. Um esfregão saiu voando de alguma mão, espalhando água ensaboada no que provavelmente era um Baselitz original. *Opa.*

Sem me desequilibrar, saí com tudo pelas portas da frente, assustando um manobrista que fumava um cigarro. O ar gélido não esfriou minha pele. Ganhei velocidade, as coxas queimando com o esforço. Andras faria até um sacrifício humano para me ver treinando com tanto afinco como agora.

Minha respiração ofegante abafou o coro dos grilos. O suor doce do verão escorreu pela minha coluna. A fenda do vestido aumentava a cada passo. Eu estava muito assustada. *Mas mais viva do que me sentia havia muito tempo.*

Peguei uma mangueira de água abandonada na grama e a apontei para os funcionários, acertando-os com o jato e os derrubando como se fossem dominós. Uma risada sem fôlego subiu pela minha garganta.

O que você está fazendo, Fae?

Me divertindo. Algo que quase me esquecia de como fazer.

Joguei a mangueira de lado e acelerei o ritmo. Àquela altura, os funcionários tinham ficado para trás. Apenas Zach conseguia me acompanhar.

— Eu não faria isso se fosse você. — De alguma forma, ele soou sereno. Não ofegava nem havia ficado perplexo pela minha coragem repentina. — Você pode fugir, mas não pode se esconder. Consigo tudo que quero. E, neste instante, quero respostas.

Meus tênis afundaram no chão macio, arruinando a grama cuidadosamente aparada. Os irrigadores foram acionados, sem dúvida de propósito. Água me atingia por todos os lados, pesando a camisola até o cetim grudar no meu corpo. Mas me recusei a desacelerar.

Uma risada sombria envolveu meu corpo molhado como uma trepadeira.

— Você é entretenimento puro, Octi.

— Por que está me chamando de Octi? — gritei.

Eu não queria mostrar o quanto ele me irritava, mas não pude evitar. De todos os apelidos do mundo, eu não conseguiria pensar em nenhum menos lisonjeiro. Nem se eu passasse uma década inteira em um brainstorming.

— Porque você é uma polvinha — disse ele, o tom neutro. Como se eu não estivesse fugindo, e ele não estivesse me perseguindo. — Excepcionalmente inteligente. Mãos por toda parte. E venenosa. Além do mais, polvos fêmeas atiram conchas nos machos que as assediam.

— Se você sabe que está me assediando, *pare.*

— Que tal sexta-feira? — Ele conseguia olhar para o celular enquanto ganhava velocidade. Aquele cara era muito, muito estranho. — Consigo encaixar um jogo entre onze da noite e uma da manhã.

Uma da manhã? Para jogar Go?

Tinha apenas uma coisa que eu queria mais do que me virar e mostrar o dedo do meio para ele: sobreviver a esse encontro bizarro. Engoli o orgulho, as pernas se movendo com tamanha rapidez que eu estava a segundos de começar a provocar faíscas a partir da fricção no vestido de Reggie.

— Octi.

Eu não responderia ao apelido idiota. Não mesmo.

— Octi, você tem que parar. Eu odiaria abrir um buraco nesse seu crânio, já que de fato tem algo aí dentro, mas sabemos que eu poderia fazer isso.

— Deve ser o único buraco no qual você está interessado hoje — sibilei, puxando a fenda do vestido para cima quando quase tropecei. — Pena que a população da capital ainda não descobriu isso.

Ele me ignorou.

— Sexta-feira, onze da noite?

— Na próxima vez que eu estiver voluntariamente no mesmo lugar que você, vai ser para comparecer ao seu velório e me certificar de que morreu mesmo.

Um sopro repentino atravessou o ar. O cheiro de metal incendiou minhas narinas. Uma faca dourada e extravagante pousou na grama a centímetros de mim. Merda. Ele tinha arremessado aquilo em mim. Ele realmente tinha arremessado uma *faca* em mim. A situação havia escalado rápido demais. Vera sempre dizia que minha língua afiada me colocaria em apuros, mas nunca pensei que eu fosse deixar alguém tão bravo a ponto de querer me assassinar. Optei por correr em zigue-zague, sabendo que isso diminuiria minha velocidade, mas eu não queria sair dali com mais um furo no traseiro como lembrança. A risada sombria e lúgubre de Zach ecoou atrás de mim. *Ele está gostando disso.*

Que sociopata.

De acordo com boatos, Zach Sun nunca ria. Mal abria um sorriso. Era um homem taciturno, durão, com o coração enferrujado. E era *isso* que o fazia tirar a máscara?

Eu me vingaria desse babaca, nem que fosse a última coisa que fizesse. Na pressa, um dos tênis se soltou do meu pé, afundando em um bolsão de lama. Não tive tempo de olhar para trás. Para parar. Continuei correndo com um tênis só. A água encharcou meu pé descalço no mesmo instante. Quando cheguei ao portão de ferro, eu sabia que ele pensava ter me encurralado. Assim como sabia que, logo que eu passasse das grades, Zach não seria burro ao ponto de me esfaquear. Era difícil provar legítima defesa quando a vítima tinha um buraco nas costas, mesmo se fosse o quinto homem mais rico no planeta e todo mundo te tratasse como se você tivesse um pau banhado a ouro.

Observe e aprenda, otário.

Com um floreio, apoiei o pé na barra de metal e escalei a monstruosidade de três metros e meio. As barras não tinham reentrâncias, mas eu tinha velocidade e força para me jogar por cima do portão. Assim que fui para o outro lado, fiz uma reverência teatral, segurando a barra lamacenta do vestido para dar ênfase. Quando inclinei um chapéu invisível na direção dele, Zach tensionou a mandíbula. Aquela minúscula reação me pareceu uma vitória.

Polvo: 1. Lagosta: 0.

Eu estava encharcada igual a um gato de rua, meu cabelo, uma bagunça, e meu coração, em pedaços, mas eu nunca daria a Zachary Sun o prazer de me ver desistir.

— Até mais, Lagosta. E obrigada pelos peixes.

— Lagosta?

— O lanchinho preferido dos polvos.

Desapareci noite adentro antes que os portões pesados começassem a rastejar, sendo abertos. Os homens de Zach me caçaram como cães, as lanternas perfuraram a escuridão, os carrinhos de golfe zumbiram nos meus ouvidos. Mas os evitei, atravessando os hectares de floresta que cercavam a propriedade.

A vantagem dos polvos? Eles se camuflavam muito bem.

Quando cheguei em casa, reuni força o bastante apenas para me jogar na cama. A lama secara em camadas grossas nas coxas e tornozelos. No dia seguinte, eu acordaria com um resfriado por causa do vestido molhado. Mas, naquela noite, tudo que eu conseguiria fazer era passar todos os minutos até a manhã chorando no travesseiro. Pelo pingente que não consegui recuperar. Pelos sonhos que tinham ficado fora de alcance. Pelo meu pai.

Da próxima vez, papai. Prometo.

3

Zach Sun: Grand Regent. Noventa minutos.

Ollie vB: Passo. Festa de arromba ontem, Sun. E ainda estou me recuperando das aventuras da semana passada.

Romeo Costa: Está falando do baile de gala no seu hotel?

Ollie vB: Isso.

Zach Sun: No qual 90% das convidadas eram aposentadas e pensionistas?

Ollie vB: Ninguém faz boquete como as banguelas.

Romeo Costa saiu da conversa.

Zach Sun saiu da conversa.

Ollie vB renomeou o chat como *Central da Aposentadoria*.

4

Zach

Revirei o sapato sujo nas mãos, examinando-o. Estava tão gasto que eu não conseguia identificar a marca. Tinha feito uma pesquisa on-line e determinado que era um Vans ou um Converse. Pelo poder da dedução — e da porra da lógica —, imaginei que fosse a opção mais barata entre as duas. A moça parecia pobre demais para possuir qualquer coisa além do ar que respirava.

— E então ela subiu no seu portão, pulou para o outro lado e fez uma *reverência*? — Romeo apertou botões no painel da câmara de criogenia. — Tem certeza de que isso aconteceu de verdade e que não foi... um sonho?

Minha camisa estava encharcada de suor graças aos nossos exercícios matinais — nem tão exaustivos quanto minha corrida com Octi na noite anterior. Puxei a camiseta pela cabeça em um único movimento, e atirei no cesto de roupa suja.

— Tenho certeza de que a minha mente não inventou uma vigarista que sabe jogar Go e que anda por aí usando lingerie transparente.

Romeo acendeu as luzes da câmara fria.

— Por que não? Parece uma fantasia sua.

Eu não tenho fantasias, seu tolo. Muito menos com mulheres. Pele humana me dava nojo.

Ele esticou os braços.

— Talvez tenha sido o álcool. Aquele rum jamaicano era forte pra caralho.

— Eu não estava bêbado.

— Mas eu estava. — Ollie voltou relaxado do banheiro, nu, com o pau balançando no ar. Aquela coisa era mais comprida que o rabo de um lêmure. Minha esperança era de que ele o amarrasse na coxa quando fosse a encontros. Toda a existência de Oliver era um grande assédio sexual. — Eu estava *loucaço*.

Ele parou ao lado do painel, empurrando Romeo para longe com os ombros e escolhendo outra opção avançada. Menos -130 °C. Quatro minutos. A tela monitorava a temperatura no interior enquanto despencava, junto da minha paciência. Ele tinha passado a manhã inteira reclamando da ressaca.

Como morávamos os três na mesma rua, precisamos de apenas dois segundos para invadir a casa de Ollie e arrastá-lo pela orelha até a suíte presidencial de três andares no hotel de luxo da família dele. Ele resmungara sobre a dor de cabeça antes de sequer ter erguido um único haltere.

— Oliver, guarde esta coisa. — Meus lábios se curvaram em desprezo. — Está arrastando no chão.

— Aliás, Zachzinho, espero que não esteja querendo uma virgem como noiva, porque acabei deflorando algumas ontem. — Oliver me ignorou, coçando a lateral do traseiro. — Tudo bem, beleza. Mais que algumas. Praticamente uma carga a granel como se compra em mercadinhos.

Romeo deu uma risada.

— E quando foi que você, algum dia, entrou em um mercadinho?

— Nunca, mas ouvi histórias. Quem você acabou escolhendo, e por que está com o sapato do Oliver Twist na mão? — Ollie voltou a cabeça cheia de cachos loiros na minha direção, franzindo a testa. — Por favor, me diga que é coisa de fetiche. A única explicação que faria sua personalidade ter sentido para mim é se me contar que tem fetiche por pés sujos.

— *Meu Deus.* — Bufei, balançando a cabeça.

— O quê? Não estou julgando! Todo mundo sabe como me sinto com relação a coleiras.

— Uma pessoa não pode ter sentimentos por objetos inanimados — falei devagar, esperando que adentrasse o crânio dele, mas sabendo que isso não aconteceria.

Ollie apontou para Rom.

— Diga isso para a esposa dele e a geladeira.

Ao contrário do que todos acreditavam, Ollie não era um imbecil. Só fingia para ser poupado de todas as expectativas e obrigações que um homem na posição dele teria que aguentar. Era um bom plano. Um em que eu mesmo não tinha pensado. Ele seria o último solteiro a sobreviver entre nós três, porque construíra sua imagem para que ninguém, vivo ou morto, o quisesse com a própria filha, não importava seu status e dinheiro. Ele estava tão corrompido e era tão depravado que a maioria das famílias preferiria aceitar um peixinho de aquário como marido do que Oliver von Bismarck. Discretamente, ele também dobrara sua riqueza com investimentos a respeito dos quais ninguém perguntava, uma vez que todos presumiam que ele compartilhava um único neurônio com um esperma descartado. Nos trinta anos em que nos conhecíamos, ele nunca partira um coração, nunca precisou gaguejar para terminar um relacionamento e nunca cometeu sequer um erro de negócios enquanto tomava o cuidado de aparentar não ter ideia do que fazia e que qualquer conquista se dava por pura sorte.

Ao fingir ser um idiota, ele passeava pela vida sem ser incomodado. E essa era a coisa mais esperta que alguém poderia fazer.

Tirei a calça de corrida e larguei o sapato de Octi em um banco de madeira.

— É de alguém que invadiu a casa ontem.

Rom deu uma risadinha.

— Uma nerd gostosa que apareceu de lingerie e deu a ele uma boa dose de atitude. Só tem um problema: ele não sabe o nome dela.

Na verdade, aquele era o menor dos meus problemas. Mesmo se eu pudesse realmente cogitar alguém como esposa, a polvinha não era a melhor opção. Era uma mentirosa, abaixo do meu status e, ainda por cima, loira. Minha mãe jamais a consideraria para a posição. Mesmo se o fizesse, eu não o faria. Ela não tinha nenhuma das qualidades que eu colocara na lista. Sim, havia uma lista: podre de rica, aberta a cirurgias plásticas e, acima de tudo, obediente. Eu não tolerava amor. Não suportava romance. Detestava ativamente o *Homo sapiens*. E ela era, sem dúvida, humana demais. Uma confusão em carne e osso. Um temperamento fervilhante, e um corpo que me deixava com calor.

A tela da câmara apitou três vezes, sinalizando que estava pronta.

— Qual é o problema? — Ollie enfiou os pés gigantes em pantufas, abrindo com tudo a porta da sala de crioterapia. Uma fumaça azulada flutuou para fora em ondas espessas, se espalhando pelo chão. — É só repassar a lista de convidados.

Eu o segui, rangendo os dentes.

— Se ela estivesse na lista, não estaríamos tendo essa conversa.

Eu não estava de bom humor. Não gostava de ser enganado. Não, deixe-me corrigir: eu não estava *acostumado* a ser enganado. Aquela filha do diabo entrou na minha vida como um tornado. Escorregou para dentro do meu castelo, vasculhou minhas coisas e quase me ganhou numa partida de Go. E ainda por cima fugira igual a uma personagem de desenho animado, subindo pelo portão como se fosse um lagarto. Não importava quem ela fosse, de jeito nenhum era uma herdeira mimada com sonhos extravagantes na cabeça e um cartão *black* ilimitado dentro de uma bolsa vintage da Birkin.

Romeo entrou na câmara por último, fechando a porta.

— Não acredito que estou dizendo isso, mas Ollie tem razão.

O relógio digital acima da nossa cabeça começou uma contagem regressiva de quatro minutos, nuvens brancas de gelo ocultando a maior parte dele. Os dois homens tremiam. Eu, como sempre, não senti nada. Rom esticou o pescoço, flexionando o abdômen.

— Mesmo se não estivesse na lista, ela veio com um convidado. No carro dele. Não existia outra maneira de ter passado pela segurança. Havia guardas por toda parte. E você tem o sapato como pista.

— É um sapato comum — rosnei.

Mas não era de um tamanho comum para mulheres. Era tamanho 40, estreito. Ela era alta. Jovial. Porte quase andrógino. Uma criatura amorfa. Eu não conseguia nem determinar se o rosto era bonito ou não. Só me lembrava de querer desviar o olhar todas as vezes que nos fitávamos, porque ela me encarava como se eu fosse um cubo mágico que ela queria resolver, sem nenhum interesse além disso.

— Você é um homem cheio de recursos. — Ollie deu um peteleco para tirar uma lasca de gelo do ombro. — Isso funcionou para o príncipe da Cinderela.

— Aquilo é um conto de fadas. — E essas histórias me deixavam consternado. Detestava a ideia de finais felizes. Finais trágicos e tristes tinham mais a ver comigo. — Além disso, na versão dos irmãos Grimm, as irmãs de criação de Cinderela amputam os próprios pés para caber no sapato.

Romeo começou a correr no lugar para afastar um pouco do frio. Treinávamos na academia seis vezes por semana, juntos quando nossas agendas permitiam, e então passávamos pelo ritual da câmara de gelo, luzes infravermelhas, sauna seca e solução intravenosa. Normalmente era na minha casa, mas de vez em quando no Grand Regent, quando eu queria um espaço em que minha mãe não pudesse me encontrar.

— Contos de fada existem. — Romeo apontou para si. — Olhe para mim.

Meu lábio superior se contraiu em desdém.

— O que você tem com sua esposa não é um conto de fadas.

— É o quê, então?

— O pior investimento financeiro na história da humanidade.

— Ele não está errado. — Oliver gargalhou. — Você sabe que sou fã da Dal, mas já vi jatinhos particulares mais econômicos que ela.

Rom soprou uma nuvem de ar frio.

— Vocês não acreditam em destino? — questionou.

Como se ele mesmo acreditasse nisso antes de ficar obcecado pela sua outra metade. Ou, melhor dizendo, um quarto. A esposa era uma coisinha minúscula, mas fazia muito barulho.

— Sou mais do tipo que acredita na teoria do caos. E ela me pareceu ser o conceito de anarquia em pessoa.

Romeo forçara Dallas a se casar, o que resultou em um relacionamento tempestuoso, cheio de altos e baixos, e de angústia o bastante para três novelas históricas chinesas. Depois de um ano e 4,3 milhões de dólares gastos, ele parecia feliz com a esposa. Mas, por outro lado, eu conhecera pessoas que estavam felizes mesmo com doença de Lyme. No geral, humanos não eram exigentes.

— Anarquista ou não, ela chamou sua atenção, e ninguém mais fez isso nos trinta e poucos anos desde que te conheço. — Romeo encarou o cronômetro. Provavelmente contando os segundos até reencontrar Dallas. Os dois me enojavam. — Isso deve significar alguma coisa.

— Significa que ela é perturbada — sugeri. — Louca e burra o suficiente para entrar no meu covil sem ter sido convidada.

— Ela entrou e ficou por algumas horas. — Ollie havia chegado ao nível de envolver as bolas com as mãos para protegê-las do frio. — Isso significa que você gostou da companhia dela.

— Não vou procurá-la.

Observei minha pele adquirir um tom bonito de azul, me perguntando por que a sensação ainda era a mesma, tanto antes quanto depois. O relógio mostrava dois minutos. Ollie e Rom começaram a tagarelar, tremendo e dando pulinhos. Eram fracos demais. Tão vivos e conectados com o corpo idiota deles. Eu não conseguia decidir se eu sentia inveja ou irritação com aquilo.

Rom foi em direção à saída.

— Por que não?

— Porque não tenho utilidade para ela.

— Vocês não terminaram a partida de Go. — Ollie estalou os dedos. — Você sabe que não vai conseguir viver sem saber se ela teria ganhado.

— Ela não poderia ter ganhado. Mal sobreviveu ao longo da partida.

Eu tinha certeza de que logo a esqueceria. Sua reles existência não tinha deixado uma marca na minha vida.

— Ele vai procurá-la. — Romeo passou a mão pelo cabelo escuro, encarando o relógio. — Porra, parece que estamos aqui desde quinta-feira. O tempo passa devagar demais quando estamos congelando até a morte.

— Não vou procurá-la — rebati, sem me mover um centímetro, a fumaça gélida nem sequer penetrando minha pele.

Estava entorpecido. Entorpecido demais. Sempre entorpecido pra caralho.

Ollie deu uma cotovelada em Rom, inclinando-se para cochichar:

— Que nome você acha que eles vão dar para os filhos?

Rom o afastou com um empurrão. O pau de Ollie acompanhou o movimento. Não encolhera um centímetro no frio abaixo de zero. Provavelmente era um problema de saúde. Um de muitos, se eu tivesse que chutar.

— *Saia Daqui, Caralho* e *Ovo Babaca* — sibilei entre dentes.

Ollie inclinou a cabeça para o lado.

— Isso é chinês?

Romeo estremeceu.

— Zacharês, mesmo.

Mais vinte segundos. Começaram a andar de um lado para outro tentando reunir um pouco de calor. Continuei no lugar.

Oliver apoiou o dedo no queixo.

— Ela é a primeira mulher que ele menciona na vida.

— E é a última pessoa com quem ele deveria ficar. — Romeo deu uma cotovelada em Ollie quando este tentou abraçá-lo para roubar calor corporal. — Ela é uma golpista. Lembra?

Dez segundos. Eu me recusava a participar daquela conversa. Não tinha motivo algum para incentivar os dois cretinos a explorar o assunto.

— A vida do Zach é organizadinha demais. — Oliver começou a andar até a porta, fazendo uma cena ao esfregar a orelha pela qual o agarramos naquela manhã. — Ele precisa de bagunça. Ela faria bem para ele.

Cinco segundos.

Romeo se sacudiu para se livrar das gotas de gelo no cabelo, acompanhando Oliver.

— Eu pagaria um bom dinheiro para ver essa derrocada.

O apito do relógio acima soou, e saímos da câmara em fila. Ollie agarrou o termômetro digital e o pressionou na parte de trás da perna, depois, na de Romeo, e, então, na minha.

— Caramba, Zach. Você ainda está com 18ºC. — Oliver riu. — Está me zoando, porra? Você é humano?

Na verdade, eu não era mesmo muito humano. E gostaria de permanecer assim. A humanidade era medíocre, desordenada e estava propensa a erros.

Tinha me decidido. Não a procuraria.

Era melhor esquecer que ela um dia existiu.

5

Zach

— Zachary, preste atenção. Que tal esta? — Do outro lado do escritório, minha mãe balançou uma foto polaroide de uma bela moça com cabelo comprido e lábios escarlate. — Adoro a família dela. A mãe é sócia do nosso clube de campo. É advogada tributária. Trabalha na Clarke & Young. Ainda não foi nomeada como sócia... — As sobrancelhas delicadas se uniram enquanto avaliava a ficha. — Não, não. Não vai servir. Preguiçosa demais. Só fez dois trabalhos voluntários na faculdade.

Ela atirou a foto como se fosse um bumerangue na pilha de lixo que se formava no tapete. Dezenas de retratos cobriam toda a superfície da mesinha de centro. Todas eram noivas em potencial para este que vos fala. Todas elegíveis. Todas tão entediantes quanto uma parede recém-pintada de branco. Essa leva em particular perdera a festa, na qual eu tinha fracassado em minha missão: escolher uma noiva antes da meia-noite. No dia anterior, minha mãe invadira a agência de namoros de uma amiga e confiscara toda essa papelada. Isso marcava o nascimento do plano X. Ela havia se empenhado do plano A ao plano W nos cinco anos anteriores, assim que ficou claro que eu precisaria de alguma intervenção divina para chegar ao altar.

Bocejei, mantendo os pés apoiados em cima da escrivaninha, tornozelos cruzados, enquanto jogava uma bola de tênis para o alto, de novo e de novo, de novo e de novo.

— E daí que ela ainda não é sócia?

— Ela já tem 25 anos. Deveria estar prestes a abrir a própria firma de advocacia a essa altura. — Minha mãe ergueu a cabeça em um movimento rápido. — Às vezes, você me surpreende.

Talvez porque você seja a única que tenha mudado, mãe.

Sun Yu Wen — ou Constance, seu nome americano — tinha a mente focada em uma coisa: encontrar uma noiva para mim. Ela estava ficando sem tempo, e eu, sem opções. Ainda mais depois de ela ter considerado o baile um tremendo fracasso. Ela o fizera para que eu escolhesse uma esposa. Mas, na realidade, nem saí do meu escritório.

Àquela altura, minha melhor opção era uma noiva por encomenda. Uma noiva por encomenda não reclamaria quando eu a deixasse na casa de hóspedes. Não estremeceria quando eu a fizesse passar pelo processo de fertilização para evitar tocá-la. Não se aborreceria nos momentos em que eu me retirasse para ficar sozinho com meus humores mais sombrios, quando eu não quisesse ver nem ouvir ninguém. Não protestaria ao perceber que tudo que eu tinha a oferecer era dinheiro e esperma de primeira qualidade.

Joguei a bola para cima.

— Por que o fato de ela não ser superdotada importa?

Sabia que estava cutucando a onça com vara curta, mas eu tinha problemas em aceitar meu destino — e uma esposa que não desejava. Minha mãe queria viver indiretamente por mim. Ela sabia que nunca se casaria de novo. Nunca se abriria para mais ninguém. Então decidira, de maneira unilateral, que eu precisava preencher o vazio dela com a nora perfeita, uma penca de netos e mais pessoas de quem ela pudesse cuidar. E era *mesmo* um vazio. Depois da morte do meu pai, ela até mudou o sobrenome de Zhao para Sun, o que foi algo importante, porque a) mulheres chinesas não alteravam o sobrenome e b) "Sun Yu Wen soa muito melhor." Palavras dela, não minhas.

Ela alisou a jaqueta de tweed Chanel, os lábios se curvando para baixo.

— Você está dizendo que gostaria de se casar com uma folgada?

— Estou dizendo que você me faz lembrar da Vó.

A mesma avó que nunca aprovara o casamento da minha mãe com o meu pai. Um assunto sensível para minha mãe. Um assunto no qual eu tocava apenas quando necessário.

Ela balançou a cabeça, espremendo o canto de uma polaroide com tanta força que os dedos se avermelharam.

— Eu não criei você para se comportar assim.

— Deve ter sido uma das babás.

Costumávamos ter três que se revezavam. Ainda mando cartões-postais, bolos lunares e cestas de frutas para elas todo Ano-Novo, para o desgosto da minha mãe. Ela não aprovava que eu as tratasse como humanas. Tratando-se das babás, o ciúme dela dava as caras rapidamente. Minha mãe ainda não percebera que eu não tinha um relacionamento com elas. Era só que eu também não tinha um relacionamento com ela. Depois que meu pai morreu, ela passou o restante da minha adolescência distraída, perdida no luto, até uma das minhas tias a colocar de volta no lugar.

E, falando no diabo, Zhao Yu Ting — cujo nome americano era Celeste (mas Celeste Ayi para mim) — irrompeu no meu escritório, revestida em um conjunto de moletom cafona da Juicy Couture e uma pochete da Gucci, a caricatura de uma turista rica.

— Cheguei.

Ela trazia três sacolas de compras de lojas caras em cada braço, e segurava um copo de chá com *boba* com a mão de unhas feitas.

Esfreguei as pálpebras com força.

— Você não foi convidada.

Ela correu até mim, me premiando com beijos no ar a uns bons trinta centímetros de cada bochecha. Ela me conhecia bem o bastante para não me tocar.

— Desculpa por ter perdido a festinha, Zachary. Você sabe que pego um voo até Seul para retocar o rosto todo dia 15 do mês.

— Não tem problema.

E eu também não a convidara para a festa. Principalmente porque não dava para confiar em Celeste Ayi com um cartão de crédito, muito menos com pessoas. Acabaria causando uma crise diplomática.

— Não estou ótima? — Ela deu uma voltinha, me acertando na têmpora com a bolsa Birkin. — Ampola Rejuran, injeções Chanel, Aquashine e terapia de células para rejuvenescimento facial. É o único jeito de manter minha pele de 22 anos.

Ela não tinha a pele de alguém de 22 anos. Na verdade, mal tinha pele. Era 99% preenchimento àquela altura.

Desviei da Birkin quando ela se virou na direção do sofá para abraçar minha mãe e, então, se deparou com o tabuleiro de Go que eu vinha evitando desde a noite da festa. Eu planejara um nocaute perfeito para acabar com a polvinha. Que covarde ela era, fugindo de sua derrota inevitável. Celeste Ayi apertou a cabeça da minha mãe contra o peito, forçando-a a se abaixar um pouco.

— Estamos apenas repassando as opções. — Minha mãe afastou Ayi com um tapinha, gesticulando para a agência de relacionamentos improvisada que havia montado na minha mesinha de centro. Elas conversavam em mandarim. — Porque Zach *fracassou* na hora de escolher uma esposa na festa. Gostaria de opinar?

— Ah, é claro que sim. — Ayi deixou as sacolas de compras no chão, indo ao assento ao lado da irmã mais velha. Bateu o copo de chá na mesa e esfregou as mãos. — Até que enfim vocês dois foram inteligentes o bastante para implorar pela minha opinião.

Tecnicamente, tinha sido minha mãe que pediu. Eu não fazia ideia do porquê. Celeste Ayi era doida, e digo isso com o máximo de empatia e admiração que um homem como eu poderia sentir. Ela havia se mudado para a mansão em que passei minha infância, que ficava a uma curta distância da minha residência atual. Fizera isso para ajudar na minha criação depois que meu pai morreu, mas nunca se dera ao trabalho de ir embora depois que fui para a faculdade. Isso fazia dezessete anos. As irmãs ainda moravam juntas, mas não podiam ser mais diferentes.

Minha mãe era ex-professora universitária, com ph.D., puritana, que dedicara a vida a me criar para ser tudo que a sociedade esperava que eu me tornasse. Bem-sucedida. Elegante. Uma mulher que alcançava todos os seus objetivos e de uma educação impecável.

Já Celeste havia se divorciado três vezes, não tinha filhos e era uma cantora que fazia visitas de vez em quando à China para se apresentar, lucrar e dar no pé com um novo namorado para algum país qualquer. Ela devorava mais teorias da conspiração do que livros, considerava que shoppings eram uma extensão do próprio armário e se importava um pouco menos com o que os outros pensavam dela do que com combinação de cores.

Ayi rasgou uma foto, jogando os pedaços por cima do ombro.

— Parece demais a amante de Tao.

Tao — sem sobrenome — e Celeste eram o Sonny e a Cher da China, mas hipersexualizados. No passado, os jornais aclamavam Celeste Ayi como a cantora mais provocativa e controversa da nação. Ela havia emoldurado diversos artigos, como se fosse algo de que se orgulhar. Então, flagara Tao na banheira de hidromassagem com três mulheres. Dois meses depois, ele foi de segundo marido a segundo ex-marido, e passaram apenas a se tolerar em público pela duração de um show ou de um ensaio fotográfico ocasional.

Ayi tocou uma foto com a unha pintada.

— E esta?

Minha mãe estremeceu em seu terninho elegante.

— De jeito nenhum. O pai dela foi preso por fraude fiscal. Agora, a família mora em uma casa minúscula e acabada em McLean, não vale nem um milhão e meio. A vizinhança inteira entrou com uma petição para o governo demolir a construção.

Pobreza não a incomodava, mas sim os problemas que a acompanhavam.

Como esperado, minha mãe pegou a foto e a jogou na pilha de descarte.

— Nem sei o que estava fazendo aqui. Lembre-se, Zachary: sempre herdamos os problemas dos sogros, então escolha com sabedoria.

Bocejei, ignorando a dúzia de mensagens com que Ollie nos bombardeara no grupo.

— Parece que a solução ideal é não ter sogros.

— E esta aqui? — Ayi apontou para outra foto, semicerrando os olhos. — É bonitinha. Olhos redondos. Pele da cor de um copo de leite.

— Você está descrevendo um bode? — Deixei a bola de tênis cair. Ela quicou na mesa, no chão, na mesinha de centro, e, então, rolou até cobrir uma polaroide. — Pensando bem, um bode seria mais fácil de manter do que uma esposa. Continuem.

As duas me ignoraram. Os lábios da minha mãe estavam retorcidos para baixo.

— Ela é bonita, sim, mas é *influencer*. — Ela pontuou a palavra fazendo aspas com a mão. — Não é um trabalho adequado.

— Não é um trabalho e ponto-final — comentei. — É um hobby pelo qual se é pago até o algoritmo mudar e você perder o poder.

Eu detestava qualquer tipo de rede social. A única vantagem é que ela parecia nos levar para cada vez mais perto do fim da civilização.

— Ah, esta parece ser uma opção excelente. — Minha mãe tirou outra foto da mesa, segurando-a sob a luz natural que entrava pelas cortinas. — Ela é médica. Neurologista.

— Aos 22 anos? — Eu a observei pelo canto dos olhos enquanto minha mãe se aproximava de mim com uma pasta. — A idade perfeita para uma médica de cérebros, antes mesmo de o dela ter terminado de se formar.

— Ela tem sua idade, na verdade. — Minha mãe ignorou o sarcasmo, colocando a ficha de verificação de antecedentes na minha frente. — Não é o ideal se quiser ter quatro filhos, o que, francamente, deveria ser o mínimo.

Não sou uma creche. Não preciso de uma quantidade imensa de bebês para me sustentar.

Abri a boca e depois a fechei, pensando melhor nas palavras. Qualquer coisa que tivesse a ver com a morte era um gatilho para minha mãe. Enquanto eu ficara entorpecido, ela ficara histérica. As duas coisas eram um incômodo, mas apenas a última provocava dores de cabeça.

Ela tamborilou os dedos nos lábios.

— No entanto, ela vem de uma boa família e está buscando um marido. Eu a aprovo.

— Eu também a aprovo. — Celeste Ayi foi desfilando até o carrinho de bebidas, servindo-se de uma dose dupla de uísque. — Ela deve conhecer um bom cirurgião plástico. Faz tempo que eu quero fazer um *minilifting*. Todo mundo já fez.

Uma risada amarga ficou presa na minha garganta. Que vida cruel era aquela, na qual as únicas coisas que meu pai queria que eu tivesse — esposa, filhos e felicidade — eram exatamente as coisas que eu achava mais repulsivas?

E, ainda assim — *ainda assim* —, eu não poderia decepcionar minha mãe. Quando meu pai morreu, foi porque estava me protegendo da morte certa. Se não tivesse me protegido com o próprio corpo, ele estaria vivo. Minha mãe teria um marido de quem cuidar. Celeste Ayi estaria livre para encontrar um quarto casamento. O mundo continuaria do jeito que deveria ter continuado, mas ele tinha nos deixado. E, tirando minha Ayi maluca, eu era o único parente vivo de Sun Yu Wen.

Eu nutri apenas um sentimento durante toda a minha vida. *Culpa*. Culpa por ter matado meu pai. Culpa por ter destruído minha mãe. Culpa por ter arruinado a família. Abrir mão da culpa me separaria de vez da minha espécie. Eu me apegava ao sentimento como prova de que eu não era um completo psicopata. E era um fardo delicioso sobre os ombros, uma dor sufocante que me lembrava de que eu não estava completamente entorpecido.

— Aqui. — Minha mãe enfiou a foto na minha cara. Mantive os pés na mesa e inclinei a foto para ajustá-la à minha linha de visão. — O nome dela é Eileen.

Eileen era atraente. Sorriso caloroso. Corpo bonito. Todas as credenciais necessárias. Ainda assim, ela me entediava até a morte antes mesmo de termos trocado uma única palavra.

Devolvi a foto para minha mãe, balançando a cabeça.

— Certinha demais.

Meu celular vibrou com outra mensagem de Oliver. Suspirei, decidindo responder antes que encontrasse um jeito de piorar as coisas. Que Deus me livrasse de ele também irromper naquele escritório.

Ollie vB: Certeza? Conheço um detetive que pode ir atrás da sua vigarista agora mesmo.

Zach Sun: Da última vez que contratei alguém por recomendação sua, acabei com o filtro da piscina entupido por causa do vibrador de uma pessoa desconhecida. Passo.

Zach Sun: Eu confiaria em Frankie Townsend antes de confiar em qualquer recomendação sua.

Ollie vB: Nossa, pavio curto. Talvez esteja na hora de você transar.

Romeo Costa: Com alguém que não seja a própria mão.

Ollie vB: Coitado do pau dele. Provavelmente, vai para cama gritando: "Socorro! Meu dono me bate todas noite!"

Romeo Costa: Ortografia impecável. Nota 10.

Zach Sun silenciou as notificações.

Naquele meio-tempo, minha mãe não tinha parado de tagarelar. Ela prendeu a foto na borda de vidro da moldura feita sob medida que resguardava um esboço Twombly original.

— E certinha demais é ruim?

— Para alguém com um QI na casa dos 200, certinha demais pode ser entediante.

— Olhe, ela pratica arco e flecha. — Minha mãe pigarreou. — E sabe cozinhar.

— Cirurgiões trabalham por horas sem fim. Ela não seria uma boa mãe.

— Eu falei neurologista, não neurocirurgiã. Se ela fosse cirurgiã, eu não teria nem te perguntado antes de reservar um salão para a festa de casamento. — Como não obteve o sorriso que esperava com o comentário, ela suspirou. — Além do mais, ela está planejando tirar um ano sabático antes de começar a trabalhar meio período.

Eu me levantei e caminhei pelo escritório. Um escritório que cheirava cada vez menos como meu reino desde que Octi tinha me visitado. O perfume dela perdurava no ar — laranja, frutas artificiais, sabonete barato e uma pitada de algum produto de limpeza.

— Ela não serve — grunhi, fixando o olhar naquele jogo inacabado de Go que agora zombava de mim mais do que o sorriso daquela mulher sem nome.

— Ela é brilhante. — Minha mãe veio atrás de mim enquanto Ayi empilhava as fotos restantes e as usava como porta-copos. — Seu pai e o pai dela eram amigos na faculdade. Os dois se conheceram em Tsinghua antes do seu pai ir fazer mestrado em Oxford. Eram *xué zhang* e *xué di*.

Sênior e júnior. Deviam ter sido próximos. Aquilo me fez parar.

Eu me virei e encarei minha mãe, que se assustou e parou.

— Meu pai a conhecia?

Ela espremeu os lábios em um sorriso inocente que não ajudou a esconder suas reais intenções.

— Ele a encontrou muitas vezes antes de a família dela se mudar para Berlim por conta dos negócios. Na verdade, ele era padrinho dela. Tenho certeza de que ela deve ter algumas histórias dele para compartilhar.

Peguei a foto de Eileen outra vez. Por um momento, a ideia de me encontrar com ela quase me seduziu. Médicos eram pessoas analíticas, não eram? Talvez eu pudesse explicar minha situação. Meus termos e minhas condições. As letras miúdas do contrato. Entraríamos naquilo de maneira pragmática, de olhos abertos, cada um com algo a ganhar. Eu poderia dar a ela riqueza, status e privilégios. Só não daria amor, devoção e qualquer outra coisa que se exigia em uma parceria de verdade. Ela teria filhos, também, sem nem precisar fingir que gostava de ser empalada pelo meu pau. Poderíamos ter um acordo cômodo. Um acordo de negócios, de certo modo.

Porém, havia outra parte de mim, uma parte maior, que sabia que nenhuma mulher em sã consciência se submeteria a tal existência. Não em um mundo livre, pelo menos. Todas queriam jantares românticos, férias dignas de serem postadas no Instagram, conversas pela noite adentro, sexo à luz de velas. Os toques. Os toques. *Os toques.*

Eu não conseguia tocar humanos. Esse era meu maior e mais mal guardado segredo. Detestava a sensação de pele quente, grudenta e desconhecida contra a minha. Não apertava a mão das pessoas. Não dava tapinhas nas costas ou beijava bochechas. Não abraçava, fazia carinho ou pegava ninguém. E quanto ao sexo? Totalmente fora de cogitação. Só de pensar em uma pessoa deitada em mim me deixava violentamente enojado. Vislumbres do dia em que eu havia ficado preso sob o corpo sem vida do meu pai chicoteavam minha pele como um cinto de couro tachado todas as vezes que eu chegava tão longe ao ponto de cogitar beijar alguém.

Decidi que deveria poupar a afilhada do meu pai.

— Não. — Rasguei a foto com a ponta dos dedos, deixando os pedaços caírem no chão como confete. — Não estou interessado.

— Nunca vou ter a chance de usar o vestido que comprei para o casamento dele. — Celeste Ayi balançou a cabeça e virou o copo de uísque em um gole, batendo o copo vazio no carrinho de bebidas. — Eu deveria usá-lo em um encontro e pronto.

Minha mãe endireitou o blazer, calculando a próxima jogada.

Mostrei os dentes.

— O que foi?

A postura dela estava ereta, seu queixo erguido e o terno impecável, sem sequer um fio de cabelo fora do lugar. Mas, por dentro, eu sabia que ela estava desmoronando. Que eu partia o coração dela todos os dias, e então ia me deitar, acordava e fazia tudo de novo.

— Você é gay?

A pergunta saiu em um sopro. Não carregada de julgamento, mas de desespero. Uma súplica para explicar a última década. Qualquer coisa que fizesse o mínimo de sentido, para que ela pudesse compreender minha incapacidade de encontrar uma esposa. Ela deve ter segurado aquela pergunta dentro de si por anos.

— Não.

Se eu fosse, eu não estaria sozinho.

— Você sabe que pode me contar...

— Eu não sou gay. A questão não é essa.

— Então qual é?

Minha incapacidade de tolerar qualquer pessoa que eu não possa usar ou explorar, muito menos demonstrar afeição por ela.

— Eu tenho critérios.

— Os quais ninguém parece satisfazer.

— Bem, eles não são comuns para a sociedade. Assim como eu.

— Eu ouvi um boato. — Minha mãe entrelaçou as mãos nas costas, caminhou até a parede oposta e se postou entre minhas pinturas de Damien Hirst e Warhol. — Que você esteve na companhia de uma jovem na festa.

Minha mandíbula ficou tensa com a menção da fugitivazinha.

— Não era ninguém.

— Era uma ninguém com quem você passou três horas. — Ela me estudou, voltando para a mesinha de centro e pegando as fotos posicionadas sob o chá de Ayi. Ela secou a condensação. Éramos parecidos, minha mãe e eu, no sentido de que não tolerávamos imperfeições em nada que fizéssemos.

— Nós jogamos Go.

Ela parou. Soltou um ruído de desdém.

— Isso é eufemismo para alguma coisa?

— Sim. — Retomei minha jornada sem rumo, procurando algum fragmento de evidência de que minha convidada indesejada de fato tinha invadido o lugar algumas noites antes. — É eufemismo para: "Nós jogamos Go".

Toquei enfeites, documentos e mobílias. Me certifiquei de que tudo estava onde deveria. Até então, não parecia que a polvinha tinha levado alguma lembrança para si. Estava tudo lá, não havia nada fora do lugar.

— Ouvi falar que ela é... — Os ombros de mamãe estremeceram, atordoada. — *loira.*

Curiosamente, eu não me lembrava da cor do cabelo dela. Lembro que era claro. E que ela não tinha uma aparência horrível. Que não senti a bile subindo pela garganta quando ficamos perto demais um do outro. Que não dei um passo para trás no instante em que o perfume dela invadiu meu organismo.

— Ah, é? — Parei diante das estantes atrás da escrivaninha, inspecionando tudo aquilo. — Talvez. Não prestei atenção nisso. Apenas no fato de que ela tinha dois neurônios funcionando, e que poderia ser considerada uma jogadora decente por um jogador medíocre.

Atrás de mim, a respiração da minha mãe saiu trêmula. *Não era a notícia pela qual você estava esperando, era?* Mas, por outro lado, fazia anos que eu não dava notícia alguma que ela gostaria de ouvir.

— Ela é inteligente, então? — Minha mãe fungou, tentando reunir algum entusiasmo. — O que ela faz da vida?

— Não sei.

— Bem, no que ela se formou?

— Não sei se ela tem qualquer tipo de educação superior formal. — Ajustei a estatueta de madeira entalhada de Shou Xing na estante. O Deus da Longevidade. Algo que estava em falta no lar dos Sun. Fui para a estante seguinte. — Sinceramente, duvido.

Octi parecia selvagem demais para ter enfrentado quatro anos de educação superior. Algo peculiar chamou minha atenção.

Minha mãe ofegou.

— O que, exatamente, você sabe sobre ela? — Ela passou os dedos pelo cabelo, arruinando a escova recente. Estalou os dedos para Celeste Ayi. — Precisamos verificar a situação financeira, o registro criminal e fazer um perfilamento psicológico extenso antes que você possa ser visto em público com ela.

Meus pensamentos abafaram a sua voz. Aquela *merdinha*. Octi tinha tentado roubar meus pingentes de Jade. O conjunto de dois. A última aquisição do meu pai. Um buraco fundo em forma de lua crescente contornava a fechadura. Ela não mentira. Ela *tinha* vindo pela arte. Só não mencionara que tinha vindo *roubar* a arte.

Eu não me dava bem com humanos.

Mas me dava ainda pior com ladrões.

— Zach? Zachary? — Atrás de mim, mamãe começou a andar de um lado para outro, os passos retumbando no assoalho apesar do peso insignificante. — Você está me ouvindo? E o fato de que as pessoas disseram que a vestimenta dela era inapropriada? Você, ao menos, consideraria mandá-la para o meu *personal shopper?* Eu pago.

Porém, por que minha convidada misteriosa se interessaria por aquela obra de arte em particular, sendo que eu tinha centenas de itens mais caros e menos protegidos espalhados pela casa? Poderia ter escolhido a estatueta ao lado. Sem fechaduras. Exposta. Bem à vista. Teria conseguido vendê-la pelo dobro do preço, também.

Os pingentes deviam ter algum significado para ela.

Ou, ao menos, um deles.

— ... terei que aceitar o fato de que é loira, mas não aceitarei que uma meretriz sem educação seja minha nora. — Minha mãe ainda falava ao fundo. — Na verdade, não farei promessa alguma de que vou aceitá-la. Ah, que situação horrível. Por que você não pode ter bom gosto? — continuou ela.

— Porque, se tivesse, ele seria divertido. — Celeste Ayi, que já estava no terceiro copo, devolveu a garrafa de uísque ao carrinho, virando mais uma dose como se fosse água. Ela semicerrou os olhos janela afora, o copo apertado contra o peito. — Sorte minha ter o sobrinho mais chato do mundo. Foi isso que uma vidente me disse quando fui ao Havaí para aquela despedida de solteira. Lembra? Ela falou que ele não seria nada, exceto uma enorme dor de cabeça. E querem saber o que mais? Eu o culpo pelo meu vício em ibuprofeno.

Nem minha mãe nem eu prestamos atenção nela. Repassei mentalmente tudo que eu havia comprado naquele ano, até chegar ao pingente. Leilão da Sotheby's. Dona de casa recém-enviuvada. Eu entrara em contato direto com a vendedora e ofertado um preço maior do que o da avaliação antes mesmo do começo do leilão, me recusando a participar de uma guerra de lances, já que meu pai havia desejado completar o par.

Eu me lembrava da vendedora. Na casa dos 50 anos. Robusta. Cabelo descolorido. Plástica demais para algo que não era uma cadeira de jardim barata. Falava mil palavras por segundo e não parava de dizer que poderia me apresentar para as filhas. Filhas que poderiam incluir a polvinha. Não me pareciam ter qualquer parentesco, mas talvez o pai compensasse o algodão-doce que parecia ocupar o lugar do cérebro da mãe. Só havia um jeito de descobrir.

— Está me ouvindo? Zach? Zachary? — Minha mãe estalou os dedos na frente do meu rosto. — Vou te levar para Xangai mês que vem, para você achar uma esposa. Não vou...

A voz dela afundou no oceano turbulento dos meus pensamentos.

Eu sabia que tinha prometido a mim mesmo que não a procuraria, mas isso foi antes de descobrir que ela havia tentado me roubar. O encontro peculiar tinha acabado de se transformar em outra coisa.

A pequena Octi precisava aprender uma lição.

E eu era um professor excelente.

6

Ari: E aí? Pegou o pingente?

Farrow: Não.

Farrow: Ele me pegou.

Ari: ELE TE PEGOU? ZACHARY SUN TE PEGOU?

Ari: COMO VOCÊ ESTÁ TÃO CALMA? Preciso ir até aí e pagar sua fiança?

Ari: Sempre quis fazer isso. Parece tão legal nos filmes.

Farrow: Ele me deixou ir embora.

Ari: Que... caridoso da parte dele.

Farrow: Aquele cara não seria capaz de um ato de caridade nem mesmo se o futuro do continente dependesse disso. Ele me pegou xeretando, não roubando. Foi bizarro. De alguma maneira, a gente acabou jogando uma partida de Go.

Ari: Estou confusa e um pouco excitada por essa sequência de eventos.

Ari: Pelo menos você ganhou?

Farrow: A gente não terminou a partida.

Ari: E você foi embora sem deixar seu número?

Farrow: Ele me perseguiu até o jardim e tentou me esfaquear.

Ari: Entendi. Que bom que você não passou seu número para ele, então.

Ari: Ele realmente tentou te esfaquear?

Farrow: Ele jogou uma faca em mim. Ainda dá para sentir o cheiro do metal, depois de três dias.

Ari: Então você causou mesmo um impacto. Acha que ele sabe quem você é?

Farrow: Muito difícil. Nem as pessoas da minha família sabem direito quem eu sou, e moro na mesma casa que elas.

Ari: O que vai fazer agora?

Farrow: Vou dar um jeito de voltar e pegar o pingente quando ele não estiver em casa. Vou ter que pegar uns atalhos, mas vou conseguir.

Ari: Você é louca.

Farrow: Louca, mas sortuda. Posso não ter vencido a partida de Go, mas venci o pega-pega.

7

Farrow

Como todas as calamidades, a minha aconteceu quando eu estava no fundo do poço. Eu esfregava restos de lasanha do chão, a textura parecida com a de um cérebro impregnando a minha calça de moletom, quando a campainha tocou. O molho de tomate cobria meu rosto como uma pintura de guerra. Tabby decidira que os negócios de limpeza de família, Mais Limpeza Maryland, não era bom o bastante para ela, então começara a se empenhar na carreira como blogueira de comida. O fato de que era péssima cozinheira não a desencorajou.

Do segundo andar, a voz estridente de Reggie transpassou uma música da Olivia Rodrigo.

— Alguém abre a porta.

Às vezes, eu me perguntava se ela tinha 12 anos... em vez de 22, como eu.

— Estou ocupada. — Algo caiu na sala de jantar, seguido pelo grunhido alto de Tabby. — *Argh*, pau de selfie comprido e idiota.

— Farrow. — Vera aumentou o som da TV na sala. *The Real Housewives of Potomac*. Uma vez, ela encurralara um produtor no bar e implorara para aparecer em uma cena. — Faça algo útil e atenda a porta.

Cerrei os dentes, dando meu melhor para não gritar mais alto que elas.

— Estou limpando.

A bagunça que sua filha adulta fez.

Uma das travessas Le Creuset de Tabby não tinha completado a jornada do forno ao balcão da cozinha. Hematomas vermelhos começavam a se formar nos meus joelhos depois de ter passado vinte minutos tirando molho à bolonhesa do azulejo com uma espátula, para jogar tudo em um balde. A pele das mãos e dos braços coçava e ardia, cortesia da garrafa de alvejante vazia ao meu lado. Minha mente não conseguia conjurar nada depois das nuvens de produto de limpeza que eu havia inalado o dia inteiro. Limpei duas mansões de quase quatro mil metros quadrados sozinha, porque Vera decidira que deveria despedir a maior parte dos funcionários para "cortar despesas". E que Deus livrasse ela e as filhas de compensarem a falta de equipe com as próprias mãos. Eu agora começava a trabalhar por volta das quatro da manhã.

A campainha tocou outra vez. A casa dos Ballantine tomou a decisão coletiva de ignorá-la. Uma batida forte, cheia de raiva, sacudiu a porta.

— Meu Deus. — Reggie grunhiu do andar de cima, pausando a música para se certificar de que todos pudéssemos ouvir o quanto estava irritada. — Não pode ser a Amazon, eles têm noção e não incomodam.

Ela voltou a tocar a música no volume máximo.

Vera desligou a TV.

— Por que tenho que fazer tudo nesta casa?

Com passos pesados e grosseiros, ela passou pela cozinha em direção ao saguão.

Belisquei a parte de dentro do meu pulso para me distrair da dor que subia pelas coxas. Era bom que quem estivesse batendo fosse embora logo, ou que pelo menos tivesse trazido vinho. Tudo que eu não queria era companhia. Não que tivéssemos muita, de qualquer maneira. As irmãs Ballantine adoravam fingir serem pilares da comunidade, quando, na verdade, nossos vizinhos nem sabiam o nome delas, e fazia quase 23 anos que morávamos naquela casa.

Vera abriu a porta e arfou. Então, silêncio. Muito, muito silêncio. Nem mesmo ter sido arrastada pela segurança quando foi incomodar o produtor a deixou sem palavras, então presumi que fosse o sinal do apocalipse. Um sinal pelo qual eu ansiava. Seria bom tirar umas férias.

— S-sr. Sun — disse Vera.

A espátula caiu da minha mão com um baque. Parei de respirar por um segundo.

— Por que... Eu... Que visita inesperada — continuou Vera, atrapalhando-se com as palavras.

Droga. Como ele tinha descoberto?

Reggie e Tabby se materializaram de qualquer que fosse o buraco em que estivessem se escondendo e correram até a porta. Enfiei o balde no armário mais próximo, joguei um pano por cima da mancha e me apressei até a despensa. Não era o melhor esconderijo. Mas eu não conseguiria passar pela ilha da cozinha sem ser vista.

Nossa casa era a mais antiga da rua. Pequena, ultrapassada e quase caindo aos pedaços. Mas me mudar não era uma opção. As memórias que eu e meu pai havíamos compartilhado ali continuavam entalhadas em cada arranhão, mancha ou rasgo. De jeito nenhum eu desistiria daquilo. E mais, todos os advogados com quem eu tinha falado me aconselharam a não me mudar, caso eu quisesse contestar o testamento. E eu tinha intenção de fazer isso. Eu apostaria minha mão de esgrima que fosse lá o que Vera tivesse apresentado na leitura do testamento era falso. Uma pena eu não ter tido dinheiro para contratar um advogado e brigar com ela na época. Pelo menos por mais um tempo, meu plano era me fingir de boazinha e abaixar a guarda dela.

— Senhora Ballantine. — Eu reconheci a voz tenor, rouca e concisa de Zach. Irradiava autoridade. Era o tipo de pessoa em quem se confiava, mesmo que te mandasse enfiar a cabeça em um vulcão. — Espero não estar incomodando.

— Incomodando? — Imaginei Vera acenando a mão para afastar a ideia. — De jeito nenhum. Entre, por favor. Minha filha estava preparando o jantar. Gosta de lasanha?

Não importava qual sentimento ele nutria pelo prato em si, com certeza não gostaria de lamber restos do chão. Tabitha fora pega de surpresa pela quentura das alças da travessa, então derrubou tudo no chão.

Uma horda de passos marchou corredor adentro.

— Não vou me demorar. — A voz de Zach, confiante, entediada e formidável, soou mais próxima. — Na verdade, tenho uma pergunta pouco convencional para fazer para vocês.

Fechei os olhos com força, como se isso pudesse fazer alguma diferença. *Por favor, não pare na cozinha. Por favor, não pare na cozinha. Por favor, não...*

Uma luz branca e forte atravessou as venezianas da porta da despensa. Prendi a respiração, pressionando o máximo possível a coluna nas estantes de enlatados. Cadeiras foram arrastadas pelo chão, a menos de três metros de mim. *Merda, merda, merda.* Se o desgraçado quisesse açúcar para o café, abririam a despensa e eu seria flagrada. Meus dedos coçavam para apunhalar aquele rosto bonito dele com a espátula que tinha em mãos. Por que ele tinha aparecido ali? Não era como se eu tivesse conseguido roubar o pingente. Ainda.

Pelas frestas horizontais, vi Vera se inclinando na direção de Zach.

— É só falar do que precisa. — Ela chegou ainda mais perto quando ele recuou. — Estas são as minhas filhas, aliás. Acho que não teve chance de conhecê-las na festa. Falando nisso, muito obrigada pelo convite.

Nenhuma resposta.

— Esta é Tabitha, e esta, Regina. Tabitha é uma vlogueira famosa de culinária, e Regina, diretora de marketing da nossa empresa de gestão doméstica.

Diga que suas filhas são desempregadas sem falar que são desempregadas.

Tabby e Reggie pararam de brigar pela cadeira ao lado de Zach e acenaram.

— Oiii — guinchou Reggie, a voz falsa. — *Meu Deus*, sim, muito obrigada por ter nos convidado para a festa. Tipo, gratidão não descreve o que sinto.

Ah. Caso se encontrasse com Reggie em um beco escuro, a gratidão sairia correndo aos gritos. Acho que a garota não sabia sequer soletrar a palavra, muito menos senti-la.

— Não precisam me agradecer. Sua mãe incluiu o convite como uma cláusula na venda do pingente.

Ai. Ele estava especialmente frio naquele dia. Dava para sentir os meus dedos congelando.

Tabby deu um empurrão em Reggie com o quadril, para que ela saísse do caminho.

— Estou muito feliz por podermos nos encontrar pessoalmente. — Ela lhe ofereceu a mão. — Faz séculos que você e eu frequentamos os mesmos círculos, mas sempre nos desencontramos.

Zach ignorou o membro estendido dela.

— Que lástima.

Eu não conseguia vê-lo direito através das ranhuras minúsculas da veneziana. Estava me coçando para abrir a porta e dar uma olhada na cena, mas eu sabia que não deveria ceder à tentação.

A julgar pelo arfar de Vera, ela finalmente avistara os restos da bagunça da filha no chão.

— Aquilo é... sangue?

Tabby se esgueirou por trás de Reggie.

— É bolonhesa.

Era questionável se um quilo de carne moída queimada e coberta por uma lata de tomate San Marzano poderia ser considerado bolonhesa, mas quem era eu para discutir? Eu não era a vlogueira famosa de culinária.

Vera voltou sua atenção a Zach.

— Sinto muito, sr. Sun. Acredite em mim, estou horrorizada. Não é normal nossa casa estar tão bagunçada, mas nossa empregada relaxa se não houver uma supervisão rígida. É difícil encontrar boas colaboradoras hoje em dia. Você sabe como essas coisas funcionam.

Por "empregada", ela se referia a mim. E por "vá se ferrar", eu me referia a ela. Vera gesticulou para a bagunça atrás de si.

— Ah, espero que isso não arruíne sua imagem de mim.

Zach começou a enrolar as mangas até a altura do antebraço.

— Com relação à minha pergunta...

— Gostaria de beber alguma coisa? — Vera levou uma das mãos ao peito. — Minha nossa, onde foram parar meus modos? Parece que me esqueci deles hoje. Culpo as horas longas de trabalho. Assumi os negócios do meu marido, sabia?

A única coisa que você assumiu foi o sofá da sala.

Eu era a doméstica, a contadora e a secretária executiva. Tudo que ela fazia era ladrar ordens e falar que eu era inútil. Mas até isso ela só fazia de vez em nunca. Ela passava os dias gastando o dinheiro que ganhava vendendo as coisas do meu pai, ou assistindo a novelas e pedindo comida no cartão da empresa.

Irritação parecia emanar do corpo de Zach como uma fumaça espessa.

— Não preciso de nada. — Ele terminou de ajeitar as mangas e, então, apoiou os braços no balcão. — Fora fazer minha pergunta, se eu puder.

— Ah, é claro. — Vera se endireitou. — Qual é?

Ele tirou algo de uma sacola branca de presente que havia trazido consigo, erguendo-o sob a luz. Aquilo...? Não. Não podia ser.

Porém, era.

— Esse sapato pertence a alguém que mora na sua casa?

8

Farrow

Filho da mãe.

Aquele cuzão bilionário estava me perseguindo. Ele realmente tinha tirado um tempo na sua agenda para andar com o meu tênis velho por toda Maryland, exibindo-o como se fosse a cabeça de um cervo. Homens com poder eram tão sádicos. Ele simplesmente não conseguia se esquecer do que tinha acontecido.

O medo subiu mordiscando minha coluna. Calafrios substituíram o formigamento de alvejante nos braços. Ser o foco da atenção de Zachary Sun era péssimo. Ele tinha meios para destruir qualquer um com uma simples ligação. Em que eu estava pensando quando entrei na casa dele para recuperar o pingente?

O silêncio cobriu a cozinha. Sem dúvida, Vera, Reggie e Tabby sabiam que o sapato era meu. Não se passava um dia sequer sem que elas zombassem do meu guarda-roupa. Não entendiam o motivo de eu não deixar o preço das minhas roupas determinar meu valor como pessoa.

Uma gota de suor salgado escorreu da minha testa para o olho.

Respire. Apenas respire, Farrow.

Só que eu não conseguia. Meu peito ficou apertado. Cobri a boca com a mão, torcendo para que abafasse o som da minha respiração. Mais um segundo de silêncio e me ouviriam. Com certeza.

Pela primeira vez na vida, a voz estridente de Reggie me salvou.

— Ah, que constrangedor. Acho que é meu, na verdade.

— Não, não. Acho que é meu. — Tabby acotovelou a irmã para fora de seu caminho. — Sempre levo um par de sapato sem salto quando vou para festas. Não sei se você sabe, mas sou uma ótima dançarina...

— Mas você não se lembra, Tabby, de que... — Reggie apertou o ombro da irmã, provavelmente cravando as unhas de acrílico no osso. Seu tom de voz carregava consigo uma ameaça sinistra. — ... eu peguei esse... *sapato* emprestado naquela noite porque perdi os meus salvando um coelhinho machucado no jardim do sr. Sun?

Afundei os dentes na parte interna da minha bochecha, contendo uma risada desvairada. Por mais baixo que eu tivesse chegado, eu torcia para que nunca me transformasse em alguém tão patética. A palhaçada de Cinderela era bem a cara delas. Aposto que se Zach tivesse vindo com um copinho coletor de menstruação usado, perguntando se pertencia a uma das duas, elas fariam uma demonstração para provar que eram as verdadeiras donas.

Vera pôs fim no debate antes que Reggie escavasse um penhasco no ombro de Tabby.

— O sapato é de Tabitha.

Tabby era a mais gastadeira das filhas, então imaginei que Vera quisesse se livrar dela o mais cedo possível. A mulher mais velha assentiu, como se reconfortando a si mesma quanto a ter feito a escolha certa.

— Sem dúvida, é dela — concluiu Vera.

Mais silêncio. Infelizmente para minha suposta "família", Zach Sun era inteligente demais para acreditar naquela mentirada. Bom para ele. Péssimo para mim.

Seus dedos se fecharam mais ao redor do sapato.

— Você tem alguma outra filha, sra. Ballantine?

Meus ombros ficaram tensos.

— O quê? Não. Essas duas bastam. Me mantêm ocupada. Confie em mim. — As mãos dela se fecharam em punhos. — Ha-ha.

Mais silêncio. Zach não sentia a necessidade de preencher o vazio com palavras sem sentido. Era a única coisa positiva nele.

Por fim, deixou o Vans falsificado em cima do balcão da cozinha.

— Tem certeza, sra. Ballantine?

— Bom, eu saberia se tivesse uma outa filha escondida na casa, não saberia?

Ah, a ironia.

Reggie e Tabby começaram a se contorcer. Dava pra ver, mesmo de onde eu estava. Tabby pigarreou.

Tabitha Ballantine, não ouse escolher este momento para ser honesta pela primeira vez em toda a sua vida.

— Ótimo. — A cadeira de Zach arranhou o piso conforme ele se levantava. — Nesse caso, as duas irmãs Ballantine deveriam me acompanhar até a delegacia. Na verdade, o delegado é um bom amigo meu, então vamos direto para a casa dele. Tenho que dar uma passada lá para ver como ficou a reforma, de qualquer maneira.

Vera se levantou, deixando de lado aquela cena de velha tia boazinha.

— D-do que você está falando?

Com aquela atuação, ela não seria contratada nem para um filme gravado para a TV.

Eu sempre me perguntava o que meu pai vira nela. Parte de mim meio que sabia a resposta. Ele queria alguém — *qualquer pessoa* — que fosse dele. Meu pai crescera órfão na Escócia, então se mudara para os Estados Unidos sem família, amigos. Nada. E Vera? Vera tinha tudo. Irmãs, tias, uma filha e outra a caminho. Pena que, ao ganhar uma família, ele traiu outra. *Eu*.

Zach tirou o tênis do balcão, balançando-o no dedo indicador.

— O que quero dizer é que a dona deste sapato, seja lá quem for, tentou roubar meu pingente na noite da festa. E já que a joia veio da sua casa quando a comprei, vou me arriscar e chutar que alguém ficou apegado demais a ela e pensou que poderia pegá-la de volta. Bem, roubar é ilegal em todos os cinquenta estados do país. Suas filhas têm que aprender uma lição.

— Ah, isso não passa de um mal-entendido. Elas não querem aquela porcaria inút... — Vera se interrompeu no último segundo, respirando fundo e soltando uma risadinha superficial. — Posso te garantir que as meninas não se importam nem um pouco com o pingente, sr. Sun.

— E, ainda assim, o sapato prova que uma delas se importa — insistiu Zachary, extraindo a verdade de Vera sem que ela percebesse.

— Deve ser da Farrow — disse Tabby, com pressa.

E eu achando que seria Vera que me entregaria. Minhas bochechas queimavam. Maldita Tabby.

Zach abaixou o sapato.

— Farrow?

— Nossa irmã de criação. — As bochechas de Tabby coraram, sem dúvida com a empolgação da oportunidade repentina de poder agradar Zach. — Ela se veste igual a uma mendiga, e nosso pai, o pai biológico dela, era o dono do pingente. Ela o guardava no quarto antes de o vendermos. Ela sempre se mete em problemas.

Até aquele instante, eu talvez tivesse salvado Tabitha se algum dia nos encontrássemos em uma situação do tipo Mufasa e Scar. Mas agora faria questão de não salvar. Era tão fácil gostar dela quanto de um vírus mortal.

— Então *existe* uma terceira irmã. — Zach soava como se tentasse arrancar códigos nucleares da mão de um bebê.

— E-ela não é nossa irmã de verdade. — Reggie repuxou a gola da camisa social que vestia. — Se bem que eu não recusaria aquele metabolismo...

— Não somos próximas da minha enteada. — Vera tentou soar decorosa. — Tentei meu melhor com ela, de fato, mas...

Zach a interrompeu:

— Onde está Farrow?

— Em algum lugar da casa. — Os ombros de Tabby relaxaram ao perceber que não corria mais risco de ser presa. Ela gesticulou para o pano ainda no chão. — Ela precisa terminar a limpeza por aqui.

O ferrão nas palavras dela picou as minhas bochechas. O calor explodiu do meu esterno, percorrendo meu corpo de cima a baixo. A desculpa esfarrapada que eu chamava de família não fazia ideia de como tinham soado. Ou talvez fizesse, e aquele sempre havia sido o objetivo.

Trabalhar como diarista não me envergonhava. Eu me orgulhava de oferecer meu serviço excelente. Mas ser exibida como doméstica da minha própria família? Fiquei constrangida. E isso era surpreendente, porque eu quase nunca ligava para o que as pessoas achavam de mim. Só que, de alguma forma, eu me importava quando se tratava de Zachary Sun. Uma vez, e apenas por três horas, eu havia conseguido capturar a atenção dele. Algo que nenhuma outra mulher jamais tinha feito. Sim, eu gostava da ideia de que ele me achava misteriosa e fascinante, e não pensava em mim como alguém que esfregava as privadas da má-drasta.

— Encontrem-na para mim. — Ele estalou os dedos uma vez, como se fazendo um decreto a súditos devotos. Eu praticamente consegui ouvir o desgraçado se sentando em um trono como o rei brusco que era. — Ou vocês vão receber um processo judicial e tanto.

A comoção que se seguiu fez minha cabeça girar.

Vera apontou para as filhas.

— Reggie, procure no andar de cima. Tabby, dê uma olhada no galpão da piscina e no porão. Ela não pode estar longe. O carro dela está estacionado na frente de casa. Vou verificar por aqui.

Um alvoroço de passos se espalhou em direções diferentes. A porta para o quintal reclamou ao ser aberta. Os lustres se sacudiram com os passos pesados no segundo andar. As portas dos armários rangeram ao serem abertas em rápida sucessão.

Zach bocejou, possivelmente... *entretido* pela minha condição de vida.

— Ela não se esconderia em um armário.

Vera abriu outra porta.

— Por que não?

— Porque ela não é uma completa idiota.

— Confie em mim, ela é...

— Eu não confio.

— C-como?

— Eu não confio em você. Continue procurando. — Ele inspecionou o relógio de pulso. — Quero a cabeça dela em uma bandeja, e a quero antes da minha reunião às seis da tarde do outro lado da cidade.

Enxerguei a verdade por trás daquelas palavras. Uma declaração de guerra. Se ele achava que eu engoliria aquilo, então veria o que estava por vir. Só porque eu aceitava o abuso que recebia em casa para garantir a proteção dos meus bens, isso não dava a ele o direito de me transformar em seu novo joguinho favorito. Antes de meu pai morrer, eu havia passado a vida toda atormentando minha má-drasta e as filhas dela, a ponto de Vera praticamente implorar para que eu me mudasse para Seul, com Reggie me fornecendo folhetos de todos os cirurgiões plásticos de renome e Tabby marcando todos os restaurantes bons em um mapa. (Eu nem fazia ideia de que ela sabia interpretar um mapa.)

Eu sei lutar, Zachary Sun. Sem luvas. Sem misericórdia. Até arrancar sangue.

— Ela é capaz de qualquer coisa. — O tom de Vera era veneno puro. — Tentei de tudo com ela, sr. Sun. Tudo mesmo. Mas Farrow não tem conserto. São os genes da mãe, acho. Ela é...

Vera respirou fundo, mas não terminou a frase.

— Ela é o quê?

— Pouco feminina.

— Explique.

— Indisciplinada, combativa, desordeira. Um *moleque*. — A palavra explodiu entre dentes. Vera fechou a porta do armário com força, fazendo uma pausa para balançar a cabeça. — Ela se metia em tantos problemas quando criança... Acredita que a expulsaram da escola particular aos 16 anos? Ela dava pílulas do dia seguinte para as alunas que precisavam. De *graça*.

E eu faria aquilo de novo. Foda-se o patriarcado. E, já que estamos falando disso, foda-se Vera também.

— Ela chegou a terminar o ensino médio?

Àquela altura, isso importava?

Ironicamente, o mais próximo que cheguei de usar meu diploma foi com as pesquisas exigidas para invadir sua casa.

— Por pouco. — Vera ergueu as mãos no ar. — O pai teve a ideia de mandá-la para uma escola focada em esgrima em Seul. Era o que ela sempre quis, de qualquer forma. Ela sempre desprezava a mim e a minhas pobres filhas. Não deixava que escolhêssemos suas roupas, que fizéssemos suas unhas ou cortássemos aquele cabelo terrível.

— E a faculdade?

Vera riu com deboche, gesticulando com a mão.

— Nem sequer uma faculdade regional. Tabitha, no entanto, tem um bacharelado da Columbia, e minha doce Reggie estudou na prestigiosa...

— Não precisa terminar a frase. Garanto que nenhuma parte de mim se importa.

Mesmo se alguma parte dele se importasse, Tabby não tinha de fato um diploma *daquela* Columbia. Mas a Faculdade Columbia de Maryland não causava a mesma impressão.

Vera abriu a geladeira. Em que ela estava pensando? Que eu me enfiara entre o galão de iogurte probiótico e o vidro extragrande de cebolas em conserva?

Alguém ligue para o Sherlock Holmes e avise que ele vai perder o emprego.

O sr. Sun não ficara tão abismado quanto Vera queria que tivesse ficado, porque ela prosseguiu para a parte das lágrimas de crocodilo do espetáculo, exceto pelo fato de que não conseguia produzir uma lágrima, então apenas o nariz se franzia. Vera enxugou a bochecha. Seca como um deserto no Chile.

— Ela brigou comigo por causa do pingente. Me atormentou. Mas precisávamos do dinheiro. O pai dela, mesmo antes de falecer, trabalhava com margens muito pequenas, e eu precisava cuidar das minhas meninas até o dinheiro do seguro entrar. — Ela falava como se Reggie e Tabby fossem crianças, não mulheres capazes na faixa dos 20 anos. — Estou terrivelmente envergonhada com o comportamento de Farrow.

Eu também estava envergonhada por estar ligada àquele show de horrores. Pelo menos não por DNA, graças a Deus,

Zach interrompeu o chororô.

— Senhora Ballantine?

— Sim?

— Tente a despensa, e nos poupe do tormento desta conversa.

— Ah. Certo. Boa ideia.

Os passos dela se aproximaram.

Enterrei os cotovelos nos quadris. A espátula quase caiu da minha mão suada. O cabelo na minha nuca se arrepiou. Me inclinei para trás e, respirando fundo, me preparei para o pior.

Os dedos de Vera se esticaram. Consegui dar uma última olhada na direção de Zach por entre as frestas e me arrependi. Ele exibia a sombra de um sorriso, com as costas apoiadas no balcão e os tornozelos cruzados. Com uma precisão sinistra, seus olhos encontraram os meus através da veneziana fechada.

Fui com tudo para trás, batendo a cabeça em uma lata.

Ele descobrira.

Ele sabia.

Aquele desgraçado sabia.

9

Farrow

Os candelabros brilhantes me cegaram por um instante. Pisquei para ajustar a visão. Eu me sentia despida. Nua e exposta. Eu sabia qual era minha aparência. Com as roupas rasgadas e o cabelo preso, manchas de tomate espalhadas pelos braços e a porcaria de uma espátula encravada no meu punho. Normalmente, eu não me importaria, mas queria que Zach me visse como uma igual.

Vera apontou para mim, voltando o olhar para o convidado.

— Olhe ela aí.

Tudo na mulher — da voz até a ponta dos dedos — estremeceu.

Zach cruzou os braços, a personificação da descontração. A presença dele tomava conta da cozinha como se ele tivesse sido criado nela, esculpido em mármore. O corte de cabelo impecável ressaltava os fios escuros, espessos e brilhantes, nenhuma mecha fora do lugar. Com o suéter de caxemira azul-marinho por cima da camisa e uma calça cinza-claro, ele poderia valer um bilhão de dólares em um leilão, e mais alguns trocados.

Um sorrisinho convencido puxou o lado direito da boca dele. Quase pequeno demais para ser notado. Ele me encarou do alto, por cima do seu nariz, grande demais para estar ali.

— Senhora Ballantine?

Mesmo falando com Vera, seus olhos não se desviaram de mim. Como se eu pudesse, de alguma forma, escapar se me desse a menor das chances.

A gravidade da situação me atingiu. Eu estava com as costas pressionadas nas prateleiras. Um animal encurralado. Completamente humilhada. Mas isso não significava que eu teria que aceitar aquilo. Larguei a espátula em uma prateleira aleatória, ergui o queixo e sustentei o olhar de Zach.

Vera se posicionou ao lado dele.

— Pois não?

— Privacidade, por favor.

— Farrow, vá para...

— Não, Vera. — Zach endireitou a postura, afastando-se do balcão. — *Você* é quem vai sair.

— Mas...

— Não pedi sua opinião. Pedi para que, por favor, você se retire, cacete.

Puta merda. Ele estava mesmo irritado. *Bom, você tentou* roubar *algo dele*. Apague isso. Algo *meu*. Eu tinha que me lembrar disso. Era o que fazia toda a diferença.

— Você e eu não terminamos. — Vera se virou para mim, sacudindo o dedo com unha francesinha para mim. — Não mesmo.

— Não se preocupe, *mamãe*. — Dei uma piscadela para ela. — Não vou a lugar algum, você gostando disso ou não.

Eu tinha que seguir as regras dela, mas isso não queria dizer que eu precisava jogar limpo.

Nada na morte do meu pai fazia sentido. Em um instante, ele estava na porta de um restaurante, esperando o manobrista trazer o carro. No seguinte, o manobrista o atropelava na velocidade da luz. Os exames voltaram todos negativos. Nada de álcool, nada de drogas. O manobrista alegou que o pé ficou preso no acelerador e foi sentenciado a cinco anos na prisão. O juiz ficou com pena. Por causa da mulher doente. Por causa do bebê inocente deles. Também fiquei mal por ele. Mas fiquei ainda pior por mim mesma. Aquilo acontecera havia dois anos, e eu ainda lambia as minhas feridas, que não mostravam sinais de que sarariam.

Com um grunhido insatisfeito, Vera saiu pisando duro a caminho da sala de estar. Ainda perto o bastante para escutar a conversa, claro. No instante em que ela saiu de perto de mim, ousei sair da despensa.

— Não. — Zach veio na minha direção, erguendo a palma da mão. — Fique onde está. Ratos devem ficar em buracos escuros.

Eu saí mesmo assim.

— Falando em buracos escuros, alguém já te disse que você é um cuzão?

— Não em voz alta, mas tenho certeza de que muitos concordam.

Por instinto, fui atraída pela gaveta de utensílios, abrindo-a com tudo para me armar com a coisa mais afiada que eu pudesse encontrar. Zach a fechou com o quadril antes que eu pudesse pegar a faca de carnes. *Instinto assassino*. Anotado.

Ele estalou a língua.

— Se eu fosse você, não faria nenhuma gracinha. — A silhueta enorme dele bloqueava todos os caminhos que eu poderia usar para escapar. Não que isso importasse mais, pois ele sabia quem eu era. Não teria como escapar dele. — Eu não apenas sou mais inteligente que você, como posso te matar com mais facilidade. E no momento estou muito tentado a fazer isso, ladrazinha.

Uma explosão de energia pura inundou minhas veias.

— Vai se foder, seu riquinho. Você e seus amigos idiotas não me assustam.

É claro que eu não tinha ficado paranoica assim nos últimos dias. Até tinha sentido que alguém andava me seguindo, o cabelo na nuca se arrepiando e cumprimentando o desconhecido toda vez que eu entrava ou saía de uma casa que eu ia limpar. Talvez um detetive particular, já que eu duvidava que aqueles palhaços endinheirados fariam eles mesmos o trabalho braçal. E, se não tivesse sido Zach, poderia ter sido um dos seus amigos chiques. Eu ouvi os boatos. Os três não se desgrudavam e tinham a tendência de usar a própria influência para conseguir o que ou quem queriam na capital.

Bom, menos eu.

Passei por Zach e fui até a porta.

— Vai encher o saco de outra criança no parquinho.

Ele soltou um suspiro dramático. Foi então que senti. Algo metálico beijando a base das minhas costas. Fria, afiada e inconfundível. Uma faca. Que tipo de psicopata andava com a droga de uma *faca*? E na luz do dia? Então, me lembrei de que ele arremessara uma faca chique na minha direção enquanto eu fugia dele na festa. Zachary Sun amava sua arma. E ele estava longe de ser a versão elegante e impecável de si mesmo que aparecia nos painéis da Bloomberg para discutir startups em ascensão. Uma fera em um terno de grife. E ele era problema meu.

— Recomendo que não tente fugir dessa conversa — disse ele.

Estremeci, mais pela rouquidão da voz que pela faca pressionando a minha lombar. Ele não me esfaquearia. Eu apenas não sabia quão longe ele estava disposto a levar aquela situação. Parei de andar, mas não me virei para ele.

Zach pressionou ainda mais fundo a ponta cega da lâmina na minha pele.

— A não ser, é claro, que você não goste muito da sua habilidade de andar.

Ele deveria era se preocupar com a minha habilidade de castrá-lo com um florete. Porque isso acabara de se tornar meu novo objetivo de vida.

Embora Zach não pudesse ver, forcei um sorriso no rosto, ignorando meu batimento disparado.

— Fico lisonjeada, sr. Sun, por você achar que minha vida miserável vale o resto da sua na prisão.

— Fico surpreso, srta. Ballantine, por você pensar que algum dia eu estaria sujeito a um destino desses. Sou rico, poderoso e inteligente demais para passar um minuto sequer em uma sala de seis por oito metros que não seja uma sauna. E mais, se você se virar, vai notar uma coisa muito interessante sobre a minha faca.

Eu me virei, me demorando o quanto podia, criando expectativa, sem demonstrar uma gota sequer do pânico que eu sentia. Se Zachary Sun queria minha submissão completa, teria que arrancá-la das minhas mãos sujas de sangue.

Quando fiquei de frente para ele, notei a distância. Ao menos dois passos nos separavam. Meus olhos se rastejaram na direção da faca que naquele momento pressionava o osso do meu quadril. Uma faixa de veludo preto e grosso envolvia tudo, exceto a lâmina.

Minha respiração ficou presa na garganta.

— Veludo não deixa impressões digitais.

Claro que ele sabia disso. Do que aquele homem não sabia?

Seu olhar sustentou o meu.

— Sem arma, sem crime.

— Não tem como isso estar dentro da lei.

— Tudo está dentro da lei quando se conhece as pessoas certas. — Algo sombrio brilhou nos olhos dele. — A lei é para pessoas como você. Advogados são para pessoas como eu.

— Você é uma fraude. Não tem nada a ver com o retrato que pintam de você na mídia. — As palavras irromperam pelos meus dentes cerrados. Se eu diminuísse a pressão da mandíbula um pouco que fosse, meus dentes começariam a bater de tremores raivosos. — Quantas pessoas sabem que você é um monstro?

— Não muitas. Só as que se dão ao trabalho de enxergar além do meu exterior. Mas é conveniente demais evitar isso. Sou uma criatura extremamente útil para a maioria das pessoas.

A ponta da faca dele desceu do osso do quadril ao espaço entre o umbigo e o cós do meu jeans. Uma poça se calor se formou entre as minhas pernas. *O que tem de errado com você, Fae?* Porém, eu não conseguia evitar. Havia alguma coisa no poder que Zach irradiava que me atraía. Eu tinha passado a vida toda em um dos bairros mais ricos do mundo e, ainda assim, nunca me deparara com alguém como Zachary Sun.

A faca parou pouco acima das minhas partes íntimas. Ele umedeceu os lábios, de maneira inconsciente.

— Você poderia ser uma dessas pessoas, sabia?

Meu corpo inteiro ganhou vida, meu batimento pulsando sob cada centímetro de pele. Eu desejava mais. Mesmo assim, não queria me envolver com ele. A lógica me dizia que alguém como Zach seria horrível na cama. Ele tinha todos os traços errados para ser um amante talentoso. Egoísta demais. Bonito demais. Narcisista demais. Mas, ainda assim, eu iria para a cama com ele. Ergui o olhar, sustentando o dele, que não tinha problema em fazer contato visual comigo. Ele não era um psicopata. Não. Ele era alguma outra coisa. O único monstro de sua espécie.

— Como? Fazendo um acordo com o demônio?

Ele me encarou com desdém, cada centímetro dele uma tundra gélida.

— A única coisa que você perderia em um acordo assim seria sua alma, e ela não vale muito.

Um nó impenetrável impediu as palavras de escaparem da minha boca. Pigarreei, curvando os dedos e fincando as unhas na palma da mão.

— Como sabe disso?

Ele deu de ombros, a faca ainda pressionando meu centro, o espaço onde o calor espiralava.

— A maioria das pessoas nem sequer tem uma, para começo de conversa.

— Talvez eu também não tenha.

Você está mesmo conversando sobre almas com Zachary Sun neste momento? O que tem de errado com você? A resposta, claro, era: *Muita coisa*. Inúmeras coisas, na verdade. Só que cada minuto que conversávamos era um minuto em que ele não me esfaqueava.

Sim. É por isso mesmo, Fae. Continue se convencendo disso.

Ele desenhou círculos de leve com a ponta cega da lâmina, lançando fogos de artifício do meu âmago aos dedos dos pés.

— Tem, sim.

— E como você sabe?

— Você fede a alguém que tem alma. — A mandíbula dele ficou tensa sob aquela pele lisa e dourada. — E eu coleciono almas.

Você está bêbado? Não parecia, mas soava como um.

Eu quis perguntar, mas tudo que consegui dizer foi:

— Você coleciona almas?

— A moeda mais subestimada do mundo. Todo mundo quer uma, e são difíceis de se conseguir. É por isso que as pessoas compram arte. Arte faz as pessoas se sentirem vivas.

— Só se você já estiver vivo.

— Mesmo se estiver prestes a dar seu último suspiro — rebateu ele, desenhando um padrão indecifrável no meu corpo. Bem quando achei que nada o afetava, ele deu uma única olhada para baixo. A lâmina roçou o pequeno pedaço de pele nua acima do cós da calça. — Quando tenho a alma de alguém, ela se transforma em um peão nas minhas mãos.

O tipo de loucura daquele cara fazia Michael Myers parecer um Teletubby. Uma tese poderia ser escrita em relação a como ele conseguia esconder aquilo sob uma aparência etérea e uma educação impecável. Me perguntei se Vera e as meninas não estariam escutando tudo. Daquele ângulo, não dava para ver nada além do batente vazio, mas eu não acreditava que elas fossem melhor do que isso. Amavam uma boa fofoca quase tanto quanto gostavam de me ver sendo punida.

Toquei meu lábio com um dedo.

— Sabe o que eu acho?

— Não. Pode guardar o palpite para si.

Eu o ignorei.

— Você está escondendo alguma coisa. Não parece ser o tipo de homem que anda armado.

Percebi, depois que falei aquilo, que eu não estava assustada de verdade. Fascinada, irritada e pronta para a luta? Sim. Mas assustada? Por mais que parecesse loucura, mesmo com uma faca apontada para mim, eu não me sentia realmente em perigo.

Ele balançou a cabeça.

— Você não faz ideia do tipo de homem que sou.

Os olhos escuros e brilhantes dele desceram pelo meu corpo. Aproveitei a oportunidade para agarrar a faca. Mirei no cabo, mas os meus dedos acidentalmente roçaram os dele. Zach sibilou, se afastando como se meu toque o tivesse queimado. Sua expressão se transformou em algo animalesco. Ele cambaleou para trás, olhos tomados por algo que eu nunca tinha visto. Não em Zach. Não em *ninguém*. As costas bateram na pia com um baque alto. Fiquei tão surpresa diante daquela reação visceral que acabei cambaleando, mas na direção oposta.

— *Não* toque em mim. — Ele nunca tinha sido tão agressivo comigo.

Pela primeira vez, ele não sussurrou, sibilou ou floreou. Aquela simples declaração não continha qualquer tipo de controle.

Contra qualquer lógica, eu me endireitei, forçando os ombros para trás. A ideia de que, de alguma maneira, eu havia conseguido virar o jogo me animava. *Não importa qual seja seu ponto fraco, vou encontrá-lo. Então, vou pressioná-lo até arrancar todo o seu sangue.*

Segurei com tanta firmeza a beirada do balcão atrás de mim que os nós dos dedos ficaram brancos. Forcei o desejo de carnificina a recuar. Meu coração batia com tamanha força que temi que romperia minhas costelas e rasgaria minha carne. Eu não conseguiria pagar a conta do hospital nesse caso.

Zach segurou a faca com os dedos trêmulos. Repassei os últimos segundos na minha cabeça. Ele tinha dito para eu não tocá-lo, não tinha falado da faca. Aquilo poderia não significar nada, mas minha intuição dizia o contrário.

Reuni toda a coragem que pude, confiante de que eu estava no caminho certo.

— E agora? Você vai me matar?

Os músculos na minha barriga arderam. Me senti eletrizada. Um fio desencapado. Vibrando de raiva, e de ira, e de *vida*. Eu queria pular naquele homem e estrangulá-lo. Queria terminar aquela partida de Go. Mostrar a ele do que eu era feita. Eu não me lembrava da última vez que qualquer pessoa tinha me feito sentir algo, fora meu pai. Amigos, garotos, conhecidos — todos entravam e saíam da minha vida.

Zach manteve o queixo erguido, rangendo os dentes. A faca ainda apontava para mim, por precaução. De repente, ele pareceu pensativo. Eu precisava arrancá-lo de dentro da própria cabeça.

— Você tinha um acordo para me oferecer — lembrei. — Estou ouvindo.

Relutantemente.

Seus lábios se curvaram em um rosnado.

— Você acha que merece um acordo?

Cara bonita, alma feia.

— Acho que você ainda está aqui, e se dedicou para descobrir minha identidade, então é óbvio que viu em mim algo que deve estar procurando. Não deixe seu orgulho atrapalhar seu objetivo. Tenho certeza de que tem muita gente por aí para massagear seu ego enorme. Não preciso ser uma delas.

Deu para ver, pela expressão dele, que pensava que eu falava demais, brigava demais e que, no geral, eu era uma dor de cabeça.

Sua postura não cedeu um centímetro sequer.

— Você é a empregada.

Reduzindo minha existência inteira à descrição do meu trabalho. Legal.

— Sou a governanta — corrigi, endireitando a coluna, nem um pouco envergonhada. — Bom, se quiser entrar nos detalhes, sou dona da Mais Limpeza Maryland junto da minha fa... — comecei a dizer família, mas elas não mereciam o título. Não mesmo. — Na maior parte, junto da minha madrasta.

Zach deu um passo para mais perto de mim, se recuperando depois do momento esquisito entre nós.

— Sua madrasta é uma inútil.

Pude sentir o perfume dele de novo. Aquele aroma inimitável do ar livre que me fazia lembrar de florestas escandinavas e invernos impiedosos. Talvez eu fosse inteligente, mas meu corpo obviamente era burro pra caramba. Mesmo que Zach Sun fosse um demônio, eu o deixaria me arrastar para a escuridão. Eu era Perséfone, seguindo-o por livre e espontânea vontade ao submundo.

— Isso não é verdade. Ela é bem útil. Se algum dia estiver com dificuldade para dormir, peça para ela falar sobre os problemas que tem com o guarda-roupa.

— O que eu não entendo é... — Ele segurou a faca com mais força, posicionando a ponta cega no meu colarinho, subindo-a pela garganta muito, muito devagar. Minha respiração falhou. — ... como a única pessoa na família com um cérebro funcional se tornou a cadela das outras, *Octi*.

Ah. A pergunta de um milhão de dólares. Por um instante, considerei mentir para ele. A verdade era, de longe, a coisa mais vulnerável que se podia compartilhar. Porém, decidi não fazer isso. Eu seria desmentida por Zachary Sun antes de terminar a frase. Não adiantava esconder nada dele, mesmo que eu soubesse que *ele* também tinha muitos segredos.

Como eu tinha consciência de que poderiam estar me ouvindo, abaixei a voz, desviando a faca do meu queixo com a mão.

— Tenho alguns problemas para resolver antes de poder seguir meu caminho. Problemas legais. — Fechei a cara. — Enfim, você não veio até aqui para gritar comigo por causa do pingente?

Sim. Eu estava tão desesperada para mudar de assunto que não me importaria de levar uma bronca.

— Gritar é histérico e inútil. Você merece uma punição, não um tapinha na mão. — Com a ponta da faca, Zach inclinou meu queixo para cima, e, assim, pude encontrar seu olhar. — O que me faz voltar ao nosso acordo.

Engoli em seco, meio irritada e meio intrigada. Eu realmente deveria ter medo daquele homem. Não fazia sentido eu não ser capaz de invocar tal emoção. Talvez porque ele parecia controlado demais para matar alguém de forma tão improvisada. Ou talvez fosse alguma outra coisa. A maneira como ele segurava a faca quase me fazia lembrar de como meu vizinho idoso segurava a bengala. Ou de como a criança do outro lado da rua sempre saía de casa segurando um cobertorzinho. Como se Zach usasse a faca com frequência. De maneira casual. Como um acessório que o ajudava nas tarefas diárias.

Comprimi os lábios.

— O que vai fazer? Me obrigar a me casar com você igual aquele seu amigo psicopata?

Todo mundo sabia que Romeo Costa arrastara a *belle* esposa ao altar pela orelha, aos gritos e pontapés. E o fato de que agora eram o casal mais admirado e elogiado da região não importava nem um pouco. A história de como tudo havia começado estaria para sempre gravada no meu cérebro. Como ele a trancafiara naquela gaiola dourada. Como ela sacudira as grades, dobrando-as no formato do coração dele e o exaurindo por completo, quebrando aquela fachada fria de Romeo até que ele se tornasse completa e inegavelmente dela.

A lenda de um Romeu sombrio e de uma Julieta teimosa, sussurravam as fofocas. *Um clássico reescrito para que todos tivessem um final feliz.*

Só que eu não era nenhuma Dallas Costa. Se, por azar, Zach Sun me forçasse a me casar com ele, eu não optaria pelo caminho demorado. Eu provavelmente o perfuraria com o florete enquanto ele dormia.

Zach afastou a cabeça, me encarando como se eu o tivesse alucinado.

— Sem ofensas, srta. Ballantine, mas eu preferia me casar com um coiote selvagem se a outra opção fosse você. Ao menos o coiote seria uma companhia mais agradável. E mais, se eu o alimentasse, talvez tivesse chance de domesticá-lo.

Sorri, fazendo questão de mostrar os caninos.

— Cuidado. Coiotes também podem acabar com a sua raça em uma partida de Go.

— Relaxe, Polvinha. Se me lembro bem, você fugiu do jogo porque acabou se encurralando em uma armadilha.

Eu teria sido perfeitamente capaz de terminar a partida. Eu a repassara na cabeça todas as noites desde o baile — efeito colateral de uma memória fantástica e uma obsessão pouco saudável por vencer. Sabia onde cada pedrinha estava. Antecipara cada jogada que ele poderia fazer. E, mais importante de tudo, como eu as usaria contra ele.

Estreitei os olhos, dando uma olhada no relógio na parede atrás dele.

— O que é que você quer, então?

Eu tinha muito trabalho a fazer. O que restara da lasanha no chão ainda precisava ser esfregado, e, naquele ritmo, a família Ahmadi teria todo o direito de descontar meu pagamento por ter me atrasado.

Zach demorou um pouco para responder, parado diante de mim, em toda a sua glória atraente, desproporcional e irrefutável. Frio, severo e implacável. Uma escultura sem defeitos, abandonada antes do verniz.

— *Você.*

10

Farrow

Minha coluna acertou a parede. Uma péssima hora para perceber que ele tinha me conduzido para trás, passo a passo. Me encurralado. Invadido meu espaço sem me tocar. Aquele era o truque. Zach nunca furava minha bolha pessoal. Ao menos, não com seu corpo.

Usando o lado cego da faca, ele virou minha cabeça para o lado, na direção da sala de estar. Eu tinha uma visão clara da minha família de criação. O nível de precisão em que Zachary Sun operava me deixava embasbacada. Ele tinha começado a me levar ali havia dez minutos, ciente do seu objetivo enquanto eu tagarelava sobre almas.

Vera, Reggie e Tabby estavam reunidas em um círculo fechado, discutindo entre si como galinhas frenéticas. Então, não tinham escutado a conversa. Estiveram ocupadas demais culpando uma à outra pelo que tinha acontecido.

— ... olhou para mim como se ele fosse me chamar para sair. — Tabby jogou as mãos para o alto. A saia da Dior subiu com o movimento, revelando um trecho generoso das coxas. — O que eu deveria ter feito?

— ... posso jurar que ele sorriu para mim quando falei que o sapato era meu. — Reggie fungou em um lenço, assoando o nariz em decibéis mais adequados para um elefante em agonia. — Aliás, esta saia é minha? *Por que* você achou que ficaria bem nela, Tabs?

— Olhe para elas — instruiu Zach, cada centímetro dele frio como pedra. — Essas são as palhaças que te fazem de refém. Você vive em um mundo de ponta-cabeça, no qual o cão tem o humano preso a uma coleira.

— Sua punição é fazer com que eu me sinta uma merda? — Dei um tapa na faca para afastá-la do rosto. — Porque sua missão foi cumprida. Agora, daria para você ir embora?

— Não antes de eu te contratar para ser minha empregada, *Empregada*.

O choque durou apenas um segundo. Seguido por um ímpeto de estrangulá-lo com as mãos. Mas ele não merecia minhas emoções. Então, em vez disso, ofereci a Zach minha resistência. Inclinei a cabeça contra a parede e repuxei os lábios em um sorriso vazio.

— Vá embora. Antes que eu te mate. Nem vou precisar de uma arma para isso. Confie em mim.

— Você vai trabalhar para mim, obedecendo às *minhas* ordens, fazendo tudo que eu quiser — continuou ele, irredutível e nada impressionado pela minha recusa. — Você vai me servir, me obedecer e me agradar. Pagará sua dívida por ter tentado me roubar e fracassado veementemente...

— Escute, sr. Babacão. Eu *não* te roubei. Sem provas, sem crime. Tudo que você tem para me acusar é um amassadinho em uma caixa de vidro. Não sou as minhas irmãs de criação. Você não pode me estressar até que eu vire sua cadelinha.

— Nunca mencionei o amassado.

Opa. Eu nunca cometia erros idiotas assim. Nunca ficava tão atiçada a ponto de deixar o raciocínio de lado. Zachary Sun tinha conseguido subverter anos de autocontrole rígido. Da calma controlada esperada de uma esgrimista de primeira categoria. Bem, *ex*-esgrimista de primeira categoria.

O sinal pulsante e claro de arrependimento subiu pelo meu pescoço.

— Você mencionou tem uns cinco segundos. — Insisti na mentira e ergui a mão para que ele não pudesse retrucar, me recusando a cair na cova que eu mesma havia cavado. — Antes que você diga qualquer coisa, lembre-se: sem provas, sem crime. Eu simplesmente me perdi na sua biblioteca... O amassado sempre esteve lá.

— As câmeras de segurança contradizem sua história.

Ele ergueu o celular com a mão livre, sacudindo-o. Uma filmagem nítida do meu rosto brilhou.

Merda.

Merda, merda, merda.

Eu tinha procurado por câmeras no teto, mas não me ocorreu de procurar por câmeras escondidas. *Tudo bem*. Tinha me ocorrido, mas meu desespero acabara vencendo.

Coloquei os ombros para trás, fingindo confiança.

— As câmeras não têm boca. No entanto, minha advogada tem, e aposto que ela pode ser bem criativa para explicar o que aconteceu. Um homem poderoso. Uma mulher encurralada de camisola. — Inclinei a cabeça para o lado. — Ligue os pontos.

Na verdade, a tal advogada não precisaria inventar nada. Zachary Sun tinha me encurralado no escritório dele e me forçado a ficar por lá, vestindo apenas lingerie. Um crimezinho de nada chamado cárcere privado, que poderia resultar em trinta anos de cadeia. Essa tinha sido a primeira coisa que pesquisei na manhã seguinte.

Zachary arqueou uma sobrancelha.

— Você não tem dinheiro para um par de sapatos que caiba direito no pé, mas espera que eu me preocupe com sua representação legal? Da última vez que verifiquei, o Google não pode te representar no tribunal. — Ele me encarou. — Quem é que está deixando o orgulho atrapalhar, Octizinha?

Ainda assim, me recusei a desistir. Abri a boca, uma resposta atravessada na ponta da língua. Mas ele me impediu com a faca. Usou pressão apenas o suficiente para afastar meus lábios. Não sei o que viu ali, mas fez suas pupilas dilatarem. Durou meio segundo antes dos seus olhos voltarem ao normal.

Ele balançou a cabeça, afastando o que quer que tivesse acabado de acontecer.

— O acordo não é uma oferta. É sua única opção para sobreviver.

— Você quer que eu espane sua estante e chupe seu dedão do pé para te lembrar de que é melhor do que eu? De jeito nenhum. Não vou realizar qualquer tipo de fantasia louca que você tem na sua mente doentia.

— Posso te assegurar que a última coisa com que fantasio é seu toque.

— Certo. — Eu me afastei da faca, e enrolei as mangas para cima, sentindo, de repente, um calor intenso no corpo. — Vou te confessar uma coisa.

— Duvido que você reconheceria honestidade mesmo se ela te acertasse na cabeça com um crachá.

O comentário dele passou por mim sem deixar marcas.

— Digamos que, hipoteticamente, eu queria roubar algo de você. E daí? — Dei de ombros. — Não é como se eu tivesse conseguido. E você não tem nenhuma prova cabal. A sala continua intacta. Na pior das hipóteses, vou passar alguns dias em liberdade condicional e farei serviço comunitário por ter invadido sua propriedade. Vá em frente.

Com isso, me virei, pronta para correr, mas ele agarrou meu pulso. *Hum, não era você que não fantasiava com meu toque, otário?* Um sorrisinho convencido fez meus lábios se curvarem. Eu me virei, prestes a jogar isso na cara dele, mas, quando girei o corpo, Zach tinha me soltado e cambaleado para trás. Um mistura de repulsa e confusão marcava aquelas feições perfeitas. Ele encarava a mão que tinha me tocado, depois, voltou o olhar para o meu rosto e, de novo, para a palma aberta. Parecia estar esperando para ver se o corpo irromperia em chamas.

Ai. Fui mesmo tão horrível com ele ao ponto de quase fazê-lo choramingar com o toque? Outra emoção estranha me tomou. *Mágoa.*

Cruzei os braços, fincando as unhas curtas nos cotovelos o máximo que conseguia, apesar do comprimento ínfimo.

— Se me acha tão nojenta assim, não me toque.

Ele endireitou as costas, relaxando a mandíbula até aquela expressão assustadoramente neutra.

— Você vai trabalhar para mim.

As palavras saíram devagar enquanto ele se recompunha, pouco a pouco.

— Não vou, *não.* — Balancei a cabeça, olhando em volta. — Por que raios você ia querer isso? Você acha que tentei te roubar. Está implorando por uma segunda dose ou algo do tipo?

— Você precisa ser colocada no lugar.

— Meu lugar é bem longe de você.

— Seu lugar é servir em qualquer lugar e a qualquer um que possa te pagar pelos seus serviços. E eu posso.

— Não sou um objeto para você ser meu dono.

— Você *vai* ser minha subordinada — rebateu ele, aquele seu olhar morto. — Até eu me cansar de você, o que, não se preocupe, vai acontecer logo. Estou te oferecendo um negócio breve e rentável. Você seria tola de não aproveitar as vantagens.

Até que enfim — *até que enfim, cacete* — as dezenas de alarmes que deveriam ter ressoado uma hora antes começaram a gritar na minha cabeça. Por que, entre todas as pessoas do mundo, ele queria *me* contratar? Tudo bem, eu o desafiara na partida de Go. Mas qualquer outro prodígio 9-dan teria feito a mesma coisa na Ing Cup. Por que eu?

Por que isso importa? Você prometeu ao seu pai que pegaria o pingente de volta. Você pode mentir para todo mundo, menos para ele.

— Que seja. — Dei um peteleco no pedaço de tomate na minha blusa, mirando o sapato de Zach. Nada mais justo. — Se você me devolver o pingente, te dou um contrato de três meses.

— O pingente é inegociável. Você nunca o terá. — Ele deu uma olhada no relógio, balançando a cabeça ao ver as horas. — Um contrato de seis meses, e serei seu único cliente. As horas de trabalho são das oito e meia às seis e meia. Cinco dias por semana. Finais de semana pagam o triplo.

Ele queria uma empregada ou um colega de quarto? Em qual universo eu concordaria com aquelas horas absurdas?

Resisti ao impulso de revirar os olhos.

— Tenho uma empresa para gerir. Limpo de três a quatro mansões por dia.

— Você vai limpar uma só, e será a minha.

— Vamos perder clientes. Não, obrigada.

— Por que você perderia clientes? Você não é a única funcionária na empresa.

Meu olhar vazio disse tudo.

A expressão dele foi de aborrecimento a revolta.

— Só você trabalha, e ainda divide os lucros com a sua madrasta? Você é um capacho? Seu propósito de vida é que pisem em você?

Na verdade, ela ficava com sessenta por cento, e eu, com quarenta. Mas fiquei com vergonha demais para contar a ele.

Ergui o queixo.

— Olha quem fala.

— Estou te oferecendo uma troca razoável. Ela te oferece trabalho forçado.

— Ainda assim, não posso trabalhar só para você.

— Você pode, e você vai, assim que sua madrasta contratar mais funcionários, que é o que ela fará quando eu tiver acabado com ela.

Por que você está fazendo isso? Por que está me ajudando?

Ele devia ter alguma segunda intenção, mas eu não entendia o que eu poderia oferecer que mais ninguém poderia. Fora o Go, não tínhamos nada em comum.

— Não estou fazendo isso por bondade. — Zach leu minha mente, tirando o celular do bolso e verificando os e-mails.

— Então por que está fazendo isso?

— Porque você merece aprender uma lição.

— Só isso?

Eu me arrependi da pergunta assim que ela saiu da minha boca.

— Neste mundo, há mestres e há serviçais. Eu sou um mestre. Você é uma serviçal. Aja de acordo, e te deixarei ir.

Não acreditava no que ele estava tentando me dizer. Ninguém ia tão longe para provar algo para alguém com quem não se importava. Por outro lado, eu sabia que não deveria pensar que ele estava tentando me seduzir. Zachary Sun irradiava uma forte energia assexual. Eu o tinha visto diversas vezes, meus olhos acompanhando cada um de seus movimentos, de longe e de perto. Ele nunca sequer olhara de forma apreciativa para outro ser humano. Seus olhos nunca se demoravam em bochechas coradas ou decotes generosos. Homens também não o interessavam. Ele tratava todo mundo como pedrinhas em seu jogo de Go. *Falando nisso...*

— Você quer terminar a partida. — Um sorrisinho surgiu na minha expressão fechada. — É por isso que me quer por perto.

— Você me pegou. — O sarcasmo escorria dos lábios dele. — Sua inteligência não tem limites.

Passei por ele, fui ao balcão e abri um dos armários superiores.

— Você acha que vai ganhar.

Ele me observou enquanto eu pegava um copo, enchia-o com água da torneira e, então, bebia tudo de uma vez.

— Acho que as palavras que você está procurando são: "Muito obrigada".

— Ainda não aceitei o acordo.

As sobrancelhas grossas dele se levantaram.

— Não vai me oferecer água?

Dei uma olhada demorada nele, me permitindo aproveitar a liberdade de apreciar todas as partes boas.

— Suas pernas e mãos parecem estar saudáveis. Acho que você consegue fazer isso sozinho.

— Eu não sirvo minha própria água desde... — Ele franziu o rosto, tentando se lembrar. — *Nunca*, acho.

Coloquei o copo na pia, enxuguei a boca com as costas da mão e estalei a língua.

— Não tem desperdício maior do que mãos lindas e inúteis.

Ele tensionou a mandíbula, e eu soube que tinha acertado um ponto fraco. Era algo raro, então interpretei isso como uma vitória.

— Bem. — Ele se demorou na palavra, a mão livre se flexionando, talvez com o esforço de tentar não me estrangular. *Os próximos seis meses serão um inferno para você, colega.* — Temos um acordo?

Levei mais tempo do que o necessário enxaguando o copo. A casa dos Ahmadi precisava ser limpa, mas, de alguma forma, confiei que Zach cumpriria sua promessa de fazer todas as minhas responsabilidades adicionais desaparecerem. A pele rosada e fina das minhas mãos laboriosas demais me encarava sob o fluxo constante de água. Água pela qual eu não podia pagar. Sob luzes elétricas que ainda tinham que ser pagas. Apenas seis meses, e talvez meus problemas desaparecessem. Será que eu conseguiria? Será que eu seria capaz de vender minha alma para um monstro de terno Armani?

A um passo de distância, as mãos imaculadas de Zach me provocavam. Dedos longos e macios. Sem calos, exceto por um sob o dedo médio. *De jogar Go*, deduzi. Éramos noites sem luar e dias periélios. Frio ártico e calor equatorial. Fortuna herdada e centavos contados.

Rasguei um pedaço de uma folha de papel-toalha ainda no suporte, enxuguei as mãos até ficarem o mais secas possível com aquele pedaço minúsculo, e o dobrei no meio para secar o espaço atrás da torneira. O motivo pelo qual não tínhamos trocado por um rolo de papel-toalha reutilizável estava na sala de estar, discutindo com a irmã para ver quem seria uma noiva mais adequada para o demônio na minha frente. Não conseguiríamos arcar com outra pia entupida por Tabby.

Uma olhada rápida em Zach era suficiente para saber que ele jamais tinha sido pobre a ponto de reutilizar papel-toalha.

Bem, se você me quiser na sua vida, é melhor se acostumar com os meus hábitos de pobretona.

Pisei duro até ele, a determinação fortalecendo cada passo. Porém, no instante em que invadi a bolha pessoal dele de menos de dois metros, Zach saiu do meu caminho. *Por instinto*, pareceu. Como se a mera ideia da minha sujeira tocar seu ser dourado o fizesse querer vomitar. Ele realmente não gostava da ideia de nos tocarmos. Estava começando a ficar ofendida.

— Você está pedindo muitas horas extras e concessões pouco convencionais. — Cruzei os braços. — Volte para a mesa de negociações, e talvez tenhamos um acordo.

— Você não está em posição de negociar.

Balancei a cabeça, suspirando.

— Você pensa de maneira lógica demais. Tem uma coisa que você não está considerando.

— Qual?

— *Emoções*. Eu tenho algumas. E, neste momento, a maioria está dedicada a te odiar. Então você vai ter que ceder um pouco.

Ele voltou a guardar o celular no bolso, deslizando a faca para dentro da bainha escondida.

— O que você quer?

Eu me perguntei se ele tinha se dado conta de que sua aparência perfeita, a qual se esforçara tanto para conquistar, havia começado a ruir diante de mim. Claro, muitas coisas compunham Zachary Sun, e eu não entendia 99,99% delas. Mas eu tinha descoberto uma coisa importante. Uma coisa sombria e incomum escondida por trás do homem solteiro mais desejado no hemisfério Norte. Uma coisa assustadora que ele não queria que o resto do mundo visse.

— Pode ficar com sua estrutura tradicional de pagamento horrorosa. Não quero saber disso. — Cheguei mais perto, apenas para testar os limites dele, me deliciando com a forma como a mandíbula tensionava com a minha proximidade. — Você vai me pagar com honorários. Um adiantamento de seis dígitos e uma taxa por hora, depois, vai me pagar um salário mínimo e cinquenta dólares por hora por fora.

A última coisa que eu queria era encher os bolsos de Vera enquanto eu lotava os meus.

Zach nem estremeceu com a quantia.

— Você não quer que o dinheiro vá para sua madrasta.

— Correto. E dinheiro não é problema para você.

— Vou fazer melhor que isso. Vou contratar os melhores advogados da porra do estado para você.

Engoli em seco, tentando manter as emoções sob controle. Eu sabia que parecia bom demais para ser verdade, mas, ainda assim, não consegui me impedir de sonhar. A esperança era a forma mais cruel de punição. Geralmente eu não a deixava invadir meu sistema, mas estava cansada, e me sentindo tola, e, pela primeira vez na vida, com pena de mim mesma.

Sustentei o olhar dele.

— Você sabe que, seja lá o que você acabar gastando com o advogado, nunca vou poder te pagar de volta, certo?

— Tenho dinheiro para comprar um continente todo de Farrows. — "De Farrows", não "para você, Farrow". Quase soou romântico. — E terá advogados tão implacáveis que a sra. Ballantine vai correr para fechar um acordo antes que você sequer entre com a primeira petição.

Balancei a cabeça, meus olhos indo desenfreados na direção dela, e me amaldiçoei por ter me esquecido da proximidade dela.

— Ela não pode saber que arrumei um advogado.

Ele franziu o cenho.

— Por que não?

Pressionei um lábio no outro, encarando o pescoço dele. Aquela coluna comprida e elegante. Masculina e espessa. Eu nunca havia dito aquilo a ninguém antes, mas senti necessidade. Ele era minha única chance naquilo.

Que reviravolta cruel do destino. Minha salvação tinha vindo do próprio demônio.

— Vamos adicionar uma segunda cláusula ao acordo. — Mordi meu lábio de leve, experimentando as palavras que eu temia soarem loucura. — Preciso que contrate um detetive particular para dar uma olhada no testamento. Meu pai nunca me deixaria de fora. Ele não faria isso.

— Combinado.

Ele não questionou o motivo de eu querer lutar por uma empresa de limpeza, como os advogados costumavam fazer nas conversas gratuitas. Não me aconselhou a abandonar o legado do meu pai. Não me julgou por ficar de luto pelo futuro que perdi. Aquele no qual eu teria me aposentado com uma medalha de ouro em esgrima nas Olimpíadas, no qual eu e meu pai cuidaríamos juntos do Mais Limpeza Maryland. Apenas nós dois.

Na verdade, o rosto de Zachary nunca deixava de ser uma tela em branco. Sem julgamento, incredulidade ou condescendência. Apenas tédio e uma pitada de impaciência pela reunião que o fazia dar uma olhada no relógio a cada poucos minutos. Apreciei a simplicidade daquele egoísmo. Zachary Sun se importava consigo próprio, e somente consigo próprio. Qualquer coisa fora daquele âmbito não merecia sua atenção.

Ele me lançou um olhar de advertência.

— Chega de pedidos. — Então, pegou o celular, tocou o dedo na tela algumas vezes e depois o entregou a mim. — Você não deveria ser recompensada por seu péssimo comportamento.

Encarei a tela, notando o nome do aplicativo de inteligência artificial que ele havia obtido em uma aquisição hostil. Ele transcrevia conversas e as transformava em contratos em tempo real, descartando todo e qualquer diálogo irrelevante no meio-tempo. Nós dois operávamos em níveis diferentes, ele e eu. Quanto antes eu aceitasse isso, menos infelizes os próximos seis meses seriam.

Assinei meu garrancho na tela de celular e umedeci os lábios, meio empolgada, meio chocada pelo que havia acabado de acontecer. Achei que a intenção dele era me puxar para o colo e me dar umas palmadas. Em vez disso, escapei com um trabalho novo que pagava bem mais do que o atual, e a oportunidade de finalmente fugir de um destino terrível.

Ele pegou o celular de volta, tomando cuidado para não fazer contato físico.

Semicerrei os olhos.

— É impossível que você esteja fazendo isso só para me dar uma bronca e ganhar no Go. — Mas eu não tinha tanta certeza. Gente rica gastava o dinheiro que tinha de maneiras loucas. Por isso, o restante de nós queria a cabeça deles. — O que mais você vai ganhar com isso?

— Não quero arruinar a surpresa. — Seu tom gélido me avisou que eu deveria jogar o celular dele no lixo e fugir enquanto havia tempo. — Agora, se me der licença, preciso trocar algumas palavrinhas com a sua... *mãe*.

Ele se colocou a caminho da sala, sem olhar nenhuma vez para trás ao sair da cozinha.

— Ei, Zach?

Ele parou, mas não se virou.

— Sim, Polvinha?

Será que eu estava realmente me acostumando com aquele apelido absurdo e idiota? Não era nada sexy, mas eu meio que gostava do significado.

Abri um sorrisinho.

— Eu descobri.

— Descobriu o quê?

— Como sair da armadilha em que caí durante o nosso jogo.

Minhas palavras foram recebidas com silêncio. Pensei ter visto aqueles ombros largos dele estremecerem, só um pouco, como se fosse — será que eu ousaria dizer? — uma *risada*.

— Segunda-feira. Oito e meia da manhã. — Ele batucou o nó dos dedos no batente. — Não se atrase.

— Pode deixar. Tente não esfaquear ninguém quando perder dessa vez.

11

Zach Sun: @OllievB, mande seu cão de caça parar de seguir minha intrusa.

Ollie vB: Meu detetive?

Ollie vB: Como você descobriu? Seja lá o que ele encontrou, era para ter sido meu presente surpresa para você, como um pedido de desculpa por ter comido metade da sua lista de noivas em potencial.

Ollie vB: [GIF do Bob Esponja de "Uma eternidade depois"]

Ollie vB: Só isso? Mais nenhum detalhe?

Ollie vB: Talvez estejam transando enquanto conversamos.

Romeo Costa: ...

Ollie vB: Verdade. É o Zach. Ele é alérgico a vaginas.

Ollie vB: Mas, quem sabe? Talvez essa menina finalmente o cure.

Ollie vB: Pode ser obra do destino. Tipo eu e Frankie.

Romeo Costa: Pela milionésima vez, minha cunhada é praticamente uma criança. Fique a mais de dois metros de distância dela, para respeitar a lei.

Zach Sun: Adicione uns três metros aos dois já mencionados, para deixar espaço para Jesus.

Ollie vB: Que bom que meu pau cresce.

Romeo Costa saiu da conversa.

Ollie vB: Foi alguma coisa que eu disse?

Ollie vB: Espere aí... @ZachSun, você está aí?

Ollie vB: Oi?

12

Farrow

— *Lazít*, Fae. A precisão requer uma mente clara e uma alma lavada. — Um capacete de esgrima cobria o rosto de Andras. — Você está perdida dentro da sua cabeça. Aí não é um bom lugar para se estar. Foco. *Mérd fel a távolságot*.

Meça sua distância. Meu conhecimento de húngaro estava em algum lugar entre o de um feto e o de uma criança que engatinhava, mas Andras repetia os mesmos comandos com frequência o bastante para que eu tivesse memorizado todos.

Ele acertou minha panturrilha com o sabre.

— Você está longe demais. Está me mostrando sua fraqueza. Sinto o cheiro daqui.

Cada advertência soava mais dura naquela sua eloquência formal e sem contrações.

Eu meio que acompanhei os movimentos dos pés dele enquanto completava uma balestra, repassando na cabeça meu confronto com Zach no dia anterior. As provocações dele ressoavam entre as minhas têmporas.

Não quero arruinar a surpresa.

Com a sorte que eu tinha, a surpresa seria pior que a punição da qual eu tinha escapado por pouco.

Dei um passo para longe de Andras, quase tropeçando na pista enquanto ele avançava contra mim.

— Recue. — Ele apontou a ponta do sabre na direção do meu rosto coberto. — Como você espera que eu te prepare para competir nas Olimpíadas se perde o foco em um treino tão simples?

Eu não esperava que ele me levasse para as Olimpíadas. Não depois de eu ter tentado uma vez e arruinado tudo de maneira desastrosa. Doeria menos se eu tivesse perdido a vaga no time por causa das minhas fraquezas como esgrimista. Mas não. Meu fracasso tinha sido culpa minha. Parte de mim — uma parte grande — sabia que eu não merecia uma segunda chance depois do que eu tinha feito.

Cedi o sabre, voltando a atenção para o meu treinador de 54 anos.

— Merda, foi mal.

— *Nyasgem.* — Ele pontuou o xingamento com um grunhido enojado. — Da próxima vez que seus olhos desviarem do meu sabre, vou te espetar com ele.

Foco, Farrow. Antes que ele te transforme em uma peneira. Optamos por sabres naquela tarde, para trabalhar a velocidade das minhas pernas. Eu passara um bom tempo sem qualquer tipo de treino, cortesia das minhas novas semanas de sessenta horas de trabalho. Porém, graças ao meu demônio de armadura reluzente, isso logo mudaria. Trabalhar para Zach me daria mais tempo para treinar esgrima.

Sorri por trás da máscara.

— Não pisque.

Sem misericórdia, avancei, tirando vantagem da nossa diferença de tamanho. *Minha vez.* Mirei a cabeça de Andras quando ele deu seu golpe, direcionando o ataque ao meu ombro. Mas eu era mais rápida que uma bala. Me movi, acertando a ponta do sabre no rosto protegido dele. O alarme soou na sala, acrescentando um ponto ao meu placar. Eu não precisava dos fios elétricos para saber que tinha pontuado. Empunhando o sabre, eu simplesmente *sabia*.

Andras tirou a máscara do rosto e a jogou aos pés, balançando o punho enluvado na minha direção.

— Onde você foi parar nesta rodada inteira? Você acordou faltando uns vinte segundos para terminarmos.

Tirei a máscara e dei de ombros.

— Preciso de apenas vinte segundos para ganhar.

Eu havia perdido todo e qualquer direito de ser arrogante depois do *acidente*, mas, com Andras, eu ainda podia me gabar. Ele nunca julgava nada além da técnica e do esforço. Nunca fizera eu me sentir como uma pessoa inferior depois de ter cometido *aquele* erro.

Deixei a máscara no banco fora da marcação da pista, escutando meu treinador reclamar. Eu merecia cada um daqueles xingamentos. Por sorte, a maior parte estava em húngaro, então não entendi nada. Andras foi generoso quando concordou em ajeitar a agenda dele para acompanhar a minha. Ele me treinava às seis da manhã, três dias por semana. Ele merecia que eu desse cem por cento de mim.

Andras, então, me seguiu a caminho do bebedor laranja.

— Você estava parecendo uma novata que acabou de ver *Operação cupido* e decidiu começar esgrima. Uma amadora vergonhosa.

Meus lábios pairaram a alguns centímetros da torneira enquanto eu engolia a água gelada.

— Não vai se repetir.

Ele foi comigo até o vestiário.

— É claro que não. Se aparecer nessas condições na quinta-feira, vou te suspender como instrutora.

Aquilo me fez parar. Eu me virei no meio do corredor. Dois esgrimistas amadores trombaram comigo e se desculparam rapidamente, mesmo que a culpa tivesse sido minha.

— Você não pode fazer isso — falei.

Andras apoiou as mãos na cintura. Eu costumava ficar assustada quando aqueles olhos azuis, quase translúcidos, encontravam os meus. Mas, àquela altura, o que eu sentia era conforto. Depois da morte do meu pai, ninguém nunca mais se importou o suficiente comigo para me olhar daquele jeito.

Rugas se acumulavam na testa larga de Andras como peças de Jenga. Baixo e parrudo, ele não tinha a estrutura perfeita para um esgrimista. Ainda assim, o mundo o considerava um dos melhores instrutores a honrar o esporte com sua presença. *O quarto mosqueteiro*. Uma lenda viva.

Algumas pessoas passaram por nós, apressadas, a caminho de suas sessões. O Clube Country de Potomac Hills contava com instalações profissionais de padrão olímpico para esgrima. Se você conseguisse pagar por elas. *Ou* se seu treinador fosse *o* Andras Horvath.

O relógio digital gigante pendurado na parede do fundo me fez lembrar de que meu aluno chegaria logo. Eu precisava me preparar. Ele não gostava de atrasos.

Abaixei a voz a um sussurro, passando os olhos pelo clube.

— Preciso do dinheiro.

Nem tanto. Eu precisava do cliente. Mas Deus sabia que, se algum cuzão nos escutasse e decidisse contar para Vera, isso não seria bom. Para alguém tão preguiçosa e alérgica a matemática como a minha madrasta, ela com certeza mantinha um olhar ativo nas minhas finanças.

— Minha academia, minhas regras. — Andras deu um passo à frente até nossos narizes quase se tocarem. Uma onda de apreensão revirou meu estômago. — Não estou aqui para te ajudar a praticar seu hobby. Estou aqui pela medalha de ouro, e você é minha melhor chance. Você é a aluna mais talentosa sob este teto. Se não tivermos o mesmo objetivo, a mesma disciplina, a porta de saída é serventia da casa.

Ah, Fae. Você viajou quando achou que aquele olhar digno de O iluminado, *do Kubrick, pudesse ser afetuoso.*

Algo tão bobo quanto emoções humanas não conseguiria atravessar a nuvem espessa que era a mente determinada de Andras. Ele vivia e respirava esgrima. Nada mais importava para ele, a não ser a medalha de ouro.

Engoli a resposta atravessada e amarga presa na garganta. Tinha muita coisa que eu queria dizer… Queria dizer que eu não tinha tempo. Que, às vezes, eu via dois Andras enquanto duelávamos e que a falta de horas de sono pregava peças com a minha visão. Que os calos dos dias de limpeza tinham substituído os calos da esgrima, e que o cabo da espada nas minhas mãos parecia estranho. E que, principalmente, eu não tinha certeza de que me qualificaria para as Olimpíadas com a minha ficha e a multa que eu ainda estava pagando.

No fim, tudo que falei foi:

— Entendido. Agora... posso por favor ir me trocar antes que meu aluno chegue?

Sem dizer mais nada, Andras se virou e saiu pisando duro na direção da recepção. Ele sempre andava daquele jeito. Como um general do Eixo em 1940.

Mordi a parte interna da bochecha, finalmente chegando no vestiário. Lá dentro, tirei a roupa de esgrima e passei os dedos pelo antebraço. Meu treinador havia deixado um corte leve ali, assim como prometera. Ele era a única pessoa que tinha conseguido perfurar minha jaqueta e meu peitoral de esgrima. Eles deviam ter rasgado antes, e Andras notou. Era uma violação da ética esportiva das mais graves. E algo que Andras certamente faria.

Cuzão. Uma gotinha de sangue escorreu pelo meu braço, serpenteando até o cotovelo. Liguei a torneira e lavei o corte com água quente, antes de tirar um kit de primeiros socorros do armário e fazer um curativo. Mechas suadas e desiguais do meu cabelo loiro quase branco caíram nos olhos. Cortes de cabelo eram para pessoas endinheiradas. Logo, logo, alcançaria minha bunda, e Andras me xingaria pela minha frugalidade e o cortaria com uma tesoura enferrujada da cozinha. Era esse o ciclo.

Verifiquei a hora no celular. Oito minutos até a aula. Andras me pagava por baixo dos panos (para se poupar dos impostos de um vínculo empregatício), mas não era por isso que eu escolhera ensinar. Eu tinha apenas um aluno, e eu o tinha aceitado porque precisava de informações. Na verdade, era o mesmo aluno que havia dito, em uma entrevista, que informações eram o novo ouro. Eu não poderia concordar mais com aquilo.

Sete minutos. Havia tempo para responder às mensagens da minha melhor amiga, que conheci quando ainda estudava na academia de esgrima em Seul.

Ari: Não dá para acreditar que você não está aqui quando estou planejando UM CASAMENTO.
Ari: Estou muito magoada.
Ari: [GIF do Christian Bale coberto de sangue, acendendo um cigarro]
Ari: Quando você começa a trabalhar para o Psicopata Americano mesmo?
Ari: (Deveriam fazer um *remake*, com o Sun como protagonista.)

Sorri, meus polegares disparando pela tela enquanto eu a respondia.

Farrow: Só na segunda. Por quê?
Ari: Quero que você tenha uma noite de sexo enfurecido e picante com ele.
Farrow: Acho que ele não está interessado em mim desse jeito.
Ari: Então quero que me deixe te emprestar dinheiro para você pagar a multa e enfrentar a sua madrasta. É sério, pode me pagar aos poucos. Você sabe que minha família tem grana.

Farrow: Eu sei. Mas a responsabilidade é minha. Muito obrigada por isso, mas eu não conseguiria viver comigo mesma se aceitasse.

Ari: Aff. Eu te odeio.

Farrow: Eu te amo.

Ari: Tudo bem. Eu também te amo.

Farrow: Diga oi para o Hae-in por mim.

Olhei para o relógio preso acima dos azulejos azuis velhos.

Droga, 7h02. Grunhindo, juntei o cabelo em um rabo de cavalo apertado, prendendo tudo dentro da máscara. Dei outra olhada no espelho, verificando se algum fio tinha ficado de fora, escondi tudo e, então, calcei as luvas, pegando o equipamento do chão.

O corredor tinha esvaziado naqueles dez minutos. Me obriguei a dar passos calmos. A desacelerar meu batimento. Um adolescente de uniforme abriu a porta para mim. Flexionei os dedos dentro da luva, analisando a cena. Uma dúzia de esgrimistas equipados dançavam nas pistas espalhadas por todo o espaço gigantesco. Espadas tilintavam em uma sinfonia única que sempre faziam calafrios percorrerem minha coluna.

Uma semana havia se passado desde nossa última lição. Seis dias desde o baile. Uma última sexta-feira antes da data oficial em que eu começaria a trabalhar no covil do rei.

Meu aluno estava sozinho em uma pista, o único esgrimista ainda aguardando. De costas para mim. Mãos entrelaçadas atrás de si. O rosto encarava a janela, em silêncio, como se os alunos inferiores ao redor não fossem dignos de atenção. O florete — sua modalidade e arma preferida — o complementava. Era o tipo de arma usada em um combate mais deliberado e lento. O corpo inteiro servia de alvo. Mais importante que isso, não havia prioridades nesse estilo. Portanto, das três modalidades, era a mais selvagem. Precisamente por isso, era perfeita para Zachary Sun.

Aquele homem não era um cavaleiro de armadura brilhante. Um herói com moral elevada que salvaria o dia. Não, ele era um predador sofisticado. Um monstro que golpeava quem e como quisesse, desde que isso o levasse para mais perto do seu objetivo.

De alguma forma, esse predador impiedoso havia convencido Vera a contratar mais três funcionários de limpeza para a empresa antes de ter ido embora no outro dia. Não acreditei no que ouvi quando ela fez com que eu me sentasse junto das minhas irmãs de criação para nos contar a notícia. Ela não conseguia parar de falar dele. De como o homem admirava o plano de negócios dela e de como ele ofereceria mais ideias para expandir a empresa quando fosse a hora certa. "Esta é uma nova era, meninas. Abri a porta para a melhor das oportunidades de negócios. Sua mãe conseguiu algo que seu pai nunca teria conseguido."

— Anônima. — Zach ainda encarava a janela, mas me fez voltar ao presente. — Está atrasada.

Por semanas, eu mal falara com ele durante os treinos. Com sua astúcia, ele não precisaria de muito para reconhecer minha voz. Eu não poderia arriscar. Não enquanto ainda havia tantas informações sobre a festa para serem descobertas. Naquele instante, no entanto, eu não precisava mais preservar meu disfarce.

Fui até a pista, tomando minha posição diante dele.

— Florete. Máscara. Postura.

Zach se virou e diminuiu a distância, posicionando a máscara no rosto divino e pegando o florete, tudo ao mesmo tempo.

Inclinei o queixo.

— *En garde*.

A postura dele se transformou na posição desejada, como se tivesse nascido sabendo esgrima, seus movimentos tão fluidos que eu quis gritar. Pé direito na frente, angulado na minha direção, e joelhos alinhados acima dos dedões do pé. Costas eretas. Sempre. Braços soltos e livres. Nada a ser criticado.

Andei pela pista, minha respiração ofegante e pesada contra a máscara de metal.

— Vou ser impiedosa hoje — avisei.

— Faça seu pior.

O cronômetro começou a rodar. Investi em um golpe profundo. Para um esgrimista de florete, Zach favorecia uma partida mais agressiva. Ele pulou a cautela inicial da luta e atacou logo nos primeiros segundos do nosso round de três minutos. Seu corpo ágil cortou o ar, a ponta do florete mirando meu coração. Desviei, recuei, então dei um passo em frente. Ele não interpretou o movimento como uma ameaça. *Desgraçado arrogante*.

Garanti que ele se arrependesse daquilo, avançando e entrando com tudo em um mergulho, direto ao chão, cortando-o nos joelhos. Ele rosnou com o contato, mas conseguiu segurar a língua. O aparelho apitou bem quando Zach recuou. *1-0*.

Ele voltou à posição de atenção.

— De novo.

— Seus instintos... — Estalei os dedos, dando as costas para ele e voltando à posição inicial. — ... não são tão bons quanto você pensa.

— Não estou te pagando para falar, Anônima. — Ele reajustou a postura. — Estou te pagando para lutar.

Se continuar assim, vou te cortar em pedacinhos.

Na partida seguinte, eu o atormentei com o florete, circulando-o o tempo todo em que estava erguido, fazendo-o elevar a guarda até que os bloqueios começassem a ficar desajeitados. Ele devolveu o favor com golpes longos e impressionantes que me mantiveram atenta, invadindo meu espaço pessoal quando eu menos esperava, me atacando com tamanha hostilidade que seria de se imaginar que eu havia decepado a estátua de terracota que ficava na biblioteca de sua casa. Ele ostentava uma combinação letal de força, velocidade e alegria por estar em combate. Um verdadeiro fanático pela arte da guerra.

A ponta do florete dele tocou meu ombro. Grunhi como se o contato tivesse doído, me afastando com um gemido.

— Argh — reclamei.

1-1.

Zach recuou, afastando-se passo a passo enquanto admirava sua arma.

— Aceite a derrota.

Famosas últimas palavras.

Voltamos para a posição inicial de atenção, e recomeçamos. *2-1. 3-1. 3-2.* Enquanto a partida progredia, tive de admitir que Zach provavelmente conseguiria uma vaga no time olímpico. Ele tinha todos os traços desejados: velocidade, agilidade, instinto sobre-humano e habilidades de observação supremas. Mexia-se como um dançarino cheio de elegância e disciplina incomparável.

Na metade do segundo round, eu havia parado de prestar atenção no placar. Sabia que ganharia dele. Eu nunca perdia.

Golpeei-o com a espada.

— Por que esgrima?

Ele se desviou com maestria. Se a minha pergunta o surpreendeu, ele não demonstrou. Aquilo era mais do que eu havia falado com ele nos quatro meses que treinávamos juntos. Sem precisar me esconder, cedi à curiosidade. Correção: eu queria acabar com o meu disfarce de propósito. Queria que ele soubesse que tinha sido eu que o ensinei a usar uma espada. Que eu sabia alfinetar o coração de alguém, e que o dele não era diferente.

Ele executou um *passe arriere* perfeito.

— O toque de uma lâmina é preferível ao toque humano.

— O que tem de errado com os humanos?

— Tudo. — Ele tentou acertar meu ombro, mas eu desviei, girando no lugar. — Você, por exemplo, fala demais para o meu gosto.

— Ache outro treinador.

Uma risada fria congelou o ar.

— Nós dois sabemos que você é talentosa demais para ser substituída, e isso é algo que não pode ser dito da maioria dos trabalhadores.

— Andras é um instrutor melhor que eu.

— Andras está praticamente morto. Está cheio de amargura e de raiva do mundo. Vítimas não são vitoriosas. E não emprego perdedores.

Nossas espadas rasparam uma na outra ao se encontrarem, ressoando e, então, se afastando.

— Você se acha tão superior a todo mundo — grunhi.

— Só porque a maioria das criaturas é inferior. Você não concorda, Anônima?

Avancei, golpeando com tanta velocidade que deixei um sopro de vento por onde passei. Mais por atletismo que técnica, ele desviou de meus dois golpes com pulos e, então mirou no meu coração. Fracassou. Eu o ataquei mais rápido, sem misericórdia, me recusando a dar a Zach uma pausa entre os bloqueios. Ele cambaleou, caindo estatelado na pista.

Acostume-se com essa posição. Afinal, é assim que lagostas cozidas são servidas.

Zach tentou se recuperar. Ficar em pé. Por mais que seus reflexos fossem fantásticos, ele não conseguia acompanhar minha velocidade adquirida nos treinos. Quando o pescoço dele se ergueu da pista fria, a máscara foi de encontro com a ponta do meu florete, compensando as duas vezes que ele havia apontado sua faca para mim.

O placar apitou. 9-7. Um nó se desfez no meu estômago enquanto eu pressionava um pé contra o joelho dele, impedindo-o de se levantar. Com um floreio da minha arma, arranquei o florete da mão dele.

Zach continuou na pista, calmo e controlado sob a máscara, o peito mal subindo a cada respiração.

— Isso valeu um cartão muito vermelho, Anônima.

— Bem, vermelho é minha cor favorita.

Usei a ponta do florete para tirar a máscara dele, do pescoço ao escalpo, tomando cuidado para não arranhar seu rosto bonito com a lâmina. Por mais que eu odiasse admitir, arruinar aquela obra de arte seria um desperdício.

Zach foi revelado para mim, centímetro a centímetro, como o puxar lento das cortinas de um teatro, o rosto estoico que não se movia e que me tirava o fôlego. De alguma maneira, seus olhos se entrelaçaram aos meus através da máscara. Um arrepio percorreu as minhas costas. Não estávamos nos tocando. Não de verdade. Camadas de tecido pesado e de enchimento separavam meu pé do joelho dele. Mas eu considerava o florete uma extensão do meu braço, e a ponta acariciava o comecinho da testa de Zach, bem onde o bico de viúva levava a uma mecha perfeita da cor de carvão que caía por cima do olho direito.

Zach se manteve imóvel enquanto eu afastava o cabelo com a arma.

— Interessante — disse ele.

— Como assim?

— Você é um polvo, não um touro.

Meu coração parou de bater. Eu tinha alcançado o objetivo. Eu tinha me revelado. Com a minha maldita língua afiada e a minha atitude convencida e idiota. *Era o que você queria*, relembrei a mim mesma. Mas, de alguma forma, pareceu mais um acidente do que uma conquista. Não falei nada, mas tive sorte de me lembrar de respirar.

— Você sabia... — A voz tenor rouca dele atravessou todas as camadas de proteção do meu uniforme, escorregando pela minha pele como veludo negro. — ... que Aristóteles achava que polvos eram burros? Você enxerga isso como uma ofensa pessoal?

Silêncio. Eu havia congelado no lugar, repassando os dois últimos rounds, me perguntando o que denunciara minha identidade. Zachary Sun, sendo Zachary Sun, não me deu muito tempo para pensar.

— Mesmo por trás de uma máscara, sua habilidade de disfarce é tão medíocre quanto sua habilidade como jogadora de Go. — Seu olhar encontrou o meu com tanta facilidade que quase me esqueci de que eu ainda usava uma máscara. — Você parecia estar pisando em agulhas. Incomodada e distraída. Bem diferente da minha professora de sempre.

Ergui a máscara, encarando-o de cima com desdém. As mechas loiras e despenteadas cascatearam até a cintura, emoldurando meu corpo todo. Minha pele brilhava de suor. Nossos olhares se encontraram. Eu não conseguia encarar aquele homem sem que meu corpo vibrasse como a batida raivosa de uma música de heavy metal. Ser forçada a estar sempre próxima dele seria um problema. Meu corpo parecia ferver perto daquele homem.

— Então foi assim que ficou sabendo da festa. — Ele inclinou a cabeça para trás, permitindo que minha lâmina descesse pela curva da testa e, então, pelo nariz no mais leve dos toques. Adrenalina corria solta pelas minhas veias. Ele estava brincando com fogo. — Eu toquei brevemente no assunto durante uma das nossas aulas.

Não respondi. Como de costume, Zach havia entendido tudo.

Ele me avaliou de maneira crítica.

— Você é mesmo diferente delas, não é?

— De quem?

— *Delas*. Das pessoas. Das pessoas medianas. Comuns. Burras.

Não respondi.

— Ora, ora. Vou me divertir muito com você. — Um sorriso lento se esparramou pelos lábios. Quase invisível. Aquele homem era avarento demais com sua felicidade. — Meu novo brinquedinho. Para aproveitar, abusar e quebrar.

A gravidade do meu erro me percorreu. Eu havia calculado mal. Tomado a decisão errada em algum momento. Eu não deveria ter concordado em trabalhar para ele. Em me colocar perto dele de propósito. Para meu horror, fiz a mesma coisa da qual eu o havia acusado de ter feito. Abandonei o jogo. Recuei ao vestiário para lamber as minhas feridas e me recuperar. A risada sombria de Zach me acompanhou pelo caminho enquanto eu desaparecia, voltando para as sombras do corredor, deixando-o na pista para se embebedar com a vitória.

Zachary Sun não se deu ao trabalho de se levantar.

Ele sabia que estava no primeiro lugar do pódio.

13

Ollie vB: Hoje mais cedo, depois do brunch, vi as mães de Zach comprando noivas pra ele.

Zach Sun: Pela última vez, minha tia não é um dos meus pais.

Ollie vB: Foi ela que te criou, você morre de vergonha dela e ela vive falando coisas esquisitíssimas. Levando tudo isso em consideração, ela é tipo um dos seus pais.

Romeo Costa: Não acredito que vou falar isto, mas concordo com Oliver.

Romeo Costa: Qualquer pessoa que te humilhe desse jeito é um dos seus pais.

Romeo Costa: Agora, defina "comprando noivas".

Ollie vB: Que bom que perguntou. Elas estavam literalmente acossando mulheres inocentes, perguntando o aniversário delas e listando doenças hereditárias. Sua Ayi até apontou para uma delas e disse, em voz alta: "Esta é pequena demais para carregar bebês do tamanho Sun".

Zach Sun: [GIF de recuo para dentro dos arbustos]

Romeo Costa: NO MEIO DA RUA?

Ollie vB: Não, seu porco sem cultura. Na Hermès.

Romeo Costa: E dizem que o amor não tem preço.

Ollie vB: Seja lá qual for o preço, Zach ainda diria que está inflacionado e se recusaria a pagar.

Zach Sun: Isso é constrangedor.

Romeo Costa: Não tanto quanto mostrarem uma foto enorme do seu pau no tribunal como parte de uma batalha de custódia entre sua ex-amante e o vice-presidente.

Ollie vB: Eu não diria que isso é constrangedor. Talvez… um inconveniente?

Romeo Costa: Pelo amor de Deus, Ollie. As pessoas fizeram camisetas com a foto do seu pinto e a frase ELE TEM MEU VOTO.

Ollie vB: Vi como um belo elogio. E, só para você saber, aquela foto do meu pau foi a coisa menos ofensiva a gozar de reputação na política da última década.

Ollie vB: A única parte ruim: agora as pessoas querem tirar foto com ele, porque ficou famoso.

Romeo Costa: E como isso é ruim? Você tem *sex tapes* o suficiente para fundar um Pornhub próprio.

Ollie vB: Não só quem estou pegando que me pede fotos. Gente aleatória na rua também. E, pelo que parece, concordar em fazer uma gentileza ao povo é considerado "atentado ao pudor".

Zach Sun: Isso explica.

Ollie vB: Explica o quê?

Zach Sun: "Ninguém faz boquete como as banguelas."

Ollie vB: Ah, *baby boomers*. A última grande geração. Tarados, experientes e incapazes de usar a câmera do iPhone.

Ollie vB: Enfim, vamos voltar para a desgraça de Zach.

Ollie vB: Já está sentindo a corda no pescoço, garotão?

Romeo Costa: Casamento não é punição.

Ollie vB: Eu preferiria ir parar em uma cadeira elétrica.

Romeo Costa: 🙄

Ollie vB: Toda. Vez.

Zach

Fiz questão de não sair do escritório no primeiro dia de trabalho de Farrow.

Primeiro, e mais importante que tudo, eu tinha trabalho a fazer. Para mim, o trabalho era uma fonte de conforto e alegria. Vender ações. Tomar empresas à força. Fundi-las com os meus bens.

Todos os traços que me faziam ser estranho e inacessível enquanto humano — minha falta de consideração, desejo e empatia — eram pontos positivos no mundo dos negócios. Não importava que eu já tivesse conquistado uma fortuna gigantesca. Ganhar dinheiro era o esporte pelo qual eu havia escolhido dar meu sangue. O mercado de ações era minha arena, e todos que tivessem um batimento cardíaco eram meus oponentes. Eu ainda estava sentado no meu trono dourado na Avenida Dark Prince. O campeão invicto.

Segundo, e menos importante (mas, ainda assim, notável), Farrow precisava de um tempo para se acostumar ao local. Para se familiarizar com a propriedade que eu chamava de lar. Para percorrer os terrenos, explorar cada canto e ficar confortável. Eu a li como um livro aberto, e decidi acolhê-la, não porque me importava se ela se acostumaria a ficar ali, mas porque aquela mulher era uma dor de cabeça ambulante, incurável.

E eu só poderia executar meu plano em paz depois que ela tivesse se acalmado.

A polvinha era a prova viva de que a sorte não tinha me abandonado. A princípio, eu a visitara naquela cozinha minúscula para provocá-la. Talvez até para colocar a punição em prática. Então, algo acontecera. Algo incrível e terrível, tudo ao mesmo tempo.

Eu a toquei e não recuei. Não estremeci. Não vomitei.

Por duas décadas inteiras, nenhum humano pôde me tocar sem que eu ficasse fisicamente enojado. Nenhum médico, nenhuma mulher. Nem mesmo minha mãe. Nunca me ocorreu que um antídoto para meu problema pudesse existir. Que Farrow Ballantine, que poderia levar uma princesa da Disney ao suicídio, seria considerada a ideia do universo de equilíbrio. Eu já tinha escutado o ditado: “Todos os presentes de Deus chegam embrulhados em problemas”.

Não sabia o que havia naquela governanta feroz e desgovernada para impedir que meu corpo se revoltasse com seu toque. Certamente não era o senso descabido de moda dela. Ou a ferocidade com a qual dizia tudo. Ou ainda a vassoura loira desnivelada que era seu cabelo. Eu já tinha visto sashimis no supermercado mais bem cortados.

Tudo que eu sabia era que eu nunca desperdiçava uma oportunidade.

Minha Polvinha me consertaria. *Como?* Isso não importava. Desde que eu pudesse suportar o toque de outra mulher — e, portanto, cumprir a promessa que fiz ao meu pai no dia que ele me salvara da morte certa.

Então, naquele primeiro dia, me afundei em números e ações espalhadas em diversas telas.

Ninguém sentiria minha falta, de qualquer maneira.

15

Zach

A coisa mais próxima da normalidade, desde que eu havia descoberto que minha instrutora de esgrima "de elite" tinha outra personalidade como empregada doméstica sem salário, surgiu depois de seis horas de trabalho ininterrupto. Quando, por fim, tirei os olhos da tela dos computadores, meu relógio marcava meio-dia e meia. Em ponto. Meu relógio interno tinha voltado a funcionar de forma adequada.

Natalie abriu a porta devagarinho, passando a cabeça pela fresta.

— *Oiii*. Posso te interromper?

Você já está fazendo isso, cacete.

Recostei-me na cadeira de couro, tirando os óculos de leitura com armação preta do rosto e a posicionando no suporte.

— Pois não?

— Seu almoço está pronto, sr. Sun.

Eu comia o mesmo almoço todos os dias desde os 17 anos. Oito fatias de sashimi, um toro inari, pimentas shishito frias e salada de pepino. Variedade não me interessava. Eu não sentia prazer comendo, e diabetes tipo 2 me parecia um prospecto menos interessante do que ir à falência.

— Pode trazer.

Natalie invadiu meu espaço pessoal, empurrando um carrinho pelas portas duplas. Ela me acompanhou até a mesinha de centro, posicionou a cumbuca grande de porcelana com água e me entregou uma toalha limpa assim que lavei as mãos. Quando se tratava de assistentes, ela até que era tolerável. Tinha sido da sororidade Phi Beta Kappa na universidade John Hopkins. Não usava nenhum produto de beleza com perfume enjoativo que me deixasse com náusea. Era capaz de obedecer a ordens com sua função executiva acima da média. Falava um pouco demais, mas eu ainda não havia conhecido ninguém que conseguisse manter suas perguntas, respostas e reações dentro do meu limite preferível de duas sílabas.

Ela transferiu a bandeja com os pratos do carrinho para a mesa, depois pegou o iPad, segurando-o contra o peito. Não sei como era possível, mas a blusa azul-bebê, que ela amarrara no torso quase como se fosse plástico filme, ficou ainda mais justa com o movimento. Ela havia combinado a blusa com uma saia lápis cinza e um par de Loubotin de saltos tão altos que provavelmente tinha uma visão tão boa quanto a de uma águia do obelisco de Washington.

Ergui uma sobrancelha, curioso para saber o que tinha dado a ela a impressão de que deveria ficar ali.

— Pois não?

Ela engoliu em seco.

— Senhor Sun... — Ela fez um círculo com a ponta daquele sapato ridículo, segurando o tablet com tanta força que as juntas dos dedos embranqueceram.

Eu a encarei. Ela sabia muito bem que eu não preencheria o silêncio.

Natalie se remexeu sob meu escrutínio.

— Tem uma outra coisa.

Depois de examiná-la por dez segundos inteiros, entendi que ela não tinha intenção de finalizar o pensamento.

— Bem, estou ansioso, Natalie. Quando estiver pronta, pode falar. De preferência, ainda neste século.

Ela engoliu em seco outra vez. Sua respiração trêmula. Eu já deveria ter terminado de almoçar, porque preferia que a comida ainda estivesse na temperatura de 8°C que deveria ter sido servida.

O tabuleiro de Go chamou a atenção de Natalie. Ela levou uma palma da mão ao peito.

— Ah. Faz tanto tempo que você não toca no seu jogo de damas.

— É Go. — *E você deveria ser uma boa dama e ir embora logo.* — Do que você estava falando mesmo?

— Certo. — Ela pigarreou. — Me desculpe se eu estiver me intrometendo, mas não pude evitar escutar a conversa da sua mãe com Celeste naquele outro dia, quando vieram almoçar. — Ela se forçou a manter contato visual comigo. Uma conquista difícil. Minha expressão padrão era de hostilidade. Ela alisou a saia com a mão livre. — Sei que estão avaliando mulheres como possíveis, hum... você sabe, parceiras de vida.

Pobre Natalie. Ela não achava que tinha chance, achava? Eu não tinha nada contra minha assistente. Assim como não tinha nada contra pessoas que usavam Crocs. Só porque eu acreditava que todas eram cafonas, isso não significava que não mereciam respirar.

Bem, era nisso que a sociedade insistia.

Natalie era mediana. Bonita, mas não linda. Era esforçada no trabalho, mas não era nenhum gênio. Ela fizera mestrado em uma universidade da Ivy League, que produziam idiotas desde sua fundação em um ritmo consistente. Ela não tinha personalidade alguma nem qualquer talento. Na verdade, eu a escolhera como assistente porque não tinha a aversão habitual a longas horas de trabalho e matemática básica.

— E eu estava pensando... — Ela umedeceu os lábios, deixando o olhar cair do meu rosto ao chão, afastando o cabelo castanho-acobreado dos olhos. — Acho que você deveria, com certeza, me considerar. Trabalho bastante e sou quieta.

Neste exato momento, você não está quieta.

— Cumpro ordens muito bem. Sou atenciosa e trabalho bem em grupo — continuou.

Trabalho em grupo? Com quantas pessoas ela achava que eu planejava me casar?

— Não vou te causar problema algum. Eu... eu... — As bochechas dela ficaram escarlate. Ela espremeu um lábio no outro, com força, antes de forçar mais palavras sem sentido para fora. — Farei o que você quiser, e como você quiser, na cama. Não estou sequer pedindo exclusividade. Sou uma sobrevivente. Quero uma vida boa. E tenho a sensação de que você também é um sobrevivente, sr. Sun. Não sei como nem por quê, mas vejo isso em você.

Não perguntei a ela o que via. Não me importava. Porém, Natalie estava focada, absorta demais para notar que seu público relutante não estava impressionado com a performance fraca.

Ela fechou os olhos, inspirando fundo.

— Você tem uma aura... como se pudesse estar pronto para a guerra em um piscar de olhos. Eu conheço essa sensação. Também me sinto assim às vezes.

— Aprecio um bom trabalhador, Natalie, mas estou à procura de algo muito específico.

Seus olhos se demoraram nos meus.

— E o que seria?

— A pessoa precisa ter o selo de aprovação de Constance Sun.

Ela soltou uma risadinha desconfortável e entrecortada.

— Constance é a líder do seu culto?

— De certa forma, sim. Afinal, ela é minha mãe.

— Por que você a deixaria determinar com quem vai se casar?

Natalie apertou ainda mais o iPad contra o peito, como um escudo que pudesse protegê-la da minha resposta.

Porque o marido dela morreu me protegendo, e desde então nem um dia sequer se passou em que eu não tenha desejado que tivesse sido eu em vez dele.

— Eu tirei o parceiro dela. O mínimo que posso fazer é deixá-la escolher a minha.

Os ombros de Natalie murcharam, o corpo todo se liquefazendo em derrota. Eu não gostava de pessoas com postura ruim. Ela tinha sido desqualificada antes mesmo de abrir a boca.

— Mas não é justo... — começou ela.

Ergui a mão.

— Assim como a vida. Você tem mais de 3 anos de idade. Pensei que tivesse entendido a lição. — Abri o guardanapo de tecido no colo e peguei um par de hashis de aço. — Gostaria de discutir mais alguma coisa antes do meu almoço? Quero comer em silêncio.

Natalie abriu a boca, então a fechou com tudo, fazendo sua melhor imitação de uma truta.

— Na verdade, você está prestes a ter o que deseja — disse ela, a voz falhando. E então colocou o iPad embaixo do braço.

Ergui a sobrancelha.

— Vão cancelar os impostos federais?

Certamente, eu não tinha aquele tipo de sorte. Havia nascido no quarto dia do quarto mês. O número mais azarado na cultura chinesa. Em mandarim, a palavra *quatro* tinha uma pronúncia semelhante à da palavra morte. A cura à minha aversão física a seres humanos caindo bem no meu colo já me parecia um golpe de sorte pouco característico.

— Bem, não *esse* desejo. — Natalie deixou o iPad no carrinho, ocupando as mãos ao pegar a tigela de porcelana e a colocar por cima. — Sua mãe ligou mais cedo para informar que vai deixar uma mulher pegar emprestado o colar Asteria dela. Aquele de jade e ouro que você guarda em um cofre para ela.

As coisas deviam estar indo de mal a pior no mundo do namoro moderno desde a última vez que eu chequei, pelo jeito, pois Natalie fungou, fracassando em esconder a lágrima errante. Era uma punição terrível para meus pecados eu ter que aguentar lágrimas de mulheres sem nem ter chegado perto da sua boceta.

Natalie progrediu ao cerrar de punhos no puxador do carrinho, desafiando a capacidade de peso do objeto.

— Constance disse que a mulher passaria aqui hoje, e pediu que você *apresentasse a casa* para ela. — Minha assistente ergueu os dedos em aspas, o lábio inferior curvado em um bico muito malcontido.

De novo. Será que minha mãe não tinha percebido que encontros às cegas não funcionavam depois do Plano N?

Enterrei a ponta dos dedos na pálpebra, massageando a região com um suspiro pesado.

— Qual é o nome da mulher?

Natalie franziu o nariz.

— Electra? Algo exótico, talvez.

— Eileen.

Minha mãe preferiria jantar uma tigela de globos oculares antes de tentar arrumar um casamento para mim com uma mulher chamada Electra.

— Sim. Algo do tipo. Um nome bem sem graça, na minha opinião.

Que bom que não pedi sua opinião.

— Quando ela vai chegar?

— Às três em ponto.

Talvez fosse melhor eu ao menos tentar com Eileen para agradar minha mãe. Mesmo eu sentindo vontade de morrer em antecedência.

— Certo. Deixe-a entrar quando chegar. Vou cuidar disso.

— É sério? Você nunca aceita se encontrar com ninguém sem aviso prévio.

Não respondi Natalie.

Ela balançou a cabeça, bufando.

— Toda e qualquer mulher nesta cidade morreria para ter um pouco da sua atenção, e você só tem olhos para a sua mãe. Que absurdo.

— Cuidado com o que fala, srta. Mikaylov, a não ser que esteja disposta a perder o emprego.

Natalie continuou parada no meio do cômodo, igual a um móvel mal posicionado, do qual ninguém se desfazia porque tinha sido presente de um parente próximo. Ela pareceu querer dizer mais alguma coisa, mas a ideia de que eu a pagava por hora para tentar me convencer de me casar com ela — em vez de gastar dinheiro com algo mais útil, como uma lavagem a seco ou uma massagem nas glândulas anais do cachorro de Oliver — me irritou.

Peguei uma fatia quase transparente de *budo ebi* do prato de sashimi, levando-a aos lábios. *Quente demais*.

— Isso é tudo, srta. Mikaylov?

Por algum motivo inexplicável para mim, cultivei a esperança idiota de que ela me diria que Farrow tinha tentado colocar fogo na casa, vender minha coleção de arte em um leilão ou cometer algum outro crime absurdo na propriedade. Algo que me desse uma desculpa para ir atrás da srta. Ballantine e cuspir fogo naquela sua existência gélida.

Porém, Natalie mal soltou outro suspiro, abaixando a cabeça.

— Sim, senhor. Isso é tudo.

Ela foi embora com o carrinho, me deixando com um encontro surpresa que eu não queria ter e com o servidor de baixíssima segurança de uma agência de namoros para hackear.

16

Ollie vB: Jantar hoje?

Zach Sun: Ocupado. Passo.

Zach Sun: Ainda mais se você estiver planejando aparecer com a mesma roupa da outra vez…

Ollie vB: O que foi? Está com vergonha de andar comigo enquanto exibo meu lindo gorila?

Romeo Costa: Gorila?

Ollie vB: É um macacão, só que com uma equipe de marketing melhor.

Zach Sun: Aquilo deveria ser queimado. Nenhum homem deste lado da costa deveria usar um macacão, a não ser um mecânico.

17

Zach

A notícia do meu encontro surpresa às cegas arruinou o meu cronograma. Em um dia normal, eu estaria no meio de um processo de seleção de uma aquisição hostil. Eileen Yang tinha acabado de salvar uma empresa à custa do meu humor.

A campainha tocou às três em ponto. Ao menos ela chegara na hora. Eu valorizava a pontualidade. Mostrava caráter. Bem, o mínimo de caráter, de qualquer forma. Fui até a janela, passando pelo meu almoço intocado. Um Bentley branco tinha estacionado ao lado da fonte, recém-lavado e brilhando. Boa escolha. Nada ofensivo demais ou exagerado. Não era um Range Rover rosa-choque nem um Lamborghini verde neon.

Enfiando as mãos nos bolsos da frente da calça, saí do escritório e desci a escada para cumprimentar a mulher. Para ser justo, aquilo mal poderia ser considerado *um encontro às cegas*. Não quando eu passara pela camada fraquíssima de segurança para avaliar o perfil de Eileen no site da agência de relacionamentos.

Eileen Yang, 33 anos. De fato, era neurologista e morava em Manhattan. Três diplomas de universidades da Ivy League. Passou diversos períodos servindo no Médicos Sem Fronteiras. Autora de um guia popular de estudos de biologia avançada. No ano anterior, usara os royalties para pagar o financiamento de doze milhões de dólares de um sobrado no Upper East Side. Parecia que minha mãe havia encontrado a garota perfeita para ela. O que, claro, significava que ela havia encontrado a garota perfeita para mim.

Eu só precisava não arruinar tudo. Mais fácil falar do que fazer. Tratando-se de humanos, minha experiência em ruínas era mais garantida do que o êxito. Mulheres, especificamente, achavam minha existência uma afronta pessoal. Nunca prestava atenção de verdade em nenhuma delas. Mas, quando o fazia, aquilo vinha acompanhado de uma sinceridade brutal, deixando claro que eu achava as conversas tão entediantes quanto organizar grãos de areia por tamanho em uma praia.

Você sabe como dividir átomos, Zach. Decerto consegue fazer essa mulher não te odiar.

Caminhei sem pressa pelo corredor, desci as escadas, notando que a casa parecia mais arrumada que o normal naquele dia. Fiquei um pouco decepcionado por Farrow não ter tentado fazer nada suspeito. Minha impressão era de que entraríamos em guerra assim que ela chegasse. Talvez tivesse alguma carta guardada na manga para depois. Nenhuma parte de mim acreditava que ela aceitaria a derrota sem revidar. Que me aceitaria como chefe, que se comportaria.

Quando abri a porta, me deparei com a mulher ideal de acordo com a minha mãe. Alta e elegante, cabelo escuro e brilhante que chegava aos ombros e um terninho sálvia da Burberry. O cabelo estava dividido ao meio, preso atrás das orelhas, em um corte que parecia ter sido feito com ajuda de uma régua. Uma expressão neutra estampava o rosto dela, sua postura orgulhosa e linear.

— Boa tarde. — Ela soou quase robótica, o que não era algo ruim para alguém que não era fã dos *Homo sapiens*. — Zachary?

Infelizmente. Fiz uma mesura curta, dando um passo para o lado e gesticulando para que ela entrasse.

— Eileen.

Cada fibra do meu corpo se retesou com a ideia de que ela poderia tentar me abraçar ou me beijar. Por sorte, marchou para dentro da casa com uma facilidade ensaiada, sem se dar ao trabalho de olhar na minha direção enquanto deixava a bolsa preta da Ferragamo no aparador. Ela tirou os Malone Souliers de aspecto confortável e saltos médios, ajeitou-os um ao lado do outro e os deixou ao lado da porta. Um lenço Hermès envolvia seu pescoço, protegendo a pele delicada do sol. Ela desfez o nó, reamarrando a seda como uma pulseira elegante.

Comprimi os lábios, reprimindo uma careta. Era como se minha mãe a tivesse criado ela mesma.

— Não vou tomar muito do seu tempo. — As palavras saíram como se praticadas, como se já ditas dezenas de vezes. A quantos encontros às cegas Eileen fora submetida para chegar àquele nível de automatização? — Se puder me emprestar o colar, logo irei embora. Falarei para nossas mães que conversamos e chegamos à conclusão de que nossos planos para o futuro não se alinham. Mas eu ficaria grata pelo colar. Tenho um evento de caridade do hospital St. Jude's hoje à noite, e sua mãe fará perguntas se eu não o estiver usando.

Tudo que eu queria era vê-la fora da minha vida acompanhada do colar. Mas eu tinha feito a promessa de me casar com uma noiva escolhida pela minha mãe, e Eileen era o pacote completo. Uma *piñata* de boas maneiras e criação de primeira.

— Gostaria de conhecer a casa antes de ir embora? — perguntei entre dentes. — Afinal, já veio até aqui.

Estávamos a uns dois metros e meio de distância, e nenhum de nós parecia ansioso para diminuí-la.

— Ah, é sério. Não quero incomodar.

Tradução: por favor, não me faça sofrer nem por mais um segundo aqui.

— Não seria incômodo algum. — Meus lábios mal se mexeram quando falei. — O mercado de ações fecha daqui a cinquenta minutos, e já trabalhei horas demais nisso hoje.

Ela me encarou como se eu tivesse acabado de anunciar que me banhava em urina de gato todas as noites para relaxar.

— Você sempre para de trabalhar às quatro?

— Eu trabalho todas as horas do dia — esclareci. — *E* da noite.

Caso planeje pedir parte do meu tempo enquanto esposa.

— Você é sempre tão descontraído assim? — Ela franziu a testa antes de relaxar a expressão. Não valia a pena ganhar uma ruga por minha causa.

— Hoje, sim. — Eu me forcei a sorrir, azedume explodindo na minha boca. — E então? Quer conhecer o lugar?

Eileen enrijeceu um pouquinho, um suspiro lhe escapando dos lábios, apressado de mais. Ela não esperava que eu a tivesse convidado.

— Quero, obrigada.

Ela não queria estar ali tanto quanto eu não a queria ali. O fato de que eu não a precisaria afastar de mim foi estranhamente reconfortante.

Com um ligeiro aceno de cabeça, indiquei a ala leste. Caminhamos a uma boa distância um do outro enquanto eu contava uma série de anedotas entediantes e narrava fatos sobre cada cômodo e obra de arte usada na decoração. Eileen assentia nos momentos certos, fingindo se importar, mas notei que verificava o relógio de pulso Cartier com frequência. Eu poderia me sair pior do que me casando com alguém que não queria estar no mesmo cômodo do que eu. Na verdade, eu preferia isso. Afastar uma esposa carente parecia um novo tipo de círculo do inferno.

Em nosso caminho até a sala de jantar, avistei Farrow. Foi quando estraguei minha ideia de dar-lhe espaço no primeiro dia. Ela estava ajoelhada no corredor, esfregando uma mancha de lama persistente nos azulejos de porcelana. Eu me acostumara a vê-la naquele estado — suada, o cabelo preso como um ninho de passarinho na cabeça e roupas salpicadas com manchas de alvejante.

Sua aparência era de dar pena. O resultado da pobreza e da exaustão. O oposto da minha convidada e de mim. E linda, percebi pela primeira vez, tão linda que eu mal conseguia respirar, caralho. Com traços marcados, cabelo dourado e olhos azuis cintilantes. E aquela franja grande demais — um pouco ondulada, descontrolada — que a fazia parecer uma modelo *grunge* e interessante na página da *Vogue*.

Aquela ideia me assustou. Eu nunca admirava humanos. Certamente não por algo tão temporário quanto beleza.

Não tem problema. Está tudo certo. Desde que se lembre de que ela é o meio para um fim e não uma pessoa tridimensional, você pode admirar o aspecto físico dela.

Para provar meu argumento, passei por Farrow como se ela fosse uma poça de vômito, fitando-a com desdém enquanto guiava Eileen pelo corredor.

— Você deixou uma mancha aqui.

Farrow ergueu seu olhar raivoso para mim, sem dúvida me esfaqueando em sua mente.

— Desculpa, chefe, mas não tem como tirar você da casa.

Ali estava ela. Ao testemunhar a língua afiada da minha funcionária, Eileen soltou um leve arquejo, virando-se para nos encarar.

Parei bem entre a sala de jantar e a ala das visitas, meus olhos fincados na nova empregada.

— Você deve me chamar de sr. Sun.

Farrow se apoiou contra a parede e soprou uma mecha do cabelo, afastando-a do rosto enquanto avaliava Eileen e eu. Nenhuma parte dela parecia estar envergonhada ou incomodada por estar sendo vista naquele estado. Aos nossos pés. Esfregando meu chão até que brilhasse. Ela ergueu o queixo e ofereceu um sorriso aberto para Eileen.

— Ele já te falou que é horrível no Go? — Dos lábios dela, soou exatamente como minha mãe suspeitara. Como se *Go* fosse código para outra coisa, e como se ela tivesse acabado de me acusar de ser ruim de cama.

As sobrancelhas de Eileen subiram até o couro cabeludo, seus dedos esguios beijando a clavícula.

— Vai deixá-la falar assim com você?

— Espero que não. — Farrow pegou o pano e voltou a esfregar o chão. — Meu sonho mais devasso é que ele me deixe ir embora.

De maneira espantosa, me peguei querendo fazer parte dos sonhos devassos de Farrow. Na verdade, tive que me esforçar para imaginar algo que eu queria mais do que vê-la abrindo as pernas, toda nua, mostrando o quanto estava molhada.

Eu tinha enlouquecido. Estava navegando por águas turvas e desconhecidas com aqueles pensamentos estranhos e desejos incontrolados. Um respingo de água suja saiu do pano e pousou no dedão do meu pé descalço com a esfregada forçada dela no chão. Minha pálpebra estremeceu.

Farrow bateu as pestanas, nos presenteando com um sorriso angelical.

— Sabia que ele também tentou não me deixar ir da primeira vez? Ele te contou que gosta de arremessar facas?

Eu a mataria.

Mas, primeiro, eu a foderia.

Porque — e isso era importante —, não importava qual fosse o motivo desconhecido, ela parecia ser a única mulher com quem eu havia chegado a contemplar me envolver de maneira íntima. Na verdade, percebi que não tinha parado de pensar no rosto dela. No corpo dela. No sorriso irônico. Na maneira como ela lutava esgrima. Como se a Sininho fosse uma assassina. Tão letal e tão delicada, tudo ao mesmo tempo.

Eileen deu um passo para trás, assustada, voltando a cabeça na minha direção.

— Você tem facas para arremesso?

— São lâminas antigas — respondi, lançando um olhar fulminante a Farrow. — Parte da minha coleção de arte.

— Ele também tem um tanque. — Farrow abriu um sorriso, se divertindo. — É a única coisa que ele dirige. General Babaca.

— Não é um tanque. É um Conquest Knight XV.

— É de alumínio. — Farrow gargalhou, segurando a barriga, não se importando com o fato de que acabara de adicionar outra mancha à camiseta. — Falando nisso, levei seu carro para dar uma voltinha. Você não deveria deixar a chave onde qualquer um pode vê-la.

Apostava que ela tinha feito isso mesmo. E eu não sabia o motivo, mas meu humor melhorou quando soube que ela tinha se comportado mal.

— Enfim, sei que vocês dois ainda têm muito o que conversar. — Farrow levou dois dedos a testa, prestando continência. — Divirtam-se, crianças. Vou deixá-los à sós.

Eileen franziu a testa, a palma da mão apertando ainda mais a nuca, pouco entretida com a batalha verbal na qual eu tinha me envolvido com a funcionária doméstica.

— Sinto muito por isso — falei, gesticulando para que Eileen subisse a escada. — Um pessoal que fazia trilha a encontrou na floresta, isso foi há cinco anos. Ela cresceu com uma família de coiotes selvagens, achando ser um deles. Concordei em contratá-la como parte de um programa de reabilitação social que foca em reintegrar pessoas com baixo QI na sociedade.

— Interessante. Há cinco anos... — Eileen acompanhou meus passos, espanando o terninho, como se fosse possível se limpar depois do encontro com o meu polvo feroz. — Ela sabe falar inglês muito bem.

Subimos a escadaria circular acompanhados pelos risinhos, que mais soavam como sinos, de Farrow. Ecoavam pelo saguão cavernoso, amplificados pela imensidão da mansão. Até aquele momento, eu nunca havia considerado minha casa grande demais.

— Ela sabe se comunicar. — Levei Eileen para o corredor oposto ao meu escritório. — O problema é o conteúdo que sai da boca dela.

— Vocês parecem ter boa química.

— Acho que não.

A única química que existia entre mim e Farrow era a radioatividade. Éramos elementos corrosivos, destinados a explodir de forma espetacular. Mas eu sempre havia gostado de ciência.

Eileen me seguiu ao closet do meu quarto, parando bem perto do cofre. Por causa da sua criação impecável, ela me deu as costas para que eu tivesse privacidade ao digitar os vinte e dois números da senha, então tirei de lá o colar de jade imperial que minha mãe emprestaria para ela. Não deixei de pensar que Farrow não apenas me observaria digitar a senha, mas a memorizaria para uso futuro. Aquelas duas mulheres não poderiam ser mais diferentes. E, por alguma razão estranha e incompreensível, eu preferia a que tinha os modos de um urso faminto.

Deixei a caixa com o monograma na ilha do closet entre nós. As luzes embutidas lançavam sombras azuladas e frias sobre Eileen. Quando a examinei sob aquela iluminação, sem um único fio de cabelo fora do lugar, arrumada, estilosa e comedida, eu soube que jamais conseguiria tocá-la — com ou sem ajuda de Farrow. Jamais daríamos certo.

Inspirei fundo, odiando a mim mesmo por quebrar de novo a promessa que tinha feito ao meu pai. Assim que comecei a dar sinais de que estava na hora de ela ir embora, Eileen me surpreendeu ao dizer:

— Trouxe bolinhos lunares.

Cruzei os braços.

— O quê?

Não só não era hora de comê-los, como não era a época do ano certa de acordo com o calendário.

Os lábios dela se curvaram em um pequeno sorriso. A primeira coisa humana que ela fez desde que chegou. *Olha quem fala*, pensei.

Ela apoiou uma das mãos na ilha, avaliando o closet, como se a ideia de ser pega dividindo um espaço comigo fosse tão desagradável para ela quanto para mim.

— Bolinhos lunares, de Chinatown. Os verdadeiros, preparados por uma anciã, que se sentiu mal por terem acabado no último Festival Lunar quando fui comprá-los. Ela fez uma leva especial para mim. Três gemas.

Parece a receita perfeita para artérias entupidas.

Então me ocorreu que ela abandonara o discurso formal e padronizado, apesar de eu não fazer ideia do motivo.

— Minha avó me mandou ir a um apartamento no terceiro andar, no meio da noite, buscá-los. — Quando notou que havia deixado a marca de um dedo no balcão de vidro, ela a limpou com o lenço Hermès que levava amarrado no pulso. — Ela disse que te conquistariam. Eu... nem sei se quero fazer isso. — Seu lábio inferior se retorceu, como se tivesse reprimido uma pontada de dor. — Te conquistar, digo. O problema não é você. Você tem qualidades até demais, como eu sabia que teria. Mas não gosto de...

Ela fez uma pausa.

De encontros? Da sua família tentando arranjar um marido para você? De humanos?

— De homens — terminou ela em um sussurro, encarando os próprios pés.

Aquilo explicava o motivo de estar solteira. E, para ser sincero, sua falta de interesse no meu pau.

Um nó no meu ombro começou a se afrouxar.

— Você é gay? — perguntei. Eu poderia lidar com aquilo. Com um casamento só no papel. Nenhuma expectativa de sentimentos, interação, *sexo*.

— Não. — Ela mordeu o lábio inferior, ponderando as palavras seguintes. — Também não gosto de mulheres. Não sinto desejo algum por ninguém.

Ah. Minha mãe tinha mesmo encontrado minha versão feminina. Bem, até Farrow Ballantine ter invadido a minha vida. Naquele momento, eu não tinha a menor dúvida de que *queria* tocar alguém. Na verdade, queria fazer muito mais que isso.

O olhar de Eileen foi até o teto. Lágrimas margeavam a parte inferior dos olhos. Ela bufou, algo quase absurdo vindo dela.

Pisquei.

— Você não quer transar comigo?

— Eu não iria querer nem te abraçar se fossemos casados. Ideia que, aliás, só contemplei porque não quero morrer sozinha. Quero ter filhos. Quero uma família. Quero experimentar tudo isso que as outras pessoas apreciam.

Cocei o queixo. Aquilo poderia funcionar. Eileen Yang não era simpática, mas também não era horrível. Era quieta o suficiente. Independente o suficiente. E parecíamos ter o mesmo problema.

— Que situação horrível. — Ela balançou a cabeça. — Desculpe por ter vindo até aqui. Eu sabia que o colar era só uma desculpa. Estou desperdiçando o nosso tempo...

— Senhorita Yang?

— Sim, sr. Sun.

— Vamos comer os bolinhos. Temos muito para discutir.

18

Zach

— Então, qual era? — Eileen se acomodou no assento em frente ao salão de café da manhã envidraçado, nos servindo mais uma xícara de chá. Os bolinhos estavam entre nós, intocados. Ela colocou o bule de volta na bandeja dourada, posicionando a alça de maneira simétrica entre as nossas xícaras. — Estou me referindo à variedade de itens da casa que magicamente se materializavam sempre que nos comportávamos mal quando criança. Chinelo?

Eu me recostei, bebericando o chá de folhas, inspecionando-a por cima da borda da xícara.

— Acredite ou não, meus pais nunca me ameaçaram.

Talvez aquilo desse certo, no final das contas. O fato de que ela não provocava nenhuma reação em mim era um ponto positivo, não negativo. Ela nunca poderia me controlar, nunca poderia me fazer mudar de ideia.

— Ah. — Ela assentiu, quase que para si mesma. — A parede.

Deixei a xícara no pires e limpei a gota que tinha escorrido para o lado de fora.

— Meus quadríceps são duros como pedra desde que aprendi a falar.

Ela cobriu a boca, rindo de leve. Pela primeira vez em anos, me senti tranquilo. Confiante de que poderia cumprir a promessa ao meu pai. Sabia que Eileen não me massacraria se eu a provocasse. Ela era algo seguro. Uma escolha inteligente e lógica. A cereja do bolo era que ela me fazia lembrar da minha mãe, tanto em personalidade quanto em experiência, ou seja, eu jamais nutriria sentimentos por ela a longo prazo, independentemente de quanto tempo eu passasse com ela.

— Sempre achei que o sr. Sun era temível. — Eileen inclinou a cabeça para o lado, um olhar distante tomando conta do rosto. — Quando eu era criança, me lembro de ele ser bem rígido.

— E ele era — confirmei. — Mas também tinha um lado mais mole. Só o mostrava para mim e para a minha mãe. Do que mais você lembra?

— Lembro que ele te adorava. Sempre falava de você para o meu pai. — Eileen encontrou meu olhar, ficando séria, e afundou os dedos com unhas feitas no assento estofado de veludo vermelho que ela ocupava. Estávamos tentando compartilhar um momento tenro. E fracassando. — Eu sempre escutava, porque sabia que eles queriam que nos casássemos um dia.

O silêncio crepitou entre nós, cheio de tensão e trepidação. Meu encontro com Eileen Yang sempre esteve destinado a acontecer. E, depois de ter acontecido, tínhamos que tomar uma decisão. Nos nossos círculos, as pessoas viam com maus olhos períodos longos de namoro. Lealdade, compromisso e preservação das linhagens eram o que mais importava.

— Nunca vou te amar. — Apoiei o tornozelo no joelho oposto, me reclinando no assento. — E nunca vou te tocar. Não vou te beijar no altar e não vou te engravidar. Na verdade, é improvável que algum dia eu me sinta confortável a ponto de abraçar qualquer filho meu.

Mentira, me lembrei. *Farrow pode conseguir te curar.*

Talvez, algum dia — dali a muito, *muito* tempo —, eu me sentiria confortável o bastante para segurar a mão de um futuro filho quando atravessássemos a rua.

— Afeição não é... — pigarrei — algo natural para mim.

Enquanto eu dizia aquelas palavras, vislumbres violentos do passado me acometeram.

Pele queimada. Sangue por toda parte. Gritos. Cheiro de carne carbonizada invadindo meu nariz. Pai, pai, pai.

Era por isso que precisava aguentar Octi. Para consertar o dano deixado pelo meu pai.

Eileen assentiu, encarando as mãos. Os dedos entrelaçados um no outro. Compridos e finos, iguais ao resto da sua estrutura óssea. Teríamos filhos lindos, sem dúvida. E não seriam burros — sempre um bônus.

— Eu quero experimentar fazer sexo. — Ela olhou em volta, como se alguém pudesse ouvi-la sussurrando mesmo sem ter invadido seu espaço pessoal. — Ver se talvez seja algo com que eu possa me acostumar.

— E você pode fazer isso. — Afastei o pires de mim. — Desde que seja discreta, não me importo se arrumar um amante. Sob a condição de que ele ou ela assine a papelada necessária.

Eu me recusava a ser motivo de piadas, mas não esperava que minha futura esposa ficasse sentada sem fazer nada só para aplacar as minhas fobias.

Eileen tamborilou os dedos no joelho. Achei aquele seu pequeno hábito irritante. Me perguntei se Farrow também teria algo assim. E se tivesse, qual seria? Nada me surpreenderia, mesmo se fosse matar filhotinhos de cachorro.

— Por mim, tudo bem. Isso quer dizer que...?

Assenti com a cabeça.

— Inseminação. *Se* decidirmos assinar o acordo.

Ela suspirou, assentindo consigo mesma.

— Isso na verdade é bem reconfortante. Sexo era a única coisa que me impossibilitava de começar uma família. Toda vez que eu tentava namorar, acabava indo para a cama e desistindo antes de qualquer coisa acontecer. Por mais que eu me sentisse intelectualmente atraída pelo meu parceiro, nunca senti nada como minha irmã costuma descrever. Parecia sempre algo... algo sem consentimento.

— Bem, isso não será problema para nós, porque não quero o seu corpo.

Ela dividiu um bolinho lunar em quatro pedaços iguais com os dentes do garfo.

— Então, o que você quer?

— Sua cooperação. Que você seja uma pessoa com quem criarei meus filhos. Que use minha aliança. Fique ao meu lado em eventos sociais. Podemos ser cordiais. Amigáveis, até. Afinal de contas, dividiremos muitas coisas: filhos, objetivos, dinheiro, poder.

Eileen alisou o vestido.

— Só amor que não.

Assenti.

Ela inspirou fundo. Será que precisava respirar tão alto? Como ela esperava que eu fosse tolerar sua existência quando tudo que fazia me irritava?

— Estamos mesmo considerando isso? — questionou Eileen, ajeitando o cabelo atrás das orelhas. — Digo... Desculpa se eu estiver sendo direta demais, mas será que duas pessoas tão estragadas quanto nós deveriam reproduzir? Sei que somos ótimos no papel, mas...

— Papel é só papel — finalizei por ela. — É fácil de ser destruído. — Eu havia contemplado algo parecido antes, e sempre chegava na mesma conclusão. — Meus filhos não serão infelizes. Sou assim porque as circunstâncias me deixaram assim. Retire as circunstâncias, e eu provavelmente teria tanto tesão quanto qualquer outro canalha no país.

Eileen se encolheu ao ouvir as palavras chulas.

— E levaríamos o segredo para o túmulo?

— Isso importaria? A maioria dos casamentos de pessoas no nosso padrão são contratos entre dois conhecidos que algum dia gostavam de se comer. Na verdade, como nossa troca de fluidos corporais aconteceria em um ambiente médico, provavelmente seríamos o casal menos nojento da cidade.

Ela assentiu, colocando os ombros para trás.

— Quero continuar trabalhando.

Parecia cedo demais para que ela estabelecesse seus termos e condições. Por outro lado, era exatamente o que eu queria. Uma pessoa que via o casamento como uma oportunidade de negócios. Eileen afastou o prato e foi direto ao ponto.

— Eu amo meu trabalho — continuou ela. — Sei que a minha mãe falou para a sua que quero tirar um ano sabático...

— Trabalhe quanto quiser. — Ergui a mão, impedindo-a de começar um discurso. — Com a exceção do último trimestre de gravidez. Meus herdeiros vão precisar de cuidados e têm que chegar em boas condições.

Aquela era a única parte da reprodução que realmente fazia sentido para mim. Criar uma força de trabalho geneticamente superior do zero para gerir meus negócios quando eu morresse. Afinal, eu não poderia levar dinheiro comigo para o inferno em uma bagagem de mão da Louis Vuitton.

Então, acrescentei:

— Quanto menos contato eu tiver com você, melhor. Sem ofensas.

— Não me ofendi. — Ela me encarou. — Tenho dinheiro, mas... — Ela deixou a frase no ar.

— Mas não tem tanto dinheiro quanto eu. Verifiquei as suas finanças durante a minha pesquisa. — Peguei o celular e abri o aplicativo de contratos, deixando o aparelho na mesa. — Você vem de uma família com seis pessoas, e a maior parte da herança vai ficar com seus irmãos. Vou te oferecer bens que valem em torno de vinte milhões, mas você assinará um acordo pré-nupcial.

— É claro. O mesmo deve incluir algumas das minhas condições quanto ao orçamento do meu estilo de vida e das doações de caridade.

— Concordo em princípio, mas está sujeito a mudanças e à definição de detalhes. Minha esposa deve fazer parte dos conselhos de algumas das minhas empresas.

— Qual é o investimento de tempo necessário?

— Três horas por semana.

— Quero ser compensada pelo meu tempo na forma de um apartamento da minha escolha em Xangai.

— De acordo.

Outra pausa. Se aquilo era tudo que meu pai queria para mim, por que parecia tão errado?

— Não quero mais que dois filhos. Três é demais e talvez interfira na minha carreira. — Ela inclinou a cabeça para o lado, analisando o teto como se quisesse colocar para fora todas as exigências possíveis. — E uma ama de leite para cada filho. Vinte e quatro meses. Me recuso a criar idiotas com QI baixo.

— Isso não será problema, desde que possamos dividir a custódia, caso esteja planejando continuar trabalhando em Nova York.

Minha mãe gostaria de ver os netos com frequência. E *isso* desviaria sua atenção de mim. Dois coelhos. Uma cajadada. E mais, eu ainda me apegava à vã esperança de que meu pai queria que eu tivesse uma família por algum motivo que não incluía me enrolar com gastos desnecessários, dor de cabeça e privação de sono.

— Isso me parece aceitável. — Eileen inspecionou meu rosto, talvez em busca de sinais de que eu sairia correndo pela porta. A única pessoa que eu queria que saísse pela porta era ela. — E... você tem certeza de que ficará bem com o acordo? — Ela tamborilou os dedos no joelho de novo. *Tap, tap, tap*. — Que você não vai, de repente, decidir que quer amor e ursinhos de pelúcia, essa bobagem toda? Minha irmã diz que todo homem, no final, só quer uma coisa. Sex...

— Dinheiro — terminei por ela. — Os outros vícios da vida me entediam. Não vou mudar de ideia.

— Ah, outra coisa... camas separadas?

— *Alas* separadas.

— Sou tão pouco atraente assim para você?

— O problema não é você, Eileen. Sou eu.

Na verdade, também é você. Por ser minha clone mental. Já faço sexo comigo mesmo. Chama-se masturbação.

O silêncio nos encobriu. Sem mais nada para discutirmos, fiquei em pé, alisando uma parte amarrotada da calça. Eileen me imitou, se levantando e endireitando a postura. Eu imaginava que um dia me ressentiria de seus lábios — espremidos em formato de um ânus — que a deixavam com a expressão sempre azeda.

Salvei o rascunho do contrato no aplicativo, ansiando acompanhá-la para fora da propriedade.

— Meu pessoal vai entrar em contato com o seu para mais negociações e instruções.

— Não tenho nenhum *pessoal*. — Com os dedos, ela fez aspas no ar. — Mas o seu pessoal pode me ligar. Que tal um aperto de mão para oficializar?

Então, sem um pingo de consideração pela náusea que qualquer toque me causava, ela forçou a mão dela na minha, dando um aperto firme, úmido e *quente*.

De imediato, ácido se agitou no meu estômago. Congelei por um instante, estarrecido e indignado, meu olhar colado onde nossa pele se conectava. Meu braço tinha amolecido, e minha mão estava entorpecida na dela. Odiava quanto eu parecia patético. Quanto me *sentia* patético. Minha boca se moldou em um grito, mas nada saiu.

Me solte.

Pare de tocar em mim.

Vá embora, caralho.

A bile subiu pelo esôfago. Eu a engoli, tudo rígido exceto o braço que ela tinha segurado. O contrato. O casamento. A promessa. Quis me esquecer de tudo aquilo. Quis deletar meu encontro com aquela imbecil indelicada. Mas meu pai... *Meu pai, meu pai, meu pai.*

Todos os meus esforços se concentraram em esperar Eileen afastar a mão dela primeiro, em vez de eu arrancar a minha. Quando o fez, quase desmaiei com a náusea. Tudo levou menos que dois segundos, mas parecia ter sido um dia inteiro.

Eileen pressionou o dedo nos farelos de bolinho lunar que ela derrubara no vestido, salpicando-os, então, na xícara de chá que ela não havia terminado de tomar, sem nenhuma preocupação aparente. Então, pegou a carteira e tirou de lá um cartão, colocando-o na minha mão.

Mais toque. Ótimo.

— Me ligue.

— *Argh.* — O grito estava preso na minha garganta. Não conseguia nem pronunciar palavras. — Vá embora. — Não fui exatamente gentil, mas foi tudo que consegui colocar para fora.

— É claro. Pode deixar que encontro a saída. — Ela focou no meu rosto e depois na porta envidraçada do solário, tão atenta à minha aflição quanto um exame de próstata. — Vou te mandar alguns apartamentos em Xangai por e-mail. Por favor, me marque como contato principal.

Meus dedos se fecharam, a queimadura inconfundível de carne humana se esparramando pela minha pele do ponto onde ela havia tocado. Parecia que eu tinha sido maculado. Marcado, manchado e contaminado. Uma reação alérgica, se eu algum dia já tive uma. A garganta se fechou. Não consegui respirar. Parecia que ela ainda tocava em mim. Precisava que ela fosse embora, embora, embora.

E, finalmente — *finalmente*, porra —, Eileen saiu pelas portas duplas. Bem a tempo de não ver seu futuro marido colapsando no chão de tábuas duras de madeira.

19

Zach

Fraco, inútil, patético.

Não tinha tempo para ficar ruminando o quanto a casca danificada que eu chamava de corpo era inadequada para se viver em sociedade. No instante que Eileen desapareceu, corri ao bule de chá e lavei as mãos com o líquido quente. Quando o chá acabou, fui direto ao banheiro mais próximo.

Natalie me encontrou no meio do caminho, uma pilha de documentos nas mãos.

— Ah, oi. O sr. Costa e o sr. Von Bismarck queriam saber se...

Eu desviei dela, gritando:

— A resposta é não.

A porta do banheiro foi escancarada com a minha pressa, acertando a parede com força. A maçaneta de cristal da parte interna se estilhaçou nos azulejos. Chutei a porta para fechá-la, e acabei pisando nos cacos de vidro pontiagudos com os pés descalços, em um rompante até a pia. O sangue se acumulava nos meus calcanhares. Mas nem registrei aquela dor. Eu precisava tirar Eileen de mim.

Abri a torneira no mais quente possível, enfiei a mão sob o fluxo que jorrava e inclinei a cabeça para trás, grunhindo. A água saiu fervendo, açoitando minha pele, fazendo cada centímetro arder como se eu estivesse em curto-circuito. Fechei os olhos, respirando fundo. O polegar "bom" — que não tinha sido contaminado pelo toque de Eileen — desenhava círculos reconfortantes na pele infectada. Imagens de carne morta e apodrecida grudada em mim atormentavam meu cérebro.

Sangue. Pele queimada até os músculos.

— Aguente firme, Zachary, vamos tirar você daí.

— Que merda, Stan, a criança vai ficar traumatizada. Não tem como ser normal depois disso.

— Se eu fosse ele, iria querer ter morrido.

Bati na torneira com a mão livre e trêmula, tentando fazer com que a água ficasse ainda mais quente, mas já estava no máximo. A água chiava ao escaldar minha pele, limpando-a até o osso. Não me afastei. Não *consegui*. Não quando eu precisava me livrar do toque dela. Não importava o preço.

A porta atrás de mim sacudiu, tremendo a partir das dobradiças.

— Oi, General Babaca, tudo bem? Te vi correndo.

Claro que era ela. Eu não tinha um minuto de paz.

Outra sacudida.

— Esta coisa está emperrada?

— Vá embora — rosnei.

Só que ela não foi. Nem iria. Ela nunca obedecia.

— Mas o que...? — Sua voz ressoou atrás de mim, mas eu estava focado demais no meu transe para entender como ela tinha conseguido entrar, apesar da maçaneta quebrada. — Meu Deus. *Zach*.

A água foi desligada. Meus olhos ainda estavam fechados com força, a mandíbula travada para impedir que a bile ácida, que queimava minha laringe, fosse projetada no mármore.

— Puta merda, cara. Sua pele está toda vermelha.

Farrow. Ela estava ali. Ali dentro. Bem ao meu lado.

Abri os olhos sobresaltado. Ela entrou em foco como uma pintura restaurada, familiar, mas, ainda assim, nova. Os olhos azuis arregalados. Os lábios volumosos abertos. Por que o uniforme de faxineira manchado me parecia mais aprazível que um vestido de gala da Burberry? Sério. Quando foi que Farrow Ballantine começou a parecer tão deslumbrante para mim? Até mesmo naquele instante, com o cabelo preso em um coque bagunçado e a franja torta e grudada na testa suada.

— Como entrou aqui? — rosnei, afastando aqueles pensamentos inúteis. — A maçaneta quebrou.

— A de fora ainda está intacta. — Ela ergueu um grampo de cabelo entre nós antes de atirá-lo na pia.

Percebi o instante em que ela processou meu estado compulsivo. Ela tampou a boca com a mão, os olhos absorvendo tudo em movimentos rápidos.

— Mas que porra é essa, Zach!? Olha só pra você.

Farrow deu uma olhada nos arredores, pegou um vaso decorativo e o usou para me afastar da pia, me guiando como se eu fosse uma ovelha.

Ela sabe que não gosto de ser tocado. Ela percebeu.

A ideia de que ela sabia meu segredo mais sombrio, mais sórdido *— e de que o respeitava —*, fez meu estômago se revirar. Era tão típico que a vida me colocasse em uma situação cruel, apenas para me ensinar uma lição ainda mais cruel. A salvação vinha dos lugares mais inesperados. Às vezes, da religião. Às vezes, do perdão. E, às vezes, da mulher que você finalmente percebeu que não odiava de verdade.

Farrow me levou até a parede oposta do banheiro.

— Sua pele está machucada. Vai dar bolhas. Você arranjou, tipo, queimaduras de terceiro grau. Vai cair se não tratarmos.

Ela voltou para a torneira e a abriu, deixando a temperatura no morno, não no gelado. Enquanto ela esperava que a temperatura diminuísse, começou a abrir os armários, em busca de alguma coisa.

— Armário de cima, à esquerda. — Deslizei as costas na parede, me sentando no chão e segurando o pulso. — Que tipo de imbecil guarda o kit de primeiros socorros debaixo da pia?

— Talvez o mesmo tipo de imbecil que arranjou queimaduras de terceiro grau porque não gosta de ser tocado, mas não tem coragem de admitir — retorquiu, abrindo a caixa branca e vermelha e a vasculhando.

Tentei engolir em seco e fracassei. Ela era mais perspicaz que meus amigos de infância. Eles demoraram muito mais tempo para descobrir meu segredo. Pela primeira vez, não fiquei impressionado com Farrow Ballantine. Fiquei preocupado. Não havia nada mais perigoso no mundo do que uma mulher inteligente.

— Parafina. — Ela pegou um pote de vaselina. — Perfeito. Ei, por que não tem quase nada aqui?

Desgraçado do Ollie.

Juntei coragem para examinar a pele que lentamente se derretia na mão. Vermelho vivo. Roxo nas beiradas. Dedos inchados e com bolhas. Eu já tinha visto coisa pior, mas ela provavelmente não.

Farrow deixou a vaselina no balcão, então, continuou vasculhando o kit e xingou. Virou o conteúdo todo no mármore e estalou os dedos.

— Levante-se.

Não hesitei e fiquei em pé. Não sei por que comecei a aceitar as ordens da minha empregada, mas ali estávamos.

O dedo dela passou por baixo da torneira, verificando a temperatura.

— Coloque a mão na água corrente. Já volto. Não saia daí. — Ela levantou um dedo na minha cara. — Eu juro por Deus, Zach, se você se mexer *um* centímetro, vou te pegar e te dar um abraço apertado.

Depois, ela saiu.

A sensação da água fria na pele era boa, o que me surpreendeu, já que eu raramente sentia alguma coisa. Ouvi Farrow se movimentando na cozinha ali perto, fechando gavetas com força, praguejando em... húngaro? Não deixei de notar que eu deveria ter ficado mais apavorado com o fato de ela saber meu segredo. Talvez porque *eu* sabia todos os segredos *dela*, e poderia esfregar suas fraquezas na cara dela. Não.

A verdade era que eu meio que confiava naquela sacana.

Farrow abriu a porta do banheiro com tudo, um rolo de plástico filme na mão e uma embalagem de ibuprofeno na outra. Ela deixou os analgésicos no balcão e fechou a torneira. Então, pegou um cotonete, lambuzou-o com vaselina e passou uma camada fina daquilo na área escaldada, seus movimentos longos e cuidadosos.

Ela puxou um pouco de plástico do rolo e o rasgou com os dentes.

— É bom me pagar um bônus por tudo que faço por você.

Eu a ignorei. Farrow abriu uma almofadazinha de hidrogel e a prendeu na minha mão, tomando cuidado para evitar o contato físico. A queimadura se intensificou, parecendo consumir minha pele como fogo. Grunhi.

— Fique parado — instruiu ela. — Não se preocupe. Vou fazer o curativo sem te tocar.

Estava na ponta da minha língua dizer que era impossível uma mulher como ela me preocupar, mas não era o momento de ser orgulhoso. Fechei a boca e estendi o braço na direção dela. Farrow manobrou o rolo de plástico com uma precisão cirúrgica, envolvendo a área afetada e a almofadinha sem que nossa pele se encostasse. Uma sensação estranha explodiu a partir da minha mão, indo direto ao estômago. *Dor?* Algo que eu não sentia havia tanto tempo que quase não reconheci. Eu não sabia se gostava ou se odiava sentir dor quando ela estava por perto.

Seus dedos ágeis cobriram minha pele com mais uma camada de plástico.

— O encontro te deixou fervendo, hein?

Fiz cara feia, me recostando na pia.

— Você está tentando ser engraçada?

— Estou *conseguindo ser* engraçada — corrigiu ela. — Fervendo. Entendeu? Porque você se *queimou*.

— Pessoas engraçadas não precisam explicar as piadas, e, não, aquilo não foi um encontro.

— Graças a Deus. Você estava agindo de maneira bem fria e inacessível. Eu teria saído correndo depois do seu primeiro oi. E o passeio pela casa? Cara, você não é, tipo, o presidente. Ninguém liga para os troncos de madeira decorativos que você tem no quarto.

Lancei um olhar de aviso para ela.

Farrow me ignorou.

— Se não era um encontro, então era o quê?

— Um possível acordo comercial.

Por nenhum motivo lógico, me pareceu errado falar a respeito de Eileen com ela.

— Natalie sabe? — O canto da boca de Farrow se curvou em um sorrisinho convencido. — Ela sente coisas por você.

— Eu também sinto.

— É mesmo?

— Sim. Eu sinto tédio.

— Coitada. — Ela balançou a cabeça, criando uma terceira camada de plástico ao redor da minha pele. Então, indicou com a cabeça. — Posso segurar com o dedo? Vou precisar te tocar.

Ela precisaria me tocar por cima de três camadas de polietileno. Eu sobreviveria.

Apesar de todos os esforços para me conter, uma pitada de calor chegou nas minhas bochechas.

— Não tem problema.

O polegar dela se afundou no plástico ao redor do meu pulso. Observei, maravilhado, enquanto aqueles dedos ágeis trabalhavam por cima do material transparente. Ainda era desconfortável ser tocado, mas eu não me importava tanto por causa da barreira.

Ela pegou o analgésico no balcão, separou duas pílulas e as colocou na minha mão saudável.

— Engula isso enquanto fecho o curativo.

Coloquei as pílulas na boca e as engoli a seco, fuzilando a mulher. Por que ver Farrow cuidar das minhas queimaduras me deixava mais excitado que comer bolinhos lunares de três gemas cada com a minha futura e impecável noiva? Aquilo não fazia sentido. E sentido era a única coisa com a qual eu sempre poderia contar.

Inclinei a cabeça, observando o plástico ondular com a respiração dela.

— Não consigo entender como pode ser tão pobre se não precisa pagar aluguel ou contas, é sócia de um pequeno negócio relativamente bem-sucedido e ainda faz bico de instrutora de esgrima.

A resposta àquilo havia caído no meu colo durante a pesquisa que fiz a respeito da vida dela, mas imaginei que seria melhor estabelecer algum tipo de diálogo entre nós antes de abordar o assunto de que eu queria transar com ela.

A garganta de Farrow se moveu quando ela engoliu em seco, seus olhos focados na minha mão machucada enquanto ela trabalhava.

— A casa está paga, e a escritura está no meu nome e no da minha madrasta, mas pago aluguel na forma dos impostos da propriedade e metade das contas. Fora isso, acabei me envolvendo em uma... *situação*. Tenho que pagar um valor alto. Estou trabalhando nisso.

— O que você fez?

Eu já sabia o que ela tinha feito. Então, o que eu na verdade queria perguntar era: *por que você fez aquilo?* Ela não parecia ser do tipo.

— Não é da sua conta.

— Você está na minha casa. Seu caráter é da minha conta.

— Deveria ter pensado nisso antes de contratar alguém que tentou te roubar. Supostamente.

A tensão espalhada pelas minhas costas começou a relaxar, mesmo com Farrow ainda me tocando por cima do plástico.

— Você namora? — perguntei.

Na verdade, eu não me importava. Aquilo não era relevante para a minha decisão, embora talvez pudesse acabar virando uma dor de cabeça usar a mulher de outro homem.

Ela semicerrou os olhos.

— Vou repetir: não é da sua conta.

— Podemos esclarecer uma coisa? — Apoiei o quadril no balcão. — Tudo que você faz, todo mundo com quem se comunica e cada vez que respira é da minha conta. Você é da minha conta desde o dia em que te contratei, e sou um *ótimo* homem de negócios. Agora que isso ficou claro, pode me dar a informação ou posso extraí-la de outras formas. A escolha é sua.

— Que escolha? Você não me deu escolha alguma. — Ela deu um passo para trás, pegou o celular que tinha deixado no chão quando invadira o banheiro e o guardou. — Vai conseguir o que quer de um jeito ou de outro.

Dei de ombros.

— Então é melhor você desembuchar.

— Eu não namoro. — As narinas dela se alargaram. — E não estou interessada em namorar.

— A população masculina do mundo está, com certeza, devastada — falei, a voz arrastada.

Mas Farrow não pareceu incomodada com o comentário. Parecia quase aliviada.

— Que peninha. — Ela exibiu um sorriso. — Você conhece o ditado. "Se não me aguenta no meu pior, então preste atenção: minha personalidade só vai piorar de agora em diante."

— Isso *não* é um ditado.

— É o ditado da *minha* personalidade. — Ela enxugou as mãos no avental do uniforme. — Enfim, gostou dela?

Por quê? Você se importa?

Eu me fingi de burro.

— De quem?

— Da Audrey Amarga-burn.

— É Audrey Hepburn — corrigi.

— A sua noiva não é. Ela é elegante e toda arrumada, igual à atriz, mas está na cara que é infeliz. — Farrow inclinou a cabeça. — E então? Gostou?

— Sim — menti.

Tive que mentir. Ela continuava me encarando, os olhos parecendo fincados em uma alma que não existia, procurando no meu rosto por algo que jamais encontraria. *Emoções.*

— Ela é bem bonita. — Farrow relaxou a testa que estava franzida. — Cabelo sedoso, lábios vermelhos, olhos amendoados...

— Você é melhor que isso — eu a cortei, me perguntando se ela realmente era.

— Melhor que o quê?

— Descrever minorias étnicas com ajuda de comidas.

Ela pareceu surpresa, mas não defensiva.

— Nunca pensei nisso por esse lado.

Arqueei a sobrancelha.

— Como se sentiria se eu dissesse que tem olhos de panqueca?

Ela inclinou a cabeça para trás, rindo pelo nariz.

— Entendido. Se bem que...

— O quê?

— Só para que você fique sabendo, eu amo amêndoa. *E* panqueca. — Ela grunhiu. — Deus, eu amo panquecas. Bem melosas, com gotas de chocolate no meio e amêndoas por cima.

Ela era ridícula. Completamente desequilibrada. Mas, ainda assim, meus lábios estremeceram, tentando reprimir um sorriso.

— Você pode ir embora agora.

Ela semicerrou os olhos.

— Não vai me agradecer?

— Pelo quê?

— Pela sua mão!

— Agradecer pela minha mão? — Pisquei, de fato, não entendendo. — Você não a remendou, Octi. Mal a enrolou em plástico.

— Nossa, você é um babaca.

Ela se virou, pisando duro ao sair do banheiro.

E você é minha. Eu me certificaria disso.

— Não se esqueça de limpar o salão de café da manhã no solário — gritei depois que ela saiu. — Minha convidada deixou farelos.

20

Farrow

A mansão Sun estava brilhando quando terminei. Claro, eu tinha confiscado o carro de combate ridículo de Zach para dar uma volta e virado de ponta-cabeça o pênis da estátua romana que ficava no centro do jardim-labirinto. (Não que tenha sido eu a quebrar a estátua.) Mas, no final das contas, deixara o lugar melhor do que encontrara — tudo bem que já estava nas melhores das condições. Não havia nada fora do lugar. Nem mesmo um palito de dente.

Quando escancarei as portas duplas e me coloquei a caminho do meu Prius antiquíssimo, a tela do celular mostrava que eram sete e meia da noite. Tarde demais para andar quarenta metros por uma avenida na escuridão em qualquer cidade, exceto em Potomac. Todas as casas na Avenida Dark Prince estavam iluminadas. Menos a de Zach. Não. Ele preferia divulgar o inferno que era sua existência.

Segui com dificuldade pelo gramado, amaldiçoando meu novo chefe.

Naquela manhã, quando cheguei aos portões de ferro, um guarda me instruiu a parar do lado de fora da propriedade. Ele dera de ombros.

— Ordens do chefe.

Não duvidei. Parecia muito algo que Satanás faria, me torturar para se divertir. Era um entretenimento barato me ver correndo pelo caminho até a mansão debaixo da chuva. Que otário. Mas, ainda assim, algo frágil espreitava sob a superfície dele, algo que eu não conseguia explicar. A maneira como ele quase se encolhia dentro de si diante de contato humano partia meu coração.

Eu não tinha a capacidade de odiá-lo por inteiro, mesmo sabendo que provavelmente deveria.

Folhas de outono foram trituradas sob as minhas botas. O gorgolejo da fonte encheu meus ouvidos quando passei aborrecida por ela. Consegui chegar aos portões de segurança, passando por eles em vez de pular. Do outro lado da avenida, a enorme mansão Costa brilhava com luzes amareladas, mesmo a distância. Parei e a encarei de longe, exausta demais para me preocupar com o quanto eu deveria estar parecendo patética.

Um *food truck* roncou ao entrar pelos portões privados da mansão, subindo pelo longo caminho até a casa e deixando para trás um aroma de gengibre, capim-limão e canela. Algum bufê. Para um jantar qualquer em um dia de semana. Uma corrente de baba me escapou por entre os dentes. Eu não tinha comido nada o dia todo.

Avistei a figura borrada de uma mulher muitíssimo grávida. Dallas Costa, talvez? Ela irrompeu pela porta, correndo até o caminhãozinho, um vestido amarelo-canário glamouroso com mangas que deixavam os ombros à mostra. Atrás dela, o marido a puxou para trás, pegando-a no colo para que ela não precisasse andar. Pareciam trocar sussurros enquanto um exército de funcionários levava bandejas do *food truck* para dentro da casa.

Meu coração chorou de inveja. Me perguntei, pela milionésima vez, como era possível as pessoas terem vidas tão diferentes compartilhando praticamente o mesmo endereço.

À esquerda, os portões de Oliver von Bismarck continuavam abertos como sempre enquanto uma fila de carros luxuosos entrava por lá. A música ecoava na rua. Provavelmente estava dando outra festa indecente. E, por festa, quis dizer orgia. Os boatos corriam rápido na cidade.

— Oliver se declara vaginívoro — dissera Reggie a Tabby uma vez. — Ele sente prazer com qualquer uma que ache bonitinha o bastante para virar sua próxima refeição.

Aposto que ele não se preocupava com nada na vida. Aposto que nunca precisou imaginar como pagaria uma dívida ou como preservaria o legado do pai. *Pare de se lamentar, Fae. Os percalços não são tão ruins assim. Aproveita-se mais a vista quando se faz um esforço para chegar ao topo.*

Uma buzina tirou minha atenção da mansão. Lama espessa acertou meus tênis quando uma limusine Maybach roncou e parou ao meu lado. A janela traseira foi aberta, revelando uma mulher cuja idade não consegui determinar. Ela vestia uma jaqueta Lululemon por cima de um collant Ernest Leoty, que mostrava seu corpo esculpido com pilates. Uma bolsa xadrez de academia da Burberry ocupava o resto do banco de couro. Fiquei chocada por aquela mulher linda ter dado à luz o filho cujo sorriso animalesco parecia uma doença.

— Farrow. — Ela tirou os AirPods. — Você tem um minuto?

A mãe de Zach sabia meu nome? A família Sun, com certeza, fazia a lição de casa. Mas, por outro lado, eu sabia quem ela era porque também tinha feito minha pesquisa.

Assenti, mas isso não teve importância, porque o motorista já tinha estacionado o carro. Ele saiu, abriu a porta da sra. Sun e então lhe ofereceu a mão. Ela a aceitou, saindo do carro com elegância. Julgando pela linha fina que eram os seus lábios, suspeitei que eu gostaria de conversar com ela tanto quanto gostava de conversar com sua prole. Ainda assim, dei a ela o benefício da dúvida, colando um sorriso educado no rosto.

Ela arqueou a sobrancelha.

— Você é a nova empregada doméstica de Zachary, correto?

Eu dei de ombros, mas não disse nada.

— Meu nome é Constance. Mãe dele.

— Eu sei.

Ela não me ofereceu a mão, mas eu sabia que aquilo não tinha nada a ver com fobia. Não importava. Meu pai sempre dizia: "Ninguém pode te desvalorizar sem a sua permissão". Bom, eu não tinha dado a ela essa permissão.

Constance ajustou seu rabo de cavalo perfeito.

— Você estava na festa de Zach, não estava?

Outro aceno. E, então... um *latido*? Três Corgis peludos colocaram a cabeça para fora da janela aberta. Vestiam roupinhas que combinavam, mais bem-vestidos do que eu jamais estaria.

Constance acariciou a cabeça de um deles pela janela, seus olhos ainda me mantendo de refém.

— Zach parece ter gostado de você.

De verdade, não havia motivo para o tom enojado dela. Suas palavras faziam tanto sentido quanto a cerimônia anual de perdão ao peru antes do dia de Ação de Graças.

Atrás dela, a Maybach bloqueava meu Prius. Ainda assim, tirei a chave da mochila e apertei o botão para destravá-lo. O carro apitou duas vezes. Considerei aquilo minha resposta.

— Vejo que você não fala muito. É melhor assim, imagino. — Ela esfregou as mãos, assentindo. — Vamos direto ao ponto. Meu filho é um predador excelente. No caso, decidiu trazer a presa dele para casa. Mas você é errada para ele.

— Ah, é? Sou?

Prendi um cachecol barato no pescoço. Um aquecedor no carro era um dos muitos luxos com que eu não conseguia arcar.

— Sem ofensas.

— Não me ofendi. Foi um elogio. Seu filho é bem... *peculiar*.

A alfinetada não mexeu com ela, provavelmente por causa da verdade que carregava.

— Não tenho nada contra você — disse Constance.

— Fico feliz por ouvir isso.

— É só que... Zach está em um momento importante da vida dele. Tenho medo de que você interfira nas decisões do meu filho. Que ele fique confuso e cego pela sua... sua... — Seus olhos traçaram um caminho do cabelo bagunçado aos sapatos enlameados, procurando algo positivo para dizer a meu respeito. — Sua astúcia, talvez.

Eu me perguntei quanto tempo aquela conversa demoraria. Precisava me aquecer e correr um pouco antes do jantar. Ela brincou com o colar Chanel que descansava na sua clavícula.

— Olhe, tenho certeza de que você é uma menina adorável, que fará alguém muito feliz um dia. Mas esse alguém não é meu filho.

O frio devorava minha pele como um animal faminto. Arqueei a sobrancelha, querendo acabar logo com aquilo antes que os dedos dos meus pés congelassem.

— Sabe que passei o dia todo limpando as privadas dele, né? E não fazendo *pole dance* nas colunas gregas.

— Francesas, não gregas. Mas, mesmo assim, você precisa pedir demissão.

— Talvez. — Passei pela limusine em direção ao Prius, jogando a mochila no assento do passageiro, e abri a porta do motorista. — Mas preciso mais do dinheiro.

E de toda ajuda que Zach prometeu que viria com o trabalho.

— Posso te dar um cheque.

Ela fechou minha porta com tudo antes que eu pudesse entrar, se posicionando contra o metal enferrujado da porta. A silhueta torneada cobria apenas parte dela. Um pensamento ridículo invadiu minha mente: como alguém tão pequena poderia ter dado à luz alguém tão grande?

Constance esticou os braços, bloqueando meu caminho.

— Diga seu preço.

— Esse é o problema. — Cruzei os braços. — Minha integridade não tem etiqueta de preço.

Até parece, considerando o que eu tinha feito para ter sido chutada da esgrima competitiva, mas ela não precisava saber daquilo.

— Sua integridade *vai* ter preço se isso garantir a felicidade do meu filho. — Ela ergueu o queixo, se recusando a sair da frente. — E não há nada mais importante para mim que a alegria dele.

Nossa. Tudo bem. Eu tinha tentado ser educada, mas ela esgotou minha paciência. A tensão nas minhas costas me provocou. Eu não precisava lidar com as exigências do filho *e* com as dela. Pela primeira vez, quis ser a espada, não a esgrimista.

— Ah, não sei, não. — Levei a mão ao peito, franzindo as sobrancelhas em uma tristeza fingida. — Peguei ele chorando dentro do armário depois do encontro, uma garrafa de champanhe nas mãos. Coitado. Parece ter pirado de vez. Tinha vomitado em cima de um terno novinho da Armani.

A perplexidade praticamente arrancou sua mandíbula do lugar. Olhei ao redor, me perguntando como Zach destruiria minha vida se a mãe dele acabasse morrendo de ataque cardíaco bem na minha frente.

Ela fechou a boca.

— Quero você fora da casa dele, longe dele. Não seja ridícula. Aceite o dinheiro e vá embora.

Como se estivesse esperando pela deixa, o motorista abaixou a janela do nosso lado, entregando a ela o talão de cheques.

Estiquei a mão para dentro da limusine e fiz carinho nos cachorros. Um deles descansou as patinhas na minha mão, lambendo meu pulso.

— Dois milhões de dólares — declarei.

Eu não sabia de onde tinha saído aquele número. Parecia obsceno. Porém, não era como se ela não tivesse a quantia. Aposto que a porra dos tênis dela custavam mais que isso.

— Você não está falando sério — disse ela, balançando a mão para o cachorro, fazendo-o se afastar de mim.

Aparentemente, Zach não era o único para quem eu não era boa o bastante.

— Aceito apenas dinheiro ou Bitcoin. Não quero ter que pagar impostos. — Endireitei a postura, gesticulando para o meu Prius. — Agora, se me der licença...

Constance Sun olhou para seu Apple Watch, balançou a cabeça e então encarou o céu, que decidira garoar naquele encontro que já estava miserável sem qualquer ajuda do clima.

— Um milhão e meio — retrucou ela.

Meu Deus. Aquela mulher estava falando sério.

— Dois milhões, ou terá que sofrer dividindo a mesa comigo no dia de Ação de Graças. — Sorri. — Vou te comprar o suéter mais feio que eu encontrar para o aniversário de Jesus.

— Somos ateus.

— Eu não. Zach vai respeitar minha religião. — Inclinei a cabeça para o lado. — Você usa tamanho P ou PP? Prefere pizzas espaciais ou luzinhas pisca-pisca?

O pânico tomou conta do rosto dela. Ela realmente tinha acreditado no que falei.

— Tudo bem. Tudo bem. Bitcoin.

Por um instante, fiquei sem palavras. Ela queria me dar dois milhões de dólares para eu me demitir? Parte de mim — uma parte grande — quis aceitar. Porém, outra parte dizia que o que Zach tinha me oferecido era mais precioso que dinheiro. Os advogados mais talentosos e bem conectados, detetives particulares e recursos ilimitados para descobrir exatamente o que havia acontecido com o meu pai.

— Na verdade... — Franzi o nariz. — Acho que vou continuar por aqui. Não tem nada melhor que um trabalho cheio de fofoca.

A mão dela voou ao peito. Precisei de todo o meu autocontrole para não cair na gargalhada. Gente rica não estava acostumada a ser rejeitada, ainda mais depois de esbanjar o dinheiro que tinha. Se Constance tivesse falado comigo com educação, sem condescendência ou suposições cruéis, eu até poderia ter aceitado sua oferta. Mas, depois daquilo tudo, nunca saberíamos.

— Isso não acabou.

— Não tenho medo de você, sra. Sun. — Alonguei as palavras, mantendo contato visual. — Você não vai me obrigar a te obedecer.

Ela me lançou um olhar severo antes de desaparecer na mesma velocidade com que tinha aparecido. Sentindo algo — *alguém* —, virei a cabeça e ergui o olhar na direção dos enormes janelões da mansão de Zach. Ele estava parado lá, observando por trás do vidro. Me observando. Nossos olhares se encontraram. E o dele não se desviou.

Não vou ceder fácil, disseram meus olhos.

Ele sorriu, e quase consegui ouvir a palavra nos lábios dele. *Ótimo*.

21

Ari: Como foi seu primeiro dia?

Farrow: Um deleite. Comecei me matando de trabalhar por dez horas.

Ari: Seu corpo vai ficar sarado, vamos olhar pelo lado positivo.

Farrow: Depois, Zach e a mulher que veio para se encontrar com ele ficaram me vendo limpar azulejos, o que também foi incrível.

Ari: Limpar azulejos? Isso é código para alguma outra coisa?

Ari: Juro, as pessoas têm os fetiches mais esquisitos do mundo nos Estados Unidos.

Ari: Espere aí. Um encontro na casa dele? Que safado.

Farrow: Eles comeram bolinhos lunares e tomaram chá no solário com vista para o rio Potomac.

Ari: Tudo bem, retiro o que disse. Parece bem pitoresco.

Farrow: Ah. E a mãe dele correu atrás de mim, oferecendo dinheiro para que eu não trabalhasse mais para o filho dela.

Farrow: Acabei de recusar DOIS MILHÕES DE DÓLARES. Agora é uma ótima hora para você me chamar de burra.

Ari: Você não é burra. Você tem ética. Mas POR QUÊ?

Farrow: Ela acha que ele gosta mais do que deveria de mim. Aposto que está preocupada com a chance de eu roubar o esperma dele enquanto arrumo o quarto.

Ari: Bem… essa opção está *totalmente* descartada? Ele é BEM gato, rs.

Farrow: Vsf, eu acabaria dando à luz o Anticristo ou algo do tipo. O cara é fatal.

Farrow: Mas chega de falar da minha vida glamourosa. O que você tem feito?

Ari: Escolhendo a comida para o meu casamento no próximo verão.

Farrow: Eu queria poder ir. Estou com saudade de Seul.

Ari: E Seul está com saudade de você.

Farrow: Venha me visitar logo.

Ari: Prometo que vou. <3

22

Farrow

Interpretei o ovo que tinha sido atirado na minha testa como um sinal de Deus para avisar que eu havia tomado a decisão correta ao vender minha alma para Zachary Sun. No mínimo, chutar minha má-drasta e as monstras que eram minhas irmãs postiças da casa do meu pai me daria um pouco da paz e tranquilidade de que eu tanto precisava.

O choramingo de Reggie ecoava da cozinha até a entrada.

— Acho que estou tendo um ataque de pânico.

Eu também estaria, se tivesse perdido a chance de ser um astro do beisebol. Com aquele braço, ela poderia ter sido o próximo Spencer Strider.

Fechei a porta da frente ao passar e ignorei a gema esparramada, me sentindo como se um semirreboque tivesse me atropelado diversas vezes antes de alguém raspar os meus restos mortais da estrada, depois, me jogar em uma caçamba de lixo pegando fogo e, por fim, praticar tiro ao alvo com o que ainda restava de mim. Cada centímetro do meu corpo parecia estar machucado, malnutrido e exausto.

Quando consegui chegar à cozinha, o conteúdo do freezer me cumprimentou. Vegetais congelados, nuggets de frango e metade de um pote de sorvete: tudo espalhado no chão.

— Não consigo achar meus *macarons*. — Reggie saiu pisando duro da despensa com o rosto maquiado e um vestido que parecia ter saído de *Mulheres Perfeitas*. — Por favor, me diga que você não comeu tudo, Tab. Como vou conseguir terminar o vlog?

— Aquela porcaria tem umas trezentas visualizações em um dia bom. — Empoleirada no banquinho da ilha, Tabby passava a língua pelos dentes na frente de um espelhinho portátil. Ela pescou as chaves do carro de uma fruteira feia. — Admita, Reggie, isso não é uma carreira. É um buraco que come seu dinheiro. Seja a Elsa, não a Anna.

— Como assim, Elsa?

— Se livre disso.

Com um suspiro, abri a geladeira, peguei um pote de iogurte e roubei uma bandeja de framboesa pela metade. Nem a Coisa 1 nem a Coisa 2 me notaram, mesmo depois de eu ter fechado a porta com o quadril e me colocado a caminho do quarto. Eu limparia tudo no dia seguinte. Eu havia tido um dia de cão.

Reggie bateu o pé atrás de mim.

— Você só está com inveja porque eu tenho uma carreira.

Joguei algumas framboesas na boca e me perguntei que tipo de jantar delicioso o chef de Zach teria preparado para ele naquela noite. Segurando o corrimão, subi dois degraus por vez, balançando a cabeça. A temperatura aumentava conforme eu avançava pelo corredor comprido e estreito. O meu quarto era o último, e o menor de todos. Por mim, tudo bem. Era mais fácil aquecê-lo no inverno.

Chutei a porta para abri-la, sem me importar com o fato de que já estava entreaberta. Foi então que vi Vera sentada de pernas cruzadas na minha cama, rodeada por documentos esparramados.

Deixei o jantar na escrivaninha e fui apressada até a cama, recolhendo a papelada.

— Que merda você está fazendo?

Minha certidão de nascimento. O contrato com a advogada que tinha largado seis meses antes quando não consegui pagar seus honorários. Alguns documentos legais relacionados à penalidade da federação de esgrima. Estava *tudo* ali.

Vera se levantou, arrumando o cinto Gucci na cintura. Um tesouro usado que arrumara em um brechó.

— Não precisa desse escândalo todo, criança. Eu sabia que você estava aprontando alguma, então decidi dar uma investigada.

— Você xeretou as minhas coisas? — cuspi as palavras, pegando tudo nos braços e abrindo a pasta azul na qual eu deixava tudo organizado. — Quem te deu esse direito?

Ela jogou o cabelo descolorido por cima do ombro.

— Não sei se você sabe, mas a casa é minha.

— É *nossa* — corrigi, enfiando os documentos na pasta e a apertando contra o peito. — Ela também é minha.

Vera deu uma olhada no quarto, desdenhosa, já calculando o que poderia fazer com o espaço.

— Qualquer dia desses, vou comprar sua parte.

— Com que dinheiro? Eu sou a única que *trabalha*.

Ela foi até o meu closet. As dobradiças rangeram e reclamaram.

— Não me venha com essa atitude. Você merece tudo que está prestes a acontecer com você.

Os músculos do meu corpo se retesaram quando ela começou a avaliar as minhas roupas, procurando... o quê? Segredos? Mais documentos? Coisas que pudessem ajudá-la a descobrir o que eu estava tramando? Ela já sabia que eu tinha um plano para contestar o testamento assim que eu tivesse dinheiro o bastante. Qualquer um com um cérebro funcional teria adivinhado aquilo.

— Por quê? — Avancei na direção dela, rearrumando tudo que ela havia jogado de lado, puxado ou remexido. — Por que você me odeia tanto?

A pergunta era genuína. Eu não acreditava em contos de fada com vilões unidimensionais e heróis angelicais. Eu acreditava na área cinza entre o bem e o mal. Onde pessoas boas podiam fazer escolhas ruins e, ainda assim, tentarem ser melhores no dia seguinte.

Vera embolou uma camiseta minha e a jogou no chão, virando-se para mim.

— Você quer mesmo saber? Mesmo a resposta sendo tão óbvia? — Suspiros pesados fizeram seus ombros sacudirem. — Você era filha biológica dele, Farrow. Que se parecia com ele. Você tinha a vantagem do DNA. E ele era obcecado por você. Ele te amou mais do que você merecia. Com Reggie e Tabby era apenas fingimento. — Ela levou a mão ao peito, o anel de noivado do tamanho do mundo que meu pai dera a ela cintilando sob a luz. Lágrimas surgiram em seus olhos. — Ah, minhas doces meninas. Elas tentaram tanto agradá-lo.

Minha mandíbula travou e me esforcei para não chorar. Eu sentia tanta saudade dele, não porque ele tinha sido o melhor pai do mundo, mas porque era o único ao meu lado. Era uma merda. A solidão, digo, que eu sentia desde que ele morreu, que grudava em mim como um vestido de látex. Às vezes, eu fechava os olhos e brigava contra aquela onda constante de solidão, tentando reviver minhas primeiras lembranças com ele. Nos últimos tempos, tinha ficado cada vez mais difícil. As recordações eram como um ex-namorado canalha. Quando queria que desaparecessem, ficavam por perto. Quando os queria por perto, iam embora.

Vera se afastou do cabide de roupas e se abraçou.

— E ele investiu todos os recursos e tempo na sua esgrima. Sempre éramos a segunda opção, depois de você. Ele torcia por você em todas as suas competições, mas nunca aparecia em nenhum dos recitais de balé de Tabby nem nos torneios de pickleball de Reggie.

Aquela não era a hora de dizer que as duas eram péssimas naquilo e que tudo durava menos de três segundos. A carreira de Tabby no balé poderia ser resumida a um vídeo caseiro de três minutos dela encenando uma árvore em *O quebra-nozes*. O papel não exigia que ela se mexesse. Na verdade, a *incentivava* a ficar parada.

— Você quis que ele se livrasse de mim quando minha mãe me deixou na sua porta. — Agarrei um dos moletons do meu pai, que ela havia descartado, contra o peito. — Não existe desculpa para sua crueldade.

— Sim, eu quis. — Os olhos de Vera encontraram os meus. Ela se posicionou com a coluna reta, toda orgulhosa e sem remorsos. — Você era um bebê saudável, igual a um querubim. Não tinha nem um mês. Teria encontrado uma família ótima para te adotar, teria ido morar em algum lugar onde não precisaria competir por atenção. Tentei fazer um favor para você. Você não foi feita para ir parar em um orfanato.

— Ah. Nossa. — Balancei a cabeça, uma risada amarga me escapando. — Você *não* disse isso.

Só que, claro, ela tinha dito. Vera Ballantine não tinha limites.

Escancarei a porta com força, acenando para fora.

— Saia do meu quarto.

Vera veio na minha direção, colocando o rosto bem perto do meu.

— Não conteste o testamento, Farrow.

— Aquele testamento não é verdadeiro.

Seu rosto estava tão perto do meu que pude ver o ódio nadando naqueles olhos cheios de veias vermelhas.

— E como você sabe disso?

— Porque ele teria me deixado a empresa.

E o pingente, também. Aquele que eu recuperaria de Zach, não importava o que acontecesse. Meu pai queria que eu ficasse com tudo que ele amava, porque sabia que eu cuidaria de tudo. Manteria a memória dele segura.

— Sua idiota. — Ela ergueu a mão. Eu me encolhi, antecipando o golpe. Em vez disso, o sorriso dela cresceu enquanto fingia limpar algo no meu ombro. — Você nunca vai me derrubar, nem as minhas meninas.

Com aquilo, ela foi embora.

23

Zach

Brett Conner era uma das pessoas menos palatáveis que eu conhecia. Um testemunho grotesco e verdadeiro de seu caráter, considerando que eu achava a maioria dos meus pares indigno de oxigênio. Infelizmente, Brett Jr. era o diretor de uma empresa que eu tinha intenção de adquirir, a Ponto Goze. Uma plataforma de mídia social para maiores de 18 anos que crescia cada vez mais, com uma procura que aumentara mais de 4.900%, além de dezoito milhões de usuários ativos por mês, um número que só crescia. Dava para se dizer que o amor que Brett Sênior sentia por bocetas era tanto uma bênção quanto uma maldição. Aquilo o fizera ter uma empresa que valia mais de três bilhões de dólares... mas também um filho cuja única contribuição para a sociedade era manter algumas boutiques de marca que nem sequer davam lucro.

— Oi. — Brett Jr. invadiu minha casa, com um óculos neon da Prada e um conjunto de moletom dourado da Gucci. — E aí, F.X.?

F.X., no caso, era "frango xadrez". Sério, ele ter sobrevivido vinte e poucos anos sem levar uma facada na cara só poderia ser considerado um milagre. Ele ergueu o punho fechado em cumprimento, seu sorriso idiota de sempre como único indicativo de que ainda tinha alguma função cognitiva.

— Trouxe champanhe feito na Itália. Champanhe de verdade.

Não tive a bondade de dizer a ele que estava errado. Primeiro, eu não tinha um pingo sequer de bondade em mim. E, se tivesse, eu não a desperdiçaria com ele. Também não a desperdiçaria com a srta. Eileen Yang, que passara os últimos encontros me mandando links de propriedades em Xangai. Aquela mulher já tinha se provado uma dor de cabeça.

Brett Sênior chegou no encalço do resultado decepcionante de seu esperma, seguido pelo chefe de contabilidade da Ponto Goze, um engravatado chamado Jasper. Quando ignorei o cumprimento dele, Brett Jr. passou pela estátua de Guan Yu no meu saguão, braços abertos para um abraço entre amigos. Desviei dele quando se jogou para cima de mim, o que o fez cair no chão.

— Ai. — Ele segurou as próprias bolas, ainda com a cara no chão. — Por que fez isso?

— Não sou fã de abraços. — Usei a ponta do sapato para virá-lo de barriga para cima. — Não babe no meu chão. Minha faxineira não precisa de trabalho extra. E, para que você fique sabendo, não me chame de Frango Xadrez, a não ser que esteja preparado para eu te chamar de Farinha Azeda.

Brett Jr. massageou o joelho, franzindo a testa.

— Farinha Azeda? Mas meu nome nem rima com isso.

Fechei os olhos, respirando fundo. Brett Sênior estremeceu, abaixando a cabeça e estendendo a mão para um aperto, antes de se lembrar de que eu não gostava daquilo. Ele colocou a mão no bolso.

— Sinto muito, sr. Sun. Meu filho está... muito entusiasmado com seu papel no negócio. — Ele tirou o chapéu, alisando os fiapos brancos para trás. — Suspeito que você fará mudanças na gerência, caso o acordo seja fechado.

Dei as costas para os três, seguindo até a sala de jantar.

— Vou nomear meu próprio time.

Eu havia optado por um jantar tranquilo em casa, em vez de uma reunião oficial. Todos os dados de que precisava estavam dentro de um cofre na minha cabeça. Naquela manhã, eu estabelecera o preço que estava disposto a pagar pela empresa. Mais ou menos a metade da avaliação projetada pela *Forbes*. Então, era apenas uma questão de convencer os Brett a concordarem comigo e aí foder com a vida deles. O único tipo de foda que eu praticava.

— Obrigado pela hospitalidade, sr. Sun. — Jasper acompanhou meu ritmo, e Brett Sênior veio logo atrás. — Poderíamos ter definido os detalhes no escritório, então aprecio o toque especial...

— Por favor, pare de lamber as minhas bolas. Não é um fetiche que tenho. — Continuei meu caminho pela enorme galeria com peças de bronze e marfim. — Ah, e vou te poupar de uma pergunta constrangedora: não vou te manter na folha de pagamentos.

Ele fechou a boca.

Brett Jr. se levantou com dificuldade do chão, correndo para nos alcançar.

— Eu entendo essa sua fachada de durão. Entendo mesmo, cara. Mas não vou te deixar comer nossa comida. Se acha que colocar um tapete de boas-vindas para nós vai te fazer conseguir uma pechincha... — Ele circulou um dedo em volta da têmpora, assobiando. — Você está viajando, entendeu?

Nada — e eu tinha certeza daquilo — poderia me fazer detestar ainda mais aquele homem. Que falávamos o mesmo idioma e, ainda assim, não parecíamos compreender uma palavra que saía da boca um do outro era prova do quanto o poder da nossa língua franca havia decaído.

— O fato de você querer comprar o Ponto Goze diz tudo. — Brett Jr. bateu a mão no peito. — Fizemos um bom trabalho. Merecemos continuar na empresa.

— Não confunda sorte com talento. Você tropeçou em um buraco no mercado, sem trocadilhos. Tem três bons desenvolvedores correndo atrás do próprio rabo, e uma litania de funcionários incompetentes correndo a maratona que deveria ser sua. Os adversários *vão* te alcançar e, quando o fizerem, você poderá dizer adeus ao cartão ilimitado do papai.

Ele coçou a têmpora.

— Adversários?

— Competidores. Oponentes. Rivais. Pessoas muito mais inteligentes que você. Você não faz ideia de como monetizar a própria marca. Eu sou o Jesus do seu Lázaro, garoto. — Passei por dois funcionários, cada um segurando uma das portas duplas aberta, que revelavam o salão de jantar ladeados de colunas e as janelas que se estendiam do chão ao teto. — Vocês não está aqui para barganhar. Está aqui para fingir que não existe enquanto os adultos conversam.

— Me falaram que você era um desgraçado com coração de gelo, mas achei que estivessem exagerando.

— Não estavam. — Parei diante da cadeira que ficava na ponta da mesa comprida e oval. — Na verdade, estavam me subestimando.

As pessoas relevavam minha atitude impiedosa, porque eu era rico demais e poderoso demais para ser enfrentado. E porque conquistara uma longa lista de favores nos meus 33 anos de vida, e a ideia de que eu poderia exigir a alma delas em troca as deixava trêmulas de pavor.

Quatro funcionários se apressaram para afastar as cadeiras. Os do serviço de bufê continuaram por perto, abrindo as garrafas de vinho e o servindo nas taças. Brett Jr. sinalizou para que uma garçonete enchesse toda a sua taça.

Aquele idiota precisava de álcool no sangue tanto quanto eu precisava de um segundo pau.

Jasper e Brett Sênior mexeram nos guardanapos, incertos do que fazer.

— Sentem-se — ordenei.

E eles se sentaram.

Balancei a cabeça, tirando o celular do bolso interno do paletó.

Zach Sun: sos.

Ollie vB: FINALMENTE, CARALHO. Falei que aquelas aulas de pilates para iniciantes compensariam. E não por causa da quantidade de boceta disponível das esposas-troféu entediadas.

Romeo Costa: O que raios você acha que sos significa, Ollie?

Ollie vB: Sugar O Salsichão. O que mais seria?

Zach Sun: Rom.

Ollie vB: Como assim? Ele nem tem S no nome.

Romeo Costa: @ZachSun, fale.

Zach Sun: Preciso que interrompa meu jantar de negócios.

Romeo Costa: E eu vou querer saber o motivo?

Zach Sun: Não sei se consigo me segurar para não matar os convidados.

Romeo Costa: Os Aster?

Zach Sun: Pior. Os Conner. O Júnior é um pé no saco.

Ollie vB: Participei de uma orgia de cinco pessoas com ele uma vez. Talvez ele esteja tentando compensar outra coisa.

Romeo Costa: Isso explica. Vou levar Biscoitinho comigo.

Zach Sun: Se for preciso...

Ollie vB: Caramba. Você está mesmo desesperado. Vou levar uma convidada também.

Zach Sun: Você não vai trazer ninguém.

Ollie vB: Por quê?

Zach Sun: Porque você não foi convidado.

Ollie vB: Por que não?

Romeo Costa: Porque eu teria que impedir Zach de matar duas pessoas.

Ollie vB: [GIF da Kim Kardashian chorando]

Ollie vB: Mas onde mais vou ter a oportunidade de exibir o meu gorila?

Zach Sun: @RomeoCosta, você vai demorar muito para chegar?

Romeo Costa: Já estou a caminho.

Zach Sun: @OllievB, você pode vir, mas deixe seu gorila e sua convidada no carro.

Ollie vB: Ah, papai! Por quê?

Zach Sun: Porque ela deve ser uma fugitiva.

Ollie vB: Primeiro, obrigado pelo voto de confiança.

Ollie vB: Segundo, os advogados dela estão negociando a liberação, foi só um caso de estar dirigindo bêbada.

Zach Sun: Com todo o respeito, Oliver, vá se foder.

Ollie vB: Que seja, vou levar cocaína rosa.

Zach Sun: Não ouse.

Ollie vB: É grosseria chegar para jantar de mãos vazias.

Zach Sun: Então não venha.

Ollie vB: Eu amo quando você se faz de difícil. Você sabe que tenho uma quedinha por buracos inalcançáveis.

Zach Sun: Você está prestes a adquirir um novo buraco entre os olhos se não calar a boca — cortesia da minha faca.

Romeo Costa: Chegaremos daqui a dez minutos, Zach.

Ollie vB: Eu levo a cocaína. <3

Enquanto trocávamos mensagens, os funcionários serviam mais pratos na mesa. Frango piri-piri. Arroz jollof e sopa egusi. Peixe lírio cru e carbonara de missô.

— Mais comida. Meu Deus. — Brett Sênior deu um tapinha na barriga abundante, chamando minha atenção de volta a ele. — Você está nos mimando, sr. Sun.

Lancei um olhar para a porta, seguindo a linha de visão dele. Farrow havia entrado pelas portas duplas, vestindo seu uniforme preto e apertado com gola Peter Pan. Ela trazia consigo uma bandeja prateada, e nem me olhou ao passar por mim, mas eu sabia que, com apenas uma palavra, conseguiria arrancar aquela expressão controlada do seu rosto. Suor se acumulava nas têmporas, arruinando a trança embutida que ela tinha feito no cabelo claro.

Nos poucos dias que havia trabalhado para mim, Farrow virara amiga de todos os meus funcionários. Do cozinheiro, dos jardineiros, da governanta. Ela era um sopro de ar fresco em uma mansão sem vida. O problema era que eu não gostava de ar. Por mim, tudo bem se eu sufocasse.

Devolvi o celular ao bolso, meus dedos coçando no colo. Cada vez que ela se movia, o ar-condicionado lançava seu perfume na minha direção. Prendi a respiração para impedir que o aroma invadisse meu organismo. Sem dizer nada, ela serviu os potinhos de caviar, seu corpo esguio e em forma se inclinando por cima do meu prato. Ela testava meus limites, se aproximando mais e mais. Havia espaço de cada lado. Farrow poderia ter ocupado qualquer outro lugar, mas decidira não fazer isso. Não tive outra opção exceto concluir que aquela era a sua forma de testar a temperatura da água antes de mergulhar. Será que havia descoberto seu propósito ali? Era muitíssimo possível que ela tivesse ligado os pontos.

O fato de que eu conseguia me imaginar a tocando não me trazia nenhum conforto. Pelo contrário. Aquilo fazia com que um inferno queimasse sob a minha pele.

Brett Jr. deu um assobio baixo e esfregou as mãos, seus olhos percorrendo o corpo de Farrow de cima a baixo.

— Funcionários incríveis, cara.

Meu sangue — normalmente um líquido congelado e inútil nas veias — borbulhou, se transformando em lava em questão de segundos.

— Entendi o que você está fazendo aqui. — Brett Jr. deu uma piscadela, umedecendo os lábios. — Bem pensado. Não precisa se acomodar, ficar com apenas uma mulher. Uma equipe rotativa de funcionárias resolve todos os problemas. De onde ela veio, afinal? Noruega? Holanda?

— Dos seus piores pesadelos — murmurou Farrow.

— Ah, ela também fala. — Brett Jr. deu um tapinha na própria coxa, gargalhando. — Gata, você não é nenhum pesadelo. Talvez um sonho obsceno.

— Que tal testarmos sua teoria com algum objeto afiado? — Ela sorriu, pestanejando enquanto servia o último potinho de caviar. — Sou boa com eles.

O eufemismo do século.

Eu sabia que ela daria conta daquilo sozinha. Mas quis matá-lo por ela.

Quando Farrow colocou a bandeja vazia sob o braço, se virando para sair, eu a parei com a ponta da minha faca de manteiga. A lâmina resvalava seu cotovelo toda vez que a mulher exalava. Eu me inclinei para ter mais privacidade, sibilando:

— Você não deveria estar servindo comida.

Meus dedos se rebelaram contra meu cérebro, estremecendo, ávidos por segurar o pulso dela e arrastá-la para longe, ali, na frente de todos. Eu não me reconhecia mais. Precisava fazer algo a respeito daquilo. Talvez uma lobotomia, já que diminuir a janela de masturbação de quarenta e oito para vinte e quatro horas não tinha adiantado. Costumava me masturbar apenas com o propósito de manter a circulação de esperma saudável, não para fantasiar com os lábios de Farrow deslizando pelo meu membro.

A polvinha se afastou da faca.

— Estão com pouca gente. — Ela ajeitou meus talheres no lado errado, o cotovelo quase tocando meu peito. Eu mal conseguia respirar. — O gerente do bufê falou que você assustou uma menina. Você a pegou fazendo uma pausa no jardim e a expulsou.

— Ela estava fumando.

— E isso é proibido? — Brett Jr. apontou o polegar na direção de Farrow. — A única coisa que deveria ser proibida é essa gostosa.

Farrow sorriu para ele.

— Queime no fogo do inferno.

Ela não fazia ideia do quanto ele estava perto daquele destino.

— Talvez eu aceite a oferta. — Brett Jr. esfregou as mãos. — Você vem comigo?

Fisgando a faca de carne, me inclinei para a frente, sustentando o olhar dele enquanto eu perfurava a madeira a apenas um centímetro do mindinho dele. O rapaz pulou para trás na cadeira, ofegando.

— Vou falar apenas uma vez, e vou falar com educação: nunca, *nunca*, sob nenhuma circunstância, olhe, toque, fale ou respire na direção dessa mulher. Entendido?

Porém, ficou claro que ele não havia entendido. Porque o Brett Boçal respondeu jogando a cabeça vazia para trás, gargalhando e quase cuspindo um pulmão.

— Cacete, cara. Relaxe. Ela é só a empregada. Tenho uma dúzia igual a ela me esperando em casa, se quiser fazer uma troca.

— *Júnior* — ralhou Brett Sênior.

Minha cadeira arranhou o chão quando a empurrei para trás. Me levantei, pronto para enfiar a faca entre os olhos de Brett Jr., quando duas coisas aconteceram ao mesmo tempo.

A primeira: a voz irritante e estridente de Dallas Costa irrompeu pelo ar quando ela cantarolou do saguão:

— Ô, *Zacharyyy*.

E a segunda: Farrow Ballantine roçou a ponta dos dedos no meu pulso.

24

Zach

Deixando Dallas de lado — de preferência, em algum outro continente —, foquei no toque de Farrow, que havia aberto um caminho com fogo pela minha pele e meus ossos. Reprimi um sibilo, afastando a minha mão e encarando, com seriedade, aquela mulher.

— O que você está fazendo?

— Não sei. — Ela brincou com um sorrisinho no rosto. — Te tirando da sua zona de conforto, talvez.

— Bem, não faça isso. Eu gosto de ficar nela, porra.

Porém, não havia firmeza na minha voz. Nem na minha reação instintiva de ir ao banheiro e esfregar a pele até eu ter me livrado da camada infectada. Um vislumbre do meu pai, morto e rígido em mim, ainda tomou conta da minha mente, mas não por muito tempo. E não tive a mesma reação horrenda que normalmente tinha quando as pessoas me tocavam. Tudo que senti foi... uma vibração. E um pouco de náusea. Farrow se afastou, soprando uma mecha solta do cabelo a caminho da saída.

Dallas se inclinou para a frente e deu beijos no ar ao meu redor.

— Olhe para este tanto de comida — comentou. Sua barriga de grávida estourou minha bolha pessoal. Um lembrete desanimador do que minha mãe esperava de mim.

Um herdeiro. Alguém para dar continuidade à linhagem Sun.

Romeo sofreu o ataque em forma de abraço apertado de Brett Jr., afastando-o com um dedo na testa.

— Veja se sua carteira ainda está no bolso traseiro — sibilei para Rom, afastando um garçom que tentava arrancar a faca enfiada na mesa em frente ao prato de Brett Jr.

Que a faca servisse de lembrete pelo — com sorte, breve — restante da noite.

— Tudo parece ótimo. — Dallas bateu palmas, dando pulinhos na pontinha dos pés, ou o mais perto disso que conseguia chegar com aquela coisa dentro da barriga. — Fora a companhia, pelo que ouvi.

Ela era uma criatura adorável, Dallas Costas. Com cachos castanhos que escorriam pelos ombros, olhos enormes e esmeralda, um sorriso largo e um corpo pelo a maioria dos homens se alistariam para lutar na Terceira Guerra Mundial. Ainda assim, ela não provocava reação alguma em mim. Barulhenta, feliz e simples demais para o meu gosto.

— Trufas brancas. — Ela tirou um macarrão *cavatappi* de uma travessa com a mão, jogando-o para dentro da boca. — Você mandou fazer só para mim, não foi?

— Agora, é todo seu.

Gesticulei para que um garçom me trouxesse outra faca de carne, apesar do meu apetite já ter se reduzido a nada.

Dallas jogou a bolsa Birkin no peito de Romeo e tirou a travessa oval da mesa, apressando-se em jogar o conteúdo todo no próprio prato. No meio do caos, Jasper e Brett Sênior permaneceram em silêncio. Fascinados demais pelo homem na frente deles para se preocuparem com a reunião que tinha sido interrompida. Imaginei que uma explicação pelos meus convidados era devida.

Como Farrow tinha ido embora, relaxei, abrindo o guardanapo no meu colo.

— Rom e Oliver me aconselham nos negócios.

Mentira, claro. Eu não levaria Oliver nem para um bordel, pois me preocuparia com a possibilidade de ele violar alguma regra, que dirá para uma reunião de negócios. No entanto, Ollie e Rom mantinham os meus pés no chão. Na maioria das vezes.

— Oliver von Bismarck, presumo? — Brett Sênior, que não vinha de uma família rica e nunca deixava de se maravilhar com alguém que tinha nascido em berço de ouro, se inclinou para a frente, apoiando-se nos cotovelos, e me encarou. — O duque?

— Da nobreza da Prússia. — Oliver entrou no cômodo, coberto por um terno cinza-claro, passando a mão nos cachos dourados. Considerando que ele não trabalhava, eu não fazia ideia de onde estivera antes para aparecer vestido daquele jeito. — É um título meio inútil depois que você pega a maioria das mulheres interessadas, se eu puder falar a verdade. — Ele roubou a taça de vinho intocada de Jasper a caminho da cadeira, depositando um beijo no topo da cabeça de Dallas quando passou por ela. — Você está magnífica, sra. Costa. Tudo bem com a minha afilhada aí dentro?

— Tudo certo — respondeu Dallas, mastigando uma salsicha Boudin Blanc.

Aquela mulher tinha menos classe que uma mancha de porra.

— Você está louco se acha que vou confiar em você perto de qualquer pessoa do gênero feminino, muito menos da minha filha. — Romeo se sentou ao lado da esposa, Oliver se jogando no assento mais próximo de Brett Jr. do outro lado da mesa. — Zach vai ser o padrinho.

— Que mente poluída. — Oliver fingiu nojo, lançando um olhar feio para Rom. — Eu nunca tentaria nada com a filha do meu melhor amigo.

Romeo ergueu a sobrancelha.

— Ah, sério?

— Sim, é sério. Seria falta de educação, já que tenho a intenção de seduzir sua cunhada. — Ollie colocou a taça de ponta-cabeça, estalando os dedos na direção do garçom. — Um martíni de vodca Grey Goose. Três azeitonas. Na verdade, dois martínis. Também estou bebendo pela Daytona Beach.

— É Dallas. — Ela tirou uma uva do prato principal no centro da mesa e a enfiou na boca, antes de descobrir da pior forma possível que era apenas decoração. — E, por favor, não me use como desculpa.

Conduzi a conversa a um território mais familiar. Sexo — e tudo que aquilo envolvia — não era minha especialidade. Minha atenção se focou em Brett Sênior, o menos irritante dos meus convidados.

— Imagino que tenham recebido minha proposta oficial.

— Recebemos. — Ele cortou o wagyu temperado na manteiga, pegando um pedaço junto de um pouco de espuma de batata e chimichurri de shiso. — Por mais que a oferta seja interessante e que nos sintamos lisonjeados, achamos que você subavaliou nossa empresa em um bilhão de dólares.

Na verdade, eu a subavaliei em *dois* bilhões, mas ele queria que chegássemos a um acordo.

— Não fiz nada disso, sr. Conner. — Eu me recostei na cadeira estofada, ignorando a comida. Eu não gostava de refeições gourmetizadas. Eu comia para sobreviver. — Na verdade, tudo que fiz foi deduzir a taxa de risco, que com certeza terei de enfrentar.

Brett Jr. franziu a testa, inclinando-se para a frente.

— Taxa de risco? — Os óculos escuros continuavam empoleirados no nariz. *Dentro de casa*. Se Oliver tivesse chegado com seu gorila, ainda assim não seria a pessoa mais malvestida da sala.

— Sim, risco. Tenho certeza de que conhece a palavra, sendo que sua existência a resume. — Com relutância, me virei para Brett Jr. — Os clientes da sua empresa são pessoas que deixam outras vê-las chupando um dedão do pé e roçando assentos públicos do metrô. A operação toda sofre com o risco de ações judiciais. Portanto, separei o dinheiro que calculei ser necessário para limpar todo o conteúdo fecal da Ponto Goze quando a merda bater no ventilador.

Jasper inclinou a cabeça para o lado, a mão indo para a taça antes de se lembrar de que Ollie a tinha roubado.

— Você subtraiu um bilhão de dólares por causa de um processo imaginário?

— Não é imaginário. — Oliver cortou seu filé. — Pessoas processam empresas todos os dias. E, se encontram motivos para processar uma empresa de fraldas, por que acha que não encontrariam bons motivos para acabar com um site em que qualquer um pode alegar ter mais de 18 anos e criar conteúdo pornográfico?

— Isso tudo sem mencionar que a receita publicitária nas redes sociais costuma chegar a noventa milhões. — Reorganizei os utensílios que Farrow tinha bagunçado, até ficarem de novo paralelos uns com os outros. — E cerca de 80% das empresas de conteúdo livre para todas as idades jamais consideraria exibir propagandas na sua plataforma.

— Vai ser um inferno conseguir convencer os investidores de que seu site tem o que é preciso para esmagar a rata. — Romeo, que tinha enlouquecido cerca de dois anos antes, terminou de cortar o bife da esposa. — Não podemos tratar seu valor estimado como um valor verdadeiro e comprovado.

— Exatamente. — Ollie estalou os dedos, recebendo o martíni e dando uma gorjeta de cem dólares ao garçom, como se estivesse em um restaurante. Aquele homem estava tão fora de si quanto um caubói no espaço. — Ninguém quer anunciar seus produtos ao lado da foto de um pau.

Dallas sorriu para Ollie.

— Falando nisso, o *seu* não estava exposto na capa do *New Yorker?*

Ela sempre conseguia ser uma troglodita.

— Bem, sim, mas meu pênis é fotogênico. — Ollie enfiou um camarão-tigre na boca. — Merece aparecer na capa da *Esquire*, posando ao lado de um cavalo e com roupas de caubói.

— Parece que você já pensou no assunto.

Ele assentiu.

— Até contratei um diretor de arte para me dar umas dicas, caso meu lindo pênis seja convidado para um ensaio de fotos.

Dallas ergueu um dos ombros.

— Já vi melhores.

— Sua opinião não conta. — Ollie bocejou, tomando um gole do martíni, como se fosse cerveja. — Foi outro pênis que te engravidou. Não vale.

Ela deu um tapinha na coxa do marido.

— Rom, na verdade, tem uma circuncisão muito bonita.

Por que aquelas pessoas eram minhas amigas? Por que eu não havia optado por viver em uma caverna nos Alpes? Eu não tinha interesse algum em discutir a genitália alheia.

— *Pai.* — Brett Jr. arrancou os óculos escuros do rosto, batendo o tênis Versace dourado com força no chão. — Você não pode vender a empresa por um valor abaixo do mercado. É loucura.

O pai olhou para Jasper, que passou a língua nos dentes, balançando o vinho na nova taça, sem dizer nada. O olhar dele se voltou a mim.

— Um bilhão é sua oferta final?

— Enquanto eu ainda estiver interessado, sim. — Entrelacei os dedos. — Tenho um déficit de atenção terrível ao adquirir novas empresas. A indústria está sempre mudando. Assim como os meus planos.

— Pai, *não*. — Os olhos de Brett Jr. não desgrudaram do pai. — Estão te pressionando, assim poderão roubar seu dinheiro. Não vamos vender. Vou trabalhar mais horas. Desta vez, vou até aparecer no escritório todo dia. Eu juro que...

— Cale a boca e me deixe pensar — ralhou Brett Sênior, batendo na mesa. Talheres e pratos tilintaram. Um pouco de comida rolou pela beirada.

Dallas grunhiu.

— Ah, não, as cerejas recheadas...

Funcionários irromperam na sala de jantar, recolhendo os pratos da nossa segunda entrada e os substituindo por louça limpa para a próxima rodada. Alguém pegou minha comida intocada. Me acomodei um pouco mais no assento, sabendo que era Farrow perto de mim. Que, mesmo se nossos cotovelos roçassem, eu não desmaiaria.

Ela se inclinou sobre a mesa, bem perto do meu braço direito, tentando alcançar o prato do acompanhamento. Seu vestido curto subiu pelas coxas, revelando a curva do traseiro redondo. Por milagre, meus dedos coçaram para tocar a parte de trás do joelho dela. Para subirem ao longo da parte interna da coxa. Para envolver a boceta por cima da calcinha, chegando por trás, deslizando o mindinho por dentro do tecido, acariciando as dobras da boceta apertada. O desejo queimou meu pescoço, se acumulando em partes do meu corpo, passando pelo peito, descendo pela barriga e chegando ao pau.

Eu estava duro. Pela primeira vez na vida, eu estava duro por causa de uma mulher. Uma mulher de carne e osso. Em teoria, eu sempre apreciara mulheres sexualmente, mas não tão de perto. Perceber que eu queria mesmo tocar Farrow Ballantine me deixou chocado.

Eu não estava apenas *não* sentindo nojo. Eu a desejava.

— Com licença, sr. Costa, senhores. — Brett Sênior se levantou. — Vou precisar de um minuto com Jasper. — Brett Jr. ficou em pé, passando a língua pelos dentes. O pai balançou a cabeça. — *A sós*.

Brett Jr. piscou, incrédulo.

— Você está brincando comigo?

Gesticulei na direção da porta, minha voz rouca com o incômodo do desejo inexplorado.

— Temos uma sala de visitas à esquerda.

Depois que Jasper e Brett Sênior saíram, o filho passou os dedos pelo cabelo, puxando-o com força enquanto dava uma olhada ao redor. Ele semicerrou os olhos na direção de Oliver.

— Ei, não fizemos sexo a três naquele outro dia?

— A *cinco*. — Oliver balançou a cabeça, de olho no celular, franzindo a testa. — Só que duas desistiram quando viram o tamanho da sua espada. Ou, melhor, canivete.

Dallas deu uma risadinha. Romeo suspirou.

— Nossa, que surpresa. — A respiração de Farrow soprou meu ouvido. Ela tirou mais pratos sujos da mesa. — Eu nunca teria adivinhado.

Não entendia o motivo, mas havia algo errado em vê-la nos servindo, especialmente servindo Dallas. Farrow merecia estar sentada ao lado daquela beleza sulista. Merecia estar fofocando e exibindo um vestido bonito, ter a atenção e a adoração de todos. Ela merecia a porra do mundo inteiro. Eu esperava que, um dia, alguém pudesse dar aquilo a ela. Mas a ideia de que esse alguém poderia não ser eu me deixava com dificuldade de respirar.

Dallas assentiu, erguendo a mão em um sinal de *hang loose*.

— Isso aí, amiga.

Brett Jr. emitiu um som de desdém para Farrow.

— Ninguém perguntou sua opinião, Cinderela.

— Cuidado com o que fala. — Outra vez, espetei a mesa com uma faca de carne, provocando reações intensas de todos que estavam sentados. — Ou me certificarei de que você não tenha dentes o bastante para falar.

— Ah. — Oliver levou a mão à testa, arrastando-a pelo rosto enquanto balançava a cabeça. — A empregada não, Zachary. Quem pensaria que você, entre todas as pessoas do mundo, acabaria igual ao Chris?

Rom parou de cortar a carne no prato.

— Chris?

— Christopher Marshall.

— Não conheço. Você arruinou a vida dele?

— Ele é o candidato a senador — disse Farrow, sem demonstrar incômodo com a situação. — Naquele filme da Jennifer Lopez.

— Até que enfim. — Oliver se levantou, aplaudindo Farrow. — Uma mulher de cultura. *Encontro de amor*. Choro toda vez. — Ele fingiu enxugar uma lágrima invisível com a ponta do dedo. — Mas imagino que Zachary prefira um encontro com a garota do Mais Limpeza Maryland.

Não me surpreendeu Ollie saber tudo a respeito de Farrow e da empresa de limpeza. Minha mãe deve ter desabafado com ele enquanto comiam biscoitos de amêndoa com *da hong pao* recém-importado antes de ir choramingar com Romeo.

— Calem a boca. — Apontei um garfo para os meus melhores amigos, um psicopata curado e um pervertido mais rodado que um carro usado. — Vocês dois.

Farrow se virou para Dallas, me ignorando.

— Ei, você deveria experimentar o milho recheado com caldo de osso que vamos trazer daqui a pouco. Ficou uma delícia. — Ela apontou para mim. — Comi a porção daquele chato em menos de dois segundos.

Dallas levou a palma da mão ao peito.

— Acabamos de virar melhores amigas?

— Acho que sim.

Dallas pegou o celular.

— Vou comprar ingressos para o show da Taylor Swift pra gente.

Farrow moveu as sobrancelhas repetidas vezes.

— Vou fazer pulseirinhas da amizade. Cor favorita?

— Roxo e verde.

Brett Jr. encarou Farrow, as pupilas dilatadas, pronto para mais uma de suas tiradas.

— Por falar em rechear... — Ele fungou várias vezes, provavelmente chapado de cocaína, com mais neve que o Polo Norte no Natal.

Porém, ela não prestou atenção nele. Já estava a caminho da saída, equilibrando sete pratos sujos na mão. Brett Jr. limpou o nariz e se levantou, seguindo Farrow.

— Vou dar um pulo no banheiro.

Oliver afastou a cadeira e suspirou.

— Vou me certificar de que ele vai se comportar.

— Não. — Me levantei, erguendo a palma da mão. — Passou da hora de ele receber uma punição. Fique aqui. — Fiz uma pausa. — Talvez só ligue para a minha advogada.

Brett Jr. alisou o moletom, murmurando coisas incompreensíveis.

— Preciso dar uma lição naquela garota...

Cerrei a mandíbula.

— *Definitivamente* ligue para a minha advogada.

Segui Brett enquanto ele acompanhava os passos de Fae, esticando aquele seu pescoço e estalando os nós dos dedos. Ela entrou na cozinha principal, alheia aos homens que a seguiam. Brett e eu também entramos, observando enquanto ela colocava os pratos em uma pia que já estava cheia.

— *Ufa.* — Ela apoiou uma das mãos no balcão e limpou a testa. — Que noite difícil.

— Mas *você* não precisa se fazer de difícil. — Brett Jr. avançou, parando bem perto do balcão, a meros centímetros dela.

Farrow não tirou os olhos dos pratos, abrindo a torneira para enxaguar tudo.

— Eu não tentaria fazer nenhuma gracinha se fosse você.

— Ah, é? — Ele chegou mais perto, fazendo o sangue nas minhas veias ferver a uma temperatura que seria adequada para o Sol. As fungadas dele estavam descontroladas. — Por que não?

— Porque eu bato mais forte.

— Ah, então você gosta desse tipo de coisa?

Observei, imóvel, enquanto Brett Jr. erguia as mãos, remexendo aqueles dedos grudentos e os esticando, mirando a bunda de Farrow. Ele quase conseguiu, quase chegou na curva entre a bunda e as pernas torneadas que se moviam com habilidade graciosa na pista.

— *Farrow.*

A tensão na minha voz me surpreendeu.

A mão de Brett Jr. congelou no ar.

Octi virou a cabeça, pestanejando, sobressaltada.

— O que foi? — perguntou ela.

— Você tem problemas com sangue?

— Não.

— Ótimo.

Deslizei a faca para fora da bainha e a atirei na direção da mão esticada de Brett Jr.

25

Zach

— Que porra é essa? — Brett Jr. encarou, boquiaberto, a ponta que faltava do seu dedo. — Caralho, caralho, caralho, que *porra* é essa?

Uma excelente pergunta. Que porra era aquela?

Não se preocupem. Não tem nada para ver aqui. Estou apenas protegendo meu antídoto. A proteção à propriedade privada é algo garantido nos tribunais.

— Nãooo. — Ele derramou lágrimas grandes na mão machucada, mantendo-a contra a luz. — A minha mão amiga, não.

Que pena a minha mira nunca falhar. Eu havia acertado o alvo. A ponta dos dedos do meio e do indicador. Não era o suficiente para causar danos de verdade, apenas para arrancar um pouco de pele e nervos. *Que pena*. Um pouco mais para a direita, e eu não teria que ouvi-lo guinchar.

— Que porra foi essa, cara? — Ele agarrou o pulso, se curvando para a frente e soltando um grito agonizante. — Você me fatiou, porra. Me fatiou!

Fatiei, e gostaria de poder arrancar mais outro pedaço.

Brett Jr. tateou o chão, tentando encontrar as pontas descartadas. Tinham caído no chão feito confete. Mesmo depois de um tempo, o sangue continuava jorrando da cavidade retorcida que haviam deixado para trás.

Aquela ocasião marcava a primeira vez que eu tinha atirado uma faca e a acertado no alvo fora do campo de treino. A primeira vez que eu acertava qualquer coisa com aquela faca em particular, que me fora dada de presente pelo meu pai. Embora eu soubesse que a papelada seria infernal, não me arrependi.

— Mas que porra...? — Brett Jr. passou a gritar, batendo um dos pés no chão enquanto encarava o sangue que brotava dos dedos. Supus que, por fim, ele havia decidido parar de procurar pelos pedaços que tinham sumido.

— A porra da questão é que você decidiu mexer com a pessoa errada — falei. — Eu te avisei para não chegar perto dela. Ela é minha.

— Foi só uma brincadeirinha.

— Que coincidência. — Dei um passo adiante, peguei a faca e, então, mostrei-a para ele, segurando o cabo entre os dedos. — Foi uma brincadeirinha. Agora, sua mão direita não vai ter mais muita utilidade, nem se quiser se masturbar pensando nela.

— Vou chamar a polícia.

— E vai falar o que para eles? — Limpei a lâmina na barra da camiseta dele antes de voltar a guardá-la na bainha. — Que chegou na minha casa drogado e assediou sexualmente minha funcionária?

— Estou perdendo sangue — choramingou ele, saindo da cozinha fazendo tanto ruído quanto possível, mantendo o pulso contra o emblema da Gucci no peito. — Pai! Paiêêê!

Por fim, dei uma olhada em Farrow. Ela ficara em silêncio o tempo todo, me avaliando daquele jeito que me deixava preocupado com sua capacidade de desvendar todos os segredos dos meus disfarces.

Bocejei.

— O que foi?

— Você perdeu o controle — afirmou ela.

— Estou muito bem controlado — rebati. — É Brett Jr. que não conseguiu manter o controle das mãos.

— Eu não sou sua. — Aqueles olhos azul-claros queimavam de raiva. — Por que você falaria uma coisa dessas para ele?

— Porque vai ser.

A verdade me escapou dos lábios sem aviso ou consentimento do meu cérebro.

— Não vou — retorquiu ela.

— Vai.

— E como pode ter tanta certeza?

— Porque sempre consigo o que quero. — Passei a língua pelo meu lábio inferior. — E quero você como nunca quis nada na vida.

Se eu achava que, com aquela confissão incomum, Farrow teria sido conquistada, eu tinha muito a aprender. Aquela mulher não era uma das minhas fãs. Na verdade, a resposta pareceu irritá-la ainda mais.

Ela pegou o pano de prato que estava em cima da torneira e limpou o sangue de Brett do chão.

— Valeu mesmo a pena? — questionou.

Eu não queria que ela tocasse nada que tivesse vindo dele, mas me impedi de arrancar aquele pano da mão dela. Eu precisava dominar minha obsessão antes que ela saísse do controle.

— Agora, arranjou problema para você mesmo, e para quê? — Ela borrifou uma solução de limpeza no chão. — Não é a primeira vez que beliscam a minha bunda. Sempre acaba do mesmo jeito: um olho roxo de presente para o cara que resolveu fazer a gracinha, e, para mim, os nós dos dedos inchados.

A mera ideia de homens achando que poderiam tocar aquela mulher sem consentimento me fez querer fazer atos indizíveis. Eu precisava de nomes, endereços e cronogramas. E facas. Muitas facas, caralho.

— Não arranjei problema.

Na sala de visitas, Brett Sênior perdia a cabeça, sua voz alcançando decibéis vulcânicos.

— Como pôde ser tão imbecil? — gritou.

Apontei o polegar na direção deles enquanto Jasper e Sênior gritavam com Brett Jr., provando meu ponto.

— Vou acrescentar alguns milhões para melhorar a oferta quando eu comprar a empresa. — Abri um sorriso enviesado e sombrio. — Esse sempre foi o plano. Eu tinha oferecido um valor baixíssimo a eles.

— Você me tratou como um objeto. Uma posse. — Ela parou para me fuzilar com o olhar. — Posso até trabalhar para você, mas não passa disso.

— Muito pelo contrário. Vai muito além. Tenho diversos outros planos para você.

Os olhos dela se estreitaram.

— *Zachary*.

— *Farrow*.

Ela jogou o pano encharcado na pia. Sangue respingou nos pratos e canecas.

— Tem alguma coisa que você precisa me contar? — questionou.

— É claro. — Fui para perto dela, parando a pouco mais de um passo de distância. *Progresso*. Notei quando ela engoliu em seco com a proximidade. Peguei minha faca e, com a ponta da lâmina, ergui o colarinho manchado de sangue do uniforme dela, abrindo um sorrisinho. — Você fica bonita de vermelho.

Depois daquilo, fui embora, voltando para a suíte principal. Os tênis All-Star gastos que ela usava guincharam no chão de mármore. Pisaram com força nos degraus atrás de mim, barulhentos e impossíveis de serem ignorados. Com exceção de festas e jantares formais, eu nem sequer permitia sapatos na mansão. Ela vinha ignorando aquela regra desde o primeiro dia.

Passamos por Brett Jr. sem trocar palavra alguma. Ele estava recostado na coluna do primeiro degrau, sendo costurado pelo médico da família de Ollie enquanto o pai e Jasper causavam um alvoroço. Do outro lado do salão, Ollie, Rom e Delhi riam, brindando taças, batendo nos pratos de porcelana com os talheres.

Puxei a maçaneta dourada do meu quarto e entrei. A porta se fechou atrás de Fae, que girou a tranca.

Ela me seguiu até o banheiro, onde abri a torneira com água fria, então coloquei as mãos por baixo. A água ficou rosa com o sangue. Nossos olhares se encontraram no espelho. Se ela estava assustada por ter me visto cortar um pedaço de alguém só por quase ter apertado a bunda dela, certamente não demonstrou.

Depois que terminei de me limpar, fui até o closet e comecei a desabotoar a camisa. Farrow apoiou o quadril no batente, o uniforme e as pernas nuas ainda cheios de sangue. Sem pressa, relaxei os ombros, ciente de que os olhos dela estavam fixos no tecido. A camisa caiu no tapete sem emitir som. Fiquei parado, sem camisa, diante dela, uma estátua em uma exibição particular, permitindo que ela tivesse alguns segundos para estudar meu abdômen trincado, o contorno dos braços musculosos e as linhas que marcavam os quadris a caminho da cueca. Seus olhos se arregalaram. Senti o calor se espalhar sob o meu umbigo, todo o sangue fluindo até o pênis. Eu conhecia aquele olhar. Eu o via em mim mesmo sempre que estava caçando um novo negócio. Ela estava morrendo de fome. Por *mim*.

Você não faz ideia, Polvinha. Vou te fazer repetir o prato diversas vezes, com direito a sobremesas e lanches entre as refeições. Você vai ficar tão cheia de mim que sua boceta vai se moldar ao formato do meu pau.

Aquele pensamento era tão desconcertante quanto a ação. Eu nem ao menos conseguia me convencer a tocá-la naquele instante.

Quebrei o gelo, estalando os dedos na direção do rosto dela.

— Meus olhos estão aqui em cima, caso não tenha notado.

Estávamos a uns três metros de distância um do outro, mas, diferente de qualquer outra vez, com qualquer outra pessoa, cada metro parecia um continente inteiro.

— Não vejo nada nos seus olhos. — Ela cruzou os braços. — É melhor ver seu tanquinho.

Escolhi uma camisa de botão branca e imaculada, devolvi o cabide de veludo ao armário e fui até Farrow, o torso ainda exposto.

— Você não deveria deixar ninguém falar com você da forma que Brett falou. Ou Oliver, falando nisso.

O sorriso dela murchou.

— Eles só se safam porque sabem que conseguem. Não sou Dallas Townsend. Não tenho ninguém para me proteger.

Enfiei os braços na camisa e dei outro passo na direção dela.

— Tem, sim.

Então, mais um, fechando um botão a cada passada.

— E quem seria?

— *Eu*.

O silêncio tomou conta do cômodo. Então, ouvi. Uma risada tilintante irrompendo da garganta dela, como sinos de igreja, o som levado pelo vento. Pareceu adentrar meu estômago e explodir em todas as direções a partir dali. Mas a sensação não foi como a de borboletas. Foi como a de morcegos vindos direto do inferno.

— O que foi isso? — exigi.

O sorriso dela desapareceu, assim como o murmúrio esquisito dentro do meu peito que ela provocara com o som. Não foi desagradável. E não pareceu ser um ataque cardíaco. Talvez eu quisesse senti-lo de novo.

Ela piscou.

— O que foi o quê?

— Esse som.

As sobrancelhas dela quase foram parar no couro cabeludo.

— Eu... estava rindo?

Notei que as sobrancelhas eram um pouco mais escuras que o cabelo loiro e platinado. Aquilo deixava a beleza dela mais tempestuosa. Mais dramática. Os olhos também não eram de um azul comum. Eram de um tom pastel, da cor mais clara da paleta, contornados por um círculo azul-marinho.

Passou pela minha mente que eu poderia olhar para o rosto dela por horas sem me entediar. O que era uma coisa absurda, na verdade. Mulheres costumavam me entediar. Tanto o rosto quanto o corpo delas eram substituíveis, e nenhum me excitava.

— Ria de novo — ordenei.

As sobrancelhas delicadas dela se uniram.

— Me faça rir, então.

— Impossível. Não tenho senso de humor.

— Compre um.

— Não são ações, Farrow. Não posso fazer isso em um estalar de dedos.

— Por que raios precisa que eu ria?

Porque senti algo dentro do meu peito, e estou desesperado para sentir aquilo de novo.

Era a primeira vez desde que meu pai morrera. E talvez a última. Mas eu queria tentar.

— Apenas ria.

— Não consigo fingir. — Ela deu de ombros, apoiando-se ainda mais no batente. — Se bem que eu aposto que está acostumado com mulheres fingindo coisas para você.

Não, não estou. Nunca deixo que cheguem perto o bastante para isso.

— Não sou engraçado. Você também não, levando em consideração sua última piada.

— Se esforce. — Ela ergueu o queixo, mantendo contato visual. — Você jurou me proteger. Disse que eu era sua. Bom, o caminho para o coração de uma mulher passa pela boca. Você vai ter que me fazer rir.

Não é o seu coração que estou buscando, quis lhe lembrar.

Pena que ela não era Dallas Costa. *Aquela* boca não precisava de risos. Só de bolinhos.

Estávamos um de frente para o outro naquele instante. Não nos tocando, mas perto o suficiente para aquilo se ela quisesse tentar. Eu queria que ela tentasse. Queria desesperadamente.

Meu coração parecia bater fora do peito, *tum, tum, tum*, como se querendo se soltar das artérias. Mergulhei no meu cérebro, me esforçando para pensar em coisas engraçadas. Eu não ria muito. Eu nunca ria, na verdade. Poucas coisas me contentavam. Se parasse para pensar naquilo, Farrow vinha em primeiro lugar de uma lista curta. Mas previ que zombar dela não a faria rir.

— Isso é ridículo — declarei.

Ela ergueu um dos ombros.

— Não tenho culpa se você nunca precisou impressionar uma garota na vida. Trinta e três anos me parece uma boa idade para começar.

Ela pesquisara sobre mim no Google. Eu nunca tinha dito a ela minha idade. Perceber aquilo fez uma sensação quente se esparramar no meu peito.

— Quando Ollie foi para Oxford, o trote da Sociedade Piers Gaveston foi masturbação coletiva. Todo mundo gozou em um copinho, e os novatos tiveram que beber. Ele pediu outra rodada.

Farrow se engasgou.

— Isso não tem graça. É nojento.

— *Tem* graça por dois motivos. Primeiro, porque Ollie é depravado. Segundo, porque ele de fato tem dois diplomas.

Ele tinha se mandado para a Inglaterra para fazer o mestrado, porque quis conduzir uma pesquisa paralela a respeito de fetiches europeus por dois anos. Em outras palavras, queria mais liberdade para transar à vontade sem a inconveniência de fingir ter um trabalho. O pouco de pena que eu era capaz de sentir estava reservado para os filhos futuros de Oliver von Bismarck. A missão da vida daquele homem era repopular o mundo. Um dia, seus filhos e netos perceberiam que a árvore genealógica deles, na verdade, era uma guirlanda.

— Pessoas engraçadas não precisam explicar suas piadas. — Ela me lançou um olhar sério ao repetir minhas palavras. — *Próxima.*

Uma respiração irregular me escapou dos lábios. Não era de se surpreender que comediantes viviam deprimidos. O humor me deixava exausto.

— Uma vez, comi um saco inteiro de laranjas e sofri as consequências.

— Repito: nojento. *Não* tem graça.

Comecei a ficar desesperado, o que me deixou tanto furioso quanto excitado. Nunca na minha vida eu tinha ficado desesperado por algo.

— Minha tia costumava esconder do marido todas as Birkins dela no porta-malas do carro. Uma vez, ela deixou a chave na ignição e alguém roubou o carro. Mas o ladrão não sabia que tinha encontrado uma mina de ouro de bolsas de marca que valiam mais de um milhão, então largou tudo na beira da estrada. A polícia recuperou as bolsas e as devolveu para a minha tia.

A boca de Farrow estremeceu, mas ela não riu.

— Fala sério — rosnei. — Você quase riu.

— Eu também quase gozei quando transei com Park Woo Bin no telhado do arranha-céu do pai dele quando eu tinha 17 anos. Mas não gozei. *Quase* é a palavra-chave, Zach.

Eu não fazia ideia de quem era Park Woo Bin.

Mas eu sabia que ele era um homem morto.

— Ria. — A ordem me escapou em um sussurro estrangulado.

— *Me obrigue* — disse ela, rouca, inflando o peito e quase tocando meu peitoral parcialmente exposto.

Não tive escolha. Tive que usar as armas mais perigosas. Respirando fundo, fui até uma das gavetas, abri-a e, então, tirei alguns álbuns de fotografia do caminho, encontrando o que eu queria. Retirei dele uma foto e voltei na direção de Farrow. Estendi a foto com a ponta dos dedos, como se aquilo me enojasse (e enojava), entregando a ela. Fae tomou cuidado ao pegá-la pelas pontas, lembrando-se de não me tocar.

— Na vida toda, perdi apenas uma aposta. — Fechei o último botão da camisa, pigarreando. — Oliver e Romeo me fizeram vestir couro dos pés à cabeça.

Couro *cor-de-rosa*.

Meus olhos ficaram colados no rosto dela.

— Meu Deus, Zach. — Seus lábios se abriram no maior sorriso que eu tinha visto até então. — A calça tem um buraco na bunda.

— Uma lembrança do grau de instrução que Oliver teve no exterior. Ele voltou da Europa convencido de que calças eram uma conspiração contra os cus ao redor do mundo.

A risada fluiu para fora dela. Me atingiu bem no peito. De novo. Como uma dose de adrenalina direto no coração. Senti que ele estava *funcionando*. Pulsando. Fazendo o sangue correr. Se debatendo contra meu esterno.

Porra, aquilo era viciante.

Ela era viciante.

A risada de Farrow se abrandou, e ela me encarou por baixo daqueles cílios compridos.

— Feliz?

— O máximo que eu poderia estar — admiti. — A questão é… — Ergui a mão, usando o polegar para afastar uma mecha de cabelo dos olhos dela. Cabelo era tecido morto. Não carne. Mais fácil de lidar. Mas, ainda assim, paramos de respirar. Nossos olhares se encontraram. Se sustentaram. Sucumbiram a um transe inflexível. — Você é minha agora, Farrow. Para proteger, corromper ou arruinar. Não vou deixar que mais ninguém te trate mal. Muito menos Brett.

Ela engoliu em seco.

— O que você quer em troca?

Tudo, pensei. *Quero tudo que você tiver para dar, e muito mais. Cada centímetro seu. Cada sorriso. Cada risada. Cada respiração. Cada toque.*

Pela primeira vez na vida, ansiei algo além da existência.

Ansiei por me permitir *sentir*.

Ignorei a pergunta dela.

— Você deveria se mudar para cá. Se esqueça da história de ficar na sua casa para proteger a escritura. Sob minha guarda, você terá tudo. A casa. A empresa. As lembranças…

menos o pingente. Vou transformar Vera e as suas irmãs de criação em um belo casaco de pele para você vestir, se quiser.

Os seios dela subiam e desciam volumosos, sensíveis, implorando para serem tocados. Os mamilos pressionando o tecido barato do uniforme.

— Não, obrigada.

— Eu compro a casa dela, se for preciso — esclareci.

— Eu entendi, Zach. Você joga dinheiro nos problemas, e eles desaparecem. Não sou um problema. Comprar minha afeição não vai funcionar. Você vai ter que conquistá-la.

Quis rir. Eu havia conquistado tanto em tão pouco tempo de vida... Mas, de todos os desafios, aquele era o que eu estava mais preparado para enfrentar.

— Desculpa. — Passei o polegar pela bochecha dela, limpando uma gota do sangue de Brett. Seus olhos brilharam com o toque de nossa pele. Um calafrio desceu pela minha espinha, uma reação involuntária, como se encolher ao ouvir o som de um garfo arranhando um prato. — Desculpa mesmo.

— Pelo quê? — Ela mal respirava.

— Por ter te trazido à força para o meu inferno pessoal. — Mantive o polegar na bochecha dela. — Você vai me consertar, Farrow, para que eu possa pertencer a outra pessoa.

26

Farrow

Eu me contorci para longe do toque de Zach, saindo apressada do closet dele, como se minha bunda estivesse em chamas. Nunca fui nada senão corajosa, mas ouvir meu chefe, que era mais gostoso que caramelo, me falar que estava planejando me foder até eu não aguentar mais para que pudesse superar algum trauma misterioso dele e ficar com outra pessoa não estava incluso no contrato.

Que porra era aquela? Quer dizer, sério, *que porra era aquela?* O pior de tudo era que a parte interna das minhas coxas estava grudenta, pingando por ele. Meu rosto estava corado, queimando de desejo. A pele tesa, sensível, implorando para ser tocada. *Vazia.* Eu me sentia vazia, mais do que qualquer outra coisa.

Apoiando a mão na parede do corredor, tive dificuldade para andar em linha reta. Meu estômago se revirou todo quando a ponta do dedo dele tocou minha bochecha, e uma sensação quente se acomodou no meu âmago, implorando para ser resolvida.

Eu precisava me aliviar. *Naquele instante.*

Aturdida, estendi a mão na direção da porta mais próxima e a abri com tudo, cambaleando para dentro. Fechei-a, colando as costas na madeira fria e fechando os olhos. Tentei controlar a respiração. O aroma elegante das velas Dior e de limpeza atingiram meu nariz.

Foco, Fae. Abri os olhos sem pressa. Examinei os arredores, percebendo que havia entrado na biblioteca de arte de Zach. Diferente do escritório, obras de arte adornavam todos os centímetros da parede tomada, do chão ao teto, da direta à esquerda, por prateleiras de madeira. Esculturas, pinturas, joias antigas e primeiras edições.

Infelizmente, nem a escultura Brancusi nem a primeira edição de *Alice no País das Maravilhas* impediu meu corpo traidor de se revoltar. Meu clitóris desleal latejava, exigindo ser tocado, pressionado, massageado. Eu não aguentava mais.

Você tem que cuidar disso antes de voltar ao trabalho.

Virei a chave na maçaneta, sacudi-a três vezes para ter certeza, então fui ao canto mais distante da biblioteca, apressada pela umidade entre as pernas que encharcava a calcinha. Talvez eu devesse me sentir mal por profanar a biblioteca de antiguidades de Zach, mas, talvez, *ele* não devesse ter chamado minha boceta de cura.

As prateleiras sacudiram atrás de mim quando firmei as costas contra elas, derrubando um livro renascentista, edição limitada e escrito à mão.

Escorreguei até o tapete, sangue sibilando nos ouvidos.

— Última chance para parar com essa loucura, Fae.

Tarde demais.

Meus joelhos se abriram por vontade própria. Respingos de sangue salpicavam minhas coxas como sardas. Eu deveria ter ficado mais preocupada com a confusão que deixei na mão dos Brett. Policiais poderiam estar lá embaixo.

Porém, eu não estava.

Meu batimento zumbia no meu âmago quando levei a mão entre as pernas e empurrei a calcinha de algodão para o lado, mergulhando os dedos dentro de mim. Sempre ia direto ao clitóris, mas nunca tinha me sentido tão vazia em toda a minha vida. Os dois dedos deslizaram sem resistência enquanto invadiam minha boceta encharcada.

Meu Deus, os dedos não bastariam. Balancei a cabeça. Lágrimas de desespero manchavam o canto dos olhos. Avaliei os arredores, me deparando com um porta-charutos grosso. Fui até a escrivaninha, peguei-o e engatinhei de volta ao canto, enfiando-o em mim enquanto começava a massagear o clitóris.

Um arrepio me percorreu. Me senti preenchida, elétrica, ansiosa para entrar em combustão. Não fazia sentido. O porta-charuto era de metal. Gélido ao toque. Mas ainda assim... *ainda assim*... Talvez fosse porque era de *Zach*, na biblioteca de *Zach*, na mansão de *Zach*. Eu o podia sentir ao meu redor, pairando acima de mim, sussurrando besteiras no meu ouvido.

O desejo entre as pernas se intensificou. Eu sabia que, não importava o que acontecesse ali, nunca se compararia ao que eu queria de verdade.

Zach. Me empurrando por cima do tabuleiro de Go. Eu, esparramada, as pedras pressionando minhas costas, marcando a pele sensível enquanto ele trilhava meu corpo com a boca, sua cabeça desaparecendo entre minhas coxas.

Meus dedos aceleraram contra o clitóris. Me remexi, projetando o quadril para que o porta-charuto ficasse no ângulo correto para tocar meu ponto G.

— Ai, Deus. — Minhas costas se arquearam. — *Isso.*

Cavalguei, as coxas se retesando, queimando, desesperada por mais fricção. Vozes chegaram à biblioteca pela fresta da porta. Oliver rindo. Dallas gritando alguma coisa. Romeo a tranquilizando. Mas eu estava em outro lugar, perdida na minha mente. Em outro mundo.

Zach devorando minha boceta até eu gozar na língua dele. Me colocando de barriga para baixo depois que cheguei ao clímax, seu pau provocando o espaço entre as nádegas antes de me penetrar por trás.

Fiquei ofegante, a pressão entre as pernas aumentando. Eu gemi, desenhando círculos desesperados ao redor do clitóris. Beliscando. Provocando. Tocando.

O nome dele me escapou por entre os lábios como uma entoação.

— Zach, Zach, Zach.

Não era o bastante. Abri mais as pernas, enfiando e puxando o porta-charutos dentro de mim enquanto focava na bolinha de nervos entre as pernas com a outra mão. A brisa da noite acariciou meus mamilos, chegando pela janela aberta. Endureceram sob a corrente. Fingi que era a respiração de Zach, me atormentando, exigindo que eu me submetesse a ele.

— Me faça gozar. — As paredes se fechavam ao redor do porta-charutos, ávidas, implorando pelo orgasmo. — Por favor, Zach.

Por favor, por favor, por favor.

As vozes do lado de fora ficaram mais altas. Mais alegres. Não importava. Meus músculos ficaram ainda mais tensos, pulsando com a sinfonia dentro de mim. Oliver estava parado do lado de fora da porta, gritando sem parar. A risada de Dallas chegou até mim. Será que tinham decidido dar um passeio espontâneo bem quando pensei que seria uma boa ideia me masturbar? Que sorte a minha.

Mesmo assim, não parei. Teimosa até o fim, redobrei o esforço, forçando o punho inteiro contra a boca para abafar o gemido enquanto eu fodia o porta-charutos. Finquei os dentes nos nós dos dedos, os quadris se movendo em um frenesi rítmico. O prazer tomou conta de cada centímetro do meu corpo como um fogo selvagem, cada célula ardendo. Gritei o nome de Zach contra o punho, a palavra saindo distorcida e rouca.

Depois que o clímax passou, me deixei cair contra a estante, ofegante, acabada, sem forças. Tentei recuperar o fôlego enquanto as vozes vindas do corredor ficavam mais altas.

— ... onde é que foram parar? — Dallas estalou a língua. — Entendo ele ter cortado o desgraçado. E apoio. Mas ele precisa responder às perguntas da advogada.

Passos ecoaram no corredor.

— Os Brett e Jasper acabaram de ir embora. — Era a voz de Romeo, neutra. Quase entediada. — Assinaram todos os documentos e termos que a advogada de Zach jogou no colo deles. Ele se safou. — Uma pausa. — Falando em acordos de confidencialidade...

— Eu sei, eu sei. — Oliver suspirou. — Primeira regra do Clube da Luta. Não cobice a esposa gostosa pra caralho do seu melhor amigo.

— Oliver.

— Estou ofendido por você achar que eu ia dedurar.

— Estou ofendido por achar que sou burro a ponto de confiar em você depois de uma garrafa de Clase Azul.

— Estou ofendido por você estar ofendido que...

Os passos continuaram, soando cada vez mais distantes da biblioteca. Naquele meio-tempo, continuei congelada, pernas ainda abertas, não ousando respirar. Um sopro de vento frio beijou minha entrada. Por fim, quando o silêncio perdurou por um minuto todo, soltei o ar.

Levante-se, sua idiota imprudente. Limpe-se. Jogue o porta-charutos pela janela. Caia na real, Farrow Ballantine.

— Farrow.

Levei um segundo para entender que a voz não tinha soado na minha cabeça. A voz rouca de Zach ecoou entre as paredes, mais robótica do que nunca. Abri os olhos com tudo. E eles focaram direto os cantos no teto. Como esperado, na diagonal, havia uma câmera pendurada. Apontada para mim.

Ah, meu Deus.

Ele me viu masturbando na casa dele.

Ele viu minha boceta toda.

Meus dedos brincando com ela.

O porta-charutos.

O porta-charutos, o porta-charutos, o porta-charutos.

Eu quis entrar em combustão bem ali, bem naquele instante.

Mas eu me recusava a ser humilhada. Pigarreei e sorri para a câmera.

— Pois não?

— Terminou de contaminar a biblioteca? — A voz soou objetiva. Inabalada e indiferente.

De repente, fiquei louca por ele não ter irrompido na biblioteca no momento que me viu abrir as pernas. Não ter me jogado contra a janela e me fodido bem ali.

Eu me recostei nas prateleiras, pernas ainda abertas.

— Acho que sim.

Eu sabia que ele ainda podia ver tudo. Meu clitóris inchado. Minhas dobras rosadas. O líquido que escorria pelas coxas, molhando o tapete. O resíduo de sangue do dedo de Brett que havia deixado marcas caóticas nas minhas coxas. Mas me recusei a demonstrar fraqueza diante dele.

— O que neste cômodo a deixou excitada? Os livros com capa dura de Dostoievski e Murakami? As pinturas de Degas?

Joguei a franja para longe da testa.

— Foi mais a sua ausência aqui.

Ele deu uma risadinha do outro lado da linha. Um barulho de estática que, ainda assim, conseguiu me atingir no estômago.

— Acabou a conversa fiada? — questionei, fazendo um gesto de desdém.

Eu queria me levantar e me limpar. E depois me esgueirar para baixo de uma pedra e passar o resto da minha vida atormentada pelo que tinha acabado de acontecer.

— Quase. — Silêncio. E, então: — Chupe os seus dedos.

Eu quis desafiá-lo. Negar a ordem. Só que... eu também queria fazer aquilo por mim. Meus mamilos já estavam duros outra vez, meu corpo ganhando vida diante do comando rouco.

Virei a cabeça para dar um sorrisinho para a câmera.

— Peça com educação.

Ele fez uma pausa, pensando naquilo.

— Por favor, enfie os dedos na boca e sinta o gosto do que minha mera existência faz com você.

— Uau, botou o pau na mesa.

— Sim, e o botarei todo dentro de você, da base até a ponta, enchendo sua boceta, sua bunda e sua boca. Muito em breve.

Um tremor de avidez e euforia me percorreu. Eu queria aquilo. Naquele instante, queria mais do que qualquer outra coisa no mundo.

Circulei o mamilo com um dedo molhado.

— Você acha que consegue me tocar?

Outro momento de silêncio. Ele respondeu, a voz firme:

— Eu *sei* que consigo.

Lentamente, levei os dedos até boca e chupei, o olhar ainda fixo na câmera.

— O gosto é bom? — A voz dele soou rouca. Tensa. Quase descontrolada.

— Você não faz ideia.

Dei outro sorriso, unindo os joelhos e rebolando para me livrar da calcinha arruinada. O vestido desceu até as minhas coxas quando me levantei. Então, me curvei para a frente, recolhendo a calcinha e o porta-charutos, prestes a colocar os dois no bolso do uniforme.

— *Tsc, tsc.* — Algo parecido com uma risada retumbou do alto-falante. — Nada de roubar, Polvinha. É a segunda vez. Será que preciso colocar placas em todos os cômodos para te lembrar das regras?

Fiz cara feia para a câmera.

— É só um porta-charuto barato.

Eu nunca havia chegado tão fundo do poço. Parada em uma sala vazia, falando com um chefe no qual eu queria me sentar. E, ainda assim, o gostinho era de vitória.

— Continua sendo meu.

— Eu te compro outro.

— Sinto muito, mas esse é insubstituível.

— Você quer só zoar com a minha cara.

— Querida, eu quero fazer *muito* mais que isso, se deixar.

Ele fez uma pausa. Algo parecido com uma risada rouca fez cócegas no meu ouvido. Cruzei os braços.

— O que foi?

— Não é um porta-charuto *barato*.

— Quanto esta coisa poderia custar?

— Não se trata do preço. Se trata da história.

Resisti ao ímpeto de me esconder nas sombras, me dando conta da quantidade de antiguidades naquele cômodo.

— O que foi? — Joguei o cabelo por cima do ombro. — Foi do Winston Churchill, por acaso?

— Quase. Thomas Jefferson. Ele o segurou na outra mão enquanto assinava a *Declaração de Independência.*

Bem, que merda. Não era uma cagada que daria para consertar com facilidade. Não adiantaria tentar. Com mais confiança do que eu esperava, fui até a caixa vazia e transparente na qual estava guardado antes e coloquei o porta-charuto lá dentro, junto da minha calcinha.

Então, me virei para a câmera, arqueando a sobrancelha.

— Está feliz agora?

— Só quando você estiver esparramada em cima do meu tabuleiro de Go, se deliciando com o meu pau. O convite continua em pé.

— Você está duro? — coaxei.

— Não. — A resposta foi instantânea.

— Mentiroso.

Fui até a porta, me perguntando se ele não estava mesmo excitado. Talvez eu não fizesse o tipo dele. Talvez ele gostasse de me ver me masturbando, mas não quisesse me tocar. Talvez ele sempre fizesse aquilo. Contratava garotas para limpar a casa e brincava com elas. Eu não sabia nada a respeito daquele homem, exceto os fatos brutos que tinha lido na Wikipédia.

A voz dele fez cócegas na parte de trás dos meus ouvidos enquanto eu saía do cômodo.

— Talvez, mas você não conseguiria lidar com a minha verdade.

27

Zach

Nem me dei o trabalho de expulsar todo mundo de casa. Aquilo daria a entender que eu tinha tudo sob controle, o que não era o caso. Me tranquei na suíte principal, entrei debaixo do chuveiro e coloquei a temperatura no mais frio possível.

Não funcionou.

Apoiei a mão nos azulejos, envolvendo meu pau inchado. Ele pulsava, o líquido começando a vazar da ponta. *Plic, plic, plic.* Tão quente e duro que começava a ficar roxo.

Não se masturbe. Tenha um pingo de autocontrole. Você está quebrando todas as suas regras.

Mas eu não conseguia tirar aquela visão da minha cabeça. A boceta rosada e úmida, tão apertada e linda, como uma rosa prestes a florescer, pingando de desejo por mim. Esperando que eu a tomasse.

Caralho.

Agarrei o pau pela base, apertando-o com força, então, comecei a mover o pulso, para cima e para baixo, acelerando enquanto a pressão nas minhas bolas se intensificava.

Como ela ficara molhada por mim.

Como ela arqueara as costas.

Como segurara *meu* porta-charuto e o enfiara em si.

O calor se revirava na barriga, e gozei em poucos segundos. Nunca cheguei ao clímax tão rápido. Sêmen grosso e quente jorrou mais longe do que eu achava ser possível, pintando os azulejos. Imaginei a porra na bunda dela, eu lambuzando um dedo naquela piscina, espalhando o que era meu por todo o traseiro. Escrevendo meu nome na pele lisa e branca como pérola.

Desliguei a água, cambaleando para trás, e pressionei a testa nos azulejos. Fechei os olhos.

Estava tudo mudando.

Inclusive eu.

28

Ollie vB: Foi impressão minha ou o Zachary deu uma de Houdini depois de decepar o Brett Jr.?

Romeo Costa: Não foi impressão sua.

Ollie vB: @ZachSun, quer um conselho?

Zach Sun: Não estou interessado em receber conselhos de um homem que coleta mais DNA que o FBI.

Ollie vB: Mais que o departamento de narcóticos também. Por que todo mundo subestima as minhas conquistas?

Romeo Costa: E o seu conselho era…?

Ollie vB: Sim. Meu conselho.

Ollie vB: www.pintopintopinto.com/camisinhas/prazer-duradouro-latex/pacote-economico

Ollie vB: Camisinha de lidocaína. Para você não gozar em 0,2 segundo. Não diga que nunca te ajudei.

29

Farrow

— Você parece feliz. — A acusação saiu como um resmungo dos lábios de Andras enquanto dançávamos na pista.

Praticamente pude *ouvir* a carranca dele. Suas articulações estalando como galhos sob uma bota. Ele estava me irritando, o tempo todo acertando minha espada, tentando me fazer entrar no modo defensivo. Mas eu me recusava a me acovardar.

Meus olhos semicerraram atrás da máscara.

— Você fala como se fosse algo ruim.

Eu avancei, acertando-o no ombro.

— Muito bom, Fae. Então, me diga, por que está feliz?

Talvez porque eu quase não passava mais tempo naquela maldita casa. A ideia de que a construção apodreceria e se deterioraria — assim como as pessoas dentro dela — não me incomodava mais. Meu pai não gostaria de me ver sofrendo para preservar uma casa caindo aos pedaços.

Ou talvez porque Zach nunca comentava quando eu invadia seu domínio. Eu havia começado a gostar de tirar cochilos em um dos quartos de hóspedes sempre que tinha vontade. Passar um tempo no território dele — mesmo enquanto ele não estava lá — me fazia me sentir segura. Pela primeira vez, entendi por que as pessoas se acomodavam. Depositavam sua confiança em outros seres humanos e se agarravam a isso. A sensação de segurança fazia maravilhas ao corpo. Até meus ataques na pista pareciam mais leves.

Ou talvez porque o marco de duas semanas estava batendo à porta, e isso significava que eu receberia meu primeiro pagamento. Eu planejava gastá-lo pedindo o nome de um bom advogado para Zach.

Não tinha por que guardar as boas notícias para mim.

Ofeguei, girando no lugar para evitar o golpe do meu treinador.

— Finalmente vou contratar um advogado para brigar com a Vera.

— Postura. Estenda. — Ele me corrigiu, batendo no meu braço com o florete. Enquanto eu me ajeitava, ele ergueu a máscara na altura da testa, mesmo estando no meio da partida. Seu rosto apareceu na minha frente, pintado com confusão. — E onde você arrumou dinheiro?

Eu me endireitei, subindo à posição neutra depois do mergulho.

— Meu chefe novo e eu temos... um acordo.

— *Remek*. Você arrumou um emprego. — Ele arrancou a máscara por completo da cabeça. — Quem é o chefe sortudo? — Ele não sorriu nem me parabenizou.

Senti um pavor em meu íntimo, mas me recusei a deixar que a reação indiferente me afetasse. Ele sabia o quanto eu queria contestar o testamento. Aquele homem se importava comigo e queria que eu conquistasse os meus sonhos. Ele tinha me ajudado a alcançá-los, mesmo quando não pude mais pagar pelo seu tempo.

— Zachary Sun — respondi.

Andras soltou um assobio baixo, me dando as costas enquanto saía da pista.

— O bilionário com todos aqueles encontros às cegas?

Franzi a testa.

— Entre outras coisas.

— Me pergunto por que será que está disposto a financiar seu projetinho.

Então me pareceu que o treino tinha acabado por ora.

Larguei minha máscara ao lado da pista, desconectando o traje do fio ao qual eu o tinha prendido com mais força que o necessário. Ele estalou ao se retrair.

Colocando o florete no ombro, dei uma corridinha para alcançar Andras.

— Ei, o que você está insinuando? Sou apenas a empregada dele.

Porém, àquela altura, eu tinha uma boa ideia do motivo de Zach ter me contratado. Ele mesmo havia dito em voz alta. Ele queria que eu o curasse da sua repulsa por humanos. *Se* eu acabasse na cama dele, no entanto, seria algo consensual, e não teria nada a ver com a carteira dele. E não era ruim que, nos últimos tempos, eu me sentisse vista quando perto dele. Protegida e adorada sob a intensidade daquele olhar persistente. Se eu achava que a atenção duraria? Claro que não. Aquele homem tinha passado a vida adulta inteira focado nos negócios, pulando de empresa em empresa. Ele poderia mudar de ideia em um piscar de olhos. E daí?

Por que eu não poderia me permitir a experiência de uma transa gostosa com um cara bonito? Minha vida não precisava girar em torno de treinos e trabalho. Eu não tinha namorado. A mãe dele havia publicado uma foto dele em todas as melhores agências de namoro da elite ao leste do Mississippi. Nada mudaria para mim, exceto a chance ocasional de relaxar e ganhar pontos cármicos pelo ato caridoso com alguém que precisava daquilo.

Andras apertou o botão prateado, obrigando as portas a se abrirem. Avançamos pelo corredor largo do clube de campo, passando por membros em uniformes de tênis ou basquete. O campo de golfe se estendia de uma janela a outra, um lençol verde e justo, pressionado contra morros artificiais e salpicado por bandeiras.

— Não estou insinuando nada. — Ele suavizou a voz. — Estou preocupado com a possibilidade da sua cabeça não estar no lugar certo.

Meus ombros murcharam. Eu precisava parar de supor o pior a respeito das pessoas. Eu tinha me esquecido de que Andras pensava apenas em uma coisa: meu foco na minha carreira. Era só disso que falávamos.

Ele parou na frente do vestiário masculino, se virando para me encarar.

— Se você contestar o testamento, colocaria todo o seu tempo, esforço e dinheiro nisso, e você já está mais cansada que deveria. Você tem que focar. — Uma carranca aprofundou as rugas nas bochechas dele. — Por que é tão difícil para você seguir em frente?

Entrelacei os dedos, trocando o peso entre os pés.

— Não é justo ela ter ficado com metade da empresa.

Andras revirou os olhos.

— É só uma empresa de limpeza. Abra outra.

— Não é *só* uma empresa de limpeza. É o legado do meu pai. Criamos o nome juntos. Escolhemos o logo, os produtos, os serviços. Tínhamos planos, e agora foi tudo por água abaixo. — Joguei as mãos para o alto, o calor subindo pelo meu pescoço quanto mais nervosa eu ficava. — Assim como as recordações dele. Ela vendeu tudo. Eu as quero de volta.

Meu pai sempre dizia que "memórias são como um segundo coração. Depois que se vão, ecoam nas pessoas que deixamos para trás".

Aquela mulher tinha vendido o segundo coração do meu pai. Eu o queria de volta.

— Isso ficou para trás. — Andras balançou a cabeça. — As joias. As obras de arte. Podem estar na Sibéria, pelo que sabemos. E, mesmo se você conseguisse rastrear tudo, jamais conseguiria pagar por elas.

Ele tinha razão. Mas, mesmo assim, eu não conseguiria seguir em frente.

Eu queria enfrentar Vera com tudo que ainda me restava, mesmo que não fosse muito. Por raiva. Por justiça. Por vingança. *Por dor*. Pelos vinte e dois anos de abuso desde que fui deixada recém-nascida na escada da casa deles. Tinham sido vinte e dois anos lutando contra todos os planos dela para me expulsar da casa. Se eu deixasse que aqueles vinte e dois anos fossem esquecidos, eu ainda seria humana, ou não passaria de um capacho?

Essa é a minha garota. A voz dele ressoou na minha cabeça como uma tempestade repentina. Quis chorar com aquele som. *Lute pelo que é seu. Mesmo contra aqueles que você ama. Se acabar sozinha, eles nunca te amaram de verdade.*

— Não era o testamento verdadeiro dele — sibilei, meus dentes cerrados. — Essa é razão principal para eu querer contestá-lo. Ela adulterou a herança dele, roubou seus últimos desejos.

Andras segurava a cabeça, parecendo achar que ela explodiria.

— Do que você está falando?

— Foi ela mesma que escreveu o testamento.

— Como você sabe?

— Porque eu conheço o meu pai. Aquele não era o testamento dele. Sinto isso no fundo do meu coração. Nos meus *ossos*.

O testamento lido se referia à coleção de arte dele como *itens diversos*. Itens que deveriam ser vendidos em leilão com todo o lucro revertido para Vera Ballantine. A pintura que papai havia jurado jamais vender, até se o presidente em pessoa se ajoelhasse diante dele e implorasse. A escultura com um nariz bobo, pela qual ele jurava que daria início à Terceira Guerra Mundial se alguém a tentasse tirar dele, já que o fazia se lembrar do nariz que eu herdara dele. E o pingente, que ele tinha prometido me dar no meu casamento, depois que tivesse me acompanhado ao altar.

Não era que eu não acreditava no testamento. Eu *me recusava* a acreditar nele, porque, se acreditasse, todas as promessas que meu pai fizera para mim seriam mentiras. E meu pai *não* era um mentiroso.

— Por que isso importa? — Andras ergueu os braços. — Já foi. Já se passaram dois anos. Foque no que você pode mudar.

— Eu *posso* mudar isso. — Cerrei os punhos ao lado do corpo. — Não preciso abaixar a cabeça e engolir tudo.

— Se você passar tempo com esse sr. Sun, abaixar a cabeça e engolir tudo vão ser suas tarefas principais — rosnou ele, abrindo o zíper do traje de esgrima.

Opa. Espere. Aborte. Volte, pause a cena. Andras tinha me chamado de vadia. Em primeiro lugar, vadias eram apenas mulheres que sabiam que podiam fazer as mesmas coisas que os homens. E, em segundo, eu não precisava aceitar aquilo.

Endireitei a postura, falando o mais devagar possível, me certificando de que as palavras seriam absorvidas por aquele cabeça-dura.

— O que você acabou de falar não foi apropriado. Nem um pouco.

— O que acabei de falar foi a verdade.

Eu nunca o tinha visto tão exaltado Não era ciúme. Andras nunca se importou com nada além da esgrima. E, mesmo naquele caso, ele me priorizava. Desde que eu voltara de Seul, arruinada e envergonhada, ele vinha colando os meus cacos, trabalho além do que a pista pedia, e eu jamais entenderia o alcance de seus esforços.

Porém, ele era péssimo com palavras, e algumas coisas eram inaceitáveis.

Cruzei os braços.

— Eu gostaria de um pedido de desculpa.

Não importava que eu considerasse Andras um segundo pai. Ou que as palavras dele provavelmente tinham sido ditas por preocupação.

— Você não ouviu os boatos? — Ele deu um passo para trás, gesticulando na direção das multidões de membros ricos do outro lado da parede. — Zachary Sun e os amiguinhos dele sabem apenas tomar, usar e abusar. Ele é um *playboy*. Nunca vai te levar a sério. Ele pode até te ajudar com alguma coisa agora, mas, quando se cansar de você, acabou.

Ele tinha razão.

O próprio Zach tinha dito aquilo. Eu era um curativo. Uma cura. Um antídoto. Nada mais. Nada menos. Um meio para um fim.

Ergui o queixo.

— Sou uma menina crescidinha.

— Ah, mas você ainda é uma *menina*. — Andras tocou meu nariz, me encarando. — Faça um favor a você mesma e dê ouvidos, uma vez na vida, ao que o adulto está te dizendo. O problema com a sua madrasta deveria ter sido enterrado junto com seu pai. Ele gostaria que você se desse bem com ela, Fae. Ele gostaria que você pudesse recomeçar. Escolha a paz, não a guerra.

Não fui eu que escolhi a guerra. Fui arrastada até ela, aos chutes e gritos.

Balancei a cabeça. Minha próxima aula com Zach começaria em dez minutos. Me perguntei se ele sequer apareceria, considerando tudo que havia acontecido.

— Tenho que ir. Valeu pelos conselhos, mas vou seguir com plano.

Saí dali, marchando em direção ao vestiário feminino. Assim que abri a porta com o cotovelo, me atirei em um banco isolado e enterrei o rosto nas mãos.

Está tudo bem. Você está bem. Zach Sun é sua chave para a redenção, e você nunca teve medo de uma transa casual. Isso não é indecente. Não é errado. E não vai acabar com seu coração sendo despedaçado na pista, um sabre espetado nele.

Aquele era o problema de ter crescido em um ambiente sem qualquer afeição. Eu tentava encontrá-la em todo e qualquer lugar possível — incluindo no sexo casual.

Enquanto eu crescia, meu pai me entregava migalhas de amor em pequenas doses na esperança de que não fossem notadas pelas outras três Ballantine. Ele dava seu melhor para manter a paz, querendo criar as três filhas em harmonia. E de fato considerava Tabby e Reggie suas filhas, tão importantes quanto eu, mesmo que não compartilhasse do seu sangue. Elas se recusavam a enxergar aquilo.

Quanto a mim? Eu não via problema em aquecer meu coração com um pouco de cárdio entre os lençóis almiscarados de um homem. Na verdade, havia muito tempo que eu suspeitava ter o exato oposto do problema de Zach. Eu desejava a pele de outra pessoa na minha. Sentia prazer em ficadas e nunca olhava para trás. Relacionamentos eram complicados. Arriscados. Sexo era simples. Gratificação instantânea. E Zach era um deus entre os homens. Eu não corria o risco de me apaixonar por um bilionário sabichão e condescendente que se trancava em um castelo de marfim.

Tirei o celular da bolsa, procurando as mensagens com a minha melhor amiga.

Ari: Não acredito que não vamos comemorar seu aniversário juntas.

Farrow: Nem eu. Neste instante, você é a pessoa que mais amo no mundo.

Farrow: (Não querendo soar carente nem nada.)

Ari: Mais que o Keanu Reeves?

Farrow: Sim.

Ari: Mais que a Taylor Swift?

Farrow: Sim.

Ari: Mais que a Madonna?

Farrow: Ei, não exagere. Ela é a rainha do pop.

Ari: Tanto faz.

Farrow: Bem, tenho que ir para a luta de espadas com o cara que toma conta da minha mente em todas as minhas sessões de masturbação. A gente se fala mais tarde.

Ari: Estou me sentindo uma fracassada agora. O auge do meu dia foi pintar as unhas.

Ari: Ah, quando foi a última vez que você transou com alguém? Talvez você devesse trocar as espadas por, sabe… a espada dele.

30

Farrow

Ele me deu um bolo.

Os sinais claros da decepção se enrolaram nos meus tornozelos e me deram um puxão. Era uma idiotice. Eu não tinha motivo para estar chateada. Eu receberia pelo treino de qualquer forma. E, então, eu tinha raros noventa minutos livres para fazer o que eu quisesse. Ainda assim, quase dez minutos tinham se passado da hora marcada e eu continuava por perto da pista, vestindo o equipamento completo, o capacete na mão enquanto eu dava uma olhada no local.

Será que eu deveria continuar esperando?

Só se você for imbecil.

Hum... eu não poderia negar com convicção.

Bufando, me deixei cair na pista, os cotovelos afundando nos joelhos. Mais dez minutos se passaram. Quinze. Depois de vinte, desisti. Ele não viria.

Dane-se.

Eu me levantei em um pulo, jogando a bolsa com as espadas por cima do ombro, então saí do ginásio. Esgrimistas ao meu redor batalhavam em pleno vigor. O zumbido do ar-condicionado e o tilintar das espadas tomou conta dos meus ouvidos. A inveja dominou meu peito, algo mais sombrio florescendo ali. *Raiva*. Ele poderia ter me mandado uma mensagem. Ele *deveria* ter me mandado uma mensagem. Eu poderia estar em casa. Na cama, talvez dormindo quatro horas inteiras pela primeira vez em dois anos. Quanto mais eu pensava naquilo, mais raiva eu sentia. Como ele ousava? A última vez que dormi bem foi quando eu estava no útero.

Meus pés golpeavam o chão azulejado enquanto eu marchava de volta ao vestiário, trocava o equipamento por um jeans e uma camiseta simples e, então, seguia para a saída. Passei pelas quadras de basquete, estúdios de pilates, quadras de pickleball e simuladores de golfe. Quanto mais babacas riquíssimos que me lembravam de Zach eu encontrava pelo caminho, mais a temperatura do meu corpo subia. Eu seria capaz de fritar um ovo nas minhas veias em menos de dois segundos.

Quando o spa do clube apareceu diante de mim, eu havia acrescentado "fome" na relação de motivos pelos quais Zachary Sun acabara na minha lista de vítimas.

Talvez eu tivesse começado a alucinar, porque eu poderia jurar ter visto Andras entrando ali. *Esquisito*. Aquele homem não reconheceria uma agulha de Botox nem se picasse o olho dele. Franzindo a testa, fui atrás dele, avançando para impedir que a porta se fechasse e colocando a mão no ombro dele.

— Ei, sobre a nossa conversa... — comecei.

O homem se virou, e percebi que não era Andras coisa alguma.

— Desculpa. — Retirei a mão com pressa. — Achei que fosse outra pessoa.

— Oi, Fae. — Stacey, a recepcionista, sorriu para mim do balcão. — Como você está?

— Bem. — Sorri de volta. Mentiras nem mais me faziam cosquinha. — E você?

Voltei, meio encolhida, para a porta sem me virar para a mulher, cansada demais para continuar conversando com alguém que eu mal conhecia. Éramos ambas funcionárias do clube, mas eu poderia contar nos dedos de uma mão quantas vezes conversamos na vida, e sobrariam dedos.

— Nada mal. Meu namorado vai me levar para a Espanha no mês que vem. Acho que talvez me peça em casamento. — Ela enrolou um cacho no dedo, o olhar se voltando para o teto como se o drywall ali projetasse seu painel do Pinterest com fotos e inspirações para o casamento. — Ah, esqueci de te perguntar... você está doente? Precisa de alguma coisa?

De bom senso, talvez, considerando como tenho pensado no meu chefe babaca.

Franzi a testa.

— Não, por quê?

— Por nada. — Ela prendeu uma caneta atrás da orelha. — Vi seu aluno entrando na sauna, então achei que você tivesse cancelado a aula.

— Como assim, você viu meu aluno? — Cocei a têmpora. — Ele estava aqui?

— Ele *está* aqui. — Ela inclinou a cabeça na direção dos fundos do spa. — Na sauna. Se ainda não evaporou. — Ela deu uma risadinha. — Faz uns quarenta minutos que ele está lá.

Filho da...

Ele tinha chegado, mas não fora para a pista? Por quê? Mordi a parte interna da bochecha, xingando minha tolice. Eu tinha me esquecido da minha regra número um na vida: nunca espere nada de ninguém. Isso só leva à decepção.

— Com licença. — Abri meu melhor sorriso falso, já seguindo na direção da sauna. — Acho que deixei alguma lá atrás.

Stacey franziu a testa.

— Mas você nunca nem entrou...

A voz dela foi sumindo com a velocidade com que passei por ela. Raiva latente fazia meu sangue pulsar nas veias. Algo a mais misturado ali. Excitação, com a possibilidade de ver Zach só de toalha.

Correção: com a possibilidade de *mutilar* Zach só de toalha.

Zach estava sentado sozinho na sauna deserta, a cabeça apoiada na parede escura, alheio à tarada na frente dele. Na pontinha dos pés, dei uma espiada pela janela quadrada e minúscula, meus batimentos acelerando ao notar a expressão despreocupada dele.

Meu chefe moveu a cabeça em um círculo, massageando um ponto tenso, apenas de toalha branca na cintura. O cabelo escuro pingava suor pelo rosto. Ele parecia um deus de bronze, bíceps e abdômen proeminentes e cintilantes. O latejar incômodo entre as minhas pernas se intensificou, e foi quando percebi que ela sempre esteve presente. Que nunca tinha ido embora depois que eu me masturbara na biblioteca dele.

Minha mochila caiu no chão com um baque abafado. Empurrei a porta, abrindo-a, e entrei, ainda de roupas.

Os olhos de Zach continuaram fechados com firmeza, mas, de alguma forma, ele disse:

— Como foi que você me achou?

— Segui o fedor da riqueza.

— É agora que eu fico ofendido com o comentário?

— É agora que você me conta o motivo de ter me dado um bolo.

O vapor lentamente me envolvia, marinando com a raiva que borbulhava nas minhas veias. A umidade fez o meu cabelo grudar na nuca, colando as minhas roupas ao corpo. Se Zach abrisse os olhos, teria uma visão privilegiada dos meus mamilos o cumprimentando pelo tecido branco.

Ele não abriu.

Ele ajustou a toalha enrolada e pendurada no pescoço, ainda de olhos fechados.

— Eu não estava com vontade de ver seu rosto.

— Você está falando sério?

— Acho que já ficou claro que não costumo contar piadas.

Dando um passo à frente, balancei a cabeça.

— Você não pode me dar um bolo.

— Posso. — Ele abriu os olhos, seu humor mudando de indiferente a atento em dois milésimos de segundo. — Na verdade, foi o que acabei de fazer.

— Se tivesse me avisado, eu poderia ter dormido até mais tarde.

— Só que não. Você tinha um treino marcado com Andras.

— Eu poderia ter trocado o horário.

— Negativo de novo. Você trabalha, Cinderela.

— Mas eu...

Ele me interrompeu:

— Você sabia que um polvo fêmea não come nem se limpa depois de ter dado à luz? Ela morre assim que termina de cuidar dos ovos. Os machos também começam a envelhecer e morrem poucas semanas depois da reprodução.

O quê?

— Que deprimente — comento. *E bizarro*. — Obrigada pelo fato nada divertido. Enfim, voltando ao assunto...

— A fêmea pode depositar até quatrocentos mil ovos. E ela passa a vida os protegendo, dia e noite, fazendo do próprio corpo um escudo, antes de perecer quando terminam de eclodir.

— Você está pensando em trabalhar na *National Geographic*? — Gotas salgadas de suor invadiram minha boca. O ar úmido encharcava todo o meu corpo, da cabeça aos pés. Aquilo não estava mais parecendo o confronto glamouroso que eu havia esperado. — O que essas informações têm a ver com o assunto?

— Você parece ser leal de verdade. — Ele ergueu um ombro. — Conheci um homem que era assim.

Eu me recusava a deixá-lo me elogiar. Ainda mais por aquela ser a primeira vez que conversávamos desde que ele tinha me visto me masturbando.

Balancei a cabeça.

— Estou com tanta raiva de você...

— Não fique.

— Por quê?

As narinas dele se alargaram.

— Porque não.

— "Porque não" não é resposta, Zach.

— Porque... — Ele deu um tapa na lateral do banco, cuspindo fogo. — O único motivo pelo qual eu não apareci é porque você é uma tentação.

A respiração ofegante fazia os músculos de seu peitoral subirem e descerem. Ele era lindo. Minha vontade era lambê-lo da cabeça aos pés.

E estávamos sozinhos.

A confissão dele me encheu de satisfação.

— Você me acha atraente? — perguntei, mesmo que eu no momento me sentisse tão desejável quanto um guardanapo usado, suando litros e ainda de roupa.

Ele tirou alguns fiapos da toalha presa em volta da cintura.

— Você sabe que acho.

— Você, sem dúvida, tem um jeito engraçado de demonstrar.

Ele franziu os lábios.

— É... duro.

— Hum. — Tamborilei os dedos no meu lábio inferior. — É para ser assim mesmo, querido. A não ser que você precise de Viagra.

— Não estou falando *disso*. — Seus olhos desceram para a toalha. Aquilo *estava* crescendo ali embaixo, a silhueta do pau grosso e comprido pressionando o tecido branco e impecável. — Estou falando de tudo. Contato físico. Seguir em frente. Mudanças. Uma coisa é tentar e conseguir. Mas, se eu fracassar... — Ele praguejou, esfregando a mandíbula. — Se eu fracassar, será como se eu tivesse cavado minha própria cova. Será a confirmação final de que preciso para aceitar, de uma vez por todas, que nunca terei qualquer traço humano para ser aproveitado.

— Zach... — Minha voz falhou.

— Vivo a vida de um imortal. Nada tem valor para mim, Farrow. Nem viver, nem morrer, nem comer, nem beber, nem rir. Não tenho gama alguma de emoções, pelo simples motivo de que eu não tenho emoção alguma. Você é a única pessoa que já conheci e que senti vontade de tocar. Então, se não der certo...

— *Vai* dar certo — interrompi, meu coração batendo tão acelerado que poderia saltar do peito a qualquer instante.

Eu queria ajudá-lo. Não só porque a sensação de formigamento entre as minhas pernas se tornava insuportável toda vez que estávamos no mesmo cômodo, mas porque eu queria que o homem que me protegia pudesse realmente *viver*. Experimentar a normalidade. O prazer. *Orgasmos*. Endireitei os ombros, encarando-o nos olhos.

— Vou me certificar de que dê certo.

Ele umedeceu os lábios. A cautela evidente espreitava suas pupilas... mas havia algo a mais ali. *Curiosidade?* De repente, as paredes daquela minúscula sala escaldante pareceram estar diminuindo, se fechando ao nosso redor. Decidi que eu daria o primeiro passo. Em um movimento rápido, agarrei a barra da minha camiseta e a tirei, largando-a nas tábuas de madeira.

Zach não fez nada, mas o subir e descer em seu pescoço me disse que ele estava prestando muita atenção. Meu coração galopava no peito. Uma gota de suor rolou por entre os seios e sob o sutiã, seguindo para o umbigo e, depois, sumindo ali. Ele observou o caminho que ela percorreu com olhos famintos. Dei um passo na direção dele, soltando o cabelo da piranha que o mantinha no lugar.

Zach inclinou a cabeça para cima e me observou com fascínio.

— Me conte algo interessante sobre você. — Abri o primeiro botão do meu jeans, me despindo para ele. — Se distraia enquanto deixa seu corpo reagir ao que está acontecendo.

— Eu... — começou ele, então, parou.

Abri outro botão do jeans. E um terceiro.

— Você o quê?

Aquela voz tão rouca sequer era minha? Não a reconheci.

Abaixei o jeans de uma vez e o chutei para o lado. A peça se enroscou na camiseta. Tive certeza de que a calcinha branca de algodão estava transparente, considerando o quanto a calça estava molhada.

Vulnerabilidade caía tão bem em Zach quanto um terno feito sob medida. De alguma forma, destacando as maçãs altas do rosto e a mandíbula angulada.

— Eu sou virgem — confessou ele, os olhos em busca de algo nos meus. Escárnio. Confusão. Pena.

Ele não encontrou nada daquilo. Porque a verdade era que... tudo que eu sentia por ele era dor. Dor, junto de uma pitada de possessividade que me aturdia. Eu não tinha direito de sentir nada daquilo. Eu havia dito a mim mesma que não me apegaria. Mas não pude evitar. Naquele momento, ele parecia um garoto, não um dos homens mais ricos e atraentes do planeta.

Vou tirar a virgindade dele.

Vou ter alguma coisa que nenhuma outra pessoa jamais teve: Zachary Sun.

Cheguei mais perto dele, abrindo o sutiã nas costas com apenas uma das mãos.

— Você não deveria sentir vergonha disso.

Ele soltou uma risada amarga.

— Sou um virgem de 33 anos.

— Você é um homem com um passado traumático que te deixou sensível ao toque e aos sentimentos — rebati, tirando uma conclusão que eu sentia estar correta.

Ele nunca havia comentado aquilo em entrevistas, mas encontrei artigos que descreviam a morte trágica do pai — e a condição em que os bombeiros encontraram Zach. Se tivesse sido eu, eu teria ficado inconsolável. Mudada para sempre. Danificada para sempre.

Deixei o sutiã escorregar pelos braços. Os seios estavam inchados, cheios e implorando por um toque. Os olhos de Zach se fixaram em meus mamilos intumescidos, rijos como dois diamantes. Ele os observou, transfixado, enquanto eu me aproximava.

— A situação com Eileen... — Ele pigarreou. — Não é real. É um acordo.

— Eu sei.

Ainda assim, odeio, apesar de eu não ter direito de sentir isso.

Eu o alcancei e me acomodei por cima dele, uma perna de cada lado da cintura, nua, exceto pela calcinha. Os joelhos se afundaram no banco ao lado, perto, mas sem encostar em Zach. Apoiei a mão na parede para me manter equilibrada.

Ele inclinou a cabeça para trás, me observando por baixo das pálpebras pesadas, olhos carregados de tesão.

— Como você sabe?

— Porque vi como você olhava para ela.

— E como eu olhava para ela?

— Como se ela fosse um guia de seiscentas páginas para fusão de empresas que você precisava assinar.

Uma risada escapou dele. Ela fez com que seu pescoço e peito se aproximassem mais de mim. Em resposta, minha boceta escorreu. Eu me senti vazia. Muito vazia.

— Não é comum assinar regulamentos.

Revirei os olhos.

— Você entendeu.

— Entendi. Gosto do seu senso de humor. Se algum dia eu criar um, imagino que será bem parecido com o seu.

Aquele era o elogio mais estranho e carinhoso que eu havia recebido na vida.

— Enfim... — Franzi a testa, ansiando tocar aquele homem. — Você não deveria se casar com ela se não gosta dela.

— Gostar de alguém não tem nada a ver com se casar com a pessoa — rebateu ele, os olhos descendo aos meus seios. Suas mãos estremeceram ao lado do corpo. Eu sabia que ele queria me tocar. Mas também sabia que não tocaria. Zach não estava pronto. Ainda não. Ele umedeceu os lábios. — Na verdade, quanto menos eu gostar dela, melhor será o casamento. Desenvolver sentimentos é uma fraqueza terrível. Olhe o que isso fez com Romeo.

Balancei a cabeça.

— Ah, Zach.

— O quê?

— O que isso fez com Romeo foi algo maravilhoso. Isso o fez feliz.

Eu quis tocar seu rosto, seu cabelo, seus braços musculosos, mas me segurei. Em vez disso, nos encaramos, respirando aquele ar quente e úmido. Nos acostumando com a proximidade. Eu sabia que alguém poderia entrar na sauna a qualquer instante. Que eu poderia ser expulsa daquele clube de campo e do time de esgrima. Ainda assim, não me importei.

— Farrow — grunhiu ele, por fim, os olhos escorregando até o ponto entre as minhas coxas. Até a minha calcinha molhada.

— Sim?

— Quero ver sua boceta pingando por mim de novo.

— Então tire a minha calcinha.

As narinas dele se dilataram, e Zach se concentrou, franzindo a testa na direção da peça, como se ela lhe fosse um ataque pessoal. Engoli o riso.

— Talvez eu acabe te tocando se eu fizer isso — disse ele, depois de um instante.

— Eu adoraria que isso acontecesse, Zach.

Ele esticou as mãos, e aquela foi a minha chance.

Curvei a coluna, me afastando um tantinho.

— Sob uma condição — decretei.

Ele ergueu os olhos, em alerta, o cabelo pingando, o rosto perfeito.

— Qual?

— Você vai cumprir sua parte do acordo. Você vai contratar um detetive particular e uma equipe de advogados para mim.

— Combinado.

Assenti devagar, mesmo me arrependendo de ter escolhido aquele momento para tocar no assunto. Isso transformara aquela cena em uma transação, o que não era. Eu o queria, com ou sem advogados. Mas também queria erguer uma barreira. Me lembrar da verdade, por mais feia que fosse. *Zachary Sun nunca será meu.* Eu não sabia o que era mais trágico: desejá-lo ou saber que isso jamais seria possível.

Ele passou a língua nos lábios e estalou as articulações dos dedos, parecendo se preparar para uma luta. Minhas emoções variavam entre a vontade de beijá-lo até que a dor passasse — até que as cicatrizes, os medos e inibições desaparecessem — e o divertimento frente à seriedade com que ele tratava tudo aquilo.

Zach passou a ponta do dedo pelo elástico da calcinha, tomando cuidado para evitar a pele.

— Ver você se tocando ontem quase me fez gozar no escritório.

— E por que não gozou, então?

Arqueei as costas, gostando da sensação do toque dele por cima do tecido. Parecia proibido e clandestino. Como um segredo sujo do qual só eu e ele sabíamos.

Ele cerrou os dentes, a mão tremendo ao escorregar pela calcinha.

— Não quis admitir que você me afetou.

Para um novato, ele parecia mais era um mestre na arte da provocação, pressionando a mão espalmada na minha boceta por cima do tecido. Mas, ainda assim, a ponta dos dedos não roçou a minha pele.

— Porra, você está encharcada. — Ele jogou a cabeça para trás, sibilando. — Quero te empalar na madeira até te transformar em uma obra de arte permanente.

Nossa. Certo. Alguém precisava maneirar na conversa obscena. Mas não era hora de desencorajá-lo. Ele tinha feito muito progresso. Aquele era o mesmo homem que se deu uma *queimadura* depois de ter apertado a mão de uma mulher.

— Preciso tanto que você me foda. — A confissão me escapou dos lábios. E percebi que era verdade.

Não havia nada que eu quisesse mais que ser preenchida pelo pau de Zachary Sun. A mão dele por cima da calcinha já quase me fazia gozar, a pressão deliciosa demais, intensa demais para ser ignorada.

Com a respiração ofegante, Zach curvou os dedos, afundando-os na minha bunda por cima do algodão, de maneira quase dolorosa. Ele pressionou o outro polegar no clitóris. Uma onda de prazer percorreu meu corpo, sacudindo meus joelhos. As coxas queimavam com o esforço para continuar pairando acima dele.

— Tudo bem se for assim? — perguntou ele, ofegante.

Encarei a sua mão, notando que estava duro como pedra entre nós. Ereto, a cabeça pesada espreitando a dobra da toalha. Uma gota de líquido brilhava na ponta. Quis me abaixar e tomá-la na língua.

— Tudo perfeito. — Meus mamilos eram muito sensíveis, e não consegui me segurar. Agarrei um dos seios e comecei a massageá-lo, dando puxões na auréola dolorida. — Continue.

Ele pressionou o polegar no clitóris com ainda mais força, e quase entrei em combustão naquele mesmo instante, uma onda de calor líquido percorrendo do baixo-ventre até o âmago.

Soltei um gemido.

— Massageie-o, por favor. Mas... com cuidado. Faça círculos.

Eu queria que ele fizesse comigo o que eu fizera sozinha para aliviar a necessidade que havia sentido no outro dia.

Ele passou a língua por todo o lábio inferior, o polegar massageando devagar o meu clitóris, provocando-o com confiança. Minha pele se arrepiou toda, um prazer intenso. Comecei a me esfregar no dedo dele, fechando os olhos, espalmando no meu seio, fingindo que o dedo dele era a ponta do pau. Eu estava perdida. Eu tinha mesmo perdido o controle.

— Quero tocar sua pele. — A urgência desesperada engrossou a voz dele.

Abri os olhos para observar entre as pernas de Zach. O pau dele estava tão inchado que começava a ficar roxo. Aquilo devia doer.

— Toque.

— Eu... Eu não consigo. — Seu tom era uma súplica.

— Vamos te distrair. Me conte alguma outra coisa.

Alguma outra coisa que não seja sobre Eileen, de preferência.

Eu sabia que os dois eram uma farsa. Que o casamento seria uma conveniência. Mas, ainda assim, eu não gostava de pensar nele com outra mulher.

A pressão entre as minhas pernas se intensificou. Minha cabeça estava a mil, os pensamentos girando em apenas uma direção, como um ciclone. Eu estava prestes a ter o orgasmo mais intenso da minha vida, e ele nem sequer tinha tocado minha pele.

— Não entro em nenhum veículo civil desde... desde o que aconteceu comigo. — A garganta dele subiu e desceu ao engolir em seco, os dedos deslizando na direção da polpa da bunda, e então... alcançando a pele nua. — Só dirijo veículos militares, como os protegidos do Exército.

O que aconteceu com você? Quem foi o responsável? Eu quis gritar, mas sabia que precisava manter a conversa em andamento, mantê-lo distraído.

— Você quer mudar essa realidade?

A ponta de um dedo tocou minha pele. Aquilo acendeu uma chama no ponto exato, enviando uma onda de eletricidade pelo meu corpo todo. A outra mão ainda pressionava minha boceta por cima da calcinha, o polegar movendo meu clitóris.

— Não sei. Sim. Não. Talvez. — Naquela altura, seu dedo mindinho estava todo encostado na minha pele. — Quero saber como é ser normal. Quero ser... — Ele fez uma pausa, me encarando com tesão puro nos olhos. — Humano.

Você é humano.

Queria gritar aquilo para ele. Queria tatuar aquilo no seu peito, bem por cima do coração, para lembrá-lo de que era feito de carne e de osso, assim como o resto de nós.

Bom trabalho, Fae. Você conseguiu mesmo não se envolver emocionalmente com ele.

E por que eu me importava se Zachary Sun se sentia humano ou não naquele seu peito sombrio e desalmado? Eu estava avançando por um caminho perigoso, fingindo que não via uma tempestade se aproximando com pressa.

Afastei os pensamentos erráticos, focando no dedo mindinho contra a minha coxa.

— Qual é a sensação? — perguntei.

Ele sabia do que eu estava falando. Da minha pele.

— Não... Não é horrível. É estranho. Como se eu estivesse sentindo uma textura pela primeira vez.

— Você leva jeito para conversas picantes.

Um dos cantos dos seus lábios se levantou. Eram lindos. Desenhados à mão e rosados. Me perguntei se algum dia os beijaria. Qual seria a sensação de tê-los contra os meus. Eu queria aquilo, mas nunca concordamos em nos beijar. Só transar.

Ele encarou o espaço entre nós, onde o dedo me tocava.

— O que você quer que eu faça agora?

— Eu me sinto... vazia — confessei.

O polegar no clitóris parou, e achei que eu iria desmoronar e arder em chamas. Me apoiei na parede, tentando lutar contra o latejar entre as pernas. Pingávamos suor, partilhando o ar entre nós como se fossem beijos.

Então, ele fez a coisa mais sexy, gloriosa e enlouquecedora que poderia ter feito.

Ele libertou o pau da toalha, agarrou-o pela base e, então, o guiou até a minha abertura, pressionando-o contra a calcinha. Seus olhos se fecharam devagar. Os meus também, a pressão crescente da ponta deixando meu corpo inteiro tenso. Minhas paredes se fecharam ao redor de nada, prestes a alcançar o ápice, necessitando ser preenchidas.

— Você n-não precisa fazer isso se não quiser. — Mal consegui colocar as palavras para fora.

— Farrow — sibilou ele, apoiando a cabeça na parede, o queixo inclinado para cima. Sua mão movia o pau para cima e para baixo da minha fenda, os movimentos lentos e deliberados. — A porra do mundo poderia estar acabando, e nem isso me impediria de te fazer gozar.

Aquelas palavras me despedaçaram.

Com um gemido gutural, comecei a me esfregar na cabeça do pau através do tecido, movendo o corpo no ritmo da nossa respiração ofegante. Passos pesados e risadas ecoaram para dentro da sauna. Estávamos focados demais para nos importar.

A mão de Zach havia agarrado a minha bunda, metade dela cobrindo minha pele. Ele enganchou o mindinho por dentro da calcinha, provocando o meu buraco apertado.

Então, a cabeça dele rolou para trás, os olhos se fechando.

— Porra, vou gozar — disse ele.

Eu queria mais, mas eu sabia que ele não aguentaria. Que tínhamos chegado ao limite da sua capacidade. A porta atrás de mim se abriu com tudo. Alguém entrou na sauna, avançando pelo vapor. Meu coração parou no peito. Tínhamos companhia. *No lugar que eu trabalhava*. Me virei para ver quem tinha entrado.

Zach agarrou meu queixo e fez meu rosto se voltar ao dele.

— Olhe para mim, Polvinha. Ele é irrelevante.

Ele. Tinha um homem lá. *Meu Deus*.

Mas, ainda assim, a sensação era boa demais, o orgasmo estava perto demais. Estávamos encharcados, ofegando, a pele quente, enquanto ele me fodia devagar através da calcinha. A cabeça provocava minha bunda, a fenda, o clitóris. *Tudo*.

Foquei os olhos em Zach.

— Ele foi embora?

Zach balançou a cabeça, o rosto tranquilo, me examinando.

— Não. Ele se sentou no banco oposto. Está nos observando.

Fiquei de queixo caído. Me mexi para sair de cima dele, mas a mão de Zach subiu da minha bunda para as costas, os dedos espalmados na lombar com força. Ele me afundou alguns centímetros no pau, esticando tanto o tecido da calcinha que pude senti-lo pulsar dentro de mim. Tocando, mas sem tocar.

Eu quis explodir de tanto prazer.

O que tem de errado com você, Fae?

A lista era grande demais.

Vergonha, constrangimento e desejo davam piruetas por toda a minha pele. Não dava para acreditar que eu o estava deixando me foder a seco enquanto alguém nos observava.

Pelo menos eu sabia que não estava fazendo aquilo pelo dinheiro ou pela ajuda que ele me daria. Eu teria transado com Zachary Sun de qualquer forma.

— Zach — gemi, desejando poder apoiar as mãos no ombro dele, abraçá-lo, beijá-lo e senti-lo mais. — Não vou conseguir te aguentar por inteiro quando a hora chegar.

— Você vai. Você vai me aguentar todo, como uma boa garota.

O intruso se remexeu atrás de mim. Zach parecia cansado, à beira de perder o controle, uma das mãos deslizando o máximo do pau para dentro e para fora de mim conforme a calcinha permitia, e a outra me mantendo firme nas costas.

O aperto ficou mais forte, possessivo.

— Ele está se masturbando agora.

Eu não conhecia aquele homem.

Eu nem sabia qual era a aparência dele.

Porém, fiquei bem mais excitada ao pensar que alguém estava se tocando ao nos ver.

— Quero te ver gozar na porra do meu pau, Farrow — grunhiu Zach, contra o meu rosto, perto de mim. Muito perto.

Meu coração acelerou ainda mais. Minhas paredes pressionaram a cabeça do pau dele e, então, gozei. Me desfiz. Encharquei as coxas com um jorro de umidade. Minha cabeça rolou para trás, os olhos se abrindo.

Vi o homem no banco de frente para o nosso. Ele era jovem. Desconhecido e bem sexy. A toalha estava aberta, o pau comprido e espesso sob o punho fechado. Ele se esfregava com força, aumentando o ritmo, também perto do clímax.

Meu corpo se retesou como a corda de um arco. Eu estava gozando, e gozando, e *gozando*. Os dedos dos pés se curvaram, os músculos estremeceram, a boca secou e estrelas dançaram na minha visão.

— *Farrow* — sibilou Zach.

Eu não conseguia parar de olhar para o desconhecido atrás de mim. Fizemos contato visual. Senti que ele também estava me fodendo.

Zach agarrou meu queixo — tocando uma parte enorme da minha pele — e me virou outra vez para si.

— Olhe para mim agora mesmo, antes que eu lance minha faca bem no coração daquele desgraçado.

— Você não pode sair matando todo mundo que olha para mim.

— Sinto te informar que posso e que irei, porra. Não me teste.

Eu acreditava nele, do fundo do meu coração. Ele havia ferido um homem por muito menos, por *quase* ter beliscado minha bunda. E aquele homem, ali na sauna, estava sonhando em me comer enquanto eu ainda estava nos braços de Zach.

Encarei os olhos de Zach, as ondas de prazer do orgasmo ainda se quebrando contra a minha pele.

— Por que você se importa com isso? — Eu o provoquei com um sorrisinho, ainda me esfregando na cabeça inchada, misturando meu gozo com o líquido dele. — Posso fazer o que eu quiser, com quem eu quiser. Você vai ter uma noiva daqui a poucos dias. Não somos exclusivos. Nem sequer estamos em um relacionamento.

Os lábios dele se contraíram.

— O casamento não vai ser de verdade.

— O anel vai, e a papelada também. — Avisei: — Não vou dormir com um homem casado.

— Não seria traição. Eu e ela estaremos livres para ter os amantes que quisermos. — O abdômen dele se contraiu enquanto tentava se impedir de gozar. — Estarei curado muito antes de colocar um anel no dedo, então não precisa se preocupar. Nenhuma de vocês vai ser minha escolha final. Nem ela, nem você.

As palavras dele me magoaram, mas, antes que eu tivesse qualquer chance de digerir a ofensa, ele apertou o pau, fazendo uma careta como se sentisse dor. Então, afastou o pau da minha calcinha encharcada e gozou, jorrando fios grossos de porra quente em cima da minha barriga. Observamos fascinados enquanto ele me marcava, jorro após jorro.

Nosso olhar se fixou depois de alguns segundos.

— Você me tocou — grunhi.

Os olhos dele pareceram raivosos, a boca curvada em um rosnado. Por um momento, achei que se revoltaria. Que sairia correndo e provocaria alguma queimadura de terceiro grau para se livrar da minha presença. Tremi com antecipação e medo.

Mas, em vez disso, Zach me agarrou pela cintura — os dedos trêmulos, tocando minha pele — e me levantou junto dele. Sem dizer mais nenhuma palavra, pegou as roupas que eu havia descartado no chão, então ensopadas, e jogou o tecido embolado nos meus braços sem me tocar. Fiquei parada no lugar, ainda de costas para o intruso.

— Vista o sutiã e a calça, Octi.

Obedeci, embora eu não fizesse ideia do porquê. Com certeza ia contra minha natureza ser obediente. Talvez eu temesse que ele enfiaria uma faca entre as sobrancelhas do cara. Subi o jeans com esforço e vesti o sutiã.

Zach enrolou meu cabelo no punho dele, usando-o como uma corda para me virar antes que eu tivesse a oportunidade de passar a camiseta pela cabeça. Andamos juntos na direção do estranho, com ele me guiando com a coleira improvisada. Gozo branco e leitoso escorria pelo meu estômago até o jeans. De forma vergonhosa, meu clitóris voltou a pulsar, só de pensar naquilo escorrendo até a boceta.

Paramos a poucos passos do estranho. Ergui os olhos para encontrar os dele. Ele parecia cansado, corado e suado, o pau, àquela altura, escondido sob a toalha. Ele encarou Zach com os lábios entreabertos, sem esperar ser confrontado.

— Está vendo isto? — Zach gesticulou para o gozo que cobria minha barriga. — Me responda, antes que eu enfie uma faca nos seus olhos.

— Ele faria exatamente isso — informei, sem fôlego, trêmula, apavorada e... *sim*, com tesão.

— S-sim — gaguejou o desconhecido. — E-estou vendo.

— É a *minha* porra. Nela. — Ele fechou ainda mais o punho, puxando o meu cabelo de um jeito delicioso. — Ela é minha. Entendido?

— Eu não sou dele. — Endireitei a coluna, ficando tão reta quanto uma vareta. Encarei o homem. — Se eu quiser transar com você, e se eu quiser transar com *qualquer um*, é o que vou fazer.

Uma coisa era ajudar Zach a superar seus problemas, e ele me ajudar a superar os meus. Mas eu me recusava a ser o brinquedinho dele.

— Certo, fiquem calmos, por favor. — O cara ergueu as mãos, olhando de mim para Zach, as sobrancelhas unidas. — Eu só queria dar uma passada na sauna antes do trabalho. Eu... Eu... Vocês não pararam quando entrei, então pensei que não teria problema observar. Na próxima vez, pedirei permissão.

— Na próxima vez que você olhar para o que é meu... — sussurrou Zach, se inclinando para a frente e falando no ouvido dele: — ... seu orgulho não será a única coisa que você vai perder.

31

Ollie vB: Vou matar o Zach.

Ollie vB: @ZachSun, fui expulso do clube de campo por sua causa.

Romeo Costa: Achei que você tivesse sido expulso porque transou com a esposa do presidente.

Ollie vB: Eles se divorciaram e se mudaram para Nova York e depois para o Havaí desde a traição. Fui readmitido. Mas, então, o Canalha Exibicionista da Silva resolveu mostrar o piu-piu dele para uns desconhecidos.

Romeo Costa: Eu preciso de mais detalhes.

Romeo Costa: [GIF do Michael Jackson rindo e comendo pipoca]

Ollie vB: Parece que nosso garoto decidiu foder alguém na sauna. O filho do McGrew entrou depois. Viu a coisa toda. Foi dedo-duro e disse que tinha sido um de nós três. Como esperado, apontaram o dedo para mim.

Zach Sun: Como você sabe que não foi Romeo?

Ollie vB: Porque a mulher com quem ele estava transando não parecia quase explodindo de grávida nem estava abraçando um balde de frango frito.

Zach Sun: Talvez Romeo tenha decidido se aventurar com uma amante descartável.

Romeo Costa: @ZachSun, por favor, não me faça ajudar Ollie a te matar. Minha consciência já é pesada demais.

Zach Sun: Vou dar um jeito para que você volte a ser membro.

Ollie vB: É bom mesmo. O time de tênis feminino está prestes a aceitar vinte novas atletas. Esse ia ser meu projeto do ano.

Romeo Costa: Meu Deus.

Ollie vB: Já que Ele morreu pelos meus pecados, então é melhor aproveitar que está tudo pago, certo?

Romeo Costa: O que aconteceu com a noite do bingo da terceira idade?

Zach Sun: Não me fale...

Ollie vB: Glória e eu passamos um final de semana incrível antes de ela se aposentar na Flórida.

Ollie vB: Essa mulher inventou os exercícios para a musculatura pélvica. Nem o Rei Arthur conseguiria me tirar de dentro dela.

Zach Sun saiu da conversa.

Ollie vB adicionou Zach Sun na conversa.

Zach Sun: É mais fácil escapar de certas prisões do que desse chat.

Ollie vB: Enfim, quem foi a azarada?

Romeo Costa: Deve ter sido alguma nerd de exatas com três prêmios Nobel.

Ollie vB: Errou. Eu aposto na empregada nova.

Romeo Costa: A que aniquilou ele na partida de Go?

Zach Sun: Pela última vez, ela não me aniquilou. A partida ainda não acabou.

Ollie vB: Que joguinho divertido. Por que não me convidaram?

Zach Sun: Você não sabe jogar Go.

Ollie vB: EU ESTAVA FALANDO DA SAUNA.

Zach Sun: Porque prefiro transar sem correr o risco de ser presenteado com sífilis.

Romeo Costa: Isso é uma confirmação oficial de que você pegou ela? 😂

Ollie vB: Esta é a primeira vez que tenho evidências concretas de que Zach não é virgem.

Romeo Costa: Cale a boca, Ol.

Ollie vB: E eu achando que ele estava prestes a virar noivo daquela garota médica.

Zach Sun: E vou. Em breve.

Romeo Costa: Está falando sério?

Ollie vB: De uma vida amorosa inexistente a se tornar a Bella do Edward e do Jacob, que são, respectivamente, a Cinderela e a dra. Peza. Bravo, @ZachSun. Bravo.

Zach Sun: Dra. Peza?

Romeo Costa: Eiliin-peza. 😵

Ollie vB: 😋

Ollie vB: Por falar nisso, eu adoro uma história com triângulo amoroso.

Romeo Costa: Você nem sabe ler.

Ollie vB: E o que ler tem a ver com isso? Eu estava falando de pornografia.

Ollie vB: Pesquisem no Google: duas enfermeiras, um policial. Me agradeçam depois. Mas vejam pelo iPhone, para evitar vírus.

Romeo Costa: Pela milésima vez, iPhones não são imunes a vírus.

Ollie vB: Ah, que merda. Isso explica os dois milhões de dólares que paguei para uma tal de Anitta Hanjab.

Zach Sun: Não tem amor envolvido em nenhum dos casos.

Ollie vB: Continue mentindo para si mesmo enquanto quebra todas as suas regras pela Cinderela.

32

Zach

O primeiro sinal de que eu precisava frear o desastre que era minha situação desgovernada com Farrow Ballantine veio de Natalie, entre todas as pessoas.

Ela me encurralou no solário, onde eu estava sentado com seis laptops abertos, tentando, sem sucesso, acompanhar diversas bolsas de valores nas telas minúsculas de doze polegadas.

— Aconteceu alguma coisa no seu escritório? — questionou ela.

Sim. Farrow está lá.

Eu não a estava evitando. Pelo contrário, *ela* tinha passado *três dias*, desde o que havia acontecido na sauna, saindo da minha frente sempre que virava um corredor. De vez em quando, ela entrava no meu escritório e avaliava nossa partida de Go, movendo uma ou outra pedra, mas apenas quando eu não estava lá. O que, de forma patética, me forçava a me alojar na ala oposta da mansão.

Não tirei os olhos das telas.

— Você está aqui por algum motivo? — perguntei.

— Só estou preocupada.

Somos dois.

Desde quando será que eu havia começado a reorganizar a minha vida para adequá-la às necessidades de outra pessoa que não tinha relação sanguínea comigo? Mas, mais importante que isso, desde quando será que Farrow Ballantine havia se tornado alguém cujos pensamentos, ações e emoções eram algo que eu levava em consideração?

Eu me levantei da cadeira com tudo, assustando Natalie quando as rodinhas a fizeram voar para o outro lado da sala. Sua mandíbula foi quase deslocada depois que comecei a andar de um lado ao outro das janelas que iam do chão ao teto. Indo e vindo. Indo e vindo. Eu estava prestes a explodir.

Três dias. Três malditos dias.

Três dias desde que Farrow me confrontara na sauna, me forçando a questionar minha sanidade. Três dias desde que eu sentira o gozo dela escorrer pelos meus dedos e desde que eu apertara a bunda dela — a *pele* dela — sem me encolher nem vomitar.

Três dias desde que as paredes apertadas daquela boceta molhada circundaram a cabeça do meu pau lá dentro, me apertando como se sua vida dependesse daquilo.

Qual seria a sensação de transar com ela sem barreiras? Essa pergunta consumia meus dias e devorava minhas noites. Eu era um homem obcecado, e não conseguia focar em nada, apenas saborear a sensação que ela evocava. De repente, parei de conseguir me lembrar de quando ou por que eu acreditava que a pele humana era tão repugnante. Eu queria a pele dela na minha vinte e quatro horas por dia, sete dias por semana.

O que me levava ao problema seguinte: Farrow não demonstrava nenhum sinal de derreter o gelo que vinha me dando desde aquele dia. Eu estava ansioso por qualquer sinal de vida dela. Qualquer prova de que queria meu toque tanto quanto eu queria o dela. E, assim, me vi dando passeios demorados pelo jardim de orquídeas, meditando quatro vezes por dia — em vez de três — e perambulando pelos corredores da mansão como um fantasma assombrado, caçando sinais dela.

Ela estava em todos os lugares e, ao mesmo tempo, em lugar algum. No aperitivo inesperado que apareceu na minha bandeja de almoço, a qual não mudava havia dezessete anos. No lençol extra na minha cama por baixo do edredom quando a temperatura caiu com a mudança da estação. E nos vídeos da câmera de segurança do meu escritório, que eu verificara para ter certeza de que, de fato, ela tinha feito sua jogada na nossa partida.

Para minha surpresa, seu trabalho me deixava satisfeito. Àquela altura da vida, eu havia testado todas as empregadas na cidade, e decidira começar a investir uma quantidade absurda de dinheiro em equipamentos de limpeza robóticos, na esperança de nunca mais precisar lidar com a incompetência humana. Mas, sob os cuidados de Farrow, a mansão nunca havia parecido melhor.

O problema? Ela trocava as coisas de lugar — mais uma vez, me forçando a mudanças. Colocava flores em vasos. Levava móveis de um canto para o outro. Abria todas as cortinas para deixar a luz natural entrar. Eu deveria ter achado aquilo tudo uma bobagem, aquele orgulho dela em tornar minha casa um lar. Ela sorria consigo mesma enquanto arrumava a fruteira na ilha da cozinha, ou enquanto ajeitava uma moldura para deixá-la no ângulo perfeito.

Parecia contente em me evitar, enquanto eu estava à beira de um colapso. Por que não estávamos conversando? Provocando um ao outro? Nos *tocando*? Eu me sentia como um bebê que havia acabado de aprender a andar. Queria fazer isso o tempo todo. Tocar o cabelo dela. As bochechas. Os seios. A boceta.

No quarto dia de silêncio, eu a encurralei. Ela estava no meu jardim, entre todos os lugares, eviscerando um arbusto de rosas brancas para encher meus vasos de mais de cem mil dólares. Imaginei que ela não ficaria feliz se escutasse que aquelas rosas não deveriam ser colocadas em urnas que eram, essencialmente, tesouros históricos de mais de seiscentos anos. A mera exposição à umidade poderia destruir seu valor.

O vestido simples, preto e branco, se moldava às curvas dela, delineando cada pedacinho. O cabelo, como ouro derretido, emoldurava os ombros e o rosto. Ela estava com fones de ouvido, balançando a cabeça para a frente e para trás ao passar a tesoura nas minhas flores bem cuidadas. Não me ouviu chegar, mesmo quando parei a um passo dela. Seu aroma flutuou ao meu nariz. Ela tinha cheiro de verão e pecado, do sol beijando uma flor que desabrochava.

Já que estava de roupas, não pensei duas vezes antes de tocar seu ombro para lhe chamar a atenção.

Ela deu um pulinho, cambaleando para longe dos arbustos, e tirou os fones do ouvido.

— Meu Deus, Zach. Você me assustou.

Idem. Você me deixa aterrorizado, Octi.

Em vez de fazer esse comentário, entrelacei minhas mãos às costas e a encarei com um olhar insatisfeito.

— Posso te fazer uma pergunta?

— Não.

— Vou perguntar mesmo assim. Por que decidiu parar de falar comigo?

— Parar de falar com você? — Ela largou uma pilha de rosas em um balde, enxugando as mãos no avental. — Você aproveita toda chance que tem para me dizer que sou a empregada. Por que eu te procuraria para conversar?

Ela estava minimizando nossa relação, e aquilo me irritou. Tive que respirar fundo e contar de dez a zero. Eu nunca ficava irritado. O que diabo estava acontecendo?

— Você e eu fizemos um acordo — falei devagar, endireitando minha postura, usando cada gota de autocontrole para não explodir. Sempre tive pena dos meus colegas e amigos que sucumbiam às emoções diante do mais banal dos inconvenientes. — E, neste momento, você não está cumprindo sua parte.

— E você está? — Ela se voltou para os arbustos, tirando a tesoura do chão lamacento e atacando as rosas com toda a sua fúria. Aquilo não era cortar. Aquilo era decapitar. — Eu comecei a cumprir minha parte do acordo, mas aqui estou eu, três semanas depois, e sem advogado, detetive ou qualquer ideia de como começar a brigar com Vera.

Então *aquele* era o motivo de ela estar me ignorando? Por que achou que eu havia esquecido a promessa que tinha feito?

Tensionei a mandíbula. Precisei massageá-la para me impedir de gritar com a mulher.

— Já tomei algumas providências.

Na verdade, nenhuma providência tinha sido tomada. Eu planejava prolongar o inevitável pelo máximo que eu conseguisse.

— Aham. É claro. Providências supersecretas das quais ninguém nunca ouviu falar.

Mais rosas cortadas. Ela era incansável. Naquele ritmo, deixaria meu jardim completamente despido. Ela não tinha ideia do que estava fazendo.

— É muito conveniente para você não tocar nesse assunto — prosseguiu ela.

— Estou trabalhando nisso. — Meus lábios mal se mexeram quando falei.

Atrás de nós, as portas da varanda foram abertas. Minha mãe e Celeste Ayi, sem dúvidas. Almoçávamos juntos toda sexta-feira. Porém, naquela sexta, eu havia me esquecido, porque tinha acabado de descobrir bocetas e queria uma segunda rodada.

— Eu não acredi...

Segurei Farrow pelo braço, sem me importar com o que minha mãe ou Ayi poderiam pensar daquilo, e a virei para que me encarasse.

— Sinto muito, mas precisa acreditar em mim. Você não tem escolha. Fizemos um acordo. Isso significa que, agora, somos sócios. Quando falei que tomei providências, falei sério. Temos uma reunião com a minha equipe de advogados e um detetive particular hoje, às quatro. Eu estava esperando o mercado de ações fechar antes da reunião.

Ela pestanejou, o rosto indo de uma emoção a outra, começando com confusão e terminando com esperança. Então, fez algo terrível.

Ela sorriu.

Ela sorriu, e eu senti aquele sorriso por todo o meu corpo.

— Uma reunião?

— Sim — resmunguei. — Eu te falei que tomaria as providência. Acho que você deveria trocar de roupa e vestir algo normal para a reunião.

Dei uma olhada rápida nela, da cabeça aos pés, com raiva por Farrow ter me obrigado a me explicar. Eu nunca estivera naquela situação.

Ela assentiu, passando os dedos pelas pétalas de rosa aveludadas no balde.

— Vou me trocar.

Uma pausa.

Me perguntei se ela sabia que minha mãe nos observava. Provavelmente, não. Ela parecia perdida em pensamentos.

Farrow ergueu o olhar para encontrar o meu.

— Preciso te pagar alguma coisa? Alguma taxa? Um...

— Vou cuidar de tudo. — Balancei a cabeça. — Você só precisa comparecer e nos passar um breve resumo da situação.

Ela assentiu. Eu estava desesperado por algo. Eu não sabia pelo quê. Meus punhos se fecharam ao lado do corpo.

Vire-se, Zach. Afaste-se.

Em vez disso, apenas a encarei, hostilidade irradiando de mim em ondas. Esperando... pelo quê? Um agradecimento? Eu não queria que ela me agradecesse. Agradecer era algo formal na cultura chinesa. Significava distância entre duas pessoas, e eu a queria perto.

— E aí? — Ela umedeceu os lábios, estudando meu rosto, parecendo hesitante. — Você precisa de mais alguma coisa?

Da sua atenção. Das suas palavras impossíveis. Da sua boceta doce. Sobretudo da sua boceta.

— Que você pare de assassinar as minhas rosas — balbuciei, em vez daquilo, arrancando a tesoura da sua mão. — Você não sabe o que está fazendo.

Ela deu uma risadinha.

— Eu terminei a limpeza e fiquei entediada. Me deixe em paz.

Não falei nada. Na verdade, eu a estava deixando em paz. Deixando que se safasse de coisas que eu nunca deixaria mais ninguém fazer.

— Zach... — Farrow franziu a testa. — Você quer que eu te toque?

Sim. Não. Meu Deus, não faço ideia, cacete.

A sensação era de que eu estava regredindo — como Benjamin Button, de volta ao ensino médio, quando eu não sabia pensar, sentir ou agir perto de garotas.

Joguei a tesoura no balde com as rosas que ela havia acabado de assassinar.

— Você pode me tocar, acho.

Apesar de que o toque que eu imaginava não era algo que eu queria que minha família testemunhasse.

Os lábios dela estremeceram, não exatamente em um sorriso.

— Tente de novo.

Inflei as narinas.

— Por favor, me toque.

Ela ergueu a sobrancelha, claramente se divertindo.

— Onde?

Em qualquer lugar. Em todo lugar. Mas eu precisava que fosse algo seguro para toda e qualquer audiência, pois Celeste Ayi estava prestes a pegar uma câmera para filmar tudo e, depois, me oferecer dicas profissionais.

— No rosto — sibilei, me sentindo humilhado e exaltado, tudo ao mesmo tempo. Meu corpo todo tremeu com a confissão. — Quero sentir sua pele no meu rosto.

Seria a primeira vez desde o acidente. Desde que o sangue dele pingara nos meus olhos, escorrera pelas minhas bochechas como lágrimas.

Nós nos encaramos, e, por um instante, o mundo parou de existir. Pássaros não cantaram. Nuvens não se moveram no céu. Minha mãe não nos observou com seu olhar reprovador.

O peito de Farrow se movia com a respiração irregular. Ela colocou o balde com flores no chão, a mão indo parar na altura do meu rosto.

— Me conte algo para te distrair — instruiu, o sorriso suave, a voz como seda. — Algo sobre polvos.

Fechei os olhos.

— Eles têm três corações.

— Aposto que amam muito.

Suas mãos quase chegaram ao meu rosto. Eu as senti pairando bem na minha frente. Parei de respirar por completo, me preparando.

— É uma criatura trágica — rebati, abrindo um dos olhos. — Jamais poderá amar. Foi programada para consumar seu propósito reprodutivo, procriar e morrer logo em seguida. Nunca terá a chance de viver de verdade.

— Bem que você poderia me chamar de gatinha, né? — Farrow franziu o nariz, parecendo adorável. — Eu aceitaria até coelhinha.

— Gatos são uma escolha genérica. Coelhos pertencem à mansão de Hugh Hefner. — Abri o outro olho, então, balançando a cabeça, determinado. — Você é um polvo. Inteligente. Sofisticada. Trágica.

Foi então que aconteceu.

As mãos dela seguraram meu rosto pelos dois lados, emoldurando as bochechas. Inspirei fundo e fechei os olhos com força. A pele quente e molhada de Farrow pressionou a minha.

Eu me obriguei a abrir os olhos. A vê-la.

Suas unhas roçavam minha pele. Um calafrio me atravessou espinha abaixo.

— Olhe para mim, Zach. — Ela sorriu. *Sorriu*. — Você consegue. Você pode tocar. Você pode sentir.

Ficamos parados no jardim como duas árvores, robustas, mas ainda assim frágeis, balançando delicadamente com o vento, e não aguentei. Como tudo me atingiu de uma vez.

As memórias. O nojo. A culpa por querer sentir a pele dela, apesar de tudo, mesmo que meu pai estivesse morto, e eu nem sequer me lembrasse das suas últimas palavras.

— O que aconteceu? — perguntou Farrow, baixinho.

Balancei a cabeça. Eu não conseguiria contar. Não poderia repetir o que aconteceu para que meus ouvidos escutassem, muito menos os dela.

— Como está se sentindo?

Pensei naquilo.

— Estou... *sentindo*. — Bem. Mal. Complicado. — Isso tudo é muito mais do que eu poderia pedir.

— Zachary — gritou minha mãe, da varanda, jogando um balde de água fria naquele momento. — Você está atrasado, e estamos com fome.

Farrow afastou as mãos do meu rosto, dando um passo para trás. Seu pescoço corou.

— Te vejo às quatro. — Ela me deu as costas, pegando o balde com rosas e se apressando na direção da porta de entrada.

— Não vá embora — grunhi, a voz saindo de maneira inesperada.

Ela parou, mas não se virou para me encarar.

— Não vá — sussurrou ela, e eu não entendi o motivo, mas, de repente, tudo me pareceu trágico. Como o polvo, criando vidas, mas encerrando a sua.

Dando meia-volta, sentindo a ardência da mão dela no meu rosto, com a consciência de que eu não tentaria me esfregar para me limpar do toque, caminhei na direção da varanda. Minha mãe e Ayi estavam apoiadas no corrimão de mármore, me encarando como se eu tivesse acabado de aterrissar em um milharal com uma espaçonave e um chapéu do Bob Esponja com hélices na cabeça. *Perplexas* não parecia ser a palavra adequada para descrevê-las. As duas pareciam estar tendo uma daquelas experiências em que a alma saía do corpo.

— Você deveria tomar cuidado com os funcionários — falou minha mãe, alto o suficiente para que Farrow escutasse. — Você não vai querer ser processado por assédio sexual.

Não respondi.

Na infância, as pessoas sempre me diziam: "Que bom que você sobreviveu." Mas será que eu tinha mesmo sobrevivido? Eu achava que não. Eu havia perdido tantas partes de mim naquele dia. Ainda assim, continuei existindo, mas sem viver. Afinal de contas, sobreviventes eram especialistas em seguir em frente com o fardo de todos que tinham ficado para trás. E, por vinte e um anos, aquele tinha sido meu destino.

Até aquele momento.

Eu estava progredindo. Aos poucos, ganhando vida.

As luzes eram intensas demais. A comida, saturada de gosto.

Mas eu não estava mais morto por dentro.

E isso me apavorava.

33

Zach

— Você precisa fechar o acordo com Eileen antes que ela recupere o bom senso. — Minha mãe deixou os palitinhos no apoio, a coluna tão reta quanto a de uma sentinela. — Seus dias de escapulidas com as funcionárias acabaram. Você tem 33 anos.

Celeste Ayi enfiou um bolinho na boca, os olhos indo de mim para a minha mãe.

— Quem disse que eles estão escapulindo? Aquele abraço foi praticamente projetado em uma tela IMAX.

— Não seja ridícula. — Minha mãe arrancou um guardanapo do colo, levando a beirada até o canto da boca para limpar uma manchinha invisível. — Meu filho sabe que não deve partir meu coração assim. Uma mulher sem ambições não é uma escolha lógica como esposa. Seria perigoso demais.

Peguei uma fatia de pepino e a coloquei na boca, mastigando-a. Minha mãe olhou na minha direção, esperando uma confirmação. Como não a obteve, ela continuou:

— Ele sabe que o pai também não a teria aprovado. E isso é algo com que ele se importa de fato, já que Lao Bo não está mais aqui para opinar.

Ela dizia aquilo com frequência, e isso me enlouquecia. Ainda mais porque, às vezes, eu queria que tivesse sido eu a morrer. Peguei a taça de vinho.

— Estou ciente, mãe.

— E desde quando você bebe vinho no *almoço*? — Ayi levou a mão ao peito. — Poderíamos ter ido a um monte de *happy hours* juntos.

Ela não precisava da minha companhia. Ela tinha mais amigos que uma pessoa deveria ter na vida, e a maioria adquirida depois de ter, sozinha, patrocinado uma parada do orgulho LGBT local havia anos. Ela tinha acabado de chegar aos Estados Unidos e ainda não havia se acostumado aos acrônimos. Achou que LGBT significava "Lá, a Gente Bebe Tchai". O resto era história.

Minha mãe ignorou a irmã.

— Tem algum problema do qual eu deveria saber?

— Acho que tem *um* problema. — Ayi tirou o espelhinho da bolsa e verificou a maquiagem, apesar de sermos apenas os três presentes. — O problema é que ele acha

Eileen um pouco menos atraente que um capacho de banheiro. E não estou nem falando dos peludinhos.

— Isso não é verdade. — Mamãe bateu o guardanapo no colo. Ela nunca batia nas coisas. — Ele a adora, e a garota é estonteante. — Ela virou a cabeça para mim. — Não é, Zachary?

— A aparência dela é aceitável.

Girei o vinho na taça, insatisfeito pela minha mãe estar, de fato, certa. Falando de forma pragmática, não havia motivo para adiar o inevitável. Eu fizera um acordo com Eileen. Desde então, ela tinha me enviado diversos e-mails, e até mensagens de texto. Ela esperava que eu desse o próximo passo. E por que não deveria esperar? Tínhamos feito um acordo.

Ela me daria herdeiros. Estabilidade. Paz com a minha mãe. E, mais importante que tudo, me ajudaria a cumprir minha promessa ao meu pai.

Minha mãe afastou o prato, perdendo a paciência.

— Zachary, você está me ouvindo?

Acordei dos delírios, colocando a taça na mesa.

— Sempre.

Ela se levantou, seu prato ainda cheio, o chá intocado.

— Acerte as coisas com Eileen Yang. — Ela jogou a bolsa no ombro. — Ela é uma boa moça. Não ouse estragar a reputação dela.

Ela saiu da sala, tempestuosa, me deixando com a minha tia distraída.

— Vai comer aquele espetinho? — Ayi apontou para o meu prato com os palitinhos dela. — Estou fazendo uma dieta sem carboidratos.

Ela tinha acabado de comer um bolinho, mas o que eu menos queria era começar uma conversa com ela.

— Não. — Fiquei em pé, abotoando o blazer. — É todo seu.

Às três e meia, entrei em uma das minhas salas de conferência. De propósito, havia agendado a reunião para meia hora antes do horário que eu passara para Farrow. Eu não queria que ela testemunhasse aquele pedaço da conversa.

No minuto que entrei, todos se levantaram das cadeiras. Dois advogados, um imobiliário e outro sucessório: Dan Harlow e Bryan Di Pietro, os melhores da região. Minha advogada, sendo paga para acompanhar: Deanne Tibon. E um detetive particular, Tom Coates. Eles estavam sentados, enfileirados, em um dos lados da mesa oval.

Desabotoei o blazer e me apossei da cadeira na ponta, sem apertar a mão de ninguém. Com exceção de Farrow, eu ainda achava a maioria dos humanos repugnante.

— E então? — Bryan olhou em volta, franzindo a testa. — O que era tão sério que você nos obrigou a nos unir em uma força-tarefa?

— E me fez encurtar as férias em Barbados. — Deanne se recostou na cadeira, massageando o pescoço. Já tinha mais de 60 anos e estava louca para se aposentar. Na verdade, eu era o único cliente que ela ainda atendia. — Decidiu comprar o Walmart?

— Ainda não.

Mas isso não está fora de questão. Uni as mãos na mesa.

— Tenho uma tarefa para vocês. Fracasso não é uma opção. — Eu os encarei, me demorando. — Nem um centavo será poupado, nada deixará de ser feito. Explorando todos os métodos necessários, vocês quatro vencerão o caso, ou terão que encarar o exílio do seu ramo de trabalho.

Tom assobiou.

— Palavras fortes.

Deanne cruzou os braços.

— Para mim, não. Eu *quero* me aposentar.

— O que é, então? — Bryan abriu a maleta, pegando um bloco de notas. — O que você quer que façamos?

Pressionei o botão do interfone, convocando Natalie, que trouxe e distribuiu pastas pré-preparadas.

— Quero que larguem tudo com que estão trabalhando e foquem nesta tarefa.

Se eles arruinassem aquilo, eu os arruinaria.

Simples assim.

34

Zach

A folha amassada de papel enterrada no bolso frontal da calça parecia queimar. Eu podia senti-la ardendo em chamas pelo tecido, incendiando minha pele.

— Puta que pariu, que porre de lugar. — Oliver passou pelos balcões de vidro da joalheria, parando diante de um colar de esmeraldas vintage que deveria custar uns dez milhões. Uma barreira de vidro espesso o protegia. — Por que todas as joias parecem iguais? — Ele soltou um bocejo provocativo, o terno cor de ameixa colado ao corpo, todo exagerado. — Nada tem graça.

— Do que mais você precisa? — Rom riu, se inclinando para a frente e semicerrando os olhos para um par de brincos que ele compraria para a esposa. — De um bracelete em formato de pinto?

— Sim, por exemplo. — Oliver deu de ombros. — Um pouco de diversidade não faria mal a ninguém.

Ele tamborilou os dedos no expositor de vidro, analisando a joalheria luxuosa. Era pequena, exclusiva e atendia apenas com hora marcada. Era a casa dos anéis de noivado mais caros do mundo.

Melhor acabar logo com isso. Peguei o papel amassado e o apoiei no braço, alisando-o. Dei o meu melhor para encarar a lista sem atear fogo nela.

Corte pera
20 quilates
+ $1,8 milhão
Diamante branco
Aro fino

Por favor, não quero nada que não tenha sido feito sob medida. Para mais instruções, pode me ligar no celular.

Eileen

Bile subiu à minha garganta, mas ignorei. A promessa ao meu pai. Os pedidos da minha mãe.

Esse sempre foi o destino.

Uma mulher de meia-idade, usando um terninho, se aproximou de Ollie, mãos unidas na altura da barriga.

— Está procurando alguma coisa para alguém especial, senhor?

Rom respondeu por ele:

— Se Oliver precisasse comprar joias para todo mundo com quem se encontra, seu estoque esgotaria. O homem já distribuiu mais proteína do que um açougue.

A mulher franziu o nariz. Ao seu lado, Oliver deu uma gargalhada, jogando um braço no ombro de Romeo.

Ignorei os dois, marchando até o joalheiro atrás do balcão de vidro, meus sapatos Oxford batendo no piso de porcelanato.

— Preciso de um desse.

Larguei o papel no balcão entre nós, esperando que caísse no chão e entrasse em combustão espontânea. Não tive sorte.

O homem suado e robusto aproximou a lista do rosto, semicerrando os olhos por trás dos óculos.

— Dois quilates?

— Vinte — corrigi. — Entre 1,8 e 2,2 milhões de dólares, por favor.

Ele engoliu em seco. Em qualquer outro bairro, a comissão daquela venda bastaria para que ele comprasse uma nova casa.

— Ah, sim, senhor. — Ele se virou na direção do escritório. — Vou mostrar algumas das nossas opções...

— Não precisa. — Acenei com a mão e verifiquei o meu relógio Philippe Patek. — Não preciso ver as opções. Desde que cumpra todos os requisitos, pode colocar na caixa e me dar a papelada do seguro. — Pausa. — Também vou precisar do certificado.

Eileen me parecia ser alguém que gostava de ter tudo no devido lugar, assim como eu. Aquilo deveria ter feito com que eu me identificasse com ela, mas não era o caso. Eu achava aquela característica entediante e cansativa. Era assim que as pessoas — *Fae, no caso* — me viam?

O joalheiro deixou o alicate que ele segurava cair, boquiaberto. Então, piscou.

— O senhor não quer ver o anel de noivado de dois milhões que está prestes a comprar?

— Eu gaguejei, por acaso? — Fiz uma carranca. — Sim, foi isso que eu disse.

— Desculpa pelo nosso amigo. — Ollie riu, aparecendo ao meu lado. — Ele está sendo forçado a se casar com a versão humana de um formulário de restituição de imposto.

Eu o fuzilei com o olhar.

— Você nem a conheceu.

— Mas você me disse que ela se parece com você. — Ele me lançou um olhar de pena evidente. — Foi fácil chegar à conclusão de que ela não é a alma da festa.

Alguém precisava pedir perdão a Deus por ser um canalha pegador, e meu trabalho era marcar uma reunião entre aqueles dois.

Infelizmente, budistas não praticavam violência. Budistas que não conheciam Farrow Ballantine, quero dizer.

— Estamos perdendo o Leilão de Arte da Frestone. — Dei uma batidinha no relógio, me voltando para o joalheiro. — Embrulhe qualquer um dos anéis. Rápido.

— Por que é que vamos passar lá mesmo? — Romeo gesticulou para que um dos funcionários da loja embrulhasse os brincos em que estivera de olho para Dallas. — Eles não têm uma seleção boa de arte. Nunca tiveram.

— E nenhuma boceta disponível. — Oliver passou a mão pelo rosto. — A média da idade por lá é 102 anos. E até eu tenho limites.

— Você sempre disse que a arte da Frestone é um exemplo de lugar aonde o bom gosto vai para morrer. — Romeo ergueu a sobrancelha. — Por que mudou de ideia?

Observei o joalheiro perplexo colocar uma caixa de veludo preto em um saco de cetim creme.

— Eu quero uma obra específica de lá — falei.

O atendente me entregou o embrulho. Em troca, deslizei o cartão Amex ilimitado na direção dele.

— Uma obra? Uma porcaria, você quis dizer — retorquiu Romeo.

— Uma réplica de *Salvator Mundi*, do Da Vinci.

— O quê? — Oliver se engasgou com a saliva, depois, deu um tapa nas próprias costas. — Você vai comprar uma *réplica*? Daqui a pouco vai me dizer que está comprando sapatos Prada e Gucci falsos direto de algum caminhão.

Aquela não era a hora de admitir que Celeste Ayi tinha algumas bolsas de edição limitada da Hermès de origens duvidosas. Ela as tinha comprado em uma venda de garagem organizada por uma ex-sócia de uma antiga loja de departamento de luxo, que insistira que tinha bons contatos. Minha intenção era levar aquele segredo para o túmulo. Espalhar o que eu sabia significava ir mais cedo que o necessário para o referido túmulo.

— Aquela pintura é horrenda. — Romeo pegou a compra dele. — Gosto do Da Vinci, mas nosso garoto, Salvi, parece estar exibindo o maior decote do mundo.

Oliver levou a mão ao peito.

— Sinto um pouco de tesão toda vez que vejo essa pintura.

Dei um peteleco na testa dele.

— Você fica com tesão quando vê *O grito*.

Ele estalou os dedos, apontando para mim.

— Ei. A boca tem formato de O. Perfeita para um boquete.

Revirei os olhos, pegando o cartão de cima do balcão.

— Vocês dois não entendem nada de arte. Vamos embora.

— Não dá para acreditar que você vai nos arrastar até aquele buraco. — Oliver balançou a cabeça, me seguindo para fora da loja. Romeo, completamente sem emoção, vinha em seu encalço. — As coisas que eu faço pelos meus amigos verdadeiros...

35

Ari: Ei, esquentadinha.

Farrow: <*Le* suspiro>

Farrow: Eu não deveria ter te contado o que rolou na sauna...

Ari: Nada a ver. Foi a primeira vez que você fez algo divertido por você.

Ari: E COMO foi divertido...

Farrow: Ainda estou sentindo as consequências do orgasmo.

Ari: É inacreditável o mundo inteiro estar prendendo o fôlego para ver quem ele vai escolher, enquanto você sobe e desce nele igual a uma montanha-russa em saunas públicas.

Ari: Na verdade, dá para acreditar, sim. É tão VOCÊ.

Farrow: Certo. Vamos mudar de assunto.

Ari: Agora é oficial que você tem representação legal?

Farrow: Sim. Me encontrei com um detetive particular, também. É uma equipe e tanto, Ari. Tem sangue nos olhos. Isso tudo até parece bom demais para ser verdade.

Ari: Só porque não acontece nada bom na sua vida há muito tempo. Acho que Zachary Sun é seu anjo da guarda.

Farrow: Engraçado.

Ari: Por quê?

Farrow: Porque acho que ele é o demônio que vai acabar me matando.

36

Farrow

O resto da semana fluiu como um rio quentinho contra minha pele.

Na segunda-feira, Zach me pediu para acompanhá-lo em seus almoços. No *plural*. Sua intenção era clara: passarmos mais tempo juntos; acostumá-lo com a ideia de dividir sua vida com uma mulher. Em outras palavras, eu havia me tornado seu bichinho de estimação. Uma companheira obediente que o seguia por onde quer que ele fosse, esperando pelas suas ordens.

Falei a mim mesma que concordei com aquilo por causa dos advogados chiques que ele havia arranjado para mim, mas, na verdade, eu gostava de passar meu tempo com ele. Isso não era bem um elogio, considerando a competição. A companhia de Vera poderia convencer uma freira a frequentar um bar, e Tabby e Reggie eram mais adequadas para torturadoras em nome da CIA do que como companhia. A ideia de diversão para Andras incluía um treinamento intensivo e hematomas em formato de banana, que vinham com os golpes da sua espada. E minha linda e amada Ari vivia do outro lado do mundo.

Naquele momento, estávamos sentados no escritório de Zach, beliscando peixe cru e discutindo arte abstrata.

Eu não suportava. A comida, o cenário, o homem com quem eu estava passando tempo.

— Por que você come na frente das telas? — perguntei, me remexendo na cadeira, jogando uma perna por cima do braço aveludado e encarando meu prato. Sashimi. Algum tipo de salada de pepino, acompanhado de suco verde.

— Porque o trabalho nunca para.

Zach enfiou um pedaço de toro na boca, mas não encarava as telas. Ele me encarava.

Segurei uma fatia de sashimi unagi entre os dedos, lançando um olhar a ela como se tivesse me ofendido. Tudo que eu via enquanto a encarava era um polvo. Zachary Sun tinha conseguido arruinar o sushi para mim.

— Se você não fizer uma pausa para aproveitar todo o seu trabalho duro, qual valor isso de fato tem?

— Você não é um animal. — Zach suspirou. — Use os palitinhos.

— Eu não sei como. — Espetei o peixe cru com um único palito, usando-o para levar o salmão até a boca. — E eu achei que eu fosse um polvo.

Os olhos dele quase saltaram das órbitas.

— Você morou na Coreia e nunca aprendeu a usar palitinhos?

Não sei o motivo, mas tudo que aquele homem fazia me deixava com calor e com tesão — mesmo quando franzia a testa, colava uma carranca no rosto, reclamava e me repreendia.

Talvez eu estivesse sofrendo de síndrome de Estocolmo. Mas isso implicaria que ele tinha me raptado, em vez do simples fato de que eu havia perdido a cabeça e concordado, por livre e espontânea vontade, em ficar ali.

— Não — disse, enfatizando a palavra, e afastei meu prato na escrivaninha. — Uso colher e garfo. Ari sempre enche meu saco por isso.

Para ser justa, tudo tinha um gosto muito melhor naquelas colheres largas de metal usadas na Coreia.

Zach franziu a testa.

— E eu deveria saber quem é Ari?

— A melhor pessoa que conheci em Seul.

Zach arqueou a sobrancelha.

— Menino ou menina?

Está com ciúme?, fiquei tentada a perguntar.

— Não estou grávida — respondi.

— Não me irrite, Farrow. Eu te fiz uma pergunta.

— E daí? Eu não trabalho para você, Zachary Sun.

— Sim, você *literalmente* trabalha.

Seus lábios mal se mexeram quando falou. Deu para ver que eu o estava levando para a beira da loucura. Dei de ombros.

— Informações pessoais custam mais caro.

Ele cerrou a mandíbula. Então, abriu a gaveta e pegou a carteira, jogando uma nota de cem dólares entre nós.

— Ari é menino ou menina?

— Menina — respondi, por fim. — Mas isso não diz nada sobre a orientação sexual dela. — Revirando os olhos, Zach jogou mais uma nota de cem dólares na mesa. Peguei o dinheiro, enrolando-o e guardando-o no cós da calça. — Ela é hétero. — Sorri. — Está noiva, e muito feliz com isso.

— Ela não poderia ter te ensinado a usar palitinhos?

— Ah, ela tentou. Mas assim que percebi que não dava pra enfiar um monte de comida na boca, e rápido, usando os palitinhos, perdi todo o interesse.

— Comida não foi feita para ser enfiada na boca. Foi feita para ser consumida por longos períodos.

— É fácil falar quando não se tem dois empregos.

Ele balançou a cabeça.

— Constance teria te deserdado.

— Que bom que não sou filha dela, então. É melhor não ter mãe do que ter uma que te molda no único formato em que ela é capaz de amar.

Fiquei em pé, apontando para o prato que eu descartei, me perguntando se as minhas palavras o tinham ferido tanto quanto eu havia desejado que o fizessem. Havia muitas camadas de pele morta cobrindo aquele coração.

— Desculpa, isto está intragável.

De jeito nenhum eu conseguiria ficar satisfeita só com seis fatias minúsculas de peixe. Eu queria comer algo delicioso, decadente, que faria mal para minha saúde. Algo que eu não tinha direito de comer. Tipo Zachary Sun. *Não, Fae*, reprimiu o lado lógico do meu cérebro. *Tipo* jajangmyeon *ou* pupusas. Quanto antes eu entendesse aquilo, melhor seria para mim.

— É nutritivo. — Zach continuou a mastigar de boca fechada. Trinta e duas vezes cada mordida. Sem falhar. — O combustível ideal para seu corpo.

— Se eu fosse uma máquina, talvez. — Eu tinha suspeitas sérias quanto ao que ele era. — Mas conheço o meu corpo. E ele quer algo que bloqueie todas as artérias até que eu precise de acetona para desentupir tudo.

Andras me mataria.

Só que Andras também não estava ali.

Zach abriu a boca — prestes a me dar uma bronca, sem dúvidas —, então, fechou-a antes de perguntar:

— Como o quê?

Ótima pergunta. Qualquer coisa seria melhor do que tudo que eu costumava roubar da geladeira — aquela comida nojenta sem glúten, sem sódio, sem carboidratos e sem gosto das dietas de Vera, Reggie e Tabby. Como eu duvidava que conseguiria encarar as consequências de dizer que o que eu queria era *Zach* em uma bandeja, e *pupusas* precisavam de pelo menos quinze minutos na AirFryer, e meu *jajangmyeon* favorito ficava em Rockville... me contentei com a coisa mais oleosa em que consegui pensar.

— Pizza. — Senti meus olhos se enrugando enquanto eu sorria com a lembrança do meu pai e eu devorando pedaços de pizza antes de um show da Broadway. — Quero uma pizza ao estilo de Nova York. Enorme, com borda bem fininha, queijo o suficiente para esculpir a estátua de uma criança de 5 anos. — Minha boca salivou com aquela ideia. — Na verdade, uma criança de 11 anos.

Ele pareceu horrorizado, como se eu tivesse dito que queria comer uma criança *de verdade*. Então, pensei... por que não forçar um pouco mais a barra? Zach ficava tão ofendido com os prazeres da vida que minha vontade era fazê-lo experimentá-los. Compreender o motivo de serem considerados prazeres.

Cruzei os braços, me inclinando para trás.

— Quando foi a última vez que você comeu pizza?

As sobrancelhas dele se uniram enquanto analisava os arquivos organizados que eram sua memória.

— No terceiro... não, no quarto ano do fundamental, acho. Na festa de aniversário do Trevor McKee. Trouxeram pizza da Sicília, mas, ainda assim, achei medíocre.

Tentei derrubar o calendário de mesa dele com um dos meus palitinhos, balançando a cabeça.

— Ah, Zach.

— Eu sei. Por que não trouxeram os chefes e os ingredientes da Itália?

— Vamos pedir pizza neste instante. É bom que esteja tão oleosa a ponto de precisarmos de quatro toalhas por baixo da caixa para absorver as manchas. E... — Ergui as mãos, ganhando vida como uma árvore de Natal iluminada. — E cerveja. Umas cervejas vagabundas e aguadas.

— Cerveja belga — rebateu ele.

Balancei a cabeça.

— Desculpa, você vai descer de nível comigo hoje.

— Adorável. — Ele contraiu os lábios em uma linha fina. — E depois, o que faremos? Daremos um passeio no supermercado e teremos uma overdose de fentanil?

— Passear no supermercado é legal.

— Suponho que esteja falando do aspecto jurídico?

Apesar do meu horror àquele estilo de vida rígido dele, acabei rindo da piada.

— Ah, e você que vai pagar, aliás — completei.

Ele parecia prestes a vomitar, as maçãs do rosto pálidas e marcadas. Meu coração pareceu ir parar na garganta. Eu tinha certeza de que Zach diria não. Depois de diversos minutos de silêncio, ele afastou o prato de sashimi.

— Tudo bem. Vamos comer pizza.

— Fico feliz por você ter encontrado a luz — comentei.

Ele ergueu um dedo.

— Sob uma condição.

Meu coração foi a mil.

— Que seria...?

Por favor, diga que é algo obsceno que já quero fazer de qualquer maneira.

— Nenhum ingrediente nojento.

— Só abacaxi.

— *Principalmente* abacaxi.

— É sempre tão difícil negociar com você?

— Não. — Ele mergulhou as mãos em uma tigela grande com água. — Eu não costumo negociar. Tomo para mim o que quero.

— E o que tem de errado com abacaxi?

— Nada. — Ele passou a toalha nas mãos. — Pizza só não é o hábitat natural dele.

— Então qual é o hábitat natural dele?

— A lata de lixo.

Grosso.

— Bem, eu gosto. Você vai ter que aprender a gostar.

Aquela ideia pareceu horrorizá-lo.

— Por quê?

— Porque você quer que *eu* aprenda a gostar dos seus trinta centímetros.

— Não são trinta centímetros.

— É quase isso.

— Sua anatomia foi feita para parir um bebê de cinco quilos — argumentou ele.

— E sua anatomia foi feita para comer uma flor de bromélia.

Ele sacudiu a cabeça.

— Que tenebroso.

— Bem-vindo ao mundo da paquera, Zachary.

— Estou tentado a dar meia-volta. — Ele pressionou um botão no painel. — Natalie. Peça uma pizza grande de abacaxi para nós.

— Com queijo extra — sussurrei, indo parar na beira do meu assento, me esquecendo de manter distância.

Um músculo se moveu na mandíbula dele. Ele deu um chute, fazendo minha cadeira rolar alguns centímetros para trás. Fiz biquinho. Ele suspirou, mas acrescentou:

— Com queijo extra.

— Senhor Sun? — Natalie ofegou. — Você... precisa de ajuda?

— Sim — disse ele, a voz arrastada. — É para isso que te pago.

— O que quis dizer foi... você está bem?

Sim. Era *mesmo* inacreditável.

— Não mesmo. — Ele me encarou, desgostoso, suspirando fundo. — Natalie, eu tomei um chá de boceta.

No dia seguinte, arrastei Zach ao solário para o almoço. Eu sempre quis comer lá, mas imaginei que ele fosse precisar de um tempo depois do incidente no qual queimou a mão assim que Eileen o tocou. Comemos poke. O dele tinha salada, em vez de arroz, e pepinos extras. Progresso. No dia seguinte, comemos branzino na varanda. Daquela vez, ele me deixou dar batata assada para ele na boca. Fez cara feia, reclamando o tempo todo que o prato era gorduroso. Ainda assim, antes de terminar a refeição, eu o vi colocando mais uma na boca.

E, no dia depois daquele, preparei *banh mi thit nuong* para nós — encharcando os sanduíches com molho aioli caseiro. Até escondi um pouco de patê neles quando Zach desviou os olhos.

Joguei meu guardanapo no prato vazio, me recostando na cadeira.

— Qual é sua obre de arte favorita? — perguntei.

— Não tenho.

— Está falando sério? — Eu me endireitei na mesma hora. — Você coleciona tanta arte, e não tem uma peça favorita?

— Não. Nem tudo precisa ser comparado a outras coisas.

— Mas... — Franzi a testa. — Todo mundo tem uma obra favorita.

— Até você?

— Sim. O *Telefone-lagosta*.

Eu havia implorado a meu pai que comprasse uma réplica. Vera a vendeu em um leilão semanas depois de ele ter falecido.

Zach parou, interrompendo a mordida.

— Do Dalí?

O que me enlouquecia era ver quão pequenas e comedidas as mordidas de Zach eram. Trinta e duas mastigações por vez. Quando confirmei com a cabeça, ele arqueou a sobrancelha.

— Bem, não me surpreende que essa seja a sua favorita.

— O que quer dizer com isso?

Ele não me respondeu, envolvendo o sanduíche com os lábios. Quando a hora de almoço agendada terminou, dei outra olhada no prato dele. Zach não havia deixado nem uma migalha.

Todas as manhãs, eu passava meia hora passeando pela propriedade, abrindo todas as janelas para deixar o sol entrar. Assim, o sr. Sun poderia sentir o calor pela primeira vez na vida.

Eu me recusava a comer em silêncio, sempre contando a ele a respeito da minha vida. Da mãe que nunca tive. Do pai que tive, mas não por tempo o bastante. Da minha solidão. De Seul. Da esgrima e dos sonhos olímpicos. Do quanto eu sentia falta da minha antiga vida. Da que eu tinha na Ásia, longe da minha madrasta e irmãs de criação malvadas.

Ele ficava sentado, ouvindo tudo. Como se precisasse tolerar a interação humana. Às vezes, quando eu ria de mim mesma, ele até se encolhia.

Zachary Sun mal era humano.

Para que eu o consertasse, eu teria que torná-lo real.

37

Farrow

Na véspera do meu aniversário, decidi dormir na casa de Zach.

Acho que eu tinha me viciado nos pequenos prazeres dos diversos quartos de hóspedes. O amplo colchão firme. Os travesseiros macios. A penteadeira enorme. E o aroma de flores recém-colhidas e velas decorativas que chegavam de todos os cantos. O chef mantinha a geladeira estocada e, nos últimos tempos, isso incluía coisas que eu adorava comer. Zach me deixava livre para fazer o que quisesse, ocupado se escondendo de mim, só para depois ir ao meu encontro de maneira espontânea.

Pela primeira vez em quase dois anos, tive uma noite completa e ininterrupta de sono. Nada de Vera gritando para eu lavar a louça. Nem Tabby ou Reggie me acordando para que eu preparasse o café da manhã. Apenas... paz. Acordei com um silêncio delicioso, pestanejando ao abrir os olhos devagar.

Você tem 23 anos. Parabéns. Sobreviveu a mais um ano. Para a tristeza da sua suposta família.

Permiti a mim mesma tirar vinte e três segundos de luto pela minha carreira como esgrimista. Valentina Vezzali já tinha duas medalhas olímpicas na minha idade. Todos os dias, meu relógio biológico chegava mais perto do zero. E isso não importava muito. Dar as caras em uma competição seria imprudente.

Então, dei petelecos na ponta do nariz até que eu não sentisse cheiro nenhum, depois passei dois minutos me convencendo de que estava sentindo o cheiro das clássicas panquecas com confete que meu pai fazia em todo aniversário. Eu tinha saudade delas. Saudade *dele*.

E, por fim, sem nenhum motivo lógico, peguei o celular na mesa de cabeceira e verifiquei as mensagens. A decepção atacou meus dutos lacrimais quando abri minhas últimas mensagens com meu pai e não encontrei nenhuma nova. Ele costumava me mandar uma mensagem longa desejando parabéns nas manhãs do meu aniversário, cheias de afirmações. Pela tarde, eu voltava ao dormitório e me deparava com uma cesta cheia de coisas gostosas.

Reli as últimas mensagens, embora já estivessem tatuadas no meu cérebro.

Pai: Lembra da sra. Langer?

Farrow: Minha professora do primeiro ano?

Pai: Ela mesmo. Finalmente se casou. Fui ao casamento dela ontem à noite.

Pai: Os votos foram perfeitos. E agora os noivos estão bem-casados!

Farrow: Já volto, vou lavar meus olhos com alvejante.

Farrow: Suas piadas são horríveis.

Pai: Falamos de você um pouco. (Tudo bem, eu me gabei de você, e ela escutou.)

Pai: Tenho tanto orgulho de você, garota. Mal posso esperar para te ver acabar com todo mundo na competição no fim de semana.

Farrow: Pegue um assento na frente desta vez. ☹

Pai: Prometo que farei isso.

Farrow: Te amo.

Pai: Te amo mais.

Suspirei, saindo das mensagens e verificando outra vez se eu não as tinha deletado por acidente. Estava ficando cada vez mais paranoica com a possível perda das memórias tangíveis do meu pai, ainda mais depois que todos os seus pertences foram vendidos. Uma única lágrima ameaçou escorrer pela minha bochecha. Era verdade o que diziam: as memórias mais felizes, um dia, se tornavam as mais tristes.

Então, só havia me restado uma pessoa me desejando felicidades.

Ari: Feliz aniversário para a mulher mais foda que conheço!

Ari: Nunca se esqueça do quanto eu te amo. Se bem que ainda estou aqui para te lembrar disso todos os dias pelo resto da sua vida.

Ari: Tudo bem, isso soou um pouco sinistro. Mas você entendeu. Ah, também te mandei um cheque. Não é muita coisa, mas é o suficiente para você passar um dia em algum spa. Você merece.

Ari: É sério, não brigue comigo por causa do dinheiro. Não sei quais são seus horários, então não quis fazer uma reserva para você.

Sorri para o celular, tentando conter as lágrimas de nostalgia e de pena de mim mesma. Eu queria muito estar com Ari naquele momento. Correção: eu queria voltar no tempo, dois anos antes, em Seul, quando meu pai me visitou e levou Ari e eu para beber *soju* e comer *hanwoo*. Esfreguei os olhos, furiosa, respondendo-a por trás de uma cortina embaçada de lágrimas.

Farrow: Vou brigar com você, sim. E que manteiga derretida. Eu te amo muito.

Seria tão fácil cair no sono de novo. Fechar os olhos e me esquecer dos problemas. Zach me deixaria dormir. Andras teria que lidar com aquilo, considerando que era meu aniversário.

Em vez disso, peguei a bolsa e dirigi até o clube de campo para uma sessão de treino. Eu estava focada, determinada, sedenta. No entanto, Andras parecia um pouco distraído, então eu não enchi o saco dele por ter se esquecido do meu aniversário. De qualquer forma, ele era meu treinador, não meu melhor amigo. Eu não podia culpar ninguém, exceto a mim mesma, pela minha falta de companhia. A maioria dos meus amigos morava em Seul, onde eu havia crescido. E eu era pobre demais, e covarde e envergonhada demais, para pegar um voo até lá.

Assim que terminamos o treino, fui ao vestiário me trocar antes da aula de Zach. Porém, quando peguei o celular, encontrei uma mensagem dele. (Ele tinha feito uma cena ao exigir meu número, depois de ter passado um tempão, na segunda-feira, me procurando antes do nosso "encontro" de almoço, brigando comigo por não ter chegado no horário. Primeiro, sabíamos que ele tinha meu número, já que sabia hackear qualquer um e tinha uma completa falta de consideração pela minha privacidade. Segundo, quem almoçava às onze e meia da manhã? Só idosos que moravam em asilos.)

Por um segundo patético, meu coração foi parar na boca.

Será que ele tinha se lembrado do meu aniversário?

Zach: Vamos remarcar a aula. Minha mãe vai dar uma festa hoje. Parece que preciso cuidar dos detalhes do cardápio com ela.

Meu coração se despedaçou, se espalhando em pedacinhos pelo peito. Mas o que eu estava esperando? Ele não sabia que era meu aniversário. Não teve qualquer pista de que eu faria 23 anos. Eu imaginava que ele tivesse uma cópia do meu documento de identidade em algum arquivo no seu computador, de quando me contratou, mas por que ele verificaria aquilo?

Com dedos trêmulos, digitei a resposta.

Farrow: Blz. Divirta-se.

Afoguei as mágoas em um donut de chocolate no Dunkin's. O café gelado pareceu glacial naquele clima frio. Dirigi até as cachoeiras Swallow para observar o rio correndo, enfiei uma velinha no buraco do donut e fiz um desejo.

— Pai, se você estiver aí em cima, por favor, me dê um motivo para acordar amanhã. Qualquer um. Não importa se for pequeno. Considere isso meu presente de aniversário.

Uma lágrima caiu no donut, traçando uma linha cintilante ao longo da cobertura de chocolate. Fechei os olhos, erguendo o queixo na direção do céu.

— Se você me der esse presente, vou te perdoar por ter quebrado sua promessa e perdido minha última competição.

O vento gelado do começo do inverno dilacerou minha garganta quando inspirei fundo, me lembrando de *não* chorar, cacete. Eu não tinha motivo para isso. Logo, logo, eu derrotaria Vera.

Você tem *motivo*, a parte solitária e amarga da minha alma me lembrou. *Você está sozinha neste mundo. Sua melhor amiga mora do outro lado do planeta, e você apostou todas as fichas em um cara que quer te comer e, depois, te largar na sarjeta.*

Meu celular apitou com uma mensagem, interrompendo a minha festinha de autopiedade. Arranquei-o do bolso traseiro, dando uma mordida no donut.

Por favor, que seja alguém que se importa comigo. Por favor.

Vera: Vi que você contratou novos advogados.

Vera: Acabei de receber a carta.

Vera: E quem está pagando a conta desse absurdo? Me conte.

Vera: Por mim, tudo bem, Farrow. Ainda vou acabar com você. Chega de te tratar como café com leite. Vai ser do jeito que você prefere.

Encarei a tela. Três pontinhos dançavam no topo. Prendi a respiração. Outra mensagem apareceu.

Vera: Feliz aniversário, Farrow. Espero que seja o último.

38

Farrow

Qualquer esperança de que Zach sabia que era meu aniversário saiu voando pela janela quando voltei para a mansão. A casa me lembrava um globo de neve, tão linda de longe, acomodada sob um cobertor fino de gelo. Por dentro, vibrava — aquecida e iluminada, o turbilhão de aromas de dar água na boca me envolvendo como um tecido encorpado. Naquela altura, meu mau humor havia tomado conta, tão intrincado que nem uma escavadeira conseguiria tirá-lo de mim.

Não ajudou em nada que, a caminho da cozinha, a voz poderosa de Zach tenha cortado o ar vinda do cômodo no andar de cima, golpeando meu ouvido. Eu nem sequer havia chegado perto da escada antes de ele me dar uma ordem:

— Farrow. Meu escritório. *Agora*.

Ele havia esperado eu estar quase na porta da cozinha para me fazer subir as escadas? Babaca. Com um grunhido, subi os degraus, pisando duro e escancarando as portas duplas do escritório. Ele estava acomodado atrás da escrivaninha, esparramado na poltrona igual a um felino de grande porte, brincando com algo na mão.

Encostei um cotovelo no batente, me recusando a me acovardar ou me encolher diante dele.

— E aí? — Estourei uma bola de chiclete rosa entre os lábios.

Ele pareceu agoniado. Ele sempre parecia agoniado.

— Você está mascando chiclete?

Arqueei a sobrancelha.

— Sim. Algum problema?

Ele balançou a cabeça, ignorando minha provocação.

— Você tem que se dedicar ao salão de baile hoje. A decoradora e a equipe do bufê estão lá, mudando as coisas de lugar. Estão fazendo uma bagunça.

Outra festa? *Por quê?* Até os alienígenas das galáxias distantes sabiam que Zach detestava qualquer evento com muita gente. Mas eu já sabia a resposta: *Constance*.

Sempre Constance.

— Entendi. Mais alguma coisa?

Ele me deu um olhar de soslaio. E um pensamento estranho me ocorreu.

Como ficariam aqueles olhos quando apaixonados?

— Você ainda não arrumou a minha cama.

— Eu acordei e saí cedo. Vou arrumar agora. É só isso?

Ele passou o dedo pela mandíbula, ruminando algo. Será que estava *tentando* encontrar mais tarefas para mim? Por que ele estava fazendo questão de ser ainda mais irritante naquele dia?

— Você precisa lavar todas as janelas do térreo. Não podemos permitir que fotos sejam tiradas e mostrem qualquer marca de chuva ou dedos.

Franzi a testa.

— Lavei as janelas ontem.

— Lave de novo.

Pela primeira vez, notei que Zach estava segurando o porta-charutos que eu tinha usado para me masturbar. Reconheci o tambor único metalizado e a tampa dourada. Ele brincava com o objeto, girando-o entre os dedos.

— As janelas estão brilhando. — Ergui as mãos, perdendo a paciência. — Por que eu as limparia de novo? Não faz sentido.

— Você não foi contratada para fazer sentido, Octi. Foi contratada para obedecer ordens.

Zach colocou a tampa na boca. Engoli em seco. *Essa coisa esteve dentro de mim*. Por isso ele quis que eu deixasse o objeto. Para que ele pudesse sentir meu gosto. Algo ferveu nas minhas veias. Desejo? Raiva? Eu não soube identificar. Tudo que eu sabia era que meu sangue borbulhava, ameaçando transbordar.

Cerrei as mãos.

— O que tem de errado com você?

— Tudo, imagino.

— Você está sendo mais insuportável que o normal hoje.

Ele voltou a atenção para as telas, digitando algo no teclado, o porta-charutos acomodado entre os dentes brancos e retos.

— De qualquer maneira, você tem trabalho a fazer. Ande logo, Polvinha.

Eu o encarei, estupefata. Era como se eu fosse chicoteada toda vez que falava com ele. Em um segundo, calor. No outro, frio. Aquele não era o mesmo homem que tinha passado horas em uma reunião comigo e um time de advogados, trabalhando para me tirar da bagunça para a qual Vera tinha me arrastado. Não era o mesmo homem com quem eu almoçava todos os dias, cujo pomo de adão saltava sempre que nos encarávamos. Não era o mesmo homem que desejava tanto que eu o tocasse que, às vezes, era como se eu sentisse os olhos dele lambendo minha pele.

Balançando a cabeça, dei as costas para Zach e marchei escada abaixo para começar meu dia de trabalho. Lágrimas queimaram o fundo dos olhos enquanto eu esfregava todas as janelas que já estavam limpas. Meu pai não tinha respondido às minhas preces de aniversário — disso, eu tinha certeza. Fechei os olhos, enviando mais uma mensagem ao universo. Um pedido de desculpa.

Desculpa, pai. Eu não estava falando sério. Sei que não foi sua culpa a quebra da promessa, mas foi culpa minha *ter feito algo que te deixaria envergonhado.*

39

Farrow

A mansão havia se transformado em um castelo da Disney. Cordões de luzes brancas e amarelas envolviam as fileiras de bordos com folhas vermelhas que levavam até a mansão. Colunas de flores vermelhas e douradas emolduravam as portas duplas da entrada. No saguão, rosas brancas tinham sido esparramadas em toda uma parede para que os convidados pudessem tirar fotos diante delas. Havia sacolinhas surpresa alinhadas na entrada, como soldados de brinquedos, atadas por laços de veludo bem-feitos. No salão, mesas redondas ladeavam a pista de dança enquanto balões de LED cobriam o teto alto por completo, iluminando a sala por dentro.

Eu havia entrado em um conto de fadas.

Um conto de fadas para o qual, como sempre, eu não tinha sido convidada.

Tentei imaginar qual era a ocasião. Com sorte, a emancipação atrasada de Zach da mãe autoritária. Mas eu não apostaria nisso. Culpa era a única emoção que ele parecia ser capaz de sentir. Cortar o cordão umbilical seria admitir para si mesmo que ele estava morto por dentro.

A boa notícia — apesar de não ser tão boa assim — era que eu tinha encerrado meu turno. Eu conseguira roubar uma caixa de macarons brancos e vermelhos antes de subir a um dos quartos de hóspedes. Meu presente secreto de aniversário para mim mesma. Fechei a porta ao entrar, me joguei nos travesseiros e coloquei a música no máximo. "Water", da Tyla.

Mesmo com os fones de ouvido baratos, consegui ouvir tudo que se passava do lado de fora. Carros chegando na entrada. Manobristas. Taças de champanhe tilintando. Risadas indulgentes de pessoas que não sabiam como pagar as próprias contas. Música ao vivo da banda. Burburinho do 0,01% da sociedade que estava se divertindo.

Fiquei deitada em uma cama que não era minha, encarando o teto, marinando na raiva. Daquela vez, eu tinha escolhido o quarto mais distante da escada — não o que eu costumava ocupar —, esperando que o som da alegria alheia não me alcançasse. Mas alcançou.

Alcançou e escaldou a minha alma.

Sozinha, sozinha, sozinha.

Tudo me lembrava daquele simples fato. E aquele era o problema da solidão: não havia uma pessoa que era solitária por escolha. Uma pessoa solitária era alguém que tinha dado oportunidades aos outros, mas acabara decepcionada.

Ao me esconder ainda mais sob as cobertas, peguei o celular e comecei a assistir a vídeos antigos no YouTube dos meus duelos de esgrima. Principalmente para ver meu pai sentado na primeira fileira, torcendo por mim. Andras sempre me incentivava a estudar minhas fraquezas, dizendo que o caminho até as Olimpíadas requeria disciplina e humildade. Eu ainda não sabia se algum dia chegaria lá. Parecia improvável, considerando meu passado. Ainda assim, a esgrima me fazia feliz de verdade. Odiaria decepcionar Andras. Além disso, a única hora em que minha mente desligava era quando eu estava na pista.

E quando eu era empalada por um bilionário soturno em uma sauna.

Uma batidinha soou na porta. Me sentei, de súbito, o edredom rolando para o meu colo. Talvez eu não tivesse escutado direito. Por que Zach me procuraria no meio da festa dele? Encarei a porta. A batida soou outra vez, mais alta daquela vez.

Pigarreei.

— Pois não?

Uma voz feminina e doce soou do outro lado da porta:

— Farrow?

Dallas Costa.

— Eu.

— Posso entrar?

Por quê?

— É claro...?

A porta foi aberta devagarinho. Dallas entrou, parecendo estar grávida havia uns cem séculos, envolvida por um vestido dourado e brilhante com decote de coração. Os seios estavam descontrolados. Eu duvidava que até o Exército dos Estados Unidos poderia obrigá-los a se render. Ela usava o que parecia ser um cheque de quarenta mil dólares para abanar o rosto.

— Graças a Deus te encontrei. — Com a outra mão, ela me entregou uma bandeja com comida o suficiente para alimentar o bairro todo, então se jogou na cama comigo. — Passei a festa toda te procurando. Bati em todos os quartos de hóspedes. Quantos são?

— Treze. — *E eu não tinha limpado direito nenhum deles hoje.* — Mais o cômodo que dá na adega secreta. Mas eu não o limpo. Não quero arriscar dar de cara com os restos mortais das pessoas que Zach matou por terem errado a pronúncia de alguma palavra em latim ou calculado errado o imposto de renda dele.

— Ah, ele mesmo declara o imposto. — Dallas abanou a mão no ar. — É tipo um hobby para ele. Um jeito de relaxar. Igual a sudoku ou quebra-cabeças de seis mil peças.

Eu a observei, inclinando a cabeça, ainda confusa.

— Por que você veio aqui?

Tradução: se alguém fez alguma bagunça lá embaixo que precise de limpeza imediata, vou estrangular a pessoa.

Eu tinha encerrado o expediente. Eram quase oito e meia da noite.

— Como assim, "por quê"? Não é óbvio? — Ela tirou um pedaço de bolo da bandeja, aqueles seus olhos claros cintilando, calorosos. — Todo mundo lá embaixo é chato pra caramba.

Segurei um sorriso. Eu gostava de verdade de Dallas, embora sentisse que não deveria. Todo mundo sabia que ela era rica de berço. Que tinha passado verões na Europa, valsado em bailes na Geórgia. Que era amiga de pessoas cujos imposto de renda tinham tantos zeros que era impossível não se perder nas contas. Ela teve toda e qualquer oportunidade de ser como Tabby ou Reggie: uma mimada rica e chata. Não tínhamos nada em comum; nenhum interesse, amigos, gostos ou desgostos. Ainda assim, eu sabia identificar uma amiga leal quando a encontrava.

Dallas pegou outro bolinho frito e empapado com açúcar, jogando-o para dentro da boca.

— Naquele outro dia, o jeito como você respondeu àquele babaca no jantar... Incrível. Encontrar uma mulher com atitude desse lado do rio é difícil. É como se o avião do presidente tivesse passado voando e sugado a personalidade de todo mundo.

— Obrigada. — Eu a encarei, interessada, mas ainda confusa, e apontei para a bandeja perto do meu quadril. — Isto é para mim?

Dallas soltou uma risada alegre e contagiante.

— Ah, é.

Eu admirava os raios de sol que irradiavam dela. Ela parecia ser o tipo de pessoa que atearia fogo a um lugar caso alguém a irritasse, mas que também iluminaria uma sala quando entrasse nela. Eu gostava do jeito de Dallas.

Ela roubou outro docinho.

— Pensei em te trazer um prato com um pouco de tudo que valesse a pena experimentar. Testei tudo primeiro. Uma baita de uma amiga, né?

— Uma superamiga — murmurei.

— Sou do tipo que morreria pelas minhas amigas. — Ela pegou a bolsinha Hermès minúscula e tirou algo lá de dentro. — Olhe, fiz pulseirinhas da amizade. — Um saquinho de plástico pousou no meu colo. Ela sacudiu no ar uma pulseira idêntica, chacoalhando o círculo de miçangas. — Por favor, não me julgue. Estar grávida assim é muito chato. Precisei cancelar meu *bungee jump* na Nova Zelândia na semana passada. Dá para acreditar no quanto Rom é superprotetor?

Um pequeno sorriso brincou com os meus lábios.

— Nem imagino.

Era difícil acreditar que ela estava me fazendo sorrir naquele dia em que eu sentia tanta pena de mim mesma. Como não me mexi, ela pegou o plástico, tirou de lá uma pulseirinha roxa e verde da Taylor Swift (ela tinha se lembrado da nossa conversa) e a colocou no meu pulso. Então, posicionou o pulso ao lado do meu. As pulseiras combinavam. Nossos nomes estavam gravados nas miçangas de plástico baratas. Parecia ridículo no meio de todas as outras joias e roupas de luxo que ela usava da cabeça aos pés.

Peguei um *spam musubi* da bandeja e o desembrulhei do plástico.

— O que você prefere?

— Bife e batata frita. — Ela soltou um suspiro pesado. — Quer dizer, o sushi lá embaixo parecia ótimo, tanto que deveria ser ilegal, mas não posso comer peixe cru.

— Estou falando da gravidez.

— *Ah*. Uma menina, espero. — O rosto de Dallas se iluminou. — Rom diz que está preocupado que não vai mais fazer parte da maioria, mas falei que ele nunca esteve na maioria. Tenho diversas personalidades, dependendo do meu humor e da época do ano em que estamos.

— Você vai ser uma mãe incrível — falei, com sinceridade.

— Vou dar o meu melhor. — Ela sorriu. — Se teve uma coisa que aprendi com a minha mãe é que precisamos ensinar nossas filhas a serem fortes o bastante para protegerem a si mesmas.

Uma pontada de saudosismo me atingiu. Eu queria ter tido uma mãe. Uma de verdade. Não a que tinha me abandonado nem aquela que passara a vida tentando me expulsar de casa.

Inclinei a cabeça, brincando com as palavras.

— Você notou uma coisa nas mães aqui...?

— Nesta casa, nesta cidade, neste estado...?

— Perto da gente.

Não que houvesse um "a gente", mas Dallas me passava a sensação de ser uma amiga verdadeira. Não pude evitar querer me apegar ao seu carinho.

— Hum... — Ela tamborilou os dedos nos lábios. — Não sei muito a respeito da mãe do Oliver, mas a do Romeo deixa muito a desejar. Na maior parte das vezes, ele chama Constance de mãe.

— *Constance?* — Fiquei boquiaberta. — Constance, a mãe do Zach?

Dallas sorriu, assentindo.

— Eu sei. Parece impossível, mas Romeo fala que ela não foi sempre assim. Que a Constance de que ele se lembra costumava ser carinhosa. Ela mandava um lanche para ele na escola todo dia, porque não queria que ficasse comendo porcarias, o buscava junto de Zach, e fez questão de lhe ensinar matemática, porque dava aulas disso na faculdade.

— Constance Sun — repeti.

— Ela mesma. — Dallas traçou círculos na barriga. — Rom me contou que, depois que o marido morreu, ela virou um zumbi. E que, quando por fim acordou, havia se transformado em uma pessoa diferente. *Rígida*. Cheia de regras. Sem humor. Rom acha que Constance tem medo de que, se alguma coisa não estiver perfeita, algo horrível vai acontecer de novo.

Acabei me acomodando no travesseiro, pensando nas palavras de Dallas. Perder alguém de forma trágica não era desculpa para um comportamento ruim, *mas* o explicava.

O luto recalibrava o cérebro. Momentos silenciosos se tornavam uns dos mais barulhentos. A única forma de abafar aquilo era fazer com que a vida fosse mais alta que a mente.

Eu sabia daquilo melhor do que todas as pessoas no mundo, e isso não me dava o direito de julgar.

Ainda assim, não pude evitar o ressentimento por como fazia o filho sofrer.

Mesmo *ele* me fazendo sofrer o tempo todo.

Mordisquei o cantinho do *cieple lody* sem de fato sentir o gosto, embora devesse estar delicioso, porque os olhos de Dallas se reviraram.

Ela deu um cutucão no meu braço, tirando migalhas do queixo.

— Ei, o que está te incomodando? Você me pareceu bem ousada quando te conheci. Agora está... *amuada*.

— Está tudo bem.

Será que eu estava tentando convencer Dallas, ou a mim mesma?

— Até parece. — Ela bufou. — Nesta amizade, não temos opção a não ser sermos sinceras.

— Hoje é meu aniversário — admiti.

— O quê? — Ela empalideceu, levando pouquíssimo tempo para se levantar em um pulo. Bem, pouquíssimo tempo para alguém que tinha um ser humano inteiro dentro da barriga. — Você está de brincadeira? O que está fazendo aqui dentro? Deveríamos estar celebrando.

— Não tenho o que celebrar. — Encarei as sobremesas, engolindo em seco. — Não tenho família, e todos os meus amigos estão na Coreia.

— Nem todos. — Dallas abriu o armário, viu que estava vazio e o fechou. — Eu estou aqui, e tenho umas roupas lindas para te emprestar para que você tenha uma noite inesquecível. Tudo que precisa fazer é dizer sim.

— *Não.*

— A música lá embaixo está incrível. A comida está divina. E mais, ninguém vai te reconhecer. E não vou sair do seu lado.

— A resposta ainda é não.

— Ah, fala sério, Farrow. — Ela dobrou um pouquinho os joelhos, unindo as palmas da mão, suplicando. — Você não pode me negar isso. Estou grávida e vulnerável. E... se minha bolsa estourar antes por sua causa? Você precisaria se mudar para outro planeta e se esconder do meu marido, então nunca poderíamos fazer um tour gastronômico pelo mundo juntas.

Eu não conseguiria arcar com um tour gastronômico pelo mundo, tanto financeira quanto fisicamente, se eu ainda quisesse ganhar alguma medalha de ouro na vida.

Dallas começou a respirar mais rápido, listando todas as formas que o marido e os amigos perseguiam os inimigos. Ela era incansável. Não era de se espantar que tivesse vencido Romeo Costa. Aquela mulher derrubaria regimes autoritários com apenas um dos seus chiliques.

— É isso que você quer? — Ela não me esperou responder, dando um tapinha no meu ombro. — Não, né? Então fique aqui, combinado?

Eu quis dizer não. Quis dizer que não era possível me ajudar. Mas, se Zach estava conseguindo achar forças dentro de si para mudar... então, talvez, eu também conseguisse.

— Combinado. — Forcei um sorriso. — Vou te esperar.

40

Farrow

Devo ter ficado parecida com a Fera depois de ter sido embonecada para um jantar com a Bela. Arrumada demais. O cabelo domado e cacheado. *Ridícula*. Um vestido de baile volumoso, rosa-claro, cobria as minhas pernas. Eu estava me sentindo um merengue humano.

— Comprei esse vestido na semana passada, mas não posso usá-lo, porque... — Dallas apontou para a barriga, suspirando. — Não o achou deslumbrante, mas, ainda assim, subestimado?

Igual a um bolo de merengue, que, por coincidência, é com o que me pareço.

Mas sorri, porque, por mais que me sentisse absurda, eu também me sentia... *feliz*. Minha nova amiga rodopiava ao meu redor, prendendo presilhas de borboleta no meu cabelo e passando tanto gloss nos meus lábios que parecia que uma colmeia tinha explodido na minha boca. Eu não me lembrava da última vez que tinha usado maquiagem. Eu nem sequer tinha um rímel.

Dallas prendeu outro cacho com uma presilha e deu um passo para trás, espanando as mãos enquanto admirava seu trabalho.

— Você está igualzinha a Candice Swanepoel.

Semicerrei os olhos.

— Quem?

Ela riu.

— A modelo da Victoria's Secret.

— Eu não vejo TV — murmurei.

Ela riu ainda mais. Era por aquele motivo que Ari era minha única amiga mulher.

Dallas me puxou pelas mãos, me arrastando para fora do quarto de hóspedes com um sorriso orgulhoso.

— Venha. — Ainda estávamos com as nossas pulseirinhas ridículas. — Quero que todo mundo no salão veja a gostosa que você é. Depois, quero que alguém dê em cima de você e que Zach fique todo bravinho. O dia que ele cortou aquele imbecil... — Ela colou o dorso da mão na testa e fingiu desmaiar. — *Nossa*.

— Ainda não sei como ele se safou daquilo.

Reuni as muitas camadas da saia para evitar quebrar uma perna. Aquela coisa era pesada.

Dallas pressionou a mão nos lábios.

— Ah, minha doce criança do verão... Zachary Sun está acima de qualquer lei.

Puta merda, que bela notícia. Então onde eu iria parar se o irritasse?

Desci cada degrau devagar, me apoiando tanto na parede quanto no braço de Dallas para nos manter eretas. Como era que mulheres usavam salto? Seria mais fácil eu me equilibrar em pernas de pau no circo.

Dallas enganchou o braço no meu.

— Então... você tem muitos amigos em Seul?

Devia ser ótimo ser a personificação do sol. Tagarela. Fofa. Ótima em conversas fiadas. Eu entendia o motivo de Romeo ser obcecado por ela. Dallas tinha uma habilidade rara de fazer qualquer um se sentir visto. Importante. Valioso.

— Não muitos, mas alguns. Minha melhor amiga, Ari, vai se casar daqui a alguns meses. Mal posso esperar para vê-la.

Eu estava guardando dinheiro havia mais de um ano para uma passagem e um pequeno presente que não estava na lista dela.

Dallas assentiu.

— Ari é um nome muito bonito.

— É apelido de Arirang. Ela odeia. Os pais lhe deram esse nome porque uma canção folclórica, antiga pra caramba, estava tocando no quarto de hotel ao lado do qual ela foi concebida. A música é incrível, aliás. Só que, toda vez que ela precisa explicar que os pais estavam transando ouvindo a música, ela fica mais rosa que uma Barbie. — Dei uma risadinha. — Ela é linda, divertida e a melhor pessoa do mundo. Também é esgrimista. Queria que você pudesse conhecê-la.

— Tenho certeza de que vou, algum dia.

Chegamos ao salão do baile. Me parecia proibido estar ali, mesmo que a mulher ao meu lado praticamente tivesse acesso às chaves do reino. Sem mencionar o fato de que eu tinha esfregado aquela sala inteira, do chão ao teto, no dia anterior. Hesitei, dedilhando o tecido acetinado do vestido.

Dois funcionários de terno abriram as portas, e, simples assim, fomos sugadas pelo turbilhão daquela festa deslumbrante. Vestidos em tons pastel deslizavam pelo chão enquanto os casais valsavam. Garçons abriam caminho pelas multidões como um fio de veludo preto ao redor de diamantes. Mulheres se inclinavam umas para as outras, cochichando no ouvido alheio assim que entramos.

As costas de Dallas ficaram tensas. Ela se aconchegou mais contra mim, quase me abraçando. Naquele instante, percebi que Dallas e eu éramos muito mais parecidas do que eu esperava. Ela era animada e corajosa demais para se encaixar ali. E eu, pobre e rebelde demais para querer me encaixar.

— Não ligue para elas. Só pessoas sem amor na vida são maldosas. — Ela segurou minha mão, me guiando adiante. — Vou te ensinar a valsar.

Minha reação instintiva foi protestar, mas, então, pensei: *Por que não?* Era meu aniversário. Eu merecia dançar usando um vestido bonito.

Dallas me envolveu com seus braços, uma das mãos nas minhas costas, a outra segurando a minha mão livre. Me senti ridícula. Eu era muito mais alta que ela, e havia uma barriga enorme nos separando. Ainda assim, me deixei levar.

— Dê um passo à frente com o pé esquerdo, então, um passo para o lado com o direito, depois, junte os dois, então... Isso. — Ela me guiava com os pés. — Para trás com o direito. Você está indo muito bem. Esqueci que é esgrimista. Você é rápida com os pés.

A música acariciava a pele exposta dos meus braços enquanto eu dançava e girava. Fechei os olhos, ignorando os olhares intensos que recebíamos. *Anônima? Até parece.* Estávamos passando tão despercebidas quanto uma fanfarra em uma biblioteca.

— Você acredita em finais felizes? — sussurrei, alto o bastante apenas para que Dallas ouvisse.

— Sim. — Ela segurou minhas costas com ainda mais força. — Vivo o meu todos os dias. Nem sempre é perfeito, mas é feliz. Podemos, todos, escrever nossos finais felizes. É por isso que esperança existe. Ela é nossa caneta.

— Sinto como se a tinta da minha tivesse acabado.

— Ah, não. — Ela nos balançou, os lábios curvados para cima. — Você tem que dar uma boa sacudida nela.

Rimos e continuamos rodando, como duas crianças brincando de faz de conta. Quando a música acabou, Dallas fez uma mesura para mim, e eu retribuí. Ergui a cabeça, e meu sorriso desapareceu do rosto em um segundo.

Porque, atrás de Dallas, estava ninguém menos que meu chefe.

Meu chefe temível e muito, muito irritado, pelo que parecia.

Zach me encarou com fúria o bastante para incendiar e abrir um caminho até mim. Fiquei surpresa por ele sequer ter me reconhecido com o vestido emprestado e o cabelo arrumado. Seus olhos continham um aviso. Ele curvou o dedo para indicar que eu deveria me aproximar. Joguei o cabelo por cima do ombro, dando as costas a ele e fui até o bar. *Não.* Eu me recusava a ser tratada como um cachorro desobediente, ainda mais no meu aniversário.

No meio do caminho, uma mão agarrou meu cotovelo por trás. Eu me virei, tentando me soltar.

— Não ouse...

Ah. Eu esperava encontrar Zach, mas, em vez disso, me deparei com Oliver von Bismarck. De perto, parecia ainda mais gostoso. Os olhos eram claros e azuis como o mar do Caribe, o cabelo loiro penteado para o lado como em um comercial da Tom Ford. Muito bonito. E depravado. Eu tinha pena das mulheres que caíam naquela armadilha.

Ele curvou os lábios rosados.

— *Você.*

Arqueei a sobrancelha.

— Eu?

— Você é o antídoto.

Antídoto? Eu sabia que ele era galanteador, mas não alcoólatra. Talvez fosse um homem de muitas faces.

— Não sei do que está falando.

— É claro que não sabe. — Oliver me examinou. — Precisamos conversar.

— Discordo veementemente.

— Vamos conversar um pouco. Dance comigo.

— E o que vou ganhar com isso?

— Uma lembrança para estimar. — O sorriso dele era agonizante. Escorria pecado e opulência. — Vai poder contar para suas amigas depois.

Eu me recostei no balcão do bar, acenando para chamar a atenção do bartender.

— Convencido. Eles te obrigam a pagar pela mala extra na qual você leva seu ego quando viaja?

— A classe média tem que pagar pelas malas? — Ele franziu a testa. — Eu só voo de jatinho particular.

Meu Deus.

O bartender me ignorou, passando por mim com três drinques em uma bandeja. Oliver se aproximou mais para que eu o pudesse escutar.

— Enfim, me fale seu preço.

Aquela era fácil.

— Uma passagem de ida e volta para Seul. Primeira classe.

Ele riu.

— Combinado.

Então, pegou a minha mão sem me pedir permissão, me arrastando de volta à pista de dança antes que eu pudesse dizer "margarita". Pude sentir o sorriso de Dallas aquecendo minha nuca quando a multidão se abriu para ele. Oliver nos levou ao meio do salão e me girou para que eu o encarasse. Seus dedos firmes e quentes pressionaram o alto das minhas costas. Em outro mundo, em outro momento, eu teria gostado da sensação. Mas, na realidade, tudo que eu queria era sobreviver.

A orquestra começou a tocar. Nos posicionamos — ele, com a postura impecável, e eu, com uma rigidez despreparada —, então, dançamos.

— O sr. Sun... — Oliver me rodopiou — ... tem um problema. Acho que você já notou a esta altura.

Ele me puxou para mais perto. Então me ocorreu que o momento parecia íntimo e clandestino, de maneira proposital. Eu não sabia como, mas tive certeza de que Zach nos observava feito um gavião — e que era isso que Oliver queria.

Não respondi.

— Ele é feito de estilhaços. — Ele me rodopiou outra vez. — Zach não deixa ninguém se aproximar, assim ninguém se machuca e sangra.

Ainda assim, não falei nada, deixando-o me girar como se eu fosse uma boneca de pano. Com o giro, notei um mar de mulheres me observando com inveja enquanto eu me agarrava aos ombros de Oliver von Bismarck. Eu as ignorei, tentando encontrar Zach, mas não consegui.

— Bem, eu não sei quem você é... — Oliver guiou cada um dos meus passos, se movendo devagar o bastante para que eu pudesse me concentrar em suas palavras. — E é, no mínimo, questionável a forma como você deu um jeito de se infiltrar na vida dele. — Aquele tom afiado, todo negócios, me surpreendeu. Não fazia jus à reputação de festeiro ingênuo que ele tinha. — Mas, se você machucar o meu melhor amigo, que parece estar obcecado por você, vou te arrastar até os confins do inferno e te jogar nas chamas. Ele já passou por coisa demais. Entendido?

Joguei a cabeça para trás e ri. Devo ter feito parecer que estávamos nos divertindo pra caramba.

— Eu poderia esmigalhá-lo se eu quisesse, Von Bismarck. Não gosto muito de ser ameaçada.

Não contei a verdade a ele: que eu não tinha poder algum sobre Zachary Sun. Ninguém tinha. Eu era a única pessoa que ele considerava suportável tocar. Eu era um brinquedinho novo. Um passatempo.

— Você tem uma língua afiada. — Ele me lançou um olhar apreciativo. — Entendo por que ele gosta de você.

— Espere até me ver empunhando uma espada.

Os olhos de Oliver se arregalaram, um brilho curioso à espreita neles. De alguma maneira estranha, a beleza dele não me afetava. Ele me lembrava uma estátua. Perfeitamente polida, mas morta por dentro.

Você costumava descrever Zach assim. O que mudou?

Engoli a pergunta, focando em Oliver.

— Como você sabe que ele gosta de mim?

— Para começar, não parece mais que a vida está enfiando dois limões de cada vez no rabo dele vinte e quatro horas por dia — respondeu, e eu tropecei no pé dele. Oliver me segurou pela cintura, uma risadinha lhe escapando da garganta. — Meu Deus, você é uma fofa. Toda espinhosa, igual a ele.

— É minha primeira valsa.

— Pelo bem de todos os pés neste estado, espero que também seja a última.

— Você sempre acha as pessoas abaixo da sua classe social tão engraçadas assim?

— Não. No geral, eu as acho insignificantes.

Meu Deus, coitada da garota que conseguisse domar aquela fera. Ele era um prato cheio.

A música acabou. Nós nos afastamos, cerca de um passo de distância.

Oliver fez uma mesura, depois pegou minha mão e a levou aos lábios. Ele ergueu os olhos, me encarando enquanto os lábios roçaram minha pele.

— Lembre-se, Faezinha: não machuque os sentimentos de Zach. Posso até parecer um ursinho carinhoso, mas não se engane. Também posso ser um leão.

Consegui abrir um sorriso que mais deve ter parecido uma careta.

— Como te falei, Von Bismarck, não vou ser intimidada por uma conta bancária gorda que tenta compensar um pau medíocre.

Ele riu por todo o caminho até o bar. Que ótimo. Eu não poderia ir buscar uma bebida, ou o babaca pensaria que o segui.

O ego dele precisava de um CEP próprio

Em vez daquilo, me virei na direção da cozinha, passando por diversas pessoas. Todas pareciam empolgadas. Mas isso não me empolgou também, apenas me sufocou. Eu tinha quase chegado na porta quando ouvi meu apelido.

— Octi.

Argh. Eu não teria folga naquela noite.

Parei, mas não me virei para encarar Zach.

— Babaca — cumprimentei-o de volta.

Os passos dele quase não fizeram barulho enquanto se posicionava na minha frente, bloqueando o caminho para a cozinha.

— Aproveitando minha festa?

Admirei, sem pressa, o smoking elegante que ele usava, e por fim encontrei aqueles olhos cheios de veias vermelhas. As palavras de Oliver voltaram à minha mente como se lançadas por uma catapulta. Pela primeira vez, percebi que, por trás do terno de marca e do corte de cabelo de milhares de dólares, Zachary Sun era um homem em ruínas.

Se, ao menos, eu não estivesse tão focada na minha própria infelicidade...

— Não muito. — Dei de ombros. — Faz uma hora que estou tentando conseguir um drinque, mas alguém sempre me atrapalha. — Ergui a sobrancelha. — No momento, esse alguém é você. Por favor, saia da frente.

— A casa é minha.

— Eu sei. Se fosse minha, eu não deixaria a *mamãe* responsável pela decoração.

Droga. Eu estava mesmo de mau humor aquela noite.

Ele deu um passo na minha direção, os dedos tremendo quando se conteve para não me tocar.

— O que Oliver te disse?

Ele ameaçou acabar comigo se eu te machucasse, seu tolo. Você tem ótimos amigos. O que fez para merecê-los?

— Não é da sua conta, Zach. — Arqueei a sobrancelha. — Preciso te lembrar que não somos exclusivos?

— Preciso *te* lembrar que sou *eu* que controlo sua carteira?

— Não se preocupe... Eu mesma me lembro disso toda vez que vejo seu rosto irritante. Não é minha boa vontade que me prende aqui.

— Cuidado com a língua, srta. Ballantine. Até posso querê-la no meu pau, mas não hesitarei se tiver que te despedir.

Meu rosto deve ter traído meus pensamentos, porque Zach estava bem perto de levar um chute nas bolas.

Ele deu um passo para trás e soltou um grunhido, passando a mão pelo cabelo.

— Ele não tinha direito de te tocar.

— Dá para você parar com essa palhaçada possessiva? — Cruzei os braços. — Você não tem esse direito.

— Mas tenho determinação. — Ele cerrou os dentes. — Tenho determinação para acabar com qualquer um que te olhe ou te toque.

Ele fechou uma das mãos em punho, pressionando-o contra a coxa, e eu soube que ele queria meu toque. Um abraço. O contato da nossa pele para amenizar sua raiva.

O rosto se suavizou, e, porra, meu coração amoleceu. Ele desviou o olhar por um instante.

— Fui um babaca hoje, não fui?

— Foi — concordei. — Por quê?

Ele abriu a boca. Do centro do cômodo, o som inconfundível de uma faca acertando uma taça interrompeu o momento. Viramos a cabeça naquela direção. A música parou.

Constance estava em um pódio cheio de microfones, usando um vestido de baile azul-marinho com capa, o cabelo preso em um coque e adornado com joias delicadas.

— Senhoras e senhores, obrigada por terem vindo hoje. Eu poderia, por favor, ter um minuto da atenção de vocês? — Sua voz, como aço, frio e afiado, roçou minha pele, me dando calafrios.

Ela entregou a taça de champanhe para um garçom e percorreu a sala com o olhar, até encontrar Zach. *Ao meu lado.*

A expressão dela obscureceu, o vislumbre de um relâmpago surgindo, mas rapidamente escondeu tudo sob um sorriso.

— Eu gostaria de começar agradecendo a todos por comparecerem a um evento marcado tão em cima da hora. O apoio de vocês é muito importante. A família Sun e a Fundação Caloroso como Sun estão muito gratos por essa comunidade e pelos esforços mútuos para preservar a vida selvagem local.

Ah, então ela preservava a vida selvagem. Me pareceu adequado, considerando que era uma cobra peçonhenta.

O luto, me lembrei, *muda as pessoas*. Mas, enquanto os olhos dela perfuravam o meu crânio, tive dificuldade para invocar a descrição de Dallas a respeito da antiga Constance Sun. Lanches? Caronas? Aulas particulares? Com certeza, aquela não era a mulher que me fuzilava com o olhar.

Um sorriso tenso repuxou o canto da boca dela.

— Nos reunimos aqui hoje para compartilhar notícias empolgantes. Algo que, tenho certeza, muitos de vocês têm se perguntado.

Meu coração ficou apertado. Eu tinha uma suspeita do que poderia ser. Mesmo não sendo uma surpresa, meu corpo inteiro se revoltou.

— Como bem sabem, meu filho, Zachary, está no mercado há um tempo, em busca de uma noiva perfeita. — Ela riu de maneira tão graciosa que até eu quis me juntar a ela. — Acredito que minha procura por uma nora foi o segredo mais mal guardado na história do país.

Uma onda de risadas se espalhou pela sala. E uma explosão de náusea atingiu meu estômago.

Não, não, não.

Ao meu lado, Zach ficou tenso, a expressão se transformando em granito. O dedo mindinho dele tocou o meu.

O. Dedo. Dele. Tocou. O. Meu.

E aquilo bastou para que meu mundo irrompesse em chamas.

— Estou, portanto, felicíssima em informar a vocês que a busca acabou. Gostaria de aproveitar esta oportunidade para anunciar o noivado oficial do meu filho, Zachary, com a adorável Eileen Yang. Venham, venham aqui, crianças.

A princípio, Zach não se moveu. Ficamos observando enquanto Eileen atravessava a sala em um vestido de cintilante de lantejoulas prateadas e verdes. A cauda se arrastava pelo chão de mármore. Ela calçava luvas de seda até a altura dos cotovelos, irradiando uma aura elegante e transcendental.

Uma dor aguda perfurou meu coração. Igual a tudo que eu havia prometido a mim mesma que não aconteceria. Como se meu coração estivesse ensanguentado na pista, uma espada o atravessando. De repente, não consegui respirar.

A voz de Eileen retumbou com ajuda dos seis microfones no pódio.

— Ah, minha futura mãe. — Ela beijou as bochechas de Constance. Então, se abraçaram pelos cotovelos, os penteados idênticos. — É uma honra tão grande me juntar à sua família... Prometo que farei Zach muito feliz.

Outra mulher — a tia de Zach, reconheci — atravessou a pista de dança, apoiando a mão no ombro de Constance. Diferente da irmã, Celeste não parecia eufórica. Seus olhos percorreram o salão.

— Falando em Zach, onde está o sortudo?

— A segundos de imigrar para a Dinamarca — disse Oliver, tossindo no punho.

Ele recebeu um olhar de aviso de Constance.

Senti como se estivesse tendo uma experiência extracorpórea enquanto Zach me abandonava. Eu, flutuando cada vez mais para o fundo do salão de baile; ele, tomando seu lugar ao lado das mulheres mais importantes da sua vida. Os quatro ficaram em pé no palco, lado a lado, mas sem se tocarem. Constance era um amortecedor entre o casal. Mesmo em meio à dor agonizante que parecia devastar minhas veias, me senti reconfortada pelo fato de que Zach não precisaria tocar Eileen. Eu sabia que ele não queria fazer isso.

De onde está vindo todo esse ciúme?

— Senhoras e senhores. — Constance colocou uma das mãos no ombro de Zach, e outra no de Eileen.

Ele se encolheu nitidamente, as narinas se inflando enquanto continha um grito. Eu também quis gritar.

O rosto de Constance se abriu em um sorriso, felicidade genuína irradiando dela.

— Estou muito feliz em apresentar a vocês os futuros sr. e sra. Sun.

Aplausos eclodiram pela sala, zumbindo nos meus ouvidos. Flashes de câmera cegaram meus olhos. Eu me virei e comecei a ir embora, apressada.

— Eileen... — A voz de Constance soou por todos os alto-falantes nas paredes, alta o bastante para ser ouvida por cima da comemoração. — Mostre seu anel de noivado para todos. Nos dê essa satisfação.

Minhas pernas me levavam no piloto automático, a mente abalada com o que deveria ter sido óbvio para mim. Zach me avisara o tempo todo que se casaria com Eileen. Quando cheguei na escadaria, caí no terceiro degrau igual a um cisne maltratado, o vestido de baile me cercando. Solucei nos meus braços, percebendo que, pela primeira vez desde que meu pai havia morrido, eu estava de fato chorando. Eu não me reconhecia naquele estado de fragilidade. Sempre tive orgulho da minha força.

— Idiota... — funguei, meu rosto todo parecendo um mar de lágrimas e catarro. — Você é tão idiota. — Arranquei os saltos idiotas dos meus pés idiotas. — Achou que poderia se encaixar com essa gente?

De nada adiantou rejeitar o glamour e o brilho da elite de Maryland durante toda a minha vida. Em uma noite de imprudência da minha parte, me serviram de bandeja o lembrete que eu tentava ignorar — eu poderia ser a amante, mas mulheres como Eileen Yang sempre seriam as esposas.

— Farrow. — A voz de Dallas soou atrás de mim. Virei o pescoço, vendo-a correr na minha direção. — Espere, por favor.

Eu me levantei com pressa, subindo dois degraus de cada vez. Não queria esperar. Não queria que ela me visse tão humilhada e, sem dúvida, não queria escutar as mentiras que ela contaria para me reconfortar.

Quando cheguei ao quarto, tranquei a porta atrás de mim, pressionando as costas na madeira. Fechei os olhos, inspirando fundo.

Você está bem. Não pode ficar de luto por algo que nunca teve. Ele nunca foi seu, Farrow.

Mas eu tinha começado a sentir que era.

Parecia que o passado, o presente e o futuro tinham conspirado para me dar o que eu precisava e, então, logo mudaram de ideia.

Eu me forcei a abrir os olhos, implorando para que a dor e a humilhação fossem embora com cada piscar de olhos. E foram, substituídos pelo choque quando percebi, pela primeira vez, onde eu estava: no quarto de hóspedes que eu normalmente ocupava. No *meu* quarto.

Levei os dedos aos lábios.

— Ah, Zach.

Presentes cobriam todas as superfícies do cômodo. Cada canto. Cada móvel. Cada centímetro do carpete. Um oceano de caixas e bolsas chiques. Todas embrulhadas e fechadas com fita dourada.

Ele se lembrou.

Ele se lembrou do meu aniversário.

A não ser que... fosse Ari. Mas era impossível. Ari não sabia o endereço de Zach. E mais ninguém no mundo se importava o bastante comigo.

Enxugando os olhos e o nariz, fui até uma das montanhas de caixas e peguei uma, rasgando o embrulho. Uma caixa da Chanel se materializou sob o papel brilhante. Eu a abri, e encontrei um par de tênis. Couro branco, o logo inconfundível bordado em preto. Minhas sobrancelhas se uniram.

Peguei outra caixa e a abri. Tênis Tory Burch, caramelo. Outra caixa, Prada. Golden Goose prateado. Tênis *pink* de corrida da Balenciaga. Tênis de sola reta da Burberry. Tênis de cano alto da Dior. Sapatos de esgrima customizados da Louboutin. Ele enchera meu quarto com sapatos de todas as marcas possíveis — todos confortáveis, todos sapatos que eu de fato usaria.

Um gesto fofo, carinhoso e *enfurecedor*. Porque, naquele instante, mais do que nunca, eu não queria me sentir um projeto de caridade. Cada uma daquelas caixas zombava de mim, me lembrando do abismo que existia entre nós. Do quanto eu era pobre comparada a ele. Do sapato arruinado que eu havia deixado para trás no dia da festa.

Até posso ser a Cinderela, mas Zachary Sun não é meu Príncipe Encantado.

Sem perder mais nenhum segundo, comecei a pegar todas as caixas e a atirar, uma de cada vez, pela janela.

Zachary Sun podia abrir a carteira e conseguir o que quisesse no mundo.

Mas não conseguiria meu coração.

41

Zach

Com um movimento súbito do braço, golpeei a prateleira, levando esculturas, edições especiais e pinturas ao chão do meu escritório com um baque estrondoso.

— No que ela estava pensando?

— Que você está noivo de outra pessoa, e que ela não quer a porra dos seus prêmios de consolação. — Oliver estava esparramado em uma mesa de massagem no meio da sala, já que ele não tinha familiaridade com o conceito de limites. — Chama-se coragem, Zach. Algumas pessoas têm isso.

— E por que *essa* mulher precisa ter coragem?

Eu me virei para as telas, arrancando os cabos de uma, e me preparei para atirá-la pela janela antes de me lembrar de que os funcionários estavam, naquele momento, recolhendo vinte e três pares de tênis de marca. Um par para cada ano da existência enfurecedora de Farrow.

— Porque, se ela fosse igual a todo mundo, você não teria gostado dela — murmurou Oliver, o rosto no buraco da mesa de massagem, enquanto um cara sueco gigantesco enterrava os cotovelos nas omoplatas dele.

Arremessei a tela com força na mesa, fazendo com que o *display* se partisse em três. Um novo amassado agraciava a escrivaninha. Meus pés bateram no tapete enquanto eu marchava até a janela, olhando feio para a bagunça que ela fizera no gramado abaixo. A pior parte era que eu tinha certeza de que, depois que Farrow percebesse que eu havia tirado um tempo para pesquisar e dar a ela presentes que de fato usaria (presentes que também faziam referência ao dia em que nos conhecemos), ela me procuraria. Entraria no meu quarto durante a noite. E praticaríamos nossos toques.

Meus dedos agarraram o parapeito da janela com firmeza enquanto eu caçava um vislumbre dela, sabendo que eu não a encontraria. Eu tinha verificado todas as gravações de todas as câmeras de segurança na propriedade, e *nada*. Onde raios ela estava?

Ainda na porra da minha folha de pagamentos.

— Tem fumaça saindo das suas orelhas, amigão. — Ollie deu uma risada atrás de mim. — O que você estava esperando?

— Uma funcionária que agisse de maneira profissional?

— Ela estava na sua *festa de noivado* surpresa. Parada ao lado da sua noiva. Depois de você a ter fodido naquela sauna há menos de uma semana.

— Eu não a fodi.

Ainda não. Mas eu queria. Mais que qualquer outra coisa no mundo, ainda mais que o original da *Mona Lisa*.

— Bem, mesmo assim. Não espere ganhar o prêmio de Chefe do Ano. Você agiu de forma nada profissional.

Dei as costas para a janela, encarando-o com raiva.

— Ela sabe que não é real.

— Para mim, pareceu real.

— Vou me casar com Eileen por necessidade. Todo mundo sabe, menos a minha mãe.

Meus dentes virariam poeira se eu não parasse de rangê-los com tanta força.

— Foi mal, amigão. "Minha mãe me obrigou" não é um argumento tão bom quanto você acha que é.

— Você não tem moral para me dar bronca, Oliver. Seu relacionamento mais duradouro é com seu *plug* anal.

— Só para você saber, eu o substituo a cada duas semanas para garantir um bom nível de higiene para os meus parceiros sexuais. — Oliver soou escandalizado. — Não que eu tenha visto muita ação ultimamente. Sendo sincero, ontem fui correr de chinelo no corredor só para me lembrar de qual era o som de sexo.

— Dois dias atrás tinha uma pessoa na sua casa. Você nos mandou fotos.

Para meu total desgosto.

— Tempo é subjetivo. — Oliver deu de ombros sob os dedos enormes e diligentes do Hulk. — A questão é que você merece ir dormir na casinha do cachorro. Aproveite os biscoitinhos.

Eu o fuzilei com o olhar.

— Você é uma ofensa à humanidade.

Ele tirou o rosto arrogante do buraco da mesa, erguendo-o e me dando um sorrisinho.

— Agora, use essa mesma energia para implorar por sua vida, Zachary.

— Eu não imploro.

— Estou te vendo encarar o tabuleiro de Go como se fosse a foto de algum ente querido que morreu.

Porque aquela bruxinha não tinha se dado ao trabalho de fazer uma jogada naquela manhã, e era a vez dela. Ela nunca deixava de jogar.

— Eu. Não. Vou. Implorar.

Eu não tinha nem ideia de como fazer algo como implorar. O que ele esperava que eu fizesse?

— É melhor você limpar a sua bagunça — sugeriu ele.

Como?

— Pela última vez, eu não... — comecei.

Oliver sacudiu a mão, me dispensando e enfiando a cara de volta na mesa.

— Natalie, oi, aqui! Por favor, seja útil e me traga outro coquetel.

42

Zach

Eu não conseguia encontrar Farrow. Ela estava desaparecida desde a festa de noivado no dia anterior, e não se dignara a aparecer para trabalhar pela manhã. Quando Oliver foi embora, eu havia me convencido de que ela desistira do nosso combinado e se mudara para Seul sem me entregar seu aviso prévio. Afinal, irresponsabilidade parecia combinar com ela.

Fiquei emburrado, ordenei que Natalie a encontrasse, revi as gravações das câmeras de vigilância outra vez e, por fim, decidi aparecer na porta de Vera. No caminho todo até lá, tentei me convencer de que não sentia falta dela. Aquilo se tratava apenas de prestação de contas. Uma funcionária tinha tirado uma folga sem aviso. Eu me recusava a deixá-la escapar ilesa.

Quando estacionei na frente da casa das Ballantine, em frente de uma Mercedes, ficou claro que Farrow *não* tinha se mudado para Seul. Dois carros conversíveis ladeavam seu antigo Prius sujo, mal deixando espaço para que ela conseguisse entrar no veículo.

A porta da frente se abriu antes de eu desligar o motor. Uma das irmãs de criação — eu não conseguiria me lembrar de qual era qual nem se me pagassem — veio correndo até o carro, soltando um arquejo ao me ver. Abri a porta, usando o metal pesado para afastar a garota.

— Senhor Sun. — Ela borboleteou os cílios, empinando os seios enquanto se inclinava no capô. Mais uma coisa para desinfetar quando eu voltasse para casa. — Como posso te ajudar?

Você poderia sumir.

Dei um chute para fechar a porta atrás de mim.

— Estou procurando a sua irmã.

— Reggie? — A expressão dela se transformou em uma careta. — Ela está em Nova York, fazendo compras para a próxima estação. Nem sei por quê, já que é baixinha demais, então nada veste bem nela.

— Não estou falando de Reggie. Estou falando da irmã que não é um completo desperdício de espaço.

Eu tinha me esquecido de como a família dela a renegava.

— Farrow?

— Ela mesma.

— Você acredita que aquela desgraçada deu um chá de sumiço na gente? A casa está uma bagunça. — Tabitha fez biquinho. — Sabe... a gente também não é um desperdício de espaço.

— Duvido muito.

— Não seja cruel. — Ela deu uma risadinha. Seu riso de hiena arranhou meus ouvidos como unhas em uma lousa, me lembrando de que eu gostava apenas da risada de Octi. — Você sabe do que precisa, Zach?

— De uma pessoa para conversar que não tenha o QI de uma estrela-do-mar morta.

— Alguém que te complete. Uma garota que seja fácil e simples. — Ela jogou o cabelo por cima dos ombros. — Como eu.

Se ao menos mentes vazias viessem com um botão de silenciar...

— Quer um conselho? — perguntei ao trancar o carro, não confiando que as Ballantine não o tentariam roubar. — Não é muito atraente quando você se descreve como alguém fácil de agradar.

— Você não é tão durão quanto *acha* que é, sabia? — Ela me seguiu pela porta da frente escancarada. — Você é um livro aberto.

— E você não sabe ler.

Passei por ela, entrando na casa sem ter sido convidado. Pelo que parecia, eu poderia acrescentar "invasão de propriedade" na lista de influências negativas que Farrow havia causado em mim.

— Cadê ela? — exigi.

Fui de cômodo em cômodo, notando as camadas de sujeira. Cada centímetro fedia a comida apodrecida. A rachadura na parede da sala de jantar — apenas uma fissura quando visitei o lugar anteriormente — sofrera uma metástase, rasgando a parede de um lado a outro. Louças sujas pareciam brotar de pilhas de roupas, salpicadas pelo tapete manchado. Será que aquelas pessoas sabiam fazer alguma coisa quando Farrow não estava ali para servi-las?

Tabitha veio no meu encalço, puxando a minissaia para baixo nas coxas.

— É verdade que você está noivo?

Infelizmente.

Comecei a subir as escadas até o andar de cima.

— Espero que não ache que tenha alguma chance com Fae. — Ela ofegou, tentando acompanhar meu ritmo ao segurar o corrimão com força enquanto eu adentrava o corredor. — Porque não tem. Ninguém tem. Ela... ela é incapaz de sentir qualquer coisa. Sempre foi. Antipática. Insensível. Esqui...

Eu me virei, chegando tão perto dela que vi as espinhas rosadas marcando seu rosto.

— Não termine a frase se você valoriza sua vida inútil. A unha do dedinho do pé de Farrow Ballantine vale mais que toda a sua existência. Agora, me faça o favor e seja útil.

Ela piscou, chocada com a minha reação.

— C-como?

Excelente pergunta.

A respiração dela soprava minha bochecha. Quis arrancar a pele.

— Suma daqui. Vá dar uma volta, caralho. — Eu me afastei, tentando criar o máximo de distância entre nós dois que o corredor estreito permitia. — Preciso falar com a sua ir... — Não, ela não era irmã daquela gente. — Com Fae.

Além do indicativo óbvio da presença dela — o carro —, eu sabia que Octi espreitava em algum lugar entre aquelas paredes, pelo simples fato de que ela não tinha outro lugar para onde ir.

Tabitha fungou, fazendo biquinho.

— Você não gosta dela de verdade, gosta?

Não, eu não gosto dela.

É mais que isso.

Estou obcecado por ela.

— Vá embora.

Dei as costas para ela, passando a escancarar as portas.

Quando cheguei na última porta no corredor, encontrei-a trancada. *Bingo.*

Soltei a porta.

— *Farrow.*

Eu poderia arrebentá-la das dobradiças se quisesse. Normalmente, era o que eu faria. Porém, de um jeito estranho, quis que Octi me deixasse entrar. Que me convidasse para adentrar seu território.

— Babaca— cumprimentou ela, do outro lado da madeira. Soou bem. Calma, casual. *Corajosa.*

Pressionei a testa contra a porta, fechando os olhos. Só a voz dela já era capaz de acalmar a porra da minha alma. Aquilo era um problema. Dos grandes.

— Abra a porta — falei.

— Não vou abrir nem uma lata de atum para você poder cortar seus pulsos com ela. Tente de novo.

— Vou reformular o que falei: abra a porta ou vou arrombá-la.

De nada adiantou querer reconquistar a estima dela. Meu corpo vibrava — uma parte por fúria, duas partes por desespero. Ela tinha que abrir a porta. *Naquele instante.*

— Faça o que quiser. — O som de uma gaveta se abrindo soou do outro lado. — Sou tão boa com uma faca quanto com um florete. — Como esperado, algo emitiu um baque contra a porta. Como se uma lâmina acertando a madeira. — Teste sua sorte, Sun.

Apesar da situação, um sorriso repuxou meus lábios para cima. Ela era um exército de uma mulher só, e eu admirava aquilo.

Apoiei o ombro na porta.

— Você jogou fora o equivalente a cinquenta mil dólares em sapatos, mocinha.

Ela bocejou.

— E você fez alguém colocar tudo de volta no meu closet.

— Como sabe disso?

Será que eu era tão previsível assim?

Silêncio foi minha resposta. Outro segundo se passou antes de ela voltar a falar, com óbvia relutância:

— Você sempre cuida de mim.

— Ainda assim, você saiu correndo.

— Cara, eu vim dirigindo. E nem estourei o limite de velocidade. Não se dê tanto crédito assim.

— Abra a sua porta.

— Feche a sua boca.

Lutei contra um sorriso.

— E se eu te contar uma curiosidade sobre polvos? — barganhei.

Silêncio. Aquela era minha deixa. *Finalmente.*

— Os polvos soltam tinta quando sentem que estão em perigo. A nuvem de muco e melanina atrapalha o olfato do predador, dificultando que encontre o polvo. — Me remexi, descansando a testa na porta de novo. — Mas é tão potente que, se o polvo não consegue escapar da própria tinta, pode morrer intoxicado.

O que você está fazendo, e quando foi que virou a porcaria do Animal Planet?

Oliver e Romeo ririam até ficar sem fôlego se pudessem me ouvir naquele instante.

Ainda assim, rocei a ponta do nariz na madeira lascada enquanto meus lábios se moviam.

— Às vezes, é preciso correr o risco. Você tem muito a perder se colocar um fim nisso, Octi.

Será que aquilo era implorar? Rastejar? Eu não sabia. Também não me importava. Na verdade, apenas uma coisa me importava: levar aquela mulher de volta para a minha casa.

Esperei um minuto para que ela falasse. Um minuto se estendeu em dois. Depois, três. Quando outro minuto se passou, jurei que sairia daquela casa com um hematoma no meio da testa.

Por fim, Farrow me tirou daquela miséria.

— Você poderia ter me contado que era uma festa de noivado.

Soltei a respiração que estava prendendo, exalando o ar na madeira, e depois pressionei os lábios um contra o outro. Eu nunca me explicava para ninguém, exceto para minha mãe, e fazer aquilo, naquela hora, me pareceu uma experiência que me serviria de lição.

Era claro que Farrow estava certa.

Eu poderia ter contado.

Eu *deveria* ter contado.

— Eu dei pra trás — admiti.

Mais silêncio. Então, uma resposta:

— Como é? Não ouvi direito.

Pude ouvir o sorriso em suas palavras. Aquela *merdinha*.

— Eu disse que dei pra trás — repeti, mais alto. — Optei pela saída mais fácil, porque não estou acostumado a lidar com bagunças. E o que temos é... *bagunçado*. — Para dizer o mínimo. Suspirei, soltando o ar com força. — E porque tenho a profundidade emocional de um pires.

A risada dela atravessou a porta, e uma rocha de dez toneladas pareceu ter sido tirada do meu coração.

— Ainda assim, não gosto de você.

— Você pode desgostar de mim e ainda assim gostar de como meu pau preenche sua boceta, Farrow. Você pode me odiar e ainda assim gostar de ganhar uma enxurrada de presentes e ajuda legal. — Fechei a mão ao redor da maçaneta, sabendo que ela não abriria, mas, ainda assim, desejando que abrisse. — O que tenho com Eileen não é real. Ela nunca vai ter meus beijos. Minha adoração. Minha atenção completa. Ela não passa de um item em uma lista de afazeres. Não é uma ameaça para você, Farrow. Da mesma forma que um cometa solitário não é uma ameaça para o Sol.

— Zach... — ela falou mais alto, mas ainda pareceu baixo demais. Sua voz estava bem atrás da porta. — Você me vê como o Sol?

Não. Você é o universo inteiro, caralho.

E é isso que mais odeio em você.

— Temos um acordo. — Pigarreei, tentando soar pragmático. — E vou cumprir minha parte dele. Estou aqui.

— Até quando?

— Até o fim.

Prendi a respiração, esperando que a porta fosse destrancada, mas não foi o que aconteceu.

— Por que você foi horrível comigo no dia do meu aniversário?

A voz dela percorreu minha pele como veludo. Pude sentir o seu calor emanando do outro lado da porta.

— Porque... — admiti, entre dentes. — ... precisamos do lembrete de que isso é só uma transação de negócios. Eu gosto de você, Farrow. De mais jeitos do que posso dizer. Se não separarmos as coisas... podemos acabar arruinados. — Meus dedos se fecharam em punhos, e mordi os nós, arrancando sangue. — Agora, por favor, abra a porta. Tenho informações importantes a respeito do seu caso no tribunal, as quais eu gostaria de dividir com você.

Finalmente — *finalmente* — a porta rangeu ao ser aberta. Dei um passo para trás, minha respiração presa na garganta quando a vi pela primeira vez em quase vinte e quatro horas.

Sem maquiagem. O cabelo bagunçado. Com uma calça de moletom azul e uma camiseta do time de esgrima dos EUA.

Simples. Despretensiosa. *Perfeita.*

— Farrow. — Me engasguei com o nome dela.

Controle-se, Zach. Balancei a cabeça, tentando me livrar do feitiço que parecia me dominar, e moldei o rosto ao desinteresse insensível de sempre.

— Tenho notícias — falei, então passei por ela, entrando no quarto.

Um choque de prazer aqueceu meu ombro onde nos tocamos. Eu esperava que o quarto minúsculo explodisse com uma personalidade tão grande quanto a da dona, mas, em vez disso, o cômodo me pareceu impessoal. Havia apenas os móveis essenciais. Nenhum pertence íntimo. Nenhuma foto. Nada fora do lugar. Nada, no geral. Poderia ser um quarto de hóspedes. Ou a câmara de tortura de um assassino em série. Ergui a pilha de pastas que eu havia trazido comigo, colocando-as na mesinha de cabeceira.

Os olhos de Farrow acompanharam meus movimentos.

— O que é isso tudo?

— Bryan e Deanne revisaram tudo no escritório. — Abri uma das pastas e tirei um documento cheio de marcações amarelas, entregando-o a ela. — Tem uma discrepância de data no testamento.

O queixo dela caiu, o lábio inferior carnudo implorando para ficar preso entre meus lábios, chupado até o fim dos dias. *Porra.* Eu nunca tinha beijado uma mulher em toda a minha vida, mas eu queria. Queria sentir o calor dela, sua língua contra a minha. Queria que derretêssemos e nos tornássemos uma entidade.

Farrow prendeu uma mecha do cabelo atrás da orelha, os olhos analisando o texto.

— E o que isso significa?

— Significa que o testamento executado não corresponde ao que foi feito três anos antes. — Examinei o rosto dela, procurando uma reação. — O testamento de Vera não tem base legal.

Enquanto lia, os olhos de Farrow ficavam mais brilhantes, úmidos com lágrimas que ela se recusava a deixar cair. Algo feroz ganhou vida no meu peito. Quis abraçá-la. Puxá-la para perto. Protegê-la do mundo que sempre falhara com ela.

— Zach. — Ela ergueu a cabeça, sorrindo. — Isso é incrível. É prova de que Vera falsificou o testamento. Podemos contestar tudo.

— Ainda não. — Tirei a folha dos dedos dela, guardando-a na pasta. — Dan, Bryan e Deanne querem mais tempo.

— O quê? — O sorriso dela desapareceu. — Por quê?

— Quanto mais forte for nosso caso, mais fácil será ganhar. Queremos estabelecer a linha do tempo, obter evidências, descobrir o passo a passo de como ela fez aquilo, quando fez, quem a ajudou. Tem uma testemunha do testamento original com quem vamos precisar falar. Não podemos fazer isso malfeito, Octi. Precisa ser à prova de balas. Você precisa ser paciente.

— Argh. — Ela se jogou em mim, envolvendo meu pescoço com os braços, seus lábios beijando minha pele enquanto falava: — Mas eu não quero ser paciente.

Por um segundo, congelei no lugar, relutando contra meu instinto de me afastar.

Puta que pariu, puta que pariu, puta que pariu.

Fechei os olhos com força, fazendo uma contagem regressiva. *Dez, nove, oito...* Abri um dos olhos, percebendo que não sentia necessidade de jogar ácido na minha cabeça. *Sete, seis...* Rolei os ombros para trás, relaxando um pouco, me entregando ao toque. *Cinco, quatro...* Inspirei pelo nariz, familiarizado com todos os aromas deliciosos que vinham de Farrow. *Três...* Parei de contar, me permitindo aproveitar o momento.

Nossa pele parecia veludo, uma na outra. A dela me roçava como seda, me espremendo contra ela. Era... agradável. E era a primeira vez que eu a via se soltar. Tinha se esquecido da sua personalidade guerreira, parecendo deslumbrante sem a armadura pesada a protegendo.

Uma pontada de orgulho atingiu meu peito. Ela havia *me* escolhido para abaixar sua guarda. O vilão cruel e gélido da sua história de gata borralheira. A pior parte era que eu duvidava de que ela sequer havia percebido o que fizera.

Entrelacei os dedos no cabelo dela, incerto do que fazer com eles. Será que eu deveria focar nas ondas? Escorrer os dedos pelas mechas? Dar um tapinha na cabeça dela como se tivesse voltado da aula no jardim de infância com uma estrela na agenda? Meus dedos tremiam. Quase dei um passo para trás, confuso com tantas opções.

Isso está acontecendo. Isso está acontecendo, e não quero que acabe.

Pressionei a bochecha na dela, me deleitando com o fato de que eu podia fazer aquilo.

— O tempo vai passar voando.

— Como você sabe?

A respiração dela fez cócegas no meu ouvido.

Não me encolhi. Não estremeci. Não recuei.

— Porque sempre voa quando estamos nos divertindo.

— Você é muitas coisas, Zachary Sun, mas divertido não é uma delas.

— Sua boceta discorda.

— Não é minha boceta que manda.

— Talvez devesse ser. É uma criatura adorável. Sou o fã número um dela.

Os dedos de Farrow subiram pelo meu pescoço, repousando nas bochechas. Ela se afastou do nosso abraço, erguendo o queixo na minha direção, os olhos se dilatando quando notou nossa posição. A proximidade. O *toque*. Nossos olhos se encontraram. Os dela brilhavam como o Mediterrâneo cintilante, tão azuis que eu não conseguia desviar o olhar. Os lábios se entreabriram. Eu os fitei, traçando o contorno com o olhar.

— Só uma vez... — O polegar dela foi na direção dos meus lábios, pairando logo acima deles. — Só uma vez, posso te beijar? Digo, beijar *de verdade*.

— Farrow. — O nome dela irrompeu da minha garganta, gutural e rouco.

— Você acha que está pronto para um beijo, Zach?

Não. Sim.

Fingi estar confiante, enterrando os dedos no corpo dela.

— Querida, estou pronto desde que você se sentou naquela mesa de Go, só de camisola, e tentou fingir que pertencia àquele lugar.

— Nunca tentei fingir, seu tolo. Eu sempre soube que me destacaria, e senti orgulho disso.

Ela abriu um sorriso. E, até aquele momento, eu nunca tinha visto nada tão milagroso ou estonteante, e... *foda-se*. Acabei com a distância entre nós, colando meus lábios nos dela.

Por um instante, apenas inspiramos um ao outro. O ar faiscava como fogos de artifício entre nós. Os lábios dela eram quentes e macios, maleáveis em comparação ao resto dela. Cada célula no meu corpo vibrava. Era como se estivéssemos nos fundindo, e eu a desejei mais.

Lentamente — lentamente pra caralho — abri a boca dela e escorreguei a língua pelo seu lábio inferior. Ela soltou um gemido baixo, e me lembrei do que Tabitha me tinha dito antes de eu mandá-la ao inferno — Farrow não amava. Era incapaz de sentir. Não tinha nada com que se preocupar. O coração dela não se partiria. Mas e o meu?

A língua de Farrow encontrou a minha e deslizou para dentro da minha boca, afastando meus pensamentos. A sensação foi estranha, desconfortável até. Ter o órgão de outra pessoa no meu corpo fez a pele da minha nuca formigar.

Congelei, mas Farrow não cedeu. Ela passou as unhas pelo meu couro cabeludo, enviando calafrios por toda a minha coluna. Ela não teve pressa de tirar a língua da minha boca. E foi só depois de ela ter recuado que percebi que amava pra cacete ter uma parte dela dentro de mim.

Assumi o controle, segurando-a pelos ombros e a beijando com força. Nossas bocas lutavam, mordiscando, e beijando, e grunhindo. Engoli cada gemido que ela produzia, segurando-a pelo cabelo e, então, prendendo-a contra a parede. Tropeçamos nos cobertores e nas almofadas esquecidos no chão, rindo enquanto nos beijávamos. Eu queria devorá-la. Comê-la por inteiro e lamber os dedos depois.

— Divino. — Foi o que decidi enquanto minha língua perseguia a dela, dançando, trocando carícias, alcançando cada canto. — Você tem um gosto divino.

Meus dedos desceram do cabelo dela, envolvendo seu pescoço delicado. Inclinei a cabeça dela, beijando-a pescoço abaixo. Fae parecia tão frágil nos meus braços, empinando o quadril para ir de encontro ao meu pau duro. Eu tremia de expectativa, pronto para transar com ela, atravessar a parede e irmos parar em outra dimensão.

Nunca a desejei tanto. A boca dela encontrou a minha, e, de novo, nos beijamos como se a nossa vida dependesse daquilo.

— Roupas. — Ela agarrou minha camisa, ofegante. — Não precisamos delas.

Por acaso, eu concordava. Ela começou a abrir os botões quando a porta de entrada fez um estrondo ao ser aberta, acertando a parede.

— Volteeeiii.

Regina estava de volta. *Ótimo.*

Em um instante, Octi me empurrou para longe. Cambaleei para trás, frustrado, com tesão e prestes a perder o controle.

— Não podemos fazer isso. — Fae esfregou os lábios inchados e vermelhos. — Ninguém pode saber que estou pegando um homem que está noivo.

— O noivado é uma mentira — lembrei.

Eileen tinha me informado no dia anterior que gostaria de voltar a morar em Nova York assim que nosso cronograma permitisse.

— Não, seu *relacionamento* é uma mentira. O noivado é verdadeiro.

Ela tinha razão. Eu a encarei, frustrado e irritado. As vozes abafadas no andar debaixo não deixavam dúvidas: Tabitha tinha contado tudo para Regina.

Farrow esfregou o rosto, grunhindo.

— O que você quer, Zach?

Quero mergulhar no seu calor só mais um pouco, para que, quando eu voltar para minha vida gélida e entorpecida, eu não acabe congelando.

— Quero que honremos as promessas que fizemos. — Beijei o topo da cabeça dela, parando por um instante para deixar que o cheiro do seu corpo invadisse meu organismo. — Me conserte, Farrow.

Cada segundo que ela chegava mais perto de se livrar de Vera e das irmãs de criação era um segundo que nos separava ainda mais. No instante que ela não precisasse mais de mim, iria embora.

E daí se ela for embora?

Eu voltaria para minha existência pacífica e silenciosa.

Estruturada, impiedosa e solitária.

Sem vida.

43

Farrow: Temos novidades com relação ao testamento do meu pai.

Farrow: Não há mais dúvidas de que vou conseguir contestar tudo.

Farrow: Ari?

Farrow: Você está aí?

Farrow: Você está demitida do cargo de melhor amiga.

Farrow: Tudo bem, não está demitida. Mas volte aqui. Preciso de você.

44

Farrow

Dois dias depois do meu aniversário, eu estava outra vez limpando privadas e esfregando janelas. Meus joelhos tocavam os azulejos do banheiro no quarto de hóspedes de Zach enquanto eu jogava água sanitária no vaso, o qual ninguém usava em pelo menos uma década. O cheiro pungente fez meu nariz formigar, queimando os olhos.

Zach perambulava pela casa como um fantasma perturbado, gritando ordens e lançando uma sombra escura e formidável sobre Natalie e o resto dos funcionários. Ele não tinha feito trabalho algum naquela manhã, em vez disso, aparecendo nos diversos cômodos que eu limpava, exigindo saber o que eu queria para o almoço, quais eram meus planos para depois do trabalho e se era possível passarmos algum tempo juntos.

Eu imaginava que "passar algum tempo juntos" era um código para esfregarmos nossas genitálias até atearmos fogo. Não achava essa ideia tão ruim. Sim, ele estava noivo, mas eu li na escrivaninha dele o enorme contrato que tinha assinado com Eileen. Nenhum dos dois queria dividir um quarto, tocar um no outro, nem sequer habitar o mesmo estado. Eu até ouvira uma das conversas particulares deles. Pareciam dois irmãos idosos que mal toleravam a presença um do outro enquanto tentavam se suportar por conta do interesse mútuo em dividir uma herança generosa.

Ainda assim, algo devorava meus órgãos internos, me corroendo por dentro aos poucos.

Troquei a água sanitária por uma esponja e panos, e fui até os armários de madeira. Atrás de mim, a porta rangeu ao ser aberta. Usei o antebraço para enxugar o suor da testa, sem me dar ao trabalho de lançar um olhar para o intruso.

— Eu já te falei... Quero macarrão com queijo e hambúrguer para o almoço. — Suspirei. — Sim, sei que não tenho 5 anos. Não, não ligo...

— Levante-se, Cinderela. Vamos dar o fora daqui.

Virei a cabeça e encontrei Dallas na porta, envolta por um casaco enorme de pelo de oncinha falso, um chapéu de caubói rosa, óculos de sol com diamantes e uma quantidade de maquiagem que bastaria para repintar a Capela Sistina.

Ela parecia... *delirante*.

Mas também linda demais.

Eu ainda estava de joelhos, tentando não ter um ataque epiléptico só de olhar para ela.

— O que está fazendo aqui?

— Comemorando seu aniversário, boba. — Dallas arrancou os óculos escuros, sorrindo para mim. — Desculpa, levei um dia inteiro para organizar. Estava deixando tudo perfeito.

Ela invadiu o banheiro, protegendo o nariz (e o bebê) do cheiro de desinfetante.

— Vamos. Nosso voo sai daqui a trinta minutos.

— Nosso *voo*? — Eu me levantei em um pulo, arregalando os olhos, horrorizada. — Como assim, "nosso voo"? Eu nem estou com o meu passaporte.

Ela abanou a mão para mim.

— Não se preocupe, é doméstico.

Eu a deixei me arrastar para fora do banheiro pelo único motivo de que eu me recusava a ser a responsável por machucar seu bebê.

— Nem arrumei a mala — protestei.

— Eu arrumei uma para você. — A voz dela irradiava alegria enquanto saltitava pelo corredor. — Espero que goste de calcinhas fio dental e de tapa-mamilos de couro.

Não sabia dizer se ela estava brincando ou me preparando para o que estava por vir.

— Minha identidade... — minha voz perdeu forças.

— Vamos de jatinho. Você não precisa de nada.

Jatinho. Puta merda. Dallas não brincava em serviço. Estávamos quase na porta da frente quando Zach se materializou como um morcego infernal, bloqueando nosso caminho. Ele era o epítome de lindo, tesão, bonito e psicótico. Uma escuridão emanava dos ombros dele como fumaça que rastejava para dentro dos meus pulmões. Um suéter de caxemira preta e uma calça cinza-escuro envolviam seu corpo, combinados com um relógio grande de pulso.

Ele cruzou os braços, a atenção focada em Dallas.

— Aonde pensa que a está levando?

— Ela não é um vaso da sua sala de estar, Zach. Ela é uma pessoa. — Dallas ergueu o queixo. — *Eu* não a estou levando a lugar algum. Estamos indo juntas.

Ele fechou os olhos. Respirou fundo. Então os abriu, e ainda parecia prestes a explodir em chamas raivosas.

— E aonde vocês vão?

— Vamos nos divertir. — Dallas inclinou o chapéu de caubói e deu uma piscadela para ele, irradiando positividade. — Funciona assim: você dá risada e curte a vida, e não planeja o assassinato de pessoas de quem você discorda. Procura no Google. Juro que isso existe.

— Nós dois temos planos.

As narinas de Zach se dilataram, e ele chegou tão perto do rosto dela que tive medo de que a tocasse por acidente e, então, projetasse vômito no chão. Eu tinha polido tudo havia uma hora.

— Ah, sim. — Ela apoiou as mãos na barriga. — Vi muito bem o que você tinha planejado para ela. Outro dia de trabalho. Farrow virá comigo.

Zach chegou ainda mais perto do rosto dela.

— De jeito nenhum.

— Excelente imitação de um homem das cavernas, Zach — falei, enganchando o braço no de Dallas, nossas pulseirinhas da amizade tilintando juntas. — Agora, solte esse seu uga-uga na cara de outra pessoa.

— Eu me voluntario como tributo. — A voz desinteressada de Romeo ressoou atrás de Zach enquanto ele se aproximava. — Aliás, Sun, é melhor sair de perto da minha esposa, a não ser que você queira descobrir qual é a sensação de precisar mijar em uma sacolinha pelo resto da vida.

Zach não se mexeu.

— Farrow tem planos.

— Farrow tem uma *boca*. — Romeo o puxou para trás pelo colarinho. — Se ela quiser ficar, ela mesma pode nos dizer.

Os olhos de Zach deslizaram para o meu rosto, em busca de ajuda. A verdade era que eu gostaria de ficar com ele. Mas esse era o motivo exato de eu *não* dever ficar. Ele nunca seria meu de fato; só seria emprestado. Eu tinha que apostar minhas fichas emocionais em outras pessoas. E Dallas? Era a aposta mais certeira que eu poderia fazer na vida.

Balancei a cabeça.

— Te vejo mais tarde. — Passei por ele, esbarrando meu ombro no dele, Dallas em meu encalço. — Aproveite seu peixe cru e neurônios torrados.

Romeo repousou a mão na base das costas de Dallas, nos levando a uma limusine preta e chique.

— Você ouviu a senhorita.

— Você não pode simplesmente sair. — Zach me seguiu, ignorando os outros dois. — Você está no meio do expediente.

Senti uma onda fria inundar os meus ossos, mas o ignorei.

— Me demita.

Eu havia chegado na limusine. O motorista estava parado ao lado da porta, e a abriu para mim. Sorri para ele, prestes a entrar quando Zach segurou a parte de trás do meu braço por cima da camiseta, tentando me puxar para perto.

Puxei o braço de volta com força e me virei.

— Não ouse arruinar isso.

Dallas se acomodou no assento traseiro, Romeo a beijando pela janela aberta e sussurrando um adeus contra a têmpora da esposa.

Apontei para eles.

— Isto, aqui e agora, é o meu momento de Cinderela. Passar um tempo com uma amiga nova. Ir a um lugar divertido. Me sentir um ser humano completo, não apenas faxineira de alguém pelo dia. Não me importo com o que planejou para mim, Zach. Você deu uma festa de noivado no dia do meu aniversário. Meus horários de trabalho são ridículos. Tenho direito a isso.

Os olhos dele pareceram vibrar, examinando meu rosto.

— Não quero que você ande por aí em um veículo desprotegido. Ao menos, usem o meu.

Meus ombros relaxaram. Parte da raiva se dissipou. Pressionei a mão no peito dele e fui cumprimentada pelo galope selvagem do seu coração, os baques tão intensos que começaram a machucar minha palma.

— Estou sempre dirigindo meu Prius.

— E estou sempre tendo um ataque cardíaco. — Ele parecia irritado mesmo com aquilo. Então, percebendo como havia soado, acrescentou: — Você é minha chance de ser normal. Estou investindo na sua vida, até que eu a descarte.

— Nossa, que romântico.

— Infelizmente, essa foi a coisa mais romântica que eu já disse na vida.

— Eu vou ficar bem.

Ele me segurou pelos cotovelos, e resisti à vontade de beijá-lo.

— Prometa.

— Eu prometo.

Ele desceu os dedos pelo meu cabelo, envolvendo meu rosto. Minha respiração ficou presa na garganta quando percebi que ele estava prestes a me beijar. Eu queria ser beijada por ele mais do que eu queria sobreviver ao restante do nosso contrato. E era por isso que eu precisava colocar um fim naquilo. Por mim, Zachary Sun quebraria todas as suas regras. Mas, *por ele*, eu quebraria meu coração.

Virei a cabeça no último segundo.

Seus lábios encontraram minha bochecha, tocando a lágrima solitária que havia me escapado do olho.

— Divirta-se — disse ele, a voz fraca.

— Obrigada.

45

Farrow

— Aqui. Experimente este. *Jianbing* de pato. — Dallas abriu um saquinho de mantecaditos, jogando um na boca. — O que achou dos bolinhos escoceses, falando nisso?

Dei uma mordidinha no palito de carne-seca, uma entre as duas mil opções de lanchinhos esparramadas na nossa frente.

— Deliciosos igual a um orgasmo.

Ainda nem tínhamos decolado, e Dallas já tinha experimentado a maior parte da comida que Romeo deixava estocada no jatinho. Os favoritos dela de cada país. Era evidente que tinha visitado todos. Eu a encarei com uma mistura de alarme e espanto. Como ela fazia toda aquela comida caber dentro do corpo?

Frankie jogou os pés no sofá na nossa frene. Eu não conseguia tirar os olhos da irmã mais nova de Dallas. Ela tinha o tipo de beleza que parecia desafiar tanto a natureza quanto a lógica. Olhos verdes felinos, lábios carnudos e cabelo castanho e lustroso que cascateava até a cintura.

— Não olhe para minha irmã assim. — Frankie estreitou os olhos. — Ela está comendo por dois.

Inclinei a cabeça para o lado.

— Por dois lutadores de sumô?

Frankie caiu na risada.

Dallas se inclinou e deu um tapa no braço dela.

— Eu te falei que ela era engraçada.

— Você também me falou que ela poderia me matar com um palito de dentes. — Frankie se abanou, movendo as sobrancelhas. — É verdade?

— Um pequeno exagero. — Peguei meu coquetel, tomando um golinho. — Mas sei causar danos com objetos cortantes. Por quê?

— Tenho alguns nomes e endereços. — Frankie desembrulhou uma bala do celofane, colocando-a na boca. — Enfim. Vamos falar de trabalho em outro momento. Agora, vamos comemorar seu aniversário.

Franzi a testa.

— Como você pode comemorar o aniversário de alguém que nem conhece?

— Você passou no teste da minha irmã. Qualquer um certificado por ela é digno de ser comemorado.

O avião começou a acelerar antes de decolar, cortando as nuvens densas e prateadas. Nem perguntei aonde estávamos indo. O destino não importava muito quando se estava em boa companhia. E aquelas garotas eram perfeitas como melhores amigas.

— Enfim. — Dallas chupou o dedo para se livrar das migalhas, então, pegou a bolsa que estava em um dos assentos, atirando-a nos meus braços. — Vá tomar um banho e trocar de roupa. Daqui a pouco vamos pousar em Nova York.

Nova York. Uma das minhas cidades favoritas. Meu coração pareceu saltitar. Joguei a alça da mala por cima do ombro e fui até o banheiro, abrindo a porta.

Então, deixei a mala cair. E soltei um grito.

— Ari!

Minha melhor amiga parada ali dentro, feliz, e linda, e sorrindo igual a uma tonta.

— Até que enfim. Faz um *século* que estou escondida aqui.

Pulamos uma nos braços da outra, gritando tão alto que qualquer guaxinim ficaria com inveja. Ela me abraçou com força o bastante para esmagar meus ossos.

Eu a balancei de um lado para outro.

— O que está fazendo aqui?

— Sua melhor amiga me ligou para te fazer uma surpresa. — Ela riu nos meus ouvidos. — Ela é das boas.

— Melhor amiga? Essa foi a promoção mais rápida que ganhei na vida. — Dallas apareceu no banheiro, encostando o ombro no batente. — Bom, mas se bem que também é minha primeira vez trocando de posição em um emprego.

Ari se afastou de mim, analisando Dallas da cabeça aos pés.

— Garota, tenho certeza de que você trocou de posição *muitas* vezes para chegar aonde está hoje.

Dallas passou a mão na barriga.

— Você não faz ideia.

— Não mesmo, mas quero ouvir os detalhes.

Depois de mais risadinhas e gritinhos, Ari e Dallas voltaram para a cabine enquanto eu aproveitava para tomar um banho demorado, lavar o cabelo e o secar com o secador, então, vesti o jeans apertado e o moletom de marca que Dallas tinha escolhido para mim. As roupas vieram com um bilhete:

Nem toda garota quer um vestido para se sentir bonita.
Algumas ficam deslumbrantes de coturno e uma espada na mão.
Uma delas até acabou de se tornar uma amiga querida.
Feliz aniversário, F. <3
Dal

Quando terminei, o avião já se preparava para a aterrissagem. Em pouco tempo, as meninas e eu saímos na pista, a partir de onde um motorista uniformizado nos levou para o Angelo's.

— É o melhor restaurante italiano de Nova York. — Dallas apoiou os pés no banco da limusine. — E já estive em todos.

Ari e Frankie riram.

Dallas não, encarando minha melhor amiga, tão séria quanto um ataque cardíaco.

— Não estou brincando. Você sabia que há dois mil e quatrocentos restaurantes lá? Sem contar os mais escondidos.

O sorriso de Ari desapareceu. Ela me deu uma cotovelada, sussurrando:

— Onde você encontrou essa menina?

— Em um jantar. — Dei de ombros, sorrindo para Dallas. — Onde mais?

Depois de uma refeição de sete pratos, na qual comi o suficiente para alimentar a nação inteira da Bélgica, fomos beber coquetéis em um bar próximo. Frankie mostrou uma identidade falsa e pagou cinco rodadas para nós.

— Como você está arcando com isso? — Dallas encarou a irmã, desconfiada. — Achei que papai tinha confiscado seu cartão depois que comprou aquela ilha para que cães-guia pudessem se aposentar.

— Dá para acreditar na falta de empatia dele? — Frankie revirou os olhos, entornando um coquetel de frutas. — Aqueles cachorros fizeram mais pelo país que a maioria dos políticos.

— Vou repetir a pergunta, irmãzinha: como você está arcando com isso?

— Ah, o Oliver me deu dois cartões dele. Um fofo.

Dallas se engasgou na bebida sem álcool.

— Vocês dois conversam?

— Não. — Frankie deu uma risada, como se a resposta fosse óbvia. — Mandei uma mensagem de texto para ele, falando que precisava de um ou dois cartões emprestados, e ele me mandou alguns por um motorista.

— Frankie, cartões de crédito não são vestidos. Você não pode pegá-los emprestado.

— É claro que posso. Como acha que tenho me bancado nas últimas três semanas?

Quando chegamos na Broadway para ver uma peça, não estávamos levemente alcoolizadas — estávamos trêbadas.

— O que vamos ver? — Solucei, oscilando nos braços de Dallas.

Ela tinha tomado apenas margaritas sem álcool enquanto aproveitávamos as bebidas. De vez em quando, ela encarava o coquetel, furiosa, e sibilava: "Não é irônico que mulheres grávidas só podem tomar bebidas virgens?".

— *Cinderela*. — Frankie deu uma voltinha, o vestido anos 1950 florescendo ao redor. — É uma temporada curta de quatro semanas. Incrível, né?

Adequado, né?, corrigi mentalmente.

Por mais que eu tentasse fugir da comparação, ela sempre me reencontrava como um bumerangue.

Ari me afastou de Dallas para garantir que eu não a esmagaria, passando meu braço pelo seu ombro e me levando pelo corredor. Os espectadores do teatro entravam e saíam do prédio. Encontramos nossos assentos e nos jogamos neles, caindo na gargalhada sem motivo algum. Frankie e Ari até tiraram uma pequena coroa de uma bolsa de marca para colocá-la na minha cabeça.

A apresentação foi incrível. Tive que me impedir de chorar diversas vezes. E, quando escapamos de volta para a noite gelada de inverno, tudo em que eu conseguia pensar era que Dallas estava certa.

Às vezes, tínhamos que escrever nossa própria história para chegarmos ao final feliz.

— Então... — Ari pressionou o ombro no meu, andando mais rápido que as irmãs Townsend, para que ficassem para trás. — O que está rolando com Zach?

— Estamos nos pegando, e ele está noivo. — Mal encontrei energia para dar de ombros. — Então, sabe...? Uma bagunça.

— Dallas disse que ele é seu cachorrinho. — Ari avaliou meu rosto. — Que ele te segue por todo canto e esfaqueia qualquer um que tenta se aproximar.

— Ha-ha.

— Isso quer dizer que ele também faz xixi na calça sempre que te vê?

— Espero que não. Também sou responsável por lavar as roupas dele.

Eu não tinha ideia de aonde estávamos indo, mas estava começando a entender que não importava. Mais cedo ou mais tarde, uma limusine se materializaria e nos levaria a um aeroporto minúsculo, de onde voaríamos para casa em um jatinho luxuoso que mais parecia uma cobertura de solteirão em Manhattan. Aquela era a realidade de Dallas Costa, a garota mais sortuda em todo o país.

— Ele me quer — admiti, sentindo a garganta se fechar ao redor de um nó de ansiedade. — Mas, mais que tudo, ele quer agradar à mãe. Então não temos futuro.

Porém, tínhamos coração e alma, e aquilo me assustava. Não contei para minha melhor amiga o motivo de Zachary Sun estar tão encantado comigo. Nem que algo o havia transformado em um herege que temia humanos. Ou que eu era sua única chance de salvação, mesmo não sabendo o que o havia deixado daquele jeito.

— E se ele te quiser mais do que quer agradar à mãe? — Ari enganchou o braço na altura do meu cotovelo. — O que você faria?

Paramos em frente a uma faixa de pedestres, e Dallas e Frankie enfim nos alcançaram. Engoli em seco. Fazia um tempo que tentava evitar fazer aquela pergunta a mim mesma.

Por fim, falei:

— Se eu me permitir ter esperança, também permito que isso acabe comigo. E nunca tive esse privilégio.

Uma limusine parou na nossa frente, estacionando em fila dupla. O motorista saiu e abriu a porta para nós.

Entrei, sabendo que não havia contado toda a verdade para Ari.

Porque parte de mim já havia se rachado.

E, a cada dia, Zach forçava a fissura a se abrir ainda mais.

46

Farrow

A mansão Sun me fez lembrar de uma casa de gengibre naquele meu humor alterado.

Neve espiralava e se acumulava no parapeito das janelas como uma cobertura grossa de bolo. Oscilei de um lado para outro nos saltos de Dallas, me encolhendo quando a porta da limusine foi fechada atrás de mim. A coroa boba de plástico tombou da minha cabeça.

Eu me agachei para pegá-la, cambaleando para trás quando vi Natalie sair de forma tempestuosa da casa antes mesmo que eu pudesse tocar a coroa. Ela segurava pastas pardas contra o peito.

— Ah. — Seus lábios se curvaram para baixo. — Você voltou.

Como sempre, parecia muito arrumada e infeliz.

Coloquei a coroa de novo na cabeça, jogando a bolsa que Dallas tinha me dado de presente por cima do ombro.

— Você parece decepcionada.

Natalie tinha me atormentado desde meu primeiro turno de trabalho. Costumava ignorá-la, mesmo quando derrubava, sempre *sem querer*, suas bebidas para que eu limpasse tudo.

— *Estou* decepcionada. — Ela deu meia-volta, me acompanhando para dentro de casa. — Antes de você chegar, estávamos nos conhecendo melhor.

Larguei a bolsa na escada, indo até a cozinha pegar um copo de água, escutando apenas metade do que ela dizia.

Natalie seguiu no meu encalço.

— Estávamos construindo algo até você confundi-lo com a sua... a sua...

Ela prendeu o fôlego, me avaliando de cima a baixo, tentando entender o que Zach tinha visto em mim.

Uau. Que déjà-vu.

— Constance também te criou?

Tirei os saltos, chutando-os para longe no corredor, meu cérebro um pouco atordoado, mas ainda lembrando que Zach odiava que usassem sapatos dentro de casa.

Natalie me ignorou, batendo o pé na entrada da cozinha, gesticulando com a mão, que subia e descia, para o meu corpo.

— Eu nem sei o que ele vê em você.

Tirei um copo grande do lava-louça e o enchi com água da pia, levando-o até a boca.

— Quanta maturidade.

— Você tem que desaparecer. Ele está noivo. Ela nunca vai deixá-lo te manter por perto.

Ai, ai. Se ao menos Natalie soubesse que eu *e* Zach planejávamos nunca mais nos ver dali a poucas semanas... Não que aquilo importasse para Eileen. Tinha sido ela a pedir a cláusula que permitia casos extraconjugais, caso algum dia *ela* superasse a aversão *dela* a pessoas.

— Obrigada pelo conselho, Natalie, mas Zach não gosta de gente aleatória em casa depois do expediente. — Sacudi os dedos na direção dela. — Tchauzinho.

— Espere... Você não acha que ele gosta mesmo de você, acha?

Não. Sim. Talvez um pouco.

Eu sabia que o corpo dele gostava de mim. E que o cérebro gostava da minha companhia. Porém, eu sabia que a mesma coisa poderia ser dita sobre vibradores.

Não respondi à pergunta dela, jogando o resto da água na pia e começando a ensaboar o copo.

— Você sabe que não passa de um brinquedinho para ele. — Ela me observou, o sorriso crescendo enquanto tentava avaliar se a flecha venenosa tinha acertado algo vital. — Sei que ficam se esgueirando pela casa. Você é um passatempo. Eileen é a coisa séria.

Mantive a expressão neutra, enxaguando a espuma e dizendo a mim mesma o que eu sempre dizia quando Reggie me informava que ela precisava lavar os olhos com soda cáustica depois de ter olhado para mim.

O ódio não diz respeito ao que você não tem. Diz respeito ao que alguém encontra em você e percebe que não pode lhe tirar isso.

— Ainda não acredita em mim? — Ela soltou uma risada que mais me pareceu um sibilo. — Olhe para ele quando ele está ao seu lado, e quando está ao lado de Eileen. Esta é a sua resposta.

Coloquei o copo na pia com um pouco mais de força que o necessário. Ele trincou, e um estilhaço minúsculo entrou na palma da minha mão. Eu estava sangrando. Por dentro e por fora.

Por quê, Fae? Por quê? É só um acordo.

Mas não era. E estava na hora de eu admitir aquilo.

Mantive a mão na pia para que Natalie não a visse. Eu era um animal ferido que sempre lutava para que não vissem seus machucados.

Fingi um sorriso, a sensação da bebida desaparecendo.

— Mais alguma coisa?

— Dê uma olhada na sala de jantar. — Natalie ergueu um dos ombros, insatisfeita por eu não ter irrompido em lágrimas. — Vai tirar essa expressão convencida do seu rosto rapidinho.

Não fui dar uma olhada na sala de jantar.

Primeiro, passei no escritório de Zach, subindo dois degraus por vez, desejando terminar aquela noite mágica com ele. As portas se abriram e bateram nos amortecedores quando invadi o cômodo. Ele os instalara havia algumas semanas, depois que me viu fazer as estantes em volta da porta sacudirem.

Entrei no cômodo, descalça, olhando para os lados, então, parando para acariciar uma pedrinha de Go.

Não está aqui.

Depois, entrei no quarto dele, batendo na porta antes. Não tive resposta. Abri uma frestinha, colocando a cabeça para dentro e tendo um vislumbre da cama. Ainda feita. Bufando, comecei a ir de quarto em quarto, não encontrando ninguém. Desci as escadas, indo até o cômodo que eu não queria verificar por princípio. Porém, enquanto me aproximava da sala de jantar, o tilintar suave de utensílios me atingiu.

Chequei o relógio. Dez horas. Zach sempre jantava às sete. Minhas pernas me impeliram para a frente. Uma luz suave escapava para o corredor, e música ao vivo afagou meus ouvidos. Violinos. Flautas. A droga de uma harpa. Uma onda gigantesca de aromas deliciosos se quebrou em mim. Lasanha. Pudim de canela. Bacon caramelizado. Todas as minhas coisas favoritas.

Zach sabia daquilo. Eu havia contado a ele depois que me pegou mexendo em uma das peças do nosso jogo de Go infinito.

Qualquer coisa que tenha o sabor da família de outro alguém. Para que eu feche os olhos e finja que tenho uma.

Uma sementinha de empolgação se plantou na minha barriga, brotando raízes.

Não... Será que ele...?

Saltei até a porta, a coroa se esforçando para ficar na minha cabeça como se a vida dela dependesse disso, mas caiu no tapete quando virei no corredor, parando de repente. Meu coração pareceu acertar as costelas, então. Foi um milagre algo tão doloroso não ter feito barulho nenhum.

Zach estava sentado à mesa comprida, de costas para mim, jantando com Eileen. Um lindo vestido rosa-claro adornava a figura jeitosa dela. A sala girou, um borrão vermelho. Rosas. Por toda parte. Afogavam a sala como um mar de sangue. E as velas... Meu Deus, as velas que iluminavam cada centímetro do lugar.

Congelei, incapaz de me mexer. As palavras de Natalie ecoaram na minha mente.

Olhe para ele quando ele está ao seu lado, e quando está ao lado de Eileen.

Eles estavam em um jantar romântico.

Ele a estava cortejando.

Cortejar nunca fez parte do contrato. Eu tinha lido a coisa toda. Até espiado pelas costas de Zach para ver as mudanças que tinham sido feitas no documento do Word.

Eileen se inclinou por cima da mesa, sussurrando algo para Zach, sentado com a coluna reta. Consegui ver o instante em que ela me notou. Um sorrisinho aparecendo em seus lábios. Ela manteve o contato visual comigo enquanto jogava a cabeça para trás e ria de algo que ele tinha dito.

Então, eu entendi. O convencimento de Natalie. O aviso. Ela sabia com o que eu iria me deparar.

Dei um passo para trás, trombando com um abajur. O som ecoou assim que a orquestra tocou a última nota de Beethoven. Peguei o abajur um segundo antes de ele cair no chão.

A cabeça de Zach se virou de repente.

— Farrow.

Nossos olhares se encontraram. Não sabia o porquê, mas não conseguia me mexer. Não conseguia nem sequer pensar em olhar para ele. Não naquele instante.

Dê meia-volta. Vá embora. Aborte a missão.

E, ainda assim, meus pés permaneceram fixos no chão. Zach se levantou, se apressando na minha direção. O movimento súbito me motivou. Corri. Corri mais rápido que nunca, em direção ao meu Prius acabado.

Enquanto eu irrompia da mansão, percebi que não tinha nenhum lugar aonde ir. Minha suposta família não me abrigaria. Eu também não queria ficar com elas.

Dallas. O nome dela surgiu na minha cabeça. Dallas me abrigaria.

Zach apareceu atrás de mim enquanto eu mudava de direção, seguindo para a mansão Costa.

— Farrow. — Ele apertou o passo, percebendo que agora eu tinha um alvo. — Aonde você pensa que está indo?

Começou a garoar, as gotas caindo no meu rosto.

Os passos dele pararam, hesitaram por um momento, então continuaram a vir atrás de mim.

— Estou falando com você.

Mostrei o dedo do meio para ele sem me virar, acelerando até a mansão dos Costa.

— Eu sei. Eu queria que não estivesse.

— O que, por favor, me diga, eu fiz para te irritar agora?

Aquele cara estava falando sério?

Consegui ouvir os dentes dele cerrarem enquanto tentava pegar meu ombro. Me desviei, cada vez mais rápida. A chuva se intensificou. A água gelada encharcou as minhas roupas.

— Volte para o seu encontro.

— Farrow, venha aqui.

Dane-se isso. Eu me recusava a deixar que ele me tratasse como um cachorro. Cheguei à porta de Dallas e bati com força o suficiente para acordar os mortos. Zach *segurou* meu ombro, me virando. Eu o vi através da cortina de gotas, o cabelo molhado, escorrido para trás, o rosto sombrio como uma tempestade. O terno de marca estava colado ao corpo poderoso, e, por um segundo, senti ciúme do tecido.

— Precisamos voltar para casa. — Ele estremeceu, mas não tive certeza se por causa do frio. — *Agora*.

— Minha vida não é da sua conta.

— *Literalmente*, é.

Argh. *Droga.*

— Já passou o horário do expediente — emendei. — Posso fazer o que eu quiser. E o que eu quero é não estar perto o suficiente de você para te esfaquear.

Passos se aproximaram pelo outro lado da porta. Zach estreitou os olhos na direção do céu, se encolheu com a chuva, então baixou o olhar até mim outra vez.

— Eu posso explicar, se você me deixar...

A porta foi aberta. Romeo Costa tomou conta do batente com seu tamanho aproximado de um tanque de guerra.

— O que está acontecendo aqui?

— Nada. — Zach segurou meu braço, seus dedos congelados. — Farrow e eu estávamos indo embora.

— Eu queria passar a noite na sua casa — soltei, sem pensar.

A expressão de Romeo mudou de irritação para confusão.

— Ah, mas que merda. — Ele passou a mão pelo rosto. — Biscoitinho voltou a colecionar vira-latas. Ela tinha prometido que pararia depois do quarto filhote de gato.

— Ela não é uma vira-lata, e também não vai ficar. — Zach me puxou de novo. — Vamos, Farrow.

Mantive minha atenção em Romeo, determinada.

— Você poderia chamar a Dal?

Eu sabia que não estava sendo justa. Zach e eu tínhamos um acordo, e, até então, eu era a única que o havia quebrado. Mas não pude evitar. Ele tinha mesmo que cortejar Eileen na casa dele? Poderia levá-la para passear na lua se quisesse. Não precisava jogá-la na minha cara de novo, e de novo, e de novo.

E por que você se importa com isso? E como *ele poderia saber que você se importa?*

Eu precisava mesmo confrontar aqueles sentimentos irritantes. Um dia. Naquele instante, porém, não.

Romeo se virou para Zach, a sobrancelha erguida.

Franzi a testa.

— Você acabou mesmo de pedir a permissão do seu amigo para eu ficar? Você tem 5 anos, por acaso?

— Esta atitude não vai te ajudar — disse Romeo.

— Não — respondeu Zach, na mesma hora.

Puxei meu braço para longe.

— *Sim* — enfatizei.

Zach fuzilou Romeo com o olhar.

— Vou destruir sua nova empresa farmacêutica.

— Não faça isso, cara. — Ele pareceu arrependido. — Biscoitinho vai transformar meu esperma em caviar, e ainda queremos ter mais filhos.

— Farrow, *por favor*. — Zach cuspiu as palavras como se fossem veneno. — Temos que voltar para casa.

Por fim, me virei para encará-lo.

— Por quê?

— Porque...

Zach lançou um olhar rápido na direção de Romeo, as orelhas ficando um pouco rosadas, escondidas pela chuva que engrossava.

Ergui a sobrancelha.

— Porque...?

— Porque eu não suporto ficar na chuva. — Ele atirou as mãos para o alto. — Está feliz? É um gatilho para mim. Tenho um trauma. Não sei do que você chama isso. Nunca, nos últimos 21 anos, saí de casa na chuva.

A chuva se transformou em uma tempestade, tocando cada centímetro da nossa pele. Não pude acreditar no que eu estava ouvindo.

Romeo pigarreou.

— Vou deixar vocês dois se resolverem... — Ele foi fechando a porta, mas parou por um instante, antes de encaixar a maçaneta. — Farrow, me avise se ainda precisar de um lugar para dormir.

Zach e eu continuamos parados, um de frente para o outro. Estávamos ofegantes. Tive uma ideia. Uma ideia terrível, mas, ainda assim, uma ideia que precisava ser executada.

Coloquei a mão no bolso, procurando o objeto de metal.

— Você quer se explicar?

Ele enfiou a mão no cabelo e o puxou, atirando gotas de chuva por todos os lados.

— Desesperadamente.

— Vamos até o meu carro, então. Eu dirijo.

— Eu não... — Ele fechou a boca.

— Você está pronto, Zach. Está na hora. — Agarrei os braços dele. — Estou aqui para te curar, certo? Então vamos te curar.

Ele fechou os olhos, pressionando as pálpebras com os dedos.

— Esse acordo está ficando complicado demais.

— Somos um nó bem complicado de ser desfeito, sr. Sun. Aprenda a lidar com isso.

47

Zach

O Prius passava por Potomac, rechaçando a chuva no para-brisa. Tão leve. Tão insubstancial contra a natureza. Uma *armadilha*. Agarrei o assento, afundando as unhas até rasgar o tecido barato, ignorando como meu coração batia dez mil vezes por segundo.

O sangue dele. O rosto. O cheiro de pele queimada. As memórias escorriam por mim com a chuva, como sempre acontecia. Mas negar o pedido de Farrow teria significado continuar nossa discussão anterior, e não quis me arriscar.

Então... você prefere morrer nesta lata-velha?

Não foi a decisão mais lógica da minha vida, mas eu havia descoberto fazia tempo que lógica não existia quando se tratava de Farrow Ballantine.

Verifiquei o cinto de segurança de novo, quase esperando que se rompesse caso eu o puxasse com força demais.

— Você precisa mesmo dirigir igual a uma maníaca que acabou de cheirar quatro quilos de cocaína?

Ela acelerou na direção do subúrbio da cidade.

— Estou abaixo do limite de velocidade.

Quis esganá-la e enchê-la de beijos, tudo ao mesmo tempo. Estávamos pingando nos assentos, nossas roupas pesadas e grudando no corpo.

— Aonde estamos indo?

— Você vai ver.

— Não, você vai me contar! — explodi. Então percebi que estava sendo babaca outra vez e pigarreei. — Preciso de, ao menos, um pouco de controle nesta situação. Estou desconfortável.

Ela pressionou os lábios, considerando aquilo.

— Estou te levando para o meu esconderijo. Eu costumava ir lá sempre que voltava de Seul. Passava o verão inteiro trancada em uma casa da árvore que eu mesma construí.

Acreditei nela. Acreditei que aquela mulher havia construído uma fortaleza toda para si, porque a vida não tinha lhe dado um reino. Encarei os rasgos no teto do carro, recebendo a distração de braços abertos.

— Onde fica?

— Na trilha do ouro.

— Ótimo lugar para desovar cadáveres.

— Mantive minhas opções em aberto. — Ela deu de ombros, o pulso apoiado no volante enquanto acelerava, ignorando a pancada de chuva. — Afinal de contas, eu morava com Vera, Reggie e Tabby.

— Seu pai deveria ter se divorciado dela.

Melhor ainda: deveria ter se livrado dela no instante que viu que Farrow não era bem-vinda naquela casa. Em segredo, eu nutria alguns sentimentos corrosivos contra aquele homem. Ele estava morto, mas não morto o suficiente para pagar por seus pecados.

Farrow mordiscou o lábio inferior, pensando nas minhas palavras.

— Ele era igual a mim. Queria muito uma família, custasse o que custasse. E... acho que isso o cegou. A possibilidade de pertencer a uma. — Ela fez uma pausa. — É por isso que não invisto em relacionamentos. Não quero cometer o mesmo erro. Dar muito de mim para a pessoa errada.

Farrow freou o carro bruscamente e puxou o freio de mão. Estávamos bem em frente a uma placa com regras relacionadas a estacionar ali. Segurei a maçaneta, abafando um grunhido. O lugar estava deserto, e o Prius era o único carro à vista naquele breu. Observei o perfil de Farrow enquanto meu batimento voltava ao normal, notando a forma como os cílios tinham se unido graças à chuva.

Meu celular vibrou no bolso, mensagem atrás de mensagem. Sem dúvida, Eileen. Não consegui me convencer a me importar com aquilo. Para uma mulher que se dizia não estar interessada em romance, ela me procurava demais para o meu gosto.

Farrow se virou para me encarar.

— Olhe só para você.

Ela pegou as minhas mãos, que tremiam tanto que acertavam o painel involuntariamente. Senti o calor subir pelo meu pescoço, corando bochechas e orelhas. Eu estava envergonhado, e apavorado, e furioso, e *vivo*. Cacete, tão vivo que comecei a me engasgar com o oxigênio. Eu nunca tinha saído tanto da minha zona de conforto. Para mim, entrar em um carro pouco seguro era equivalente a pular de um avião sem paraquedas. E entrar em um carro... na chuva? Era melhor me pedir para cortar os pulsos.

— Quem te machucou? — Ela me encarou com olhos angelicais, que viam coisas boas onde não havia nenhuma. — Quem fez isso com você? Por que você ficou assim?

Encarei as árvores em frente, observando enquanto balançavam como pessoas rezando em vigília.

— Não sou do tipo que fala dos próprios sentimentos.

— E eu não sou do tipo que transa com o chefe que está noivo de outra. — Ela apertou minha mão, me reconfortando da sua maneira. — Nós dois estamos fora da nossa zona de conforto. *Me conte.*

E, naquele instante, quando parecia que a floresta engoliria meu segredo e o levaria consigo para o túmulo, decidi cometer um erro estratégico por nenhum outro motivo, senão agradar aquela mulher. Movi a pedra errada no tabuleiro.

— Quando eu tinha 12 anos, meu pai e eu fomos buscar o presente de aniversário de casamento dele para a minha mãe. O pingente.

Os olhos dela se arregalaram.

— O outro pingente do conjunto.

Assenti.

— Na volta, um caminhão bateu no nosso carro e o capotou. Meu pai me protegeu com o próprio corpo e morreu.

Sou o único Sun, sol, do mundo que traz escuridão.

— *Zach...*

Eu a interrompi, falando baixo:

— Mas ele não teve o privilégio de morrer de imediato. Nem eu. Um ancinho perfurou o corpo dele, fazendo com que a morte fosse lenta e dolorosa. Naquele tempo todo, ele me observou, os olhos ficando mais vermelhos e o rosto mais azul.

Farrow prendeu a respiração, mas não disse nada.

Continuei:

— Eu vi a vida do meu pai se esvair em tempo real.

Até mesmo agora, eu ainda conseguia vê-lo morrendo na minha frente. Não era preciso muito esforço para conjurar a imagem. Bile subiu pela minha a garganta. Engoli tudo, me forçando a colocar para fora o resto do que tinha acontecido.

— Como o carro capotou, o combustível vazou no motor. Tiveram que desmontar o carro por partes, antes de conseguirem me tirar. Por horas, o corpo do meu pai ficou em cima do meu, o sangue pingando em mim.

Farrow apertou minha mão com mais força, me encorajando a continuar.

— No começo, o sangue jorrou como uma corrente, mas, em certa altura, passou a gotejar, acertando meu rosto de vez em quando. Não consigo nem me lembrar das últimas palavras do meu pai. — Engoli em seco, fechando os olhos com força, sabendo que isso não apagaria a memória, mas desejando que o fizesse. — Chovia naquele dia. Estava tão frio que meu pai deve ter sentido o gelo nos ossos enquanto dava seu último suspiro.

O ar saiu dos pulmões de Farrow em um sopro.

Eu sabia que ela sentia pena de mim. Que a maioria das pessoas sentiria. Por isso eu me recusava a contar aquela história. Nem para a terapeuta que Celeste Ayi me obrigou a ir até eu completar 16 anos. E Romeo e Oliver só sabiam o que tinha acontecido por causa da mídia e da minha mãe.

— O motorista estava bêbado? — perguntou Farrow, sussurrando e sem soltar minha mão.

— Não. — Joguei a cabeça para trás, apoiando-a no assento. O frio invadia meu corpo através das roupas encharcadas. — Essa é a pior parte. Ele não estava bêbado. Ele não era um vilão. Era só um pai cansado. Tinha cinco filhos e estava tentando pegar o café no porta-copos quando perdeu o controle do veículo.

O polegar de Farrow acariciava o dorso da minha mão, se movendo em pequenos círculos.

Cerrei a mão livre em um punho, fincando as unhas na palma.

— Ele estava acima do limite de velocidade para terminar o último trabalho mais cedo. Um dos filhos tinha um recital naquele dia. Ele logo assumiu a culpa. Depois, até mandou uma carta para nós se desculpando.

Passou pela minha cabeça, então, que Farrow também tinha perdido o pai em um acidente. Olhei para ela, me perguntando se ouvir a respeito da morte do meu pai acabava sendo difícil para ela também. Encontrei minha resposta de imediato. Seus olhos estavam fixos em mim; sua atenção, focada em mim.

Mordi o lábio inferior.

— O caso nunca chegou a ir para julgamento. Fizemos um acordo. Ele se divorciou da mulher logo em seguida, para que ela pudesse seguir em frente e encontrar alguém para cuidar da família. Minha mãe ainda paga a mensalidade da faculdade dos filhos deles.

Farrow enterrou o rosto nas mãos.

— Meu Deus.

Eu me perguntei se aquilo mudaria a percepção dela de Constance. Por mais que minha mãe tivesse seus defeitos — e tinha muitos —, ela não era um ser humano horrível. Era apenas desorientada, ainda tomada pelo luto, se esforçando para existir de forma que tivesse controle sobre todos os aspectos da sua vida — e da minha.

— Fiquei com tanta raiva... mas sem ninguém a quem direcioná-la. — Encarei meu colo. — Então, minha raiva se transformou em culpa.

Nunca havia dito aquelas palavras em voz alta, muito menos para outra pessoa. A verdade contida nelas perfurou meu peito como uma bala. Eu passara tanto tempo sem sentir nada que, desde que Farrow entrara na minha vida, meus sentidos pareciam sobrecarregados. Ela era a prova viva de que anjos existiam no inferno.

— Sinto muito. — Sua voz flutuou aos meus ouvidos, reconfortando todos os lugares em que eu estava em chamas. — Sinto muito pelo mundo ter sido tão cruel com você. E sinto muito por você ter tido que enfrentar isso sozinho. — Os dedos dela se entrelaçaram nos meus. — E mais que tudo, sinto muito por ninguém ter te ensinado que tudo bem não estar bem. O processo de cura pode ser como ficar na água. Você se afoga, mas também boia. Você precisa de alguém para te apoiar, Zach, não de uma noiva.

— Falando na minha noiva.... — Separei nossos dedos, ainda não acostumado a ser tocado tanto assim. — O que aconteceu hoje à noite...

— Não é da minha conta — Farrow completou por mim. — Temos um combinado. Sei que você está noivo. Eu deveri...

— Me deixe terminar. — Eu a encarei. — Estava tudo pronto para você hoje. O jantar. As velas. As flores... Todas as bobagens que aparecem nos filmes românticos.

Ela não parecia convencida.

— Você vê filmes românticos?

— Não por vontade própria. E só para ter ideias de como te fazer sentir que... não está sendo *usada*. — Fiz uma careta. — Só porque temos um acordo prático não quer dizer que você precisa sentir que estou me aproveitando. — Fiz uma pausa. — Ollie me deu uma lista.

Ela pressionou um lábio no outro.

— E a quais filmes da lista você assistiu?

— A coisas terríveis. — Torci a manga para secá-la, fazendo Farrow rir ainda mais. — *Harry e Sally, feitos um para o outro*. Que foi péssimo.

— É um clássico — protestou ela. — Do que você não gostou?

— Na minha opinião, duas pessoas com cabelos tão tenebrosos não deveriam procriar. Não tem como o resultado ser bom.

Ela jogou a cabeça para trás, gargalhando.

— Quais outros filmes você odiou?

— *Titanic*. Havia espaço naquela porta, Farrow. Na verdade, cabia umas três pessoas se todo mundo se espremesse.

O carro sacudiu com as risadas dela. Eu não entendia o motivo, pois não achava fatos engraçados. Ela conseguiu acenar a mão entre uma risada e outra.

— Continue.

Suspirei.

— *Dirty Dancing: Ritmo quente* deveria se chamar *Ritmo horripilante*. Swayze era bem mais velho que ela. E *Me chame pelo seu nome* é, basicamente, *American Pie*, só que com um pêssego. Olhe, a questão é que passei por desconfortos extremos para me desculpar pelo que aconteceu no seu aniversário.

O sorriso dela era deslumbrante, tão grande que me aquecia.

— Você preparou um jantar pra mim?

— Com todas as suas coisas favoritas.

— E comprou rosas e velas?

— Era seu *aniversário*. E você desprezou os meus presentes, apesar de eu ainda achar que foi um bom gesto.

— Você pediu conselho para os seus amigos?

Ela cobriu a boca com a mão, uivando de tanto rir.

Não consegui evitar. Também sorri. A felicidade dela era contagiosa.

— Pare com essa cara de convencida — exigi.

— Você pelo menos gostou de algum? — Ela moveu as sobrancelhas. — Dos filmes, digo.

— Octi, foram todos terríveis.

As risadinhas dela invadiram minha corrente sanguínea, me deixando mais leve.

— Me chame assim de novo.

— Octi?

— Sim.

— Octi.

Ela abriu um sorriso.

— É um apelido tão incomum.

Sorri.

— Para uma garota igualmente incomum. — Tirei a jaqueta dos ombros. — Enfim, sentado lá, rodeado pelas rosas e pela refeição caseira que eu mesmo tinha preparado, percebi o quanto eu parecia patético. Você não estava lá. E, pior de tudo, você me pareceu feliz indo embora, mesmo quando te implorei para ficar.

— Achei que fosse uma jogada de poder sua. — Os olhos de Fae se suavizaram, e acreditei nela. — Como foi que Eileen acabou no lugar que deveria ter sido meu?

Eu a observei com a expressão neutra, impassível.

— Ela apareceu na minha porta. Tinha vindo visitar minha mãe, que mora do outro lado da rua, e acho que ela deve ter pensado que seria bom repassarmos nossa lista de afazeres enquanto estava por lá.

Minha mãe tinha surgido logo atrás de Eileen antes que eu tivesse a chance de dispensá-la. Então arrastou Eileen para dentro da minha casa e insistiu que deveríamos jantar juntos. Só que ela saiu correndo antes de o champanhe chegar à taça.

"Você sabe como são as minhas dores de cabeça", foi o que ela disse, talvez a desculpa menos convincente em toda a história da humanidade. Fazia três décadas que ela não tinha dor de cabeça.

Farrow pareceu perdida em pensamentos, tamborilando os dedos nos lábios.

— Por que não diz para sua mãe que não quer se casar com Eileen?

— Porque não devo um bom casamento apenas para a minha mãe. Também devo isso para o meu pai.

— E você está disposto a sacrificar sua felicidade pela da sua mãe?

— Sim — respondi, sem hesitar. — Estou acostumado a me sentir infeliz. Na verdade, estou acostumado a não sentir nada. Pelo menos, minha mãe ainda tem uma chance de ser feliz.

Poucas coisas me afetavam, mas aqueles seis anos, mais ou menos, nos quais minha mãe tinha se desligado da vida me assustaram pra caralho. Outra rodada daquilo acabaria com ela. Celeste Ayi e eu fazíamos de tudo para evitar isso.

Farrow pareceu arrasada, o que *me* deixou arrasado. Eu detestava como o humor dela parecia afetar o meu, como se estivéssemos conectados por uma corrente invisível.

— Eu respeito isso — disse ela, assentindo. — Tudo que sempre quis foi uma família. Um lugar ao qual eu pertencesse. Entendo por que você inventaria uma, mesmo não tendo sido de maneira orgânica.

Os calafrios de Farrow, então, se transformaram em tremores violentos. Notei que ela também batia os dentes.

— Acho melhor tirarmos as roupas — falei, de repente.

Ela deu um tapa no meu peito.

— Que conveniente.

Umedeci os lábios.

— Para prevenirmos uma pneumonia.

— Não estou com tanto frio assim.

— Bem, então, tire as roupas por mim.

— Você quer que eu fique nua?

— Quero você de qualquer maneira, em qualquer lugar — confessei, sabendo que ela não interpretaria errado minhas intenções. — Mas principalmente nua, e em cima de mim.

Ela levou a mão até a barra do moletom, arrancando-o em apenas um movimento.

E, simples assim, mergulhei, me afogando no desejo.

48

Farrow

O pau de Zach despertou ao me ver sem sutiã. Meus mamilos imploravam atenção, mais duros e sensíveis que nunca. Ele os ignorou, se reclinando no assento, a ereção colada na coxa embaixo da calça molhada. Ele acariciou o pau preguiçosamente por cima da calça, a outra mão desabotoando a camisa.

Arqueei as costas, abaixando o jeans até os joelhos, ainda mantendo contato visual.

— Quantos?

A camisa dele se abriu.

— Quantos o quê?

Ele tirou o tecido dos ombros: bronzeados, torneados, perfeitos.

Eu apoiei as costas na porta do motorista e me livrei das botas e da calça jeans, ficando de calcinha, para que ele pudesse tirá-la com os dentes.

— Quantos filmes você assistiu por mim?

Zach descalçou os sapatos com ajuda dos dedos dos pés, então desafivelou o cinto, sem tirar os olhos dos meus seios.

— Filmes demais.

De todas as pessoas que eu havia conhecido, ninguém fazia eu me sentir tão deslumbrante quanto Zachary Sun, simplesmente olhando para mim como ele fazia. Na verdade, era o primeiro homem que fazia eu me sentir bonita.

Ele abaixou a calça e a cueca de uma vez só. Seu pau saltou para fora, tão sedoso quanto veludo. Grosso e longo, com veias lisas e uma cabeça proeminente. A mera visão daquilo me deixou salivando.

Zach atirou as calças no assento traseiro, a mão hesitando em algo.

— O que é isso? — perguntou ele, pegando a caixa no banco de trás. Uma caixa de sapato da Chanel.

Senti meu rosto quente.

— O presente que você me deu.

— Parte dele — corrigiu Zach, enganchando o dedo na parte de baixo do laço de cetim e o puxando até que se transformasse em apenas uma longa fita creme. — A melhor parte do seu presente ainda está por vir. Junte os punhos e os coloque no encosto de cabeça.

Geralmente, se alguém me pedisse aquilo, eu o mandaria ir tomar no meio do cu. Mas, com Zach, eu queria ceder um pouco do meu controle. Queria me sentir vulnerável diante de um homem pela primeira vez na vida. Me soltar. Ele temia o toque, então jurei que o deixaria fazer tudo que quisesse.

Sem pressa, ergui os braços e pressionei os pulsos no metal que conectava o encosto ao banco. Esperei que meu corpo reagisse com algo que não fosse expectativa — medo, relutância, arrependimento —, mas não foi o que aconteceu. Percebi, pela primeira vez, que eu confiava em Zachary Sun. Com a minha vida. Com a minha segurança. Com a minha busca por vingança... Mas não com o meu coração.

Zach se inclinou por cima do câmbio, espremendo a fita branca da Chanel nas mãos.

— Boa garota.

Então, ele inclinou o banco para trás, até eu estar praticamente deitada, e subiu em mim, me apertando entre as coxas musculosas. E amarrou meus punhos.

— Quem diria que você sabe ser obediente quando seu incentivo é um pau grande e duro?

Ele me roubou um beijo breve, atando nós duplos e triplos. O leve roçar da seda na minha pele lançou um choque de adrenalina pela minha coluna. Um calor líquido se esparramou pela minha barriga, e eu soube que Zach encontraria minha calcinha completamente encharcada. Dei um puxão na fita, só para testar a amarra, e vi que estava bem presa ao banco. Impotente e à mercê dele.

Estreitei os olhos.

— É meio suspeito você ser tão bom em amarrar pessoas.

— Você também seria boa se sempre encontrasse seu melhor amigo amarrado em posições comprometedoras.

— Oliver?

— Romeo.

Eu tocaria naquele assunto mais tarde. Eu *precisava* saber mais.

Zach se endireitou o máximo que pôde no carro pequeno, ainda por cima de mim, admirando seu trabalho. Ele agarrou meu queixo e inclinou meu rosto para que nos olhássemos.

— Você está sempre linda, Farrow Ballantine, mas fica ainda mais linda quando está sob meu poder.

Ele roçou meu mamilo direito com o nó dos dedos, um toque tão leve quanto uma pena. Meu corpo convulsionou, meus quadris se levantando, a boceta implorando para ser preenchida por ele.

— Mais — gemi.

— Mais? — Ele brincou com o cós da calcinha, puxando-o e fazendo o elástico acertar minha pele. — Mais o quê?

Eu o encarei, me lembrando de que aquilo não era fácil para ele. A coisa do toque.

— Mais do que você estiver disposto a me dar.

— Comecei a perceber que estou disposto a te dar quase tudo que tenho. — Os nós dos dedos foram do meu mamilo direito ao esquerdo. — Onde eu deveria te beijar agora?

Meus olhos desceram até a calcinha, mas eu sabia que, de forma prática, o carro era pequeno demais para que ele se apoiasse o chão.

— Ah, entendi. — Ele assentiu. — Não se preocupe, querida. Você vai gozar na minha língua hoje.

Meu pescoço pulou quando engoli em seco. Ele apoiou as costas no volante, segurou minhas coxas com uma das mãos e, então, puxou minhas pernas para cima, para que se apoiassem nos ombros dele.

— Não precisamos fazer isso se você não quiser — me senti obrigada a dizer, mesmo enquanto um desejo infernal me incendiava, chamuscando todas as células da minha pele.

— Se eu não quiser? Minha intenção é fazer com que sua boceta seja minha nova casa. Quero morar dentro de você. Te devorar da cabeça aos pés.

Ele empurrou a calcinha para um dos lados, afundando os lábios na minha boceta e me inspirando. O nariz massageou meu clitóris, fazendo com que eu quase entrasse em combustão. Seus lábios volumosos e quentes se moviam contra minha abertura quando ele falou:

— Você é uma droga, Farrow Ballantine. E já está percorrendo minhas veias.

Minhas coxas se encontraram, os joelhos envolvendo o pescoço dele enquanto a língua de Zach subia do buraco apertado até a fenda, e, então, chupava minha boceta inteira de uma vez. Arqueei o corpo, o desejo se transformando em uma dor desesperada, precisando oferecer àquela língua molhada mais acesso à minha vagina gananciosa.

A língua encontrou meu clitóris, a ponta circulando o âmago tenso e o provocando em um ritmo torturante. Ele enfiou o dedo médio fundo dentro de mim. Sem vergonha nenhuma, meus músculos se fecharam desesperadamente ao redor daquele dedo, implorando mais.

— Olhe como você está encharcada — murmurou ele, lambendo mais rápido meu clitóris, um grunhido depravado lhe escapando do fundo da garganta. — Porra, você é tão apertada. Nunca fodi um buraco tão pequeno na vida.

Seus dedos começaram a acariciar minha vagina, e não consegui evitar. Perguntei:

— Quantos buracos você fodeu na vida?

Como um homem com tanta repulsão pelo toque humano se alivia? Álcool? Drogas? Puro sofrimento? Aquelas perguntas me consumiam havia semanas.

Zach adicionou mais um dedo, enfiando com força punitiva, quase chegando ao ponto do desconforto, mas sem ultrapassar o limite.

— Promete que não vai rir? — grunhiu ele na minha boceta, devorando o clitóris, a fenda, a parte interna das coxas, como um homem faminto.

— Prometo.

— Bonecas infláveis. — A boca dele fez uma pausa sobre a minha pele, a respiração ofegante fazendo com que o peitoral se encostasse na parte de trás das minhas coxas. — Plástico. Sintético. Frio. Eu precisava cuidar das minhas necessidades.

— E nada mais?

Meu coração dilatou, expandindo ao tamanho da infelicidade de Zach, querendo engolir todo o sofrimento que ele já havia sentido para que eu mesma o carregasse.

— Nada mais. — Ele desamarrou a fita da Chanel para me soltar, pressionando um beijo quente na parte de trás do meu joelho, fechando os olhos com a confissão. — Fora isso, sou total e completamente virgem.

Estiquei o braço e coloquei a mão sobre a dele, onde ele ainda me dedava.

— Bem...

Ele parou, me encarando com olhos carregados de tesão. Seu rosto mais parecia o de um menino, tão estonteante que achei difícil impedir as lágrimas.

— Não tem nada de patético em você. — Acompanhei o contorno do queixo dele com a ponta de um dedo. — Eu ficaria honrada por tirar sua virgindade, sr. Sun, se a quiser dar para mim.

Ele me ofereceu um sorrisinho torto.

— É toda sua, srta. Ballantine.

Olhei entre nós, para mão que pairava ao lado da minha boceta.

— Posso te ensinar alguns truques?

O pomo de adão dele se movimentou ao assentir.

— Normalmente... — Ele fez uma pausa. — Minhas *parceiras* não são muito boas com dicas. Nenhuma delas tinha boca.

Revirei os olhos, tentando não rir.

— Vou te mostrar.

Guiei seu dedo indicador de volta para dentro.

— Agora, curve de leve quando chegar ao final. Isso, assim. — Eu me remexi, minha umidade cobrindo nossos dedos. A onda de prazer cresceu dentro de mim. — Aqui. Para dentro e para fora. Quando o curva desse jeito, acerta o meu ponto G. — Joguei a cabeça para trás, gemendo. — *Isso.*

Seu olhar ficou fixo no meu rosto enquanto me estimulava, os lábios inchados depois de ter me chupado. Eu não aguentava. O desejo de Zach de que a experiência fosse boa para mim. A avidez quase infantil por aprovação. Segurei o rosto dele com as mãos e o puxei para perto, beijando-o de maneira selvagem, sentindo meu gosto na língua dele, a chuva na nossa pele.

A condensação embaçava as janelas. Ele continuou metendo os dedos, o pau pressionado contra a parte de trás das minhas coxas, quente e pronto, a cabeça úmida. O cheiro de sexo preenchia meu carro, e eu sabia que nunca conseguiria me livrar daquilo. Todas as vezes que dirigisse, pensaria naquele instante.

Eu estava bem perto do clímax, que se acumulava em meu baixo-ventre.

Zach pegou um dos meus mamilos com a boca, chupando-o e roçando os dentes. Então, parou para me encarar, descansando o queixo no vale entre meus seios.

— Como é possível uma criatura ser tão perfeita? — O dedo se moveu mais rápido dentro de mim, a saliva cobrindo a auréola. Ele foi do seio esquerdo para o direito, sugando-o para dentro da boca. — Como é possível eu não conseguir parar de te tocar?

Estiquei a mão na direção do pau dele na minha coxa, afagando-o.

— Continue. Mais rápido.

— Não. Preciso te foder — grunhiu ele, os lábios voltando para minha boca, me beijando com uma necessidade frenética e animalesca. — *Agora*.

— Você tem camisinha?

A boca dele desceu até meu pescoço, me beijando e me mordiscando.

— Eu tiro antes.

A sensação se intensificava entre as minhas pernas. Parecia que eu flutuava ao ter saltado de um penhasco, esperando a gravidade me alcançar.

— *Zachary*. Não vou te deixar me comer sem proteção.

Ele chupou meu mamilo.

— Mesmo se eu pedir com carinho?

— Sim.

— Mesmo se eu estiver disposto a te dar toda e qualquer obra de arte da minha coleção, exceto os pingentes?

— V-você faria isso? — ofeguei, meus músculos tremendo enquanto o clímax percorria meu corpo.

— Sou um homem desesperado, e você é uma mulher teimosa.

Porém, eu estava ocupada demais desmoronando em um trilhão de pedacinhos para respondê-lo. Assim que comecei a gozar, ele parou de mover os dedos, segurando minha boceta com a palma e a pressionando com a base da mão. Gemi tão alto que as baleias do Oceano Pacífico devem ter interpretado aquilo como um sinal de alerta.

— Consigo te sentir gozando. Porra. Está lambuzando a minha mão. — Zach enterrou o rosto no meu ombro, esfregando o pau na parte de trás das minhas coxas. — É lindo. *Você* é linda.

Ele ficou de joelhos, lentamente tirando minhas pernas dos ombros e erguendo a palma que estivera na minha boceta entre nós. Estava coberta com a minha umidade. Mordi o lábio inferior, me recusando a ficar envergonhada. Eu ofegava com o orgasmo, nosso suor se misturando.

Zach pôs a mão diante do meu rosto.

— Viu o que você fez?

Assenti.

— Agora, lamba.

Lambi. Com um nível de entusiasmo que deveria estar reservado para salvar a nação toda de uma invasão alienígena. Era tão incrivelmente sensual sentir o gosto do meu desejo por ele. Quando terminei, Zach inspecionou a palma da mão com olhos semicerrados, sorriu e, então, mergulhou para me beijar.

Nossas línguas se enrolaram. Gememos no beijo, nos agarrando com desespero. Meu corpo todo estava destroçado, tanto por causa do orgasmo quanto da posição, mas eu, ainda assim, queria retribuir a gentileza. Daria a ele tudo do que precisava tão desesperadamente. Afinal, ele era humano, por mais que quisesse negar a si mesmo.

Eu o tirei de cima de mim. Ele voltou ao assento do passageiro, acompanhando meus movimentos com olhos sedentos.

Destravei a porta, dei a volta no carro e abri a porta do passageiro, curvando um dedo.

— Levante-se.

— Você vai me abandonar na floresta? — Zach segurou o pau, tentando domar a ereção, procurando a cueca no escuro. — Eu já estou sofrendo o bastante, Octi, pode acreditar.

— Vamos cuidar do seu problema sem precisarmos de penetração — anunciei, pegando a mão dele e o puxando para fora do carro.

Ele pareceu tranquilo com o toque — ao menos, com o *meu* toque. Meu peito se encheu de orgulho diante do quão longe Zach tinha chegado. Com o brilho leve dos faróis, notei o ceticismo na sobrancelha erguida dele, mas, ainda assim, ele cedeu.

Fechei a porta quando Zach saiu, empurrando-o contra ela e beijando-o. Ainda estávamos quase pelados, só de calcinha e cueca. A qualquer segundo, alguém poderia nos pegar. A mera ideia de sermos flagrados me excitava. Mas eu era diferente de Zach, e flertava com o perigo o tempo todo. Eu sabia que estava testando os limites dele. O que eu não entendia era o motivo de ele me deixar fazer aquilo.

Zach olhou em volta enquanto eu me ajoelhava, e o cascalho cravejou a minha pele. Puxei a cueca da Calvin Klein preta mais para baixo. O pau quente pulsou na minha mão, tão grande que eu não o conseguia manter no lugar.

— Eu realmente gostaria de não ser pego com o pau na boca da minha empregada — murmurou ele, passando os dedos pelo meu cabelo, me levando para mais perto e contradizendo o que dizia. — Este é um tipo de depravação com a qual só políticos brancos de meia-idade conseguem arcar, Octi. Levante-se. Vamos fazer isso em algum outro momen...

Porém, antes de ele terminar a frase, segurei a base do pau e o guiei para dentro da boca, lambendo tudo até a cabeça.

— Esqueça o que falei. — Ele passou a mão pelo rosto, sibilando: — Parece que vou destruir minha reputação, assim como todos os meus outros princípios. É impressionante como a *sua* boca está *me* deixando encrencado.

Uma risadinha me escapou da garganta, mas a controlei, sugando metade do pau dele. Eu queria mais, mas ele jamais caberia.

Zach enrolou meu cabelo descontrolado duas vezes ao redor do pulso, inclinando minha cabeça enquanto começava a meter na minha boca.

— Porra, Octi, que delícia.

Observei o rosto dele através dos meus cílios, enquanto minha cabeça se movia para cima e para baixo, e eu me deleitava com o gosto dele, terroso e cítrico.

— Mais, Farrow. Isso. — Ele impulsionou o quadril para a frente, implorando que eu tomasse ainda mais do seu pau na minha boca. — Boa garota.

Sorri ao redor do pau. Ninguém nunca tinha me acusado *disso* antes.

— Você é grande demais — consegui murmurar. — Não vai caber.

— Daremos um jeito, eu prometo.

— É enorme.

— Vamos um centímetro de cada vez.

Era fácil para ele falar. Não era ele que teria que acomodar tudo aquilo. Abri mais a boca, erguendo o queixo enquanto ele segurava o pau e se guiava mais fundo para dentro da minha boca. A cabeça tocou a garganta. Meus olhos lacrimejaram, e me engasguei por reflexo. Ignorei a sensação, desesperada para satisfazer Zach.

De repente, ele parou, o corpo se tensionando. Seu tanquinho era impressionante. Cada vez que respirava, os músculos se contraíam.

Ele acariciou minha cabeça, quase de forma reverente.

— Tudo bem se eu entrar mais um pouco?

Assenti.

Por que você está concordando? Ele vai fazer suas amígdalas irem parar no pulmão.

— Tem certeza?

Já que eu não conseguia falar com um pau na boca, mostrei a ele o dedo do meio. A risada rouca de Zach invadiu meus sentidos, me aquecendo naquela noite tão fria. Ele entrou ainda mais. O pau se moldando ao fundo da minha garganta. Puxei o ar pelo nariz e tentei equilibrar a respiração. Eu estava me engasgando no pau dele.

— Sua boca é tão quente — disse Zach, e meu coração todo se derreteu como manteiga. — Quero foder sua boca com tanta força que você nunca mais vai conseguir fechá-la.

Envolvi as bolas dele com a mão, um aviso para que ele melhorasse aquela conversinha. Ele gemeu, deixando a cabeça cair para trás enquanto ia ainda mais fundo. Estava, então, todo dentro de mim. Foi preciso um segundo para nos adaptarmos à situação.

Ele brincou com o cabelo na minha nuca.

— Posso meter?

Senti o pré-gozo escorrer pela minha garganta, uma gota por vez. Seu corpo todo tremia. Assenti de leve, o máximo que pude fazer. Então, ele começou a se mover, estocando minha boca sem piedade enquanto me segurava pelo cabelo. Apoiei a mão na porta do passageiro atrás dele, delirando com o desejo.

Levei minha mão livre até o meio das minhas pernas, circulando o clitóris com o dedo indicador enquanto eu chupava, mordiscava e cuspia no pau dele, que preenchia minha boca. As estocadas de Zach ficaram mais bruscas, e ele me segurou com mais força pelo cabelo enquanto eu esfregava o clitóris, mais rápido e com mais firmeza.

— Vou gozar um litro de porra — grunhiu Zach. — Preciso tirar agora.

Balancei a cabeça, desesperada, soltando a porta e agarrando a bunda dura dele. Gemi quando senti que eu estava quase lá. Eu queria que ele gozasse dentro da minha boca.

— Não sou um homem de fé, Farrow. — Zach enterrou as duas mãos no meu cabelo, erguendo minha cabeça de leve para que eu o olhasse. — Mas acho difícil acreditar que a natureza tenha sido capaz de criar algo tão radicalmente impecável quanto você.

A porra dele inundou minha boca. Me engasguei no líquido espesso e quente, que pareceu escorrer pela minha garganta como mel. Ele me puxou para que eu me levantasse enquanto ele oscilava. Tive dificuldade para subir, os joelhos parecendo gelatina diante do peso do meu orgasmo.

Eu me deleitava com a euforia no meio do orgasmo quando Zach me endireitou e me segurou pela nuca.

— Quero fazer coisas sórdidas para você, com você e *por* você. E vou começar com isso.

Ele enfiou a língua na minha boca com força, me beijando até eu perder o fôlego, minha boca ainda cheia da porra dele, que escorria pelo canto enquanto nos beijávamos, mordíamos e mordiscávamos, gemendo na boca um do outro. Deslizou pelo queixo, grudando na pele como cola naquela noite gelada.

Estávamos entrelaçados por toda parte — braços, dedos, cabelo, língua. Eu não conseguiria impedir aquele desastre mesmo se quisesse. Aquele homem soturno e torturado tinha me prendido com seu feitiço, e eu o deixaria me usar.

Mas aquele não era qualquer feitiço.

Era magia sombria.

49

Romeo Costa: E aí? Vocês se acertaram?

Ollie vB: E rolou algum sexo de reconciliação?

Ollie vB: (Do que estamos falando?)

Romeo Costa: A Empregada Gostosa apareceu na minha porta ontem à noite, encharcada como um gatinho abandonado, pedindo abrigo.

Zach Sun: Foi um pequeno desentendimento. Já resolvemos.

Ollie vB: Pediu suas bolas de volta?

Romeo Costa: Não seja ridículo, Oliver.

Zach Sun: Obrigado, Rom.

Romeo Costa: Ele nem tem colhões para pedir esse tipo de coisa.

Zach Sun: Vocês dois têm a idade mental de uma criança de 5 anos.

Ollie vB: Mentira. Estou no auge da minha adolescência cheia de hormônios.

Ollie vB: Provavelmente, entre os 13 e os 19.

Ollie vB: Ainda não superei o fato de que você está comendo a faxineira.

Zach Sun: Ainda não superei o fato de que você deu dois dos seus cinco cartões sem limites para uma mulher que você não conhece.

Romeo Costa: VOCÊ ESTÁ GOZANDO COMIGO?

Ollie vB: Com você não. Mas gozei três vezes hoje. Pensando nas fotos do Instagram da Frankie. Ela está na Costa Rica, aproveitando o sol, usando biquínis minúsculos. Melhor dinheiro que gastei na vida.

Ollie vB: E como foi que você descobriu?

Zach Sun: Farrow tem boca.

Ollie vB: Pois ela a deveria usar mais para chupar seu pau do que para fofocar a respeito dos meus negócios.

Zach Sun: Você não precisaria de um emprego para ter "negócios"?

Ollie vB: Como Farrow conhece Frankie?

Romeo Costa: Dallas e Frankie levaram Farrow para comemorar o aniversário dela.

Ollie vB: Nossa. Entendi. Não vou fingir que não fiquei magoado com a falta de convite para que eu fosse o stripper saindo de dentro do bolo.

Zach Sun: A última coisa de que seu histórico criminal precisa é você aparecendo pelado depois de sair de lugares aleatórios.

Ollie vB: Fiquem sabendo que minha condicional acabou, e foi consensual. Já expliquei isso. Ela ficou brava porque esqueci o nome dela.

Romeo Costa: Esperem um segundo.

Ollie vB: Por quê? Você tem algo importante para nos dizer?

Romeo Costa: Não. Estou fazendo um pouco de pipoca para acompanhar.

Ollie vB: 😵

Ollie vB: Enfim... cadê ela?

Romeo Costa: Frankie? Provavelmente, na pré-escola, aprendendo o nome das letras e das cores.

Ollie vB: Farrow, seu imbecil.

Romeo Costa: Na sala com Biscoitinho. Acho que estão fazendo bonecas de vodu.

Romeo Costa: Erro meu.

Romeo Costa: Acabei de ser informado de que estão aprendendo a fazer crochê. Cacete, elas são péssimas nisso.

Romeo Costa: Dallas fez um gorro que mais parece um aquecedor de pinto.

Zach Sun: Sinceramente, espero que esse "pinto" seja o animal.

Romeo Costa: Veja bem, Dallas gosta de esquiar. Aqui é uma zona livre de julgamentos.

Ollie vB: Três horas da tarde. Farrow não deveria estar trabalhando?

Romeo Costa: Duvido que a descrição de trabalho dela inclua qualquer coisa que não seja colocar o pau de Zach em todos os buracos que ela tem no corpo.

Zach Sun: Se vocês objetificarem Farrow mais uma vez, vão acabar com uma faca enfiada na mão igual a Brett Jr.

Ollie vB: Ah, Zach, Zach, Zach... não era para você se apegar. Você está NOIVO.

Romeo Costa: Esse noivado vai ser mais curto que a carreira do Vanilla Ice.

Zach Sun: Vanilla quem?

Romeo Costa: Exatamente.

Ollie vB: Dá para você parar de falar "vanilla"? É um gatilho para mim.

Romeo Costa: Por quê?

Ollie vB: Me faz lembrar da posição papai e mamãe.

Zach Sun: Eu ainda vou me casar.

Romeo Costa: Você não acabou de pagar cem mil para o Dan? Para pagar as taxas legais de Farrow?

Zach Sun: Irrelevante.

Ollie vB: Certo, @RomeoCosta, quem vai contar para ele?

Romeo Costa: Eu que não vou. Vai ser hilário quando ele descobrir.

Zach Sun: @RomeoCosta, dá para você falar para a Farrow voltar para casa?

Romeo Costa: Um momento.

Romeo Costa: Ela falou que não tem casa, que mora no quarto de hóspedes do chefe dela e que está se divertindo demais com a minha esposa para voltar hoje. Tente de novo amanhã.

Ollie vB: Esse relacionamento é a melhor coisa que aconteceu neste mundo desde a invenção do pão de forma.

Zach Sun: Eu não como carboidrato.

Ollie vB: Deveria. Você é rabugento pra caralho.

Zach Sun: Odeio todos vocês.

Romeo Costa: Não odeia, não.

Romeo Costa: Você não odeia a Farrow.

50

Zach

Até então, eu nunca havia entendido o motivo para os gregos terem invadido Troia por Helena.

Acordei pronto para justificar uma ou duas guerras se isso significasse enterrar o pau nos lábios carnudos de Farrow outra vez.

Comecei aquela manhã bem cedo, passando metade dela me perguntando quando eu teria uma segunda rodada. Depois de malhar, fui ao escritório com o melhor terno que eu tinha. Era patético, um terno completo e feito sob medida enquanto trabalhava de casa, tudo para impressionar a droga da minha *empregada*, mas eu perdera o orgulho havia muito tempo.

(Tinha perdido muitas coisas desde que eu experimentara a boceta de Fae.)

Passei o dedo pelo celular, encontrando algumas ligações perdidas. Três da minha mãe. Duas de Eileen.

Fui dominado pela irritação. Tínhamos incluído uma cláusula no contrato que limitava conversas. Decidi que enviaria a ela uma cópia comentada do contrato destacando aquilo.

Ignorei as ligações, respondi a uma série de e-mails dos advogados e então cobrei o detetive particular. Aquela era uma operação em que todos precisavam dar o melhor de si. Octi merecia aniquilar Vera, e minha intenção era garantir meu legado com Farrow. Sua herança completa, a casa, a empresa de limpeza e uma indenização que a ajudaria a elevar os negócios a uma escala monstruosa. Ou, preferivelmente, se aposentar. Pensar nela limpando a casa de algum outro ricaço babaca naquele uniforme curto e sexy me fazia querer atear fogo na cidade.

— Senhor Sun. — Natalie emergiu do banheiro, os saltos apunhalando o chão enquanto vinha apressada na minha direção. — Bom dia.

Considerando que eu fazia reuniões de negócios naquela ala da mansão, eu permitia que usassem sapatos.

— Questionável. — Mantive o ritmo. — O que você trouxe para mim hoje?

Continuei rolando a tela do celular, torcendo, como um idiota por... o quê, exatamente? Por Farrow decidir que queria dar uma rapidinha na lavanderia? Eu precisava maneirar as expectativas. Duas noites antes, eu havia implorado para transarmos sem proteção. O que teria acontecido se ela tivesse engravidado?

Para começar, você estaria liberto de tudo que te prende ao casamento com Eileen.

Balancei a cabeça, sem deixar que meus pensamentos fugissem tanto da realidade. Eileen era um fato, não uma opção. Ela faria minha mãe feliz. Ela cumpriria minha promessa ao meu pai. E mais, ela era uma opção segura. Com Eileen, eu nunca correria o risco de ganhar um boquete nu no meio da floresta, igual a um adolescente explodindo de tesão. Nunca esfaquearia ninguém porque alguém *pensou* em tocá-la. Nunca seria consumido por cada respiração dela, cada sorriso, cada trejeito que adquiria com o tempo.

— Você tem uma reunião no Zoom, às dez, com a Corporação CIRPE; um brunch, às onze e meia, no centro com os acionistas da TechT; e um voo doméstico para Chicago, às duas da tarde, para assinar o contrato que finaliza o acordo com o GoProBono. Fora isso, talvez você jante com Constance e Celeste naquele restaurante indonésio novo, na Rockville Pike, caso esteja de volta a tempo.

Natalie conseguiu disparar aquela lista em um só fôlego.

— Não vou chegar a tempo. Mande meu pedido de desculpas a elas. Pague a conta no meu cartão.

Eu não via Farrow havia mais de vinte e quatro horas. Transar com ela era a coisa mais importante que tinha para fazer. Mais importante que respirar e outras funções básicas.

Eu tinha comprado uma quantidade de camisinhas que sustentaria a zona de prostituição da cidade por uma década.

Abri as portas do escritório.

— Certifique-se de organizar minha papelada, passar na lavanderia e buscar comida no mercado antes das cinco — concluí. — Quero a casa toda para mim.

Tradução: quero me esfregar nas pernas de Farrow em diversos lugares da casa sem que descubram que sou um pervertido.

Natalie franziu o nariz.

— E se eu não tiver tempo de terminar tudo?

— Termine amanhã.

— Mas eu...

— Não é um pedido, Natalie. É uma ordem. — Parei no batente. — Se não gostar dos termos do seu emprego, posso oferecer sua posição a outra pessoa igualmente incompetente.

Ela fez biquinho.

— Você não se importa quando Farrow te responde.

Porque ela é a protagonista, e você não passa de uma figurante.

Em vez de uma resposta, fechei a porta na cara dela. Antes de me acomodar na cadeira, fiz uma parada rápida ao lado do jogo de Go infinito com Fae. Ela tinha mexido uma pedra na noite anterior, o que significava que em algum momento voltara para casa.

Saber que ela dormiu do outro lado do meu corredor era estranhamente satisfatório.

Tirei uma pedra da minha tigela e a posicionei no tabuleiro. Capturei duas peças dela. No final das contas, eu ganharia o jogo nos próximos dias.

— Que tolice, Octi. Neste ritmo, vou conquistar seu reino inteiro.

Abri um sorriso amargo, sabendo que, no fundo, era eu quem tinha sido capturado.

51

Zach

Como todos os sopros de esperança, o meu morreu lenta e cruelmente. Eu *esperava* outro boquete de Farrow antes do almoço. Em vez disso, ganhei diversas interrupções de Natalie, atrapalhando minhas conferências por vídeo e minhas ligações de negócios.

Então, minha mãe apareceu para reclamar da minha falta de resposta, insistindo para que eu baixasse um aplicativo de localização, caso eu acabasse na sarjeta em algum lugar. Lágrimas genuínas escorreram dos olhos dela, e eu soube que a ansiedade latente da descoberta do acidente nunca a havia deixado por completo.

Oliver apareceu em seguida com o pedido absurdo de emprestar minha casa para uma orgia. Eu o chutei de lá, mas ele deu meia-volta e me pediu de novo — com mais afinco.

E *ainda* nenhum sinal de Octi.

Verifiquei as câmeras de segurança. Corredores. Cozinhas. Espaços comuns. Ela não estava em lugar nenhum.

Pare com essa obsessão. Concentre-se no trabalho.

Duas horas depois, aquilo se provou impossível. Tentei me convencer de que apenas estava de olho em uma funcionária indisciplinada quando me levantei da cadeira e fui ao quarto dela. Bati na porta, me sentindo um completo idiota. Era a *minha* casa. *Eu* pagava o salário *dela*. Por que me sentia tão descontrolado?

— Farrow. Sei que você está aí. — Nenhuma resposta. Pressionei o cotovelo na porta, minhas narinas se alargando. — Seu carro está parado na frente de casa, onde *eu* deveria estar estacionado, aliás, e todos os meus lanches saudáveis foram dizimados durante a noite, porra.

Por fim, aquela voz sem qualquer remorso soou do outro lado da porta:

— As bolinhas de energético com castanha-de-caju são uma delícia. Você precisa comprar mais.

Ela falava com seu tom insolente de sempre, mas, ainda assim, notei algo frágil. Quebradiço, até. Fiquei todo eriçado com o incômodo.

— Octi? — questionei, repassando as quarenta e oito horas anteriores na cabeça. — Fiz alguma coisa errada?

— Por mais chocante que isso soe, não. Não foi você.

— Posso abrir a porta?

— Eu preferiria que você não me visse assim.

— Assim como?

— Vulnerável.

— Farrow. — Fechei os olhos, inspirando fundo. — Eu te mostrei o meu lado mais sombrio, mais depravado. Escancarei minha alma para você. Estou pedindo apenas um vislumbre da sua.

O mundo se inclinou no eixo enquanto eu esperava a resposta.

Por fim, ela disse:

— Pode entrar.

Empurrei a porta e entrei no quarto, fechando-a ao passar. Natalie espreitava algum lugar da casa — talvez Constance estivesse fazendo a mesma coisa —, e senti que deveria proteger a privacidade de Octi. Ela estava deitada na cama, as pernas longas emaranhadas no lençol de seda, seu rosto enterrado no travesseiro. Tudo que ela usava era uma camiseta enorme, mas, de alguma forma, ainda parecia mais linda que qualquer outra mulher que eu tinha visto em um vestido de gala. O cabelo dourado se esparramava na fronha como raios de sol líquidos.

Algo no meu peito se apertou ao vê-la.

É bom que seja um ataque cardíaco, Zachary, avisou a voz da minha mãe na minha cabeça.

Apertei o passo até o lado dela.

— O que aconteceu?

Eu nunca a tinha visto chorar, ou sequer chegar perto disso. Na verdade, um dos motivos pelos quais aquela mulher era tão atraente para mim era o fato de ela ser mais forte que tungstênio.

— Quem fez isso com você? — exigi saber.

Minhas mãos encontraram as costas dela, acariciando-a de cima a baixo enquanto eu me sentava na beirada do colchão.

Com o rosto ainda enterrado no travesseiro, ela tirou o celular de sob o peito e o jogou mais ou menos na direção da minha mão.

— Acordei e vi essa matéria.

Havia um artigo do *New York Times* na tela, a manchete em letras garrafais.

Farrow Ballantine:
Prodígio, talento, TRAPACEIRA.

— Olhe toda a aba de notícias que contêm meu nome. — A seda abafou seu gemido. Não exatamente um choro, mas mais um sinal de infelicidade. — E prepare um balde, caso precise vomitar.

Dezenas de manchetes escandalosas estavam em todos os principais sites de notícias.

Farrow Ballantine expulsa oficialmente das Olimpíadas por desistir da luta.
Esgrimista Farrow Ballantine perdeu de propósito — o time olímpico dos EUA deveria dar a ela outra chance?
Farrow Ballantine "roubou": uma análise.

Nada naquelas manchetes me surpreendeu. Eu tinha descoberto tudo aquilo na minha pesquisa antes de tê-la contratado.

Pouco antes de voltar aos Estados Unidos, Farrow tinha perdido de propósito sua última disputa em Seul.

De alguma forma, a trapaceirinha havia conseguido ocultar o ocorrido, lidando internamente com a equipe de esgrima dos Estados Unidos e o Comitê Olímpico.

Isso, eu não sabia como ela tinha conseguido. Aquela mulher quase não tinha contatos.

— Meu futuro como esgrimista acabou. Estou ferrada. — Ela se remexeu, abraçando o travesseiro contra o peito. — Nunca mais vou conseguir chegar às Olimpíadas.

Verifiquei a bochecha dela em busca de sinais de umidade. Nada. Ainda assim, ela fungou, lutando contra uma nova leva de lágrimas.

— Você precisa me contar o que aconteceu, Octi. Do começo. — Afastei o cabelo dela do rosto, mais como uma desculpa para tocá-la. — Acha que consegue fazer isso?

Ela rolou para se deitar de costas na cama. Então, pude ver seu rosto por inteiro. Nariz rosado, olhos inchados, cabelo bagunçado. Cerrei as mãos em punhos para me impedir de quebrar alguma coisa.

Farrow umedeceu os lábios.

— Promete que não vai me julgar?

O único que precisa ser julgado sou eu. Para meu horror, você poderia incendiar o mundo todo, e eu seguraria a porcaria dos seus brincos e ficaria torcendo por você na arquibancada.

— Prometo.

Ela se sentou, apoiando as costas na cabeceira enquanto me encarava. Os dentes se afundaram no lábio inferior.

— No meu último dia em Seul, eu fiz uma coisa... ruim.

— Elabore.

— Eu tinha acabado de receber uma ligação informando que meu pai havia morrido em um acidente bizarro. Foi uma tia distante que me contou. Não foi a Vera, nem Reggie ou Tabby. — O olhar dela se fixou no próprio colo. — Tentei falar com Vera por e-mail e celular. Até pedi para um vizinho ir bater na porta da casa, mas ela me evitou.

Xinguei baixinho, passando um braço pela cintura de Fae e puxando-a para o meu colo, seu cabelo se esparramando nas minhas pernas como uma cascata dourada.

Ela piscou ao me encarar, relaxando nas minhas coxas.

— Mais tarde, naquele mesmo dia, descobri que ela tinha cancelado o cartão que meu pai emitira para eu usar na Coreia. Também tinha esvaziado a conta que eu dividia com o meu pai, incluindo a poupança que eu mantinha lá. Ela sabia que eu não conseguiria comprar uma passagem de volta sem aquele dinheiro.

Passei a ponta dos dedos pela cabeça dela, massageando o escalpo, em grande parte tentando me distrair da fúria que se acumulava em mim.

Fae apoiou a bochecha no meu peito.

— Ela não me queria no funeral do meu pai. Provavelmente para me magoar, mas isso lhe dava a chance de convencer as pessoas de que eu não me importava, facilitando as coisas quando ela aparecesse com um testamento.

Os olhos com contornos rosados brilhavam com as lágrimas não derramadas.

Para minha sorte, Vera não estava perto de nós. Passar o resto da minha vida esperando uma sentença de morte na cadeia me pareceu uma existência deprimente.

Massageei o pescoço de Farrow, deslizando o polegar pela coluna, esperando que aquilo atenuasse a tensão.

— Todo mundo que te conhece sabe que você ama seu pai.

— Ninguém aqui me conhece de verdade, exceto você. — Ela franziu o nariz, afastando, com as mãos, as lágrimas que ela se recusava a derramar. — Eu tinha opções. Não vou fingir que não. Ari é herdeira chaebol, ou seja, tem uma fortuna gigantesca. Eu poderia ter pedido dinheiro emprestado a ela e nem precisaria devolver. Meus amigos esgrimistas teriam feito uma vaquinha para a passagem se eu tivesse dito que precisava de dinheiro.

Subi a mão até a nuca dela, então desci ao queixo, só para tocá-la. Eu estava maravilhado com o fato de que podia fazer aquilo. Maravilhado com o fato de que ela me permitia fazer aquilo. E eu sabia que precisava fazer algo com as mãos, ou caçaria Vera Ballantine por esporte.

— Mas eu era tão... *orgulhosa*, cacete. — A expressão de Fae obscureceu, seu olhar se fixando em um ponto invisível no teto. — Meu orgulho não me deixou implorar por dinheiro. Nem para ir ao velório do meu pai. — Ela se curvou para o lado, escondendo o nariz na minha barriga. — Passei a vida toda me sentindo impotente contra Vera, Reggie e Tabby. Mas aquela foi a primeira vez que lutei contra elas sem o apoio do meu pai. Quis mostrar que eu sabia me virar sozinha.

A vergonha parecia irradiar dela.

— Eu não estava pensando direito. — O tecido da minha camisa abafava sua voz. — Tinha acabado de perder meu pai. Não tinha dinheiro, estava do outro lado do mundo, e dois dias era o tempo que eu tinha para arrumar uma passagem de volta. Não conseguia enxergar o futuro. Nem minha carreira como esgrimista. Nem as Olimpíadas. — Farrow cerrou o punho com força, apoiando-o na minha coxa. — No dia que meu pai morreu, ele deveria ter pegado um voo noturno para a Coreia, para me ver competindo.

Minha última disputa antes de voltar para os Estados Unidos e tentar a qualificação para as Olimpíadas. Então, chegou Laura Müller. Rica, jovem e talentosa, mas não chegava nem perto de ter as habilidades de que precisava para me vencer. — Ela respirou fundo, a ponta das orelhas ficando rosa. — O pai dela tinha entrado em contato comigo semanas antes, insinuando que gostaria de fazer um acordo. Que a competição não significava nada para mim, já que eu ainda participaria das qualificações norte-americanas, ganharia de todo mundo e conseguiria minha vaga no time dos Estados Unidos.

Abri a mão dela, alisando a palma para tentar apagar as marcas das unhas.

— Mas, para a Laura... ganhar de uma esgrimista como eu lhe daria confiança para competir nas qualificações europeias. — Os ombros de Fae ficaram tensos. — É claro, eu recusei. Então, segui minha vida como se nada tivesse acontecido. Só que, na manhã daquela competição, me vesti, apenas a alguns dias do enterro do meu pai e sem ter como comparecer. — Ela engoliu em seco, fechando os olhos. — Eu me sentei no vestiário e pensei... *Que mal faria?* Então, fiz um acordo...

Uma lágrima solitária escorreu do olho direito dela, descendo pela bochecha e desaparecendo dentro do moletom.

— Concordei em perder a partida em troca de uma passagem para Washington e ajuda legal ilimitada. — Fae cerrou a mandíbula. — Eu sabia que Vera faria algo suspeito com o testamento. Que eu precisaria de advogados. Me pareceu fácil, inofensivo. Não era para ninguém ter descoberto.

Escorreguei o dedo pelo nariz dela.

— E *como* descobriram?

Eu tinha visto aquela partida diversas vezes no YouTube, depois que Tom me dera o relatório completo de Farrow. O luto estava claro nos olhos vermelhos dela. O comentarista até mencionou a morte do pai de Fae. Para todos os propósitos, qualquer coisa que ela fizesse ali, boa ou ruim, deveria ter sido crível. Mas eu ainda não tinha entendido aquele pedaço do quebra-cabeça: como Farrow havia sido pega.

— Vera. — Farrow bufou. — De que outra maneira?

Vou matar essa mulher.

De uma forma lenta e dolorosa. E eu a mataria com entusiasmo.

— Cheguei bem a tempo no enterro. —A respiração ofegante sacudiu o peito de Fae. — Quando estavam abaixando o caixão. Me joguei por cima dele, abraçando-o com força, chorando no tampo.

Uma risada amarga subiu e lhe escapou da garganta.

— Foi uma cena e tanto. E a última vez que chorei. — Ela fez uma pausa, perdida em pensamentos. — Antes de agora. Antes de *você*.

Pensamentos cruéis invadiram minha mente. Pensamentos inúteis, irreais.

Me deixe ser seu abrigo, Farrow Ballantine. Me deixe te redimir, assim como você me redimiu.

Envolvi a mão dela na minha, apertando com força.

— O que Vera fez?

— Uma cena, é claro. Ela me arrancou de cima do caixão e me jogou no chão. Os parentes dela tiveram que tirá-la de cima de mim. Depois, começou a gritar comigo. Que eu não tinha direito de aparecer lá. Que eu não tinha sido convidada.

Um sorrisinho apareceu nos lábios de Farrow.

— Eu respondi, como sempre faço. Foi assim que eu fui parar do outro lado do mundo. Ela tinha se cansado da minha "desobediência". Eu sempre me recusava a deixar Vera, Reggie e Tabby me atormentarem.

Um laço de orgulho se atou ao redor do meu peito. Eu costumava ficar frustrado quando Farrow se recusava a abaixar a cabeça, particularmente diante de mim. Mas eu me acostumara com aquela atitude determinada, e sentia vontade de vê-la todos os dias.

Você está completamente fodido.

Como se pudesse ouvir meus pensamentos, Farrow suspirou.

— Tabby gritou alto o suficiente para estourar os meus tímpanos. *Mas como ela conseguiu chegar aqui, mãe?* E Reggie entregou o jogo. *Achei que você tivesse dito que tinha esvaziado a conta dela*. Muita gente ouviu, e todo mundo se espantou.

— E o que aconteceu depois?

— Vera me arrastou para trás de uma árvore e me disse que tinha falado com a mãe de Laura. Que ela tinha confessado o suborno. Devem ter deixado escapulir, porque acharam que Vera era minha mãe de verdade. Sem dúvida, não acharam que ela correria até o Comitê Olímpico para contar tudo.

— O que aconteceu depois?

— Recebi uma multa gigantesca. Da noite para o dia, minha reputação foi arruinada entre os oficiais. O time dos Estados Unidos não me deixou participar das qualificatórias. E o único motivo de tudo não ter sido ainda pior foi Andras. Todo mundo o reverencia.

— Ele nunca ganhou uma medalha — afirmei, passando a mão pelo queixo, me lembrando do dossiê que tinha lido a respeito dele. — Nunca um esgrimista treinado por ele ganhou uma medalha de ouro olímpica.

— Ele é meio complicado. Tem um temperamento difícil. Sou a única que conseguiu aguentá-lo por tanto tempo. Mas não importa. Existe uma lenda urbana na comunidade de esgrima de que precisamos de só uma sessão com ele para ganhar uma medalha. É verdade. As últimas quatro medalhistas olímpicas, todas treinaram com Andras. Ele só não é o treinador oficial delas porque é um escroto raivoso.

— E Vera? Ela simplesmente concordou em varrer tudo para debaixo do tapete?

— Ela concordou em não falar nada para a mídia... se eu ficasse quieta e fizesse o trabalho sujo dela.

O resto das peças se encaixaram. O motivo de Farrow ter se tornado a nova Cinderela. O motivo de ainda praticar esgrima, com esperança de competir nas Olimpíadas. E porque passara a manhã chorando, depois que suas chances tinham sido oficialmente arruinadas.

— Nunca vou poder competir profissionalmente. — Ela balançou a cabeça, se levantando e indo até a janela. — Esse sonho acabou. Morreu. Igual ao meu pai.

— Por que Vera vazou essa história?

Fae se abraçou, observando as roseiras.

— Vera descobriu que eu tenho um detetive particular e um bando de advogados farejando tudo. Ela pegou Tom vasculhando o lixo dela no meio da noite.

Puta que pariu.

— Como você sabe disso?

— Ela me mandou uma mensagem.

A culpa me invadiu.

Tinha sido eu quem trouxera Tom para a vida dela. Matado seu sonho de ser esgrimista.

Os ombros de Farrow se encolhiam enquanto ela se abraçava mais e mais.

— Não sei nem se Andras ainda vai querer trabalhar comigo. Eu era a chance de ouro dele nas Olimpíadas.

— Ele já te ligou?

Peguei o celular dela, rolando por aqueles artigos horríveis. A história estava se disseminando, mais e mais enquanto conversávamos. Estava por toda parte, sendo discutida nas redes sociais. Não havia chance de Andras não ter visto aquilo, a não ser que tivesse decidido passar longas férias em Marte.

Octi balançou a cabeça, se virando para me encarar. As lágrimas escorriam pelas bochechas dela.

A fúria parecia subir pelo meu corpo, me esquentando dos pés à cabeça.

— Farrow, pare de chorar — disparei.

A ordem pareceu grudar nas paredes como piche.

Não estava acostumado com aquilo. Com... *sentir*. E, com Farrow, eu sentia. O tempo todo. Algo muito inconveniente. Eu detestava aquilo.

Para meu horror, os soluços de Fae ficaram mais altos. Seu choro parecia que ia rasgar meu peito, dilacerando a carne.

— Você não entende. — Ela caiu de joelhos, curvando a cabeça para baixo para que, assim, eu não visse mais seu rosto. — A minha vida toda, eu tive tão pouco... Não tive família, ou uma casa. Tive apenas isso... um sonho. Um destino. A pista olímpica. — Seu corpo se sacudia com os soluços. — Passei a vida inteira me comprometendo com esse momento. Sonhava com isso todas as noites. Desejava isso todas as manhãs. Lia todos os livros, estudava todas as técnicas... — Ela abraçou os joelhos, enterrando o rosto neles. — Sem esse objetivo, não sei mais quem sou.

Fui até ela, também me afundando no tapete, tocando seus ombros.

Eu não precisava mais me esforçar para tocar nela. Para deixar que ficasse no meu colo — não para que ela me ajudasse, mas para que *eu* a ajudasse.

E eu queria tocá-la de novo. Com frequência.

— Escute, Farrow. — Ergui o queixo dela com a ponta do dedo. — A esgrima é uma das suas muitas facetas. Você não é apenas um sonho. Você é uma lutadora. Uma mulher de negócios. Uma filha. Uma idealista.

Seus olhos se agarravam a mim, cintilando com as lágrimas, parecendo duas safiras polidas.

Revirei os olhos.

— Uma jogadora de Go até que decente.

Ela bufou, um pequeno sorriso brincando com os lábios dela.

— A esgrima nunca te definiu, Octi. —Enxuguei suas lágrimas com o dedão. — O esporte apenas te deu um lar quando você precisou de um.

Mas não precisa mais. Você tem o meu.

Meu Deus. De onde essa ideia tinha saído?

Joguei aquele pensamento fora o mais rápido que pude, segurando firme os ombros de Farrow.

— Você não é mais uma criança indefesa. Você é capaz. Competente. Inteligente a ponto de me deixar com raiva. Logo vai destruir Vera. E ela sabe disso. Te denunciar para a imprensa, isso demonstra fraqueza. Ela perdeu a rodada, Octi.

Farrow caiu de costas, envolvendo a barriga com os braços. Franzi a testa, sem saber o que ela tinha achado engraçado nas minhas palavras.

E então algo estranho aconteceu. Um sopro de ar, vindo da ventilação, atingiu a minha orelha, enviando um calafrio até a nuca. Eu senti... *frio*? Eu não sentia frio havia anos. Eu não sentia *nada* havia anos. Aquilo — sentir frio enquanto Farrow experimentava todas as emoções do mundo — pareceu ser o auge da minha existência.

Farrow começou a soluçar de rir, conseguindo parar por um segundo para dizer:

— Nunca imaginei que *você* me daria um discurso motivacional. — Ela segurou o moletom, os ombros tremendo. — É sério, faz horas que estou esperando Ari acordar.

Contraí os lábios, ainda pouco entretido. Mesmo assim, ela não conseguia parar de rir. Fui até a porta, me demorando, dando a ela a oportunidade de me impedir.

E ela impediu.

— Espere. — Mais risadinhas. — Alguém já te disse que você sabe ser um cavalheiro de verdade quando quer?

— Deus, não. — Eu me virei, erguendo a sobrancelha para ela. — E não conte a ninguém. Isso não vai acontecer de novo.

— Zach?

— Sim, Octi?

— Me conte um fato interessante sobre os polvos.

Não tive que pensar muito. Eu havia guardado alguns fatos aleatórios no meu cérebro especialmente para Fae, porque sabia que ela gostava deles.

— Polvos são tão inteligentes, criaturas tão superiores que, quando ficam sem estímulos mentais, começam a se desesperar e recorrem à autofagia, devorando os próprios apêndices.

Ela piscou, me encarando com a cabeça inclinada para o lado.

— Vou perguntar de novo... não dava para eu ser uma gatinha?

— Não.

— Por quê?

— Porque você é espetacular, inteligente e diferente. Você não é clichê.

Ela mordeu o lábio inferior, um rubor delicioso dominando as bochechas. A respiração ficou mais pesada. Estávamos avançando por um caminho que nos levaria à destruição completa.

— Zach? — chamou ela, outra vez.

— Sim, Octi? — respondi, de novo.

— O que vai acontecer agora?

— No meu próximo ato... — Eu me virei, pegando a mão dela e ajudando-a a se levantar. — Vou incendiar o mundo todo por você.

52

Zach

Eu quebrei o protocolo.

O protocolo: não interagir com humanos, a não ser quando e se estritamente necessário.

Simples assim. Mas me vi encurralando Vera Ballantine em uma viela escura, igual a um clichê de filme de mafiosos. Falei a mim mesmo que ela havia praticamente me convidado, considerando a facilidade com que a encontrei. Com todas as *selfies* espalhadas em três redes sociais diferentes, todas com localização marcada, e as reservas sob os nomes das filhas medíocres.

Elas tinham escolhido jantar em um daqueles terríveis restaurantes "orientais" que conseguiam convencer os *influencers* de que a comida servida não era tão terrível assim. Era o tipo de lugar que servia sushi, *pad thai* e *pho*, tudo sob o mesmo teto.

Eu me escondi em uma viela estreita, esperando que terminassem. A última coisa de que eu precisava era ser exposto em algum tabloide. Cerca de meia hora depois que cheguei, Regina e Tabitha permaneceram no restaurante enquanto a mãe saiu e pediu ao manobrista para buscar a Mercedes.

Vera entrou na viela, tirando um cigarro da bolsa da Gucci. No segundo em que o âmbar alaranjado do bastão de câncer brilhou, pressionei a ponta da minha faca na base das costas dela, ainda escondido nas sombras.

Ela ofegou, tentando se virar.

— Mas o que...

Apertei a lâmina com mais força nas costas dela, forçando seu corpo contra a parede, para que a cara se esmagasse no muro.

— Não precisa se virar, Vera. Eu ainda gostaria de jantar hoje, e seu rosto acaba com qualquer apetite.

Ela engoliu em seco, a bochecha amassada nos tijolos ásperos.

— Zachary Sun?

— Preste atenção. — Ignorei a pergunta dela, sabendo que não podia me ver, principalmente na escuridão. — Sua existência é uma inconveniência terrível para mim. Pare de estragar a vida da sua filha postiça.

— Farrow? — Ela se inclinou para trás antes de se lembrar da faca. — Aquela menina arruinou minha vida. Ela está tentando me derrubar...

— Não pedi um discurso. Dei instruções específicas. Não ouse atrapalhar a vida dela agora ou no futuro. Independentemente de qual seja o resultado legal da briga. — Inclinei a faca, provocando-a com a lâmina. — Farrow Ballantine está sob a minha proteção. Você sabe quem eu sou. Sabe do que sou capaz.

Farrow vai sair vitoriosa, mesmo que seja a última coisa que eu faça na vida.

Precisava garantir que Vera não a atacaria mais tarde. Eu não planejava continuar na vida da minha empregada para descobrir o que aconteceria.

Vera tentou se virar de novo. Ela estava a segundos de bater o pé.

— Você não entende.

Ao fundo, o manobrista perguntou para o colega aonde a mulher tinha ido.

O cigarro dela caiu dos dedos trêmulos direto na calçada.

— Vou ficar sem nenhum tostão...

— Eu entendo. Entendo perfeitamente. Mas não poderia me importar menos. Farrow Ballantine está oficialmente fora do seu alcance. Se tentar arruinar a vida dela mais uma vez, garanto que acabarei com a sua primeiro.

— Você nunca me mataria. — Uma risada deplorável lhe escapou da boca. Ela tentou se virar de novo, mas, daquela vez, levei a faca rapidamente ao seu pescoço, perdendo a paciência. — Você não arriscaria sua vida por aquele lixo.

— Você e eu não somos iguais, Vera. A lei não se aplica a mim. Te arruinar é tão fácil quanto pedir um delivery.

— Senhor Sun...

Eu a interrompi, me recusando a confirmar minha identidade, sabendo que ela nunca poderia provar sua suspeita:

— Eu me considero uma pessoa minuciosa. Quando eu tiver acabado com você, passarei para as suas filhas.

— Por favor...

— Elas viverão na pobreza extrema, sem a chance de se casarem com pessoas respeitáveis. Sabemos que são incapazes de ganhar a vida sozinhas. — Enfiei o calcanhar no cigarro, esmagando-o sob a sola. Ele apagou, sibilando. — Quando eu tiver acabado com elas, você estará arrependida do dia em que decidiu excluir Farrow de sua família.

A mulher soluçou, e lágrimas começaram a rolar.

— Você é diabólico.

Os manobristas perderam a paciência, chamando o nome dela. Um deles pediu para o outro entrar no restaurante e buscar as filhas. Eu precisava acabar logo com aquilo.

— Sou — confirmei, me sentindo confortável com a declaração. — É bom que se lembre disso. Não apenas sou mais diabólico que você, como sou mais competente. Considere isso seu primeiro e último aviso, Vera. Deixe Farrow em paz. — Ela irrompeu em uma nova leva de lágrimas, assentindo. — Agora, vire-se e volte ao restaurante. Se olhar para trás, a última coisa que vai ver será a minha lâmina.

Eu não tinha a intenção de desperdiçar uma faca perfeitamente boa nela, mas Vera não sabia disso.

Ela assentiu, mais rápido do que aqueles bonequinhos com cabeça de mola.

— Tudo bem, *tudo bem*.

Com o cabo da faca, eu a empurrei na direção da rua. Ela tropeçou nos próprios pés, chorando e se engasgando.

— Mãe. Aff, onde você estava? — Uma das filhas de Vera se pendurou no braço da mãe assim que ela se aproximou. — A gente teve que te esperar no frio.

— Não se preocupe, docinho — ronronou Vera, a voz de volta ao normal. — Só fui fumar um cigarro.

— Você deveria parar de fumar, sabia? Está acabando com a nossa herança, e não é como se tivéssemos muita coisa sobrando.

53

Romeo Costa: @ZachSun, o que está acontecendo com esse entra e sai sem fim de advogados e detetives da sua casa?

Romeo Costa: Está planejando um golpe de Estado?

Ollie vB: Se for isso, me deixe com a Secretaria de Desenvolvimento Econômico. Eu adoro não ter emprego.

Ollie vB: Na verdade, esquece. A Secretaria da Previdência está disponível? Dois coelhos, uma cajadada. Sou muito eficiente.

Zach Sun: Hilário. Estou ajudando Farrow com um caso.

Ollie vB: Todos os dias, o dia todo? Você parece estar focado só nisso.

Zach Sun: Posso te sugerir que você arrume um passatempo? E outra vida para você cuidar, falando nisso?

Romeo Costa: Você tem tempo para trabalhar nas suas coisas?

Ollie vB: Ou, sabe, para planejar seu casamento e tal?

Ollie vB: (Sua sugestão de arrumar um passatempo é ridícula. Sua vida caótica é um entretenimento muito melhor.)

Zach Sun: Minha vida, na verdade, é uma máquina muito bem lubrificada.

Ollie vB: Lubrificante é realmente um presente de Deus. Amo.

Romeo Costa: Tudo tem a ver com sexo para você, @OllievB?

Ollie vB: É claro que não.

Ollie vB: Nem tudo, tipo ver vocês dois sucumbirem à prisão da monogamia. Isso me traz muita alegria, acreditem se quiser.

Romeo Costa: Eu acredito.

Ollie vB: Sou oficialmente o último sobrevivente.

Romeo Costa: A não ser que uma das suas ISTs acabe te matando.

Zach Sun: Eu ainda não me casei.

Ollie vB: Não estou falando da dra. Ulick. Ela não conta. Estou falando da sua empregada que sabe como usar uma espada.

Zach Sun: O nome dela é Farrow, e ela e eu temos um relacionamento casual.

Ollie vB: Respeitosa e casualmente, eu te digo que você pirou.

Romeo Costa: Concordo com Oliver.

Zach Sun: Que absurdo. Ela é um risco calculado.

Romeo Costa: Se for esse o caso, você é péssimo em cálculo.

Zach Sun: Vocês dois não prestam.

Ollie vB: Falso. Espere até você se magoar. Meu ombro vai ser o melhor dos lugares para você chorar.

Romeo Costa: Nho. Onde você aprendeu a falar isso, Ol? Assistindo a *Outer Banks*?

Ollie vB: Chama-se cultura, cavalheiros. Vocês deveriam experimentar qualquer hora.

Ollie vB: #JustiçaParaSarahCameron

Natalie devia ter apagado a memória de Zach, porque ele passou dias fingindo que o momento que tínhamos compartilhado no meu quarto — no qual nos abraçamos como se nossa vida dependesse daquilo — não tinha acontecido.

Ela também devia ter notado meu mau humor, me dando uma piscadela sempre que nossos caminhos se cruzavam.

E, quanto a Zach, eu não poderia ficar com raiva. Não era como se ele me tratasse do seu jeito babaca, como fazia com o restante das pessoas, com direito a repeteco. Diferente de Natalie e do dos outros funcionários, ele ainda parava para falar comigo sempre que nos encontrávamos nos corredores.

Ele aparecia quando Dan, Bryan, Deanne e Tom chegavam com seus relatórios legais — lendo os documentos, me orientando e fazendo as perguntas difíceis que eu não necessariamente saberia fazer. Zach também havia contratado mais funcionários domésticos para realizar o trabalho que eu tinha parado de fazer enquanto focava minha energia no caso, analisando toda a papelada.

Em vez da medalha de ouro, foquei em ganhar o caso. Quanto mais eu pensava naquilo, mais eu percebia que nunca havia desejado voltar para as competições. Eu amava o esporte, claro. Mas soube, no instante em que cometi o crime, que merecia ser punida, e que só consegui escapar usando as conexões que Andras tinha no mundo da esgrima. Eu precisava encarar a realidade. Vera nunca roubou minha última chance nas Olímpiadas. Fui eu quem fez isso.

Mas nada disso significava que eu seria obrigada a abrir mão de tudo que meu pai deixara.

Depois de fichar os relatórios, perambulei pela casa de Zach em busca de algo para fazer. O lugar todo brilhava, graças aos meus esforços conjuntos com o novo pessoal de limpeza. Dallas tinha uma consulta marcada com o obstetra, então eu não poderia passar o tempo fazendo compras on-line para o bebê, observando horrorizada enquanto ela pedia comida de sete restaurantes diferentes para satisfazer seus desejos de grávida.

Percorri o corredor, passando pelas portas abertas, até que ouvi meu nome sendo chamado do solário.

— Senhorita Ballantine?

Constance Sun. Parei bem onde eu estava, meus ombros se enrijecendo com a tensão.

Não a deixe te atormentar. Você tem todo o direito de estar aqui. A vida te fez forte para que você possa proteger a si mesma.

Recalculei meu caminho com um suspiro, parando com a visão diante de mim. Constance e Eileen estavam sentadas à grande mesa de madeira, diversos catálogos espalhados na superfície. O sol se derramava por trás delas, fazendo com que parecessem dois anjos caídos. Zach tinha saído da casa havia horas. Elas, então, deviam ter entrado por conta própria. Ainda assim, a ideia de Eileen perto dele — na *casa* dele — fazia minha pele formigar.

Não adiantara nada eu tentar resguardar meu coração.

Colei um sorriso tranquilo no rosto.

— Pois não?

Constance se serviu de outra xícara de chá.

— Querida, você poderia nos ajudar?

— É claro. — Cerrei os dentes, mas mantive o sorriso intacto. — Do que vocês precisam?

— Minha visão não é mais como antes. Poderia me ajudar a organizar esses espaços para casamento em ordem alfabética?

Meus olhos foram parar nos óculos de leitura que ela apoiava no nariz. Franzi a testa, minhas sobrancelhas se unindo. A intenção dela era óbvia. Queria que eu visse o futuro do filho dela com Eileen, porém, mais importante que tudo: que aquele futuro *não* seria comigo. Se eu a deixasse me afetar, suas garras afundariam e encontrariam os meus ossos. Da forma mais sutil que consegui, retesei todos os músculos no meu corpo, sabendo que as duas me observavam como hienas.

Eileen prendeu o fôlego na mesma hora.

— Constance...

Ela não podia acreditar naquela mesquinharia. Mas eu, sim. Eu havia comprometido a coisa mais importante do mundo de Constance: o futuro do seu filho. Nada importava mais para ela do que manter Zach sob seu olhar atento. Ela se recusava a introduzir elementos perigosos e desconhecidos na vida dele, com receio de que ele acabasse como o pai. Eu a entendia, mas não precisava estar de acordo.

— Ah, não comece também, Eileen. — Ela enfatizou o *também*. — Essas pessoas estão aqui para ajudar.

— "Essas pessoas"? — Eileen se encolheu na cadeira até quase desaparecer.

Constance estalou os dedos para mim.

— Querida, depressa, por favor. Temos uma degustação de bolo marcada para daqui a uma hora.

Dane-se. Eu me recusava a deixar que ela me visse magoada.

Exibi a ela meu sorriso mais alegre e brilhante.

— Pode deixar comigo.

Enquanto eu arrumava os catálogos, decidi que não contaria a Zach sobre aquilo. De que adiantaria? Constance continuaria ali depois que eu tivesse ido embora. Por mais que a detestasse, não podia negar o fato de que aquela mulher amava seu filho, de sua maneira distorcida. Ela trazia potes com a salada de pepino preferida dele a cada três dias, comemorava todas as suas conquistas profissionais e (de acordo com Dallas) até tinha mexido uns pauzinhos para fazerem algumas obras na estrada em que o marido havia morrido, assim Zach não a reconheceria. Eu não questionava a devoção a ele.

Eileen me lançou um sorriso constrangido, me ajudando a organizar uma das pilhas de catálogos sem encontrar meus olhos. Uma pontada relutante de respeito me percorreu.

Maldivas. Costa Amalfitana. Southampton.

Os destinos não importavam. O casamento tampouco. O simples lembrete de que Zachary Sun não precisaria mais de mim era o suficiente para fazer uma onda de desespero me atingir.

— Ah, Eileen. — Constance franziu a testa diante do ato de resistência chocante mas silencioso da futura nora, mas aceitou uma pilha de panfletos. — Existem corações puros *demais*. Pessoas desagradáveis podem tirar vantagem disso.

Entendi o que ela havia deixado implícito. Ela devia me ver da pior forma possível. E será que eu poderia culpá-la? Eu tinha invadido a vida do filho, entrado na casa dele e tentado roubá-lo, e então troquei orgasmos com ele por ajuda legal e uma bolada de dinheiro. Dificilmente era um exemplo de altruísmo. E, naquele meio-tempo, jurei honrar minha promessa duradoura de que eu nunca entraria em um relacionamento. De que eu nunca me tornaria meu pai ou Vera.

Constance ergueu um catálogo contra a luz.

— Este lugar não é encantador?

Precisei de um instante para perceber que ela estava falando comigo. Não pude evitar. Mesmo sabendo que doeria, dei uma olhada na foto. O lugar se chamava Botânica. Um paraíso de árvores gigantescas, centenas de milhares de flores raras e mobiliários externos feitos à mão. Foi como levar um tiro no peito.

O que tem de errado com você, Fae? Casamentos te dão náusea. Você sempre achou que fossem um desperdício de dinheiro que poderia servir de entrada para comprar uma casa.

— Deslumbrante — concordei, sendo sincera. Com o sorriso falso ainda colado no rosto, deixei o resto das brochuras na mesa e fiz uma pequena mesura a elas, dobrando os joelhos com um floreio. — Como mais posso ajudar, sra. Sun?

Funcionou. Constance pareceu completamente devastada pelo meu bom humor.

— Na verdade... Eileen, querida, por que não mostra para a srta. Ballantine os vestidos de noiva de que mais gostamos? Tenho certeza de que ela pode oferecer opiniões valiosas.

Eileen arregalou os olhos. Ela pareceu horrorizada diante da ideia. Eu não podia culpá-la. Não me dava mais ao trabalho de usar o uniforme de empregada, então meu senso de estilo — ou falta dele — estava evidente para todos. Eu vestia legging preta com um suéter felpudo amarelo e verde.

— Tenho certeza de que a srta. Ballantine tem coisas para fazer... — A voz de Eileen fraquejou.

Tempo não era um problema. O fato de que eu queria ficar em posição fetal, chorando até morrer de desidratação, isso sim era um problema. Porque escolher um vestido de noiva para a futura esposa de Zach seria o auge do meu pavor. Tive uma reação física diante daquela perspectiva, como se escorpiões estivessem rastejando pela minha pele.

Mas, por outro lado, eu não poderia deixar Constance ganhar.

— Adoraria dar uma olhada.

Suspirando, Eileen pegou uma pilha de catálogos com acabamento acetinado e notas adesivas, folheou três deles até encontrar a página certa. Ela dispôs as opções na minha frente. Eram vestidos clássicos de luxo, com muito tule e renda o bastante para abrir um bordel francês.

Zach odiaria todos. Ele gostava de coisas contemporâneas, mais artísticas. Seda grega. Cortes plissados. Talvez algo com mais diamantes.

Era assustador constatar que eu conhecia tão bem os gostos e desgostos dele.

Engoli um grito desesperado, dando de ombros enquanto apontava uma das fotos. Todos pareciam iguais para mim.

— Este aqui é lindo.

Eileen se animou.

— É o meu favorito.

Por um instante, senti pena dela. Por sofrer da mesma fobia que Zach. Por entrar em um casamento sem amor. Por não ter ninguém para ajudá-la a superar seus medos. Ao menos Zach sairia do nosso acordo curado. Foi o que jurei que faria.

Constance examinou meu rosto em busca de qualquer emoção — tristeza, decepção, inveja —, mas não encontrou nada. Ela não fazia ideia de que tinha se deparado com uma veterana no abuso emocional, graças aos vinte e três anos de treinamento que recebi de Vera.

— Muito bem, srta. Ballantine. — Ela indicou a porta com a cabeça. — Agora, por favor, saia.

— Se precisarem de mais alguma coisa... — Indiquei o corredor com o polegar. — Vou estar na sala, vendo um filme.

Antagonizei Constance deliberadamente, ressentida por seu controle sobre Zach, sabendo que ela não teria coragem de ir choramingar para ele.

Ela fez uma cara feia.

— Eu não sabia que era seu dia de folga.

— Não é. — Levei uma das mãos ao peito. — Que *desagradável* da minha parte, não?

Cantarolando, saí andando, sem deixar que minha primeira lágrima caísse até ter certeza absoluta de que eu não seria ouvida.

55

Farrow

Zach nunca chegou em casa.

Peguei o celular, verificando a hora (dez e meia da noite, *como assim?*) e me impedi de mandar uma mensagem para ele pelo único motivo de ele não me dever nada. Na verdade, eu estava dizendo aquilo a mim mesma com frequência desde que Constance e Eileen tinham ido embora três horas antes.

Ele não é seu namorado. Não é seu marido. Não é seu. Ponto-final. Em pouco tempo, vai prometer a eternidade dele para Eileen em seu vestido fofo em um campo de flores.

Você é temporária e insignificante. Você é uma pena solta ao vento.

Andei de um lado ao outro do quarto, uma leoa em uma jaula enferrujada.

Não deixei de notar a ironia. Enquanto o marido de Dallas a tinha aprisionado em uma jaula dourada da qual ela lutara com unhas e dentes para se libertar, eu havia entrado voluntariamente na minha prisão... e não queria sair.

Seria mais fácil se todo o brilho e o glamour me atraíssem. Eu poderia achar aquelas coisas em outro lugar. Mas não. Eu queria os sorrisos delicados que trocávamos estando em lados opostos da sala, os toques breves e as palavras viciantes de conforto de Zach, cada uma delas marcada na minha pele como tatuagem.

Fechei os dedos no parapeito da janela, encarando a piscina brilhante. A água límpida parecia cintilar sob o luar.

Você precisa de um mergulho. Para afogar esses hormônios descontrolados e esse ciúme ardente.

Vesti um biquíni amarelo minúsculo de Dallas ("já que agora fico parecendo uma mortadela enrolada naqueles elásticos de mercado"), peguei uma toalha e desci as escadas, apesar do tempo congelante. O vapor quente subia da superfície da piscina em nuvens brancas e espessas.

Mergulhei de cabeça, cortando a superfície para chegar ao fundo, e então nadei por todo o comprimento antes de ressurgir do outro lado. Inspirei fundo, gananciosa, e inclinei a cabeça para o céu. Estrelas dançavam na minha visão, se derretendo uma na outra, rodopiando em uma poça de lágrimas.

Pare de sentir tanta pena de si mesma. Isso só está liberado no seu aniversário. Apenas nade.

Nadei até meus músculos cansarem e queimarem. Até achar que meus braços cairiam do corpo e boiariam para longe. Idas e voltas dolorosas. Até que, por fim, minha mente clareou. Quando terminei, subi em uma espreguiçadeira nos degraus dentro da piscina, fechando os olhos, não me dando ao trabalho de me secar.

O vento impiedoso lambia meu corpo, e meus mamilos endureceram tanto que entorpeceram. A água pingava do meu cabelo, formando uma poça no deque. Comecei a cantarolar uma música que eu escutava todas as noites no beliche em Seul.

As costelas não são uma prisão.
São as paredes do seu lar.

Respirei fundo, trêmula, afastando a melancolia.

Seus dias sempre estiveram contados, Fae.

Eu me recusava a dar a Constance o prazer de arruinar o que eu tinha conquistado.

Mas e se ela estiver certa?, perguntou uma vozinha dentro de mim. *E se você estiver machucando Zach?*

Aquela semente brotou na minha mente, fincando raízes no peito.

E quanto a você? Esse homem vai massacrar seu coração. Uma vitória contra sua madrasta não vale tudo isso.

A mera ideia de Eileen em um daqueles vestidos de noiva elaborados fazia meu estômago queimar.

O que eu faria quando finalmente chegasse a hora de me despedir do meu demônio favorito?

— Octi. — A voz calma dele me envolveu como um cobertor de caxemira.

Tensionei todos os músculos, mas mantive os olhos fechados. Seus passos se aproximaram, acertando o deque pesado de granito. Embaixo do sutiã do biquíni, meus mamilos enrijeceram e meu coração acelerou. O som de Zach bastou para que meu estômago desse piruetas. Ainda assim, me recusei a mostrar a ele o quanto eu estava feliz com seu retorno.

— O que está fazendo aqui? Está congelante.

Está? Não consigo sentir nada, a não ser meu desejo por você.

— Quer pegar uma pneumonia? — grunhiu ele.

— Você não é meu pai.

— Não, mas sou a coisa mais próxima de uma família que você tem hoje em dia. — A voz dele se suavizou. — Olhe para mim.

Abri os olhos. Era doloroso olhar para ele. Lindo demais, com aquele cabelo tão preto quanto um corvo, olhos de piche e estrutura óssea avassaladora.

— Onde você estava? — questionei. Não consegui evitar a acidez na voz.

Zach se aproximou mais, exalando poder e riqueza com sua calça cinza e suéter de caxemira azul-marinho sob o casaco preto.

Ele enfiou as mãos nos bolsos, olhos percorrendo meu corpo.

— Tive algumas reuniões na capital.

— Às onze da noite?

Não é da sua conta, lembrei a mim mesma.

Eu precisava parar.

Eu *precisava* parar.

Desde quando eu era uma namorada pegajosa?

— Passei o resto do tempo dirigindo por aí — confessou Zach.

Então, parou quando chegou na beirada da piscina, apenas a alguns metros de distância. Eu esperava encontrar voracidade no seu olhar, mas, em vez disso, encontrei preocupação. Uma emoção perigosa para a qual não havia espaço no nosso acordo.

Arqueei a sobrancelha, tentando permanecer desinteressada.

— No seu carro blindado?

Os lábios dele se ergueram um tantinho.

— Em uma BMW normal.

— Vivendo à beira do precipício, hein?

— Sim, mas só quando tenho certeza de que você não está lá para me empurrar. — Ele pausou. — Eu precisava pensar.

— Ah, é? — Uma esperança idiota e tola floresceu no meu peito. Eu queria que ele dissesse: *sobre mim, sobre nós*. — Que inovador. Sabe que pode fazer isso em qualquer lugar? Até no conforto da sua casa.

— Octi — avisou ele.

— Me conte sobre o que estava pensando.

— Na maior parte do tempo, no meu futuro casamento. Como isso se encaixaria no meu cronograma de negócios. Estou adquirindo algumas empresas de tecnologia que vão exigir minha atenção quando refizer os conselhos.

Assenti, fingindo que a resposta dele não cortava minha pele e atingia minha alma.

— Gestão de tempo é importante. Você tem sorte de contar com a Natalie.

— Não quero falar da Natalie nem de qualquer outra mulher na minha vida.

Ele pareceu tão infeliz que, por um segundo, me senti grata pela dor que Zach sentia.

Por que eu deveria ser a única a sofrer?

— Então o que você quer? — perguntei.

— Que você entre, tome um banho quente e vista três camadas de roupa antes que eu perca a cabeça, cacete.

— Acho que estou bem aqui.

Eu sabia que não estava punindo ninguém, exceto a mim mesma, mas, ainda assim, queria me revoltar. Mostrar o dedo do meio a ele.

Os dedos de Zach estremeceram ao lado do corpo, a paciência se esgotando.

— Seus lábios estão azuis.

— E seu coração, preto.

— *Farrow* — rosnou ele, mostrando os dentes para mim. — Venha aqui. Agora. Estamos no *inverno*. Você vai acabar em um hospital.

— Que inconveniência terrível.

— *Farrow*.

— Se você se importa tanto assim, venha me pegar.

Para minha surpresa, o rosto dele nem sequer estremeceu. Ele pisou no primeiro degrau na piscina, afundando os tornozelos, então começou a ir na minha direção. Quando me alcançou, tirou o casaco dos ombros e me pegou no colo, me envolvendo com o tecido pesado. Um aroma cítrico e amadeirado tomou conta de mim, aquecendo meu corpo em um instante. Por instinto, quis passar os braços ao redor do pescoço dele. Em vez disso, fingi encarar algo logo atrás de Zach, simulando um bocejo.

Para meu desgosto, os lábios dele estremeceram.

— O que é tão engraçado? — exigi saber.

Ele caminhou até a saída da piscina, abrindo caminho pela água.

— *Você*. — Seus olhos não se desviaram dos meus nem por um segundo.

— Eu te divirto?

— Você me *agrada*.

— Bem, você me *de*sagrada.

Um calor revelador subiu pelas minhas bochechas. Afastei o olhar, virando a cabeça na direção das luzes da casa, para me impedir de beijá-lo.

— Você sabia que o polvo morre depois que copula? A espécie faz uso da fertilização externa. — Ele me segurou com mais firmeza. — Diversos machos ou inserem os espermatóforos na fêmea, ou entregam o esperma a ela. Em seguida, o macho parte para morrer. A fêmea põe os ovos. Assim que eclodem, o corpo dela sofre de um "suicídio celular", começando pelas glândulas ópticas.

Quase ri pelo nariz.

— Zachary Sun.

— Sim, Farrow Ballantine?

— Você tem a pior conversinha de cama que já ouvi na vida. — Ele riu, o peito vibrando contra mim. Descansei a bochecha no ombro dele. — Então o que você está tentando dizer é que consumar nossa atração vai acabar em morte?

Ele empurrou as portas da varanda e subiu a escada até o segundo andar.

— O que estou dizendo é que... o desejo é algo complicado, especialmente para criaturas inteligentes.

— Mas?

— Mas vale a pena.

Ele me levou ao quarto dele, onde me colocou na cama antes de seguir para o banheiro. O som da água batendo na enorme banheira ecoou. O aroma de lavanda tomou conta do ar. *Uma bomba de banho*. Ele odiava produtos perfumados.

Zach desligou a torneira e se aproximou de mim, a calça ainda encharcada de água da piscina.

Umedeci os lábios quando ele me pegou no colo de novo.

— Você deveria tomar um banho comigo — falei.

Que relacionamento ferrado tínhamos, sempre indo e vindo entre inimigos e amantes. Zach não respondeu, me deixando na borda da banheira e desatando o cordão da parte de cima do biquíni, que caiu no chão com um baque úmido. Ele me encarou cheio de desejo antes de prender os polegares de cada lado da calcinha, descendo-a pelas pernas.

Ele afundou meu corpo nu na banheira, esparramando meu cabelo na beirada. Eu mal conseguia sentir a água. Meu corpo havia entorpecido com o frio. Devagar, meus nervos começaram a descongelar, recuperando as sensações. Inclinei a cabeça na beirada da banheira e o encarei, bêbada de desejo. Minha frustração se dissolveu em prazer, desdobrando-se enquanto meu corpo florescia com o desejo. Zach continuava parado ao lado, me observando como um gavião, o pau duro e colado na coxa.

Arqueei a sobrancelha.

— Viu alguma coisa de que gostou?

— Gostar é um eufemismo. — Ele passou a mão pela calça, fingindo alisar um amassado invisível e apertando o pau. — É esse é o problema.

— Problema? — Pestanejei. — Achei que o que tínhamos era um acordo temporário.

— E é. Mas sempre tive dificuldade para me desfazer dos meus brinquedos favoritos.

Arqueei as costas, esticando a mão entre as coxas e encontrando o clitóris. Senti um frio na barriga quando a mandíbula dele ficou tensa, as sobrancelhas se unindo. Meus mamilos surgiram na superfície da água, rosados e eretos, implorando para serem tocados.

Ele xingou, virando a cabeça por um instante.

— *Farrow*.

— Entre aqui comigo, Zach. Afinal, sou só um brinquedo. — Aumentei o ritmo entre as pernas, soltando um gemido. — Você também é meu jogo favorito.

Ele me observou quando joguei a perna por cima da borda, melhorando meu acesso à abertura, sentindo a água quente me penetrar.

— Ah, puta merda — murmurou ele.

Ele arrancou o suéter, jogando-o no chão. Depois, tirou as meias e, por fim, a calça e a cueca, tudo de uma só vez. O pau saltou para fora, grosso e longo, a cabeça coberta pelo líquido perolado. Temi que não caberia dentro de mim.

Ele entrou na banheira, derramando água, então segurou meus tornozelos e me puxou na sua direção. Agarrei a borda da banheira para recuperar o equilíbrio.

Minha abertura apertada se colidiu com o pau dele, fazendo-o soltar um grunhido. Zach espalmou uma das mãos nas minhas costas, usando outra para me pegar pelo queixo, me dando um beijo longo, ávido e caótico.

Gemi durante o beijo, a língua dele encontrando a minha. Ele envolveu o pau, guiando-o até minha boceta.

— Camisinha. — Engoli os gemidos dele, ofegante. — Precisamos de uma camisinha.

— Por favor, Farrow. — A boca dele deslizou pelo meu pescoço, seus dentes roçando a pele sensível. — Eu te dou tudo, te dou qualquer coisa que você quiser para transarmos sem nada. Preciso te sentir. Você toda. Sem barreiras. Eu imploro.

Esfreguei a boceta ao longo do comprimento dele, nosso olhar fixo em um duelo.

— Qualquer coisa?

— *Qualquer coisa.*

Ele colou a testa na minha, fechando os olhos, agonia pura estampada em seu rosto. Por um momento cruel, pensei em pedir o pingente. Mas não seria justo. Deixando de lado nossa guerra psicológica, eu queria que ele me desse o pingente porque sabia que eu o merecia, não como resultado de uma negociação.

— Quero que me conte o motivo de ter ficado distante nos últimos dias.

Ele afastou a cabeça e me encarou.

— Quer mesmo saber? — perguntou Zach, e eu assenti. — Porque você me apavora, Farrow. — Ele olhou para o lado, fez uma pausa e então se voltou outra vez para mim, seu pomo de adão subindo e descendo ao engolir em seco. — Você me faz lembrar de que sou humano. De que posso ser destruído por um único toque. Eu deveria te banir daqui, Fae.

— Por quê?

— Porque você me faz querer aproveitar a vida, não apenas sobreviver.

Suas palavras me percorreram como um tremor. Ergui os quadris, enganchando os braços no pescoço dele e me afundando no pau dele.

Ele cravou os dedos na minha pele, indo mais fundo.

— *Caralho.*

Um grunhido irrompeu da minha garganta quando Zach alcançou a metade. Arregalei os olhos. Mesmo molhada e pronta, ele era grande demais.

— Está tudo bem. — Ele me segurou pela cintura, beijando as minhas bochechas, meu nariz, meus olhos. — Vamos fazer caber. Confie em mim.

Eu não sabia a razão de estar depositando minha confiança em um *virgem* com o pau do tamanho de uma semiautomática, mas assenti, reprimindo um gritinho de dor quando ele levou a mão até entre nós dois. O polegar começou a circular meu clitóris enquanto os dedos espalmavam meus quadris e ele enfiou mais um pouco em mim. Joguei a cabeça para trás, sibilando, e Zach beijou cada pedacinho do meu rosto e pescoço. Cerrei os dedos na beirada da banheira.

— Minha linda e corajosa garota. — Ele preencheu minha boceta, levando a boca até os meus seios, lambendo os mamilos. — Olha só como você aguenta meu pau. Boa garota. Você acha que consegue gozar no meu pau por mim? — Ele mordiscou meu queixo. — Acha que pode fazer minha primeira vez ser especial?

Assenti, prendendo a respiração enquanto ele entrava mais alguns centímetros. Estava quase todo dentro de mim, e era tão grande que parecia que o pau esmagaria meus órgãos, destroçando tudo. Ainda assim, eu não podia negar que era um prazer intenso. Pouco a pouco, relaxei, aceitando aquilo dentro de mim.

— *Isso*. Agora, cavalgue.

As paredes da minha boceta se apertaram ao redor dele com uma força mortal. Os olhos de Zach reviraram, o prazer tão intenso que ele parou de brincar com o meu clitóris e estremeceu dentro de mim. Cada vez que eu me levantava e afundava outra vez, montada nele como uma vaqueira, seu abdômen sarado vinha de encontro à minha barriga

Meus seios saltavam entre nós, pesados e cheios. Ele os tentou segurar com a boca, sugando-os e, então, soltando-os com um som estalado.

— Mais devagar. — Ele segurou um dos seios, o olhar se desviando do meu, e sibilou: — Eu vou gozar, mas não quero. Porra, quero morar dentro da sua boceta. Pago aluguel... com juros.

Eu o provoquei, aumentando a velocidade, gostando de como uma veia no pescoço dele saltava enquanto ele se esforçava para se conter.

— Peça com carinho.

— Por favor... — Ele apoiou a testa na minha. — Preciso de mais.

Ele puxou meu cabelo, me beijando com força. Um beijo voraz, destruidor de mundos e tão cheio de desespero, diferente de tudo que senti antes. Zach se recusava a desgrudar a boca da minha, segurava meus seios, a língua girando dentro da minha boca. Nos beijamos até ficarmos com a boca seca.

Ele me segurando pela nuca, reivindicando minha boca outra vez, rosnando nela.

— Minha. Você sempre será minha, está ouvindo?

Palavras passionais que não significariam nada quando nos afastássemos. Virei a cabeça, me recusando a respondê-lo.

Então, ele me agarrou pelo queixo, me forçando a olhar entre nossos corpos enquanto seu pau deslizava para dentro e para fora de mim, espesso, úmido com meu prazer.

— Olhe para nós — ordenou ele. — Para *isso*. Bem aqui. O auge da minha existência. *Nada* é tão bom quanto a sua boceta se fechando no meu pau.

Desacelerei os movimentos para observar o pau grosso de Zach me penetrar, dando a ele tempo para se acalmar, mas nenhum de nós poderia impedir aquela onda de prazer. Em pouco tempo, ofegávamos de novo, suor brilhando nos ombros. Montei nele com mais força, mais velocidade, angulando os quadris para que ele fosse mais fundo. Zach apertava minha cintura, me guiando com movimentos desenfreados.

O mundo inteiro desapareceu, e havia apenas nós dois. Zach, com seu prazer bruto e puro estampado rosto. E eu... cada vez mais perto do orgasmo. Minhas pernas tremiam com o esforço enquanto uma avalanche percorria meu corpo. O clímax me tomou como uma tempestade, me arrancando um grito dos lábios.

— Vou gozar. Caralho, vou gozar — xingou ele, segurando meu queixo e encontrando meus olhos. — Preciso gozar dentro de você.

— Zach...

— Eu imploro. — A voz dele falhou. — Por favor.

Eu me contraí ao redor dele com aquelas palavras, com tesão de novo, sabendo que estávamos sendo imprudentes. *O que tem de errado com você, Fae? O que tem de errado com vocês dois?* Mas tínhamos nos transformado em prisioneiros do nosso desejo, sem conseguirmos pensar com clareza. Sem *querermos* pensar. Mal consegui calcular meu ciclo, confirmando que era um dia seguro, poucos dias antes da menstruação.

— Por favor.

Os olhos de Zach esvaneceram, incoerentes, me lembrando de que eu havia tirado a virgindade dele. Eu teria dele um pedaço que seria meu para sempre.

Engoli em seco, quase tendo outro orgasmo com a ideia dele me preenchendo.

— Goze dentro de mim.

Assim que falei, o pau dele latejou e inchou. Então, eu senti. O jorro de calor se esparramando dentro de mim, nossos orgasmos colidindo. Nos seguramos um ao outro, minhas unhas afundando na pele dele, sua boca fundida na minha como se fôssemos uma entidade tentando sobreviver a um furacão. Voamos pelo céu, atingindo o ápice juntos.

Depois, continuamos enroscados, trêmulos nos braços um do outro, até a água ficar morna. Zach beijou meu ombro. Seu nariz acariciava meu pescoço de vez em quando. Eu não queria ir embora. Não queria que aquele momento acabasse. Zach começou a amolecer dentro de mim, e eu quis chorar, porque havia algo incrivelmente patético em nós. Em mim, desesperada para sobreviver e me recusando a admitir que estava me apaixonando por aquele homem. E nele, que finalmente encontrara a felicidade, mas a rejeitava para aliviar a culpa.

Zach segurou meu rosto, virando-o para que eu o observasse.

— Octi...

Neutralizei minha expressão, mesmo com o meu coração se revoltando dentro do peito. Eu deixei que ele me comesse sem camisinha. Deixei Zach gozar dentro de mim. Deixei que ele entrasse no meu corpo, na minha mente, na minha *alma*. Então, o único lugar que ele ainda não tinha invadido era meu coração, mas estava perto disso.

— Desculpa por ter pedido para te foder sem camisinha. Foi escroto da minha parte. — Seus olhos se enrugaram, arrependidos. Ele ainda estava dentro de mim. — Um erro terrível de julgamento. Se alguma coisa acontecer... — Ele engoliu em seco. — Prometo que...

Eu me apressei para interrompê-lo, sem querer ouvir a promessa que ele não poderia cumprir.

— Não vai acontecer nada, porque vou comprar uma pílula do dia seguinte.

Então, me levantei. Observamos o pau dele deslizar para fora de mim, centímetro a centímetro. Fiquei parada, molhada, vulnerável e tremendo. Seu sêmen escorria pela parte interna da minha coxa.

— Você não precisa fazer isso. — Ele segurou a parte de trás dos meus joelhos, fechando os olhos. Em seguida, beijou minha boceta, inspirando meu cheiro. — Eu nunca te faria mal. Nunca daria as costas para um filho meu.

Uma onda de pânico me atingiu. Soltei uma risada bufada para esconder as lágrimas que engasgavam minha garganta, então passei por cima dele.

— Confie em mim, não quero ser protagonista de um erro que acabou virando um escândalo.

Ele ficou em pé, me seguindo.

— Não é um erro, e você não é um escândalo.

— E você vai mandar o bebê e eu para algum fim de mundo? — Me enrolei em uma das toalhas felpudas. — Vai mandar um cheque pra gente todo mês?

Uma carranca surgiu em seu rosto. Ele começou a se secar.

— Não estava falando disso.

Mas não fiquei lá para descobrir.

— Farrow. — Os passos de Zach ecoaram atrás de mim, acelerando. — Não fuja de mim.

Então me convença a ficar. Termine seu noivado. Diga que sou importante para você.

Ele não fez nada disso.

Cambaleei até o corredor, correndo para o meu quarto. Se ele visse meu rosto, veria as lágrimas. A dor. A confusão. Porque o que tinha acontecido na banheira não pareceu sexo — pareceu amor.

— Farrow, *espere*.

Fechei a porta com tudo na cara dele.

Torcendo para que meu coração também pudesse se fechar.

56

Farrow

Na manhã seguinte, o universo me mostrou seu senso de humor deturpado. Voltei para casa depois de ter passado na farmácia, coloquei a pílula do dia seguinte na língua e a engoli acompanhada de suco de laranja a um dia da data do vencimento. Mas, assim que saí do Prius, uma gota de menstruação escorreu pela minha coxa.

— Droga.

Quando terminei de lavar o sangue no banho, meu bom humor tinha despencado. Desci a escada, pronta para saquear a cozinha em busca de alguma coisa doce e deliciosa para comer. Zach passeava por algum corredor da casa, perambulando igual a um demônio à procura de um pacto. Eu tinha conseguido evitá-lo a manhã toda, e planejava continuar fazendo isso durante a noite. Meu celular vibrou ao receber uma mensagem, provavelmente de Zach. Por precaução, verifiquei, franzindo a testa ao ver o nome na tela.

Andras: Amanhã. No mesmo horário de sempre.

Congelei, me perguntando como deveria responder. Era nosso primeiro contato desde que a história sobre meu escândalo de suborno aparecera no noticiário. Achei que ele precisaria de tempo para processar tudo antes de me largar de vez, assim como seu sonho de treinar um medalhista de ouro olímpico. No fim, decidi enviar algo simples.

Farrow: OK.

Entrei na despensa sem me dar ao trabalho de acender a luz. Eu vasculhava as cestinhas de lanches quando ouvi a porta ser fechada atrás de mim. A escuridão tomou conta do cômodo. Peguei um saquinho de cookies e suspirei, me virando para alcançar a maçaneta. Trombei em um peitoral musculoso, ofegando.

— Você está me evitando.

A voz de Zach penetrou o lugar bem entre as minhas pernas. Ele parecia ter domínio completo sobre aquela região. Eu odiava como meu corpo traidor nunca parecia estar de acordo com a opinião que eu tinha dele.

Joguei o cabelo por cima do ombro.

— Isso parece ser um padrão no nosso relacionamento.

— E outra coisa que parece ser um padrão no nosso relacionamento seria minha disposição a passar todo o meu tempo, esforço e recursos com você, enquanto você me despreza.

— Seu prêmio de "Chefe do Ano" está a caminho. — Suspirei. — O que você quer, Zach?

— Sua companhia. Sua atenção. Sua boceta. Para começo de conversa. — Ele fez uma pausa, dominando o espaço minúsculo com sua presença. — Temos um acordo.

Ah. Nosso acordo. Nosso acordo idiota e amaldiçoado.

— Temos um acordo de que vamos nos pegar quando nossa agenda permitir. *Não* temos um acordo de que estou à disposição sempre que você estiver com vontade. Não sou uma "boceta de aluguel". — Fiz aspas com os dedos ao dizer aquelas palavras, apesar de ele não conseguir ver nada no escuro. — Não sou sua puta, Zachary.

Ele me encurralou contra as prateleiras, a mão encontrando minha bochecha com uma precisão sinistra.

— Nunca disse que você era.

Zach abaixou a cabeça para tentar me provar. Virei meu rosto por instinto.

— Agora não posso. Acabei de menstruar. Não vamos transar.

— Não me importo se você não se importar.

— Bem, eu me importo. E, para falar a verdade, tenho que ir.

Não era bem uma mentira, eu tinha *mesmo* que ir. Para o meu quarto. Me afastar de todos aqueles sentimentos que me assombravam desde que havíamos transado.

A respiração dele acelerou.

— Tem que ir para onde?

— Um encontro — falei, sem pensar, então me amaldiçoei pela mentira idiota.

— Um *encontro*? — Ele apoiou as mãos nas prateleiras atrás de mim.

— Que bom que está escutando direito, Zach. Sim. Um encontro. — Umedeci os lábios. — Já te falei que não somos exclusivos.

— Então me dê seu preço para a exclusividade.

Notei que ele não tinha perguntado o nome da pessoa com quem eu me encontraria por um motivo muito simples: ele descobriria. A ponta dos dedos roçaram minha clavícula.

— Você quer o pingente?

Mais do que quero me vingar. Tinha sido o pingente que me levara até aquele ponto. Que sempre estivera nos meus pensamentos. Eu nunca deixava de olhar para o objeto quando passava no escritório de Zach. Mas eu agora conhecia Zach, e eu me recusava a recorrer a roubo ou chantagem. Em algum momento, eu decidira que ganharia o pingente de volta de forma justa.

— Minha liberdade não é negociável. — Afastei o dedo dele. — Vou sair com quem eu quiser, quer você goste ou não. E, se isso te deixar puto, lembre-se de que tem uma noiva.

Em vez de me responder, ele se abaixou, prendendo meu lábio inferior com a boca e o chupando com força, roubando meu fôlego. O beijo foi diferente daquela vez. Cruel e exigente, beirando o desespero.

— Quero te foder aqui. Agora. — Sua língua roçou o céu da minha boca. — Estou pouco me lixando se você está menstruada.

Eu ainda estava dolorida por causa do dia anterior, com uma dor entorpecida que parecia pulsar nas minhas paredes internas, e não conseguia pensar em nada mais apavorante que transar menstruada. Ao mesmo tempo, eu também queria. Queria preencher o vazio com Zach.

Ele chupou minha língua para dentro da boca.

— Me mande parar, Octi — desafiou ele.

Eu gemi e não consegui mandar nada. Não quando sua boca deslizava pelo meu queixo de um jeito delicioso. Suas mãos puxaram minha blusa do pijama, estourando os botões, que voaram para todos os lados, rodopiando aos nossos pés. Ele segurou meus seios por cima do sutiã, pressionando por baixo e levando a pele macia aos lábios.

— Isso não quer dizer nada.

As palavras se soltaram do fundo da minha garganta. Ele chupou o seio inteiro com a boca, lambendo a dor sempre que eu gemia, mordiscando a pele sensível.

— Sim ou não? — Ele soou frio. Muito, muito frio.

Gemi.

— *Sim.*

O jogo dele não era justo. Minhas mãos exploraram seu corpo, os dedos desaparecendo por dentro do seu cabelo, as unhas afundando na pele macia e nos músculos firmes com avidez. Mal consegui acrescentar:

— Camisinha.

Daquela vez, ele não discutiu. Tirou uma camisinha do bolso — aquele babaca estava andando com uma pela casa, só por precaução? — e abriu o pacote com os dentes, empurrando minha calça de moletom e minha calcinha para baixo. Um calafrio subiu pela minha espinha quando Zach empurrou meu sutiã até o pescoço, a língua dele traçando círculos na pele enquanto descia mais e mais.

— Eu odeio tanto isso — informei a ele, que ainda descia em direção a minha boceta.

Ele usou o polegar para acariciar a fenda que pingava, e a boca encontrou o clitóris. Soltei um gemido desesperado, empinando os quadris, procurando o toque dele.

— Pobrezinha. — Sua respiração soprou meu clitóris. — Sinto muito por você ter que sofrer mais um orgasmo.

Ele deslizou a ponta da língua desde a fenda da bunda até o clitóris. Meu corpo inteiro estremeceu de prazer.

— Estou me sentindo tão vazia. — A confissão estrangulada me escapou da boca. — Preciso de você dentro de mim.

Eu não me importei que aquilo era errado, que estava fora do meu controle, que era pecaminoso. Não me importei que meu corpo ainda não tinha se recuperado da noite anterior. Que hematomas deliciosos ainda salpicavam minha pele. Eu o queria onde era o lugar dele: dentro de mim.

— Eu sei, querida. Vou te foder tão fundo que você vai sentir meu pau sempre que andar.

Não duvidei. Na última vez, o pau dele pareceu tocar meu coração. Lentamente, ele puxou o OB e o jogou no chão. Assim que o absorvente interno saiu, Zach entrou. Ele não foi com calma daquela vez. Enfiou o pau em mim de uma vez só, me preenchendo toda. A sensação foi tão intensa que era como se eu estivesse tendo um orgasmo e parindo um filho ao mesmo tempo. Meus músculos se apertaram ao redor dele, prendendo sua ereção enquanto continuava dentro de mim.

Nossas testas se encontraram.

— Oi, Octi.

Imaginei o olhar ávido dele. Zach deveria estar parecendo um leão depois de um bom banquete. Esperei a vergonha aparecer, mas tudo que senti foi desejo. Muito desejo.

— Se apoie nos meus ombros, Farrow.

— Por quê?

— Porque estou prestes a te foder até sua alma sair pela boca.

Ele apertou meu pescoço com os dedos elegantes, tirando o pau de mim e então voltando sem piedade. Um grunhido pontuava cada estocada, o ângulo do quadril em uma inclinação exata para atingir meu ponto G. Ele soltou meu pescoço, abaixando a cabeça, e então saqueou minha boca. Nossas línguas lutaram e se moldaram uma na outra, ninguém se destacando na batalha.

Atrás de nós, a porta rangeu ao ser aberta. A luz começou a entrar, centímetro a centímetro.

— Com licença, tem alguém aqui? — Natalie colocou a cabeça para dentro. — Queria um pretzel...

— *Saia*.

Zach chutou a porta, fechando-a sem nem olhar para trás, ainda me beijando e me fodendo. Deve ter pegado o dedo de Natalie, porque escutei o grito dela.

Ele se moveu, nos deitando no chão. A cada estocada, minhas costas deslizavam no piso brilhante. A fricção, a dor e as vibrações me levaram a um clímax que eu não sabia ser possível alcançar. Tudo no meu corpo parecia eletrificado, inchado e vivo.

Minhas paredes pulsaram ao redor do pau dele, sentindo a pele de Zach vibrar contra a minha.

— Vou gozar.

Meus olhos reviraram. Uma avalanche de calor tomou conta de mim. Movimentei os quadris para a frente e para trás enquanto o orgasmo parecia me dominar.

Zach não desacelerou, me fodendo com ainda mais força, como se quisesse me pregar no chão.

— Vou te marcar até que não haja dúvidas de que você me pertence.

— Não pertenço a ninguém — grunhi, deixando-o devorar meus seios, provocar os mamilos, lamber cada centímetro do peito.

Pacotes de salgadinhos caíram das prateleiras, se juntando aos botões do pijama no chão.

— Divirta-se no seu encontro, Octi. — Ele soltou minha pele com um estalo, sem dúvida deixando um chupão tatuado lá. — Você pode até fingir que gosta da companhia de outro homem, mas nós dois sabemos que ninguém se compara a mim. — Zach acariciou a marca com o polegar, aprofundando-a na minha pele. — Vou gozar agora.

— Eu também.

Só com Zach eu conseguia ter orgasmos tão perto um do outro. Eu não podia evitar. Ele sobrecarregava meus sentidos. Era tudo demais. O cenário. A sensação. O homem. O pau que latejava dentro de mim. Ele soltou um gemido gutural, enterrando o rosto na minha clavícula. Senti o jato quente de porra na camisinha, e o gotejar da minha umidade no chão. Em questão de segundos, ele estava de pé, antes mesmo de eu ter recuperado o fôlego, enfiando o pau outra vez para dentro da calça. Ele abriu a porta, deixando um feixe de luz entrar enquanto dava um nó na camisinha cheia. Eu ainda estava deitada no chão, ofegante, molhada e nua.

— Admita, Octi. Para você, sempre será eu. Sou o único homem que você vai desejar na vida.

— Como sabe disso?

Ele deu um passo para trás, franzindo a testa.

— Porque, para mim, sempre será você.

Cada partícula de ousadia que eu tinha conseguido reunir se esvaiu de mim em um sopro. Antes que eu pudesse responder, Zach se virou e foi embora, se certificando de acender as luzes, para que eu pudesse dar uma boa olhada no presente que ele havia deixado para trás.

Meu absorvente esquecido, encharcado do meu gozo e de sangue diluído. Prova de que eu sempre seria a putinha dele.

57

Zach: Não se esqueça de não limpar a despensa.

Farrow: Seu corretor automático está quebrado. E, sim, vou limpar a despensa quando voltar.

Zach: Não foi o corretor.

Zach: Não ouse tocar em nada lá.

Farrow: ?

Zach: Você está proibida de entrar lá até eu ter a chance de te fazer lamber o chão até ficar brilhando enquanto te como por trás.

Farrow: Você não pode estar falando sério.

Zach: Já te disse para não tocar em nada.

Farrow: Você é doente.

Zach: Sim, sou. E você é o antídoto, Octi.

58

Farrow

Imaginei que o convite de Andras para treinar pudesse ser uma punição antes da execução. Afinal, ele tinha alcançado novos níveis de rabugice naquele dia. Um milagre, considerando que seu leque restrito de emoções se igualava ao de um psicopata.

Andras arrancou a máscara do rosto.

— *Az Isten verje meg.*

Ele marchou para fora da pista no meio da nossa sessão de treino. Eu não sabia o que tinha feito de errado daquela vez — fora chegar mais cedo, me manter focada e alerta e aniquilar todas as suas tentativas de tentar me acertar com a espada.

Eu me desatei do fio, indo no encalço dele.

— Ei, ainda temos quarenta minutos.

Ele me ignorou, seguindo tempestuoso rumo ao escritório.

Consegui entrar antes que a porta se fechasse.

— O que está acontecendo? — perguntei.

Meu cabelo estava grudado na testa, graças ao suor. Eu o afastei, levando o peso de uma perna a outra. Conseguimos ignorar o elefante na sala pela manhã toda, mas eu tinha a sensação de que o tal elefante estava prestes a esmagar a pouca esperança que me restava.

— Não adianta, Fae. — Andras se jogou na cadeira, acendendo um cigarro, apesar de não ser uma área para fumantes. — *Vege.* Sua carreira está passando por uma crise existencial. Não importa o quanto seja talentosa nem o quanto esteja motivada, você não tem futuro na esgrima. — Ele se recostou no assento. — Fingir que isso não é verdade seria crueldade com você, e um desperdício do meu tempo precioso.

Continuei em pé, franzindo a testa.

— Então por que esperou até nossa sessão estar quase acabando para me falar isso? — O calor queimou minhas bochechas.

Andras ergueu um dos ombros.

— Tentei te poupar dos meus pensamentos.

— Você nunca fez isso antes.

Ele tragou o cigarro, soltando um fiapo de fumaça por entre os lábios finos.

— Queria dar mais uma olhada no seu potencial antes de te comunicar minha decisão.

— Ah, é? — Cruzei os braços. — E qual é o veredito?

— Você está pronta para as Olimpíadas. — Ele bateu o cigarro no cinzeiro, uma carranca profunda ainda desfigurando seu rosto. — Lembra do meu amigo no COI?

Ele tinha muitos amigos em posições privilegiadas no Comitê Olímpico Internacional. A reputação de Andras Horvath, afinal de contas, o precedia.

Assenti, mesmo que isso pudesse significar qualquer pessoa.

— É claro.

— Conversamos sobre você a semana inteira.

Dei um passo à frente.

— E...?

— Ele voltou ao comitê. Estão dispostos a te dar uma segunda chance se pagar o resto da multa à vista.

Meu coração ribombou contra as costelas. Eu poderia fazer isso. Agora que Zach estava arcando com os meus gastos legais, eu *poderia* fazer isso.

A esperança travou minha garganta, embargando minha voz.

— Você acha que tenho chance?

— Não posso prometer nada. — Duas colunas de fumaça cinzenta saíram das suas narinas. — Mas há uma possibilidade.

— Deveríamos tentar. — Espalmei as mãos na escrivaninha dele, me inclinando para a frente. *Ainda bem que eu não havia aceitado de verdade minha aposentadoria.* — Farei o que for preciso. Vamos praticar duas vezes por dia. Posso pagar o resto da multa à vista...

— Existem outras condições.

Pisquei, esperando.

Ele usou a ponta acesa do cigarro para remexer um montinho de cinzas no cinzeiro.

— Você tem que desistir do processo bobo contra sua madrasta, e deixar a família do seu pai em paz.

As palavras dele me arrancaram o fôlego. Cambaleei para trás. *A família do seu pai.* O que eu era para ele? Um enfeite de Natal? Por que eu não lutaria contra uma injustiça? Vera tinha forjado o testamento e roubado para si os últimos desejos do meu pai. Me aposentar na nossa empresa sempre tinha sido o meu futuro. A esgrima era um sonho, não uma carreira a longo prazo. E eu me recusava a abaixar a cabeça em submissão. Afinal de contas, uma rosa não sobrevivia sem seus espinhos.

— Ela inventou o testamento inteiro. — Ergui as mãos no ar. — Ela roubou a coleção de arte do meu pai, vendeu tudo...

Andras bateu o punho na escrivaninha, sacudindo tudo no tampo com a força.

— *Chega.*

Calei a boca, mas não me mexi.

Ele se levantou, ofegante, enfiando a bituca do cigarro com violência no cinzeiro.

— Não me importo com seu drama familiar. Não me importo com essa tal de Vera nem com suas irmãs. Você não consegue focar na pista quando está brigando com elas. Ou você se dedica à esgrima, ou está fora. Não vou te deixar desperdiçar meu tempo enquanto se desgasta fora daqui.

— Não estou me desgastando. — Balancei a cabeça, falando com pressa. — A esgrima é minha prioridade. A situação com Vera está sendo resolvida por advogados e por um detetive particu...

— Um detetive? — O rosto de Andras ficou vermelho igual a um sorvete de morango. Ele ergueu um dedo para mim. — Você perdeu o pouco juízo que tinha. Considere esta conversa seu ultimato. Ou esquece essa bobagem e segue a sua vida, ou não vou mais te treinar.

— Isso não é justo. — Cerrei as mãos em punhos, tremendo tanto que praticamente vibrava. — Isso não tem nada a ver com a esgrima.

— Tudo tem a ver com a esgrima. — Andras contornou a escrivaninha, se recostando nela. Ele cruzou os braços e regulou o tom de voz. — Se eu te levar para as Olimpíadas, vai ter que me ouvir. Vai se esquecer do que eu te mandar esquecer. Vai comer o cardápio que eu te mandar comer. Vai obedecer a todas as minhas ordens. — As narinas dele se dilataram. — E meu primeiro pedido é que você deixe isso de lado. Demita o detetive. Os advogados. Pare com essa tolice. Pare de viver no passado, Farrow. Comece a trabalhar pelo futuro.

Nenhum de nós cedeu. Nossos olhos se recusaram a desviar. Havia tanta coisa que eu queria dizer. Implorar, suplicar, barganhar. Ele era mais alto e mais forte que eu. Eu estava nas sombras de *Andras Horvath*. Instrutor célebre. Lenda urbana. Porém, no final das contas, ele não apenas queria que eu desistisse da justiça. Ele queria que eu desistisse de quem eu era.

— Se é tudo ou nada... — Dei um passo para trás. — Prefiro nada.

Eu me virei, saindo tempestuosa da sala. Uma ladainha de xingamentos em húngaro retumbou do outro lado da porta. Vidro foi quebrado. Móveis foram parar no chão.

Passei os dedos pelo nome dele na placa presa à parede.

— Adeus, Andras.

59

Farrow: Agora a despensa está limpa o suficiente pra você?

Zach: Sim.

Zach: Mas agora precisamos dar um jeito na lavanderia.

Farrow: A gente nem fez nada naquela lavanderia enorme.

Zach: Ainda.

Ollie vB: Boa, Zach. Você deveria mostrar a ela o que é enorme.

Zach: MAS QUE PORRA...

Ollie vB: Eu te falei que meu cara do TI era excelente.

Farrow: Estou muito, muito incomodada.

Ollie vB: Ah, fala sério. Foi engraçado. Não é só a lavanderia que é enorme. Entendeu? Ele tem outra coisa *enorme*.

Ollie vB está digitando...

Zach: Rápido, Fae. Bloqueie o número antes que ele faça uma piada sobre enfiar alguma coisa na máquina.

Farrow saiu da conversa.

Zach saiu da conversa.

Ollie vB: Na verdade, vocês deveriam usar a parte de cima da máquina como suporte para...

Ollie vB: Droga.

60

Zach

Uma tese de mil páginas poderia ser escrita a respeito das maravilhas de descobrir o sexo pela primeira vez. Sempre que eu saía da boceta apertada de Farrow, os trinta e três anos que passei fora dela pareciam um desperdício completo. Infelizmente, ela tinha afazeres. Precisava arruinar Vera. Ganhar uma medalha. Depilar a esposa carente de Romeo. (Ollie as tinha flagrado naquela atividade, mandando algumas fotos antes que Rom jogasse o celular dele no incinerador de lixo.)

Então, me peguei outra vez no clube de campo, tentando descontar as frustrações na quadra de tênis. Sozinho, como sempre. Batendo em todas as bolas que a máquina lançava na minha direção. Quando parei para me hidratar, vi minha mãe na beirada da quadra. Ela vestia um terno completo, confirmando minhas suspeitas de que não tínhamos nos encontrado por acidente.

— Zachary. — Ela apertou minhas bochechas, posicionando a Hermès mais alto no braço. — Meu único filho.

Eu afastei o rosto das garras dela.

— Mãe.

Ah, Constance. Ela se recusava a aceitar a realidade, por mais cristalina que fosse. Eu havia tentado passar o menor tempo possível na mansão na semana anterior, optando, em vez disso, por levar Farrow ao Grand Regent e a outros lugares que a faziam se lembrar da Coreia.

— É mais difícil encontrar você do que uma Birkin de couro de jacaré. — Ela se incomodou com meu suor, tirando um bastão de protetor solar extragrande da bolsa. — Onde você esteve?

Dentro da boceta molhada de Farrow.

— No inferno. — Apoiei a raquete no ombro, limpando o suor da testa. — Por quê? Do que você precisa?

Eu não estava a fim de considerar os desejos e as necessidades dela. Na verdade, tudo que *eu* queria fazer era voltar para casa na esperança de poder me enterrar em

Não era à toa que a sociedade pregava a abstinência. Bastou sentir o gostinho para eu não conseguir mais pensar em outra coisa.

Minha mãe bufou.

— Isso não é jeito de falar com a sua mãe.

— Mas *é* jeito de falar com a mulher que está me forçando a me casar contra minha vontade.

Congelamos na beira da quadra. Ela estava pasma. Eu, aliviado. Aquela era a primeira vez que eu tinha dito a ela, de maneira clara, que não queria me casar com Eileen. Que não queria me casar *e ponto-final*. Com a verdade escancarada, não consegui reprimir a vontade de desafiá-la.

— Do que está falando? Ela é perfeita para você. — Minha mãe começou a enumerar os méritos de Eileen. — Linda. Gentil. Inteligente. Médica. E mais, ela vem de uma família ótima. Os Yang são protetores, caridosos, obscenamente ricos...

— Não me importo. — Arremessei a raquete no chão. — *Eu* sou obscenamente rico. E, se você quer saber, minha conta bancária gorda e meu portfólio ainda mais gordo nunca me fizeram feliz. Longe disso. Desperdicei a vida tentando conquistar mais, ganhar mais, ter mais. Corro atrás de qualquer emoção segura para preencher o vazio dentro de mim. Não preciso de mais um troféu para mostrar ao mundo meu valor.

O corpo inteiro da minha mãe estremeceu naquele terno que não tinha um vinco sequer.

— O que está dizendo?

Eu sabia que tinha optado por um caminho perigoso. Ainda assim, fui em frente, pronto para me arriscar. Não haveria momento melhor. A eternidade era tempo demais para se passar com alguém que eu não amava.

— Não quero me casar com Eileen.

— *Zachary*. Você não pode falar isso. — Minha mãe agarrou o colar Buccellati que meu pai dera de presente a ela na noite de núpcias. — Já anunciamos o noivado. Até demos uma festa.

— As pessoas desfazem noivados o tempo todo. Oliver e Romeo estão apostando para ver quanto tempo o meu vai durar.

— E a coitadinha da Eileen? Você fez uma promessa a ela. Vão rir do fracasso dela. Ninguém vai levá-la a sério. Ninguém vai *te* levar a sério.

Aquilo me acertou em cheio. Ela não estava errada. Tanto eu quanto Eileen sofreríamos golpes contra nossa reputação se cancelássemos o noivado. Eu não me importava tanto comigo. A única pessoa cuja opinião eu valorizava nunca sucumbia a pressões sociais. Mas não seria justo com Eileen. Não depois de eu ter declarado nosso compromisso. Ainda assim, o que doeria mais? Nos casarmos, sendo que nenhum dos dois se suportava, ou um soco no ego?

— Por muito tempo, deixei que você e Celeste Ayi cuidassem da minha vida simplesmente porque nunca me importei a ponto de cuidar dela eu mesmo. Agora, sou adulto, e sei que não devo deixar essa situação se transformar em uma bola de neve catastrófica para mim ou para Eileen. Vou conversar com ela e informá-la da minha decisão.

— *Shhh.* — Minha mãe deu uma olhada em volta, nos sócios do clube que rondavam nos carrinhos de golfe acolchoados. — Vão nos ouvir.

Ela segurou meu braço, me levando para os fundos de uma cabine particular. Seu toque queimou minha pele, mas não a ponto de me fazer querer vomitar. Senti a risada borbulhar na garganta. Se eu não estivesse com tanta raiva, teria ficado maravilhado. Farrow *estava* me curando. Um toque de cada vez, deixando o toque das outras pessoas menos repulsivo. Mamãe me encurralou contra a parede, abrindo a Birkin. Ela pegou um inalador, encaixando-o entre os lábios, e inspirou três vezes.

Franzi a testa.

— O que está fazendo?

— Estou... — Ela franziu a boca em desgosto. — Estou com ansiedade. A dra. Shahi também me passou alguns remédios, mas é *claro* que não vou tomá-los. — Ela enfiou o inalador outra vez na bolsa, balançando a cabeça. — Ah, está tudo bem. Não me olhe assim, Zachary. Sabemos que minha vida não vale muito depois que seu pai morreu.

Terrorismo psicológico barato, mas funcionava muito bem. A culpa tomou conta de mim, transbordando como lava. Ela estava falando sério, e eu sabia disso. Seu único propósito de vida? *Eu*. Sempre que eu me esquecia disso, era preciso apenas dois segundos para conjurar as palavras que Ayi havia gritado para minha mãe, as palavras que finalmente a despertaram de seu estado de zumbi.

E se o seu filho também morrer? Vai deixar isso acontecer enquanto fica ocupada demais com o luto? Não posso proteger Zach sozinha.

— Acha que não sei que não ama Eileen? — Os olhos dela se encheram de lágrimas. Ela tirou um lenço da bolsa, secando os olhos. — Eu sei disso, filho. Acredite em mim.

Eu me obriguei a suportar o toque, guiando minha mãe até um banco ali perto pela dobra do cotovelo. Seus ombros sacudiam com tanta força que ela nem sequer notou que eu a havia tocado por vontade própria pela primeira vez em vinte anos. Me perguntei o que ela via quando olhava para mim. Tão inteligente. Tão frio. Tão incapaz de preencher as rachaduras na alma dela. Eu não consegui contar a ela quais tinham sido as últimas palavras do meu pai. No final das contas, apesar de todos os fatos que eu sabia, o que mais importava era exatamente aquele que eu não sabia.

Ela fungou, deixando meu coração apertado.

— Mas seu pai e eu sempre quisemos que você tivesse tudo que fazia nossas vidas serem dignas de se viver. Uma casa linda. Filhos. Alguém te esperando em casa. Sabe o vazio que você sente? Uma família poderia preenchê-lo com alegria. Como você acha que sobrevivi depois que seu pai morreu?

Os olhos da minha mãe estavam vermelhos.

— Você e sua tia são os meus propósitos de vida. Há dias em que são a única razão para me levantar da cama pela manhã. Quero que tenha isso com alguém responsável.

Alguém confiável. Alguém seguro. — Ela suspirou, brincando com o lenço. — Eileen é capaz de sobreviver a todas as tempestades que aparecerem no seu caminho. Ela é resiliente e gentil. Nunca irá contra a própria ética. Nunca roubará nem te trairá. Eu a escolhi a dedo para você. Ela é igual a você de todas as formas que importam.

Minha mãe tinha razão. Mas a questão era que Eileen não era a pessoa que eu queria.

— E aquela garota... *Farrow*. — A boca da minha mãe se retorceu para baixo. — Aquela que você trouxe para morar com você... — Ela ergueu um dedo, me impedindo de interrompê-la. — Me recuso a fingir que ela é sua empregada. Nós dois sabemos o que ela é.

Passei o dedão pela minha mandíbula tensa.

— Ela não é o assunto desta conversa.

— É, sim. — Minha mãe usou o lenço para enxugar o nariz com cuidado. — Sei que ela é sua amante. Não tem problema. Não tem nada de errado em satisfazer suas necessidades. Todos temos impulsos.

Se eu pudesse me encolher até desaparecer, era o que eu teria feito. Minha mãe continuou:

— Mas ela não seria uma boa esposa. Você sabe disso. Você viu o noticiário. Ela roubou no esporte por dinheiro. Como sabe que ela também não está com você pelo seu dinheiro e poder?

Não respondi, em grande parte porque Farrow *tinha* fechado um acordo comigo em troca de taxas legais (dinheiro) e vingança (poder).

Minha mãe balançou a cabeça.

— Você é um troféu para ela. Se fosse pobre, vocês teriam se conhecido? Teriam começado um relacionamento?

Continuei em silêncio, sabendo que era verdade. Não porque eu achava que Farrow era interesseira — na verdade, ela tratava pessoas endinheiradas *pior* do que quaisquer outras —, mas porque eu entendia as circunstâncias nas quais nos conhecemos. Entendia como o mundo enxergava isso, o porquê de uma mãe se preocupar com isso.

Ela continuou, sentindo que havia uma rachadura no meu escudo:

— Não estou dizendo para dispensá-la. Pode se encontrar com ela nas férias e em ocasiões especiais. — O pescoço dela saltou quando engoliu em seco. — Falei com Eileen. Ela não se importaria de acomodar suas necessidades. Mencionou que vocês não têm a intenção de tentarem um relacionamento físico.

— Por que deveríamos ficar juntos se não *queremos* ficar juntos?

— Ah, Zach. Relacionamentos não são apenas sexo. Relacionamentos envolvem valores compartilhados, objetivos, amizade. — Minha mãe tremia ao meu lado, frágil e pequena, colocando sua súplica para fora como se estivesse prestes a ser condenada a uma pena de morte. — Seu relacionamento com essa tal de Farrow é uma mentira. Foi construído em uma base instável. Atração desaparece. Desejo evapora. Vontades chegam e vão embora. Mas amizades duram para sempre.

Contra toda vontade, tentei compreender a perspectiva dela. Sua lógica dependia de exclusividade mútua de amizade e atração. Será que havia ocorrido a ela que eu poderia considerar Farrow minha amiga e, ao mesmo tempo, querer transar com ela?

E você? Chegou a pensar nisso? Se sim, não teria jogado o acordo na cara dela toda vez que as coisas ficaram desconfortáveis.

Minha mãe alisou minha camisa, analisando a situação. Tentei não recuar.

— Eileen fará bem para você. Para ela, você não é o meio para um fim. É um investimento a longo prazo.

Talvez estivesse certa. Não quanto a me apaixonar por Eileen — aquilo jamais aconteceria. Mas talvez eu tivesse deixado meu tempo com Farrow atrapalhar meu raciocínio. Eileen me oferecia tudo de que eu precisava na minha lista. Farrow me oferecia uma contagem regressiva, e até isso vinha sob um valor altíssimo.

— Mãe. — Apoiei as mãos nos braços dela, afastando-a, maravilhado com o fato de que eu conseguia, então, tocar qualquer pessoa sem usar a faca como barreira. — Eu sinto muito, mas seria injusto da minha parte dar a Eileen qualquer esperança de que poderíamos ser mais do que colegas.

— Por favor. — Ela uniu a palma das mãos. A bolsa foi parar no chão, o conteúdo se esparramando como entranhas. Ela nem sequer notou. — Por favor, Zachary. Dê mais uma chance a isso. Pela sua mãe. Pela sua tia. Pelo seu *pai*. Ele teria ao menos pedido que tentasse. Você sabe que teria.

Lágrimas rolaram dos seus olhos. Ela pareceu frágil naquele instante — a mesma mulher que se debulhara no meu leito de hospital antes que o tempo curasse meus ferimentos físicos. Isso enquanto ela, lentamente, se esvaía.

A palma da mão dela pairou um pouco acima da minha bochecha. Fechei os olhos, lutando contra o nojo que aquilo despertava. A náusea intensa era, àquela altura, apenas um desconforto graças a Farrow.

— Por favor, dê uma chance a Eileen. — Ela apertou meu ombro por cima da camisa. — Reservei um final de semana para vocês nos Hamptons. A casa está pronta. Ela vai estar lá te esperando.. Tente... por mim.

Fechei os olhos, percebendo que eu precisava que fosse Eileen a dizer que o noivado estava acabado. Tudo bem. Eu iria aos Hamptons. Mas aquilo não acabaria em sinos de igreja.

— Se eu fizer isso — grunhi —, você vai me libertar?

— Sim. — Minha mãe espremeu o lenço. — Sim, eu prometo.

— Certo. Então irei aos Hamptons.

61

Ari: Terra para Fae. Por favor, dê sinal de vida.

Dallas: Estou meio tentada a tirar a bunda da cadeira e ir lá ver se está tudo bem com ela. Faz tempo que não tenho notícias.

Ari: Defina "tempo".

Dallas: Três horas.

Ari: Hum. Já tive discussões sobre sabores de chocolate que duraram mais que isso.

Dallas: Estamos numa fase meio codependente...

Dallas: Ela até me ajudou a depilar as pernas outro dia.

Farrow: Estou viva.

Farrow: (Infelizmente.)

Dallas: Como a gente sabe que é você mesma? E não alguém fingindo que você está viva para que possa vender seus órgãos no mercado ilegal?

Ari: DALLAS SEI-LÁ-QUAL-O-SEU-NOME-DO-MEIO COSTA. Por favor, saia da categoria de *true crime* da Netflix.

Dallas: Só estou me preocupando como uma boa cidadã deveria fazer. Ari, pergunte a ela algo que só Farrow saberia.

Ari: Quem eu beijei no primeiro ano do ensino médio e te fiz jurar que nunca contaria para ninguém, porque ele usava um *mullet* e comia cebola crua em público?

Farrow: Lee Ji-Sub.

Ari: POR QUE VOCÊ CONTOU?

Farrow: VOCÊ PERGUNTOU.

Ari: Você está demitida como melhor amiga.

Ari: Brincadeira. Eu nunca poderia te substituir... Não que eu não tenha tentado.

Farrow: Rs.

Dallas: Certo. Esse "rs" foi fraco pra cacete. Você está bem?

Farrow: Andras acabou de me largar porque eu não quis desistir do processo contra Vera.

Dallas: Mas que merda ele tem a ver com isso?

Ari: Eu também gostaria de saber.

Farrow: Não sei, mas agora estou oficialmente sem treinador e sem uma medalha olímpica. E, depois do escândalo, que foi cortesia de Vera, minha carreira acabou. Não acredito que as coisas chegaram a esse ponto.

Dallas: Que merda, Fae. Eu sinto muito. Espere. Vou levar margaritas e um monte de besteirinhas pra você comer.

Ari: Faça uma chamada de vídeo quando chegar lá.

Farrow: Vou ficar bem. Era só um sonho.

Dallas: Não dá para conseguir o que você quer sem sonhar primeiro. Senão, como saberia o que quer?

62

Farrow

Não deveria ter me surpreendido que Zach tinha um veículo blindado em cada estado. O motorista dele passou por campos de golfe verdejantes e casas enormes de praia, tudo em hectares de areia branquinha.

Fiquei de olho na janela, apertando a bolsa no peito, meu rosto indubitavelmente tão pálido quanto um osso. Eu não me importava. Nada importava muito depois da minha conversa com Andras. O céu cinzento estalava como a casca de um ovo, a chuva batendo nas janelas com gotas pesadas. A Mãe Natureza chorava sem parar. Eu queria fazer a mesma coisa, e estava me esforçando para manter a expressão estoica intacta.

Zach reposicionou a saída do ar-condicionado para que não soprasse nos meus braços descobertos.

— Tem alguma coisa que você gostaria de ver nos Hamptons, Octi?

Ele tinha feito questão de se sentar o mais perto possível de mim. Ainda assim, eu o ignorei durante a viagem toda, inclusive no avião.

— Sim — sibilei. — Eu gostaria de ver sua mansão no retrovisor do meu Prius depois que tudo isso tiver acabado.

Se a chuva o incomodava, ele não deixou transparecer.

Ele está se curando, dia após dia, enquanto seus sonhos ficam cada vez mais distantes.

Zach se recostou no banco, esticando as pernas.

— O que foi que eu fiz agora?

— Trazer sua amante nas férias românticas com a noiva foi golpe baixo, mesmo para os seus padrões.

— Você não é minha amante. — Os olhos de Zach continuaram fixos no meu rosto, me deixando feliz e miserável, tudo ao mesmo tempo. — E precisa parar de implicar com Eileen.

— Por quê?

— Porque... é complicado.

— Parece simples para mim.

— Eu preciso de tempo.

Bufei, virando a cabeça para encarar Zach.

— Para fazer o quê?

— Para dar um jeito nas coisas. — Ele brincou com algumas mechas sedosas do cabelo. — Com você do meu lado.

Desviei o olhar para a janela, balançando a cabeça. Eu não estava com raiva de Zach. Ele tinha deixado as regras claras desde o começo, e eu concordara. Não. O motivo da minha raiva estava a quase quinhentos quilômetros de distância, em Potomac. *Andras.* Andras Horvath e seu ultimato ridículo e bizarro.

— Octi. — Zach segurou a minha mão e a posicionou no colo dele, brincando com os meus dedos. Aquele gesto mais me magoou do que tranquilizou. Fez com que eu me lembrasse de que dali a poucas semanas, tudo aquilo acabaria. Talvez dali a dias. — O que está te corroendo por dentro? Andras? Posso arranjar um treinador melhor para você.

— Não. Já estou com os pés no chão, desisti da fantasia — confessei. O carro passava por arbustos grandiosos, se aproximando de uma mansão de pedra calcária ao estilo francês. — Vou continuar praticando esgrima para me divertir, nada mais.

— E os nossos treinos? — Os dedos dele se curvaram nos meus em seu colo, enquanto o carro atravessava o caminho de cascalho que levava até a entrada. — Você consideraria continuar me treinando? Você é excelente nisso.

O elogio aqueceu minha pele como um raio de sol teria feito.

— É, você precisa treinar um pouco...

— Malcriada. — Ele levou o dorso da minha mão aos lábios, dando um beijo demorado. — Fique perto de mim, combinado?

Eileen estava na entrada, usando um vestido bordô impecável que combinava com o casaco, as mãos enluvadas e unidas diante de si.

Engoli em seco, soltando a mão da dele.

— Combinado.

Ficar perto de Zach se provou mais e mais impossível enquanto o dia passava. Optei por me livrar das frustrações suando na academia no porão, enquanto Eileen o levava para analisar espaços de casamento pela região. Ela não perdera tempo quando saímos do carro. O sorriso desapareceu quando me notou, mas Eileen se recuperou rapidamente, toda educada e animada.

— Senhorita Ballantine, que surpresa encantadora. — Ela tinha lançado um olhar para Zach ao entrarmos. — Achei que traria Natalie, na verdade.

Somos duas. Eu apenas havia concordado em ir para ficar de olho no caso. Zach se comunicava frequentemente com o esquadrão de elite via chamadas de vídeo. Eu não poderia arriscar perder qualquer avanço. Não com a vitória sobre Vera estando tão perto.

Zach abriu a porta para nós.

— Farrow é meu braço direito.

Quase gargalhei, então sussurrei baixinho:

— Engraçadinho.

Nossos ombros roçaram no saguão. Estávamos poucos passos atrás de Eileen. Ele deu um sorriso de canto, o dedo mindinho tocando o meu por um instante.

— Achei mesmo que fosse achar engraçado. Ou vergonhoso.

Relaxei os ombros, finalmente descongelando meu coração.

— Achei as duas coisas.

— Nesse caso, não me arrependo.

Embarcamos em um passeio de cortesia pela mansão de catorze cômodos, e Zach, sem qualquer vergonha, designou a mim o quarto ao lado do dele. Eileen ficou com o mais distante. Enquanto os funcionários levavam as bagagens para os quartos, a noiva anunciou o encontro deles com a cerimonialista para avaliarem os espaços.

Claro, aproveitei a chance para me redimir.

E me virei para Zach.

— Você deveria ir.

Quanto mais eu pensava nesse assunto, mais resoluta eu me tornava. Zach precisava de uma Eileen. Eu não estaria ao lado dele para sempre. Depois que o curasse e que cada um seguisse seu caminho, eu me sentiria reconfortada ao saber que ele tinha alguém firme e resoluto em sua vida. Os olhos de Zach foram de mim para Eileen, o canto dos lábios se curvando para baixo com a ideia.

— É sério, Zach. — Sorri, assentindo. — Você deveria ir. Vou ficar bem.

E, por "bem", quis dizer que eu ficaria marinando em um ciúme nojento, que eu não tinha o direito de sentir. Suei como nunca no simulador de escada da academia. A máquina vibrou quando bati uma hora de exercício. Saltei para fora dela, pegando uma garrafa de água e entornando o líquido todo de uma vez só. No banho, pensei em todas as maneiras que eu riria da cara de Vera quando tudo acabasse. Por dois anos, imaginei aquele momento de milhares de jeitos. Mas, naquele dia, por algum motivo, a ideia de que eu tiraria tudo de Vera não me deixou mais feliz. A ideia de *dar* coisas para Zach era o que me deixava contente.

Vesti um conjunto de moletom e desci a escada. Foi então que ouvi pedaços de uma conversa entre Zach e Eileen. Parei, pressionando as costas na parede para continuar escondida.

— ... pense que deveríamos honrar os desejos da sua mãe e comparecer ao jantar. — Eileen se serviu uma taça de Chardonnay em uma das duas ilhas na cozinha. — É preciso fazer a reserva com seis meses de antecedência para garantir uma mesa no Winstonian.

— Poderia levar um século e ainda assim eu não iria querer jantar lá. Além do mais, não estou com fome. — Zach falava naquele tom desapegado de sempre. — Preciso cuidar de uma papelada. Mas você deveria ir. Vai se divertir.

Se fosse eu, já teria começado a brigar. Era por isso que Eileen era a melhor opção para ele.

— Me disseram que a comida é divina. — Ela deixou a taça no balcão, a paciência em pessoa. — Seria um baita desperdício desistir da reserva. Além disso, seu amigo Romeo não é dono de metade do restaurante? Tenho certeza de que ele não apreciaria você deixar uma mesa para duas pessoas vazia.

Meu coração se acomodou na garganta enquanto eu esperava pela resposta. Por egoísmo, queria que ele ficasse em casa. Que desse as costas para ela. Na verdade, em um momento de delírio, quis até gritar: "Eu sou melhor para você. Por que não me escolhe?" Em vez disso, não falei nada, meu corpo rígido naquele silêncio.

— Tudo bem. — Ele verificou o relógio de pulso. — Vamos.

Fechei os olhos, inspirando o ar, trêmula.

— Ótimo. — Eileen jogou o resto do vinho na pia. — Vou chamar o motorista e vestir algo sexy. Seria uma boa ideia chamarmos atenção. Mostrar para as pessoas que somos um casal poderoso. Talvez ajude as nossas carreiras.

Os saltos dela bateram ruidosamente no chão, vindo na minha direção. Subi a escada correndo até o quarto, fechando a porta assim que entrei. A voz de Eileen ecoou pelo corredor:

— ... vai me levar para jantar. — Ela suspirou no celular, como se tivesse acabado de correr meia maratona. — Tive que jogar meu charme, mas deu certo. — Silêncio, então ela soltou um grunhido, rindo baixinho. — Eu sei. Mal posso esperar para montar nele. Ele é tão rabugento e gato. Está derretendo aos poucos. Você deveria tê-lo visto enquanto olhávamos os locais para o casamento. Nenhuma mulher tirava os olhos dele. Quando eu conseguir mostrar a ele como sou boa de cama, vai ser fim de jogo para o CDF.

Garras afiadas e enferrujadas apertaram minha garganta. Eu não suportava mais. As palavras dela deveriam ter me alertado, mas eu não conseguia ver além do lembrete constante de que logo ele seria de outra.

Eileen foi para o quarto, deixando uma trilha de perfume e risadas por onde passou. Fiquei com a orelha na porta, escutando assim que ela saiu outra vez assobiando consigo mesma. Os saltos ecoando degraus abaixo.

Nesse tempo todo, Zach não tinha vindo ao meu quarto para ver como eu estava. Nem sequer tinha me mandado uma mensagem.

Uma hora depois que Zach e Eileen saíram, eu estava na entrada da mansão, usando o vestido curtíssimo metálico que Dallas dissera ter deixado lá no verão anterior.

— Tem certeza de que essa é a forma correta de lidar com o meu ciúme raivoso? — perguntei, segurando a bolsa de marca dela, o celular colado no ouvido enquanto eu esperava o Uber. — Porque achei que trocar mensagens picantes com um desconhecido qualquer resolveria o problema.

— Tenho certeza absoluta. — Dallas mordeu algo crocante do outro lado da linha. — Confie em mim, sou engenheira de relacionamentos.

— Isso nem existe.

— Zach está deixando a mãe brincar com o coração dele. — Dallas ignorou meu ceticismo. — É você quem ele quer.

— Mas Eileen é boa para ele. — O sarcasmo que pingava da minha voz poderia ter acabado com uma seca. — Ela é a escolha racional.

Quanto mais eu pensava no assunto, mais eu sabia que seria um desastre. Um casamento entre os dois seria uma reunião do Alcoólicos Anônimos em um bar. Como duas pessoas com a mesma fobia poderiam se curar?

— Não tem nada de racional no amor, querida. — Dallas deu aquela sua risadinha que mais parecia sinos. — Eu shippo muito Fackery.

— Fackery é um nome de casal horroroso. — Estremeci. — Parece palavrão.

— Que tal Zarrow?

— Nem pensar. — Tremi no vestido minúsculo, já me arrependendo daquela noite antes mesmo de ter começado. — Já te falei: Zach e eu não somos nem sequer uma opção.

— É claro que são. Se ligue! Kate Beckinsale e Pete Davidson foram um casal, sabia? Não há regras no amor nem na guerra.

Levei meu peso de uma perna a outra, lutando contra o frio que parecia invadir meus ossos enquanto os faróis de um Toyota piscavam ao longe, se aproximando.

— Não acredito que estou indo a um encontro com outra pessoa.

— Bem, vocês não são exclusivos. — Algo farfalhou do outro lado. Provavelmente outro pacote de salgadinhos. — E, ainda por cima, te arranjei um cara ótimo. Quem sabe? Talvez alguma coisa real possa florescer.

Dallas tinha insistido em me arrumar um encontro no Winstonian, reservando uma mesa em cima da hora, cortesia de um Romeo desconfiado. Assim, eu poderia lembrar a Zach de que nossa falta de exclusividade era uma via de mão dupla. Seria mesquinho da minha parte, mas eu não estava em posição de negar a oferta dela. Primeiro, porque eu não comia nada desde de manhã. Segundo, porque eu realmente tinha que provar, tanto para Zach quanto para mim, que eu não estava *tão* investida assim no nosso relacionamento.

— Cuidado com as expectativas. — Puxei o vestido para baixo. Aquela peça era mais curta que o pavio de Romeo. — Zach me deixou coberta de chupões no peito e na barriga há pouco tempo.

— Credo, que delícia. — Dallas suspirou. — Ele está ferrado pra cacete.

Abri um sorriso para o motorista do Uber, então, murmurei:

— Eu também estou.

63

Farrow

Anderson Stause não era um homem capaz de me roubar o coração.

Sinceramente, ele não era um homem capaz de roubar o moedor de pimenta entre nós na mesa, iluminada por velas.

Não havia nada errado com ele (tirando o fato de que seu queixo me fazia lembrar do Bob Belcher). Por outro lado, também não havia nada certo com ele. Sendo sincera, ele era mais sem graça que um mingau sem tempero. Agradável, mas não gentil. Culto, mas não inteligente. Aparência boa, mas não bonito. Ele não tinha o magnetismo poderoso de Zach, tampouco a paixão entusiasmada e pueril que ateava fogo ao seu olhar.

— Estou tão animado por termos a chance de comer aqui. — Anderson estendeu o guardanapo no colo, sorrindo. — Sempre quis experimentar a comida desse restaurante, mas nunca consegui uma reserva.

Analisei o lugar. Tínhamos sido acomodados na mesa havia menos de um minuto, e ele já tinha esvaziado a cestinha de pão de cortesia, bebido dois coquetéis e guardado os talheres chiques no bolso. Onde Dallas tinha conhecido esse cara?

Ofereci a ele um sorriso educado, ainda avaliando o restaurante, sem prestar muita atenção no que dizia.

— Hum.

Meus olhos pousaram em Zach e Eileen, a três mesas de distância. Como se sentisse meu olhar, Zach virou a cabeça, focando em mim com uma precisão sobrenatural. Assim que viu o vestido, sua expressão ficou sombria, as sobrancelhas se uniram.

Um formigamento desceu pela minha espinha. Engoli em seco. Eu nunca o tinha visto daquele jeito. Tão... *incontido*.

Eileen estava na frente dele, falando rapidamente enquanto brincava com o canudo do coquetel. Levei minha bebida de cereja aos lábios, voltando minha atenção a Anderson, tentando realmente dar uma chance a ele, que parecia estar no meio de uma conversa comigo.

— ... meu pai queria que eu fosse para uma faculdade pública, sabe? Assim, ele não precisaria pagar mensalidade. Tudo por causa daquele suposto caso de "assédio sexual" quando eu trabalhava para o senador Hurton. Tipo, não posso cometer nenhum erro? Aonde foi parar a compaixão hoje em dia?

Aonde ela tinha ido parar, realmente? Com certeza, não estava comigo. O cara era chato e machista. *Engenheira de relacionamentos? Até parece.* Não demorei para entender que Dallas tinha escolhido Anderson puramente para deixar Zach irritado. Ele era tão charmoso quanto uma lata transbordando de lixo. Como se lendo a minha mente, o nome dela apareceu na tela do celular no meu colo.

Dallas: Desculpa por ter te falado que ele era fofo.

Dallas: Eu sabia que você não aceitaria se eu tivesse te avisado que ele era um otário.

Dallas: Só para você saber, ele também foi acusado de mandar *nudes* sem permissão, mas sei que você pode enfiar as bolas dele em um rolo compressor se ele passar dos limites.

Suspirei, jurando a mim mesma que me vingaria de Dallas. Enquanto isso, Zach e eu travávamos uma batalha de olhares. Nenhum de nós se virava. Nenhum de nós tocava os talheres. Nenhum de nós se *mexia*.

Eileen tentou chamar a atenção de Zach de volta para ela, o comportamento não combinando com a avaliação inicial que eu tinha feito do seu caráter. Ela jogou o cabelo para trás, unindo os peitos com os braços e rindo feito uma menininha. Meu corpo vibrava de ciúme, e mal ouvi o celular apitar com outra mensagem. Anderson nem reparou quando eu verifiquei o celular enquanto ele não parava de falar.

— ... corri o risco de não terminar o curso porque estava ocupado demais ajudando minha mãe a encontrar uma casa nova nos Hamptons depois que meus pais se divorciaram, então ele teve a *audácia* de me deserdar...

Mantive o celular no colo, enquanto deslizava o dedo pela tela.

Zach: O que você está fazendo aqui?

Respondi rapidamente:

Farrow: Comendo. Bebendo. Flertando.

Ergui os olhos. Zach estava lendo minha mensagem. Eileen finalmente notou que havia algo errado. Com um biquinho, ela deu uma olhada ao redor e me viu. Então, transformou os lábios em uma linha dura, entornando metade do drinque.

Zach: Você não está flertando com esse cara. Ele não faz seu tipo.
Farrow: E como você sabe?

Estávamos abertamente ignorando nossos acompanhantes.

Zach: Porque ele parece uma bola molhada de talco e deve ser tão interessante quanto uma.

Odiei o fato de ele estar certo. E odiei que ele estava me atormentando por ter ido a um encontro com alguém enquanto ele estava, literalmente, em um encontro com alguém.

Farrow: Para sua informação, ele é fascinante e educado. Talvez eu o leve para casa.
Zach: Não ouse brincar com isso. Você é minha.

Zach era possessivo sem qualquer pudor, sendo que não tinha o direito de sê-lo. Uma raiva incandescente percorreu minhas veias. Diante de mim, Anderson tinha começado a divagar sobre *nudes* não solicitados, e se isso poderia ser considerado assédio. Sem pensar muito, estiquei o braço por cima da mesa e segurei a mão dele. O cara ofegou, mas sua surpresa se transformou em arrogância quase de imediato. Com um sorrisinho, ele beijou o dorso da minha mão. Senti a bile bater na garganta.

Ele levou a cadeira para mais perto da mesa.

— Estou vendo que não fui o único a notar nossa química.

Cacete, a única química acontecendo ali era a toxina botulínica que eu o faria engolir.

— Sim, tem uma química. — Tentei não estremecer ao falar aquilo. — Também senti.

O celular apitou no meu colo em pequenos intervalos.

Zach: Você está deixando esse cara te TOCAR?
Zach: Só pode ser brincadeira.
Zach: Te encontro na entrada daqui a dois minutos. Vamos embora.
Farrow: Você não manda em mim.
Zach: PELA ÚLTIMA VEZ, CARALHO, EU SOU LITERALMENTE SEU CHEFE.

Porém, era tarde demais. Eu tinha me decidido. E o que eu precisava era sair dali. A comida, as bebidas e o glamour não valiam a pena. Dallas estava errada. Eu não precisava de nada disso. Deveria ter ficado na cama, com meu chocolate quente e meu Kindle.

— Você se importaria se fôssemos a algum outro lugar? — perguntei, tirando minha mão da de Anderson, então a limpando no vestido por baixo da mesa. Ele a tinha segurado como uma planta carnívora. Precisei da força de um batalhão inteiro para tirar meus dedos dos dele. — Eu... — *Não consigo encarar meu chefe e a noiva dele, temo que vou acabar entrando em combustão.* — ... preciso sair daqui.

— Tem certeza? — A testa dele se enrugou. — Porque o sr. Costa mencionou que a refeição seria gratuita...

— Certeza absoluta.

Fiquei em pé, me perguntando se Anderson conseguiria ser *mais* repulsivo, então, ele pegou um dos palitinhos de bambu dos aperitivos e o usou como palito de dente. *Sim, aquele era o fundo do poço.*

Coloquei o guardanapo na mesa.

— Com licença, preciso retocar a maquiagem. Volto logo.

Anderson bateu continência para mim.

— Demore o tempo que quiser. Enquanto isso, vou aproveitar as entradas. Não precisamos desperdiçar comida.

Suprimindo a vontade de dar um grito, abri caminho pelo mar de mesas e entrei no banheiro feminino. Apoiei as mãos na pia em formato de concha, encarando meu reflexo no espelho.

— Controle-se, Fae. É só um cara.

— Um cara bem puto.

Zach tinha entrado, trancando a porta atrás de si. Me virei, as costas pressionadas no tampo úmido da pia. Ele veio na minha direção, uma névoa de fúria o envolvendo. Meu coração tropeçou e quase parou. Todos os meus músculos se contraíram com a mera visão dele.

Ele se pressionou contra mim, seu corpo todo cobrindo o meu.

— O que você está fazendo aqui? — questionou ele.

Perdendo o juízo. Mas, por instinto, inclinei a cabeça para cima, sentindo o volume quente do seu pau contra a coxa.

— Apreciando uma refeição e um homem bonito.

Eu precisava lembrar a Zach — e a mim mesma — que eu era livre para fazer o que quisesse.

— Eu te avisei que não éramos exclusivos — falei. — Não há nada que você possa fazer a respeito disso.

O pau dele pulsou entre nós, pressionando ainda mais a minha coxa.

— Consigo pensar em uma coisa que te faria mudar de ideia.

Um desejo líquido e abrasivo me inundou. Os mamilos estavam tão duros quanto pequenos diamantes rosados.

— E o que seria?

— *Isso aqui.*

Ele cerrou a mão no meu cabelo, levando meu rosto para perto do dele, fundindo seus lábios nos meus. O beijo queimou minha boca, fazendo a raiva, a confusão e a dúvida evaporarem. Ele envolveu minhas bochechas com a palma das mãos, me puxando para mais perto, como se quisesse me devorar por inteiro, engolir meu corpo e não deixar nenhuma migalha para ninguém.

— Minha — rosnou ele enquanto me beijava, mordendo meu lábio inferior, as mãos me explorando, os dedos se fechando ao redor do meu corpo. Naquele momento, *ele* era o polvo, tentando tomar para si todas as células do meu corpo. — Minha, minha, minha — repetiu, aprofundando o beijo, a mão serpenteando entre as minhas coxas.

Seus dedos escorregaram pela minha fenda por cima da calcinha. Um gemido me escapou. Decidi que o odiaria de verdade *depois* que transássemos até não poder mais. Seus lábios foram descendo por todo o comprimento do meu corpo, erguendo o vestido com puxões brutos.

Sua boca estava por toda parte — cobrindo meus mamilos por cima do vestido, mordendo a pele sensível da cintura, lambendo e chupando cada centímetro de pele exposta sem roupa. Zach se ajoelhou, então afastou minha calcinha, me penetrando com a língua.

Arqueei as costas, abrindo as pernas para ele, uma das mãos apoiada na pia e a outra o segurando pelo cabelo.

— *Zach.*

Ele me fodeu cruelmente com a língua, agarrando minha bunda com força punitiva. O dedo mindinho provocava o buraco apertado por cima da calcinha enquanto Zach me lambia como um homem faminto. Joguei a cabeça para trás, o prazer que se acumulava dentro de mim era intenso demais. Simplesmente *demais.*

Seus dedos apertaram ainda mais a minha bunda.

— Essa boceta molhada é minha.

Comprimi a língua dele com uma força mortal, já perto do clímax.

— Essa bunda é minha — continuou ele, mordendo a junção entre a bunda e a parte interna da coxa, roçando o clitóris com a ponta do nariz. — Cada fôlego seu me pertence.

Então, me esfreguei contra a boca ávida de Zach.

Ele abaixou o zíper, descendo a calça enquanto um orgasmo arrasava meu corpo.

— Pode exibir quantos homens quiser, mas nunca vai conseguir fugir de mim.

Ele se levantou, me ergueu e me apoiou na pia de mármore e afastou os meus joelhos. Com um puxão, rasgou minha calcinha, entrando em mim como se estivesse possuído. Eu o senti me esticar ao máximo, o aroma de látex se misturando ao cheiro de sexo.

Alguém tentou abrir a porta pelo lado de fora. Meu coração deu um salto quando Zach me penetrou, então se afastou e, logo em seguida, me penetrou de novo. Nas últimas duas semanas, tínhamos acabado com duas caixas de camisinhas gigantes. Eu deveria estar mais acostumada ao tamanho dele. Mas não.

Ofeguei, tentando fingir que me importava com qualquer outra coisa além de estar sendo fodida por ele enquanto eu jogava os braços ao redor do seu pescoço.

— Vão nos pegar.

Arranhei o bíceps dele com as unhas, ignorando meu próprio aviso. Olhei para baixo, observando o pau dele desaparecer dentro de mim e, em seguida, reaparecer, brilhando com os meus fluídos. Mesmo com a fina camada de látex, eu ainda conseguia ver seu formato espesso, cheio de veias.

A maçaneta parou de sacudir, e o som foi substituído por batidas fortes.

— Ah, fala sério. Preciso fazer xixi.

Uma risada me escapou.

— *Shhh.* — Zach pressionou a palma da mão na minha boca, fazendo com que eu me calasse enquanto ele acelerava o ritmo, me fodendo mais fundo, mais rápido. — Seja uma boa garota e aguente meu pau em silêncio. Isso. Assim mesmo. Você está se saindo muito bem.

Com a mão livre, ele afastou uma das tiras do vestido no meu ombro, libertando um seio. Estava cheio e inchado, implorando por um toque. Ele desceu a cabeça para chupar o mamilo. Cada terminação nervosa no meu corpo pareceu florescer, espalhando calafrios.

Gemi na mão dele, me agarrando a Zach com mais força. O segundo orgasmo se aproximava do meu corpo como uma onda. Cada vez que ele me penetrava, a cabeça do pau acertava o ponto G. Vi estrelas brilharem. As batidas na porta se intensificaram.

— Por favor, me diga que você está quase lá. — A boca dele se moveu no meu mamilo, as estocadas ficando menos previsíveis, menos controladas. — Não consigo me segurar mais. Sua boceta está ordenhando meu pau uma gota por vez.

A porta se sacudiu com força.

— Ei! — Parecia que alguém tinha bebido os dois litros de água recomendada ao dia.

— Quase — choraminguei.

Ele tirou a mão dos meus lábios, engolindo meus gemidos enquanto nos beijávamos. A porra quente de Zach encheu a camisinha enquanto ele gozava dentro de mim. Estremecemos um no braço um do outro, suados e estilhaçados pelos orgasmos. Por um longo momento, só nos abraçamos, a testa dele descansando no meu ombro. Sua respiração ofegante na minha pele.

Nenhum de nós queria se mover. Voltar para o mundo real.

— Estou explodindo — disse a sra. Xixi, batendo com força na porta. — Chega. Se você não abrir a porta neste instante, juro que vou chamar o gerente.

Zach e eu nos encaramos. Ele saiu de mim sem pressa, o pau a meio mastro, e deu um nó na camisinha usada, jogando-a na lata de lixo. Agarrei o balcão embaixo de mim, me esforçando para recuperar o fôlego.

Ele deu um beijo de leve nos meus lábios antes de um sorriso educado e distante tomar conta do seu rosto.

— Lembre-se, Octi: você pode sair com quem quiser e tentar convencer a si mesma de que me superou, mas sempre serei eu quem vai te foder. Sempre serei eu quem vai te fazer gozar. Sempre serei o dono de cada centímetro de você.

Ele fechou o zíper e foi até a porta, destrancando-a. A loira na faixa dos 20 anos do outro lado recuou, envergonhada em seu terninho elegante.

— Dinheiro para te compensar. — Zach tirou um maço de dinheiro do bolso e o jogou na direção dela. — E, se contar o que viu para alguém, vou acabar com a sua vida.

De forma casual, ele voltou para seu encontro com Eileen, me deixando fodida, tanto física quanto psicologicamente.

64

Zach

Os olhos de Eileen se fixaram em mim quando fiz uma pausa na mesa de Farrow a caminho da nossa. O fato de que nossa união era uma farsa digna do Monty Python estava se tornando cada vez mais evidente. A dor desnecessária deveria ser evitada. Na verdade, o único motivo de eu ter concordado com aquele jantar era porque eu planejava cancelar o noivado e calcular os danos.

O cara aleatório de polo da Lacoste me encarou por cima do prato de macarrão, sorrindo com seus dentes manchados com molho de tomate.

— Merda. É *você*. — Os olhos dele brilharam. — Cara, eu acompanho sua carreira há uma década. Tentei conseguir um estágio na sua empresa quando me formei. Sou muito seu fã.

Pairei bem acima dele e analisei seu rosto, me reconfortando com o fato de que Octi jamais acharia um homem daquele desejável.

— Infelizmente, não posso dizer a mesma coisa.

O linguini caiu da boca dele.

Fechei o botão do blazer com uma das mãos.

— Agora, vou te dizer como o resto da sua noite vai se desenrolar, caso queira continuar fazendo negócios no estado de Nova York. Farrow vai voltar do banheiro, e você vai levá-la de volta para casa, dirigindo abaixo do limite de velocidade. Vai acompanhá-la até a porta, mas não entrará. Então, vai apertar a mão dela, *brevemente*, e dizer que ela está linda e que foi a mulher mais encantadora que você já teve o prazer de encontrar, mas que, devido ao fato de ela ser muita areia para o seu caminhãozinho, vai deixar o caminho livre para alguém que a mereça de fato. Depois, vai desaparecer da vida dela para sempre. Entendeu, ou precisa que eu desenhe as instruções para você?

O garfo caiu da mão dele direto no prato, tilintando. Ele abriu a boca, mas não conseguiu falar, confirmando minha suspeita de que não existia nada entre aquelas orelhas, além de algum esquema de pirâmide de Bitcoin para enriquecer rápido e pornografia fetichista.

Estalei os dedos na frente dos olhos dele, perdendo a paciência. Eileen me encarava, e eu não queria prolongar aquela interação por mais tempo que o necessário. Uma vez que eu havia descoberto os prazeres do sexo, imaginei que seria um desserviço amarrá-la a um casamento sem isso. Ela poderia encontrar uma Octi para se curar (boa sorte com isso, porque a minha era uma peça única).

— Fui claro? — questionei.

Ele engoliu em seco.

— S-sim.

— Ótimo. — Espanei a poeira do ombro, um sorriso frio brincando nos lábios. — Lembre-se, Mingau: se a magoar, se a ofender, se der em cima dela, eu vou ficar sabendo, e haverá retaliação. — Ajustei o colarinho da camisa dele, sem tocá-lo. — Aproveite sua massa cozida.

65

Farrow

Ser servida era muito pior do que servir aos outros como doméstica. Durante o final de semana nos Hamptons, Zach não parou de mandar seus funcionários me paparicarem. Fui perseguida por pessoas implorando para me trazerem outro smoothie, encherem a banheira, buscarem um café no Starbucks ou me levarem para fazer compras.

— Eu tenho pernas, carteira de motorista e livre-arbítrio — rosnava para eles, ao som do riso entretido de Zach em algum lugar ao fundo. — Por favor, pelo amor de Deus, façam um intervalo. Vejam um filme. Comam qualquer coisa da despensa. Me deixem em paz.

Depois que Eileen se foi, um peso foi tirado dos meus ombros. Ela correra para atender um paciente de emergência no meio do jantar com Zach, e ainda não tinha voltado.

Durante todo o final de semana, Andras encheu meu celular com mensagens, implorando para que eu reconsiderasse minha situação com Vera. Cheguei a ligar para ele uma vez, exigindo saber o motivo de ele se preocupar tanto com aquilo. Ele ignorou a pergunta, insistindo que estava cuidando de mim e dos meus interesses. Fiquei frustrada e confusa, mas, principalmente, decepcionada. Achava que Andras estava do meu lado.

Zach e eu agimos de forma imprudente, escapulindo para o jardim de rosas, onde trocamos beijos e orgasmos. A culpa se assentava na minha consciência como um tijolo, mas, ainda assim... eu participava daquelas atividades por livre e espontânea vontade.

Pela noite, ele se esgueirava até a minha cama, arrancando emoções e sensações de mim que eu nem sequer sabia que existiam. Ele venerava cada parte do meu corpo, e, pela primeira vez na vida, senti que eu era a escolha de alguém, não apenas a mulher que estava disponível. E percebi que precisaríamos de uma conversa sincera quanto ao caminho pelo qual estávamos seguindo.

Não parecia mais apenas um projeto.

Parecia a possibilidade de uma eternidade.

Poucas horas antes do voo de volta para casa, Zach deixou um bilhete na minha mesinha de cabeceira.

Às duas da tarde, no jardim de rosas.

Senti o característico frio na barriga, uma sensação tão antiga quanto a humanidade. Zachary Sun não era meu chefe nem uma aventura — ele era meu mundo.

Estava na hora de ter a conversa que eu vinha adiando havia meses.

Cheguei ao banco no jardim alguns minutos adiantada. Rosas brancas e vermelhas exuberantes, assim como seus espinhos, se enroscavam na pedra em formato de cisne, se retorcendo umas nas outras como espadas. Me ocupei com o celular, passando os olhos pelos e-mails dos advogados. Nunca fui covarde, mas a ideia de falar a respeito dos meus sentimentos com Zach me fazia suar frio.

O farfalhar de folhas silvou atrás de mim. Tirei os olhos do celular, surpresa ao ver Eileen marchando na minha direção. Os saltos se afundavam no solo úmido. O vestido longo e marrom balançava conforme ela andava, combinado com um cinto fino da Hermès. Ela usava pouca maquiagem, sua expressão plácida, e o cabelo estava preso em um coque elaborado e impecável.

Enrijeci, e foi difícil sustentar o olhar penetrante dela. Ela estava a par das minhas indiscrições com seu noivo. Não importava que nós duas tínhamos acordos com ele — e que nenhuma de nós tecnicamente o quebrara. Até então, eu a tinha conseguido evitar na mansão, principalmente por ela ter desaparecido por um tempo. Mas, naquele instante, ela era como um espelho, me obrigando a encarar meus pecados.

Fiquei em pé.

— Ah, por favor, srta. Ballantine. — Eileen balançou a mão. — Você não trabalha para mim. Pode se sentar.

— Trabalho para o seu *noivo*. — A palavra subiu queimando pela minha garganta, incendiando a língua.

— Mesmo assim, vim falar com você, hoje, de mulher para mulher.

Meu coração começou a bater perigosamente rápido.

Eileen se acomodou ao meu lado, me forçando a ir mais para a beirada do banco. Ela apoiou a bolsa no colo.

— Fico feliz que tenha vindo.

— Eu não fico feliz que tenha me enganado, me fazendo acreditar que Zach era quem tinha me chamado até aqui.

— Talvez não, mas certamente entende o motivo. — Eileen assentiu. — Por isso deixei o bilhete vago. Não poderia arriscar que você recusasse meu convite. O tempo não está do meu lado nesta questão.

Tentei manter a máscara de indiferença, sentindo que uma catástrofe se aproximava para bagunçar minha vida.

— Como posso te ajudar?

— Acho que sabemos o que você pode fazer. — Ela procurou algo na bolsa, os lábios pressionados um no outro. — Pare de transar com o meu noivo.

A exigência dela cortou meu peito, chegando ao coração e o espremendo. Não adiantava negar o óbvio, mesmo essa sendo minha reação instintiva. Se havia algo que Eileen merecia, era a verdade.

Eu me encolhi no casaco, forçando as palavras a saírem da minha boca.

— Não é nada sério — falei.

E aquilo não era mentira. Ao menos, não para Zach. Ele sempre me lembrava— assim como a si próprio — de que éramos apenas um acordo temporário. Ainda assim, pareceu errado dizer aquilo. Como uma mentirinha.

Os olhos de Eileen exploraram meu rosto. Por trás deles, vi muitas das mesmas emoções nas quais eu estava me afogando. Agonia, ciúme e desespero. Uma autopiedade de tirar o fôlego. Seus olhos se encheram de lágrimas, mas eu sabia que Eileen não as deixaria cair. Ela, assim como eu, enxergava vulnerabilidade como fraqueza. Ela não se permitia ceder.

— Pode não ser sério para você, mas é sério para mim. — Ela alisou o vestido, alisando um amassado. — Sempre foi meu sonho me casar com ele.

Afastei a cabeça, as sobrancelhas unidas.

— Achei que havia poucos meses que vocês tinham se conhecido.

Ela esfregou o nariz avermelhado, balançando a cabeça.

— Nossa, como você é inocente.

Enfiando a mão dentro da bolsa outra vez, ela tirou de lá um pequeno álbum de fotos antigo e me entregou. Eu o abri. Meu coração se apertou ainda mais quando meus olhos pousaram nas duas primeiras fotos. Dois bebês gorduchos com coxas grossas e cortes de cabelo idênticos sorriram para mim.

Não. Não, não, não.

— Zach e eu, ainda bebês. — Ela apontou para a segunda foto. — E aqui nós dois, com 2 anos. Nossos pais eram bons amigos.

— Zach nunca mencionou isso.

— Ele não lembra. Quando Constance nos reuniu, não quis envergonhá-lo tocando no assunto. Esperei muito tempo por isso. Eu... — Ela fechou os olhos, as bochechas corando. Um segundo depois, balançou a cabeça. — Ah, esqueça.

— Me conte — insisti, girando o corpo para ficar de frente para ela.

Eileen tinha suportado minha presença na vida de Zach por meses. Será que ela realmente não se importava, ou será que tinha medo de criar problemas antes de ter garantido seu lugar? Sua ligação naquele outro dia surgiu na minha mente. Zach via o acordo apenas como negócio, mas e ela?

— Eu o amei durante toda a minha vida — confessou Eileen.

Meu Deus.

Nunca havia passado pela minha cabeça que aquela mulher o desejava como algo além de um símbolo de status. Ela me enganara com suas sugestões constantes para acrescentarem cláusulas contra toque e a favor de amantes no contrato deles.

Ela abriu os olhos, o lábio inferior trêmulo.

— Passei trinta e três anos me moldando para ser o que Zachary Sun precisaria em uma esposa. Esculpi minha vida toda como se fosse massinha, me adequando aos desejos e às necessidades dele.

Não é assim que amamos alguém, eu quis gritar, mas, em vez disso, me encolhi mais, escutando-a falar.

— Quando éramos crianças, ele me protegia quando meus irmãos mais velhos me provocavam. Ele era inteligente, ousado e corajoso. Adorava esculpir coisas com lama, então eu esculpia coisas na lama com ele. Ele gostava de ficar se balançando em cordas, então eu me balançava em cordas. Ele brincava em tudo no parquinho, então eu fazia o mesmo. Eu fazia de tudo para ficar perto dele. E ele me deixava... até que minha família se mudou.

Eu queria chorar. Pelo Zach jovem, que deveria ter continuado a ser brincalhão e despreocupado. E pelo Zach adulto, que se esforçava para aguentar o fardo do trauma. Mas, acima de tudo, invejei Eileen Yang, por ter conhecido as duas versões. De repente, não pude evitar e amaldiçoei a injustiça daquilo. Pessoas que conheciam sua alma gêmea ainda jovens nunca sentiam que tinham começado um livro pelo capítulo errado, e que, então, teriam que ler o começo para apreciar o final.

Eileen tocou uma das fotos, mordendo o lábio inferior.

— Um dia, meu pai nos contou que um amigo dele da época da faculdade tinha morrido. Meus irmãos mal se lembravam dele, mas eu lembrava. Fui ao velório e prestei minhas condolências. Zach não me reconheceu. Ele nem sequer reconhecia seus amigos de escola.

Ah, Zach. Meu coração se partiu por ele de novo.

Eileen prosseguiu, sem saber que pedacinhos de mim tinham se espalhado por aquele jardim de rosas.

— Decidi então que aproveitaria a oportunidade de me tornar tudo de que ele precisasse, e que, no futuro, eu o reencontraria sendo sua mulher perfeita. Diploma em medicina, roupas elegantes, caridades. Tudo planejado para agradar a Constance e seduzir Zach. Adequei minha personalidade à dele: calma, controlada, fria e polida.

Um pedaço desesperado, delirante e amargo de mim se perguntou... *será que era disso que ele realmente precisava? Ou será que seria o oposto? De alguém que o fizesse sair da zona de conforto, que desse a ele uma dose da diversão de que tanto precisava?*

Os dentes de Eileen roçaram o lábio inferior enquanto ela encarava o horizonte.

— Enquanto isso, consumi toda e qualquer informação a respeito dele que ouvia dos meus pais, reunindo tudo que eu poderia descobrir sobre ele nas redes sociais... desde perfis de amigos, de colegas de sala, da tia dele.

Será que nós duas éramos tão diferentes assim? Eu também havia pesquisado sobre Zach antes de nos conhecermos. Ambas encontramos Zach sob um disfarce, e ambas fizemos acordos com ele para, então, nos apaixonarmos de maneira rápida e sem qualquer misericórdia.

Eileen folheou o álbum de fotos sem prestar atenção no que fazia.

— Quando finalmente reencontrei Zach, eu tinha me transformado na minha versão de que ele precisava. Mostrei a ele tudo que eu precisava mostrar. Uma mulher inteligente, fria e sem interesse em tocar homens. Alguém que daria a ele uma família, mas sem arruinar seu estilo da vida atual. Eu sabia que nos daríamos bem, e foi esse o caso.

Um sorrisinho triste apareceu nos lábios dela. Meu coração se partiu por Eileen, e por mim. Porque enfim entendi qual era a sensação de amar alguém que jamais poderia ser completa e verdadeiramente seu.

— Firmamos o acordo de noivado no dia em que nos conhecemos. Corri de volta para casa, satisfeita por ter podido ajudá-lo, sabendo o quanto Zach deveria estar aliviado por ter encontrado alguém que lhe daria tudo de que ele precisava sem ter que comprometer qualquer parte de si.

Ela me dilacerava uma palavra por vez. Me senti enjoada com a culpa, a dor e o pavor. Eu não conseguia nem falar.

— A mãe dele me ama. A tia dele me adora. Estou disposta a obedecer às regras. Se ele me quiser por perto, estarei por perto. Se ele me quiser longe, posso fazer isso também. Estarei lá para cada versão dele, não importa se ele continuar assim ou se ele mudar. Vou me moldar ao que ele precisar. Você poderia dizer isso sobre si mesma? Poderia desistir de todos os seus sonhos por ele?

Eu me vi novamente no escritório de Andras. Tremendo de raiva, sem conseguir abrir mão da minha busca por vingança. Andras exigindo que eu deixasse tudo para trás e perseguisse nosso sonho em comum.

Mas a ideia de me vingar de Vera não me deixava mais tão eufórica. Eu poderia não conseguir desistir da vingança pela esgrima, mas poderia *desistir da vingança por Zach.*

Eileen tomou meu silêncio como concordância, fechando o álbum de fotos com força no colo.

— Minha vida é estável. Tenho um trabalho de verdade, um cronograma autêntico e a habilidade de criar uma família emocional, física e financeiramente. E *nunca* roubei nada nem menti para me dar bem em toda a minha vida.

Mas você mentiu para Zach, quis apontar, engolindo as palavras, porque eu não tinha credibilidade para criticá-la. *Você mentiu sobre quem você era, sobre tê-lo conhecido, sobre compartilharem da mesma fobia.*

— Farrow, estou te contando isso porque acho que você é uma boa pessoa com uma cabeça sã. Você enxerga que sou melhor para ele. Que seus problemas só serão fardos para ele. Se gosta mesmo de Zach, e eu acho que você gosta, vai deixá-lo em paz.

— O que está me pedindo?

Nas margens da minha mente, um sinal de alerta estrondoso começou a soar. Me obriguei a afastar as emoções e a pensar de forma lógica.

Tudo nela é mentira. E a ligação... Ela riu por ter enganado e convencido Zach a acompanhá-la no jantar. Não confie nela.

Eileen prendeu uma mecha solta do cabelo atrás da orelha.

— Estou te pedindo para subir em um avião, sair da casa do meu noivo e não voltar nunca mais. Se fizer isso, assumirei as taxas legais do seu caso...

Eu me afastei, tentando entender como ela sabia daquilo.

— Não preciso da sua caridade.

Será que ela havia me espionado? Ou será que Zach tinha contado para ela? Não, ele não faria isso.

Ela brincou com o enorme anel de noivado no dedo.

— Não é caridade. É um acordo. Não muito diferente do acordo que você tem com Zach.

Só que *era* diferente. Eu queria ajudar Zach. Eileen meramente queria existir ao lado dele. Como ela poderia amar alguém que não via desde a infância? Ela nem o conhecia de verdade. Como poderia saber que ele odiava chuva, mas amava frio? Que ele fingia ter nojo de Cheetos picante, mas que os devorava sem parar se houvesse um saco por perto? Que ele só parecia distante, mas que era ferozmente leal quando se tratava dos seus amigos e familiares?

Mantive a voz controlada, moldando com cuidado minha expressão em algo neutro.

— Meu acordo com ele vai acabar em breve.

— Seu acordo com ele vai acabar *agora*. — Ela largou o álbum de fotos na bolsa, se levantando. — Acho que fui paciente o bastante.

— Não era comigo que você precisava ter tido essa conversa. Na verdade, pelo que me lembro, foi você quem pediu uma cláusula rígida contra contato físico e que propôs permitir relacionamentos fora do casamento.

Eu tinha sérias dúvidas de que ela ficaria feliz em respeitar *aquelas* cláusulas para sempre. Na verdade, até apostaria que ela as sugerira por conta própria para abaixar a guarda de Zach.

Como se tivesse escutado meus pensamentos, ela soltou uma risadinha tampando os lábios com a ponta dos dedos.

— Você acha que ele teria concordado em se casar comigo se eu não as tivesse sugerido?

— Então... você o enganou?

— Para o bem dele.

— Enganar uma pessoa para o bem dela é quando falamos para uma criança de 5 anos que o hamster foi para a fazenda, em vez de falar que o animalzinho morreu. Não quando inventamos uma fobia para garantir um noivado.

Sempre me perguntei por que os meus hamsters precisavam ir tomar um ar fresco em uma fazenda sem endereço.

— Isso importa? O importante é que funcionou. Que estou noiva dele. E que você continua sendo apenas a empregada. Então aja de acordo. — Ela girou o anel até o diamante gigante se voltar para mim. — Seu acordo com meu noivo acabou.

Ergui o queixo.

— Zach já é grandinho. — *Eufemismo.* — Ele pode tomar as próprias decisões.

— Te pedir para ir embora não passa de uma cortesia. — Eileen era bem mais alta que eu, e, perto como estava, senti o frescor do seu hálito. Nem sequer um músculo do rosto dela se movia. — Não se engane. Vou me livrar de você de um jeito ou de outro. O que me falta de imaginação não me falta em ambição.

De uma forma esquisita, relaxei ao ouvir aquelas palavras. Aquele era minha zona de conforto, graças a Vera.

— Está me ameaçando?

— Não, Farrow, estou te *avisando.* — Ela deu um peteleco em um espinho de rosa que estava na minha manga. — Você não é digna do amor de Zachary Sun. Libere o caminho para alguém realmente digna. Ou vou te obrigar a sair da minha frente.

Eu não sabia o que a vida reservava para mim e para Zach, mas eu sabia que não acreditava mais que ele algum dia poderia ser feliz com aquela mulher manipuladora.

— Ainda bem que conversamos, Eileen. — Com um sorriso, fiquei em pé, me sentindo mais leve do que me sentia havia dias. — Boa sorte para tentar convencer Zach a se apaixonar por você. Quem sabe...? — Fiz uma pausa, lembrando das palavras dela na ligação, e então as joguei de volta: — Quando você mostrar que é boa de cama, vai ser fim de jogo para o CDF.

Eu me virei com os passos tranquilos, voltando para o quarto.

— Você mexeu com a mulher errada. — Eileen segurou meu braço, me fazendo parar. — Estou prestes a te mandar para um passeio nos círculos do inferno de Dante.

66

Zach

Se Farrow gemesse a palavra *orgia* mais uma vez, eu a comeria naquele jatinho e filmaria tudo, dane-se quem estivesse ao nosso redor.

— Espere. — Ela pôs a ponta da língua para fora enquanto tentava acertar o ângulo da câmera do celular voltada para os chilaquiles de maneira que não parecessem papinha de bebê. — Dallas e Ari querem fotos da orgia gastronômica.

Relaxei no assento de couro, irritado com as distrações constantes. Os amigos de Octi da Coreia finalmente tinham decidido que aquele seria o dia perfeito para entrar em contato e dizer a ela que deveria se manter firme, apesar da carnificina na imprensa. Ela tinha acabado de desligar uma chamada, mas acabou distraída por Dallas com suas mil perguntas sobre os lanches a bordo na conversa em grupo.

— Senhor Sun? — Do sofá, Natalie ergueu o celular. — Seus advogados estão na linha.

Ela tinha passado o final de semana em Manhattan para averiguar minhas propriedades na região, então pegou uma carona de volta para Maryland conosco. Eileen, no entanto, ficara na cidade. Mal poderia esperar para dizer à minha mãe que eu tinha dado uma chance ao noivado, mas que logo acabei com qualquer possibilidade de um relacionamento surgir dele. Não havia nada de errado com Eileen. Na verdade, ela tinha apenas um defeito: não era Farrow. Mas isso bastava para arruinar tudo.

— Advogados? — Minhas sobrancelhas se encontraram. — *No plural?*

Normalmente, me ligavam um de cada vez.

— Sim, senhor. Os três. — Natalie se descolou do assento, espanando as migalhas de bolacha no terno enquanto me entregava seu celular. — Tom também está na ligação. Deve ser importante.

— Não me diga, Einstein. O que será que te fez concluir isso?

A cabeça de Farrow voou para longe do celular, me lançando um olhar preocupado. Xinguei internamente, detestando a distração indesejável. Primeiro, eu planejara usar aquele voo para conversar com Octi a respeito de nós dois. Especificamente, se "nós dois" poderíamos ter algo além de arrancarmos as roupas um do outro e das preliminares em forma de troca de farpas verbais. Segundo, no carro até o jatinho, Fae mencionara que queria me contar algo sobre Eileen.

Ela prendeu o cabelo dourado em um coque alto, esticando as pernas, sobre as quais estivera sentada.

— O que eles estão falando?

Peguei o celular da minha assistente, que continuou por perto. Ela levava o peso de um calcanhar ao outro, simplesmente me encarando.

— Natalie?

— Pois não, sr. Sun?

— Por favor, suma da porra da minha frente.

Ela assentiu, apesar do desprazer evidente, enfiando o laptop sob o braço e indo até a cabine do piloto. Farrow segurou a manga da minha camisa. Entrelacei nossos dedos, apertando-os.

— Vai ficar tudo bem.

Seus olhos encontraram os meus.

— Como sabe disso?

— Eu sei disso porque... — Toquei a pintinha que ela tinha embaixo do olho com a mão livre. — ... se perder o caso, o que tenho planejado para Vera será infinitamente pior do que qualquer punição que a lei possa infligir.

— É um milagre você ainda não ter ido parar na cadeia.

— Só para os que são inocentes demais e acreditam no sistema legal. — Apoiei o celular de Natalie na caixa de salgadinhos, clicando para que a ligação se transformasse em videochamada. — Estamos ouvindo.

O rosto de Deanne apareceu primeiro.

— Senhorita Ballantine?

— Sim. — Fae ergueu a mão como se estivéssemos na pré-escola. — Estou aqui.

— Você consente na participação do sr. Sun nesta conversa? Vamos compartilhar algumas informações confidenciais.

— Sim. — Farrow assentiu. — Pode continuar.

Uma onda de prazer me percorreu, confirmando algo de que eu sabia. Eu estava Ferrado, com F maiúsculo.

— Talvez seja melhor conversarmos pessoalmente. — Tom pegou uma caderneta. — Temos muitas evidências delicadas para analisar.

— Eu não tenho autocontrole para recusar uma sobremesa com lactose. — Fae invadiu praticamente metade do meu assento para conseguir um ângulo melhor. — O que te faz pensar que vou aguentar um voo inteiro para poder ouvir as notícias?

Nossos cotovelos roçaram, e aquilo bastou para despertar algo depravado dentro de mim.

Tom levou um lápis aos lábios.

— Hum...

— Você escutou a moça. — Tracei círculos na coxa dela com o dedão, relaxando no meu encosto. — Desembuche, antes que eu te desembuche.

— Eu só queria me certificar de que ninguém vai perder a cabeça.

— Eu já perdi tudo. — Farrow acenou com a mão. — Por favor, continue.

— Encontramos algo alarmante. — Tom fez uma pausa. — No caso, algo criminosamente perturbador.

Farrow umedeceu os lábios.

— Vera cometeu um crime?

— É o que parece. Um crime grave. — Ele hesitou. — Senhorita Ballantine...

— Fale logo.

— Está sentada?

— Não. — Fae praticamente rosnou, o que me fez sorrir. — Estou em pé, dançando Macarena. — Ela gesticulou para o estofamento de couro atrás de nós. — O que acha?

Parecia que ela ainda não o tinha perdoado por ter sido descoberto e incitado a questão toda com a imprensa.

Tom deu de ombros, então, foi direto ao assunto.

— Vera contratou alguém para matar seu pai.

Silêncio. Silêncio completo. Do tipo que perfurava tímpanos.

— Sinto muito — acrescentou Tom, assim que parou para pensar no que tinha dito.

As palavras pairaram no ar, nos sufocando como se fossem gás lacrimogênio. Busquei no rosto de Fae indícios de dor, reconhecimento ou agonia. Tudo que encontrei foi amargura.

Tom coçou a têmpora.

— Podemos continuar?

Deanne parou de digitar.

— Vamos dar um minuto a ela.

Mas Fae não precisava de um minuto. Ela se levantou em um pulo, andando de um lado para outro.

— Impossível. Meu pai morreu em um acidente. O manobrista...

— Sabia exatamente o que estava fazendo. — Tom pegou uma pasta e a abriu. — Um homem chamado Eugene Thomas. Foi ele o manobrista responsável pelo suposto acidente, como você deve saber.

— Suposto? — Fae fechou os olhos. — Ele não conhecia meu pai nem Vera. O pé dele ficou preso no acelerador.

Tom folheou as páginas, tirando uma de dentro da pasta.

— Encontrei o celular pré-pago que Vera comprou dois meses antes do incidente. — Ele ergueu o papel como se pudéssemos ler as letrinhas na tela. — Estes são os registros de ligações que obtive.

Fae parou de andar.

— E o que dizem os registros?

— Que Vera sacou duzentos mil de uma poupança secreta. Também fez diversas ligações curtas para um número que pertencia à esposa de Thomas.

Farrow apertou o dorso do nariz.

— O que a esposa dele tem a ver com isso?

— Nada. Ela tinha câncer, estágio 4. Precisava de um remédio experimental muito caro. — Ele colocou o papel na mesa. — Gene fez o que fez para ganhar dinheiro rápido.

— Ele achava que seria acusado de homicídio culposo. — Farrow apoiou os punhos na mesa, ligando os pontos. — Ele sabia que receberia uma sentença curta e que ficaria em uma prisão de segurança mínima. E por que não receberia? Ele tinha um filho pequeno, uma esposa com câncer. Foi um "acidente".

— Exatamente. — O rosto de Dan apareceu na tela. — Os registros mostram que a sra. Thomas teve uma total recuperação com o tratamento. Enquanto o marido cumpria a pena, diversas instituições de caridade a ajudaram com as contas, as compras de mercado e a creche. Até se mudou para uma casa nova.

Tom assobiou.

— Cinco anos é um preço pequeno a se pagar por tudo isso.

Bryan ajustou a câmera dele, finalmente nos mostrando seu rosto.

— Temos todas as provas. Os recibos. A comunicação por escrito. Vera achou que usar um celular pré-pago e VPN cobririam os rastros. Mas, na realidade, se esqueceu de algumas etapas.

Nós seis digerimos as informações.

Fae rompeu o silêncio com um sussurro:

— Mas... por quê?

— Por causa do dinheiro do seguro. — Tom balançou a pasta. — Dei outra olhada nos recibos de imposto de renda de Vera com seu pai, assim como nas declarações. Eles gastavam mais do que ganhavam. — Ele fez uma pausa. — Vera gostava de comprar coisas bonitas.

Farrow se jogou no assento em frente ao meu, o olhar desfocado voltado para o teto.

— Ela ainda gosta.

— Pode ser, mas, agora, ela só consegue arcar com compras no Walmart. — Deanne ergueu outro documento na câmera. — Ela torrou o dinheiro do seguro assim que caiu na conta dela.

— Eugene Thomas. — Farrow esfregou a testa. — Vocês poderiam me contar mais a respeito dele? Da família dele?

Tom folheou as páginas.

— É claro.

Enquanto esperávamos que ele encontrasse fosse lá o que estivesse procurando, o avião começou o processo de aterrissagem. Uma enxurrada de mensagens apareceu na tela de Natalie em rápida sucessão.

Jilly Bean: Seu chefe ainda está bancando o difícil?

Jilly Bean: Ou ele só está... bancando o durão? 😄

Jilly Bean: Você precisa descobrir o que a empregada fez para convencê-lo a comê-la.

Jilly Bean: Não tem outro jeito.

Jilly Bean: Engravide e estaremos feitas. Finalmente poderemos abrir a empresa.

Eu faria questão de, mais tarde, demitir Natalie — e de não beber nada que ela me entregasse. Tom respondeu para Octi:

— Eugene Thomas, 28 anos. Os pais nunca se casaram. A mãe o registrou com o sobrenome dela. Ele cresceu sem pai, pois ele estava sempre viajando a trabalho. Se reconectaram durante o caso. Tanto o pai quanto a mãe o visitavam uma vez por semana na prisão.

Ela se inclinou para a frente, ávida por mais.

— Como eles se chamam?

Ela tinha uma intenção. Farrow sempre tinha uma segunda intenção. Eu gostava muito de ver aquele seu lado. Me fazia me lembrar do nosso primeiro encontro oficial. Ela, gostosa pra caralho de lingerie, posicionando pedras de Go no tabuleiro como uma gênia. Eu, aproveitando a vista enquanto a língua dela tocava os lábios. Fosse qualquer outra hora, eu teria ficado duro como pedra.

— A mãe se chama Paula Thomas. O pai... espere, deixe-me ver. — Tom estalou a língua. — Ah, aqui está. O nome do pai dele é Andras Horvath.

Farrow fechou os olhos.

E tudo na minha visão ficou vermelho.

Andras.

Tudo fez sentido. Minha temperatura se elevou a um nível que seria mais adequado a um forno. As narinas dela se dilataram. Suspeitei que o mesmo pensamento tinha cruzado nossa mente: como puniríamos Andras e Vera.

Outra coisa de que eu gostava em Farrow: tínhamos a mesma sede de vingança.

— Sei que é muita coisa. — Deanne pegou o celular, mantendo-o mais próximo do rosto. — *Mas* há um lado bom nisso tudo.

Fae encostou a cabeça no apoio do assento.

— Não sei qual poderia ser esse lado bom.

— Justiça, srta. Ballantine. Esqueça o processo contra Vera. Nosso próximo passo é levar tudo para as autoridades...

Farrow fez um gesto vago com a mão.

— Façam o que precisarem, mas vou confrontar Vera assim que pousarmos.

— Senhorita Ballantine. — Bryan se impeliu para a frente. — Eu a aconselho fortemente a *não* fazer isso. Qualquer coisa que fizer ou disser pode atrapalhar nossa...

— Problema seu — disse Fae, e eu poderia tê-la beijado naquele instante. Bem na pintinha. Fazia tempo desde que eu a queria beijar bem ali. — Eu vou atrás da Vera.

— Justiça é a melhor vingança. — Deanne ergueu as mãos, como se encurralando um animal selvagem. — Confie em mim.

— Você é advogada. Eu nunca confiaria em você.

Daquela vez, me inclinei e beijei Farrow — bem na pintinha, e depois mais abaixo na mandíbula.

— Mas...

— Ela já se decidiu — intervim finalmente, cansado daquilo. — Qualquer complicação que isso trouxer, resolvam.

Dan colapsou no seu assento.

— Não sou o Super-Homem.

— Com o dinheiro que estou te pagando, deveria ser, porra.

Deanne suspirou.

— Eu gostava mais de você quando não estava na palma da mão de uma mulher.

Sim, mas eu gostava menos de mim.

— Vamos ver o que você vai achar do desemprego quando continuar a dar sua opinião sem ter sido convidada.

Ela sorriu.

— Chama-se aposentadoria...

Desliguei a chamada e joguei o celular em um assento livre. Fui me sentar ao lado de Farrow.

— Tudo bem com você? — perguntei.

— Vai ficar. — Ela inclinou a cabeça, descansando-a no meu pescoço. — Acho.

A força que aquela mulher tinha em uma unha bastaria para detonar uma bomba nuclear.

— É claro que vai. Você é a pessoa mais forte que conheço.

— E pretendo dar o mais cruel dos golpes. — Seu olhar encontrou o meu. — Mas, primeiro, vou precisar desmoronar.

— Desmoronar?

— Sim, me permitir sofrer. Chorar igual a um bebê. Desmoronar... por todas as vezes que me recusei a fazer isso.

— Então desmorone. — Dei um beijo no ombro, na bochecha e na têmpora dela. — Vou juntar todos os seus pedacinhos depois.

Nem que seja a última coisa que eu faça.

67

Farrow

Eu era uma mulher teimosa, e, naquele momento, eu queria sangue.

Primeiro, liguei para Andras, as mãos estrangulando o volante do Prius enquanto ziguezagueava por ruas familiares.

Meu treinador atendeu no primeiro toque.

— Vejo que acordou para a vida.

Sim, e o despertador avisou que era para eu me banquetear com seu sangue.

— Te mandei um endereço por mensagem. Me encontre lá.

— São dez...

Desliguei, sabendo que ele iria. A mera ideia de uma sentença ainda mais longa para o filho deveria tê-lo feito tremer.

Que idiotice, Fae. Você deveria ter notado que era bom demais para ser verdade quando Andras Horvath *apareceu no mesmo dia em que você tinha voltado de Seul, se oferecendo para te treinar.*

Eu havia deixado que uma serpente invadisse meu jardim. Um espião. De novo e de novo, aquele homem me convencera a focar na esgrima. Sessões aleatórias de treino no mesmo horário das minhas reuniões com os advogados. Rasgos nos equipamentos que requeriam dinheiro para serem substituídos. Distrações e mais distrações. *Idiota, idiota, idiota.*

Vinte minutos depois, estacionei na porta da casa em que cresci. Fiquei parada no degrau em que fora abandonada ainda criança. De repente, não consegui mais imaginar o motivo de ter desejado viver ali. Uma pontinha de arrependimento surgiu dentro de mim. Talvez eu não devesse ter rejeitado o convite de Zach para ter vindo comigo, mas estava na hora de me impor. Se não aprendesse a fazer isso agora, acabaria dependendo dele para sempre. Enfiei a chave na porta e a girei, logo descobrindo que Vera havia trocado a fechadura. Uma nuvem de condensação fria me escapou pelos lábios enquanto eu ria sozinha.

— É claro. Mas não importa. — Larguei a chave no capacho, batendo o punho na porta até ela começar a sacudir. — A casa é sua apenas no papel. Você nunca foi bem-vinda aqui.

Um farfalhar de pantufas se arrastou pelo chão.

— Bem, parece que alguém acordou hoje e optou pela violência — grunhiu Tabby do outro lado. — Oiii! Tenha paciência. Estou indo.

— Você pediu para entregar comida e não me perguntou o que eu queria? — A voz de Reggie soou de algum lugar acima, provavelmente do quarto. — Que barulheira é essa? Quem morreu? Argh, me diga que foi Farrow, por favor.

Não que eu precisasse de mais motivos para ficar com raiva, mas ali estava.

Tabby escancarou a porta e me encontrou na entrada, viva e saudável, acenando para ela. Ela franziu o nariz, minha mera presença aparentemente empesteando a casa.

— Por falar no diabo...

— Prefiro ser um diabo que uma vadia sem graça — respondi, passando por ela, acertando seu ombro, e entrando na casa. — Cadê a sua mãe?

O fedor azedo de comida podre escorregou para dentro das minhas narinas. Uma camada grossa de poeira cobria o banco da entrada. Algo cheirava a pelo molhado, apesar de as mulheres Ballantine só gostarem de animais em pratos ou em casacos. Como esperado, ninguém tinha se dado ao trabalho de limpar nada desde que eu havia partido.

Tabby veio em meu encalço até a sala, ofegando ao tentar me acompanhar.

— Mamãe trocou a fechadura.

Jura?

Passos duros desceram golpeando a escada. A cabeça de Reggie surgiu de uma quina segundos depois.

— Você não tem direito de estar aqui. — Ela puxou a manga da minha jaqueta, mas eu a empurrei para longe. — Você arruinou nossa vida. Você se demitiu da empresa e agora somos pobres.

— *E* você está processando a gente. — Tabby abriu os braços, tentando me impedir de avançar. — Deveria processar seu cabeleireiro primeiro, sua bruxa horrível. As pontas ao menos estão retas?

Para começo de conversa, eu mesma cortava meu cabelo com uma daquelas réguas que prometiam cortes retos. Talvez eu também pudesse ganhar se entrasse com uma ação judicial contra o fabricante.

Passei pelo espaço enorme entre o braço esticado de Tabby e a televisão.

— Vocês queriam que eu fosse a empregada da casa.

— Para pagar sua dívida.

— Que dívida? Não sou eu que estou coberta por Prada. — Inclinei a cabeça para o lado, encarando a blusa dela. — Ou, pelo que parece, trocaram o nome para Frada.

— Dívida, sim. — Reggie jogou as mãos para o alto. — Papai e mamãe pagaram tudo da sua viagenzinha para a Coreia. Ele praticamente faliu por sua causa. Você sabe quanto custou aquela escola? A gente não conseguiu nem arcar com os meus cavalos!

— Não custou nada.

— O quê?

— A escola não custou nada, porque eu tinha bolsa integral. — Entrei na sala de jantar assim que notei a sala de estar vazia. — E os cavalos tiveram que ir parar em um centro de terapia equina, porque *você* não dava comida para eles.

— Eu tinha que ir para a escola.

— Eu também. — Me virei, ficando de frente para Tabby. — Fui para a Coreia porque vocês passavam cada segundo da minha vida me lembrando de que eu não fazia parte da família.

Ela e Reggie me seguiram até a cozinha. Avaliei o cômodo, descobrindo pilhas de caixas de papelão na despensa. Me virei para elas.

— Vocês estão se mudando?

— Não conseguimos mais pagar o aluguel. — Para provar seu ponto, Reggie passou por mim e fechou com fita adesiva uma caixa meio vazia. A energia tóxica dela bastaria para iluminar Las Vegas inteira. — Só a mensalidade da associação da vizinhança custa oitocentos dólares por mês.

Tabby se juntou a ela, fechando caixas que não tinham quase nada dentro.

— Vamos alugar a casa e nos mudar para um apartamento, assim poderemos pagar pelas compras do mercado. Está feliz agora?

Na verdade, não.

Eu não sentia prazer algum com a infelicidade delas. Tudo que sempre quis era que parassem de ferrar com a minha vida. Por outro lado, com relação a Vera...

Peguei uma caixa vazia e comecei a enchê-la com meus pertences. Por mais que não tivessem direito de me expulsar da minha casa, eu não confiava nelas para não jogarem minhas coisas fora.

— Cadê a mãe de vocês? — questionei.

— Não está em casa — mentiu Tabby, no instante em que Vera surgia da garagem, suando no seu macacão apertadíssimo com estampa de zebra.

O aroma do spray de cabelo dela bastou para me deixar tonta.

— Meninas, vocês têm que vir me ajudar com as caixas... — Suas palavras fraquejaram no instante em que me viu. — O que está fazendo aqui, sua vagabunda?

Bem, parecia que estávamos oficialmente em guerra.

— Pegando minhas coisas. — Abri um dos armários em cima da pia, tirando dali meu prato favorito com estampa do Mickey, guardado pelo meu pai porque ele sabia que eu amava comer queijo quente ali. — Ah, e vim dar uma notícia.

— Deixe-me adivinhar: o delegado está a caminho. — Vera cruzou os braços, estreitando os olhos para cima de mim como se eu estivesse empunhando uma arma. — Saiba que eu tenho um advogado e que...

— Eu sei que você o matou.

O silêncio que se seguiu pareceu se impregnar nas paredes. Vera ficou da mesma cor do macacão. Tabby e Reggie trocaram olhares, sussurrando coisas sem sentido. Tabby coçou a têmpora. Reggie se afastou. Nenhuma das duas parecia saber do que eu estava falando. O pânico em seu rosto dizia tudo. Elas não faziam ideia do que Vera tinha feito.

— D-do que você está falando? — Vera foi em um turbilhão na direção da pia, mal conseguindo encher um copo de água com as mãos trêmulas. — Matou quem?

— Você é péssima nisso. Sempre foi. — Fui até a escada com a minha caixa. — Por isso meu pai me mandou embora. Para me poupar disso que você chama de ser mãe.

As três vieram atrás de mim.

— Seu pai morreu por causa do manobrista. — Vera bateu os saltos no chão de madeira, com certeza deixando marcas. — Não tive nada a ver com isso.

— A não ser ter dado duzentos mil dólares para compensar o tal manobrista, você quis dizer. — Me virei, lançando um sorriso doce na direção da escada. — É, sua desculpa não vai colar no tribunal.

— Você não tem como provar essa bobagem.

Segui pelo corredor até o meu quarto, abrindo a porta, e fiquei desnorteada com o que vi.

— Cadê minhas coisas? — Odiei a falha na minha voz.

Vera, Reggie e Tabby se aglomeraram no batente como seguranças de uma boate. Não me deixando sequer um centímetro para escapar. Um sorrisinho satisfeito repuxou os lábios de Tabby.

— Ah, achamos que era tudo lixo, então jogamos fora.

— Desculpa, Fae. — Reggie avaliou as unhas. — Existe uma diferença entre vintage e porcarias.

— Suas coisas fediam. — Tabby indicou o corredor, atrás de si, com o dedão. — Tipo, dava para sentir o cheiro do outro lado do corredor. Alvejante. — Ela estremeceu. — Me dava ânsia de vômito.

Homicídio doloso dá prisão perpétua, lembrei a mim mesma, me afastando delas, caso eu decidisse fazer algo idiota. *Se desse só dez anos, eu talvez ponderasse os prós e os contras.*

Aqueles abutres não tinham deixado nada. Nem mesmo um grão de poeira. Todas as minhas memórias... simplesmente não estavam mais ali. O expositor cheio de medalhas de esgrima. Os floretes com os quais eu tinha competido quando criança. A caixa com ingressos da Broadway que eu tinha guardado das viagens a Nova York com o meu pai. Não havia mais nada. Em cada uma das versões de vingança que eu conjurava, eu sempre pegava de volta apenas aquilo que meu pai queria que ficasse comigo.

Eu jamais faria algo do tipo com elas. Senti uma onda de calor subir pelas bochechas, tão quente que temi que minha cabeça entraria em combustão ali mesmo.

— Você não tem provas. — Vera deu um passo adiante, invadindo meu espaço. — Não tem como provar essas mentiras que está falando debaixo do meu teto.

Eu a encarei, me mantendo firme.

— Do *meu* teto.

Guerra, então. Sem a ameaça de chantagem pairando sobre mim, não precisei mais ceder diante daquela intimidação. Eu tinha a verdade ao meu lado. Minha determinação era tão forte quanto a Torre Lotte, na Coreia. Mesmo Vera estando de salto, eu a encarei de cima.

— Metade da casa é minha — falei.

Meu pai tinha transferido a metade dele da escritura para mim assim que completei 18 anos. Foi o jeito dele de fazer eu me sentir bem-vinda.

Essa casa é tanto sua quanto delas, meu amor.

Vera se aproximou mais, me peitando. A boca dela se abriu, mas a porta da frente atingiu a parede, a interrompendo.

— Vera? Você está aqui, *drágám*?

Andras. A voz dele pareceu cianeto percorrendo minhas veias. Então, registrei o que ele havia dito. *Drágám*. Amada.

Aquela palavra pintava uma realidade muito mais horripilante. Me afastei, boquiaberta.

— Há quanto tempo você está tendo um caso com Andras?

Aquele era o pedaço do quebra-cabeças que faltava. Como era que Vera, Andras e o filho dele poderiam estar conectados? Ele não a conhecera por causa do filho. Seu filho a conhecera por causa de *Andras*.

— Isso não tem nada a ver com o seu pai. — As bochechas de Vera coraram sob os três quilos de maquiagem. — Andras e eu nos conhecemos depois que seu pai faleceu. Eu estava um caos.

Ainda está.

Andras atropelou Tabby e Reggie, fazendo com que caíssem de cara no carpete. O suor tomava conta do seu torso despido, colando os pelos grossos na pele. Ele vestia uma calça de pijama xadrez, pantufas de hotel e um sorriso amarelo que faria Steve Carell perder o emprego.

Então não era a primeira vez que ele aparecia ali, notei. Ele tinha subido a escada direto.

— Ah, oi, Andras. — Eu me apoiei na cômoda, erguendo o queixo na direção dele. — Que bom que você chegou a tempo.

Ele olhou de mim para Vera.

— Farrow...

Ergui a mão.

— Vera estava me contando que o relacionamento de vocês é novinho em folha. Achei fascinante, considerando que, de alguma forma, ela conheceu seu filho *antes* de vocês dois namorarem. Como será que eles se conheceram? Não poderia ter sido por causa de um caso entre Vera e o pai dele, poderia?

Andras empalideceu e cerrou as mãos em punho.

— Deixe Eugene fora disso.

— Você sabia que ela ajudou com o tratamento médico da esposa? Tem uma palavra para isso. — Fingi pensar, estalando os dedos. — Dinheiro sujo? Não. Conspiração para cometer assassinato? Definitivamente, não. Soa sério demais. — Tamborilei os dedos no lábio. — Hum...

Reggie ofegou. Tabby tinha se escondido atrás da irmã. E Vera?

Vera decidiu que seria uma boa hora para se jogar em cima de mim.

Farrow

Ironicamente, foi o treinamento de Andras que me ajudou a me esquivar de Vera.

Eu me abaixei, recuando até a parede, meus pés se movendo de maneira digna de estarem na pista olímpica. Tinha pouco espaço disponível, mas não importava. Eu mesma havia me encurralado. Vera me agarrou pelo pescoço, enfiando as unhas de acrílico na pele macia, e cambaleei para trás. Minhas omoplatas acertaram a parede em um baque. Ergui os braços para afrouxar o aperto de Vera, então me virei, dando um chute potente na barriga dela. Ela voou para trás com um gritinho, caindo direto nos braços de Andras.

Obrigada, Ari, por ter me obrigado a fazer aulas de autodefesa.

— Realmente, uma coincidência bizarra. — Apontei para eles. — Vocês dois terem começado a se conhecer melhor *logo depois* que Eugene foi encarcerado.

Tabby correu até a mãe, tateando a barriga dela, fazendo-a gemer. Tabby apontou para mim.

— Você não tem provas.

Enquanto isso, Reggie passava por Andras, vindo depressa na minha direção, como se a intenção fosse me prender na parede. Um esforço inútil. Ela não apenas não estava em forma como nunca havia lutado por nada na vida.

Agarrei o seu braço, girando-o até as costas dela, então o torci quase até o ponto de quebrá-lo, me inclinando até o ouvido dela.

— Sugiro que pare de tentar me machucar, caso não queira ser acusada de ainda mais coisas no processo.

Usando Reggie como escudo humano, avancei. Andras, Vera e Tabby, todos deram um passo para trás, me observando horrorizados.

Reggie se debatia e dava chutes no ar, tentando se soltar.

— Não deixem que ela me machuque.

— Ela não *precisa* realmente de duas mãos, precisa? — Usei a minha mão livre para afagar sua cabeça. — Não é como se as usasse para algo útil. E, não, entregar cartões de crédito no caixa ou mandar mensagens no celular não conta.

Eu sabia que estava soando como uma vilã. Também sabia que estava pouco me fodendo para aquilo.

Ainda no chão, Vera apontou um dedo para mim, sustentando meu olhar.

— Se você tocar em um único fio de cabelo dela...

Eu não conseguia me lembrar de qual tinha sido a última vez que ela olhou para mim. Olhou de *verdade*. Quando eu era criança, sempre quis que ela olhasse para mim. Queria saber na época o que eu sabia agora: que desejar o amor de pessoas incapazes de oferecê-lo faria um buraco no meu coração, e não havia curativo no universo capaz de consertar isso.

Joguei a cabeça para trás e ri, pressionando ainda mais o braço ao redor de Reggie.

— Olhe ao seu redor, Vera. Você não pode mais me ameaçar. Foi desmascarada. Eugene está prestes a apodrecer na prisão por muito mais tempo do que o planejado, e você e Andras vão se juntar a ele.

Pequenos rios de suor escorriam pela testa dela.

— Boa sorte tentando provar tudo que disse.

— Não preciso de sorte. Meu detetive particular fez todo o trabalho. — Ofereci a ela um sorriso sereno. — Quer um conselho, Vera? Da próxima vez que planejar um assassinato, não deixe um rastro digital. — Franzi a testa. — Bom, se bem que não sei quão bem celulares pegam atrás das grades.

Coloquei a mão para trás, tirando uma pasta enrolada do bolso do meu jeans, então joguei a papelada em direção aos joelhos dela. Provas que eu tinha imprimido no avião. O conteúdo se esparramou ao redor dela, vislumbres do pecado de Vera cobrindo o carpete. Seus olhos absorveram as provas de seus crimes, uma a uma. Ela passou por todos os estágios de luto em menos de um minuto, então voltou da aceitação para a raiva.

— Sua baratinha nojenta. — As narinas de Vera se alargaram. — É culpa sua. Você sabia disso? — Um sorriso cruel subiu pelas bochechas dela. — Seu pai morreu por sua causa.

Não pude evitar. Me encolhi atrás de Reggie, sabendo que ela sentiria tudo, mas fui incapaz de impedir a leve tremedeira.

Controle-se, Fae. Tire a verdade de Vera agora. *Preocupe-se com o resto depois.*

— Ele mudou o testamento. — Vera agarrou as coxas de Andras, usando-a para se apoiar e, então, se levantar, quase levando a calça dele para baixo com o impulso do movimento. — Você herdaria a empresa, o carro, a maior parte das propriedades e todas as velharias inúteis que ele gostava de guardar.

— Ele tinha o direito de fazer isso. O testamento era *dele*.

— E você queria que eu ficasse sentada, vendo você tirar tudo de mim e das meninas? Tudo pelo que eu tinha trabalhado?

Precisei de todo o meu autocontrole para não gritar. Em vez disso, permaneci imóvel, segurando Reggie, e mantive a voz assustadoramente neutra:

— Eu queria era que você fosse uma pessoa razoável e não tivesse assassinado seu marido a troco de nada.

— De nada? De *nada*? — Ela bufou, arrancando um dos cílios falsos que tinha caído na bochecha. — Você se mandou para Seul. E nós? Éramos nós que pedíamos o café da manhã dele por aplicativo, deixávamos a roupa dele para ser lavada na lavanderia, supervisionávamos as empregadas enquanto limpavam a casa. Você foi viver um conto de fadas, e nós tivemos que dar nosso sangue, suor e lágrimas para fingir sermos uma família feliz.

Vera arrancou o par dos cílios, puxando um tanto de pele junto.

— E como foi que aquele desgraçado agradeceu? — Ela apontou para o teto. — Com um testamento que mal nos deixava com um teto sobre a cabeça!

— Será que você pensou que talvez ele tivesse deixado tudo que era legalmente possível para mim porque não se sentia valorizado por vocês? Ele precisou mandar a filha para o outro lado do mundo para poupá-la do abuso da esposa dele. Meu pai escolheu *você* enquanto estava vivo. Então *me* escolheu quando morreu. Não achou isso justo?

Não me dei ao trabalho de falar que adoraria trocar de lugar com ela. Que eu desistiria de cada centavo se fosse para meu pai me escolher enquanto ainda estava vivo. *Por que ele não me escolheu?*

— Justo? Nós ficaríamos sem nada. — O peito de Vera subia e descia com os gritos. — O que deveríamos fazer?

— *Trabalhar.*

— Eu trabalhei. — Vera tirou um dos brincos de ouro. — Desde os 5 anos, roubando carteiras em shoppings. Nunca mais.

— Porque progrediu e passou a matar pessoas por dinheiro.

— Você é incapaz de enxergar além do seu privilégio. Não teve que largar a escola aos 12 anos para ganhar dinheiro para sua mãe e seus irmãos. Não teve que vender seu corpo em troca de uma sacola cheia do mercado. Trabalhar? Eu fiz de tudo na vida. Meu *corpo* fez de tudo na vida. — Ela apontou para Reggie e Tabby. — Como acha que acabei com essas duas?

Eu acreditava nela. Acreditava nela, sentia pena dela, mas, *ainda assim*, eu a odiava. Ela não tinha o direito de matar meu pai.

— Mãe. — Reggie bateu o pé no chão. — Você disse que papai morreu na guerra.

Tabby coçou a têmpora.

— Você disse que papai se afogou tentando salvar um golfinho machucado.

Vera ignorou as filhas, tirando o outro brinco.

— Antes dos 22 anos, eu tinha uma filha pequena e outra a caminho. Fraldas, leite em pó, contas no hospital. Estava exausta de tudo aquilo. Então, seu pai se mudou e virou vizinho do meu cafetão. Na hora eu soube que tinha tirado a sorte grande. — Ela enfiou os brincos de argola do tamanho de bolas de beisebol na mão de Tabby. — Tinha uma consulta marcada no obstetra para Reggie, então pedi para que ele cuidasse de Tabby. Eu estava com uma febre que não passava. Seu pai me deixou ficar na casa dele. Passou a noite toda acordado, cuidando de mim até a febre abaixar. Dois meses depois, me mudei oficialmente.

Ao lado, os olhos de Andras permaneciam focados em Vera, grudados nos lábios como se ouvisse a respeito do passado dela pela primeira vez.

— Meu cafetão saiu do apartamento vizinho depois que seu pai pagou a ele para fazer isso. — Vera deu um passo adiante. — Pela primeira vez na vida, tive tudo que queria. Duas filhas. Um lar. Um marido gostoso. Então, *você* apareceu. Pidona, gananciosa pelo tempo dele. Sempre chorando, querendo mamar ou colo.

— Eu era um bebê. Fiz o que todo bebê faz.

— E quanto a Reggie? Ela também era um bebê. Seu pai teve a audácia de me pedir para que eu também te amamentasse. Você nem era minha filha. — Ela avançou até mim, passos lentos e comedidos. — No instante em que ele te viu, encolhida naquela caixa, eu soube que você arruinaria tudo. Porque ele te olhou de um jeito... Tabby, Reggie e eu tínhamos a empatia dele. Mas você tinha todo o amor.

Firmei mais o aperto ao redor de Reggie quando percebi que Vera havia chegado perto demais. Deu para ver os pontos verdes salpicados naqueles olhos mortos.

— Mentira. — Balancei a cabeça, me recusando a acreditar. — Meu pai te escolheu. Ele me mandou embora. Ele...

— Mi-mi-mi. Você foi para uma escola internacional e exclusiva com toda aquela gente rica, sendo que ele nem conseguia arcar com todo o equipamento de esgrima. Sabia que ele tirou dinheiro da nossa poupança? Vendeu nossas ações, acabou com nosso fundo de aposentadoria.

Ah, papai.

Não importava que ele tivesse errado, porque, ainda assim, aquilo não dava a Vera o direito de nos machucar.

Quis que o chão me engolisse inteira. Quis me enterrar sob a casa até que ela começasse a cair aos pedaços.

— Isso não justifica a forma como você me tratou.

Soltei Reggie, empurrando-a para longe. Ela caiu nos braços de Vera, soluçando no peito da mãe.

Observei as duas se abraçarem, balançando a cabeça.

— Você nunca me deu nenhuma chance — falei. — Nunca me amou.

Aquilo tirou Vera do sério.

Ela empurrou Reggie para os braços de Andras, então diminuiu a distância entre nós, me encarando abertamente.

— Te amar? — Ela bufou. — Pelo menos tem alguém que vai cuidar de você. Arrumou um bilionário. Não finja que teria descoberto tudo sem a ajuda dele.

Talvez. Mas aquilo não significava que eu não era capaz de me virar sozinha.

— Posso lutar minhas próprias batalhas. — Endireitei a postura, encarando Vera de cima. — Considere-se sentada na primeira fila. O jogo acabou para você, Vera. E para o Eugene.

Andras empurrou Reggie para Tabby, usando o cotovelo para tirar Vera do caminho.

— Deixe meu filho fora disso.

Ele agarrou meus braços, me sacudindo por inteiro. Diferente de Vera, ele era mais forte que eu. Acertei a parede, soltando um grito. Uma dor aguda e arrebatadora subiu pela minha coluna. Meu celular saltou do bolso, caindo no carpete. O aplicativo de gravação apareceu na tela. Tentei recuperar o aparelho, em pânico com a possibilidade de Andras ver tudo.

Mas ele apenas aproximou seu rosto do meu, saliva respingando na minha bochecha a cada palavra que dizia.

— Não vou te deixar arruinar a vida de Gene. Escutou? Estou exausto dessa sua vingancinha.

As mãos dele subiram dos braços aos meus ombros, e ele começou a me sacudir. Meus ossos viraram gelatina. Tentei lutar, fazendo meus pés rápidos trabalharem. Chutei. Pisei. Deslizei. Nada funcionou. Andras era um cão enfurecido. Incapaz de sentir dor.

— Gene não fez nada errado. — Andras me sacudiu com mais força. — Seu pai era um idiota. Ele não merecia Vera. Não merecia as garotas dela. Tive que te aguentar choramingando por dois anos, tentando te impedir de causar problemas. Vera tem razão. Você é uma ratazana. Mais cedo ou mais tarde, vai devorar tudo em seu caminho, até se destruir sozinha.

Minha cabeça começou a girar. Eu havia parado de registrar as palavras dele tinha um tempo, perdendo e recobrando a consciência. A cada sacudida, meus ossos batiam uns nos outros.

De repente, tudo parou. Caí no carpete, mal notando a comoção.

Foco, Fae.

Um barulho agudo. Algo sendo quebrado. Tudo que soube era que não mais me sentia como uma boneca de pano.

Então, a voz de Zach preencheu o cômodo como oxigênio puro.

— Você tocou na minha garota, caralho? Isso foi um grande erro.

Pisquei para afastar a névoa, bem a tempo de ver Andras voando para o outro lado do cômodo.

— Espero que se contente com uma cremação, já que não vai restar nada de você para enterrar.

Tabby deu um berro, se agachando atrás do meu colchão ao lado de Vera e Reggie. Andras atingiu a parede mais distante. Ele colapsou no chão, cobrindo o rosto com os punhos. Zach foi até ele, chutando-o na barriga enquanto ele ficava em posição fetal. A ponta fina do sapato de Zach rachou os ossos de Andras, uma costela por vez.

Elas estouravam como juntas dos dedos, cada golpe pontuado por um grito agonizante de Andras.

— Você... não...

Zach chutou o peito dele.

— Poderá...

Uma costela.

— Tocar...

O tornozelo.

— Nela...

A garganta.

— Se...

O pulso.

— Estiver...

E, por fim, o rosto.

— Morto.

Sangue esguichou do nariz de Andras, jorrando no carpete. O peito nu exibia manchas parecidas, além dos indícios iniciais de hematomas feios.

Oliver irrompeu no quarto, tirando o melhor amigo de cima do meu ex-treinador de esgrima.

— *Zach.*

Romeo se juntou a ele, segurando-o pelo outro ombro.

— Meu Deus.

Andras tinha parado de falar. Talvez até de respirar. Era difícil saber. Ele mais parecia um pufe vermelho. Um caroço que tinha sido uma pessoa.

Tu-tum. Tu-tum. Tu-tum. Estremeci antes de perceber que o som vinha do meu peito. Meu coração se debatia contra sua prisão. Zach se desvencilhou dos amigos, dando tapas nas mãos deles como se fossem moscas.

Ele correu até mim, me pegando no colo.

— Onde está doendo?

Em todo lugar.

Mas eu não achava que Andras poderia sobreviver a mais uma rodada de golpes de Zach. Não que eu me importasse. Só que ele não valia o tempo de prisão.

Zach me manteve perto do peito. Eu queria poder me derreter ali.

Enterrei o nariz na sua pele, respirando fundo, sem me importar com as palavras que saíam engasgadas de mim:

— Você veio.

— Não sei obedecer ordens muito bem. — Ele acariciou meu cabelo, escorregando os dedos por todos os lugares que Andras havia me tocado, substituindo o toque pelo *dele*. — Oliver e Romeo vieram comigo porque ficaram com medo de eu matar alguém.

Oliver deu um tapinha nas costas de Zach.

Ele ergueu o pé, fazendo careta quando viu que o sangue de Andras havia se acumulado na sola do sapato.

— Mais de um alguém.

Eu me aconcheguei no peito de Zach, aninhando a bochecha no pescoço dele.

— Me conte alguma coisa sobre polvos.

— Os tentáculos têm vontade própria. A maior parte dos neurônios do animal fica nos braços. Conseguem realizar tarefas sem ajuda da mente do dono. Conseguem até continuar se mexendo depois que algum tentáculo é cortado.

Franzi o nariz.

— Que mórbido.

Eu estava farta de tanta morbidez em um único dia, muito obrigada.

Zach começou a me levar escada abaixo até a sala de estar. Luzes azuis e vermelhas rodopiavam pelos vidros da janela, lançando sombras de diferentes tons naquele lindo rosto.

— Eu gravei tudo. — Afastei a cabeça, erguendo os olhos para encará-lo. — Lá em cima.

Oliver apareceu atrás de nós segurando o meu celular.

— Já peguei.

Romeo o guiou até o lado de fora pelo colarinho para falarem com os policiais, nos dando um tempinho a sós.

Zach se sentou no sofá, ainda comigo no colo.

— Ainda bem que você é o polvo, não eu.

— Por quê?

— Se eu tivesse oito braços, Andras estaria morto.

Dei uma risadinha, finalmente me permitindo relaxar. Meu sorriso desapareceu ao ver um policial escoltando Vera para fora de casa algemada.

— Acabou mesmo... Por que não me sinto melhor?

Quatro paramédicos saíram com Andras em uma maca.

Zach acariciou meu rosto com o polegar.

— Porque nada disso pode trazer seu pai de volta.

— Sinto saudade dele.

— Eu sei, querida.

— Obrigada por ter vindo.

— Sempre. Você está segura agora, Farrow. — Zach beijou minha têmpora. — Você *sempre* estará segura.

Mas meu coração não estava.

Porque finalmente tinha percebido algo perigoso.

69

Zach

Eu tinha desenvolvido um sexto sentido depois do acidente de carro. A habilidade de identificar uma catástrofe antes da sua chegada. Foi o que senti quando Farrow foi confrontar a família. E sentia isso agora, levando-a para casa enquanto ela encarava o para-brisa, perdida em pensamentos.

O fedor do adeus pairava no ar como um perfume barato. De acordo com os termos do nosso acordo, estava tudo acabado. Era o fim. Eu conseguia tocar pele humana. Farrow resolvera suas questões familiares. Os advogados finalizariam tudo com chave de ouro.

Ainda assim, nenhum de nós ousou tocar no assunto.

Foda-se.

Guinei o carro, parando no acostamento logo antes de chegarmos na Avenida Dark Prince. Ela não reagiu, ainda estudando uma fileira de árvores em silêncio.

— Farrow.

Nada.

Desafivelei o cinto, saí do carro, contornando-o até o lado dela e, então, abrindo a porta. Ela encarou meu ombro, sem focar em nada, fazendo com que eu quase tivesse o segundo ataque cardíaco da noite. O primeiro foi quando vi Andras a sacudindo. Se Ollie e Rom não tivessem me afastado dele, eu estaria em uma cela, e ele, no necrotério.

Finalmente, ela ergueu os olhos na direção dos meus enquanto eu a pegava no colo e a levava até o porta-malas espaçoso, dobrando os assentos traseiros para que estivéssemos em uma cama.

— O que está se passando nessa sua cabeça, Octi?

— Nada de bom.

— Impossível. — Desci o corpo dela, acendendo a luz no teto do carro. — O que está doendo?

— Tudo.

Curvado por cima dela, rocei o dedo em seu ombro, bem de leve, bem onde eu tinha visto Andras a segurar.

— Aqui?

Uma lágrima minúscula e relutante lhe escapou do olho, se arrastando bochecha abaixo. Farrow não soluçou. Não fez som algum. Apenas assentiu. Me aproximei, beijando aquele ponto exato. Ela fechou os olhos enquanto eu passava minha língua ali, apagando qualquer traço daquele desgraçado.

Acariciei sua nuca, onde tinha acertado a parede.

— E aqui?

— Meu cotovelo também.

Ela encarou o teto enquanto eu eliminava o toque de Andras do seu pescoço, do seu quadril, das suas costas, da dobra do cotovelo. Ela não falou mais nenhuma palavra.

— Linda. — Quando terminei, me afastei para simplesmente a observar, esparramada no porta-malas, aquele seu cabelo como raios de sol espalhado em todas as direções. — Linda pra cacete.

Os dedos de Farrow fizeram um caminho pelo forro de náilon.

— O que você acha de Monowi?

— Nunca ouvi falar.

— Fica no Nebraska.

— Faz sentido.

— Tem o total de um habitante.

— E aonde você quer chegar com isso?

Por favor, não diga que quer chegar em Monowi.

— Lugar nenhum, estou apenas pensando em Monowi.

Quis rir. Talvez gritar. Ter um segundo round contra Andras. Farrow e eu tínhamos muito sobre o que conversar, mas acabamos conversando sobre Monowi. Ela ainda não tinha me contado o que queria a respeito de Eileen. E eu ainda não a perguntara sobre nosso futuro. Mas o instinto — junto de todas as células que ainda restavam no meu cérebro, não dizimadas pela minha fúria contra Andras — me dizia que a conversa seguiria por um caminho diferente daquela vez, se comparado com o que teria acontecido caso a conversa tivesse rolado no avião — *antes* do fim do nosso acordo.

Farrow apoiou uma das mãos nas costelas.

— Eu não teria conseguido vencer Andras e Vera sem você.

Eu me sentei, esticando as pernas o máximo que pude, apoiando as coxas de Farrow no meu colo.

— Teria, sim — respondi.

— Não teria. Vera deixou isso bem claro. Na hora, falei para ela que eu poderia lutar as minhas batalhas. Mas estava errada.

— Estava certa. Você passou a vida toda sendo uma guerreira.

— Talvez. Mas eu dependia do meu pai sem nem perceber. — Os olhos dela encontraram os meus. — Ele esvaziou a poupança para financiar minha carreira de esgrimista. Uma carreira que não existe mais.

— O público está do seu lado. Seus amigos da academia explicaram para a mídia suas circunstâncias. Assim que a notícia da prisão de Vera e de Andras sair, ninguém mais vai te responsabilizar por ter aceitado perder uma luta sem importância.

— Mas deveriam. Eu cometi um erro.

— Se quiser desistir, desista. Às vezes, desistir é mais corajoso do que persistir. — Ergui o queixo dela, forçando-a a olhar para mim. — Mas, se for desistir porque está com medo do que as outras pessoas pensam, isso sim seria ridículo e você é mais forte do que isso, Farrow Ballantine.

— Não vou desistir. Bom, ainda não sei. — Ela suspirou, puxando o náilon felpudo do porta-malas. — Acho que a questão é que eu achava que era independente, que sobrevivia sozinha, lutando contra Vera da minha maneira. Só que, na realidade, meu pai me ajudava, até mais do que eu pensava, e você também.

Peça para eu te ajudar, Farrow. Você não está sozinha. Sou seu exército de um único homem.

Antes que eu pudesse responder, ela se endireitou, espanando as mãos.

— Podemos ir para casa?

Examinei o rosto dela, incapaz de decifrar sua expressão, e odiando isso.

— É claro — respondi.

— Acho que é hora de terminarmos nossa partida de Go.

70

Farrow

Decidi que a coisa da qual mais sentiria falta seria a francesa nua preparando um banho. Estava quase a ponto de pedir o quadro como recordação, mas no fim concluí que isso contrariaria o propósito dos meus planos. Memorizei a fileira de pinturas no escritório de Zach enquanto um médico cuidava dos meus ferimentos inexistentes. Os ferimentos de verdade não seriam curados com um estetoscópio e um kit de primeiros socorros. Precisaria de tempo, mas me curaria. Sabia que sim.

Zach orbitava ao nosso redor, causando alvoroço a cada hematoma como se eu tivesse arrumado briga com um ouriço.

— Ela está bem. Um pouco arranhada. — Dr. Sullivan deixou o cotonete de lado. — Nada grave. — Ele fez uma pausa. — Nada tão sério quanto um dedo decepado.

Ah. Eu sabia que o reconhecia. Era o médico da família de Oliver, aquele que cuidara de Brett Jr. depois do incidente na cozinha. Quando ele terminou de guardar tudo, Zach o levou até a porta, retornando poucos minutos depois.

Indiquei o tabuleiro de Go com a cabeça.

— Deveríamos continuar nossa partida agora.

Não havia mais motivos para adiá-la.

— Está com pressa para ir a algum lugar?

— E se eu disser que sim? — Ergui a sobrancelha, jogando verde, o nó no meu estômago se apertando.

— Depende. Aonde? — Ele fez uma pausa. — E, pelo amor de Deus, não diga Monowi.

— Você não acredita em Deus.

— Não, mas acredito que existe *alguém* no universo atormentando minha vida. — Ele se acomodou no seu assento de sempre à mesa. — É sério. Se você falar Monowi, talvez eu mande um míssil para lá.

Eu me sentei na cadeira estofada e confortável, tirando a tampa da minha tigela.

— Como?

Não deixei de perceber como nossa conversa tinha ficado leve, como se quiséssemos evitar o problema óbvio ali presente.

Como sempre, ele pegou uma pedra com sua educação perfeita.

— Já esqueceu que nosso vizinho revende armas?

Revidei o movimento dele com a jogada mais impiedosa em que consegui pensar.

— Verdade. Bem, então acho melhor eu poupar o único habitante de Monowi.

Ele franziu a testa para o tabuleiro.

— Talvez essa partida dure a noite toda.

— Tenho energia para isso.

— Pode ser, mas planejo te deixar bem cansada.

— Ainda estamos falando do jogo, é claro.

— É claro.

Quatro horas depois, ele tinha o controle do tabuleiro. Nenhum de nós disse palavra alguma naquele tempo todo, nos concentrando nas pedras. Ele parecia perdido em pensamentos quando, por fim, tive coragem de tocar no assunto.

Eu me recostei na poltrona, entrelaçando os dedos no colo.

— Eu me rendo.

Os olhos dele foram das pedras aos meus.

— Como assim?

— Não tenho mais jogadas. — Soltei os dedos, gesticulando para o tabuleiro. — Parabéns. Você venceu.

— Venci?

— Isso. — Assenti, fazendo o máximo para não cair no esquecimento. — Você ganhou o pingente. Foi justo.

Desculpa, papai. Você está decepcionado comigo? Em algum ponto, Zach e eu tínhamos concordado que o pingente seria o prêmio. Ao longo do tempo, o jogo se tornara muito mais uma sedução do que uma competição. Eu não achava que tínhamos percebido o que estávamos fazendo. A julgar pela tensão nos ombros de Zach, ele deve ter esquecido o que estava em jogo.

— Farrow.

Balancei a cabeça, me levantando de súbito. Eu queria dizer adeus ao pingente. Mas, assim que dei alguns passos, percebi que havia apenas um dos pingentes na caixa de vidro, e *não* era o meu. Minha reação branda me surpreendeu. Achei que iria chorar, me virar, exigir uma explicação. No entanto, o confronto com Vera tinha sido como um golpe na cabeça, reprogramando meu cérebro.

Vera, Reggie e Tabby tinham passado a vida acumulando bens materiais, incapazes de saciarem a sede. Cometeram crimes, arruinaram vidas, sem nunca entenderem os danos que causavam. Eu não queria me transformar nelas. Se amaria recuperar tudo que Vera tinha vendido? É claro, com todo o meu ser. Porém, eu me recusaria a deixar que a ausência daqueles objetos determinasse minhas emoções. Se focasse no que eu não tinha, jamais apreciaria o que, de fato, eu tinha.

— Fale comigo, Farrow.

— Quer uma bebida? — Fiz um desvio em direção ao carrinho de uísque, enchi dois copos, então me sentei no tampo da escrivaninha de Zach, balançando as pernas. — Acho que vamos precisar disso.

Ele caminhou até mim, ignorando a bebida oferecida, e se posicionou entre as minhas pernas, descansando o queixo no meu ombro. Alguns meses atrás, ele não conseguiria nem ter encostado o mindinho em mim.

— O que está se passando nessa sua cabeça caótica?

Tudo que eu acreditava saber a respeito do meu passado está errado. Não sei quem sou. Nem quais são meus objetivos agora que a esgrima se foi e que a justiça será feita. Estou com medo de me transformar em Vera, de priorizar as coisas erradas. Acredito, com tudo de mim, que sou melhor para você do que Eileen, mas não quero mergulhar em um relacionamento sem ter certeza, primeiro, de quem eu sou.

Em vez disso, me contentei com uma resposta simples:

— Acho que estou prestes a te pedir uma coisa muito egoísta.

— Eu quero que você seja egoísta. — Ele envolveu meu punho com os dedos, levando a bebida aos lábios e, então, tomando um gole a partir do exato lugar em que eu havia deixado a marca do meu hidratante labial. — Me considere seu gênio particular. Seu desejo é uma ordem.

— Me conte algo sobre os polvos. — Foi o que deixei escapar, acovardando-me no último segundo.

Fale logo, sua covarde.

— Hum... — Zach enterrou o nariz no meu cabelo, inspirando o xampu, que, como a boa mão de vaca que eu era, era o xampu dele. — Se essa é sua ideia de um pedido egoísta, acho que vou te mandar dar uma olhada no dicionário.

— Por favor.

Ele fechou os olhos, ficando sério, e me perguntei se Zach imaginava que aquela seria a última vez que me contaria uma curiosidade sobre polvos. Ele abriu os olhos.

— Polvos têm oito tentáculos.

— Nossa. Quem diria? — Dei uma batidinha na testa dele com o nó do dedo. — Não é à toa que te conhecem pelo seu QI altíssimo de mais de 200 pontos.

— Eu ainda não acabei, sua malcriada. — Ele tocou a ponta do meu nariz. — É de se surpreender que tenha sobrevivido 23 anos com essa sua paciência.

— Desculpa.

Com a mão livre, fingi fechar o zíper da boca e jogar a chave fora.

— Perdão, senhorita, mas não posso aceitar isso. — Ele recolheu a chave imaginária do chão e a usou para destrancar minha boca. — Tenho muitos planos para essa sua boca, e preciso dela aberta para todos eles.

Esfreguei os nós dos dedos na minha bochecha, tentando lutar contra o calor.

— Continue.

— Em mandarim, a palavra para *quatro* tem um som muito parecido com o da palavra *morte*, por isso que a cultura chinesa considera o quatro o número mais azarado. Eu nasci no quarto dia do quarto mês do ano. Mas... oito? Esse é o número da sorte. — Ele se afastou até estarmos um de frente para o outro, nosso nariz a poucos centímetros de distância um do outro. — Você é meu amuleto da sorte, Farrow Ballantine. Até o universo sabe que preciso de você.

Era o mais perto que ele tinha chegado de dizer que me amava. Meu coração se rebelou contra o cérebro, ameaçando se soltar das artérias e atacá-lo. *Não faça isso,* implorava a cada batida. *Pare.*

— Eu quero um prêmio de consolação. — Apontei o polegar para o tabuleiro de Go. — Por ter perdido o jogo, digo.

Ele arqueou a sobrancelha.

— Esse é seu pedido egoísta?

Assenti, indo direto ao ponto.

— Prometa que...

— Prometo.

— Eu ainda nem falei qual era a promessa.

— Seja lá o que você quiser de mim, é seu.

Suspirei, dando uma olhada na caixa de vidro vazia na qual meu pingente deveria estar acomodado ao lado do dele.

Aquilo que é seu não pode ser tirado de você.

Abaixei a cabeça, encarando o chão, colocando meu pedido para fora em um único fôlego:

— Prometa que você não vai entrar em contato comigo por um mês inteiro.

— Como é que é? — Ele ficou imóvel. — E se eu não puder viver sem você?

— Você viveu por trinta e três anos.

— Mas isso foi antes. E dificilmente eu chamaria aquilo de "vida".

— Nem estamos namorando.

— Então vamos começar.

— Você está noivo.

— Vou terminar com...

Ergui a mão, impedindo-o de continuar, e disse:

— Posso me explicar?

— Sim.

A relutância dele se assemelhava à de uma criança diante de uma couve-de-bruxelas.

— Essas mãos costumavam segurar espadas e dilacerar sonhos. — Encarei as minhas palmas voltadas para cima. — Agora estão... *vazias.*

— Eu posso te arranjar uma vaga nas Olimpíadas.

— *Mesmo* se você conseguisse, não sei se eu iria querer isso. Não sei o que quero, na verdade, agora que Vera e Andras estão presos, que a minha reputação foi arruinada e que descobri que meu pai desistiu de tudo por mim.

Zach puxou a beirada da minha manga.

— A morte dele não foi culpa sua.

— Sei disso de forma lógica, mas preciso de um tempo para aceitar a situação. Tempo, Zach. É isso que estou pedindo. Para me curar, para descobrir quem eu sou e para me conhecer bem o suficiente para saber o que eu quero. Estou com muito medo de me transformar em Vera, de correr atrás das coisas erradas.

— Você não tem nada que te faça ser parecida com ela.

— Mas, ainda assim, tenho muito medo de acabar como ela.

Pressionei uma das mãos no peito dele, examinando-o. Ele parecia tão frustrado, e com raiva, e confuso... Quis abortar a ideia, dar meia-volta e pular nos braços dele. Mas eu não podia.

— Eu te amo, Zachary Sun.

Meu primeiro. Meu único. Meu sempre.

Eu sabia, mesmo antes de ter dito em voz alta, que era verdade. Me apaixonar por ele foi como ver a neve cair; quanto mais aumentava e se acumulava, mais frio ficava o mundo.

— Farrow...

Ergui a mão outra vez, querendo abaixá-la quando pareceu que ele explodiria ali mesmo.

— Não espero que você diga a mesma coisa em resposta. Na verdade, nem *quero* que você diga. Pelo menos, não agora. Mas eu queria que você soubesse que te amo.

— Por quê?

— Não sei. — Subiu um calor pelas minhas bochechas, indo parar na ponta das orelhas. — Não porque me ajuda, porque faz com que eu me sinta bem, nem porque você é tudo em que penso nos últimos tempos. Esses motivos me parecem rasos. — Balancei a cabeça, apoiando uma das mãos na nuca. — Se você me perguntasse, eu não poderia te dar uma resposta de verdade. Por ora. Mas... eu te amo porque eu te amo. Nada mais. Nada menos.

— Aceito isso.

— Mas *eu* não. Não me conheço bem o bastante para explicar o que exatamente amo tanto em você. Só sei que amo. Mais do que já amei qualquer coisa na vida. Eu não deveria ao menos descobrir o motivo?

Só o que eu conseguia me lembrar da minha vida era de lutar — lutar contra Vera, contra Tabby e Reggie, na esgrima, contra *Zach*. Eu não sabia quem eu era sem aquela violência. Encarei os tênis da Prada, um dos presentes de aniversário que ganhei de Zach.

Os tênis rangiam na mesa de madeira quando eu balançava os pés. Eu precisava fazer um exame de consciência, me colocar em primeiro lugar, antes de amar qualquer outra pessoa. E Zach precisava arrumar sua enorme bagunça. De início, eu havia planejado contar a ele sobre Eileen, mas ele precisava ouvir a verdade da boca dela. E, se não ouvisse, se decidisse ficar com ela, então não éramos para ser.

— Vamos nos separar por um mês. Para lidarmos com as coisas que precisamos lidar. — Me inclinei sobre a escrivaninha, pegando uma caneta vermelha e o pequeno calendário que ele nunca usava, então, circulei o dia dali a um mês. — Se você me amar tanto quanto eu te amo, você vai voltar para mim, Zachary Sun. Vou estar te esperando.

Ele parecia pronto para me entregar ao dr. Sullivan, pronto para pedir um exame do meu cérebro. Por fim, conseguiu resmungar:

— Se é isso que você quer.

Evoquei um sorriso.

— Você mal pode esperar pra se livrar de mim, não é?

Por dentro, meu coração se despedaçava como um biscoito velho. Depois de um instante de silêncio, saltei da mesa, enfiando as mãos no bolso, sem saber como sair dali.

— Acho que é isso — falei.

Ele não respondeu. Aguardei mais alguns segundos. *Fale alguma coisa. Qualquer coisa*. Zach não disse nada. Suspirando, saí andando do escritório e desci os degraus. Só quando já estava com a mão na porta da frente, eu o ouvi se aproximando.

— Espere.

Parei, mas não me virei, prendendo a respiração, ficando tensa quando algo deslizou na palma da minha mão. Uma chave eletrônica.

Eu a virei com os dedos.

— O que é isso?

— É para a garagem.

Ainda assim, não me virei.

— Por quê?

— Coloquei todas as suas coisas lá mais cedo.

Ah, Deus. Me senti uma completa imbecil. Ali estava eu, dizendo a ele que o amava, e ele tinha colocado todas as minhas coisas na garagem? Tínhamos ficado apenas uma hora longe um do outro desde que pousamos — o tempo que levei para ir do aeroporto até a casa onde eu havia crescido para confrontar Vera e Andras.

Tentei não arremessar a chave nele, olhando fixamente para a maçaneta, mas sem de fato ver coisa alguma.

— Ah — falei.

— Me mande uma mensagem quando quiser vir buscar as suas coisas, assim posso deixar a casa vazia.

— Obrigada.

Eu precisava dar o fora dali antes que começasse a chorar. Sem dizer mais palavra alguma, abri a porta e saí correndo pela noite fria de inverno, sem saber ao certo aonde eu iria. Eu havia chegado na metade do caminho — indo em direção à casa de Dallas — quando dei meia-volta, fui correndo até a porta de Zach e então deixei um beijo na janela coberta pela geada ali ao lado.

Poderia jurar que, enquanto eu me endireitava, uma sombra se moveu do outro lado.

— Adeus, Zachary Sun. Espero te ver daqui a um mês.

71

Zach

30 dias

Não havia melhor representação do fundo do poço do que chorar por uma garota menos de oito horas depois de ela ter ido embora. *Tudo bem*. Não houve lágrimas envolvidas, mas mal consegui me arrastar para fora da cama a tempo de reclamar para Natalie que ela tinha chegado para trabalhar um minuto antes do horário.

— Mas você sempre espera que eu chegue mais cedo. — Ela fez biquinho, trocando o peso de perna. — Na última vez que cheguei no horário, você descontou do meu bônus.

Arqueei a sobrancelha, abrindo meu e-mail.

— E você está de sapato na minha casa?

— Você sempre deixa as pessoas usarem sapatos na ala de negócios.

Comecei a digitar um rascunho de e-mail, requisitando a presença de Eileen em um almoço no Grand Regent, no qual eu tinha a intenção de cancelar todos os nossos planos de casamento. Falando nisso...

Eu me virei para Natalie.

— Cadê o meu almoço?

Lágrimas se acumularam nos olhos dela.

— Mas não são nem dez da manhã.

Ela avaliou a sala, como se esperasse encontrar câmeras escondidas.

Eu também, Natalie. Eu também. Talvez essa seja uma pegadinha, talvez Octi entre por aquelas portas duplas a qualquer momento, venha até o tabuleiro de Go e faça uma jogada.

Cliquei para enviar o e-mail. Então, tudo que eu precisava fazer era informar à minha mãe que: 1) eu tinha ido aos Hamptons, como ela queria; 2) eu havia fodido qualquer possibilidade de um futuro com sua candidata à minha noiva ao *literalmente* foder Farrow durante o jantar com Eileen; e 3) eu esperava que ela honrasse o acordo para cancelarmos o noivado.

Fechei os olhos, girando a cadeira para não ter que olhar para o tabuleiro de Go.

Relaxe, porra. São apenas trinta dias.

Você sobreviveu a trinta e três anos sem Farrow.

Mas será que sobrevivi?

72

28 dias

Ari: Oi???

Ari: Por que foi @DallasCosta quem me contou que Vera está na cadeia, que a fiança é de 900 mil dólares e que ela não pode pagar e Reggie e Tabby estão morando em um motel de beira de estrada?!

Ari: VOCÊ CONSEGUIU. VOCÊ GANHOU. A CASA É SUA. A EMPRESA É SUA. ESTÁ NA HORA DE COMEMORAR.

Dallas: Amiga, você é cega?

Ari: Não, por quê?

Dallas: Porque você não está enxergando o clima do momento. Fae está péssima. Ela acabou de sair da casa de Zach. E não está nem aí para aquelas vacas.

Ari: O quê?

Ari: Ninguém me contou nada.

Ari: Por quê???

Farrow: Tínhamos um acordo. Conseguimos o que queríamos.

Ari: Espera aí, o que ELE conseguiu?

Dallas: 🍑🍑🍑

Dallas: 🍆🌭🐈🍩

Dallas: Sutil, mas acho que você entendeu.

Farrow: Você é mesmo a versão feminina do Oliver.

Dallas: São os hormônios da gravidez. Eu penso em sexo o tempo todo.

Ari: E Zach te deixou ir embora?

Ari: (Desculpa mudar de assunto, Dal.)

Farrow: Vocês nunca me deixam terminar de falar antes de me bombardearem com emojis de sexo. Pervertidas.

Farrow: [emoji revirando os olhos]

Farrow: Eu pedi um pouco de espaço (TEMPORARIAMENTE!!!)

Farrow: Zach queria que eu ficasse morando com ele. O que seria ainda pior.

Ari: E onde você está morando agora?

Dallas: Na casa dos Costa. Uhul!

Dallas enviou uma foto.

Ari: Tudo que dá para ver é comida...?

Dallas: Foi mal.

Dallas: Ela está na foto, atrás da pilha de salgadinhos que acabou de ser entregue. Dá para ver um pedaço da orelha dela do lado esquerdo.

Ari: Linda orelha. Deixaria Van Gogh morrendo de inveja.

Farrow: Ha-ha. Que engraçado.

Ari: Te amo.

Ari: Você sabe que é só me ligar... ou me pedir para entrar num avião, caso precise acabar com alguém.

Farrow: Muito obrigada <3

73

27 dias

Ollie vB: O Zach está vivo?

Ollie vB: Não recebi nenhuma mensagem dele faz três dias.

Romeo Costa: Oliver... estou detectando preocupação em sua alma toda corrompida?

Romeo Costa: Sugiro que verifique sua temperatura.

Ollie vB: Não estou preocupado com Zach, mas com o futuro da nossa vizinhança exclusiva. Os preços das casas vão cair pra cacete se as pessoas descobrirem que aqui foi cenário de um crime horrendo.

Ollie vB: Não seria melhor a gente ir dar uma olhada se ele não está se decompondo em algum lugar da mansão? Talvez com algum objeto perfurante enfiado na cabeça dele?

Ollie vB: Sejamos honestos, ninguém ficaria surpreso se ele finalmente tivesse deixado alguém puto o suficiente para matá-lo.

Ollie vB: A ideia de sedução do cara é chamar a garota de "polvo".

Romeo Costa: Zach está vivo. Ao menos no sentido técnico da palavra.

Romeo Costa: Ele só está mal porque Farrow se mudou para minha casa, para ficar com Dallas, depois de ter dado um pé na bunda dele.

Ollie vB: Ai. Dor na bunda nunca é legal.

Ollie vB: Se ele tivesse me avisado... eu poderia ter recomendado um excelente lubrificante orgânico.

Romeo Costa: Você é uma fonte infinita de conhecimento, Von Bismarck. Um verdadeiro homem da renascença.

Ollie vB: Então ela se mudou.

Ollie vB: O que aconteceu? Ela descobriu que ele é um psicopata?

Romeo Costa: Não, ela não via problema nisso.

Romeo Costa: Ela se recusou a ser a amante.

Ollie vB: Erro de principiante. A amante tem todas as vantagens e nenhum drama ou obrigações familiares.

Romeo Costa: Obrigado pelo esclarecimento moral. E, ah, ela também falou algo a respeito de precisar se redescobrir.

Ollie vB: Suspiro. São sempre as pessoas com 20 ou com 50 e poucos anos. Não tem meio-termo.

Romeo Costa: E Constance está pressionando Zach e Eileen para escolherem uma data.

Ollie vB: Teria sido bom se eles tivessem ido a pelo menos um encontro antes do noivado.

Romeo Costa: Você não está errado.

Romeo Costa: De qualquer forma, Eileen desapareceu. Deve ter sumido para evitar o término.

Ollie vB: A gente deveria ver como Zach está?

Romeo Costa: Acho que é isso que os bons amigos fazem. Então... não?

Ollie vB: Hahaha. Zach, estamos a caminho. Abra a porta dessa vez.

Zach Sun: Estou ocupado.

Zach Sun: Além disso, Farrow não me deu um pé na bunda.

Romeo Costa: Sei. Para isso, vocês teriam que ter tido um relacionamento de verdade.

Zach Sun: Vá se foder, Costa.

Ollie vB: Nossa, que atitude é essa? Quem foi que cagou na sua chaminé?

Zach Sun: VOCÊ. E quase quebrou o nariz fazendo isso.

Ollie vB: Tudo bem, tínhamos só 17 anos na época, e foi uma pegadinha muito sofisticada.

Zach Sun: Não venham até a minha casa.

Ollie vB: Vamos arrombar a porta.

Zach Sun: Vocês não vão passar pelos seguranças.

Romeo Costa: Se você não abrir, vou marcar um encontro com outro homem para Farrow.

Zach Sun: A única coisa que vai ser aberta se fizer isso é seu corpo quando eu arrancar seus órgãos com uma serra elétrica. Um de cada vez.

Romeo Costa: ...

Zach Sun: Tudo bem. Vou abrir.

Ollie vB: Bom garoto.

Zach Sun: Cala a boca.

Ollie vB: Só se for com uma mordaça com bola, querido.

74

Zach

26 dias

O som de uma orquestra com mais de cinquenta instrumentos me acordou na minha décima sexta hora de sono consecutiva. Eu nem sequer podia me sentir miserável em paz. Pressionei um travesseiro no rosto. O som do saxofone atravessou as penas afofadas, seguido do barulho do instrumento mais inútil na Terra: o triângulo.

— Puta que pariu.

Pulei da cama e desci pisando duro ao andar debaixo, sem me dar ao trabalho de vestir uma camisa.

— Ah, meu amor, você está acordado. — Minha mãe abriu um sorriso ao me ver, empoleirada em um banquinho de uma das ilhas da cozinha. — Me ajude a escolher a música para a entrada do casamento.

Dúzias de músicos estavam abarrotados na cozinha americana. Abaixaram seus instrumentos enormes, acenando com a cabeça para mim.

Eu os ignorei, encarando minha mãe.

— Esta por acaso virou sua segunda casa?

— Está reclamando de eu passar muito tempo aqui?

— Parece mais um grito de socorro. — Celeste Ayi entrou na sala, segurando uma mimosa, e apertou minha bochecha. — Ah, Zachy, é claro que te visitaremos todos os dias, já que você pediu com tanto carinho.

— Não vai ter mais casamento, mãe. Eu já falei. — Encarei a orquestra até começarem a guardar suas coisas. — Fui para os Hamptons e arruinei o noivado.

— Ah, que bobagem. — Minha mãe gesticulou com a mão. — Ontem mesmo Eileen confirmou a data comigo pessoalmente.

Muito conveniente, considerando que Eileen não havia retornado a nenhum dos meus milhares de e-mails, mensagens ou recados na caixa postal. Era evidente que ela queria que a farsa do noivado permanecesse intacta. Eu não imaginava que suas táticas de esquiva rivalizavam com as de White Goodman. Na verdade, aquela talvez fosse a única coisa interessante a respeito dela.

— Agora que está aqui, eu adoraria saber sua opinião sobre o bolo. — Minha mãe puxou um catálogo de quinhentas páginas para fora da bolsa, batendo-o no balcão. — Estou pensando em um bolo de limão marmorizado, do chão ao teto. Não muito doce, é claro.

— Vou encomendar um desses para o seu aniversário. — Esperei até os músicos terem saído, todos de cabeça baixa, antes de me virar para minha mãe. — Porque não vou me casar.

No meu bolso, a última mensagem de Tom me assombrava. Eu ainda não tinha respondido.

Tom: Quer que eu a siga ou não? Porque não te acho bonito o suficiente para eu tolerar esses seus sinais confusos, cara.

Minhas narinas se dilataram. Tinha prometido a mim mesmo que respeitaria a privacidade de Farrow, que não iria atrás dela.

Seja bonzinho, Sun. São apenas trinta dias. Logo, Farrow vai estar de volta.

O problema era que ser bonzinho não me fazia bem. Na verdade, me fazia mal.

Celeste Ayi folheou o catálogo, franzindo a testa.

— Tem certeza de que queremos um casamento na primavera? Não sei se meu cabelo vai aguentar o calor. — Ela estalou os dedos. — Acho que posso contratar um cabeleireiro pessoal para me seguir na festa. Um investimento incrível.

— Xiao Ting, vamos experimentar nossos vestidos daqui a uma semana. — Minha mãe estalou a língua ao ver a irmã entornar a bebida do copo em um gole. — Precisamos manter o peso. Ao menos até o casamento.

Suspirei, me arrastando de volta para a cama.

Não importava o que eu dissesse. Minha mãe não me daria ouvidos.

Eu precisava ir atrás de Eileen.

75

26 dias

Zach Sun: Seis da tarde. No saguão do Grand Regent.

Zach Sun: Tem algum motivo para você ter me dado um bolo, srta. Yang?

Zach Sun: Sei que você está em Potomac, Eileen. Minha mãe me informou.

76

Farrow

25 dias

No quinto dia da minha liberdade de Zachary Sun, Dallas chamou reforços.

Resmunguei quando ela jogou um cabide em mim, sentada na beirada do seu edredom.

— Pela última vez, não estou deprimida.

Não estava mesmo.

Desde que eu tinha saído da casa de Zach, jurei que focaria em mim mesma. Que usaria aqueles trinta dias para pensar melhor nas coisas e colocar a cabeça o lugar. Aos 33 anos, ele já vivera dez anos a mais do que eu para descobrir quem ele era e o que queria da vida. Eu merecia aqueles trinta dias. Além disso, como eu havia descoberto que Eileen amava Zach — muito, *muito* mais do que ela deixara transparecer —, meu antigo acordo com ele passou a me parecer mais nojento. (Embora eu achasse a manipulação dela tão charmosa quanto um rolo de papel higiênico de folha única.)

Dallas jogou um cabide em Frankie daquela vez.

— É o que todas as pessoas depressivas dizem.

Justo.

— Por que precisamos de reforços? — perguntei, vestindo a saia fofa de tule. — Não somos os Vingadores.

— Fale por você. Eu me sinto o Tony Stark. — Hettie, a chefe de cozinha da casa dos Costa e a pessoa mais legal que algum dia pisou nessa desgraça de planeta, franziu a testa para a saia de tule verde e dourada que Dallas a tinha obrigado a vestir. — Vamos para um clube, não para um recital de balé.

— Minha irmã não teve festa de despedida de solteira. — Frankie jogou o braço ao redor dos ombros de Dallas. — Se ela quer que a gente use isso, então vamos usar.

— Obrigada, Frankie. — Dallas terminou de entrar em um vestido branco que mal lhe coube na cintura. — Não existe cura melhor para a depressão do que uma ida ao clube.

Eu me deixei cair no colchão dela, cobrindo o rosto com as mãos.

— Não. Estou. Deprimida.

Mas ela já tinha passado a focar nas camisetas, designando roupas idênticas para vestirmos. Dallas, então, passou um batom vermelho e seguro para grávidas e se virou para nos encarar.

— E aí? O que acham?

Sinceramente, você está parecendo uma noiva que fugiu do altar. Mas por outro lado...

— Fofa — respondi.

Assim que nós quatro terminamos de nos vestir, descemos a escada em pares, braços enganchados na altura do cotovelo. Oliver deixou a colher cair quando nos viu, sentado à ilha da cozinha. Então, jogou a cabeça para trás e gargalhou, sem se dar ao trabalho de comentar.

Romeo franziu a testa, dando uma puxadinha no tecido do vestido de Dallas.

— Aonde vocês pensam que vão?

Ela ficou na ponta dos pés para receber um beijo na testa.

— Ao clube.

— Com *essas* roupas?

Enquanto Dallas usava um vestido curto de casamento com véu, Hettie, Frankie e eu usávamos saias de tule e camisetas rosa-choque com a estampa TIME DA NOIVA.

Dallas alisou o vestido.

— O que tem de errado com as nossas roupas?

— Não me parecem apropriadas.

— A gente vai passar no Sam's Club. Espere aí... — Ela inclinou a cabeça. — Você achou que eu ia para uma balada?

— Ninguém se refere ao Sam's Club como "clube".

Ela pegou o cartão da loja e o mostrou para ele como prova.

— É um clube de compras e eu tenho, tipo, uma carteirinha.

Como sempre, Romeo sucumbiu às extravagâncias da esposa, pedindo ao motorista dele que nos levasse. Uma pontada de inveja me atingiu. Queria o que Dallas e Romeo tinham. Será que eu conseguiria meu "felizes para sempre"? A possibilidade de que os trinta dias passariam e que Zach me deixaria na mão atormentou minha mente durante todo o caminho. Aquele era o problema de dar seu coração a alguém: sempre havia a chance de que você jamais voltaria a se sentir completa.

No Sam's Club, experimentamos todas as amostras de comida que queríamos, uma, duas, três vezes, até os seguranças nos expulsarem.

Dallas tinha razão. Nada curava a depressão como uma ida ao clube.

Talvez eu *estivesse* mesmo um pouco desanimada.

Afinal de contas, eu levava a chave comigo dentro do sutiã, bem acima do coração. O órgão que se despedaçaria no segundo que eu a usasse.

77

23 dias

Para: draeileenyang@sapphireclinic.com
De: zacharysun@suninternational.com
Assunto: Quebra de contrato

Senhorita Yang,

Você falhou ao não responder as minhas inúmeras tentativas de contato, o que resultou em uma grave quebra de contrato com base no Artigo XVII, seção 8, subseção M, 2º parágrafo. Anexei uma cópia comentada do nosso contrato com a parte em questão destacada. Para evitar uma penalidade severa, sugiro que me contate para conversarmos. Quebras de contrato futuras resultarão em ações legais imediatas.

Atenciosamente,
Zachary Sun
CEO – Sun International Inc.

78

Farrow

22 dias

Eu tinha sobrevivido à minha primeira semana sem Zach.

Durante essa semana, conversei com advogados e policiais para discutir a respeito do caso, fiquei na casa dos Costa com Dallas e, de vez em quando, com Frankie (para o desprazer de Romeo) e evitei encarar a chave, que eu finalmente tinha enfiado em um dos pares de tênis que foram parte do meu presente de aniversário de Zach.

Naquele dia, Dallas havia conseguido me convencer a assistir a um torneio local de esgrima juvenil. A paranoia parecia percorrer meus braços e pernas enquanto andava com pressa até a arquibancada, a cabeça abaixada.

— Devagar. Minha barriga bate nas coxas toda vez que subo um degrau. — Dallas se grudou no meu braço. — Sabia que todo mundo só está te olhando *por causa* do que você está vestindo?

Eu tinha prendido os cachos sob um boné, usava óculos escuros que não deixavam meus olhos à mostra, além do uniforme listrado de um boliche no qual eu começara a trabalhar para receber algum dinheiro até vender a casa. Vera tinha concordado em vendê-la, já que precisaria do dinheiro para pagar todas as taxas jurídicas — que só aumentavam.

Dallas e eu tínhamos nos acomodado havia dois segundos quando ela ergueu a cabeça, farejando o ar.

— Que cheiro é esse?

— Vômito — resmunguei, sacudindo o uniforme. — A desvantagem dos direitos das mulheres. Voamos perto demais do sol, agora precisamos passar nossos finais de semana limpando vômito no banheiro em vez de ler livros em uma banheira.

— Fale por você. — Ela franziu o nariz. — Maratonei todas as temporadas de *One Tree Hill* esta semana enquanto você trabalhava.

Um cheiro ácido saiu da minha camiseta. Fiquei em pé, jogando a mochila por cima do ombro.

— Vou me limpar e trocar de roupa.

Dallas acenou, me dispensando com a mão, já focada na competição. A sinfonia familiar de espadas tilintando acariciou meus ouvidos. Eu queria ficar perto da pista, perto da ação, mas não senti a necessidade de vestir o equipamento. *Estranho.*

Voltando do banheiro, esbarrei com uma esgrimista praticando movimentos no saguão. Eu a tinha visto se aquecendo mais cedo com outras meninas da categoria sub-14. Hesitei perto da entrada que levava ao ginásio, ainda de óculos escuros e boné.

— Você luta com o florete, certo?

Ela assentiu, o rosto parecendo gritar *alerta de estranho.*

— Sou a próxima.

— Vi que estava praticando. — Troquei o peso de perna, pensando se não estaria passando dos limites. — Seu foco está todo nos movimentos elaborados, em vez de na distância e no tempo. Comece a focar nos pés, assim vai conseguir ser mais rápida do que seu oponente por alguns segundos.

— É sério?

Dei de ombros, percebendo que minha única experiência tinha sido ensinando Zach, que era um talento natural.

— É só uma dica.

Mas, ainda assim, me peguei me inclinando para a frente quando o narrador anunciou o nome da garota e a partida começou. Anna perdeu os dois primeiros toques, focada nos movimentos extravagantes.

Os pés, garota. Foque nos avanços e recuos.

— Ai. — Dallas soltou o braço do meu aperto. Opa. — Relaxa, você nem conhece a menina.

— Eu sei, mas...

Mas o quê?

Mas você ainda ama o esporte. Ama analisar esgrimistas. Ama a empolgação da partida. Você só... não quer mais competir.

Balancei a cabeça com a constatação, perdida em pensamentos. Mas não por muito tempo.

Anna perdeu outro ponto, um passo atrás da oponente. Me levantei e posicionei as mãos ao redor da boca.

— Foque nos pés!

— Meu Deus. — Dallas se afundou no assento o máximo que pôde com a barriga enorme. — É assim que Romeo se sente quando começo a argumentar a favor de queijo extra na janela do drive-thru quando há um monte de carros atrás da gente?

Mas não me importei. Meu conselho funcionou. Anna fez três pontos seguidos, igualando o placar. E, quando a partida terminou 15-11, dei um pulo, comemorando como se eu mesma a tivesse treinado.

Os óculos escuros caíram do meu rosto com o movimento. Congelei, percebendo que meu boné tinha caído em algum momento durante a partida. Notei os sussurros atravessando as arquibancadas. Algumas pessoas apontaram para mim, obviamente me reconhecendo. Esperei que alguém se levantasse e gritasse comigo. Me chamasse de fraude. Em vez disso, a maioria me ignorou. Alguns sorriram. Uma pessoa até pediu uma *selfie*. Ao fim do torneio, Dallas e eu descemos da arquibancada.

— Oi! — alguém gritou.

Dallas apontou para mim.

— Ela está falando com você?

Eu me virei e me deparei com uma mulher vestida de Lululemon da cabeça aos pés. Do outro lado do ginásio, ela começou a vir na nossa direção.

— Você falou alguma coisa para minha filha antes da partida?

— Ah, merda. — Dallas me cutucou. — Ela parece furiosa. Você não acha que ela parece furiosa?

Recuei um passo, arrastando-a comigo.

— Talvez devêssemos sair correndo.

Dallas e eu nos viramos, prontas para fugir, mas Anna veio correndo até mim, envolvendo meu torso em um abraço.

— Aquilo foi incrível. Fiz exatamente o que me falou. Você poderia me treinar? Por favor? — Ela pressionou uma palma na outra, esperando o instante em que a mulher mais velha nos alcançou para dizer: — Minha mãe é quem me treina agora, e ela não tem ideia do que está fazendo.

A mãe de Anna assentiu, coçando a nuca.

— É verdade. Acabamos de nos mudar para cá. Ainda não tive chance de encontrar um treinador para ela. Você tem vaga para novos alunos?

— Ah, hum... — Fiz um círculo no chão do ginásio com um dos pés. — Eu...

— Ela está disponível. — Dallas se iluminou, entrelaçando os dedos nos meus. — Tem vaga na agenda, sim.

Oscilei ali parada, sem saber como dizer o que queria.

— Você sabe que eu...

— Sim. Você é a Farrow Ballantine. Nós te reconhecemos. — A mãe de Anna me ofereceu um sorriso gentil. — Todo mundo da esgrima sabe sobre a partida na Coreia.

— Ah. — Quis dar uma de Homer Simpson e desaparecer nos arbustos.

— Todo mundo está te apoiando, aliás. — Ela fez um sinal positivo. — Mesmo antes das notícias sobre a sua família terem saído na mídia.

Encarei Anna, envergonhada, lisonjeada e me sentindo um pouco estranha ao ver que desconhecidos andavam falando da minha vida como se conversando a respeito de algum documentário de crime da Netflix.

Bem, quem sabe... Tabby sempre quis uma chance em Hollywood.

Anna assentiu, sorrindo.

— Se eu soubesse que era Farrow Ballantine embaixo dos óculos esquisitos e do boné, eu teria seguido seu conselho antes. — Ela se virou para Dallas. — Você deixou sua amiga sair de casa com essas roupas?

E, simples assim, em uma noite tranquila durante a semana, acabei me tornando a nova treinadora de uma menina de 13 anos.

79

Zach

20 dias

A dose letal de infelicidade naquele dia veio das mãos dos suspeitos de sempre: Celeste Ayi, minha mãe e os delírios de ambas de que o casamento seguiria como planejado. (Minha mãe ainda se recusava a aceitar a derrota. Celeste Ayi achava a ideia de devolver seu vestido feito sob medida para a ocasião terrorismo nacional.)

Minha mãe estava sentada à ilha da cozinha, diante de um fichário enorme que continha o nome de todos os membros da nossa família — passado e presente.

— Zachary, você não está preocupado com a lista de convidados?

— Alguém vai se casar? — Enfiei o garfo numa gema de ovo só para vê-la se desfazer, então peguei um pedaço de manga. — Porque, certamente, não estamos falando do meu casamento. Meu noivado foi cancelado.

Beberiquei meu espresso, me perguntando o que Farrow estaria fazendo. Trabalhando? Treinando na pista? Arrumando encrenca com Dallas? O fato de ela morar do outro lado da rua e ainda assim conseguir me evitar deveria ser investigado pela CIA. Mesmo enquanto eu canalizava meu Joe Goldberg interior trabalhando de frente para a janela, errando todos os cálculos e erguendo os olhos a cada dez segundos para ver se ela estava passando por ali. Eu não estava vivendo meus melhores momentos.

— Não seja bobo. — Minha mãe virou uma página do fichário, colando uma nota adesiva na margem externa. — Eileen me encaminhou a lista dela.

— Falando em Eileen, registrei hoje de manhã com a polícia o desaparecimento dela.

Ao menos, tentei. Aparentemente, não se pode fazer um boletim de ocorrência porque uma pessoa está respondendo todo mundo menos você.

Minha mãe me encarou como se eu tivesse feito um voto de pobreza e decidido me desfazer de toda a minha fortuna.

— Ela está ocupada se empenhando para criar o casamento dos nossos sonhos. É melhor não incomodá-la nos próximos meses.

— Eu adoraria não incomodá-la nas próximas *vidas*.

— *Ah.* — Celeste Ayi se impeliu para a frente, apontando um nome com seu dedo firme. — Vamos convidar Xiao Bai para a cerimônia do chá. Talvez ela finalmente nos conte sua receita de macarrão *dan dan.*

— Não se dê ao trabalho. Você vai receber uma lista dos ingredientes, mas sem as medidas certas. — Minha mãe afastou a mão dela com um tapinha, parando em um nome. — Que tal a Olivia? Ela é uma querida.

— Uma *des*querida. — Ayi levou a faca de manteiga até a página, desgastando o nome dela dos registros da família Zhao. — Condescendente demais, só porque falava inglês melhor do que eu. E daí que eu não sabia nenhuma gíria quando cheguei aqui? Em compensação, foi fácil pra caramba aprender a falar *vai tomar no cu.*

Fragmentos da conversa delas atravessavam minha mente. Algo quente e violento se remexia dentro de mim. Bebi o café como se fosse um *shot* de bebida alcoólica, deixando a xícara no tampo da ilha antes de tirar o celular no bolso. O nó dos dedos roçou meu pau no caminho. Aquilo bastou para que um sibilo me escapasse dos lábios.

Ninguém tinha me avisado que eu seria reduzido a instintos animalescos depois de perder a virgindade. Com Octi longe, eu tinha ido de três a quatro transas por dia para zero. De repente, toda a existência de Oliver von Bismarck fez muito mais sentido. Eu nem sequer me masturbava desde que Farrow saíra da minha vida, me deixando no caos. Não era por falta de esforço. Na noite anterior, quando comecei a ver um pornô aleatório, não consegui nem ficar duro.

Tudo bem. Me processem por sentir saudade de Farrow, então. Farrow Ballantine e seu cabelo esvoaçante, do tamanho perfeito para ser enrolado nos punhos. E suas coxas esbeltas, tão habilidosas em montar no meu pau. E sua boceta apertada, tão doce e macia como a manga no meu prato.

— *Saiam.*

Um instante se passou antes de todos percebermos que o grunhido áspero tinha vindo da minha garganta. Minha mãe franziu a sobrancelha, indo até mim.

Ela levou a mão até minha testa, então a afastou antes de fazer contato, se lembrando que eu odiava qualquer toque.

— Você está bem?

— Por favor. *Vão embora.*

Cortei a manga no meio, passando bem ao lado do caroço, tentando me forçar a parecer normal. Compreendendo meu humor, Ayi optou pela autopreservação, arrastando minha mãe para fora da mansão. Assim que a porta foi fechada, agarrei a borda do balcão com a mão livre, apertando-o com força. Fechei os olhos. Conjurei Farrow na minha mente, nua e como uma estrela-do-mar em cima da ilha, os mamilos rosados e a boceta molhada, esperando apenas por mim.

— Octi — falei, me engasgando e sentindo o pau endurecer na calça.

Na minha imaginação, ela me convidava para chegar mais perto, se contorcendo na ilha enquanto levava uma das mãos entre as pernas, circulando o dedo no clitóris inchado.

Meu pau dilatou na calça, e minha boca salivou. Me imaginei me abaixando, conseguindo ter um gostinho daquela boceta deliciosa e encharcada. Dei uma mordida gananciosa na manga. O suco escorreu pelo meu queixo. O aroma frutado tomou conta das minhas narinas enquanto eu a provava. Doce, terrosa. Perfeita, perfeita, perfeita.

Um grunhido me escapou da garganta enquanto eu devorava a manga, mais rápido, com mais ímpeto, imaginando que estava chupando a boceta de Farrow. Endireitei a postura, pressionando o pau contra o armário, me servindo da fricção, estocando minha cozinha como um cachorro enquanto eu comia. Sem ela, eu tinha perdido a cabeça, a dignidade e a noção da realidade.

— *Octi.*

Comi a manga toda, gozando na calça. A porra quente e leitosa inundou o tecido, se recusando a parar. Joguei o resto da manga na pia e deixei a cabeça cair entre os ombros, frustrado. Meu corpo inteiro convulsionava, tremendo como se enfrentando uma crise intensa de abstinência. Não aguentaria nem mais um minuto sem ela.

Foda-se.

Peguei o celular e liguei para o primeiro número na discagem rápida. Então, prontamente desliguei antes que chamasse, porque eu estava oficial, completa e irrevogavelmente perdido. De forma patética e detestável, repeti o processo. Ligar. Desligar. Verde. Vermelho. Um glutão faminto por punição.

Queria o toque dela.

Eu. Queria. O. Toque. Dela.

A porra manchava minha calça Kiton, formando crostas na pele. Mechas de cabelo despenteadas tinham grudado nas têmporas. Havia dias que eu não me cuidava. Ergui o olhar, encarando meu reflexo na pia brilhante, mas sem me reconhecer.

O suor escorria pelas minhas bochechas. Estava corado da testa ao queixo, de orelha a orelha. Abri a torneira e posicionei o rosto sob a corrente, soltando um grito agoniado.

Quando ergui a cabeça, minha mãe me encarava do outro lado da ilha, pegando a bolsa que tinha esquecido. Ela a apertava contra o peito e, quando falou, sua voz saiu em um sussurro:

— Você está doente, Zachary?

Não estou doente. Apenas apaixonado.

80

Zach

17 dias

Oi, você ligou para Eileen Yang. Estou em uma reunião ou longe da minha mesa. Por favor, deixe seu nome, número e uma mensagem breve. Retornarei assim que possível. Obrigada.

— Sou eu, seu ex-noivo, ligando pela milésima vez. Você saberia que progredimos para *ex* um do outro se... sei lá... atendesse a porcaria do celular, respondesse a e-mails ou mensagens, ou ainda, talvez, quem sabe, e sei que é uma sugestão completamente inusitada, *não* tivesse me dado bolo por cinco horas na porra do saguão do Grand Regent. Como pode ver, é muito importante conversarmos pessoalmente para confirmarmos que você entendeu que nosso relacionamento está encerrado. Se quiser me des-foder qualquer hora dessas, estarei esperando, tentando dar o meu melhor para, no processo, não destruir cada pedacinho da sua vida cheia de privilégios. Nos falamos em breve.

81

Zach

13 dias

Ao pensar no meu futuro fim, eu sempre me perguntava quando chegaria. Não "se" nem "como", mas *quando*. Parecia inevitável. Em abril, eu completaria 34 anos, a idade que meu pai tinha quando morreu. Como era possível que ele — maior que a vida, um pilar da comunidade, meu ídolo — teria uma vida mais curta que a minha?

A resposta? Era impossível.

Então, eu não me dava mais ao trabalho de fingir que era um membro exemplar da sociedade. Ou até um *participante* da civilização. Havia sucumbido à minha derrocada, indo de restaurante a restaurante, hotel a hotel, caçando a ruína da minha existência: Eileen Yang. O problema era que eu não sabia nada sobre ela. Não sabia do que ela gostava ou desgostava. Onde costumava beber seu café ou passar seu tempo. Tudo que eu sabia era que ela decidira, de fato, tirar um ano sabático e desaparecera rumo ao desconhecido.

Eu hackeei tudo que consegui. Cartões de crédito — sem movimentações. Redes sociais — *cri, cri, cri.* E-mails — respondidos, exceto os meus.

Tom se recostou no meu sofá, jogando os pés por cima do braço.

— Ela sumiu.

— E você acha isso divertido?

Ele jogou uma bolinha de estresse para cima e a pegou no ar.

— Você ainda continua sendo o Zachary Sun?

Os nós dos meus dedos roçaram o queixo, encontrando uma barba havia muito por fazer.

— Ainda não fiz a barba.

— O que você ainda não fez foi sair dessa sua crise de meia-idade. — Ele deixou a bolinha cair e rolar pelo tapete. — Que merda, cara.

Que merda mesmo. Seis dias antes, eu desistira da normalidade, cancelando todos os meus planos, minhas reuniões e consultas. Sem mencionar o fato de que eu havia começado a evitar Romeo e Oliver como se fossem a peste. Passava os dias olhando pela janela, esperando ter um vislumbre de Farrow no seu Prius. (Aconteceu uma vez. Não vi o rosto dela, mas conhecia aquela bunda como a palma da minha mão.) À noite, eu vagava pelos corredores da mansão, desesperado por algum sopro do perfume dela que ainda pairava no ar.

E, entre uma coisa e outra, eu perseguia minha futura ex-noiva como um homem desequilibrado, desesperado para dar um fim àquela loucura.

Chega. Me endireitei.

Tom se sobressaltou, ajeitando a postura.

— Aonde você vai?

— Ao apartamento dela. — Fui pisando duro ao corredor e desci dois degraus de cada vez.

— Que fica em Nova York? — Ele correu para me alcançar, ofegando. — Ela não vai estar lá. Pedi para um amigo verificar.

Ainda assim, eu precisava fazer alguma coisa. Qualquer coisa para ajeitar aquela bagunça com a qual eu deveria ter lidado meses antes. Tom desistiu de me seguir quando fiz uma curva, escapando na direção da minha segunda garagem. Devo ter dado um susto e tanto no pobre Ian com meu rosto barbudo, porque ele brandiu as chaves do carro diante do corpo como uma arma.

Meu motorista precisou de um tempo para reconhecer o próprio chefe, uns bons vinte segundos se passaram até que ele, finalmente, abaixou as chaves.

— Senhor Sun?

— Aeroporto. — Entrei no carro, tirando um copo do minibar. — O mais rápido possível.

Eu planejava afogar minha desgraça com uísque o bastante para encher uma piscina olímpica. Através da divisória, o relógio me encarava. Disse a mim mesmo que beber antes das nove da manhã fazia de mim um pirata, não um alcoólatra, e que sobriedade duvidosa era um benefício quando se era um bilionário quase aposentado.

Quando cheguei a Nova York e apareci na porta do prédio de Eileen, não conseguia nem ficar em pé direito.

A um passo de distância, um garoto segurava com tanta força a coleira de um cachorro que as juntas dos dedos estavam sem cor. Enfrentava dificuldade para segurar a mistura de labrador com poodle que latia para mim.

— Mamãe, Smithy não quer parar.

A mãe dele se abaixou para acalmar o filhotinho, balançando a cabeça.

— Ele sempre faz isso perto de homens estranhos.

Aqui estamos: fundo do poço.

Mas, ainda assim... de alguma forma, eu soube que ainda teria um longo caminho a percorrer até chegar ao *verdadeiro* fundo do poço. Treze dias, para ser exato.

Eu deveria ter me esforçado mais imaginando meu futuro fim.

Porque, na verdade, ele não se manifestou na forma de um acidente flamejante de carro.

Ele se manifestou na forma de um coração em pedaços.

E na forma das tentativas patéticas que um homem transtornado empreendeu para remendá-lo.

82

Farrow
10 dias

Mudança. A palavra pesada aguardava, na ponta da minha língua, ser liberada. Eu poderia contar todos os eventos mais importantes da minha vida em uma única mão.

Quando pensava em cada um deles, percebia que nunca tinha feito nada por mim mesma. Ao menos, não intencionalmente. Talvez a mudança para Seul pudesse ser considerada um ato de amor-próprio, mas eu tomara aquela decisão depois de Vera, Reggie e Tabby terem implorado por anos.

O que me levava ao meu novo apartamento. Uma quitinete pequena em Gaithersburg. Segura. Pitoresca. Com vasos transbordando de peônias, dálias e margaridas. Elas se esparravam até o telhado da padaria italiana no andar de baixo. O prédio de tijolo vermelho me trazia uma sensação de paz em meio ao caos da vida. Era aconchegante. Nostálgico. E meu primeiro presente de verdade para mim mesma.

Eu sentia falta de Zach. Todos os malditos dias. Às vezes, até entrava no YouTube para assistir a alguma das antigas entrevistas dele, me apegando à rouquidão da voz. À forma como cerrava a mandíbula quando lhe faziam uma pergunta complicada. E ao sorriso torto e desdenhoso que ele oferecia sempre que as pessoas esperavam sorrisos de verdade. Ainda assim, eu me sentia feliz no meu novo lar. Da mesma maneira que me apaixonei por um homem, me apaixonei pela vida que eu poderia construir para mim mesma. *A única coisa que faltava era ele.*

— Pronto, amiga. — Dallas deu um tapinha na caixa de papelão que estava em cima da mesa de centro, um sorriso satisfeito iluminando seu rosto. — Essa foi a última.

Oliver se largou no sofá.

— Você fala isso como se tivesse carregado alguma coisa.

— E *estou* carregando. — Ela acariciou a barriga. — Meu filho.

Eu tinha trazido a maior parte das minhas coisas uma semana antes, entre um treino e outro de Anna, e Dallas me ajudou com o restante. Recusei as heranças de segunda mão que ela quis me dar, apesar de achar tudo lindo. Eu queria tornar aquele apartamento meu. Uma mesa de jantar antiga para dois. Cortinas de brechó parisienses.

Meu primeiro colchão novo, na vida toda. O apartamento parecia ter sido cuspido direto da boca do Exército da Salvação e das lojas de móveis padronizados, mas eu estava amando tudo aquilo. Uma empolgação eletrizante percorria meu corpo. Agora, eu entendia o porquê de as pessoas quererem ter suas coisas. Era empolgante.

Do lado de fora do apartamento, passos esmurravam a escadaria estreita.

— Você se esqueceu de uma coisa.

Era Romeo.

Peguei o celular quando Dallas se levantou para deixá-lo entrar, atendendo a uma ligação de Ari, franzindo a testa.

— Está tudo bem? Não é tarde pra caramba aí?

— Me diz que você está a caminho de casa.

— Já estou aqui. — Mordi o lábio inferior, lutando contra uma nova onda de pânico. *Uma emergência, talvez?* — Por quê? Aconteceu alguma coisa?

— Nada ruim. — Na verdade, ela soava animada. — Mas preciso que receba uma encomenda.

— Uma encomenda? — grunhi. — Cara, por favor, chega de velas. Dallas e Frankie me deram velas aromáticas para uma vigília inteira de Páscoa.

A risada de Ari tomou conta do outro lado da linha, e do meu peito.

— Não são velas.

— Bem, então o que…

Dallas abriu a porta, me interrompendo quando vi Romeo arrastando algo consigo. Sua cara toda estava franzida, parecendo infeliz por ter sido relegado a entregador.

— Você ainda está aí? — choramingou Ari. — Quero que abra antes de eu ir me deitar.

Romeo posicionou a caixa enorme no meio da quitinete. Buraquinhos cobriam a superfície de papelão. Me aproximei, puxando a fita que fechava o pacote.

— Estou abrindo — declarei, bem quando meu presente decidiu se apresentar com um latido agudo.

Ai. Meu. Deus.

Arranquei a tampa, dando gritinhos enquanto Ari ria na ligação. Mais latidos. Tirei uma caixa de transporte dali de dentro e a abri. Um par de olhos pretos e enormes me encarou, rodeado por pelos cacheados, tão pretos quanto piche. Se não fosse pela língua rosada que pendia da boca, acharia que Ari tinha me dado uma bola de pelos gigante.

— Isto é… — Espremi os olhos, tirando o filhotinho da caixa.

— É um *cockapoo*. Metade cocker spaniel, metade poodle. Um filhotinho de um abrigo. Dá para acreditar que ele ficou um mês para a adoção e ninguém quis?

— Como assim? — Pressionei seu focinho molhado contra o meu nariz, dando-lhe beijo. — Gente tola. Ele é perfeito.

— Achei que você diria isso. — Deu para ouvir o sorriso no rosto de Ari. — Agora que a Vera não pode mais reclamar da bagunça e dos pelos, você pode ter seu cachorro dos sonhos.

— Não acredito que você lembrou.

— É claro que lembrei. Você é minha melhor amiga.

Dallas deixou o filhote mordiscar o dedo dela.

— Bem-vindo à família.

— Zach vai surtar. Aquele cara odeia bagunça. — Oliver saltou do sofá. — Você deveria chamar o cachorro de Dostoiauvsky. Assim, talvez Zach se conforme quando você correr de volta para ele.

— Ele não vai se chamar Dostoiauvsky. — Dallas acotovelou Ollie para que saísse do caminho. — Que tal Maury Poppins?

Eu sinceramente tinha pena dos futuros filhos deles.

Beijei o topo da cabeça do filhote.

— Ele vai se chamar Vezzali. Em homenagem a maior esgrimista da história.

Como se esperando uma deixa, o filhote enfiou a cabeça sob meu queixo, me encarando com adoração, confirmando que ficaríamos juntos para sempre. Eu não ia chorar. Não ia. Mas então Vezzali começou a lamber meu rosto, abanando o rabo com tanta força que me acertava como um taco de beisebol. Seu corpo todo sacudia. Ele era tão leve, tão pequenininho e tão peludo. O companheiro perfeito com quem dividir a cama.

— Ah, não. Que cara é essa? — Dallas fez um bico com o lábio inferior. — Parece que vai chorar. Não vai chorar, vai? Porque estou hormonal demais para não cair em prantos com você.

— Não vou chorar.

As lágrimas estavam se agarrando aos cílios inferiores. *Droga*. Mas eram lágrimas boas, lágrimas de purificação. De alguém que finalmente tinha um lar. Meus olhos foram de Dallas, Vezzali, Oliver e, então, a Romeo. Depois de 23 anos, eu finalmente tinha aprendido que um lar não precisava ser um lugar. Podia ser uma pessoa.

— Ah, não. — Dallas cobriu a boca, lágrimas escorrendo dos seus olhos. Diferente de mim, ela abriu o berreiro, inundando as bochechas sem sequer tentar impedir o dilúvio. Ela jogou os braços por cima dos meus ombros, me envolvendo em um abraço. — Por que estamos chorando? — Ela deu pulinhos, acertando Vezzali com a barriga. — Preciso matar Zach? Ouvi falar que a comida na cadeia é péssima, mas eu te amo demais para não passar por isso.

Eu me desvencilhei dela, secando tanto o rosto dela quanto o meu com a manga.

— São lágrimas de alegria.

Vezzali latiu em concordância. E eu estava feliz. Muito, muito feliz. A única peça que faltava estava na Avenida Dark Prince, provavelmente melancólico e, com sorte, contando os dias até o nosso reencontro.

— Ah, Fae. — Uma nova onda de lágrimas escorreu pelas bochechas de Dallas.

Fiquei com medo de que ela entrasse em trabalho de parto prematuro. Romeo parecia querer me jogar do telhado. Ele envolveu a esposa com os braços, acariciando as costas dela.

— Graças a Deus você não está chorando de tristeza — disse Dallas, se desvencilhando de Romeo.

Ela foi pegar a bolsa que deixara no balcão da minha cozinha — da *minha* cozinha, isso bastou para me fazer querer dar pulinhos e dançar — e tirou de dentro um pano de prato, que usou para secar os olhos.

— O *food truck* perto daqui fecha em menos de uma hora. Achei que não ia conseguir dar uma passada lá. Sabia que vendem fettuccine fresco cozido dentro de uma roda de parmesão? Você precisa de mais alguma ajuda?

Dei risada, balançando a cabeça, me perguntando se ela havia chorado porque eu chorei ou porque achou que ficaria sem comida.

— Pode ir aproveitar seu prato de macarrão, querida.

— Prato? — Dallas revirou os olhos. — Vou comprar a roda toda. Estou com um desejo fortíssimo de carboidratos.

Assim, ela e os rapazes foram embora, jogando beijos no ar, resmungando e contando piadas sujas. Aquela era Dallas Costa, senhoras e senhores. A personificação do dia de verão mais doce do ano.

Com um suspiro, tranquei a porta, fui até minha nova geladeira, peguei uma latinha de refrigerante e me acomodei no meu horrendo, mas adorável, sofá com listras amarelas e roxas. Minha compra favorita de brechó. Peguei meu laptop antigo, dando uma olhada nos e-mails.

O primeiro era de Reggie e Tabby, implorando para que eu aceitasse uma oferta ridiculamente baixa pela casa. Elas tinham se mudado do motel de beira de estrada para a casa de uma tia distante em West Virginia, e queriam dar o fora assim que possível. Depois, aceitei um trabalho tranquilo com um antigo cliente para o Mais Limpeza Maryland. As duas funcionárias que Vera não demitira precisavam de um trabalho, então optei por cuidar da empresa até descobrir o que eu realmente queria fazer. E, por fim, abri o e-mail de um desconhecido. Era de um esgrimista que não estava no ranking, mas que queria competir em nível nacional. Ele ouvira falar que Anna tinha ficado em primeiro lugar na sua categoria na última competição, então imaginou que não custaria nada me pedir ajuda. Sorri, lisonjeada, enquanto digitava uma resposta. Uma grande, em negrito e em itálico ***SIM***.

Eu estava começando uma nova vida. Uma que havia criado do zero, sozinha. Uma vida que amava. Mas, ainda assim, a caixa de sapato no canto da sala me assombrava. Semanas antes, Romeo e Oliver tinham ido buscar minhas coisas na casa de Zach, dizendo que ele as havia deixado no meu quarto. Ou seja, ele não dissera o que pensei que tivesse me dito quando falou que deixara minhas coisas na garagem.

De qualquer maneira... eu ainda temia os segredos que aquela chave guardava.

Porque eu também havia dado uma chave a Zach. A chave do meu coração.

Zach

5 dias

A contagem regressiva se agigantava sobre mim como uma guilhotina. Cada dia que eu não conseguia encontrar Eileen me levava mais e mais para longe do homem calmo, controlado e impiedoso do qual eu costumava me orgulhar de ser. Eu tinha exaurido todas as minhas opções. Os quatro detetives particulares que contratei não obtiveram resultados. Todos os parentes de Eileen se recusavam a me dar sua localização, apesar das inúmeras ameaças. E a minha mãe... bem, nem Guantánamo teria chance de arrancar algo da boca dela.

No vigésimo quinto dia sem Farrow, decidi que estava farto de me sentir infeliz no conforto da minha casa com sua temperatura controlada, então levei minha existência patética até a câmera de criogenia, onde eu poderia me sentir confortável com as minhas bolas quase congeladas.

Será que Farrow realmente te curou? Comecei a tentar argumentar comigo mesmo. *Sem dúvida, ela não é santo Antônio, capaz de operar milagres. Nem Bian Que, o ilustre praticante da Medicina Tradicional Chinesa. Ou nem sequer Fu Xing, o deus mitológico da felicidade.*

Não. Um tempo na sala gelada me daria mais clareza cognitiva. *E* provaria que eu não tinha mudado. Que eu ainda não sentia absolutamente nada. Nem mesmo no frio. Não entrava na câmara havia quase quatro semanas, mas ainda assim optei pela mais baixa das temperaturas. Entrei vestindo o robe, o gelo imediatamente queimando minha pele.

Ah, merda.

— Mas que merda... — sibilei, fechando a porta atrás de mim enquanto uma fumaça esbranquiçada rodopiava entre as minhas pernas, subindo pelo corpo como uma trepadeira.

Minha visão embaçou. Me virei para verificar o relógio digital e ver quanto tempo havia passado. *Um segundo.* A porra de um segundo. Será que era uma piada? Estremeci, percebendo, para minha surpresa, que sentia frio. Que *sentia*, ponto-final. Meu nariz ficou entorpecido, congelado demais para inspirar direito. Tive que protegê-lo com as mãos, tremendo enquanto mudava o peso de perna. Eu estava sentindo frio. Estava com dor. Eu estava *vivo*.

Os segundos passavam em um ritmo excruciante. Comecei a pular no lugar, fazendo alguns agachamentos para lutar contra o frio. Finalmente, entendi o motivo de Romeo e Oliver ficarem tão inquietos assim que entravam.

Por fim, quando o alarme soou depois de três minutos, cambaleei até a porta e a empurrei. Ela não abriu. Dei-lhe um bom empurrão com o ombro, em um movimento que normalmente estouraria as dobradiças, levando a parede junto. Ela nem sequer se moveu. Uma onda de pânico intensa e quente me invadiu. O corpo humano não tinha sido feito para aguentar aquela temperatura por mais que nove — dez, no máximo — minutos. Eu estava ali havia quatro.

Dei um passo para trás, gerando impulso para correr até a porta, acertando-a com uma voadora. Não deu resultado. Terror e preocupação rodopiavam dentro de mim. *Você vai morrer sem rever Octi. Parabéns, idiota.*

— Pense. — Andei de um lado para outro, tentando me aquecer. — Pense, pense, pense.

A porta não tinha fechadura — de propósito. Isso garantia que não acontecessem acidentes. Ou seja... Bati com o punho fechado na porta.

— Quem está aí? — Quem quer que fosse, conhecia bem meu lar. Tinha acesso livre à minha casa. Acertei a porta com o punho, tentando abrir o caminho. — Me deixe sair.

Eu mataria o psicopata resistente do outro lado daquela porcaria de porta. Na verdade, vasculhei meu cérebro em busca de suspeitos, torcendo para que, ao menos, eu pudesse testemunhar a morte dele na minha mente antes de morrer. Infelizmente, não teria tempo o suficiente para listar os vinte primeiros. Meu desespero aumentou, fincando suas garras no meu peito. *Cinco minutos.*

Soquei a porta.

— Me. — Chute. — Deixe. — Empurrão. — Sair!

Uma camada de gelo se formou no meu corpo. Um borrão cinzento enevoou minha visão. Comecei a perder a consciência quando a porta rangeu ao ser aberta. Duas mãos calorosas me agarraram com força, me arrastando para fora da câmara. Meus olhos reviraram nas cavidades. A escuridão tomou conta da minha visão enquanto mãos me levavam até o chuveiro horizontal na academia que eu tinha em casa. Água quente escorria pela minha pele enquanto ele ligava todos os seis chuveiros, disparando água nas minhas costas a todo vapor. Os músculos estremeceram, meu corpo tentando voltar à temperatura normal. Pouco a pouco, recuperei a visão, como uma câmera ajeitando o foco.

Oliver estava sentado no sofá aquecido, com um robe de seda dourado e um sorriso de merda. Fui para cima dele, no ritmo de uma lesma. Oliver bocejou, se levantou e me empurrou para trás sem cuidado. Não consegui revidar, meu corpo fraco demais por ter ficado trancafiado em uma temperatura abaixo de zero. Ele balançou o dedo para mim.

Soquei o tampo de mármore, me arrependendo daquela decisão idiota no mesmo instante.

— Seu psicopata. — Pouco a pouco, meus nervos começaram a descongelar. Bem a tempo para que eu sentisse a dor disparando pelos dedos. — Eu poderia ter morrido.

— Poderia. — Oliver se inclinou para a frente, verificando a temperatura da água. — E, a julgar pelas últimas três semanas, era o que você queria fazer. Você perdeu toda a sua vontade de viver, meu garoto. Eu precisava te lembrar de que a vida é um presente precioso. É meu dever moral como amigo.

— Vou te matar — cuspi, meu corpo ainda descongelando sob a enxurrada, lentamente recobrando a vida.

Não me lembrava de Oliver me despindo antes de me jogar embaixo do chuveiro, mas, ainda assim, eu estava nu.

— Escuto isso o tempo todo. Você me ama e sabe disso.

— Eu não...

— O problema é que você também a ama, e não está disposto a tirar a cabeça do próprio rabo para fazer o que precisa ser feito.

— E o que precisa ser feito? — Estreitei os olhos, segurando a beirada do chuveiro horizontal.

Oliver cruzou uma perna por cima da outra, envolvendo o joelho com as mãos.

— Cancele o casamento falso, para começar. Você sabe que odeio investimentos ruins. Não vou te mandar um cheque nem comprar um presente da lista só para te ver se divorciar mais rápido que a Britney Spears e o Jason Alexander.

— O cara de *Seinfield*?

— Surpreendentemente, não. Outro Jason. — Ollie se levantou, indo até o meu roupão. Ele o tirou do chão e o jogou para mim.

— Eu cancelei o casamento.

— Recebi um daqueles "save the date" ontem mesmo.

— Estou tentando encontrar Eileen.

— Nós dois sabemos qual é a sua maior chance para encontrá-la.

— A boca da minha mãe é um túmulo.

— Hum... eu me pergunto qual *outra* mulher praticamente mora na sua casa. — Ele se reacomodou no assento aquecido, jogando uma perna por cima da outra. — Alguns até a chamariam de segunda mãe.

— Celeste Ayi...

Ah. *Ah*. Por anos, eu havia me acostumado ao fato de que ela não sabia nada a respeito de nada, então nem sequer me ocorreu que ela tivesse olhos, ouvidos e a incapacidade de guardar segredos quando sob pressão.

Oliver estalou a língua ao me ver sair correndo do chuveiro e vestir um robe.

— Eileen nunca deveria ter acontecido. Ter tudo com alguém que não significa nada tira o mérito da conquista. Se você apenas...

Ele teria que finalizar seu monólogo diante de uma audiência de submissas.

Eu tinha uma tia caótica para encontrar.

84

Farrow

4 dias

— Vocês acham que ele vai aparecer daqui a quatro dias, gente?

Eu estava sentada diante dos homens da minha vida, na grama, diante do túmulo do meu pai. Vezzali estava esparramado ao meu lado, a cabeça apoiada no meu joelho, mesmo enquanto erguia metade do corpinho no ar.

— Quer dizer, de maneira realista, são apenas trinta dias. Já bebi vinhos baratos que levaram mais tempo para serem feitos. — Abri um bloquinho de notas no colo, então, procurei uma caneta na mochila. — Opa, não quis te passar uma má impressão, pai. Zach é ótimo. Meio grosseiro, um pouco *esquisito*, mas é disso que mais gosto nele.

Pare de adiar isso, Farrow.

Suspirei. Claro, eu queria conversar com meu pai a respeito de Zach, porém, mais que isso, era uma desculpa para evitar a conversa de verdade que precisávamos ter.

— Acho que está na hora de falar sério. — Encostei o queixo nos joelhos, acomodando Vezzali na minha jaqueta no chão. — Desculpa por não ter vindo te visitar. Tenho muita coisa para te falar, e todas as palavras para isso me deixam com medo.

A brisa aumentou, um sopro megagelado naquela manhã de inverno.

— Sinto muito por você ter feito tantos sacrifícios dos quais eu nunca soube. Sinto muito por ter tido que desistir de tanta coisa para eu me tornar esgrimista. E desculpa por eu ter arruinado minha carreira de forma espetacular. Você tem vergonha de mim?

Uma lufada de vento me acertou, afastando um pouco minha caneta de mim.

— Tudo bem, tudo bem. Chega de sentir pena de mim mesma. Entendi. — Não sabia se ria ou chorava, então, em vez disso, pigarreei. — Sinto muito por não ter te visto antes de você morrer. Sinto muito por não ter tido tempo de impedir que fosse enterrado. Sei que sempre quis ser cremado, e que eu espalhasse suas cinzas na sorveteria onde escolhemos o nome da nossa empresa. Sinto muito por não querer mais ser dona do Mais Limpeza Maryland. E, mais que tudo, sinto muito por todo o ressentimento que eu ainda guardo de você.

Massageei o queixo com o polegar, ganhando tempo, me perguntando como diria o que vinha a seguir. Foi estranho como meu pai escolheu aquele momento exato para falar na minha cabeça. *Depois* de eu ter percebido o quanto eu ainda tinha raiva dele.

Está tudo bem, Fae. Ter raiva não é ruim. Significa que você aceitou que merece coisa melhor.

Bufei, enterrando os dedos nas têmporas.

— Estou com raiva de você. Está bem, pai?

Com tanta, tanta raiva que às vezes é até difícil respirar.

Fiquei em pé, começando a andar de um lado para outro.

— Estou com raiva porque você sempre soube que Vera não me queria, mas mesmo assim ficou com ela. Estou com raiva porque não me protegeu quando elas me maltrataram, mesmo sabendo como as coisas estavam ruins.

Um punhado de neve caiu de uma árvore seca, e Vezzali correu para o meu colo.

— *Que grosseria*. — Acariciei a cabeça dele, levando-o comigo no colo enquanto andava de lá para cá, como se tivesse sido meu pai quem jogou neve nele. — Tenho direito de sentir raiva por causa dessas coisas. Você deveria ter me protegido. Por mais que quisesse aquela família, porque eu também sou sua família. Eu também te amava. Eu merecia ser protegida.

Quis chorar. Rir. Gritar. Mas minha energia despencou. Afundei no chão, cansada de sentir raiva, querendo tirar tudo do peito para poder enterrar aquele sentimento junto com o meu pai.

— Estou com raiva porque você achou que para me manter segura precisaria me mandar para o outro lado do mundo. Por isso te culpo pelo fato de eu não ter te visto antes de você morrer. Estou com raiva porque quebrou sua promessa e perdeu minha última partida. E essa partida arruinou minha vida, o que nunca teria acontecido se você tivesse se separado de Vera, para começo de conversa.

Minhas mãos se cerraram em punhos. Vezzali latiu, sentindo meu humor e lambendo minha bochecha.

— Sinto tanta raiva sempre que penso nisso. Por que não me priorizou quando estava vivo? Por que esperou até ter morrido? Agora tudo que tenho são as lembranças, que se *foram*. Seus pertences? Leiloados. E o que me lembro de cabeça? Vai tudo sumir com o tempo, e eu estou com muito medo.

Quando minhas lembranças tiverem sumido, será que vou me lembrar de como era ser amada incondicionalmente?

Esse era o problema de dar parte de si para outra pessoa. Assim que partiam, nunca mais poderiam ser recuperadas.

Eu me engasguei com as lágrimas, compreendendo algo pela primeira vez.

— E, acima de tudo, sinto muito por você ter se sentido tão sozinho. Com uma esposa que te odiava, filhas de criação que apenas queriam te usar, quando a única pessoa que te amava de verdade estava do outro lado do mundo.

O primeiro floco de neve do dia caiu na minha bochecha. Ele derreteu com o calor das minhas emoções, escorrendo até o queixo como uma lágrima. Eu o enxuguei, peguei o bloquinho e a mochila, e corri para o carro com Vezzali antes que ele congelasse.

No Prius, fui direto para a sorveteria, deixando Vezzali em cima de uma mesa do lado de fora. Me sentei no banco. No mesmo banco em que eu e meu pai tínhamos nos sentado havia uma década, tentando inventar opções de nomes para a empresa de limpeza. *Divas Desinfetadas* e *Xô Poeira* (eu). *Claro como Cristal* e *Novos Começos* (ele).

Às cinco da manhã, a sorveteria ainda não tinha aberto. Alguns carros passavam por ali, mas, no geral, Vezzali e eu aproveitamos o silêncio, a tranquilidade, e observamos o sol começando a surgir no horizonte. Peguei o bloco de notas e uma caixa de fósforo, encarando as palavras que eu havia escrito diante do túmulo do meu pai.

Nossa primeira competição de esgrima juntos. Você ficou tão orgulhoso de mim que quase arranjou uma briga com o pai de outra esgrimista. Ele ficou ofendido quando você comemorou a derrota da filha dele.

Quando a srta. Drake, minha professora, te chamou para uma conversa porque falei para ela que você estava *alto, mas eu na verdade queria dizer que você era mais alto que eu. Você me levou para ver um filme depois, e comemos dois baldes enormes de pipoca.*

Aquela vez que te perguntei se bebês saíam de barrigas, e você disse que sim. Então, me fez acreditar, por anos, que eu tinha saído da sua barriga porque não queria que eu soubesse que a minha mãe biológica me abandonara.

Lembranças e mais lembranças, eu guardei todas elas, uma a uma. Todas as minhas partes preferidas do meu pai. Então, coloquei-as na lata de metal que eu trouxera, acendi um fósforo e queimei tudo até virar cinzas. As cinzas foram levadas pelo vento, pedaços do meu pai se espalhando pela sorveteria — suas cinzas se espalhando por onde ele queria.

Peguei a quantidade ínfima de cinzas restante na lata e as despejei no pingente de uma pulseira que eu havia comprado com o meu primeiro salário como treinadora de esgrima, guardando um pedaço do meu pai comigo para sempre.

— Se existe vida após a morte e se tivermos uma chance de refazer tudo isso, eu ainda escolheria você como pai.

85

Zach

4 dias

O tempo se arrastava como um monstro saído do esgoto. Um dia parecia três invernos. Tudo que eu queria fazer era arranhar as paredes que pareciam estar se fechando ao meu redor. Mesmo depois da epifania repentina para arrancar informações de Celeste Ayi — aliás, quem diria que emoções afetavam a lógica a ponto de nos deixar burros? Aquela não tinha sido minha descoberta científica favorita — ainda assim, de nada adiantou, porque também não consegui encontrar a minha maldita tia.

Passara o dia anterior e a manhã inteira tentando achá-la, e acabou sendo Natalie, entre todas as pessoas, que obteve sucesso.

— ELA ESTÁ ONDE? — rugi no telefone, de certa forma para ser ouvido acima do mascar de chiclete de Natalie, e porque, *claro,* Celeste Ayi tinha escolhido fugir para um spa distante bem quando eu precisava dela.

— Celeste está em Chiang Mai com Constance — disse Natalie, sua voz contida como a de uma Kardashian, e eu torci para que ela se tornasse a trilionésima irmã, assim se mudaria para Los Angeles e para longe de mim. — É uma cidade na Tailândia.

— Eu sei onde fica. — Tirei o casaco dos ombros, chutando a porta da frente para fechá-la como um bebê gigante. Me pareceu conveniente, de um jeito suspeito, que Ayi e minha mãe estivessem longe enquanto eu intensificava minha busca por Eileen. — O que ela está fazendo lá?

— Ela falou que meditando.

Algo foi esmagado entre os dentes dela. Nada profissional.

— Ela não medita.

Na verdade, minhas únicas memórias no templo eram os dias em que nosso cozinheiro folgava, e minha mãe nos levava para comer lá.

— Ela disse que você falaria isso... e que era para eu te responder que ela decidiu tentar. Que não tinha motivo para ficar em casa, já que ela não comemora o Natal.

Arranquei os sapatos.

— Quando falou com ela?

— Hum. — Quase consegui imaginar Natalie girando um fio de telefone invisível no dedo enquanto pensava na minha pergunta. — Logo antes de eu sair do trabalho. Tipo, talvez umas doze horas atrás?

Logo depois de eu ter encurralado um dos famosos primos atletas de Eileen, ameaçando quebrar sua perna e arruinar seu futuro na Premier League. Minha mãe deve saber que estou a segundos de perder a cabeça.

Saí pisando duro escada acima, em direção ao quarto.

— E você não me contou?

— Estou te contando agora.

Apertei o dorso do nariz.

— Em que hotel ela está?

— Eu não...

— Sim, você sabe. Chega dessa enrolação. Sei que ela te paga para você cuidar das viagens dela.

Natalie resmungou. Era uma mulher tão charmosa quanto uma hemorroida do tamanho de uma cabeça.

— Tudo bem. Vou te encaminhar o link do hotel.

— Prepare meu avião. Eu vou para lá.

Levaria cerca de trinta e seis horas, ida e volta, no jatinho particular, o que me deixaria com dois dias para barganhar com Eileen e, então, voltar para Farrow a tempo. Ficaria apertado, mas não havia outra opção.

Comecei a fazer a mala, pegando tudo que seria essencial para uma viagem curta, quando notei um silêncio sinistro. Normalmente, meu som favorito, a não ser quando acompanhado da sensação de derrota prematura.

Parei de repente diante do meu cabideiro de ternos.

— Natalie?

— Hum...

— Fale logo.

— Elas foram com seu avião.

— ELAS PEGARAM MEU AVIÃO?

— Sim. — Ao menos ela foi educada o bastante para parecer envergonhada. — Falaram que você não precisaria dele.

— Audacioso da parte delas suporem isso.

O plano da minha mãe tinha ficado evidente: ela queria garantir que eu não teria como contactá-la, supondo que eu não me acharia digno de um voo comercial. Com o celular em mãos, mandei uma mensagem.

Zach Sun: Preciso de um avião. Urgente.

Romeo Costa: Dallas está com o meu. Ela e Frankie foram fazer um tour gastronômico de queijos na Itália. Cortesia de Constance.

Ollie vB: Quanta caridade na época do Natal…

Ollie vB: Ela me deu ingressos para uma apresentação sexual exclusiva em Berlim. É claro, tive que vir.

Inesperadamente minucioso da parte da minha mãe. Um voo comercial acrescentaria duas horas a cada trecho. Quatro, se incluísse uma escala curta.

Peguei o celular.

— Natalie.

— Pois não?

— Me arranje um voo para Chiang Mai. O primeiro que estiver disponível.

— No dia do *Natal*? Vai ser complicado. — Ela já estava clicando em algo no computador. — O primeiro voo disponível não tem mais assentos na executiva. Só na econômica.

— Compre a passagem.

Um arquejo audível ecoou no meu ouvido, vindo do outro lado da linha. Será que eu estava tão alheio assim à sociedade em geral?

— Tem certeza?

— Absoluta — respondi, exatamente no mesmo tom.

— Tudo bem. Vou comprar.

— Obrigado. Ah, Natalie?

— Pois não, sr. Sun?

— Você está demitida. As duas semanas de aviso prévio começam agora.

— Não pode fazer isso comigo.

Ela soltou um gritinho, sem nem perguntar o motivo. Passara as últimas semanas tranquila só porque teve sorte de eu ter ficado abalado demais para me lembrar de demiti-la.

— Posso e vou. Você tentou roubar meu esperma.

— Mas não consegui…

Porém, ela não teve a chance de terminar a frase.

— Feliz Natal. E não volte para a porra do trabalho.

86

3 dias

Ollie vB: Tenho informações.

Romeo Costa: Não, obrigado. Vou recusar qualquer tipo de informação que você esteja me oferecendo, pois deve ser alguma coisa nojenta.

Ollie vB: Estou falando de fofoca. Sua esposa teria vergonha de você agora.

Romeo Costa: O que descobriu?

Ollie vB: Nosso querido amigo Zachary foi visto por uma subcelebridade no aeroporto empurrando um carrinho como um plebeu sem o próprio jatinho.

Romeo Costa: Tem certeza de que era Zach?

Romeo Costa: Porque ele é tão passível de falar com subcelebridades quanto Netuno.

Ollie vB: Ela tirou fotos.

Zach Sun: Como se isso não fosse esquisito.

Romeo Costa: @ZachSun, você confirma o relatório feito pelo sr. Von Bestão?

Zach Sun: Minha mãe roubou meu avião.

Ollie vB: 👍 Essa foi melhor que a desculpa do cachorro que comeu a lição de casa.

Romeo Costa: Você está DENTRO de um avião comercial?

Zach Sun: Infelizmente.

Ollie vB: Quando foi a última vez que isso aconteceu?

Zach Sun: Na primeira série.

Ollie vB: Meu Deus, e como é? Conte tudo. Vi alguns desses aviões em filmes, mas nunca entrei em um.

Zach Sun: Lotado. Barulhento. A comida tem cheiro de que foi engolida e, então, vomitada por algum cachorro idoso no seu prato.

Ollie vB: Acho que morri um pouco por dentro só de ler. Como é a classe executiva? É tipo *glamping*?

Zach Sun: Não tinha mais assentos na executiva. Estou na econômica.

Ollie vB: Não fode…

Romeo Costa: Fala sério, Ollie. Ninguém chega perto do seu pau sem antes vestir um traje antirradiação.

Zach Sun enviou uma foto.

Ollie vB: Meu Deus. Ele está mesmo na econômica.

Zach Sun: E é um voo com escala.

Romeo Costa: @ZachSun, pode nos contar o que era tão urgente assim? Estamos curiosos pra cacete.

Zach Sun: Tailândia. Vou tentar tirar da minha mãe e da minha tia a localização de Eileen.

Romeo Costa: As duas vão te matar.

Zach Sun: Estou ciente.

Ollie vB: Se elas te matarem, posso ficar com a câmara criogênica? Aquele modelo saiu de estoque.

Romeo Costa: Já que você passou o mês inteiro sumido, vou aproveitar para perguntar aqui…

Romeo Costa: O que te fez perceber que não poderia mais seguir em frente com o casamento?

Zach Sun: Farrow.

Ollie vB: E a câmara criogênica? Isso foi um não?

Romeo Costa: Lute por ela, cara. Ela vale a pena.

Zach Sun: Vou lutar. Eu sei que vale.

Ollie vB: Acho que vou ter que arrastar a câmara sozinho depois que sua mãe te jogar no rio Mekong sem boia.

Romeo Costa: Bom saber que alguma coisa finalmente conseguiu arranjar um espaço no seu coração.

Zach Sun: Não só no coração. Ela invadiu a porra das minhas veias.

87

Zach

3 dias

Nunca esperei que as pessoas se curvassem diante das minhas vontades.

Durante toda a minha vida, meus pares faziam isso naturalmente, como se eu tivesse dado alguma ordem irrefutável só por existir. Depois do acidente, quando minha mãe mudou, compreendi como uma tentativa do universo em contrabalançar uma vida abençoada.

Ao menos, até agora.

Enquanto tudo desmoronava.

E *ninguém* parecia se importar com nada do que eu dizia.

Entrei pisando duro na vila grandiosa de quatro quartos com piscina, dispensando a assistente que minha mãe contratara durante a estadia no Four Seasons de Chiang Mai.

— Onde elas estão?

A mulher se atrapalhou, dividida entre correr atrás de mim ou ir buscar ajuda.

— Não sei do que o senhor está falando.

— Sabe, sim. Sun Yu Wen e Zhao Yu Ting. Qual quarto?

Meus mocassins batiam com força no assoalho de madeira escura, indo direto para a porta aberta da varanda com vista para um deque particular. Uma parede de lótus e árvores tropicais ocultava a piscina retangular de vista. Celeste Ayi estava esparramada em uma cama de dossel gigantesca. Um chapéu com aba larga o bastante para sombrear um prédio escondendo seu rosto. Ela bebericava um coquetel, folheando uma *Vogue* no colo.

Desci uma das escadas duplas saindo da varanda, então, parei a apenas um passo da minha tia. A assistente veio correndo atrás de mim, mas eu era mais alto, mais rápido e estava movido a tanto ódio que poderia durar uma vida inteira.

— Zhao Yu Ying.

Ela ergueu os olhos da revista, nem um pouco surpresa ao me ver.

— Zachary. Meu sobrinho favorito.

— Seu *único* sobrinho.

Ela acenou com a mão, virando uma página.

— Nem me lembre disso. Você sabe que gosto de variedade. Como foi o voo?

Ela também não perguntou como descobri que estavam ali. As duas sabiam que eu as perseguiria até o fim do mundo para conseguir a informação que desejava. Pensei em atormentar Ayi por isso, mas, parado ali, minha sede era pelo sangue direto da fonte.

Cerrei a mandíbula.

— Cadê a minha mãe?

Estava exausto por causa do jet lag e pela ausência de Farrow havia quase um mês.

Suspirando, Celeste Ayi desfez o laço de cetim que mantinha o chapéu no lugar, depositando-o ao seu lado. Ela tirou os óculos escuros, encontrando meu olhar.

— Você não vai querer falar com a sua mãe agora.

— Por que não?

— "Por que não?" — Ela bufou, apoiando uma das mãos na garganta. — Bem, a resposta não é óbvia? Ela acha que você está prestes a cometer o pior erro da sua vida.

— Isso tudo é porque ela acha que vou envergonhar a família? Porque nossa família é constituída por três pessoas. Eu, inclusive.

— Nada disso. Temos parentes distantes. Há, ao menos, uns duzentos de nós. — Ela se levantou da cadeira, lançando um olhar de soslaio para a coitada da assistente atrás de mim, como se esperando que a assalariada fosse me impedir com os punhos. — E não. Ela acha que você vai morrer de uma forma horrível se não se casar com alguém disposto a escutar todas as instruções de segurança que ela der. Lembra quando Natalie sofreu um lapso de consciência e comprou seus Stefano Riccis do shopping, em vez de ir direto à fábrica? Sua mãe colocou *ginseng* no seu chá por uma semana, achando que você acabaria morrendo de complicações de infecção viral.

Eu a acompanhei até a cozinha.

— Você está de brincadeira.

Sempre imaginei que a ansiedade da minha mãe era consequência da morte violenta do marido... mas ela realmente achava que eu morreria se calçasse os sapatos errados?

— E eu mentiria para você?

— Sim. O tempo todo, cacete.

Eu havia passado todos os anos da pré-escola achando que as lojas de brinquedo em Potomac tinham pegado fogo, só porque minha tia preferia passar tempo no shopping em vez de cuidando de mim.

— Talvez. — Ayi deu de ombros. Ela não se importava de verdade. — Mas não estou mentindo quanto a isso, Zachary. Se apaixonar é como nadar até longe demais da praia. No instante que percebe o perigo que está correndo, já é tarde. É mais seguro nem começar a nadar.

— Minha mãe pensa assim?

— Pergunte a ela. Você nunca se importou em fazer isso.

Congelei, percebendo que ela tinha razão. A ideia de discutir qualquer coisa séria com a minha mãe me fazia querer trocar de nome e me mudar para o Alasca. Não era como se eu sentisse frio. Bem, ao menos não antes de Farrow.

— Me forçar a seguir em frente com um casamento sem amor não é uma questão de legado?

— Legado? Reputação? — Ayi sacudiu a mão, então ligou a cafeteira. — Eu sou impressionante o bastante para levar adiante o legado de todas as famílias de Chiang Mai. Não precisamos de um CEO que apareceu na lista da *Fortune* para isso. Alguém já te disse que você é meio chato? Na verdade, é *isso* que está acabando com a nossa reputação.

— Você está enrolando. — Roubei a xícara da mão dela, derramando líquido marrom no balcão quando a depositei ali. — E eu não vou embora. É melhor me contar logo onde a minha mãe está.

— *Argh.* — Ela revirou os olhos, tentando escolher entre a jaca, a longana e a lichia no balcão. — No meio de uma massagem no quarto dela. Não diga que fui eu que dedurei.

— Obrigado, Ayi.

— De nada, *sha haizi.*

Avancei pelo vasto corredor, batendo na porta do quarto principal. Sem resposta. Acertei-a com mais força então, e um suspiro veio do outro lado.

— Se for o meu filho, eu não estou aqui. Se for o serviço de quarto, deixe na porta.

Ah, ela ia receber *sim* um serviço: uma boa dose de realidade. Empurrei as portas pesadas, me deparando com a minha mãe. Ela estava deitada de bruços em uma mesa de massagem enquanto duas massoterapeutas a atendiam. Uma toalha a cobria — felizmente — enquanto digitava algo no laptop em sua frente. *Meditação, sei.* Aquela mulher procurava a paz interior tanto quanto eu buscava mais amigos viciados em sexo (sem ofensas, Ollie).

Ao ver seu único filho, ela fechou o laptop, a testa franzida.

— Ah. — Ela se sentou, puxando a toalha e enxotando as mulheres. — É você.

— Mãe. — Abri os braços, forçando um sorriso. Enquanto isso, minha raiva só aumentava com aquela sua viagem de última hora enquanto minha vida desmoronava. — É tão bom te ver.

Ela cruzou as pernas, levando um copo aos lábios, bebericando pelo canudinho.

— Fico muito triste por você não estar feliz em ver sua mãe.

Contornei a cama de massagem, focado no rosto dela.

— E eu fico muito triste por você ter escolhido arruinar qualquer chance de felicidade na minha vida.

Ela se engasgou com a água, tossindo enquanto erguia os olhos para encontrar os meus. Eu nunca a confrontara antes. Sempre fui cordial, compreensivo e obediente. Minha forma de pedir desculpas por ter matado o marido dela.

Minha mãe continuou segurando o copo.

— Perdão?

— Eu, na verdade, não te perdoo. — Me sentei no banco embaixo da janela com vista para a piscina. Aquela seria uma conversa longa. — Desde que meu pai morreu, tento ser o filho perfeito para compensar o fato de que eu o matei

— Você não o...

— Matei, sim, e todos sabemos disso. O lado dele do carro quase não foi danificado no acidente. Se ele tivesse ficado lá, estaria vivo. Aquele ancinho deveria ter perfurado o meu peito, não o dele.

Ela engoliu em seco, se virando. Não havia nada que pudesse dizer diante da terrível verdade.

— Depois que você superou o luto...

— Eu não superei. — Ela vestiu o robe, encarando a parede. — Ainda não superei o luto.

— Justo. — Eu acreditava nela, porque nem eu havia superado. — Depois que você voltou a ser funcional — corrigi —, Ayi e eu concordamos em não complicarmos as coisas. Não queríamos que você tivesse outra crise.

— Não estou danificada. — Ela cruzou os braços, ainda teimosa demais para admitir o que acontecera. — Não tem nada de errado comigo.

Eu a ignorei, me inclinando para a frente.

— Na época, eu não sabia que assinar esse contrato não escrito me condenaria a uma vida seguindo ordens despropositadas. Não porque concordava com elas, mas porque precisava pagar pelo meu pecado.

— Você não pecou. — Ela levou os indicadores até as têmporas, massageando-as. — Não tem nenhum pecado pelo qual você precisa pagar.

— Tem, sim, mas chega de pagar por isso. Não vou me casar com Eileen.

Minha mãe saltou da cama de massagem.

— Eileen é segura.

— Eileen não é para mim.

Na verdade, Eileen serve mais para uma carreira trabalhando no serviço de proteção a testemunhas.

— E *aquela* mulher é? — Minha mãe se virou para mim, pressionando o polegar no próprio peito. — Desde o acidente, reformulei minha vida toda para garantir que você ficasse seguro. Para que um acidente como aquele jamais voltasse a acontecer. Para que você pudesse comer a comida mais segura, passar tempo com as pessoas mais seguras, dirigir os carros mais seguros. E olhe para você agora. Você está vivo

— Sim, estou vivo. Mas infeliz.

Bem, antes de Farrow...

— Do que você está falando? — Minha mãe franziu o nariz como se eu fosse um atendente de alguma loja com quem ela não queria mais conversar. Mas eu a conhecia muito bem. Eu havia cutucado uma ferida. — Você está ansioso por causa do casamento. Vai passar.

Ergui a palma para impedi-la, balançando a cabeça. Estávamos cara a cara. Tão perto que eu conseguia sentir o perfume leve que sempre perdurava na pele dela. Óleo de coco e flor de cerejeira.

— Vou romper o noivado. Acabou a conversa. Não foi por isso que fiz esse pequeno discurso. Apenas não queria que você se sentisse enganada.

Ela pressionou os lábios em uma linha dura.

— Enganada?

Eu nunca a tinha visto daquela forma. Tão corada, a veia no pescoço evidente, como se estivesse sofrendo uma reação alérgica à nossa conversa.

— Enganada pelo fato de que vou romper meu relacionamento com você caso se recuse a aceitar o fim do meu noivado.

— O *quê*? — Os olhos dela saltaram das órbitas. — Não pode fazer isso. Sou sua mãe.

Ela colocou a mão no meu ombro, e eu a desvencilhei. Realmente esperava que ela entendesse. Não sentia prazer algum em cortar relações com ela. Afinal, ela fez o que fez porque o marido morrera, assim como eu me afastara de qualquer contato físico, da chuva e dos carros depois de ter perdido meu pai.

— Você perdeu o direito de se identificar como minha mãe quando fez chantagem emocional comigo para que eu me casasse com alguém que você sabe que não amo. Aceito a responsabilidade por ter te deixado fazer isso, mas não se engane: nunca mais vou deixar seus medos controlarem minha felicidade.

Ou meu trauma, falando nisso.

Minha mãe balbuciou, procurando palavras, mas não encontrou nenhuma.

Peguei o telefone dela na mesinha de cabeceira e o balancei no ar, com a certeza de que a localização de Eileen estava ali.

— E, ah, o nome *daquela mulher* é Farrow. E planejo torná-la minha esposa.

Como eu já tinha dito tudo que queria, me virei, indo em direção à porta. O barulho dos meus sapatos ecoou no silêncio arrepiante. De repente, sons de passos se juntaram a eles.

— Você não pode parar de falar comigo. — Minha mãe tentou agarrar a manga da minha camisa. O suor penetrou no tecido a partir das garras suadas dela. — E você não pode se casar com aquela mulher.

Eu me virei no corredor, encarando-a de forma ameaçadora.

— Minha decisão já está tomada.

Daquela vez, apertei o passo. Ela deu um gritinho, correndo atrás de mim. Passamos por Celeste Ayi na sala de estar, que inclinou a cabeça, curiosa. Escancarei a porta de saída e comecei a descer a escada quando ouvi minha mãe guinchar atrás de mim:

— Espere.

Nada dentro de mim quis se virar e dar mais tempo a ela, ainda mais considerando que o prazo se aproximava, mas me virei, observando-a no topo da escada. Ela agarrava as lapelas do robe com uma das mãos, a outra apoiada no batente, como se não conseguisse se manter em pé.

Apertei ainda mais o celular que eu segurava.

— O quê?

— Eu não...

Ela fechou os olhos. Então, silêncio.

Dei uma olhada no relógio.

— Não o quê? — Eu precisava romper o noivado com Eileen o mais cedo possível.

— Não... — Os olhos dela se abriram, enormes e arregalados. Pareceu surpresa por um segundo, como se tivesse visto algo inesperado.

— Fale logo, mãe.

Porém, em vez de me responder, ela caiu por cima das pernas, como um cervo tentando dar seu primeiro passo, rolou pela escada e morreu.

88

Zach

3 dias

Havia boas e más notícias.

A boa era que minha mãe não tinha morrido de fato. Bom para minha consciência, bom para a saúde dela. Apenas pontos positivos.

A má era que eu estava em um hospital em Chiang Mai com uma passagem de volta cancelada para os Estados Unidos, esperando minha mãe acordar depois do ataque cardíaco que ela tivera, cortesia minha.

— Avisei para não brigar com ela por causa de Eileen. Você quase a matou. — Celeste Ayi andava de um lado para outro da salinha, vestindo Chanel da cabeça aos pés e fazendo compras on-line no celular. — Ah, acho que acabei de achar um par de Loubotins Moda Operandi. Ninguém vai saber que são de segunda mão, né?

Eu estava ao lado da cama da minha mãe, encarando a tela do meu celular.

— Os médicos falaram que foi um princípio de infarto.

Eu havia encontrado a localização de Eileen no celular da minha mãe horas antes e comprado assentos em todos os voos de volta para a semana seguinte, por precaução. Caso minha mãe demorasse para acordar, e eu não conseguisse um jatinho particular. De jeito nenhum eu passaria pela experiência de voar na econômica outra vez.

— Bem, sim, mas quem vai ficar aqui até ela receber alta? — Celeste Ayi parou diante da janela, ainda caçando descontos em peças de marca. — *Eu*. E eu tenho uma temporada natalina agitada. Fui convidada para muitos eventos.

— Não foi, não.

— Tudo bem, não fui. Mas fui convidada como acompanhante de outro convidado.

Apoiei o celular na mesinha ao lado da cama de hospital, clicando nele com meu dedo indicador. Dizer que eu não ligava a mínima para os compromissos sociais da minha tia era pouco. Quanto mais eu pensava nisso, mais achava difícil me arrepender de ter confrontado minha mãe sobre o casamento. Claro que não desejava que ela tivesse ido parar no hospital, e é claro que era mais fácil pensar nisso sabendo que a vida dela não estava em perigo. Mas eu finalmente colocara um ponto-final nesse ciclo.

Poderíamos seguir em frente. Talvez voltar ao nosso antigo relacionamento. De antes da morte do meu pai.

Celeste Ayi parou de andar e se virou para mim.

— Zachary?

— Sim?

— Você acha que eu deveria ir buscar uma mala? Afinal, vou passar um bom tempo aqui.

— É uma boa ideia. Espero ir embora daqui a umas cinco horas.

Na verdade, eu precisava fazer isso, se quisesse falar com Farrow a tempo.

— Você quer alguma coisa do hotel? — Celeste enfiou o celular na Birkin. — Lanchinhos? Coisas de higiene pessoal? Bons modos?

— Não preciso de nada disso. — Eu a dispensei, encarando a tela do celular, esperando a ligação da empresa de voos fretados. — Fora os bons modos. Mas, sinceramente, não me importo.

Celeste Ayi retorceu um canto da boca, parando na porta antes de sair. Ela me encarou por um bom tempo.

— Você mudou — disse ela.

— Como?

— Você se tornou... — Ela pensou na palavra certa. — *Humano*.

— Está bem.

Minha tia deu de ombros.

— Não odiei, sabia?

— Não me importo.

89

Zach

2 dias

Duas horas.

Meu voo decolaria dali a duas horas. Direto para a Itália, onde Eileen estava hospedada em uma mansão luxuosa do segundo ex-marido de Celeste Ayi. Minha intenção era terminar o noivado com ela e não demorar mais do que sete minutos fazendo isso, então pegaria o jatinho de volta para Potomac com pouco menos que vinte e quatro horas de sobra.

Encarei a visão inerte da minha mãe, seus olhos fechados, a pele pálida e sem brilho. Ela parecia ter envelhecido alguns séculos. Ainda assim, também parecia tranquila. Finalmente relaxada, livre do fardo da nossa perda.

Seus olhos tremularam sob as pálpebras. Me inclinei para a frente, os cotovelos nos joelhos enquanto a observava. As enfermeiras a tinham enchido de drogas, com o máximo de analgésicos possível para combater a costela quebrada que o paramédico que a atendeu acabou causando. Ela estava mais chapada que nunca.

No quarto escuro, os olhos dela se abriram. A máquina ligada a ela continuou a emitir seus apitos regulares. Eu não sabia o que um bom filho deveria fazer naquele momento. Não tinha muita experiência nesse departamento. Se os papéis estivessem invertidos, e fosse Farrow sobre a minha cama de hospital, eu gostaria que ela segurasse minha mão.

Ainda assim, mantive a minha ao lado do corpo. Afinal, eu *acabara* de ameaçar cortar relações caso ela se opusesse ao meu relacionamento com Octi.

— Você está no hospital. — Eu me recostei na cadeira, percebendo que de fato senti um grande alívio ao vê-la acordada. — Como está se sentindo?

Ela levou a língua aos lábios, umedecendo-os. Um grunhido escapou, o movimento difícil demais naquele estado. Ela fechou os olhos com força.

— Já estive melhor.

Não falei nada. Minha mãe inspirou fundo, como se tentasse se certificar de que conseguia.

— O que aconteceu comigo?

— Princípio de infarto. — Coloquei as mãos nos bolsos. — Muito leve, de acordo com os médicos. Você está no melhor hospital particular de Chiang Mai, e com cuidados vinte e quatro horas. Celeste Ayi está no hotel preparando uma mala. Querem que você fique aqui por cinco dias para acompanhar os batimentos e fazer alguns exames.

— Então por que eu me sinto tão... *zonza*? — Ela engoliu em seco e se encolheu, como se o mero movimento causasse uma agonia excruciante. — E por que estou com uma dor horrível?

— Os socorristas fizeram massagem cardíaca no hotel. As compressões no peito quebraram uma costela. É mais doloroso que perigoso. Na verdade, você não corre perigo algum. É só um desconforto. Você pode aumentar a dose dos analgésicos com este botão, se quiser.

Peguei a mão dela e a levei ao controle remoto branco acomodado no canto da cama. Minha mãe soltou um pequeno arquejo. Seu queixo caiu. Ela quase deu um gritinho quando a toquei.

— Desculpe. — Afastei a mão. — Machucou?

— N-não. — Ela balançou a cabeça, me encarando, perplexa. — Eu só... Você me tocou, Zach. Você nunca toca ninguém. Não desde que seu pai faleceu.

— Farrow me ensinou a tolerar o contato. — Sorri, sentindo um misto de amargura e nostalgia. — Tivemos muitos erros e acertos.

Momentos constrangedores.

Momentos felizes.

E eu valorizava cada um deles.

Lágrimas pendiam da ponta dos cílios dela.

— Eu posso... — Suas mãos tremiam. — Posso segurar a sua mão? Sempre quis fazer isso.

Mas ela não esperou pela minha permissão. Ela pegou minha mão, entrelaçando nossos dedos. A pele fria e seca encontrou a minha. Permaneci completamente imóvel enquanto ela levava o dorso da minha mão aos lábios gelados e rachados, pressionando um beijo nos nós dos meus dedos.

Um tremor desagradável me percorreu, mas não me intimidei nem recuei. Não quis me jogar no chuveiro e aumentar a temperatura até a de uma chaleira em ebulição. Talvez eu estivesse curado. Engraçado como sempre imaginei que todos os meus problemas desapareceriam se eu aprendesse a suportar o contato físico de outras pessoas. Nunca me ocorreu que a resposta tátil vinha acompanhada de sentimentos. E a única pessoa cujo toque eu desejava estava a quilômetros de distância, em outro continente, provavelmente arrumando briga com um crocodilo apenas para provar a si mesma que podia fazê-lo.

Minha mãe caiu no choro, soluçando.

— Foi ela que fez isso? — Eu mal consegui distinguir seu sussurro rouco. — Ela te fez tolerar o toque outra vez?

— Sim.

Você não faz ideia... Ela me ensinou mais do que eu poderia esperar aprender.

— Mas... como?

Aquela novidade devia ter quebrado um pedaço do cérebro dela. Ela gastara o preço de uma mansão com psicólogos, terapeutas, médicos e até hipnotizadores. Especialistas do mundo inteiro. Os melhores em seus campos de atuação. Nenhum conseguiu me ajudar. Nem ao menos um pouco.

— Foi simples. — Tirei minha mão do aperto dela. — Ela fez com que fosse completamente irresistível tocá-la. Ela me mostrou afeto, e coragem, e uma paixão pela vida que eu nunca tinha visto. Me fez esquecer o trabalho. As conquistas vazias. Ela me fez... — Pensei no tempo que tinha passado com Farrow. Um pequeno sorriso se formou nos meus lábios. — Ela me fez comer fast-food. E beber cerveja ruim.

— Ah, Zachary. — Minha mãe soava ao mesmo tempo enojada e entretida. — Que intragável. — Ela parou, os sinais de um sorriso começando a aparecer. — Mas isso te deixou feliz?

— Me deixou eufórico. Antes de Farrow, eu tinha me esquecido de como era ser feliz. Eu faria qualquer coisa para tê-la de volta.

Minha mãe encarou as pernas cobertas na cama. Uma ruga marcou o espaço entre as sobrancelhas. A mulher que usava uma máscara facial de mil dólares tinha envelhecido uma década em poucas horas. Ela parecia impotente diante do mundo.

— Preciso te contar uma coisa, Zachary.

Encarei-a em silêncio. Eu não havia mentido para Farrow quando disse que pensava que alguém no universo estava me pregando uma peça. Meu voo sairia dali a noventa e sete minutos. A contagem regressiva diminuindo. Em vez disso, eu estava sentado, prestes a ouvir uma confissão de leito de morte, mas sem a parte da morte. Um truque cruel do destino, pois, apesar das infinitas oportunidades em ter essa discussão em casa, havíamos optado por conversar sobre o tempo e o mercado de ações enquanto comíamos refeições sem gosto.

— O quê?

— Eu... — Minha mãe levou o punho aos lábios para suprimir uma tosse. As veias arroxeadas no dorso da mão eram como um mapa conhecido. — Eu respeito Farrow por ter lidado bem com a forma como eu a tratei.

— Além da tentativa de suborno?

Sim, eu havia testemunhado aquilo. Pela janela, no primeiro dia de Farrow no trabalho. Vê-la recusar o cheque atiçara minha curiosidade.

— Sim. Usei alguns truques mesquinhos para afastá-la de você. — Minha mãe encarou os pés cobertos. — Ela se defendeu bem deles.

— Ela é forte assim mesmo.

Talvez eu devesse ter ficado com raiva, mas não fiquei. Para começo de conversa, aquilo era o que eu esperava. Na verdade, eu havia previsto coisa pior. Além do mais, Farrow Ballantine sabia cuidar de si. Ela prosperava com pequenas vitórias. Seria inútil lutar todas as batalhas por ela quando tudo que tornava Octi a mulher que eu amava podia ser resumido ao seu coração. Forte, vibrante, resistente e acolhedor.

Minha mãe fez uma pausa.

— Ela recusou o dinheiro, falando nisso.

— Eu sei.

— O acordo que ela fez com você devia ser mais lucrativo do que o que eu tinha a oferecer.

— Também sei disso.

— E você não acha que ela é interesseira?

— Não.

Não deixei espaço para dúvidas na minha voz. A pergunta tinha sido respondida. Caso encerrado. Se ela insistisse, eu cumpriria minha ameaça e iria embora. Para sempre.

— Também não acho que ela seja interesseira. — Minha mãe tocou o acesso na mão, sem encontrar meus olhos. — Mas não é essa a questão.

Verifiquei o relógio, incomodado com a ideia de perder o voo e arruinar qualquer chance com a minha pequena garota audaz e *nem um pouco* interesseira.

— E *qual* é a questão?

— Você poderia ter se saído pior. — Ela não ousou olhar para mim. — Acho que Eileen está mentindo para você.

— Sobre o quê?

— Sobre a personalidade dela, a aversão a contato, alguns pedaços da história dela. Sobre muitas coisas.

Aquilo não me chocou. Primeiro, porque Eileen já estava no topo da minha lista de pessoas desprezíveis pelo crime de se recusar a me deixar terminar um relacionamento quando nem sequer tínhamos um. Qualquer outro traço negativo só poderia ser considerado um bônus.

— Não faz diferença — falei. — O noivado sempre foi uma farsa. Não tenho intenção de me casar com ela. A questão mais importante, no caso, é: por que você deixaria seu filho se casar com uma mentirosa?

— Porque ela moldou a vida dela para encaixar na sua. Uma pessoa disposta a fazer isso é alguém que pretende te manter seguro.

— Não preciso ficar seguro.

Eu estava finalmente percebendo aquilo. A cada toque. A cada chuva. A cada passeio terrível naquela armadilha mortal que era o Prius. A cada vez que eu me continha, eu me tornava uma pessoa menor. Havia tantos riscos em não se permitir aproveitar a vida quanto em se impedir de aproveitá-la.

— Precisa, sim. — Ela se impeliu para a frente, sem conseguir gritar *ou* se mexer da forma como queria, mas eu sabia que era o que ela teria feito se conseguisse. — Você é a única coisa que me resta no mundo. Não amo ninguém como amo você. Não percebe isso?

— É claro que sim, cacete.

Ela nem me deu uma bronca pelo palavrão, ocupada demais em tentar estabelecer seu ponto de vista.

— Você precisa ficar seguro. Seu pai ia te querer vivo e feliz.

— Eu *vou* ficar feliz. Desde que Farrow esteja comigo. Quanto a ficar vivo... — Parei de falar, mergulhando os dedos no cabelo. — Não posso prometer que serei perfeito em todos os momentos, mas certamente aprendi que a vida é valiosa. — *E não graças à suposta lição de Oliver.* — Não vou correr riscos desnecessários. Mas não se engane: também não vou me acovardar.

As constantes batidas do meu calcanhar no chão me assustaram. Não percebi o quanto a ideia de ter que romper os laços com a minha mãe me deixava mal. Na verdade, antes do acidente, tínhamos uma conexão incrível. Toda vez que eu a via se comportar como uma estranha, lembranças antigas da minha infância espreitavam minha mente, despedançando minha raiva. Filmes tarde da noite. Tardes em fliperamas. Noites preparando *dumplings* caseiros. Até mesmo Romeo queria se mudar para nossa casa. Tudo bem que ele tinha outros motivos para querer isso.

Prendendo o fôlego, esperei pela resposta da minha mãe.

Deixe-me viver a vida como eu quero. Fique feliz por mim.

Ela abaixou o queixo.

— O que preciso fazer para não me tirar da sua vida?

Como se esperando aquela deixa, os apitos do monitor cardíaco soaram em intervalos menores, acelerando.

Respondi de imediato:

— Aceite o fim do meu noivado.

— Feito.

— Aceite Farrow. — Daquela vez, peguei a mão dela. — E, em algum momento, passe a amá-la como uma filha. Ela nunca teve família, mãe. — Entrelacei nossos dedos. — Nunca segurou a mão de uma mãe. Prometo que quando você puder conhecê-la melhor, conhecê-la *de verdade*, vai amá-la tanto quanto eu.

Com a mão livre, minha mãe traçou a linha onde nossas palmas se tocavam, quase hipnotizada.

— Você a ama de verdade?

— Sim. — Sem hesitação. Apenas a verdade fácil. — Fico completamente louco quando ela não está comigo.

Minha mãe apertou minha mão depois de um instante, erguendo os olhos para encontrar os meus.

— Feito.

— E...

Ela voltou a apoiar a cabeça no travesseiro, os lábios se moldando para soltar um gemido.

— Tem mais?

— Mais uma última coisa. Prometo. — *E a coisa à qual talvez você mais resista*. — Quero que procure ajuda. Para a sua ansiedade.

— Eu não tenho ansiedade.

— Tem, sim.

— Não vou tomar remédios.

— Existem outros métodos, mas se um médico recomendar e os remédios forem a melhor opção, preciso saber que fará de tudo para tentar melhorar. No mínimo, quero que converse com alguém que tenha qualificação para te ajudar.

O monitor cardíaco enlouqueceu. Ela balançou a cabeça.

— Mas...

— É tudo ou nada, mãe.

— Tudo bem. — Ela soltou o ar, desviando o rosto por um instante. Por fim, voltou o olhar para mim. — Estou te vendo olhar para o relógio a cada dez segundos. Pegue o jatinho. Vá logo atrás da sua esposa, Zachary.

Farrow

1 dia

É aqui que vou morrer.

Na galeria sagrada, nunca antes vista, na qual ninguém tinha permissão para entrar. Estirada no chão de resina sem graça. Rodeada por obras de arte inestimáveis. Manchas de sangue camufladas pelo sinistro preto e vermelho de Jackson Pollock.

Não consegui encontrar nenhuma outra explicação para Zachary Sun ter me mandado para sua garagem subterrânea assustadora. Naquelas semanas, cataloguei todos os itens que Romeo e Oliver levaram ao meu apartamento. Não havia nada faltando, e eu não tinha mais nada além daqueles itens. De forma alguma, Zachary me queria ali apenas para me mostrar as coisas que eu jamais teria.

Então, saí devagarinho do elevador, meio esperando que alguém pulasse em cima de mim. A chave eletrônica foi cuspida pela abertura do outro lado, me arrancando um gritinho assustado.

— Bem-vinda, srta. Ballantine.

Outro grito, cortesia da voz robótica da inteligência artificial na entrada.

Portas duplas de vidro se abriram, me convidando para dentro do espaço principal. Eu jamais teria conseguido entrar naquela fortaleza na noite do baile em que Zach caçava uma esposa. Projetores criaram setas brancas no chão. Elas levavam ao canto mais distante da galeria. Tão fundo que eu não conseguia identificar nada além de um borrão.

— Por favor, siga o caminho indicado.

Pisei em uma seta, mantendo os pés em linha reta, como se estivesse andando em uma prancha de madeira ou uma ponte de corda. Um passo errado e *vupt*. A ideia de desviar da linha e quebrar alguma obra de cinco milhões de dólares me atordoava enquanto eu passava por estátuas, pinturas, pedestais e corredores, focada demais nos meus passos para absorver tudo.

Quando cheguei na última seta, ousei olhar para cima. Dezenas de caixas, tubos e prateleiras estavam espalhados naquele local quase vazio da galeria.

— Por favor, recolha seus pertences, srta. Ballantine.

Apontei para mim mesma, sentindo-me uma idiota.

— Eu?

— Sim.

— Ah.

Não esperava uma resposta. Nem planejara isso, no caso. Na verdade, eu precisaria de um caminhão de mudança e de algumas pessoas para tirar tudo dali. Ainda assim, a curiosidade me venceu. Passei os dedos por uma caixa aleatória de camurça, tirando a tampa. Meus joelhos cederam um pouco. Algo dourado nadava em um mar de cetim vermelho.

Não pode ser.

Peguei o objeto na mesma hora, balançando-o rente ao meu rosto para admirá-lo.

— O anel do dedo mindinho do meu pai.

Um monstro gigante de ouro puro. Naturalmente, Vera o leiloara com o primeiro lote das coisas mais valiosas dele havia dois anos. Coloquei-o no meu polegar. Ficou largo, mas decidi que o usaria, não importavam as circunstâncias.

A voz robótica interrompeu meu momento:

— O sr. Sun repatriou todos os pertences do sr. Ballantine.

Aquilo me fez agir. Corri até a prateleira de arte. As réplicas de pinturas que meu pai comprara ocupavam mais ou menos trinta fileiras, organizadas alfabeticamente. Até o *Salvator Mundi,* de Da Vinci. Eu o encontrei armazenado como em uma galeria, como se a réplica merecesse tanto cuidado quanto a coleção de bilhões de dólares de Zach.

Zachary Sun tinha conseguido recuperar todos os itens que Vera vendera. O Rolex, as joias, as porcelanas antigas.

Ah, meu Deus.

Ah, meu Deus.

Isso devia ter tomado tanto tempo e exigido tanto esforço. Quando foi que ele começou a planejar tudo? *Por que* planejou isso? Não conseguiria tirar o sorriso bobo dos lábios mesmo se tentasse. Mas eu não *queria*. E pensar que tinha passado os últimos trinta dias com tanto medo daquela chave...

Que covarde, Fae. Você deveria saber. Os melhores presentes chegam nos embrulhos mais inesperados.

Joguei a cabeça para trás, passando os olhos pelos cantos da sala até encontrar uma câmera. Uma luz vermelha piscou para mim. Acenei em resposta.

— Obrigada, Zach. De verdade.

Então, corri até outra caixa, abrindo a tampa com uma dancinha animada. Uma escultura em mosaico de dois passarinhos que costumava ficar na mesinha de cabeceira da cama do meu pai e de Vera. Ele ficara obcecado por aquela coisa na quarta lua de mel que passaram em Veneza. O item veio com uma carta do dono anterior. Tirei o papel grosso e pesado do envelope.

Senhor Sun,

Não aprecio ameaças para ceder relutantemente o que, afinal, são apenas centavos em sua montanha de riquezas em forma de obras de arte. No futuro, caso decida surrupiar minha coleção muito mais modesta, sugiro uma conversa mais educada.

Atenciosamente,

William St. Eve

P.S.: Foi assim que conseguiu uma coleção tão expansiva, ameaçando todos os colecionadores no mundo? Karmran Izadi recentemente me informou que você tirou dele uma réplica de um *Telefone-lagosta*.

Dei um gritinho, os sapatos guinchando pela garagem enquanto eu corria de caixa em caixa, tentando encontrá-la. Quando finalmente achei a lagosta, apertei-a contra o peito, rodopiando.

— Sempre quis ter isso no meu quarto.

— Falou alguma coisa, srta. Ballantine?

Ignorei a voz robótica, um pedestal solitário me chamando a atenção. Havia uma caixa entalhada à mão que não reconheci no topo dele. Com o coração saltando pela boca, abri a tampa, arfando ao ver o conteúdo. O pingente. Ali, em toda a sua glória. Com a borla verde e o leão entalhado à mão. Afastei meu cabelo do rosto, apertando os olhos para me certificar de que eu estava mesmo vendo aquilo. Realmente, estava ali. Até os fios cortados e tortos da borla, cortesia minha.

Levei o pingente aos lábios, selando-o com um beijo. Meus olhos notaram um bilhete escrito à mão, preso na parte interna da tampa da caixa.

Sou um desgraçado ganancioso, Farrow Ballantine. O fato de que você me basta diz tudo. — Z

1 dia

Caridosa como sempre, a chuva me deixou ainda mais amargurado quando pousei na Itália. Desci a escada sem casaco, sem tempo para tentar encontrar um. Um motorista estava na porta traseira aberta de um Rolls Royce Droptail. Não sabia nada a respeito dele. Não fiz uma checagem aprofundada de antecedentes. E, logo, eu permitiria que esse completo estranho me desse uma carona na chuva. Por Farrow, eu oficialmente quebrara todas as minhas regras.

Eu o dispensei com a mão, entrando no carro e fechando a porta sozinho.

— Casa al Mare. Dez mil a mais se conseguir cortar o tempo pela metade.

Quatro minutos. Aquela conversa precisava acabar em quatro minutos. Aquilo me daria tempo para voltar a Maryland, tomar banho e trocar de roupa, e então ir atrás de Farrow.

Passamos por ruas e mais ruas de casarões luxuosos. Ignorei todos, verificando um alerta do meu sistema de segurança.

Farrow. Na galeria. Rodopiando em meio às esculturas aleatórias como uma menininha. Finalmente, tinha encontrado o pingente. Levou apenas trinta malditos dias para isso. Mas não seria Octi se ela não tivesse me forçado a sair da zona de conforto.

O Rolls Royce subiu por um caminho que levava a uma mansão branca, com vista para um pedaço particular do golfo. Abri a porta e subi pelos degraus de pedra antes mesmo de o motor do carro ter sido desligado. A música "Canon in D", de Pachelbel, tocava em algum lugar ao fundo. Segui notas pesadas até o terraço enorme, esperando arrancar alto-falantes das tomadas. Em vez disso, me deparei com um violoncelista.

Ele parou de tocar, inclinando a cabeça para mim, os lábios curvados para baixo ao notar meu cabelo despenteado e as roupas que eu usava havia dois dias.

— Posso ajudar? — perguntou.

— Se quiser continuar com sua carreira musical, sugiro deixar o arco de lado e calar a porra da boca.

— Zizi. — Eileen se alongava em um tapete de ioga, indo da pose do bastão para a pose da montanha. — Que adorável te ver.

Zizi? De todos os piores apelidos que eu tinha recebido, aquele estava no topo da lista. Acima do Rumplespinto, de Oliver, e do Zaquizinho Fofinho, de Ayi.

Ignorei o cumprimento, fui até a mesa do lado dela, deixei meu celular lá e iniciei o cronômetro.

Ela fez uma pausa, apontando para o aparelho.

— O que é isso?

— Esta conversa precisa se encerrar daqui a quatro minutos.

— Mas...

— Eu diria que está tudo terminado, srta. Yang, mas nem sequer começamos nada para poder terminar. — Peguei o celular, dando uma olhada no tempo. Faltavam três minutos e cinquenta e seis segundos. — Isso demorou mais do que eu esperava.

Deixei uma rajada de ar para trás ao voltar para a saída. Aquele lugar era tudo que eu esperava do segundo ex-marido de Celeste Ayi. Cafona, exagerado e repleto de dourado. Sofá dourado, mesa dourada, cafeteira dourada.

Eileen veio correndo atrás de mim.

— Espere. É *isso*?

Continuei andando.

— O que mais eu deveria dizer?

— Não sei. — Ela balançou as mãos, começando a correr. — Qualquer coisa.

— Infelizmente, seu desespero me deixou sem palavras. — Entrei no carro, dando a ela um último olhar antes de nos despedirmos para sempre. — Pode ficar com a porra do anel. Adeus, Eileen.

92

Zach

Dia D

E a ideia de não correr riscos desnecessários tinha ido por água abaixo.

Uma tempestade violenta me recebeu ao fim do voo de volta. Fiquei sentado a uma mesa, rascunhando o que planejava dizer a Octi. A cabine sacudiu bastante, derrubando minha bebida no bloco de notas. Chá gelado, não uísque. Eu precisava estar sóbrio.

As palavras na página incharam antes de se transformarem em um borrão.

Ótimo. Não era como se fosse importante. Eu tinha escrito aproximadamente três palavras, então empacado em como faria para convencer Farrow a passar o resto da vida comigo.

— Senhor Sun? — A comissária se aproximou, segurando a beira da mesa para se apoiar. — Estamos enfrentando turbulências severas. O capitão aconselhou o senhor a afivelar o cinto.

— É seguro voar?

— Tenho certeza de que sim.

— Apenas "sim" ou "não" como resposta.

Ela alisou a saia lápis, de olho na cabine.

— Vou buscar o copiloto. Um instante.

Enquanto ela se afastava, voltei a focar no problema maior. Eu não tinha experiência com pessoas, muito menos com relacionamentos. O casamento forçado de Romeo com Dallas não podia ser considerado o auge do romance. Quanto a Ollie, seu único compromisso era com a mão direita. (E até mesmo isso poderia ser considerado duvidoso, levando em conta a ala que ele tinha dedicada a brinquedos sexuais em casa.)

— Senhor Sun? — O copiloto tomou o assento à minha frente, depositando seu tablet na mesa. — Uma tempestade repentina entrou no nosso caminho. Agora, estamos bem acima de Delaware. — Ele apontou para um pontinho no mapa. — Talvez precisemos contornar a tempestade e circular até ser seguro pousar.

Verifiquei o relógio.

— Vamos ter que voar por mais tempo?

— Talvez por mais uma hora, para contornar a tempestade. Não tenho estimativa de quando vamos pousar, considerando que circularemos até conseguirmos a visibilidade adequada para aterrissar. — Ele tirou o zoom do mapa. — Por ora, estamos a menos de trinta minutos de pousar. Temos combustível para dez horas se necessário.

Eu não poderia arcar nem com um minuto. De acordo com Romeo, Farrow compareceria a uma competição de esgrima dali a algumas horas. Eu planejava assistir a tudo com ela depois de tê-la convencido a se casar comigo.

Sustentei o olhar dele, deixando o bloco de notas arruinado de lado.

— Vamos manter a rota.

— Não podemos. O aeroporto de Potomac entrou em contato. Não é seguro pousar lá nem em qualquer lugar da região de D.C., no caso.

— Preciso chegar a Potomac. *Agora.*

— Nossa alternativa é aterrissar agora em Delaware. São quatro horas de carro até Potomac, mas também temos uma tempestade aqui. A visibilidade é melhor, mas não ótima.

— É seguro pousar?

— Seguro? Sim. — Ele inclinou a cabeça, balançando-a de leve. — Confortável? Não.

— Vamos pousar.

Ao menos, dirigir garantiria que eu chegaria antes do fim do evento. Não poderia correr o risco de não chegar.

O copiloto continuou ali.

— Por que ainda está aqui? — Arqueei a sobrancelha. — Você tem um avião para pilotar.

E não muito bem, aparentemente, porque, minutos depois, o avião mergulhou de bico. Fui lançado para a frente, grunhindo quando a barriga se enterrou na mesa.

A comissária veio correndo até onde eu estava, verificando o cinto, puxando-o com força pela alça. Outra sacudida violenta a jogou na cadeira na frente da minha. Ela conseguiu se arrastar e se sentar, lutando contra cada golpe violento.

— Fique de cinto, sr. Sun.

Jura?

Abri a janela interna, encarando o abismo. Confetes brancos pareciam dançar na nevasca. Em meio a nossa descida, a neve se transformou em chuva. Gotas pesadas acertaram o vidro.

— É sempre assim? — questionou a comissária, segurando a cadeira com tanta força que os nós dos dedos perderam a cor, então jogou a cabeça para trás. — Faz três meses que arranjei este emprego. É minha primeira tempestade.

Eu a ignorei, tentando me manter ereto enquanto o avião nos jogava de um lado para o outro como se fosse um liquidificador. O tablet do copiloto caiu da mesa no carpete, fazendo uma playlist começar a tocar. “I Want to Hold Your Hand”, dos Beatles.

Uma guinada cruel acertou minha cabeça na parede. A música mudou para "Bookends", de Simon & Garfunkel. A mesma música que tocava quando meu pai morreu.

De súbito, não pude mais ouvir meus pensamentos.

Carros buzinando. Chuva caindo. A espada e o polvo na janela.

Outra sacudida.

O pingente.

Praticamente saltei do assento, caindo de volta com um baque.

Almas não têm preço, Zach. Tente proteger a sua da melhor forma que puder.

Encaixei o queixo no peito, lutando contra a turbulência.

— Estou tentando, pai.

Um dia, você vai aprender a apreciar as coisas bonitas.

— Eu aprendi, pai. O nome dela é Farrow.

Mais buzinas. Amantes desafortunados. Uma buzina.

Eu finalmente tinha aprendido a apreciar as coisas bonitas, e eu morreria naquele avião antes de poder vê-la de novo.

Os olhos arregalados do meu pai. Seu torso colidindo no meu. As gotas: plic, plic, plic.

O avião caiu rápido, cortando a chuva.

Está tudo bem, Zachary. Você está bem.

— Não estou, pai. — Finquei os dedos nos braços da cadeira, quase os arrancando com a unha. — Estamos caindo rápido demais.

O ancinho. O sangue. A faca.

Não queria me lembrar de nada daquilo.

Os lábios do meu pai se mexendo. Sua única lágrima. Suas últimas palavras.

Nós pousamos na pista com um baque pesado. Minhas mãos saltaram da cadeira, batendo na janela. As gotas de chuva caíam do céu como balas. O avião desacelerou, mas eu abaixei a cabeça entre os joelhos, franzindo as sobrancelhas.

Suas últimas palavras, suas últimas palavras, suas últimas palavras.

— O que você disse, *cacete*?

A comissária desafivelou o cinto, vindo depressa na minha direção. Ela apoiou uma das mãos nas minhas costas.

— Você está bem, sr. Sun?

— *Não.*

Eu finalmente tinha me lembrado das últimas palavras do meu pai.

93

Zach

Dia D

Natureza: 3. Zach Sun: zero.

Levei cinco horas para chegar na arena esportiva. Cinco horas em uma merda de um carro alugado cujas partes pareciam ter sido grudadas com reza forte e Super Bonder. Eu não tomava banho ou trocava de roupa havia três dias, pois tinha esquecido a bagagem em Chiang Mai. Pareceu especialmente cruel que alguém que proibia os funcionários de usarem produtos perfumados teria que sofrer mais cinco horas com o próprio fedor.

Na última meia hora, o aquecedor do carro teve uma morte horrível. A temperatura abaixou para uns 5ºC em poucos minutos. Eu ainda não havia encontrado a porcaria de um casaco. Nos arrastávamos pela chuva, os nós dos meus dedos brancos como leite, torcendo, por tudo no mundo, que eu chegasse antes do fim da competição.

A placa da arena brilhava como um farol na tempestade. Milhares de carros tomavam conta do estacionamento de uma ponta a outra. Sem chance de encontrar uma vaga, estacionei em um lugar proibido bem na entrada, batendo a porta ao sair.

— É bom que ela esteja aqui.

Imagine a minha sorte se eu tivesse recebido direções erradas por causa de um telefone sem fio. A localização de Fae me foi dada por Romeo, que perguntara a Dallas, que ouvira de Hettie, que, por sua vez, tinha descoberto por Frankie, uma pessoa que eu considerava tão confiável quanto o método do coito interrompido.

Enfiei a carteira na cabine de ingressos e passei pela barreira sem esperar. O conteúdo do meu bolso interno do terno se chocava contra o meu peito a cada passo. O sapato direito saiu do meu pé enquanto eu atravessava os corredores como um touro. Não havia tempo para recuperá-lo. Uma criança saiu correndo para fora do meu caminho. O garotinho derrubou seu algodão-doce, chorando ao me ver. Pude apenas imaginar o horror da minha aparência. Bochechas coradas por quase ter congelado no carro. Lábios em uma linha rígida. Cabelo balançando no vento. Sinceramente, Farrow tinha escolhido a pior época para me curar. *Estava frio pra caralho.*

O corredor levava à arena, onde milhares de pessoas torciam dos assentos na arquibancada. Eu nunca a encontraria naquela multidão.

— Atenção. — A palavra ecoou dos alto-falantes espalhados pelos cantos. — A partida final vai começar em três minutos.

A voz vinha de uma cabine no fim das arquibancadas. Fui marchando até lá, arranquei o microfone do narrador aterrorizado, então me coloquei a caminho do meio da pista, determinado demais para processar qualquer sentimento de vergonha.

Dei um tapinha no microfone antes de falar:

— Farrow Ballantine?

O burburinho da multidão cessou antes de voltar a ganhar força. Uma fileira de esgrimistas uniformizados parou a alguns passos de mim, me encarando sob as máscaras. Um deles cutucou a pessoa ao lado, apontando para mim com a ponta da espada.

— Farrow. — Dei meia-volta, tentando encontrá-la naquele mar de rostos. — Você está aqui?

— Mas que porra você está fazendo? — questionou um cara aleatório na arena.

Passei o polegar pela mandíbula, falando no microfone com dentes cerrados:

— Estou tentando me declarar para a minha garota, cacete.

A multidão irrompeu em um pandemônio. A maioria gritou. Alguns vaiaram. E eu oficialmente não dei a mínima.

— Meu Deus, que homem bonitão. — Uma mulher assobiou. — Me vista de casquinha de sorvete que eu deixo você me lamber todinha.

Eu havia me tornado motivo de risos em menos de um minuto, mas *foda-se*. Não queria sacudir um ramo de oliveira — queria dar a porra da árvore toda para Farrow Ballantine.

— Farrow... — Endireitei os ombros, observando a multidão de rostos sem feições. — Nosso relacionamento inteiro foi um segredo. Escondido nas vielas escuras da nossa vida. Chega. Quer você me aceite ou me rejeite, cansei de fingir que não sou seu.

— Ei, cara. — Outro maldito idiota. — Cadê seu sapato?

O público todo riu.

Continuei, ignorando-os:

— Passei a vida toda sem viver de verdade. Você chegou na minha vida como um furacão inesperado. Um sopro de ar fresco. Você me ensinou a seguir em frente, a superar meu passado e a *viver*. Eu posso *tocar* outra vez.

Alguém assobiou. Mais risadinhas. Talvez eu devesse ter me importado por revelar meu segredo ao mundo, mas não me importei. Ter Farrow de volta importava mais que tudo.

— Acabei de dirigir cinco horas na chuva na merda de um carro alugado, e não encostei no acostamento, não vomitei, não parei. Isso foi conquista sua, Octi. — Eu me virei, encarando a outra metade da multidão, tentando analisar tudo e todos. —

Desculpe por não ter enxergado antes. Por não ter te feito minha prioridade no instante em que te conheci. Você merece muito mais.

Apertei mais o microfone. Minha visão borrada. Eu tinha dormido aproximadamente seis horas em quatro dias.

— Lembra quando me contou do *Telefone-lagosta*? Você tinha razão. Todo mundo tem uma obra de arte favorita. Você é a minha.

Silêncio. Todas as pessoas na arena tinham se calado. Onde raios estava Farrow?

Mas que droga. Vou queimar todos os seus cartões de crédito, Frankie.

— Com licença? — Uma juíza deu um tapinha no meu ombro, trocando o peso de perna. Ela brincava com a pontinha do rabo de cavalo. — Temos uma partida agora.

— Adiem.

— Mas...

Eu a fuzilei com o olhar até ela se afastar. Sozinho outra vez, me virei para a outra metade do estádio, ajustando meu aperto no microfone.

— Farrow, tentei lutar contra o feitiço que você lançou em mim. Menti para mim mesmo. Menti para *você*. A vida é um caos. O amor é arriscado. E eu estava perfeitamente seguro na minha bolha esterilizada.

Não importava que eu tinha uma audiência de desconhecidos. Não me importava de estar abrindo meu coração. Pela primeira vez, eu precisava ser corajoso com o meu coração. Respirei fundo.

— Não queria admitir que não tinha controle completo de mim mesmo. Mas é verdade. Não tenho. — Gesticulei para meu estado deplorável como prova. — Sou louco por você. Desde que te conheci, não houve um dia sequer em que não tenha me sentido obcecado por você.

Com o que eu disse, um esgrimista na fileira de competidores recuou. *Farrow*. Seus ombros começaram a tremer, sacudindo o corpo todo. Ela parecia muito mais magra naquele uniforme, tão pequena. Eu mal a reconheci. Nunca me ocorreu que aquele mês procurando o que queria na vida pudesse ter sido difícil para ela. Dallas garantira para mim, mais de uma vez, que Farrow estava bem.

Meu coração ficou apertado. Vê-la chorando despertou o caos dentro de mim.

Fui até ela, segurando a mão enluvada.

— Não tive a chance de buscar o anel de noivado em casa, mas trouxe isto.

Quando me afastei, ela cruzou os braços por cima da barriga, os ombros ainda tremendo.

Do bolso interno do casaco, tirei um tênis puído e rasgado. Aquele que ela tinha perdido meses antes. A multidão começou a falar outra vez, seus sussurros nos alcançando.

— Aquilo é um sapato?

— Talvez ele devesse achar o sapato dele primeiro.

— Eca. Isso deveria ser jogado em um lixo com proteção antirradiação.

Ignorei o barulho, me ajoelhei, peguei a mão de Fae outra vez e falei no microfone para silenciar o estádio:

— Sei que o mundo é terrível, feio e cansativo. Sei que o mundo te machucou, te traiu e despedaçou sua alma. Mas se ainda tiver um pouco de amor em você, seria egoísta da minha parte te pedir isso? Prometo que protegerei o que você me der. Prometo que te protegerei. — Apertei a mão dela pela luva bem acolchoada. — Eu te amo, Farrow Ballantine. Você aceita se casar comigo?

Das arquibancadas, um cachorro preto e minúsculo veio correndo até nós e arrancou o sapato da minha mão, correndo em círculos com o tênis entre os molares. *Esse merdinha.*

— Você disse que me ama?

Ergui a cabeça quando escutei a voz, dando meia-volta quando percebi que tinha vindo de trás de mim. Farrow Ballantine estava parada na minha frente em toda a sua glória. Linda, de tirar o fôlego, radiante e *minha*. As bochechas estavam coradas, um sorriso encabulado e um uniforme de treinadora com um crachá por cima. Pela primeira vez naquele mês, me senti vivo de novo.

— *Octi.*

O esgrimista que eu confundira com Farrow arrancou a máscara, revelando ser um adolescente magrelo, com uma careta estampada no rosto.

— Desculpa, cara. No começo, eu estava rindo, daí, você veio correndo para cá. — Ele deu de ombros, se afastando. — Você simplesmente agarrou a minha mão, cara. Eu não sabia o que fazer.

Ao longe, a risada distinta de Oliver invadiu o momento. A multidão continuava em silêncio, ávida por ouvir a conversa, uma vez que eu tinha me desfeito do microfone.

Farrow pegou minha mão, entrelaçando nossos dedos.

— Você disse que me ama?

Apesar de ter quase congelado, tudo que eu sentia, então, era calor.

Segurei o rosto dela, unindo nossa testa, respirando fundo o cheiro de Farrow.

— Estou completamente apaixonado por você, Farrow. Você me consumiu. Coração, corpo e alma. Não existe outra pessoa para mim, nunca existiu, nunca existirá.

— Zach... — Ela olhou para a pista, então ergueu o olhar até mim sob a cortina de cílios longos. — O que está acontecendo?

Massageei a nuca.

— Uma declaração de amor. Um esquema para te pedir perdão. E... um pedido de casamento?

Pela primeira vez desde o acidente, cedi o controle. Estava voando rumo ao desconhecido sem ter um plano, completamente submisso às vontades do Destino, e assustado pra caralho. Com apenas as últimas palavras do meu pai e a mulher dos meus sonhos me acompanhando. Eu nunca tinha me sentido tão vivo.

— Você sabe que isso não é algo que eu esperava de você.

— Eu sei.

— E que todo mundo no estado vai ficar sabendo do que você fez em menos de uma hora.

— Não me importo.

— Incluindo sua mãe.

— Ela aprova nosso relacionamento.

Farrow ficou boquiaberta.

— Aprova?

— Eu juro que aprova.

Ao ouvir o que eu disse, Farrow assentiu, processando a novidade. Por fim, ela apertou minha mão, encarado onde estavam entrelaçadas.

— Me conte uma coisa interessante sobre os polvos.

Respondi de imediato:

— O polvo tem a melhor camuflagem no reino animal. Muda de cor em instantes, contorce o próprio corpo e molda os tentáculos. Foi isso que você fez. Você entrou na minha vida fingindo ser um problema, mas, no fim, era minha solução. Minha salvação.

Como se esperando sua deixa, o cachorro se apressou até onde estávamos, largando o sapato de Fae na pista com um latido. Eu mataria o dono daquele desgraçado se não estivesse tão ansioso para pedir Octi em casamento naquele segundo. Novamente apoiado em um dos joelhos, segurei o tornozelo dela, tirei seu tênis e, então, calcei o sapato antigo que ela deixara para trás. Um pequeno arquejo lhe escapou da boca.

— Encaixou perfeitamente. Igual a você. — Ergui os olhos até ela, acariciando seu tornozelo com meu polegar. — Diga sim, Farrow.

Ela mordeu o lábio inferior, fingindo hesitação, mas eu sabia que ela estava escondendo um sorriso por trás do gesto.

— Eu sou a escolha final, então?

— Amor, eu nunca tive escolha, sempre foi você. Por favor, me tire dessa agonia e diga sim.

Nossos amigos — ou melhor, nossa *família* — se materializaram na beirada da pista, gritando opiniões não solicitadas em rápida sucessão.

Romeo espanou algo do terno.

— Estou com vergonha alheia por você, Zachary.

Dallas bateu no ombro dele.

— Por que você nunca confessou seu amor por mim em público?

— Eu levei um *tiro* por você em público. — Ele se virou para Fae, me indicando com a cabeça. — O único jeito de ele continuar morando nessa cidade sem se sentir humilhado é se você disser sim.

Farrow riu pelo nariz, o tornozelo oscilando na minha mão com o movimento.

Frankie deu um empurrão em Romeo para que ele saísse do caminho, tentando se aproximar de nós.

— A gente já sabe sua resposta, Fae. Dá para andar logo? Ele está sendo um babaca emburrado desde que você foi embora.

— Diga sim, amiga. — Dallas dava pulinhos, segurando a barriga no lugar. — Aliás, sabia que cérebros de polvo têm formato de rosquinha?

Fae caiu no riso. Ela pôs as mãos na barriga, se esforçando para manter o equilíbrio com um dos pés na minha mão.

Você não teria que se equilibrar desse jeito se simplesmente dissesse sim, cacete.

— Isso é bom demais. — Oliver bateu palmas em câmera lenta. — Sou o último solteiro. Isso quer dizer que ganhei a aposta, certo?

Hettie estava parada ao lado, segurando um balde de algo em frente ao corpo.

— Ainda bem que trouxe pipoca.

Os dedos de Farrow se curvaram ao redor do pescoço, um suspiro audível lhe escapando dos lábios. Ela admirou nossos amigos por mais um instante antes de voltar seu olhar ao meu.

— Você me deu uma família.

— Não tive nada a ver com isso. — Balancei a cabeça. — Você conquistou essa família sozinha. Eles te amam.

Ela abaixou a mão. Então, endireitou os ombros, pronta para negociar.

— Se a gente se casar, espero manter minha independência.

— Feito.

— Vou continuar trabalhando em tempo integral. Como treinadora.

— É claro.

Eu sabia, em primeira mão, que ela seria a melhor treinadora de todas.

— E... e... e... — Ela levou a ponta do dedo aos lábios, muito pensativa. — Ainda vou discutir com você sempre. Você não vai me convencer a te perdoar me comprando bolsas caras.

— Tudo bem. Vou te convencer a me perdoar te dando suas coisas favoritas.

— E o que seriam essas coisas?

— Fatos e orgasmos.

Farrow prendeu o fôlego. Meu coração acelerou. A euforia decantava em mim como uma fonte que jorrava. Meu coração idiota pareceu crescer como um balão prestes a estourar.

Diga sim, querida. Vamos.

Um sorriso se abriu no rosto dela. Finalmente, *finalmente*, Farrow me deu uma resposta:

— *Sim.*

Eu me levantei com tudo, envolvendo-a com os braços e então a beijei. Foi o beijo mais ávido, real e profundo que já compartilhamos. Nossos amigos começaram a aplaudir, fazendo com que a multidão também irrompesse em caos. Todos ao nosso redor começaram a aplaudir, assobiar e gritar. Até o cachorro escroto começou a correr em círculos ao nosso redor, latindo.

— Ah. — Fae riu no nosso beijo, estalando os dedos e se lembrando de algo. — Agora tenho um cachorro.

— *Nós* temos um cachorro — falei contra os lábios dela, me recusando a me afastar. E, cacete, tínhamos um cachorro.

— Oliver disse que você odeia bagunça.

— Só quando a bagunça em questão é o próprio Oliver.

Ela se afastou um pouquinho. O polegar roçou meu pescoço, fazendo uma carícia sob a orelha.

— Descobri por que eu te amo.

Encostamos nosso nariz um no outro, enquanto tentávamos regular nossa respiração.

— E por que você me ama?

— Você é meu lar.

— E eu descobri por que eu te amo — rebati.

— E por que você me ama?

— Você faz minha alma soprar fogo, meu lindo desejo sombrio.

Epílogo

Zach

Um mês depois

Acordo com um cotovelada na costela. Em vez de resmungar, me aconchego mais em Farrow por trás, afastando o cabelo dela dos meus olhos.

— Amor, você está acordado?

Com um suspiro, olho para o relógio na mesinha de cabeceira. São 5h15 da manhã.

Se eu *estou* acordado? Depende. Se estou acordado para ouvir Octi me contar que minha mãe implorou para ela *outra vez* considerar um casamento em Nova York, embora Fae claramente queira ficar em Potomac? Não. Isso poderia esperar até o nascer do sol. Mas se estou acordado para uma terceira rodada de sexo com a minha noiva contra a parede do chuveiro? É claro que sim. Afinal, *sempre* gostei de higiene.

Farrow tateia a mesinha e pega seu celular, que vibra, então franze o cenho ao ver a tela.

— Zach. — Ela me dá uma cotovela mais forte, o que me faz soltar um pequeno grunhido. — Me fale que está acordado.

Fecho os olhos, apertando-a com mais força contra o peito. Tenho uma boa ideia do que ela está prestes a dizer, e não quero sair da cama para isso. Na verdade, eu ficaria feliz em continuar fazendo a mesa coisa que fizemos o mês inteiro. Não sair de casa. Cada vez que Dallas aparece para arrastar Farrow para alguma noite das garotas, resisto ao impulso de pendurar uma rosquinha em uma vara de pescar e guiar Dallas de volta para a rua igual a um burrico.

— Zach. — Octi se vira nos meus braços, traçando meu nariz com a ponta do dedo. — Acorde.

Fico de olhos bem fechados.

— Não tem graça.

Sem resposta.

— Vamos transar.

Abro os olhos. Pulo em cima dela, cobrindo cada centímetro do seu rosto com beijos.

— Seu pervertido. — Ela ri, se soltando do abraço. — Dallas está em trabalho de parto. Precisamos ir para o hospital agora.

— Por quê? Não foi nenhum de nós dois que a engravidou.

Eu a beijo pescoço abaixo, segurando um dos seios e levando o mamilo até a minha boca. Dormimos nus por motivos óbvios. Não teve nem uma noite em que não acordamos, suados e com tesão, apenas para transar, para lembrar um ao outro que podemos. Agora, que não temo mais o toque, é meu dever como cidadão compensar o tempo perdido.

Fae rola na cama e se levanta em um pulo.

— É uma reunião de emergência.

Apoio a cabeça no punho, observando-a da cama. Ela recolhe a calcinha e o sutiã do chão.

— Dallas falou que quer todo mundo lá, para podermos oficializar o nome.

— Não dou a mínima se ela quiser colocar o nome do restaurante favorito dela no bebê.

Farrow me lança um olhar de aviso. Paro de sorrir.

— Ela não quer fazer isso, quer? — questiono.

— Quer. — Farrow estremece, entrando no closet amplo. Ela volta com uma camiseta cinza e larga e com uma calça jeans confortável, peças que ainda assim a deixam parecida com uma modelo. — Em defesa dela, o nome do restaurante é Antonio's.

Eu a encaro, sorrindo. Apenas vê-la existindo basta para abalar meu mundo.

Ela abotoa a calça jeans e inclina a cabeça para o lado.

— Zachary.

— Sim, senhora?

— Vista suas roupas. Vamos para o hospital.

— Eu nem gosto da Dallas — minto. Ela é um bom exemplar, acho, de um ser humano.

Farrow pega a mochila, jogando-a por cima do ombro.

— Mas você gosta de mim.

— Eu *não* gosto de você, Farrow Ballantine. Sou obcecado pra caralho por você.

O apito constante das máquinas de hospital ecoa pelo corredor da maternidade. Os tênis de Fae guincham no chão de linóleo. Ela aperta mais a caixa de donuts contra o peito, se apressando mais do que a situação requer. Pontuo cada uma das suas passadas com um suspiro óbvio, mesmo que eu nunca tenha estado tão feliz na vida.

Farrow já bateu na porta de Dallas quando, por fim, a alcanço. Como sempre, os cumprimentos de Dallas e Romeo me fazem querer lavar os ouvidos com alvejante.

Octi entra antes que Romeo consiga dizer:

— Está aberta.

— Igual à minha vagina, pelo visto. — Dallas ergue o cobertor como se precisássemos de confirmação visual. — Olhem, laceração de terceiro grau!

Alguém me mate agora mesmo.

Por que esse casal adora tanto compartilhar informações que deveriam guardar para si? Não imagino ser capaz de deixar alguém chegar tão perto de Farrow assim logo depois de ter dado à luz meu filho, mas *consigo* imaginá-la vividamente parindo nossa criança.

— Aqui. — Minha noiva coloca a caixa de rosquinhas nos braços ávidos de Dallas. — Duas dúzias de donuts fritos, como você pediu. Você está linda.

Ela não está linda. Ela parece que acabou de voltar de uma briga com um urso. A qual ela perdeu. Mas aprecio Farrow sempre ter algo gentil para falar quando se trata das pessoas que ela ama.

Dou um meio abraço em Romeo, um avanço recente, mas não desagradável.

— Parabéns.

— Obrigado, cara.

Não estou brincando quando digo que ele ficou com a ponta das orelhas vermelha. Olho ao redor do quarto espaçoso.

— Falando nisso, cadê o bebê?

— As enfermeiras o levaram para me darem um descanso. — Dallas enfia um donut torcido inteiro garganta abaixo. — Ele já volta, aí todos poderemos olhar para a cara dele e escolher um nome. — Ela se endireita, jogando outra rosquinha no peito de Romeo para bater palmas. — Diminuí a lista para apenas trinta nomes.

Nossa. O dia vai ser longo.

Romeo enrijece, a palma da mão pausando enquanto espanava uma migalha da camisa.

— *Tudo isso?*

Aproveitando a deixa, Oliver e Franklin surgem pela porta sem bater. Estão com a aparência igualmente desgrenhada, com roupas amassadas e um borrão de batom vermelho no queixo de Frankie. Minha primeira suposição, claro, é que dançaram tango na horizontal. Minha segunda suposição é mais perturbadora — e, portanto, provavelmente está correta.

Como esperado, um som agudo ressoa no ar.

Não, eles não fizeram isso.

Dallas enfia mais donuts na boca, ocupada demais para notar o estado dos dois visitantes.

— Oi, pessoal. Obrigada por terem vindo.

Ollie prende a camisa na calça, pigarreando.

— O prazer é todo meu.

Todo mundo, exceto Dallas, nota a indireta.

Farrow me lança um olhar horrorizado. Por um bom motivo. Oliver e Frankie são uma péssima ideia. Ela não é apenas muito mais nova que ele, mas nenhum dos dois tem ética ou princípios. Eles ateariam fogo no mundo todo se estivessem com vontade de comer churrasco.

Por sorte, é como eu esperava, e Frankie mostra o pote cheio de buracos que trazia às costas, deixando-o na mesinha do outro lado da sala.

— Desculpa pelo atraso. Estávamos caçando sozinhos.

Oliver dá um peteleco na lâmina de grama no ombro.

— Quase morri brigando com um deles.

Frankie se joga no sofá, a mão na testa.

— Zach disse que grilos trazem boa sorte e que são um bom presságio para muitos e muitos filhos.

— Eu não falei que precisariam ir caçá-los pessoalmente.

Afasto Ollie com o dedo indicador quando o desgraçado, coberto por lama, chega perto demais. Como falei, gosto de higiene.

Oliver dá uma olhada embaixo da cama do hospital.

— Cadê o novo e pequeno membro da família?

Romeo continua tirando migalhas da camisa com uma das mãos e afagando a cabeça de Dallas com a outra.

— A caminho.

Frankie se apressa até a minigeladeira no canto, tirando de lá duas garrafas de água. Ela abana o rosto.

— Meu Deus. Sou a única que está morrendo de calor aqui?

Ollie tira a cabeça de debaixo da cama como se fosse uma marmota.

— É que você é tão gostosa que deixa todo mundo suando.

Ela entrega uma garrafa de água para ele, e os dois as entornam juntos.

— Na verdade, está bem frio. — Dallas torce o nariz. — Mas, por outro lado, talvez seja porque rasguei toda a pele entre a vagina e o ânus, então basicamente pareço um peru de Natal prestes a ser recheado com cebola, batata-doce e ervas finas. — Ela franze a testa. — Meu Deus, que fome.

Assim que Oliver se joga no sofá, o quarto inteiro irrompe em caos. Estou sentado no canto, de olho no celular enquanto todo mundo faz um alvoroço e discute perto de Dallas, como se ela tivesse acabado de voltar de uma viagem de catorze meses em Marte.

— Quer mais analgésico?

— Já tomou água? Você precisa beber líquidos, Dal.

— Quer uma ceia de Natal? Tenho certeza de que ainda conseguimos achar abóboras em fevereiro.

Uma batida na porta interrompe a loucura. Tiro o olhar do celular a tempo de ver uma enfermeira trazendo um berço com cobertura transparente. Oliver, Frankie e Farrow se aglomeram ao redor dele, prendendo o fôlego. Me aproximo, decidindo verificar o motivo da comoção.

Não sou fã de bebês. São barulhentos e completamente inúteis, até mesmo para os padrões humanos. Eu, no entanto, preciso admitir que Romeo e Dallas produziram um bebê bonito. Ao contrário da maioria dos recém-nascidos, ele não parece um político amargo repreendendo um funcionário muito abaixo dele na hierarquia. O bebê vira a cabeça de leve, me oferecendo uma visão melhor. Os traços mais belos de Dallas e Romeo dominam o rosto dele. De Dallas, o nariz em botão e a boca vermelha e saliente no formado de morango. E, de Romeo, o cabelo escuro que cobre a cabeça minúscula e os cílios, espessos o bastante para aquecer um rebanho de lhamas.

— Meu Deus. — Frankie leva a mão ao peito, inclinando quase o corpo inteiro por cima do berço. — Maninha, ele é maravilhoso!

— Eu sei. — Dallas sai da cama com um sorriso, então, leva o berço para o lado de Romeo. — Ele vai partir muitos corações.

O bebê está adormecido, assim como eu deveria estar a esta hora.

— E bastões de beisebol. — Oliver finge dar uma tacada. — Aqueles pais não vão saber lidar com o bebê Costa.

Dallas e Romeo sorriem para o filho. Um desejo feroz e repentino de produzir um herdeiro com Farrow me atinge. Não quero esperar pelo amanhã. Quero fazer isso hoje.

— Vamos repassar os trinta nomes. — Dallas pigarreia, desdobrando uma lista que obviamente tem mais de trinta nomes.

Farrow sacode a cabeça, os olhos fixos na criança.

— Luca — diz ela.

— O quê? — Dallas ergue a cabeça, a boca entreaberta. — Não, esse nome... nem está na minha lista.

Ela acena com a lista na mão, o papel sacudindo ao vento.

— Pense bem. — Farrow encontra o olhar da amiga, um pequeno sorriso nos lábios. — Luca.

— Luca. — Romeo brinca com o nome, repetindo-o algumas vezes. Ele acaricia a bochecha do filho com a junta do dedo. — Gosto do som. Forte. Italiano.

— Significa aquele que traz consigo a luz. — Dallas mostra a ele a pesquisa no Google. — E ele, de fato, trouxe muita luz para a minha vida, mesmo antes de nascer.

E, assim, Luca Salvatore Costa é apresentado ao mundo, rodeado pela família.

Mais tarde, consigo chegar ao estacionamento antes de não poder mais me conter.

— Também quero um.

— Um o quê? Um Camry da Toyota? — Farrow olha para o carro mais próximo, um veículo enferrujado que já viu dias melhores. Nos anos 1980. — Com certeza temos dinheiro para comprar um desses.

— Um bebê.

Paro ao lado do Prius dela. Porque, sim, Farrow ainda dirige a porcaria do Prius, que ela ama e que se chama Priscilla. Outro aspecto irritante da sua vida antes de noivarmos? O apartamento. Assim que ela se mudou de volta para minha casa, ela converteu a quitinete em um escritório para reuniões de negócios. *Tudo bem*. Eu amava sua independência feroz.

— Você quer um bebê? — Ela vacila contra o carro. — Zach, é ilegal ir e pegar um da...

— Não da maternidade. *Meu Deus*. — Dou uma risadinha, amando que ela gosta de brincar comigo. — Um nosso.

— Ainda nem nos casamos. — Ela une as sobrancelhas. — Na verdade, ainda nem marcamos uma data ou um *estado* para o casamento.

Verdade. Um problema que era cortesia do entusiasmo exagerado da minha mãe. Conseguimos resolver nossa relação depois de toda a confusão na Tailândia. Principalmente porque ela apareceu na minha porta assim que chegou nos Estados Unidos, prometendo que processaria o luto com um terapeuta, e até me ajudou a ir atrás do meu anel de noivado. Uma esmeralda deslumbrante rodeada por rubis cintilantes. Estava na família da minha mãe há gerações. Raro. Igual a Octi.

Tiro as chaves do carro da mão de Farrow.

— Podemos ter um bebê sem estarmos casados.

Ela esconde a risada com a ponta dos dedos.

— Sua mãe teria outro infarto se tivéssemos um bebê fora do casamento.

— Verdade. — Coço o queixo.

Agora vivo minha vida nos meus termos, mas isso não significa que farei pouco-caso dos desejos da minha mãe, ainda mais se não interferirem na minha felicidade.

— Que tal Vegas? — pergunto.

— Vegas? — Os olhos de Farrow se iluminam. — Tipo, fugiríamos para casar?

Faço que sim.

— Nada de bufê, nada de discussões quanto ao lugar, nada de arranjos florais que precisamos encomendar com três anos de antecedência. Você pode usar seu tênis favorito e equipamento de esgrima, ninguém ligaria.

Mentira. Minha mãe ligaria. Mas não me importo. Seria um preço pequeno a se pagar. Além do mais, ainda poderíamos fazer a cerimônia tradicional do chá.

Farrow morde o lábio inferior.

— E Ari? Eu era solteira quando ela começou a planejar o casamento dela.

Dou de ombros.

— Bobeou, dançou.

E mais, ela provavelmente seria a primeira a aparecer, e com um monte de champanhe.

— Você quer *mesmo* se casar, não quer? — Farrow franze o nariz. — Para mim, você parece um pouco desesperado.

— Querida... — Engancho o dedo no colarinho da camiseta dela, puxando-a para um beijo. — Já faz tempo que ultrapassei a barreira do desespero quando se trata de você.

Farrow

Três semanas depois

— Você, Farrow Talia Ballantine, aceita este homem como seu legítimo esposo? — pergunta o sósia do Elvis, se virando para mim e erguendo um livro que tenho quase certeza de que se trata de um romance de alienígena que, uma vez, peguei Dallas lendo.

Manchas misteriosas cobrem o tapete vermelho da capela. Flores de plástico brotam de vasos da loja de US$1,99. O teto acima é tão rosa quanto um flamingo, cobrindo todo o local. Elegante? Não. Perfeito? Sem dúvida.

Sorrio para Zach.

— Aceito — respondo.

Ele não consegue me ver por trás da minha máscara de esgrima. Na verdade, estamos vestidos como esgrimistas da cabeça aos pés. Na verdade, nossa intenção era, no mínimo, termos escolhido um vestido e um terno, mas acabamos passando as últimas três semanas na cama, distraídos por algo muito, *muito* mais importante. Nenhum de nós dois se importa. Tudo que eu queria era que nossos amigos queridos estivessem presentes para nos testemunhar sendo completos idiotas, e Zach fez com que esse desejo se tornasse realidade.

Elvis se vira para Zach, observando-o por trás dos óculos escuros e gigantescos.

— E você, Zachary Yibo Sun, aceita esta mulher como sua legítima esposa?

— Aceito.

— Pode beijar a noiva.

Tiramos as nossas máscaras, suados e sorrindo. Ele descalça uma das luvas, joga-a para trás e, então, afunda os dedos no meu cabelo, me beijando enquanto nossa família aplaude e assobia. Constance joga flores em nós. Celeste rodopia no seu vestido chiquérrimo de dezessete mil dólares. Dallas e Frankie atiram doces em mim. Ari e o noivo sorriem um para o outro.

Quando finalmente paramos de nos beijar — para não envergonhar nossa família —, ainda estou sem fôlego. Meu coração bate rápido demais, alto demais. Me sinto como gelatina, quente demais para ficar em pé. Zach segura meu cotovelo quando meus joelhos estremecem. Espero que ele me pegue nos braços, igual a uma noiva sendo carregada para dentro de casa. Em vez disso, ele passa um braço pela minha cintura, me aperta contra ele e me ergue com as minhas pernas em volta da sua cintura. Vantagens de se usar um uniforme de esgrima.

Jogo a cabeça para trás, sentindo calor, tontura e, percebo, uma felicidade completa, verdadeira e inegável. Zach pressiona um beijo na minha testa, me levando pelo corredor com facilidade. Relaxo nos braços do meu marido. O único lar verdadeiro que já conheci.

— Zach?

— Pois não, Esposa?

— Me conte um fato interessante sobre os polvos.

— Vou te contar algo melhor.

— Ah, é? O quê?

— As últimas palavras do meu pai.

Congelo. Ele beija minha têmpora antes de se inclinar para mais perto do meu ouvido, sussurrando para que só eu possa ouvi-lo.

Os pingentes unem duas almas. O destino sabe o que nós não sabemos.

Este livro foi impresso em 2025, pela Vozes, para a Harlequin.
O papel do miolo é avena 70g/m² e o da capa é cartão 250g/m².